〈**五言唐音**오언당음, **七言唐音**칠언당음〉을
현대적 해석과 감상으로 풀이한 **唐詩集**당시집

오칠五七, 당음해唐音解

鄭旼浩 編著

明文堂

머리말

당음唐音을 풀이하면서

내 나이 이미 희수喜壽를 맞이했다. 우연한 기회에 '오언당음' 과 '칠언당음' 을 구하여 읽고 또 읽으니 어린 시절 할아버지 학강鶴岡으로부터 배우던 소위 마상당음馬上唐音, 연주시聯珠詩 등이 다시금 생각난다.

당음唐音에는 오언당음, 칠언당음이 있는데 모두 절구絶句만을 모은 것이다.

내가 소위 시를 쓴답시고 시만을 생각하면서 늙어버렸다. 비록 현대시를 공부했지만 한시漢詩 또한 그 시적 감흥을 버릴 수가 없어 읽고 또 읽다가 풀이를 하게 되었다. 원문을 '풀이' '감상' 하여 '도움말' 과 '어려운 낱말' '덧붙임' 을 넣어서 이해를 주려고 애를 썼다.

이 시집은 내가 오직 시에 대한 애정만 기지고 시작한 일이니 널리 이해하시고 잘못 풀이된 부분은 독자 여러분의 넓으신 아량으로 눌러 용서하시기 바란다.

멀리 선도산仙桃山 노을이 눈앞에 다가선다.

2015년 8월

仙桃山人 丁巴 鄭旼浩 識之

목차

제2부 七言唐音 칠언당음

제1부

五言唐音 오언당음

001

途中寒食 | 宋之問송지문
도 중 한 식

馬上逢寒食이요 途中屬暮春이라.
마 상 봉 한 식 도 중 속 모 춘

可憐江浦望하니 不見洛橋人이라.
가 련 강 포 망 불 견 낙 교 인

〖풀이〗 길에서 한식을 맞이함

말 타고 말 위에서 한식을 맞이하고
고향 가는 길에서 늦봄을 보내는구려!
슬프다, 멀리 강포江浦를 바라보니,
정다운 고향 사람들은 보이지 않네.

〖감상〗

나그네 길에서 한식을 맞이하는 시적 감동이 잘 나타나 있다. 이 한식은 중국에서는 큰 명절이다. 더구나 이 명절에 고향을 떠나 먼 나그네 길에서 맞이하니 고향 생각이 한층 더 간절할 것이다. 한식을 맞이하고 아름다운 계절 늦봄도 이때에 떠나보내니, 맞이하고 떠나보낸다는 계절의 교차점에서 더욱 고향생각이 날것이다. 이러한 시적 감성이 둘째 구절에 잘 나타나 있다. '아, 강 마을〔江浦〕을 바라보아도 고향 사람〔洛橋人〕마저도 볼 수 없다' 는 쓸쓸한 감정이 슬픔으로까지 나타나고 있는 것이다.

도움말

한식寒食은 동지로부터 105일의 가절佳節이다. 모춘은 음력 삼월이니, 낙성洛城으로부터 말을 타고 고향으로 가는 길에 곧 한식을 맞이하니 기후는 삼월의 절후이다. 우리의 〈농가월령가〉에서도 '삼월은 모춘暮春이라 청명 곡우 절기로다.' 하는 구절이 있다. 이때에 고향집에 대한 회포가 더욱 간절하므로 고향으로 가는 갯가에서 멀리 바라보아도 고향 사람은 만날 수가 없었다. 그래서 시적 주인공은 더욱 고향이 그리울 따름이다.

002
別, 杜審言 | 宋之問송지문
별 두심언

臥病人事絶하니 嗟君萬里行하라.
와 병 인 사 절 차 군 만 리 행

河橋不相送하니 江樹遠含情이라.
하 교 불 상 송 강 수 원 함 정

〖풀이〗 두심언을 이별하다

병들어 누웠으면 인사가 끊어지니
슬프다, 그대는 만리萬里를 행하라.
하교河橋에서 서로 보내지를 못하니
강가에 늘어선 나무들도 먼 정을 머금었구나!

〖감상〗

작자인 시인 송지문이 두심언과 이별하는 장면이 나타나 있다. 병이 들

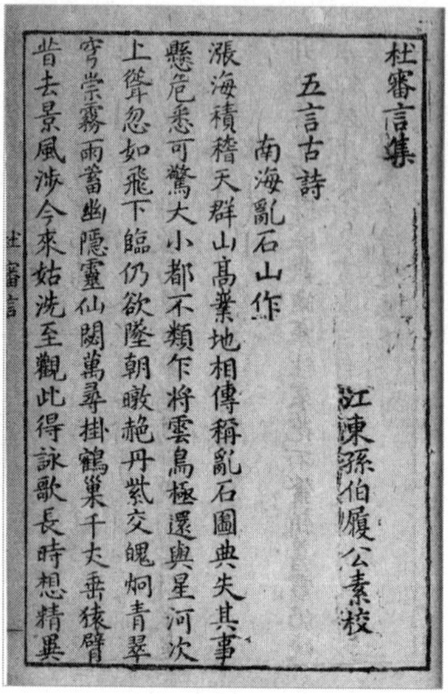

杜審言集
江陳孫伯儼公素校
五言古詩
南海亂石山作
漲海積稽天群山高業地相傳稱亂石圖典失其事
懸危悉可驚大小都不類乍將雲鳥極還與星河次
上聳忽如飛下臨仍欲墜朝暾艷丹紫交魄炯青翠
穹崇霧雨蓄幽隱靈仙閟萬尋掛鶴巢千丈垂猿臂
昔去景風涉今來姑洗至觀此得詠歌長時想精異
杜審言

두심언집(杜審言集)

어 누워 있으면 모든 인사 예절, 인정 마저도 끊어지게 마련이다. 그러니 이별하는 마당에서도 제대로 이별을 할 수 없을 것이다. 두심언이 만리 나그네 길을 떠난다는데 내가(송지문) 병으로 누워 있으니 예절이 아니구나. 아, 그대는 만리 길을 잘 다녀오게나. 마땅히 강가 나루터까지 나가 그대를 보내야 하나 이렇게 누워 있으니 안타깝기만 하네. 그래서 강 언덕에 늘어서 있는 나무들도 슬픔을 머금은 듯 늘어져 있구나. 이별의 연연한 정이 이 시에 잘 나타나 있다.

도움말

두심언杜審言이 나그네 길을 떠나는데 송 시인은 마땅히 하교河橋까지 나가 송별을 해야 하지만, 병석에 누워 있었으므로 따라 나가 전송하지 못하니 슬픔을 억제하지 못하겠구나. 이때 강가에 늘어선 나무들도 두 사람의 정회를 아는 듯, 슬픈 정을 머금고 처절하게 여기니 이 시를 읽는 사람으로 하여금 눈물을 흘리게 한다.

| 덧붙임 |

杜審言〔두심언; 645-708, 初唐(초당)〕: 호북성 양양인. 자는 必簡(필간). 두보의 조부. 李嶠(이교), 崔融(최융), 蘇味道(소미도)와 함께 '文章四友(문장4우)'로 불렸다. '두심언집' 10권이 있었다 하나 지금은 40여 수 시만 전한다.

003

早發韶州 | 宋之問송지문

조 발 소 주

綠樹秦京道요 靑雲洛水橋라.
녹 수 진 경 도　청 운 낙 수 교

故園長在目하니 魂去不須招라.
고 원 장 재 목　혼 거 불 수 초

〖풀이〗 일찍 소주韶州에서 출발함

푸른 나무 늘어선 길은 진나라의 서울이요
청운靑雲 드리운 물 위에는 낙수洛水의 다리로고.
고향을 생각하면 길게 눈 안에 들어오는데
마음은 고향에 가 있어도 몸은 가지 못하네.

〖감상〗

위의 이 시는 우리 국문학에서도 자주 등장한다. '녹수진경도綠水秦京道' '청운낙수교靑雲洛水橋' 이런 구절들이 고전에 자주 등장하는 걸 보면 이 시가 우리 조상들에게 널리 읽혀진 작품임에 틀림이 없다. 이 시 역시 고향을 매우 그리워하는 시이다. '푸른 나무가 늘어선 서울의 길거리와 푸른 구름이 흘러가는 낙수의 다리, 이런 것을 바라볼 때 어느덧 고향의 추억들이 모두 시인의 눈 안에 각인되어 나타날 것이다. 벌써 마음은 고향에 가 있어도 몸은 가지 못하는 안타까운 심정이 잘 나타나 있다. 이런 시를 읽으면서 향수에 잠겨보는 현대인의 심성을 한번쯤 생각해보는 것은 어떨까?

도움말

소주에서 출발할 때에 서쪽으로 바라보니 푸른 나무 우거진 곳은 진경秦京의 길이요, 동쪽으로 바라보면 청운이 눈에 삼삼한 낙양洛陽의 다리가 거기 있구나. 자기가 자란 고향과 방불한 것이 눈 안에 있으니 밤이면 꿈에서 마음이 왕래하는 고향 동산이나 몸은 돌아가지 못하니 슬픔만이 깊어 그 마음 간절하구나.

004

渡, 漢江 | 宋之問송지문
도 한 강

嶺外音書斷하고 經冬復歷春이라.
영 외 음 서 단 경 동 부 력 춘

近鄕情更怯이요 不敢問來人이라.
근 향 정 갱 겁 불 감 문 래 인

〖풀이〗 한강을 건너다

영외嶺外에 있으니 서신이 끊어지고
겨울을 지나니 다시 봄은 오는구나.
고향이 가까우니 정 다시 겁이나
감히 나에게 와서 묻는 사람도 없구나.

〖감상〗

송지문이 무후의 총애를 받던 장역지張易之 형제에게 아첨하다가 그들이 실각하자 광동성 농주의 참군사로 좌천되고, 낙양에서 도피해서 영외에 있을 때 지은 작품이다. 숨어사는 사람의 심정이 잘 나타나 있다. 모든 사람으로부터 편지가 끊어지고 답답한 겨울에서 다시 봄을 기다리는 심정으로 이 시를 쓰고 있었다. 그가 사람을 만날 수 없게 되고 다른 친구들이나 친척들이 그를 만날 수 없게 되었으니 오죽 답답하랴. 그 답답한 심정을 송 시인은 시로 달래고 있었다. 아무리 고향이 가까이 있다고 하나 그는 숨어사는 사람, 그를 찾고 묻는 사람이 없으니 '불감문래인不敢問來人'이라고 토로하고 있다.

도움말

송지문宋之問이 장역지長易之와 내통했기에 그것이 죄가 되어 용주참군龍州參軍으로 좌천되어 낙양에서 도피 중에 영외嶺外에 있었으므로 세상과 격리되어 음서音書가 단절되었다. 그래서 도망하여 돌아감에 그의 가까운 향리에서 마음속에 겁을 머금고 사람을 보아도 감히 묻지 못하니 많이도 의심스러울 따름이었다. 요즈음도 사람들이 오래 타향에 있다가 고향으로 돌아와 자기 집에 도착했을 때의 심정이 이와 같았음을 깨닫는다.

| 덧붙임 |

송지문(宋之問)

宋之問〔송지문; ?-721, 唐初(초당)〕: 하남성 산서성 汾州人(분주인), 字(자)는 延清(연청), 약관에 이미 이름을 날림. 측천무후 때 習藝館(습예관)의 학생이 된 것을 시작으로 尙方監承(상방감승) 등을 역임. 여러 번 귀양살이 끝에 유배생활을 하다가 자살 명령을 받고 죽음. 심전기와 더불어 '沈.宋(심.송)'으로 竝稱(병칭)되었으며 律詩(율시)의 시형확립에 큰 공을 세웠다.

005
昭君怨 | 東方虯동방규
소 군 원

漢道方全盛하니 朝廷足武臣이라.
한 도 방 전 성 　 조 정 족 무 신

何須薄命妾으로 辛苦事和親고.
하 수 박 명 첩 　 신 고 사 화 친

〖풀이〗 소군의 원 ❶

한나라 힘이 바야흐로 전성하여
조정에는 무신들도 많았는데,
어찌 박명薄命한 이 여인으로
구차하게 화친만을 일삼을까?

〖감상〗

소군은 한나라 때 궁녀로서 역대 미인으로 손꼽히는 여인이다. 그가 바로 왕소군王昭君이다. 한나라에서는 때만 되면 침략하는 오랑캐를 달래기 위하여 궁중의 궁녀를 뽑아 호지로 보내어 적과의 화친을 일삼고 있었다. 소문에 의하면, 호지로 보내는 궁녀는 못생긴 궁녀를 골라 보낸다는 소문이 떠돌아 진짜 못생긴 궁녀들을 화공畵工에게 미리 돈을 써서 초상을 잘 그려내었지만, 소군은 자기 인물만 믿고 있다가 화공이 애꾸눈으로 만들어 드디어 오랑캐와의 화친의 제물이 되어 한 맺힌 호지胡地로 뽑혀가게 되었다.

도움말

이 소군원昭君怨은 한나라에서 오랑캐와 화친을 위해 끌려가는 여인의 원한이 가득 차 있었다. 당나라 때의 문장가들이 많아서 한나라 시대의 역사적 사건을 시화詩化한 것이다. 호지胡地로 끌려가는 왕소군王昭君이 탄식하되, 한漢나라가 그때 전성시기로 궁마무신弓馬武臣이 많은데 오랑캐를 정벌하지 않고 어찌 일개 첩신妾身으로 화친을 일삼는가? 했으니, 그의 슬픈 탄식이 극에 달하고 있었다.

昭君怨 其二 | 東方虯동방규
소 군 원 기 이

昭君拂玉鞍하니 上馬啼紅頰이라.
소 군 불 옥 안 상 마 제 홍 협

今日漢宮人이 明朝胡地妾이라.
금 일 한 궁 인 명 조 호 지 첩

〖풀이〗 소군의 원 ❷

소군昭君이 말안장 위에 올라
말 위에서 붉은 뺨에 눈물을 흘리네.
오늘 아침 한나라의 궁인이
내일 아침이면 호지胡地의 첩이 되는구나.

〖감상〗

소군이 북쪽 호지로 향하는 장면이다. 아름다운 미인이 말 위에 올라앉아 붉은 빰 위로 눈물이 슬프게도 흘러내린다. 억울한 눈물이었다. 오늘 아침까지만 해도 한나라의 아름다운 궁녀가 내일 아침이면 오랑캐 땅 선우單于의 첩이 되는구나 하고 그는 애달픈 눈물을 흘리고 있었다.

도움말

내일 아침이면 한나라를 떠나 호지胡地에 도착하기에 원망하는 마음으로 '명조호지첩明朝胡地妾' 이라고 말한다. 그는 한나라를 원하고 호지胡地를 싫어하는 심회心懷가 맺혀 풀리지 않고, 후세 사람으로 하여금 이 시를 읽으면 지금도 그의 말소리를 듣는 것 같다.

어려운 낱말

• 玉鞍(옥안) : 말안장을 미화해서 하는 말. • 紅頰(홍협) : 아름다운 여자의 붉은 빰. • 胡地(호지) : 북쪽 이민족이 사는 땅. • 明朝(명조) : 내일 아침. 현재는 한나라 땅에 있기 때문에 '한궁인漢宮人' 이라고 했다.

왕소군(王昭君)

昭君怨 其三 | 東方虯동방규
소 군 원 기 삼

掩淚辭丹鳳하고 含悲向白龍이라.
엄 루 사 단 봉 함 비 향 백 룡

單于浪驚喜하나 無復舊時容이라.
선 우 낭 경 희 무 부 구 시 용

〖풀이〗 소군의 원 ❸

눈물을 가리고 단봉丹鳳을 하직하고
슬픔을 머금고 백룡白龍을 향하였네.
선우單于가 좋다고 기뻐 날뛰고 있지만
그 옛날 얼굴 모습은 전혀 아니로세.

〖감상〗

소군이 이제 막 출발하여 한나라를 떠나기 시작한다. 흐르는 눈물을 손으로 가리고, 슬픔에 젖어 단봉(丹鳳 ; 한나라의 궁궐이름)을 하직하고 울면서 백용〔白龍 ; 胡地白龍堆(호지백룡퇴)〕을 향하여 가고 있는 이별의 장면을 잘 묘사하고 있다. 그 다음 두 구절은 호지에 도착하고 난 다음, 그곳의 선우가 미인을 맞이하고 보니 너무나 기뻐 날뛰는 모습이 두 눈으로 보는 듯이 잘 나타나 있다.

도움말 |

눈물을 머금고 한나라의 단봉궐丹鳳闕을 이별하고 단장斷腸의 슬픔을 머금고 오랑캐 땅의 백룡퇴白龍堆를 향하니 고국에 대한 생각과 이역異域의 향수를 어찌

다 감당하랴. 초췌한 용모와 자색이 메말라 가나, 미인을 맞이하는 선우單于는 한나라의 미인을 얻어서 비록 놀랍고 기쁘나 오늘에 이르러 그 옛날 소군昭君의 미색을 다시 보기는 어려웠다.

昭君怨 其四 | 東方虯동방규
소 군 원 기 사

萬里邊城遠하고 千山行路難이라.
만 리 변 성 원　　천 산 행 로 난

擧頭惟見日하니 何處是長安고.
거 두 유 견 일　　하 처 시 장 안

〚풀이〛 소군의 원 ④

변방의 성은 멀리 아득하고
첩첩한 산은 가는 길이 험난하구나.
머리를 들어 하늘의 해를 바라보니
어느 곳에 그 장안長安이 있는 곳인가.

〚감상〛

여기서는 왕소군의 고국과는 거리가 너무 멀었다. 이곳 성터는 그야말로 '만리변성' 이었다. 천산千山이 가로 막혀 길은 험난한데 가면 갈수록 아득하여 소슬한 산바람이 불고 있을 뿐 마음이 닿는 곳은 하나도 없었다. 천지 아득한 가운데 머리를 들어 하늘을 쳐다보니 하늘에 뜬 해만이 동그

랗고 동서남북 방향마저 알길 없는 여기에서 어느 곳이 자기가 떠나온 장안인지를 알 길이 없다는 여인의 답답하고 애달픈 마음이 잘 나타나고 있다.

도움말

변방의 성은 한나라에서 일만 리나 되고 호지胡地로 가는 길에 첩첩 산이 가로 막혀 있으니 떠나온 원한이 갈수록 깊어 간다. 머리를 들어 하늘에 있는 해를 바라보니 아득히 멀기만 한데, 떠나온 그곳 장안長安은 어디에 있는가. 몸은 비록 새외塞外에 있으나 마음은 고국을 잊지 못하네.

昭君怨 其五 | 東方虯동방규
소 군 원 기 오

胡地無花草하니 春來不似春이라.
호 지 무 화 초 춘 래 불 사 춘

自然衣帶緩하니 非是爲腰身라.
자 연 의 대 완 비 시 위 요 신

〖풀이〗 소군의 원 ❺

오랑캐 땅에 화초가 없으니
봄이 와도 봄 같지가 않구나.
스스로 허리띠가 늦어지니
이것은 몸 위함이 아니로다.

【감상】

이 시를 지은 동방규東方虯의 '소군원'에서 가장 뛰어나고 가장 많은 사람으로부터 절찬을 받는 것이 바로 이 구절이다. '호지胡地에 화초가 없으니 봄이 와도 봄 같지 않다' 이 말이 많은 사람의 입에 회자膾炙되고 있다. 계절은 봄이 되어 다른 곳에는 꽃이 피고 잎이 피는 철인데도 이곳에는 넓고 넓은 허허벌판 그대로 바람 불고 황사가 날리는 곳에 무슨 봄 같은 봄이 있을 것인가. 이곳에 와서 자연적으로 허리띠가 늦어져 내려오니 이는 역시 먹지 못하고 추위에 떨어 몸의 손실을 막지 못해 그렇게 된 것이리라.

용문석굴(龍門石窟) 전경

도움말

호지胡地는 북쪽 변방이기에 황사와 마른풀, 검은 산과 눈발만 날릴 뿐이다. 비록 봄이라 할지라도 푸른 나무와 꽃이 없으니 봄이 와도 봄과 같지 않다. 소군이 이에 고국산천이 눈에 어리고 조국의 화조花鳥가 머리에 아른거리니 그의 마음을 짐작할 수 있겠다. 몸은 말라서 허리띠가 자연히 늘어져 내리니 자기 몸을 위함이 아니었다. 이 역시 소군의 절통한 한이며 깊어 가는 원한이 하늘에 닿고 있었다.

| 덧붙임 |

東方虯〔동방규; 측천무후(則天武后 624~705) 때 사람〕: 시를 빨리 잘 지었다고 한다. 측천무후가 龍門(용문)에 행차했다가 신하들에게 시를 짓게 했다. 동방규가 먼저 시를 읊었다. 무후는 칭찬하면서 상으로 비단도포를 하사했다.

006

題, 袁氏別業 | 賀知章하지장
제 원씨별업

主人不相識하나 偶坐爲林泉이라.
주인불상식 우좌위임천

莫謾愁沽酒하라 囊中自有錢이라.
막만수고주 낭중자유전

〖풀이〗 원씨 별장에서

주인은 서로 알지 못하지만
정원이 좋아 와서 마주 앉았네.

부질없이 술 살 걱정은 마시게
내 주머니에도 돈이 있으니 말일세.

〖감상〗

시인이 낯선 사람의 별장을 찾아가서 술을 마시면서 시인으로서의 풍류를 자랑하고 있다. 내가 주인이 누구인지는 몰랐지만 이곳 별장이 좋아서 우연히 앉았으니 얼마나 좋은가. 여기에다가 주인까지 좋다면 더욱 좋았을 것이다. 그렇다고 해서 주인인 당신은 술을 사야 한다는 부담감을 갖지 말아주세요. 지나가는 이 나그네도 주머니에 웬만큼 마실 술값을 가지고 있으니 '주인님은 걱정을 마세요.' 한다. 과연 하지장賀知章 같은 호방한 시인이었다.

도움말

별업別業은 별장을 말하니, 숲이 우거진 서원이나 동산 같은 것을 말한다. 이는 봄 동산에 앉아 임천林泉의 경치를 즐기면서 우연히 여기에 주인과 마주 앉아 놀았는데, 주인의 면식은 알지 못하지만 주인은 술 살 걱정은 하지 마십시오. 나도 주머니에 술값이 있으니 말입니다.

어려운 낱말

• 偶坐(우좌) : 우연히 같이 앉다. • 謾(만) : 속일 만 • 謾愁(만수) : 걱정. • 沽酒(고주) : 술을 사다.

| 덧붙임 |

하지장(賀知章)

賀知章〔하지장; 659-744, 初唐(초당)〕: 字(자)는 季眞(계진)이니 절강성 會稽郡(회계군) 永興縣(영흥현) 사람이다. 진사 급제 후 국자감 四門博士(사문박사)를 비롯하여 여러 관직을 역임. 禮部侍郞(예부시랑), 秘書監(비서감)에 이르렀다. 杜甫(두보)의 '飮中八仙歌(음중팔선가)' 에서 노래하였듯이 무척 술을 좋아했으며 스스로 四明狂客(사명광객), 秘書外監(비서외감) 등으로 불리었다. 초서, 예서 등에 능하였고 서예가로도 유명했다. '賀秘書集(하비서집)' 1권과 19수의 시가 전한다.

007
蟬 선 | 虞世南우세남

垂緌飮淸露하고 流響出踈桐이라.
수수음청로 유향출소동

居高聲自遠하니 非是藉秋風이라.
거고성자원 비시자추풍

〖풀이〗 매미

편안하게 맑은 이슬 받아 마시고
흐르는 소리는 오동나무에서 들리네.
높은데 있기에 소리 스스로 멀리 들리니

이는 가을바람을 빙자함이 아닐세.

〖감상〗

초가을 매미울음소리를 듣고 있다. 벌써 가을이 오는구나 하는 감탄을 느끼게 된다. 매미는 나무 위에서 맑은 이슬을 받아 마시며 살다가 계절이 찾아오면 목청을 뽑아 우는 것이다. 더구나 오동나무에서 운다는 것이 풍류를 더해주고 있다. 오동나무는 부드러운 나무이다. 이 부드러운 나무와 부드러운 소리의 조화가 잘 어울려 내는 멋진 계절 감각이다. 더구나 매미가 높이 올라가서 울면 그 소리는 더욱 멀리에 흘러가서 잘 들리니 가을이 오고 있다는 전령사적인 소리이지만 매미 그 자체는 가을바람을 빙자해서 울지는 않는다고 시인은 말하고 있다.

도움말

매미는 번데기에서 나와 껍질을 벗고 숲 속에 있어 육덕六德을 갖추어 입이 없어도 겨드랑이를 진동시켜 소리를 내며 나무 잎 위에 맺힌 이슬을 받아먹고, 숲 속의 바람 속에서 산다. 우세남虞世南이 매미를 읊을 때, 그 드리워진 편안함을 보았고, 매미는 맑고 깨끗한 이슬을 마시며, 울 때에는 소리를 흘려내어 오동나무 가지에서 노래하여 그 소리가 멀리 흘러가니 이것은 바람소리를 빙자함이 아니라 주어진 천성에 의해 자연 크고 멀리 들리는 것이다. 이 역시 사람에 의하지 않고 자연의 맑은소리일 뿐이다.

우세남(虞世南)

008
過酒家 | 王績왕적
과 주 가

此日長昏飮하니 非關養性靈이라.
차 일 장 혼 음 비 관 양 성 령

眼看人盡醉하니 何忍獨爲醒고.
안 간 인 진 취 하 인 독 위 성

〖풀이〗 술집을 지나면서

오늘 오래도록 혼절하게 술을 마시니
이 모두 성령을 위함이 아니로다.
눈으로 바라보니 모두 다 취했는데
어찌 혼자만 유독 깨어 있으랴.

〖감상〗

오늘 이 해가 다하도록 술을 마시니 이는 내 인격 양성과 관계가 없다고 멋진 한마디를 던진다. 술은 오직 술이요, 인격은 인격이니 술 때문에 인격에 손상이 간다는 생각은 시인은 하지 않는다. 마음 맞는 사람과 술 좋아하는 친구가 모여 앉으면 술은 마시게 마련이고 술을 마시면 취하게 되는 것이니 세상의 거추장스런 법규나 도덕을 벗어 나뭇가지에 걸어두고 술을 마시는데 나 혼자만 어찌 깨어 있을 수 있겠는가.

도움말

이날은 수나라 말 쇠난衰亂의 날이다. 혼절하도록 마시어 참지 못할망정 어찌 길게 마시지 않으랴. '인성人性이 최령最靈이라' 했으나 술로서 혼절해서 이미 성령을 기르는데 불능하니 또 누가 탐해 마시지 않으리오. 그 까닭은 그 아래 非, 關, 이 두 글자에 있다. 굴원屈原이 말하기를 '모든 사람이 다 취해도 나 혼자 깨어있다' 했거늘, 이는 '불인독성不忍獨醒' 이라는 말이 그것이다. 세상 근심과 한탄을 한 잔 술로 녹이고 잊어버리고자 하는 마음일 따름이다.

| 덧붙임 |

왕적(王績)

王績〔왕적; 585-644, 初唐(초당)〕: 산서성 絳州(강주) 龍門縣人(용문현인). 字(자)는 無功(무공), 호는 東皐子(동고자). 隋末(수말)에서 당에 걸쳐 산 인물로 수의 대학자 王通(왕통)의 동생. 어릴 때 잠시 隋(수)의 관리가 되었으나 혼란스러운 상황을 보고 고향에 은거 당의 조정에 부름을 받고 門下省(문하성) 待詔(대조)가 되었다. 이때 매일 지급되던 3되의 술이 적다고 탄식, 특히 1말씩 술을 지급받아 '斗酒學士(두주학사)' 로 불리기도 했다. '東皐子集(동고자집)' 과 56수의 시가 전한다.

009

詠烏 | 李義府이의부
영 오

日裏颺朝彩하고 琴中伴夜啼라.
일 리 양 조 채　　금 중 반 야 제

上林多少樹하여 不借一枝棲라.
상 림 다 소 수　　불 차 일 지 서

〖풀이〗 **까마귀를 읊다**

햇빛 속에 아침 광채가 날리고
금중琴中에 밤을 짝하여 울고 있네.
상림원上林園에는 나무들이 많아서
한 가지에만 깃들이지 아니하네.

〖감상〗

이 작품은 까마귀에 대한 시이다. 이 새를 흔히 흉조로 보고 밤에 울면 불길한 흉조라고 말하고 있다. 그러나 또 한편으로는 반포의 의리를 지키는 효조孝鳥라고 하여 칭찬하는 사람들도 많다. 이 새는 아침과 밤에도 우는 새로서 이 시에서는 '양조채颺朝彩'와 '반야제伴夜啼'라 하였고, 이 나무 저 나무를 옮겨가면서 울고 있다고 하였다.

도움말

까마귀는 비록 흉조이나 본디 반포의 성질을 가졌기에 효조孝鳥라 이른다. 햇볕 속에 있기 때문에 아침 햇빛을 받고, 금중琴中의 밤을 짝하여 우는 새이고, 밤에 나와서 우는 까닭에 반伴이라 일컫기도 한다. 상림원 가운데는 수목이 가장 많기 때문에 한 나무에만 앉아 편안히 있는 새가 아니기에 이는 '탄지지사嘆之之詞'이다. 이 또한 이것을 비유하여 '자탄불우시자自嘆不遇時者'라 말했다.

어려운 낱말

- 颺朝彩(양조채) : 아침 광채가 날리다.
- 伴夜啼(반야제) : 밤을 짝하여 울다.
- 一枝棲(일지서) : 한 가지에만 깃들이다.

010
賦美人 | 李義府이의부
부 미 인

鏤月成歌扇하고 裁雲作舞衣라.
누 월 성 가 선 재 운 작 무 의

自憐回雪影하여 好取洛川歸라.
자 련 회 설 영 호 취 낙 천 귀

〖풀이〗 미인을 노래함

교묘하게 새겨진 고운 부채, 그 노래
아름다운 옷을 입고 춤을 추구려.
내리는 눈 그림자처럼 너무나 예뻐서
너무 너무 좋아 낙천洛川으로 돌아감이여.

〖감상〗

미인을 노래한 작품이다. '누월鏤月과 재운裁雲' 은 본래 같이 붙은 문구로서 여자의 아름다움을 나타내는 말이다. 부채를 들고 노래하며 옷깃을 날리면서 춤을 추는 여인을 노래하고 있다. 지나치게 아름다우면 애련한 법, 그래서 '회설영回雪影' 과 '낙천洛川으로 돌아감' 이란 말이 나오게 되었다. 그래서 여자는 아름다워야 하고, 아름다우려면 춤을 추어야 하고 거기에 노래까지 불러야 한다.

도움말

여기에 나오는 미인은 눈썹과 눈이 아름답다. 그래서 미목청수眉目清秀하다고 한다. 그 자태가 아름다워서 '경국지절색傾國之絕色' 이요, 노래할 때 손에 든 부채는 동그스럼하여 마치 달을 새겨둔 것 같고, 춤을 출 때 입는 가벼운 옷은 구름으로 만든 옷과 같아서 노래하고 춤출 때 입는 성장盛裝이었다. 회설영回雪影을 스스로 가련하게 여겨 낙천洛川을 취하여 돌아가나니, 이는 시인 의부義府가 미인을 노래할 때 먼저 부채를 들고 노래하며 춤을 추고〔歌扇舞衣〕 나중에 '연설영憐雪影 귀락천歸洛川' 을 표현하는 순서로 되어있다.

어려운 낱말

- 鏤月裁雲(누월재운) : 교묘하고 아름다움.
- 雪影(설영) : 눈 내리는 그림자.

011

中書寓直, 詠雨 | 楊師道양사도

중서우직 영우

雲暗蒼龍闕이니 沉沉殊未開라.
운암창룡궐 침침수미개

窓臨鳳凰沼에 颯颯雨聲來라.
창림봉황소 삽삽우성래

〖풀이〗 비를 노래함

- 기다리는 빗소리

어두운 구름은 창룡의 집이니
침침하여 개이지 아니 하는구려.
창에 임한 봉황의 깊은 소에
삽삽한 빗소리가 들려오누나.

〘감상〙

비가 내린다는 것은 경우에 따라 반가울 때가 있다. 농경시대에는 비를 기다리다가 반가운 비가 오면 온통 기쁨에 춤을 춘다는 '희우정기喜雨亭記'란 좋은 글도 있긴 하다. 이 시에서도 은근한 기다림의 빗소리인 것 같다. 그래서 어두운 구름은 용이 사는 집이라고까지 했다. 창문을 닫고 비를 기다리는 사이에 갑자기 창문이 어두워지고 창가에서는 빗방울 떨어지는 소리 들리고 어디선가 쓸쓸한 비바람 소리가 창 밖에서 들려오고 있었다. 기쁜 빗소리다.

양사도(楊師道)

도움말

때맞추어 비가 내려서 그때의 정취를 노래한 작품이다. 어두운 구름을 용이 사는 집이라고 해서 침침하여 개이지 아니하고 곧바로 창문 가까이에 봉황의 연못에 다다른 까닭에 삽삽颯颯한 빗소리가 끊어지지 않는다 하였으니, 이 표현이 비오는 날의 풍경을 매우 잘 나타낸 작품이다. 그래서 '중서직중中書直中에 적치우하適値雨下'라 하여 이 즐거운 마음을 시로 읊는다고 했다. 그래서 '암흑창룡지궐暗黑蒼龍之闕'이라 했다.

어려운 낱말

• 沉沉(침침) : 밤이 깊어 가는 모양. • 颯颯(삽삽) : 불어오는 비바람 소리.

012
江亭月夜送別 ① | 王勃왕발
강 정 월 야 송 별

江送巴南水하고 山橫塞北雲이라.
강 송 파 남 수　　산 횡 새 북 운

津亭秋夜月에 誰見泣離羣고?
진 정 추 야 월　　수 견 읍 리 군

〖풀이〗 강정에서 달밤의 이별

강은 남쪽 물줄기를 놓아 보내고
산은 북쪽 변방의 구름을 가로막네.
나루터 정자의 가을 달밤에
울면서 이별하는 무리를 누가 보고 있을까.

〖감상〗

이 시의 담담하고 힘 있는 시적인 기상이 참 좋다. 이는 송별의 시답지 않게 힘을 느끼게 하는 작품이다. '강은 남쪽으로 물줄기를 놓아 보내고 산은 북쪽의 변방을 가로 막네' 에서 그 다음에 이어지는 구절이 한층 분위기를 고조시키고 있다. 강가의 가을 달밤에 울면서 이별하는 사람, 이런 분위기가 이별하는 정을 나타내고 있다.

도움말 |

파강巴江은 대파산大巴山을 근원으로 하여 여기에서부터 흘러나와 강물을 흘러 보낸다. 먼 산 가로놓인 구름이 북쪽 변방까지 뻗쳐있으니, 나루는 물을 건너는 곳이요, 정자는 송별의 장소가 되었다. 또 가을 달 밝으면 슬픈 이별의 정을 더

대파산(大巴山)

한층 북돋운다. 조문소趙文韶는 일찍 가을밤 달을 보고 슬픈 생각으로 돌아가더니 지금의 송별의 정을 나누는 달 아래 가을밤이 되어 서로 쳐다보고 눈물을 흘리면서 이별을 한다. 지금 이 밤에 여러 가지 정서가 엇갈리는구나. 이 정자에 올라 중천에 뜬 저 달을 보면 소슬한 이별의 정을 이해할 수 있을 것 같다.

江亭月夜送別 ❷ | 王勃왕발
강 정 월 야 송 별

亂烟籠碧砌하고 飛月向南端이라.
난 연 농 벽 체　　비 월 향 남 단

寂寂離亭掩하니 江山此夜寒이라.
적 적 이 정 엄　　강 산 차 야 한

〔풀이〕 강정에서 달밤의 송별

산란한 연기는 푸른 언덕에 둘러있고
날아가는 달빛은 남창 끝에 비추네.
적적하게 이별의 정자를 가리우니
강과 산은 이 밤에 또한 차갑구나.

〔감상〕

앞의 시의 연결로 같은 시적 이미지를 끌고 나간다. 연기가 흩어져 있는 강가 언덕, 달빛은 정자의 난간을 비추고 산은 적적하고 강도 적적하여 날씨도 쌀쌀하여 밤도 깊어 가는 분위기를 자아내고 있다. 그래서 강과 산은 이 밤에도 차갑다고 했다. 이런 달 밝은 분위기 속에 둘은 이별을 하고 있다.

도움말

강의 수면이 넓은 까닭에 연하煙霞는 어지럽게 피어오른다고 했으며, 나룻가 정자가 가을인 까닭에 '벽체碧砌' 라고 했다. 농籠은 언덕이니 남쪽에는 남문이 있다. 달빛이 밤 깊도록 오래 오래 비추게 된다. 달이 비치고 연기와 안개가 흩어지면 밤은 초연히 깊어가고 적막만이 가리고 있을 뿐이다. 가을 밤 강물이 본래 차갑기 때문에 이 밤의 이별의 정한도 차갑게 느껴진다. 산란한 연기는 '벽체碧砌' 위에 둘러있다고 했으니 '벽체는 푸른 언덕을 말함이다. 안개와 연기는 그 위에 둘려있고 달빛은 남창 끝에 비치니, 이때에 서로 이별을 끝내면 정자는 문이 닫히고 강산은 이별의 정으로 더욱 차가워진다.

013

臨江 | 王勃왕발
임 강

汎汎東流水하고 飛飛北上塵이라.
범 범 동 유 수　　비 비 북 상 진

歸驂將別棹하니 俱是倦遊人이라.
귀 참 장 별 도　　구 시 권 유 인

〖풀이〗 강가에 와서

강물은 흘러서 동으로 내려가고
어지럽게 날아가는 티끌은 북으로 오르네.
돌아가는 *결마는 별도別棹와 함께 하니
이 갖추어 게으르게 유람하는 사람이로세.

〖감상〗

한시가 주는 특유한 시적 분위기, 그리고 힘찬 시적인 표현, 이런 것들은 모두 한시가 주는 특유한 기능이다. 더구나 왕발王勃은 뛰어난 문인 중에서도 시인이다. 여기서 '범범汎汎' 이나 '비비飛飛' 와 같은 글자의 반복은 독자로 하여금 한층 홍을 돋우게 한다. 여기서 흐르는 물, 날아오르는 티끌, 결마를 탄 유랑인, 이런 모든 것이 함께 어울려 강가에 머무르게 된다.

도움말

이 '임강臨江' 이란 시를 보면 유유히 흐르는 물은 동으로 흘러 돌아오지 못하고, 어지럽게 날아다니는 티끌은 북쪽에서 서로 떨어져 있으니 이것이 이 강가에 와서 보고 느끼는 현재의 이 강의 광경이다.

* 곁마는 네 마리 말이 끄는 수레. 별도別棹는 떠나가는 돛단배.

014

山中 | 王勃왕발
산 중

長江悲已滯하니 萬里念將歸라.
장 강 비 이 체　만 리 염 장 귀

況屬高秋晩하니 山山黃葉飛라.
황 속 고 추 만　산 산 황 엽 비

〖풀이〗 산중

긴 강이 이미 슬픔으로 막혔으니
만리에 돌아가고픈 마음뿐이네.
게다가 깊어 가는 가을 또한 찾아오니
이 산 저 산 붉게 물든 낙엽이 흩날리네.

〖감상〗

가을 낙엽이 떨어지는 쓸쓸한 풍경을 읊은 작품이다. 쓸쓸한 나그네가 되어 산중에 머무르고 있으면 자연 고향이 그리워지는 법이다. 장강長江이 슬픔으로 막혔다고 했으니 시적 주인공은 얼마나 마음이 아프며 향수에 젖었겠는가. 산마다 낙엽이 날리고 거기에 깊어 가는 가을밤, 낙엽이 뚝뚝 떨어지는 철을 맞아 이 산 저 산, 바람에 잎이 날리면 처량한 나그네 심사를 한 번쯤 이해할 수 있을 것이다. 시인 왕발의 쓸쓸한 시정이 흠뻑 배어 있는 작품이다.

도움말

오래 나그네가 되어 산중에 머물러 있으니 지나간 일들이 생각나고 또 지금의 형세를 생각하니 장강長江의 돛단배만 보아도 슬픈 생각이 든다. 돌아갈 것을 생각하니 서글픈 생각을 견디기 어렵다고 했다. '산산황엽비山山黃葉飛' 라, 하물며 가을이 짙어가는 이 계절에 누렇게 물들어 떨어지는 낙엽이 이 산 저 산 날리니 이 만추의 정을 어찌 금할 수 있겠는가!

015

贈, 李十四 | 王勃왕발
중 이 십 사

亂竹開三徑하니 飛花滿四隣이라.
난 죽 개 삼 경 비 화 만 사 린

從來楊子宅에 別有尙玄人이라.
종 래 양 자 택 별 유 상 현 인

〖풀이〗 이십사李十四에게 주다

어지러운 대숲에 세 갈래 길이 있고
휘날리는 꽃잎은 사방에 가득하네.
종래의 양웅楊雄의 집에
특별히 상현인尙玄人이 있었다네.

【감상】

대나무 숲이 무성한 가운데 길이 세 가닥으로 나 있었다. 꽃이 피어 만발하여 꽃잎이 날리는 촌마을이 그림처럼 펼쳐져 있었다. 거기는 예부터 의인과 지사가 살고 있었으니, 그가 곧 이십사李十四라는 사람이었다. 동양의 은둔사상이 잘 나타나 있는 시이다.

도움말

이는 이십사李十四가 살고 있는 집의 경관이다. 이는 성씨요, 십사는 배항이다. 대밭으로 주위를 둘러싼 조밀한 가운데 세 갈래 지름길이 있으며, 동쪽 길과 서쪽 길이 있고 사방에 이웃집이 있으니 꽃과 대나무의 경치가 볼만했다. 위의 양자댁은 양웅楊雄이 살고 있었고, 그의 집에는 특별히 상현인尙玄人' 이 살고 있었다고 했으니 이것으로써 이십사의 뜻을 짐작할 수 있을 것이다.

양웅(楊雄)

016
普安建陰, 題壁 | 王勃왕발
보 안 건 음 제 벽

江漢深無極하여 梁岷不可攀이라.
강 한 심 무 극 양 민 불 가 반

山川雲霧裏에 遊子幾時還고?
산 천 운 무 리 유 자 기 시 환

〖풀이〗 보안건음의 벽에 붙은 제목에 답함

강은 넓고 깊어 끝이 없는데
산은 너무도 높아 가히 오르지 못하네.
산천의 구름과 안갯속에
유람하러 오는 사람 어느 때 찾아오는고?

〖감상〗

강과 산을 노래하고 있는 작품이다. 강은 넓어서 한이 없는데, 양산梁山과 민산岷山이 높이 솟아 있고, 강은 너무도 길어서 흘러서 끝이 없고, 양산과 민산은 너무도 높아서 쉽게 올라갈 수가 없다고 했다. 이런 산천의 구름과 자욱한 안갯속에서 아름다운 경치를 찾아오는 관광객들이 자주 얼마나 여기를 찾아왔던가. 경치가 좋은 이 아름다운 정자에 시를 지어 붙여 두었으니 그 시에 화답하는 것 또한 멋이 있는 풍류객의 할 일이었다.

도움말

강물의 영원함이 크고 넓어서 그 깊이를 가히 짐작하지 못한다. 양산梁山과 민산岷山이 높고 험하여 가히 올라가지 못하니 큰 강의 호탕함과 양민梁岷이 높이 솟아있어 이 강산의 아름다움을 표현하기도 어렵다고 했다. 운무가 가득한 가운데 찾아오는 관광객과 시인 묵객들이 언제나 여기를 찾아오고 있었다. 나도 또한 유람하고 이 시를 지어 여기 벽에 붙이고 간다고 했다.

＊강한江漢에서 〔漢〕은 크다는 뜻이다.

| 덧붙임 |

왕발(王勃)

王勃〔왕발; 650-676, 唐初(당초)〕: 산서성 강주인, 일설에는 산서성 太原人(태원인). 字(자)는 子安(자안). 28세에 요절한 시인으로 양형. 盧照鄰(노조린). 駱賓王(낙빈왕)과 함께 초당 4걸로 불림. 어려서부터 천재성을 발휘, 17세에 幽素(유소)과에 급제하여 朝散郞(조산랑)이 됨. 문명을 들은 패왕에게 불려 그의 부에 있다가 당시 성행하던 鬪鷄(투계)를 보고 장난으로 英王(영왕)의 닭을 토격하는 글을 썼다가 諸王(제왕)의 싸움을 조장한다 하여 패왕부에서 쫓겨났고, 몇 년 후 하남성 부주의 參軍(참군)이 됨. 이때 또 죄를 범한 관노를 숨겨줬다가 발각되어 죽을 고비를 넘겼는데, 이 때문에 그의 아버지가 연좌되어 교지(지금의 베트남 하노이 부근) 현령이 되었다. 그 交趾(교지)에 있는 아버지에게 문안하러 가던 중 강서성 洪州(홍주)를 지나며 지은 것이 유명한 滕王閣序(등왕각서)이다. 작자는 이 여행에서 바다를 건너다 물에 빠져 죽었다. '王子安集(왕자안집)' 30권이 있었다 하며 90여 수의 시가 전한다.

017

登, 玉淸 | 盧照鄰노조린
등 옥 청

絶頂橫臨日하고 孤峯半向天이라.
절 정 횡 림 일 고 봉 반 향 천

徘徊拜眞老하고 萬里見風烟이라.
배 회 배 진 로 만 리 견 풍 연

〖풀이〗 옥청봉에 올라

절정에 오르니 해가 가로 비껴있고
외로운 봉우리는 절반이 하늘을 향해 있네.
한 바퀴 돌아 수도하는 노승께 절하고 보니
만리 밖 풍연風煙을 다시 바라보노라.

도교의 시조인 옥청(玉淸), 상청(上淸), 태청(太淸)이 앉아 있는 것 같다고 해서 삼청산(三淸山)

〖감상〗

옥청봉 정상에 올라 멀리 원경을 조망하고 있다. 해는 하늘을 가로질러 떠 있고 우뚝 솟은 봉우리는 하늘을 찔러 솟아 있다. 이것을 보아 산의 험준함을 알 수 있었다. 그 아슬아슬한 곳에 조그만 암자가 하나 있고 거기에는 도 닦는 늙은 스님이 한 분 있었다. 산의 높음과 하늘의 아득함, 그리고 인간의 한계를 초월하고 거기서 수도하는 어느 늙은 중, 그리고 산 계곡에 가득한 이 땅의 연하煙霞가 이곳의 절정을 말하고 있다.

도움말

청옥봉에 올라 바라보니 깎은 듯 절정은 가로 비겨 있어 내려온 일월 위에 임하고, 우뚝 솟은 고봉의 절반은 푸른 하늘 밖에 있으니 산의 높음을 가히 알겠구나. 한 바퀴 돌아와서 바라보니 수도하는 노승이 있어 그에게 절하며 만리 밖에 바람과 연기가 허공에 가려 있어 한없이 바라볼 뿐이었다.

어려운 낱말

• 絶頂(절정) : 산꼭대기. • 徘徊(배회) : 한 바퀴 돌아보다. • 眞老(진로) : 수도하는 노승. • 風煙(풍연) : 풍경, 경치.

018
曲池荷 | 盧照鄰노조린
곡 지 하

浮香繞曲岸하고 圓影覆華池라.
부 향 요 곡 안　　원 영 복 화 지

常恐秋風早하여 飄零君不知로니.
상 공 추 풍 조　　표 령 군 부 지

〖풀이〗 **굽은 연못의 연꽃**

물에 뜬 연꽃 향기 굽은 언덕에 둘려있고
둥근 그림자 화지華池를 덮었구나.
항상 두려운 것은, 가을바람 일찍 불어
바람에 떨어지는 것을 그대가 알지 못함이니.

〖감상〗

활처럼 굽어있는 연못, 아름다운 연꽃이 피었다. 향기는 굽어있는 언덕으로까지 풍겨오고 둥근 꽃 그림자는 온 연못을 덮고 있었다. 이렇게 아름다운 '지연池蓮'의 풍경을 오래오래 볼 수 있어야 하는데 가을이 오면 어쩌나. 가을바람 불어 꽃과 잎이 마르고 끝내 떨어져 날리는 계절이 오면 쓸쓸한 이 연못을 그대는 상상이나 해 보았는가.

도움말

연못이 굽은 것이기 때문에 물가 언덕 역시 굽었고, 연꽃 향기 물에 떠서 가에로 둘러있다. 연잎이 둥근 까닭에 그림자 역시 둥글어 화지華池를 덮으니 이는 연꽃이 향기롭고 청결한 까닭이다. 연은 여름이 적당하니, 가을바람에는 견디지 못하므로 항상 두려운 것은 일찍 말라 그 잎이 떨어질까 걱정이다. 위에서 '常.恐(상.공)' 2자가 이 뜻을 포함하고 있다. 연잎은 가을바람에 날려 떨어져 없어짐을 사람들은 알지 못한다. 시인 노조린盧照鄰이 무후武后 당시에 쓰이지 못했으므로 이 시로 그 뜻을 대신하고 있으니, 그 뒤에 과연 악질로 노조린이 죽으니 이 시가 이것을 미리 점치고 있었다 하겠다.

019
浴浪鳥 | 盧照鄰노조린
욕 랑 조

獨舞依盤石하니 群飛動輕浪이라.
독 무 의 반 석 군 비 동 경 랑

奮迅碧沙前하니 長懷白雲上이라.
분 신 벽 사 전 장 회 백 운 상

〖풀이〗 파도에 목욕하는 새

홀로 반석 위에 몸을 의지해서 춤을 추니
가벼운 물결 위에 떼를 지어 나는구나.
푸른 모래 위에 떨치고 일어나서
길게 구름 위를 날아오를 뜻을 품고 있구나.

〖감상〗

물 위에서 놀고 있는 새를 노래한 시다. 물가 반석 위에 한 마리 새가 놀고 있으니 다른 여러 마리 새들이 날아와서 가벼운 물결 위에 떠서 놀고 있다. 물새들이었다. 물새라고 해서 물에서만 살고 있는 새들은 아니다. 물이 흐르는 물가에는 나무도 있고 흰모래도 있었다. 새들은 언젠가는 마음에 따라 날아가고 날아온

노조린(盧照鄰)

다. 언젠가는 큰 꿈을 품고 푸른 하늘 구름 위에까지 날아갈 것이라는 시인의 의지를 키우고 있다. 시인은 시만 쓰고 끝나는 것이 아니라 언젠가는 그의 의지를 펼 수 있는 기상을 내재하고 있다.

도움말

파도에 목욕하는 새가 홀로 춤을 출 때는 반석 위에서도 하고, 무리를 이루어 날아가는 곳에는 잠깐 움직여 가벼운 물결이나 혹은 푸른 모래밭 앞에 힘차게 날아오른다. 몸은 비록 물속에 있지만 그 불룩한 배의 의지가 장차 흰 구름 사이에 있을 만하니, 이 새는 일반 새들과 더불어 평범한 새는 아니다. 이것 역시 우의寓意가 아닌가.

020
在軍登, 城樓 | 駱賓王낙빈왕
재 군 등 성 루

城上風威冷이요 江中水氣寒이라.
성 상 풍 위 랭 강 중 수 기 한

戎衣何日定하여 歌舞入長安고.
융 의 하 일 정 가 무 입 장 안

〖풀이〗 군인이 되어 성루에 오르다

성 위에는 바람 몹시 차고
강가에는 물 기운이 차갑구려.
오랑캐를 어느 날, 언제 평정하고
노래하고 춤추며 장안에 들어올꼬.

〖감상〗

소위 종군의 노래이다. 이 시의 첫 연에서는 대구를 이루고 있다. 성 위와 강가, 바람과 물, 차가움과 추위, 이런 것들이 모두 군인의 영내 생활과 관계가 있다. 이런 지루하고 괴로운 현실에서 벗어나 언젠가는 승리의 노래를 부르면서 장안에 입성할 날만을 기다리고 있는 것이다.

도움말

종군하는 병사가 성루에 오르니 바람은 차갑고 강가에 냉기가 돌아 마음으로 하여금 감상에 빠지게 한다. 집을 떠나온 마음과 고향생각이 마음을 억제하지 못하는구나. 적진을 쳐부수고 오랑캐를 평정하여 입으로 노래하며 손 흔들어 춤을 추며 장안에 입성하여 개선가를 부를 날이 그 언젠가. 이역에서 풍상을 겪고 슬퍼함이 이에 이르고 있으니, 이 시는 병사들의 의기를 노래한 작품이다.

021
易水送別 역수송별
駱賓王낙빈왕

此地別燕丹하니 壯士髮衝冠이라.
차지별연단 장사발충관

昔時人已沒에도 今日水猶寒이라.
석시인이몰 금일수유한

〖풀이〗 **역수易水에서 송별함**

이곳에서 연 태자 단과 이별할 때
장사(형가)의 머리털이 관을 찔렀다.

그때 사람들은 이미 죽고 없건만

오늘 강물(역수)은 여전히 차갑구나.

〖감상〗

이 시는 중국 전국시대에 있었던 역사적인 사실을 인용하여 시로 승화한 작품이다. 자객이 떠나갈 때의 장엄한 각오와 결심이 잘 나타나 있다. 지금은 연燕나라 태자 단丹도 가고 형가荊軻도 모두 역사 속으로 사라져 갔었다. 그 당시를 회상하면 장사의 머리털은 빳빳이 섰을 것이고, 그의 주먹은 불끈 쥐어졌을 것이다. 지금은 모두 세월 속에 묻혀 갔다. 오늘에 여기 역수 앞에 오니 그때나 지금이나 그 차가운 물 기운은 마찬가지였을 것이다.

도움말

이곳은 역수易水의 상류이다. 연나라 태자 단丹이 진나라에 인질이 되어 학대를 받다가 도망쳐 연나라로 돌아왔다. 그리고 진나라에 원수를 갚고자 형가荊軻라는 자객을 구하여 진왕를 죽일 사명을 띠고 떠나보내게 되었다. 연 태자가 형가를 역수에서 전송할 때 형가는 비장한 태도로 〈풍소소혜風蕭蕭兮여, 역수한易水寒이로다! 장사일거혜壯士一去兮여, 불부환不復還이로다!〉하고 노래를 부르고서 유유히 떠나갔었다.

022

玩, 初月 | 駱賓王낙빈왕

완 초 월

忌滿光恒缺이요 乘昏影暫流라.

기 만 광 항 결 승 혼 영 감 류

自能明似鏡하여 何用曲如鉤리오.
자 능 명 사 경　　하 용 곡 여 구

〖풀이〗 **초승달을 바라보며**

만월을 꺼려하여 항상 비어있고,
황혼을 타고 그림자 잠시 흘러드네.
스스로 밝기가 거울 같음을 꺼려서
마치 갈고리와 같이 굽은 것만 좋아하리오.

〖감상〗

이 시는 반달을 노래한 시이다. 시인은 온달보다 반달을 더 좋아했는지 모른다. 완전히 찬 달은 곧 기울어지기 때문일까? 그래서 초저녁 황혼녘에 마치 여자의 속눈썹처럼 굽은 초승달, 이것을 시인은 더 좋아했다. 황혼 빛 노을은 서산에 지고 달그림자는 서쪽하늘에 부끄러운 듯 떠 있으면 누구나 저녁 반달을 쳐다보게 마련이다. 어떤 이는 갈고리 같다고 하고, 어떤 이는 거울 같다고 하고, 또 어떤 이는 돛단배 같다고도 했다. 시인 낙빈왕駱賓王은 '어째서 초승달은 갈고리와 같은가' 하고 나직하게 속삭이고 있다.

도움말

이 시는 초승달을 읊은 작품이다. 달은 온달이 되면 곧 기울어지나니, 그래서 항상 그것을 꺼려하여 둥근 달의 절반을 좋아했다. 황혼을 틈타서 달 조각이 잠시 서천에 떠올라 갈고리와 같았다. 시인 낙빈왕은 이런 초승달을 좋아했다.

| 덧붙임 |

낙빈왕(駱賓王)

駱賓王〔낙빈왕; 640-684, 唐初(당초)〕: 4걸의 한 사람. 처음 장안 主簿(주부)가 되었으나 武后(무후)가 집권하자 지방으로 좌천되었다. 徐敬業(서경업)이 武后(무후)를 치기 위해 군대를 일으키니 이에 가담하여 그 격문을 썼다 한다. 거사가 실패되자 종적을 감추었다. 이름이 駱賓王(낙빈왕)이니 왕이라고 오해하지 말도록. '駱丞集(낙빈집)' 10권이 있다.

023
夜送趙縱 | 楊炯양형
야 송 조 종

趙氏連城璧하니 由來天下傳이라.
조 씨 연 성 벽 　 유 래 천 하 전

送君歸舊府하면 明月滿前川이라.
송 군 귀 구 부 　 명 월 만 전 천

〖풀이〗 밤에 조종趙縱을 보내다

조씨의 야광주(화씨벽)는 성과 연관 있으니
천하에 전하는 유래 있는 보배로구나.
그대를 보내어 옛 고을에 가게 되면
밝은 달도 앞 내에 가득하겠구나.

〖감상〗

이 시는 역사적 사실에 근거를 두고 있다. 여기의 구슬은 '화씨벽' 을 말하고 있는데, 이 보배와 성과의 교환 조건을 위해 사신을 보내는 내용이다. 제2연에 '그대(조종)를 옛 고을에 보내니 밝은 달이 여울 가득 비친다는 대목이 시적인 인상을 자아내고 있다.

도움말

조나라 혜문왕이 보배로운 구슬(화씨벽)을 얻으니 진나라 소왕이 15성과 바꾸기를 원하여 바꾸게 되었다. 이는 화씨벽을 천하가 모두 공유하는 보배라고 생각하여 다시 조종趙縱을 보내어 찾아오기로 했다. 그러면 조종의 이름도 이 보배와 함께 천하에 전하게 될 것이라 말하고, 오늘에 그대를 옛 고을로 돌아가게 하여 인상여藺相如와 함께 가서 진나라의 화씨벽이 완전히 조나라 것으로 다시 되게 도모하는 것만 같지 못하다고 했다. 밤에 조종과 함께 사람을 보내어 진나라로 가게 되었다. 달빛이 냇물에 비치어 희고 깨끗한 달빛이 내리니, 소리와 빛이 사방에 빛남도 역시 이 시와 같았다.

양형(楊炯)

024
贈, 喬侍御 | 陳子昂진자앙
증 교시어

漢廷榮巧宦이 雲閣薄邊功이라.
한정영교환 운각박변공

可憐驄馬使를 白首爲誰雄고.
가린총마사 백수위수웅

〖풀이〗 교시어에게 주다

한漢나라 조정의 영화로운 교환巧宦이
보잘것없는 공로로 운각雲閣에 이름 내걸었네.
가련하다 그 뇌물로 얻은 총마사驄馬使
그 백수白首를 누가 영웅이 되게 하였나.

〖감상〗

세상에는 이런 일들이 흔히 있을 수 있다. 높은 벼슬도 할 만한 사람이 해야 하고 후세에 이름이 남을 사람도 남을 만한 사람이 남아야 한다. 그렇지 못한 사람이 무슨 방법으로 벼슬이 높으면 세상이 비웃게 된다. 이 시를 보면 보잘것없는 공로나 뇌물로 얻은 벼슬, 운각에 이름이 나붙고 영웅이 된 그 사람을 시인은 은근히 야유를 주고 있다.

도움말

한나라 환전桓典이 어사가 되어서 그 이름에 감탄하므로 사람들이 '총마어사'라고 일컬었다. 운각雲閣은 운대인각雲臺麟閣을 말함이니 변방의 무신을 말한다. 힘들여 싸워 변방을 막는 것이 도리어 상으로 인정받지 못하면 공후公侯의 자리도 역시 환관으로 있으니, 이는 문무文武 모두 바르지 못한 벼슬이다. 젊을 때 어사가 되어서 늙을 때까지 승진이나 좌천이 되지 않고 직언直言도 소용되지 않아 백수白首로 조정에 들어가니 일편 영웅심을 누가 본받을 것인가.

| 덧붙임 |

진자앙(陳子昻)

陳子昻〔진자앙; 661-702, 初唐(초당)〕: 그의 자는 伯玉(백옥)이니 蜀(촉)나라 梓州(재주) 사람이요, 진사에 급제하여 벼슬은 左拾遺(좌습유)였다. 육조의 기교 주의자를 배격하고 내면에서 우러나오는 영혼의 소리에 충실하고자 한 그는 남성적인 기골을 보여준 점에서 이백, 두보 등이 존경하는 선배였다. 앞서는 선구자라고나 할까. 그의 재산을 탐낸 현령에 의해 죽음을 당했다.

025

獄中燕 | 沈佺期심전기
옥 중 연

拾蘂嫌叢棘하고 銜泥怯死灰라.
십 예 혐 총 극 함 니 겁 사 회

不如黃雀語하여 能雪冶長猜라.
불 여 황 작 어 능 설 야 장 시

〖풀이〗 옥중의 제비

꽃 한 송이 주우려니 가시덤불은 싫고

진흙 속에 빠지면 죽을까봐 겁이 나네.
말하는 꾀꼬리와 같지 못하여
능히 공야장公冶長의 시기함을 설욕하였네.

〖감상〗

이 시는 제비와 꾀꼬리의 대비적 표현이다. 이 대비적 표현이 우리 인간의 어떤 일과 연관을 지을 수도 있으니 시인의 사고는 보통 사람에 앞서 간다 할 것이다. 옥중의 제비가 그 꽃술을 주우려니 가시덤불에 찔릴까봐 혐오스럽고, 진흙 속에 빠지니 항상 죽음이 올까봐 겁을 낸다고 했다.

도움말

옛날에 공야장公冶長이 포승줄에 묶여 끌려갈 때에 꾀꼬리가 그 원통함을 말로 하여 그 시기함을 설욕하니, 지금에 저 제비는 비록 갇혀 있으나 반드시 꾀꼬리와 같구나.

| 덧붙임 |

심전기(沈佺期)

沈佺期〔심전기; ?-714, 初唐(초당)〕: 하남성 內黃縣(내황현) 사람. 자는 雲卿(운경). 송지문과 함께 율시 성립에 큰 역할을 했음. 劉庭芝(유정지), 송지문과 같이 진사에 급제, 協律郞(협률랑)에서 시작 給事中(급사중)에 올랐다가 수뢰혐의로 탄핵, 또 실각하여 베트남 북방으로 유배됨. 다음 해에 사면되어 장안으로 돌아와 起居郞(기거랑) 겸 修文館直學士(수문관직학사)를 지냈다. '沈佺期集(심전기집)' 10권이 전한다.

026
江濱梅 | 王適왕적
강 빈 매

忽見寒梅樹하니 開花漢水濱이라.
홀 견 한 매 수 개 화 한 수 빈

不知春色早하니 疑是弄珠人이라.
부 지 춘 색 조 의 시 농 주 인

〖풀이〗 강가의 매화

문득 차가운 매화나무를 보니
한수漢水 물가에서 꽃이 피었구나.
봄빛이 일찍 옴을 알지 못하니
이 혹시 구슬 희롱하는 사람 아닌가?

〖감상〗

이 시야 말로 시적인 표현의 아름다움과 멋이 잘 나타나 있다. 강가에 핀 매화꽃을 노래한 작품으로 이 시의 4행이 모두 매화, 물, 봄빛, 구슬 등의 단어로 이미지가 연결되어 있다. 그리고 이 능청스런 표현이 독자로 하여금 은근히 놀라게 한다. '농주인弄珠人' 이란 단어에 뜻을 부여하고 있다.

도움말

매화는 백화 중에 가장 먼저 피는 꽃이요, 한 번 꽃이 핀 후에는 여러 가지의 꽃송이가 열리니, 일찍 피는 것, 이로 인해 가히 그 꽃의 지조를 알만도 하다. 지금의 한수漢水 물가에는 찬 기운을 이고 바야흐로 꽃이 피었어도 매화에 봄빛이 일찍 오는 것을 알지 못하게 되었다. 마치 구슬을 희롱하는 사람이 물가에 서 있음이 아닌가? 의심이 가더니 가까이 가서 만져보니 성근 그림자 물밑에 가로 비겨 있고, 암향暗香이 바람 앞에 떠서 움직이니 사람으로 하여금 사랑스럽고 감탄할 만하다.

027

南行別弟 | 韋承慶위승경
남 행 별 제

澹澹長江水는 悠悠遠客情이라.
담 담 장 강 수　유 유 원 객 정

落花相與恨고? 到地一無聲이라.
낙 화 상 여 한　도 지 일 무 성

〖풀이〗 남으로 아우를 보내며

담담한 장강의 긴 강물은
유유히 떠나는 먼 나그네 정 머금었네.
낙화가 서로 더불어 어찌 한이 되는가?
거기에 갈 때까지 한마디 말도 없었네.

〖감상〗

남쪽으로 유배를 가기 때문에 형제가 서로 이별하는 시이다. 담담澹澹, 유유悠悠, 낙화, 이런 단어들이 이 시를 만들어내고 있다. 모두가 쓸쓸함을 나타냄으로써 아우를 보내는 형의 심정을 잘 표현해 나가고 있다. 두 사람은 어쩔 수 없는 사정에서 헤어지기 때문에 '한 마디 말도 없었네.' 하는 구절에 가서는 저절로 머리가 끄덕여지는 것이다.

도움말

담담澹澹은 고요하고 맑은 모양이요, 유유悠悠는 끝이 없음을 말한다. 강물로써 객정客情을 일으키고 있다. 이때에 위승경韋承慶이 좌역坐易의 무리로 남쪽 영표에 귀양을 갈 때 장강長江의 중간을 지나가는 고로 '한자恨字' 를 놓았으며, 객정의 중심으로 쫓아오니 꽃이 날아 떨어지는 것이 마치 사람이 표류하는 것과 같아서 꽃과 사람이 역시 한恨하는 것이기에 '서로 더불어 한스럽다' 고 말했다. 담담한 강물은 저와 같고 유유한 객정客情은 이와 같으니 막히고 슬픈 심정이다. 또 저 꽃이 땅에 떨어져도 소리가 없으니 나로 더불어 호소할 곳이 없으므로 함께 한을 지니고 있다고 말했다. 형과 아우가 헤어지는 정 앞에 과연 그 심정이 어떠하였으리요.

028

詠雁 | 韋承慶위승경
영 안

萬里人南去하고 三春雁北飛라.
만 리 인 남 거 삼 춘 안 북 비

不知何歲月에 得與爾同歸오.
부 지 하 세 월 득 여 이 동 귀

[풀이] 기러기를 노래함

만리에 사람들은 남으로 가고

삼춘三春에는 기러기 북쪽으로 날아오네.

모르겠거니, 어느 세월에

너와 함께 고향으로 돌아갈 것인가.

〖감상〗

시인 위승경이 귀양을 떠날 때 읊은 쓸쓸한 시이다. 사람은 남쪽으로 정처 없이 떠나가는데 이 봄날 기러기는 북으로 날아간다는 시인의 끝없는 유랑의 정감을 잘 표현하고 있다. 그리고 그 다음 구절에는 언젠가는 너 기러기와 함께 돌아갈 것인가 하는 심회를 읊고 있다. 시인의 답답한 심회가 잘 나타나 있다.

도움말

위승경韋承慶이 남쪽으로 영외嶺外에 유배를 떠날 때 기러기를 보고 읊어 말하기를 '행인은 남으로 만리타향으로 가거늘, 돌아오는 기러기는 어느 세월에 너를 더불어 청춘을 짝지어 함께 북으로 돌아갈 것인가.' 이는 슬픔이 간절한 글이다. 마음은 남으로 구름을 쫓아가고, 몸은 북으로 기러기를 따라오는 자는 이 사람의 고향이 북에 있어 남으로 향하는 것이기 때문이다. 이와 같이 회포를 품은 자는 인정이 이미 남쪽이 싫거늘, 기러기가 북쪽에 노는 것은 이 사람의 고향이 북쪽 땅에 있고, 나그네가 되어 남중에서 고생하는 까닭에 이와 같이 자기 사는 방향을 가리킨다.

029

送兄 | 七歲 女兒7세 여아
송 형

別路雲初起하고 離亭葉正飛라.
별 로 운 초 기　　이 정 엽 정 비

所嗟人異鴈하니 不作一行歸라.
소 차 인 이 안　　부 작 일 행 귀

【풀이】 **형을 이별하다**

헤어지는 길에는 구름 처음 일어나고
이별하는 정자에 정녕 나뭇잎이 날리네.
슬픔이 사람과 기러기가 서로 다르니
일행을 하여 같이 돌아가지는 못하겠네.

【감상】

이별할 때의 하늘의 구름과 떨어져 날리는 낙엽, 모두가 정처 없이 흘러가는 사물들이다. 거기에다가 더욱 슬픈 것은 사람과 기러기가 함께 갈 수 없다는 안타까움을 표현하고 있다. 사람이 기러기와 함께 동행할 수 있다면 얼마나 좋을까? 어린 소녀의 심정이 잘 나타나 있다.

도움말

이는 7세의 소녀가 언니를 이별하며 지은 시이다. 좁은 길에 처음 일어나는 구름은 이별의 한으로 답답하고, 산의 정자에 낙엽이 날리는 것은 이별의 정이 처량함을 이른다. 아, 저 기러기는 일행이 나란히 하늘로 함께 가거늘, 어째서 나는 형과 떨어져 가야 하느냐? 우리는 저 기러기만 같지 못하다. 7세 여자로 글이 정묘하고 인정이 간절하니 드물게 보는 여아라 할 것이다.

030

江令於長安, 歸, 揚州, 九日賦 | 許敬宗허경종
강령어장안 귀 양주 구일부

心逐南雲逝하고 身隨北鴈來라.
심축남운서 신수북안래

故鄕籬下菊이 今日幾花開오?
고 향 리 하 국　　금 일 기 화 개

〖풀이〗 **중양절에 고향을 생각함**

마음은 남쪽 구름을 좇아 보내고
몸은 북쪽 기러기를 따라오네.
고향의 울타리 아래 국화가
오늘은 몇 송이나 피었을까요?

〖감상〗

고향을 생각하는 마음이 잘 표현된 작품이다. 역시 기러기가 등장한다. 거기에다가 타향에서 명절을 맞이하는 심정을 토로하고 있다. 그래서 몸은 남쪽 하늘의 구름을 따라가고 몸은 북쪽 기러기를 따라 온다고 했다. 그리고 고향집 울타리 아래에 피어있을 국화를 생각한다. 오늘 명절에는 국화가 몇 송이나 피었을까 하고 시인은 말하고 있다.

허경종(許敬宗)

도움말

이는 9월 9일(중구일) 고향을 생각하는 시이다. 이 중양절은 중국에서 큰 명절이며 국화꽃을 꺾어 머리에 꽂는 풍속이 있었다. 장안長安으로부터 양주楊州로 돌아오면, 장안은 북쪽에 있고 양주는 남쪽에 있어서 북은 그의 고향이요, 남은 그의 타향이었다. 어찌 마음에 남은 회한이 없으랴. 가는 길에 마음은 남쪽의 구름을 쫓아가면 구름은 남풍을 따라 북쪽으로 날아가고, 몸은 북쪽 기러기를 따라가면 기러기와 함께 중양절을 만나 남쪽으로 내려오니 몸과 마음이 서로 다른 것은 정회의 간직한 바이다. 생각하기에 고향의 울타리 밑의 국화가 오늘 9일에 몇 송이 꽃이 피어 향기를 토해내는가?

031

中秋月 其一
중 추 월 기 일

李嶠이교

盈缺青冥外하고 東風萬古吹라.
영 결 청 명 외 동 풍 만 고 취

何人種丹桂오? 不長出輪枝라.
하 인 종 단 계 부 장 출 륜 지

〖풀이〗 중추의 달 ❶

둥근 달이 기울어 하늘 밖에 그윽하고
동풍은 만고에 끝없이 불어오네.
누가 저 달에 계수나무를 심어놓았나
가지는 자라서 둥근 달 밖으로 나오지 않구나.

〖감상〗

가을 달을 노래한 시이다. 가을날 달은 만월이 되어 밝고 바람은 시원하게 불어오는데 사람들은 모두 하늘을 쳐다보며 달을 즐긴다. 달 속에는 전설처럼 검은 계수나무가 자라고 있는데, 만약 그것이 수천 년을 자랐다면 둥근 달무리 밖에까지 나올 것이 아닌가. 그런데 그렇지가 않으니 시인의 궁금증은 늘어만 간다.

도움말

중추는 팔월이다. 맑은 연못이 흘러넘치고 산이 높아서 달이 밝게 빛나는 계절이다. 달이 차서 기울고, 기울면 다시 차서 구만리 하늘 밖에 습습한 동풍이 만고에 불어 다하지 않는다. 붉은 계수나무를 어느 누가 둥근 달 안에 심어 놓아도 그것이 자라나 둥근 달 밖으로 튀어나오지 않는다. 달은 이에 태음太陰의 정령이니 햇빛을 받아 희게 보이고, 달 속의 계수나무 이야기는 시인이 전한 말이며 그 적부的否에 대한 사연은 알지 못한다.

032
中秋月 其二 | 李嶠이교
중 추 월 기 이

圓魄上寒空하여 皆言四海同이라.
원 백 상 한 공 개 언 사 해 동

安知千里外에서 不有雨兼風이리오?
안 지 천 리 외 불 유 우 겸 풍

〖풀이〗 중추의 달 ❷

둥근 달이 저 하늘에 떠서
세상이 다 똑같다고 말하네.
천리 밖 아득한 곳에서

비 오고 바람 부는 것을 어찌 알리요?

〚감상〛

둥근 달은 공중에 높이 걸려서 세상을 내려다보고 있다. 가까이는 우리의 얼굴을 비추고, 멀리는 태산과 사해를 비추니 신기하기만 하다. 더구나 천리 밖에서 비 오고 바람 부는 일까지 저 달은 다 알고 있을 것이 아닌가.

중추 밝은 달이 동천에 올라오니 달구경하는 사람이 모두 말하기를 '오늘 밤 저 달이 세상을 골고루 비추고 천리 밖에서 바람 불고 비 오며 흐리고 맑아서 오늘 밤 밝은 달이 하나같이 이 땅을 편하게 함을 알겠구나.' 한다.

어려운 낱말

• 青冥(청명) : 하늘을 말한다. • 圓魄(원백) : 달을 가리키며. • 寒空(한공) : 바로 하늘이다.

| 덧붙임 |

李嶠〔이교; 644-713, 唐初(당초)〕: 하북성 趙州人(조주인). 字(자)는 巨山(거산). 20세에 진사 급제 후 감숙성 定安縣尉(정안현위)를 시작으로 監察御使 給事中(감찰어사 급사중). 鳳閣舍人(봉각사인). 등으로 승진, 그 사이 변설과 詩才(시재)로 두각을 나타내 宮庭詩壇(궁정시단)의 중요한 인물이 되었다. 측천무후 때 문화사업이었던 '三教珠英(삼교주영)' 1,300권을 편집하여 재상의 지위에 오르는 등 출세 가도를 달렸으나 예종이 즉위한 후 하남성 懷州刺士(회주자사)로 좌천되었다. 현종이 즉위하자 숙청을 겨우 면하고 虔州刺史(건주자사)인 아들에게 몸을 의탁한 채 만년을 보냈다. 李巨山集(이거산집) 60권이 있었다 하나 지금은 2권만 전하며 2백여 수의 시가 남아있다.

033

子夜春歌 | 郭振곽진
자 야 춘 가

陌頭楊柳枝에 已被春風吹라.
맥 두 양 류 지 이 피 춘 풍 취

妾心正斷絶하니 君懷那得知오.
첩 심 정 단 절 군 회 나 득 지

〖풀이〗 자야의 봄노래

언덕 위의 버드나무 가지에
봄바람은 이미 불고 있네요.
이내 마음 정말 찢어지는 것 같사오니
그대는 이 회포를 어찌 알리요.

〖감상〗

군대에 나간 남편을 생각하는 여인의 가냘픈 심정을 노래하고 있다. 계절은 봄, 파릇파릇한 언덕의 버드나무 가지에 멀리서 바람은 불어오는데 보고 싶은 그대의 얼굴을 생각하니 가슴이 찢어지는 것 같구려. 이 아픈 마음을 군대에 나간 그대는 정말 알아주실까요?

도움말

이는 정부征夫의 노래이다. 이별을 한지 오래되어 슬픈 마음일지언정 봄날의 경치를 어찌 하리요. 언덕 위의 버드나무를 문득 바라보니 푸르고 연약한 가지가 봄바람에 흔들리니 여자의 마음은 더욱 아프고 쓰라리어 창자를 에는듯하니 그대 회포 또한 이와 같을지 가히 알지 못하리다.

참고사항

• 자야오가子夜吳歌는 진나라의 자야子夜라는 여인이 지은 가곡의 제목임. 이 곡에 따라 시인들이 지은 노래가 악부 시집에 '자야오가子夜吳歌'로서 117수나 전한다. • 여기서는 춘일의 경물景物을 노래했기에 자야춘가子夜春歌라고 했다.

034

秋朝覽鏡 | 薛稷설직

추 조 람 경

客心驚落木하니 夜坐聽秋風이라.
객 심 경 락 목 야 좌 청 추 풍

朝日看容鬢하니 生涯在鏡中이라.
조 일 간 용 빈 생 애 재 경 중

〖풀이〗 가을 아침에 거울을 보며

나그네 마음 낙엽소리에도 놀라니
밤에 앉아 가을바람 소리를 듣고 있네.
이른 아침 내 얼굴 귀밑머리를 보니
내 생애가 거울 속에 비치고 있네.

〖감상〗

나그네의 근심이 어디 안 닫는 데가 없다. 나뭇잎 지는 소리에도 놀라니 늙어 가는 한탄이 한꺼번에 일어나는구나. 이로부터 한 번 놀라서 한밤중에 일어나 앉아 들으니 나뭇잎 지는 소리는 가을바람 소리다. 이 가을바람

소리가 무정하여 사람으로 하여금 수심을 녹이는구나. 밤에 근심 속에 앉아 얼굴의 구레 수염이 달라져 있기에 이튿날 아침 거울을 보니 수염이 허옇게 되어있어 내 생애를 한번 깨닫게 되었다. '거울 속의 허연 터럭' 이것이 내 삶의 증거인가.

도움말

이 시는 가을과 낙엽과 나그네의 쓸쓸한 심정과 거울에 비치는 나그네의 얼굴, 그 거울 속에 비치어 허옇게 보이는 귀밑머리, 이런 것들이 어우러져 시를 형성하고 있다. 어쨌든 쓸쓸한 가을과 쓸쓸한 나그네가 자기를 한탄하는 어조로 표현한 작품이다.

설직(薛稷)

035
詠, 黃鶯兒 | 鄭愔정음
영 황양아

欲囀聲猶澁하고 將飛羽未調라.
욕전성유삽 장비우미조

高風不借便이면 何處得遷喬오?
고풍불차편 하처득천교

〖풀이〗 어린 꾀꼬리를 노래함

소리 내어 노래하려니 목소리 껄끄럽고
날아오르려니 날개 고르지 못 하네.
높은 바람을 얻지 못하면
어느 곳에 높이 날아오를 것인가.

〖감상〗

아직 목소리를 갖추지 못한 어린 꾀꼬리 한 마리, 소리 높여 울어 보려 하나 껄끄러운 목소리에 마음대로 되지 않고 하늘 높이 날아 가려 하나 날개 또한 갖추지 못했으니 모든 것이 제대로 되지 않는다. 바람이 불어오지 않으면 하늘 높이 날 수도 없으니 안타깝기만 하다. 이런 현상을 어찌 꾀꼬리에만 국한하랴. 이는 시인 정음鄭愔 자신의 사회 진출에 대한 불만과 자탄의 목소리로 들린다.

도움말

이는 어린 꾀꼬리를 읊은 시이다. 아직 어린 새이기 때문에 우는 소리나 비상하는 능력이 어설프다. 언젠가는 저 푸른 하늘 높이 날 수 있을 것이다.

어려운 낱말

• 囀(전) : 새가 지저귀다. 울다. • 澁(삽) : 껄끄럽고 떫다. • 羽未調(우미조) : 날개가 아직 갖추지 못함. • 愔(음) : 화평하다

036
南望樓 남망루 | 盧僎노선

去國三巴遠이요 登樓萬里春이라.
거국삼파원 등루만리춘

傷心江上客이 不是故鄕人이라.
상심강상객 불시고향인

〖풀이〗 남쪽 누각樓閣에서 바라봄

나라를 떠나오니 삼파三巴가 멀고
누각에 오르니 만리萬里에 모두 봄날이로다.
상심傷心하는 강가의 나그네가
모두가 고향 사람만은 아니었네.

〖감상〗

계절로 보아 봄이다. 누대에 오르니 멀리서 봄은 오고 있었다. 강가를 떠도는 나그네가 이 봄에 느끼는 것은 무엇인가. 멀리 있는 고향이다. 그래서 시인의 고향이 삼파三巴인가? 이 봄날 나그네의 영원한 노스탤지어는 이 강물 위에 있으니 고향 사람 하나 만날 수 없구나.

도움말

이는 누각에 올라 멀리 바라보는 때이다. 나라를 떠나가니 삼파三巴가 어째서 멀며, 누각에 올라가면 어째서 만리가 모두 봄날인가. 만리의 봄빛이 모두 눈 안에 들어오니 나그네 회포의 슬픈 느낌이 어찌 상심하지 않겠나. 강가로 지나가는 나그네가 모두 고향 사람이 아니며 모두가 타향의 나그네이니 마음 더욱 아파 억제하여 견디지 못할 따름이다.

037
途中口號 | 盧僎노선
도중구호

抱玉三朝楚하고 懷書十上秦이라.
포옥삼조초 회서십상전

年年洛陽陌에 花鳥弄歸人이라.
연년낙양맥 화조롱귀인

〖풀이〗 길을 가면서

옥을 안고 세 번이나 초楚나라에 조회하고
글을 품고 진秦나라에 열 번이나 올랐네.
해마다 낙양洛陽의 언덕에서는
화조花鳥를 희롱하고 돌아가는 사람 있었네.

〖감상〗

꿈과 희망을 품고 나라에 벼슬을 하고 남자의 큰 뜻을 펴기 위해 해마다 고향 떠나 서울로 과거보러 떠나니 한 번쯤 큰 뜻 가슴에 품을 만하지 않는

가. 포옥회서捕玉懷書는 고사를 인용해서 비유한 말이다. 이것은 뜻을 얻지 못한 모양을 우화 했으니 해마다 낙양洛陽의 언덕에 꽃과 새를 희롱하고 돌아오는 사람 있으니 이를 한탄하는 것이 이 시의 발상發想이다. 사나이의 기개를 노래한 시다.

어려운 낱말

• 抱玉(포옥) : 마음속의 지와 덕을 말함.

| 덧붙임 |

盧僎〔노선, 唐初(당초)〕: 하북성 臨漳縣人(임장현인). 중종 때 산서성 聞喜縣(문희현)에서 集賢院(집현원) 학사가 되었다가 吏部員外郎(이부원외랑)에 이르렀다. 시인으로서는 그다지 유명하지 않음. 14수의 시가 전한다.

038
奉, 和元日, 贈, 群臣栢葉 | 武平一무평일
봉 화원일 증 군신백엽

綠葉迎春綠이요 寒枝歷歲寒하소서.
녹엽영춘록 한지역세한

願持栢葉壽요 長奉萬年歡하소서.
원지백엽수 장봉만년환

〖풀이〗 **원일元日에 신하에게 내려준 잣나무잎을 받들며**

푸른 잎은 푸른 봄을 맞이하고

차가운 가지는 세한歲寒을 지나가게 하소서.
잣나무처럼 오랜 수壽 하시기를 기원하오며
만년의 즐거움을 내내 받드옵소서.

【감상】

정월 초하룻날 임금이 신하들에게 내린 잣나무 잎을 받잡고 임금께 감사의 마음을 시로 나타낸 것이다. 푸른 잎은 봄을 맞이한다는 뜻이요, 나뭇가지는 추위를 지나가게 해 달라는 기원이 들어있다. 그래서 잣나무처럼 오랜 수를 기원하여 만년의 즐거움을 내내 받게 해 달라는 기원의 뜻이 내포되어 있다.

도움말

정월 초하룻날에〔원일元日〕 여러 신하들이 백엽栢葉을 하사 받았다. 그래서 신하들이 임금께 신년을 축하하는 뜻이 담겨 있는 시를 지었다. 원일元日은 정월 초하룻날 아침이다. 의정대신이 백관을 거느리고 조정에 들어가 임금님께 새해 인사를 올렸다. 녹엽綠葉과 한지寒枝(잣나무의 잎과 잣나무의 가지) 푸른색은 영춘迎春의 기상을 비유하고, 차가운 가지는 한 해의 시작이 차가움으로부터 시작한다는 뜻이다.

039
喜入長安 | 崔湜최식
희 입 장 안

雲日能催曉하고 風光不借年이라.
운 일 능 최 효　　풍 광 불 차 년

賴逢征路盡하여 歸在落花前이라.
뇌 봉 정 로 진 귀 재 낙 화 전

〖풀이〗 기쁘게 장안에 들어가다

서운瑞雲의 날빛은 새벽을 재촉하고
풍광은 해를 빌리지 아니하네.
마침 원정遠征의 길 이에 다함을 힘입어
장안에 돌아와서 꽃 지는 그 앞에 서보네.

〖감상〗

장안으로 들어오는 감회가 무척 새롭다. 아침 해의 빛나는 서광은 희망적이고 풍광 또한 아름다워 매우 흔쾌한 느낌을 준다. 더구나 군대에서 개선하고 돌아오는 그 기쁨이야 무엇에 비길까. 아름다운 꽃이 지는 그 앞에서 봄으로써 이 기쁨을 말하고 있다.

도움말

시인 최식崔湜이 장안에 들어오는 길이었다. 구름 속의 빛나는 아침 해가 홀연히 동천에 올라오니 새벽을 재촉하는 이 상쾌한 아침에 차갑고 청량한 기분과 창망한 빛깔은 구경할 만했다. 감격스런 풍광이 새벽을 재촉해서 세월이 물과 같이 흐르니 부생浮生이 얼마인가. 또 지금은 전쟁이 끝나서 평화를 점치고 장안에 입성하니 백화가 만발하는 계절이었다. 어찌 기쁘지 아니한가. 이 시는 마음의 기쁜 상태에서 씌어진 작품이다.

어려운 낱말

• 催曉(최효) : 새벽의 상쾌한 기분. • 借年(차년) : 해를 빌리다.

040
山鷓鴣詞 | 蘇頲소정
산 자 고 사

人坐青樓晩하고 鶯語百花時라.
인 좌 청 루 만　　앵 어 백 화 시

愁多人自老하니 腸斷君不知라.
수 다 인 자 로　　장 단 군 부 지

〖풀이〗 자고새의 노래

청루青樓에 앉아 있으면 날은 저물어 가고
백화만발한 봄엔 꾀꼬리가 노래하네.
수심 속에 사람은 늙어가나니
속을 에는 슬픔을 그대는 알지 못하리.

〖감상〗

'자고' 새란 제목으로 씌어진 이 시가 '자고' 새에 대해서는 한 마디도 없다. 어째서 인가? 그것은 제목만 그렇게 붙였을 뿐, 이 시의 내용은 새의 울음으로 나타나는 인간의 감성만을 표현했기 때문이다. 청루青樓에 앉아 저물어 가는 빛을 사랑하고, 백화가 만발할 때는 꾀꼬리가 지저귀니 이때를 맞아 사람은 수심으로 늙어간다고 했다. 마디마디 굽은 창자가 얼마나 끊어졌는지 그대는 알지 못하리라. 알지 못하는 그 어느 곳에 이 한이 얼마나 맺혀 있는가.

어려운 낱말

• 青樓晩(청루만) : 청루에서 하루해가 지는 저녁때, 즉 青樓暮色(청루모색). • 鶯

語(앵어) : 꾀꼬리가 울다. • 愁多(수다) : 수심이 가득함. • 腸斷(장단) : 창자를 에다.

041
蜀道後期 | 張說장열
촉 도 후 기

客心爭日月하고 來往預期程이라.
객 심 쟁 일 월 내 왕 예 기 정

秋風不相待하니 先至洛陽城이라.
추 풍 불 상 대 선 지 낙 양 성

〖풀이〗 촉도蜀道에서 늦어지다

여행하는 사람의 마음은 시간을 다투어
왔다 가는 일정을 미리 정했네.
가을바람이 기다려주지 않았기에
그 바람 먼저 낙양성洛陽城에 이르렀구나.

〖감상〗

장열의 시다. 장열을 연국공이라 했다. 장열의 벼슬은 중서령이요, 연국공燕國公에 봉해졌기에 연공이라 불렀다. 이 시는 벗에게 촉나라에서 돌아와 그간에 서로 약속을 하고 동도東都로 돌아올 때, 갈 때의 여행 계획보다 먼저 돌아온 까닭으로 그 이유를 이 시에 잘 표현하고 있다. 말하되, 객이 일찍 돌아와서 비록 하루를 먼저 왔으나 이는 더불어 기약을 고쳐서 낙양

촉도(蜀道)

에 들어 왔으니, 뜻하지 않는 가을바람이 먼저 온 것이지 내가 늦게 낙양에 들어온 것이 아님을 넌지시 말하고 있음을 가히 알겠다.

어려운 낱말

• 蜀道(촉도) : 지금의 사천성인 촉 지방으로 가는 험준한 길. • 後期(후기) : 예정보다 늦다. • 爭日月(쟁일월) : 해와 달의 운행과 경쟁함. • 來往(내왕) : 왕복. • 豫(예) : 미리. • 期程(기정) : 일정을 정하다. • 洛陽城(낙양성) : 하남성에 있는 땅(작자의 집이 있는 곳).

042

守歲 수세 | 張說장열

故歲今宵盡하고 新年明旦來라.
고세금소진 신년명단래

愁心隨斗柄하니 東北望春回라.
수심수두병　　　동북망춘회

〖풀이〗 제야除夜

묵은해도 오늘 하룻밤에 다하니

새해는 내일 아침에 다시 온다.

근심스런 마음으로 북두를 따라가니

동북 하늘에 봄 돌아옴을 바라네.

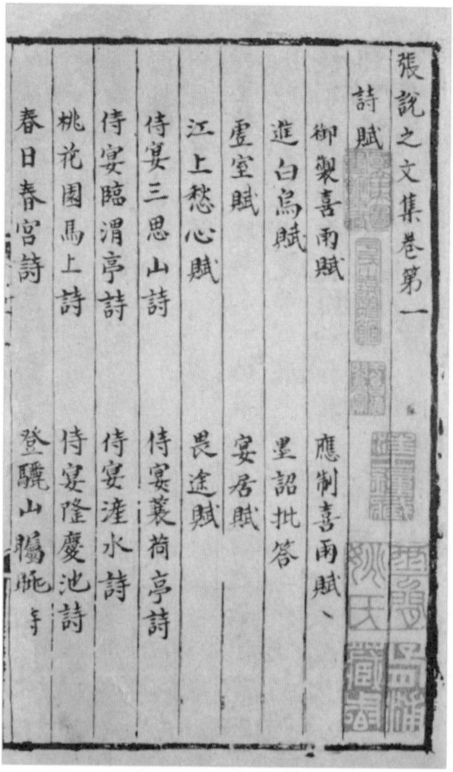
張說之文集卷第一
詩賦
御製喜雨賦　應制喜雨賦、
進白烏賦　墨詔批答
壼室賦　安居賦
江上愁心賦　畏途賦
侍宴三思山詩　侍宴蘘荷亭詩
侍宴臨渭亭詩　侍宴滻水詩
桃花園馬上詩　侍宴隆慶池詩
春日春宮詩　登驪山觴眺詩

장열지문집(張說之文集)

〖감상〗

이는 제석除夕의 시이다. 섣달그믐날 밤을 지키는 것이 '수세守歲'이다. 그러므로 삼백육십 일이 오늘 밤으로 다하고 새로운 삼백육십 일이 내일 아침 일찍 오게 되니, 이는 신구 교환의 밤이다. 추위는 하룻밤을 따라 가버리고, 봄은 오경을 좇아오니 북두칠성이 점점 동쪽을 가리키는 까닭에 사람의 배와 수심을 채워준다는 말이니 역시 이것을 따를 뿐이다. 끝 구절이 새해에 대한 희망찬 이미지가 나타나 있다.

어려운 낱말

• 守歲(수세) : 섣달그믐, 밤을 새는 일. • 故歲(고세) : 묵은 해. • 明旦(명단) : 내일 아침. 旦(단)은 朝(조)와 같음. • 斗柄(두병) : 북두칠성.

| 덧붙임 |

張說〔장열; 667-730 唐初(당초)〕: 자는 道濟(도제) 또는 說之(열지), 초당에서 성당에 걸쳐 재상으로 활약. 洛陽人(낙양인)이다. 소정으로 더불어 문명을 날렸으니 사람들이 그를 '燕許大手筆(연허대수필)'이라 했다. '張說之文集(장열지문집)' 25권과 350여 수의 시가 전한다.

043

自君之出矣 | 張九齡장구령
자 군 지 출 의

自君之出矣로 不復理殘機라.
자 군 지 출 의　불 부 리 잔 기

思君如滿月하니 夜夜減清輝라.
사 군 여 만 월　　　야 야 감 청 휘

〖풀이〗 **그대 가고 난 다음부터**

그대 가버린 다음부터
쇠잔한 베틀을 디시는 만지지 않았네.
그대 생각이 둥근 달과 같으니
밤마다 맑게 빛남이 덜어가고 있었네.

〖감상〗

그대가 떠나가고 난 다음 모든 일이 손에 잡히지 않았다. 더구나 여자의 일이라고 하는 베 짜기도 손에 잡히지 않으니 말이다. 그대의 생각이 저 달과 같으니 밤에 비치는 저 둥근 달도 희미하게 빛을 잃어가고 있으니 이 무슨 일인가?

도움말

'自' 앞에 먼저 어떤 정황이 있어야 할 것 같다. 그대가 한 번 나가고는 모든 것을 물리칠 따름이었다. 그대 가기 전에 날로 베틀에서 부지런히 하던 일이 그 이후로는 다시 그렇지 못했다. 그대에 대한 생각이 끊어진 이후로는 여자의 일로 당연한 요리나 베틀마저 생각에서 떠나갔다. 그리고 '사군思君' 이 두 자가 그 다음 구절인 '여만월如滿月, 야야감청휘夜夜減清輝'를 살려주고 있으니, 둥근 달이 밤마다 맑은 빛을 잃어가고 있다는 것이 여자의 심정이다. 이는 규정閨情으로써 신하가 임금을 생각하는 것도 역시 이와 같은 것이다.

044

照鏡 | 張九齡장구령
조 경

宿昔靑雲志가 蹉跎白髮年이라.
숙 석 청 운 지　차 타 백 발 년

誰知明鏡裏에 形影自相憐이라.
수 지 명 경 리　형 영 자 상 련

〖풀이〗 거울을 보면서

지난날 청운의 뜻이
헛되이 백발만 늘어났네.
누가 이 거울 속의
나의 불쌍한 얼굴을 알아주리.

〖감상〗

이는 거울을 대하여 자탄하는 형식의 시다. 지금 와서 옛날을 회상하니 청운의 뜻이 있어 공명을 찾아갔는데, 지금은 뜻이 무너지고 얼굴마저 메말라 얼굴은 늙어가고 백발은 드리워져 다시는 소년시절로 돌아갈 수 없으니 이 어찌할꼬? 이런 거울 속의 나를 누가 알아 불쌍히 여겨줄까. 심히 슬플 따름이다.

어려운 낱말

• 宿昔(숙석) : 지난날. • 靑雲志(청운지) : 입신출세하려는 큰 뜻. • 蹉跎(차타) : 기회와 시기를 놓침. • 誰知(수지) : 누가 알랴? • 形影(형영) : 거울 속에 비친 자기의 얼굴.

| 덧붙임 |

장구령(張九齡)

張九齡〔장구령; 678-740, 唐初(당초)〕: 광동성 韶州(소주) 曲江縣人(곡강현인). 字(자)는 子壽(자수). 진사 급제 후 校書郎(교서랑), 左拾遺(좌습유), 中書舍人(중서사인) 등을 역임. 재상 張說(장열)의 심복으로 활약. 장열 사후에는 재상이 되어 현종을 보좌, 개원 최후의 賢相(현상)으로 칭송되었으나 그 지위를 엿보던 李林甫(이임보)의 참언으로 현종의 신임을 잃고 호북성 江陵(강릉)에 荊州長史(형주장사)로 좌천, 그곳에서 병사했다. 陳子昂(진자앙)의 뒤를 이어 시의 복고 운동에 진력했으며, 오언고시에 특히 능했다. '曲江張先生集(곡강장선생집)' 20권, 210수의 시가 전한다.

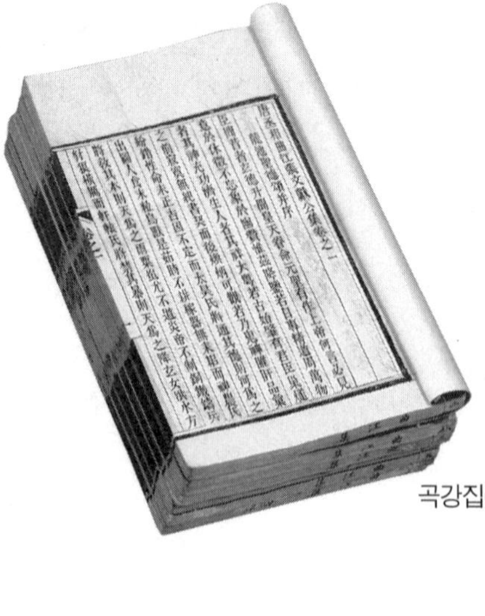

곡강집(曲江集)

045
同, 洛陽, 李少府, 觀, 永樂公主, 入番 | 孫逖손적
동 낙 양 이 소 부 관 영 락 공 주 입 번

邊地鶯花少하니 年年未覺新이라.
변 지 앵 화 소 연 년 미 각 신

美人天上落하니 龍塞始應春이라.
미 인 천 상 락 용 새 시 응 춘

〖풀이〗 **영락공주 번蕃에 시집가다**

변방에는 꾀꼬리와 꽃이 적으니
해마다 새로움을 깨닫지 못하네.
미인이 하늘나라에서 떨어졌으니
변방에는 응당 봄이 시작되리라.

〖감상〗

변방은 추운 지방이기 때문에 봄이 와도 봄 기분을 느낄 수가 없다. 꽃도 없고 제비도 없고 봄에 온다는 꾀꼬리도 없으니 새봄이 와도 전연 새로움을 깨닫지 못한다. 이런 곳에 당나라 왕족인 미인이 이곳에 시집을 오게 되었으니, 이는 아름다운 꽃이 하늘에서 뚝 떨어지는 것이나 다름이 없다. 그래서 이런 미인 때문에 이제야 드디어 봄이 오는 것 같구나.

도움말

용새龍塞는 용황변새龍荒邊塞의 땅이다. 당나라에서 종녀宗女로 외번外蕃에 출가하게 되어 왕실의 공주가 시집가게 되었다. 시인 손적孫逖이 이것을 보고 느낌이 있어 이 시를 지었다. 변방 땅은 춥고 거칠어 꾀꼬리와 제비가 살지 못하고 봄은 와도 꽃이 드물어서 비록 새로운 봄을 맞이해도 봄빛의 아름다움을 보지 못한다. 이제 공주가 서울 왕실에서 여기에 오시니 마치 하늘로부터 내려오는 것과 같아 변방 땅이 거친 땅이란 사실을 처음으로 보고 이곳의 봄빛도 실감해 보고 알게 되었다.

| 덧붙임 |

孫逖(손적): 傳州人(전주인)이니, 盛唐(성당) 때 中書舍人(중서사인)이었다.

046
靜夜思 | 李白이백
정 야 사

牀前看月光하니 疑是地上霜이라.
상 전 간 월 광 의 시 지 상 상

擧頭望明月하고 低頭思故鄕이라.
거 두 망 명 월 저 두 사 고 향

〖풀이〗 고요한 밤의 생각

침상 앞의 달빛을 보고는
땅 위에 하얗게 내린 서리 아닐까?
머리 들어 멀리 달을 쳐다보고
머리 숙여 고향 생각하네.

[감상]

이백의 시로 널리 알려진 이 작품으로 사향시思鄕詩이다. 계절은 가을, 달빛이 너무 너무 밝아 온 세상이 마치 서리 내린 듯이 하얗다. 잠자는 침상 머리에서 조용히 그것을 보고 있는 나그네는 먼저 무심한 가운데 달빛을 보았을 때 혹시 새벽? 날이 새고 있지 않을까? 하고 의심도 해본다. 갑자기 머리를 들어 하늘을 보니 밝은 달이 중천에 걸려있고 자기가 타향의 나그네 되어 있음을 깨닫는다. 머리를 들어 저 달을 보고 머리를 숙여 조용히 고향을 생각한다. 고향에도 저 달이 떴을 테고 타향에도 저 달이 떴으니 말이다. 그래서 고요한 가을밤에 정녕 가슴을 진정하지 못한다.

참고사항

• 牀(상) : 중국의 침대. • 明月光(명월광) : '간월광看月光' 으로 된 곳도 있다. 자야오가子夜吳歌의 '추가秋歌' 에 '앙두간명월仰頭看明月 기정천리광寄情千里光' 이라는 시구가 있다.

* 이 시의 다른 책에서는 이렇게 쓰여져 있다. 牀前明月光(상전명월광), 疑是地上霜(의시지상상). 擧頭望山月(거두망산월), 低首思故鄕(저두사고향). 라고.

047

相逢行 | 李白이백
상 봉 행

相逢紅塵內하여 高揖黃金鞭이라.
상 봉 홍 진 내 　 고 읍 황 금 편

萬戶垂楊裏에 君家阿那邊고?
만 호 수 양 리 　 군 가 아 나 변

〖풀이〗 서로 만나서

서로 시끄러운 세상에서 우리 만나
높이 황금 채찍을 들고 인사를 나누네.
만호萬戶 장안 버드나무 숲 속에
그대의 집 어느 언덕에 있는가.

〖감상〗

이 시는 협객 유자遊子가 시끄러운 세상에서 친구를 만나 황금 채찍을 높이 들고 서로 인사하면서 묻기를 '장안의 수많은 집들 중에 버드나무가 푸른 그 속에 그대의 집이 있다니 어느 집인가?' 하고 물었다. 여기서 황금색 채찍을 들었다는 것은 협객의 상태를 한 눈으로 바라볼 수 있다.

어려운 낱말

• 相逢(상봉) : 서로 만나다. • 高揖(고읍) : 손을 높이 들어 예의를 표시하다. 중국 사람들의 인사인 揖(읍)하는 것을 말함. • 紅塵內(홍진내) : 시끄러운 세상에서. • 黃金鞭(황금편) : 황금 채찍이니 화려하게 꾸민 말채찍. • 垂楊裏(수양리) : 수양버들 늘어선 그 속에. • 阿那邊(아나변) : 어느 언덕 가인가?

048
綠水曲 | 李白이백
녹 수 곡

綠水明秋月이요 南湖採白蘋이라.
녹수명추월 남호채백빈

荷花嬌欲語하여 愁殺蕩舟人이라.
하화교욕어　　수쇄탕주인

〖풀이〗 푸른 물을 노래함

푸른 물 위에 밝은 가을달이 비치고
남쪽 호수 가에서 흰 부들을 캐고 있네.
연꽃은 탐스러워 꼭 말을 하려는 것 같아서
배 위에 있는 사람의 근심을 녹이고 있네.

〖감상〗

물과 달이 가을이 되니 지극히 맑고 깨끗하여 배를 띄우고 경치를 구경하기에 매우 좋다. 이 푸른 물 위엔 흰 부들이 있어 가을의 분위기가 완연한데 배를 저어 물결을 즐기는 사람이 있어서 부들을 캐려 하니 요염한 연꽃잎은 꼭 무슨 말을 하려는 듯하다. 연꽃에 어리는 빛깔은 눈이 부시고 요염한 꽃 빛은 사람을 현혹시키니 이로 인해 사람을 수심에 빠지게 하고 수심이 짙으면 배를 젓는 사람의 마음속 사모의 정이 생겨나서 이에 의탁하는 바가 된다.

도움말

가을 물은 장마 끝에 더욱 푸르고, 가을 달은 나뭇잎에 티끌을 씻어낸 뒤에 더욱 밝으니 청량한 가을 색이 사람으로 하여금 감상에 젖게 한다. 거기에다가 부들을 캐는 계절에는 연꽃이 꼭 말을 하는 것 같고 교태를 부리는 것 같아서 보는 사람으로 하여금 마음을 끌게 한다.

어려운 낱말

• 綠水曲(녹수곡) : 푸른 물을 노래함. • 白蘋(백빈) : 물 위에서 기생하는 개구리밥. 혹은 부평초. • 荷花(하화) : 연꽃. • 愁殺(수쇄) : 근심을 녹이다. • 蕩舟人(탕주인) : 흐르는 물 위에 배를 타고 가는 사람.

049
玉階怨 | 李白이백
옥 계 원

玉階生白露하여 夜久侵羅襪이라.
옥 계 생 백 로 　야 구 침 라 말

却下水晶簾하고 玲瓏望秋月이라.
각 하 수 정 렴 　영 롱 망 추 월

〖풀이〗 임을 원망하며

궁궐 섬돌 위에 하얀 이슬 내려
깊은 밤 비단 버선 젖었네.
문득 수정 발을 내리고
영롱한 가을 달을 바라본다.

〖감상〗

궁녀가 밤이 늦어 임금님이 오시기를 기다리는 것이다. 이것은 사랑하는 사람을 기다리는 공통된 심정일 것이다. 궁녀는 오늘 밤에 궁궐 계단 앞에 서서 밤이 깊도록 흰 이슬이 내리고 있음을 깨닫지 못한다. '生' 자에

유의하라. 밤이슬이 내린다는 것이다. 인하여 옷과 버선마저 이슬에 젖어 밤이 늦어 궁궐 계단에 오래 서 있지를 못한다. 문득 방안으로 들어가서 차가운 기운이 몸에 침노하므로 주렴을 내리고 침수에 들었다가 잠이 오지 않아 주렴 밖의 영롱한 달을 바라보고 행행行幸하던 그때의 정이 끊어지지 않아 비록 말은 하지 않아도 글자 그대로 궁녀의 가슴에는 원한이 남아 있었다.

도움말

옥계는 궁궐의 계단을 미화해서 말한다. 임금과 궁녀들이 오가는 계단에 밤이면 찬이슬도 내린다. 나말羅襪은 버선이다. 밤이 되니 차가운 기운이 옷과 버선에 스며든다. 수정렴水晶簾은 수정으로 만든 발이니, 궁궐의 호화로운 생활의 일면을 말하고 있다. 영농玲瓏은 구슬이 눈부시게 빛나는 것을 말하지만 여기서는 달빛이 아른거리는 것을 말한다.

050
怨情 | 李白이백
원 정

美人捲珠簾하고 深坐嚬蛾眉라.
미 인 권 주 렴　　심 좌 빈 아 미

但見淚痕濕하여 不知心恨誰리오.
단 견 누 흔 습　　부 지 심 한 수

〖풀이〗 그대를 원망하며

어여쁜 여인이 주렴을 걷고

곧게 앉아 나비 눈썹 찡그리네.
다만 눈물 젖은 흔적을 보아서
마음속 깊은 원한 누가 알아 주리요.

〖감상〗

이 역시 궁녀의 애달픈 사연을 시로 적은 것이다. 궁녀가 임금을 기다리는 마음, 그러나 임금은 오늘 밤도 다른 여인의 처소로 갔구나. 이는 슬픈 원한으로 다가오는 눈물겨운 사연이 맺힌 시이다. 미인이 가슴속에 가득한 원한을 이기지 못하여 방에 주렴을 걷고 곧게 누각에 앉아 두 마리 나비 같은 속눈썹을 찡그리더니 문득 슬픈 눈물을 흘려 양 볼을 적시고 촉촉이 눈자위를 적신 흔적이 마르지 아니하니 알지 못 하겠구나, 그 깊은 한이 누구 때문에 그러한지?

도움말

미인은 궁녀를 말한다. 궁녀는 아름다운 여인이기 때문이다. 우리나라에서는 미인을 임금을 상징하기도 한다.(㉳ 송강의 사미인곡)

어려운 낱말

• 捲珠簾(권주렴) : 주렴을 걷다. • 嚬蛾(빈아) : 나비 같은 눈썹을 찡그리다. • 嚬(빈) : 찡그리다. • 蛾(아) : 나비 눈썹. • 淚痕濕(누흔습) : 눈에 눈물이 젖어 울던 흔적이 남아 있다. • 心恨(심한) : 마음속에 남아 있는 원한.

051

秋浦歌 | 李白이백
추 포 가

白髮三千丈이 緣愁似箇長이라.
백 발 삼 천 장　연 수 사 개 장

不知明鏡裏에 何處得秋霜고?
부 지 명 경 리　하 처 득 추 상

〖풀이〗 추포의 노래

백발 삼천 발이
근심 때문에 이렇게 되었소.
모르겠네, 거울 속에
어디서 가을 서리를 맞았는고?

〖감상〗

이 '추포가秋浦歌'는 널리 알려진 이태백의 시다. 지나친 과장과 걸출한 시적 배포가 많은 사람에게 호감을 주는 작품이다. 이백이 지양池陽에 우거寓居할 때 느낀 바 있어 지은 작품이다. 나의 이 머리털이 수심 때문에 하얗게 길어졌으니 이것을 재어보면 응당 삼천 발이나 될 것이니, 모든 사람들이 근심과 걱정 때문임을 나는 안다. 내 젊을 때는 흰머리가 하나도 없더니 모르는 사이에 날마다 생겨나서 그 검은 머리가 마치 가을 서리를 맞은 나뭇잎같이 허옇게 말라 떨어지는 것 같다. 그래서 거울 속에 찌든 가을 서리는 어디서 얻어 왔는가. 역시 이것은 근심과 걱정 때문이리라.

어려운 낱말

• 秋浦(추포) : 지금의 안휘성 귀지현에 있는 포구浦口. 만년에 이백이 좋아한 곳으로 여기서 17수의 추포가를 지었다. 이 시는 그중의 15번째의 것이다. • 三千丈(삼천장) : 1장이 10척. 백발의 길이를 과장한 것. • 似箇(사개) : 이렇게. '여차如此' 와 같음.

추포(秋浦)

052
觀, 放白鷹 | 李白이백
관 방백응

八月邊風高하니 胡鷹白錦毛라.
팔월변풍고 호응백금모

孤飛一片雪하니 百里見秋毫라.
고비일편설 백리견추호

〖풀이〗 흰매를 날리면서

8월에 변방 바람 높으니
오랑캐 땅의 매, 흰 털이 빛나네.
백설처럼 아득히 날아가는 매를 보니
백 리 밖에 추호秋毫를 보겠구나.

〖감상〗

이 시는 매를 바라보면서 지은 시이다. 변방 8월에 찬바람이 날로 높아 가고, 호응胡鷹이 흰 비단처럼 빛나는 털이 구름 밖으로 날리는 것을 일편설一片雪처럼 바라보니, 표표飄飄로이 날아가는 공중에서 백 리 밖에 먼 추호秋毫를 바라보는 그 높은 하늘의 아름다움이 가히 맑고 깨끗하다 할 만하다. 아득하고 푸른 하늘에 하얀 매가 날아가는 원경을 폭넓은 기상으로 그려내고 있다. 계절로는 8월이니까 가을, 변방의 높은 하늘과 하얀 매의 털이 대조를 이루고 있다. 여기서 추호라는 말이 실감나게 표현되고 있다.

도움말

매를 풀어 새를 사냥하는 풍속이 있었다. 팔월부터 바람이 불기 때문에 찬바람이 불면 호지胡地에는 매를 놓아 새 사냥을 한다.

어려운 낱말

• 胡鷹(호응) : 변방지방의 매. • 白錦毛(백금모) : 비단처럼 흰 새털. • 一片雪(일편설) : 매가 한 조각 눈으로 표현됨. • 百里(백리) : 아득히 먼 곳. • 秋毫(추호) : 가을철 동물의 털. 매우 가는다. 여기서는 창공에 날아가는 매의 고결한 이미지.

053
憶, 東山 | 李白이백
억 동산

不向東山久터니 薔薇幾度花오?
불향동산구 장미기도화

白雲還自散하고 明月落誰家오?
백운환자산 명월낙수가

〔풀이〕 동산을 생각하다

동산에 간지가 오래되었거니
장미꽃이 얼마나 피어 있는고?
흰 구름 날아오는 듯 흩어지고
밝은 달은 누구의 집을 밝히는고?

〔감상〕

장미 마을이 생각나게 하는 이백의 시다. 동산은 장미가 많은 곳, 금년에는 장미가 얼마나 많이 피었는지 궁금하구나. 장미와 흰 구름, 저녁이면 조용하게 마을을 비추는 밝은 달, 모든 것이 이 시를 그려내고 있다.

도움말

동산東山은 강녕부江寧府 동남에 있는 지명이다. 동산에 장미 마을이 있으니 장미꽃이 많이 피고 있었다. 이제 와서 보니 동산에 간지가 오래되었기에 장미는 얼마나 피어있는지 정말 궁금하구나. 산중에 구름이 흘러들어 곧 흩어져 없어지곤 할 따름이다. 산중에 달이 떠 있어 지금은 달구경할 사람도 없으니 누구의 집에 달그림자가 떨어지고 있는지? 헛되이 비어있는 산과 구름과 달이 사람도 없이 적막함이 이 같으니 시인 이백은 어찌 동산이 생각나지 않겠는가?

054

敬亭山 | 李白이백

경 정 산

衆鳥高飛盡이요 孤雲獨去閑이라.
중 조 고 비 진　　고 운 독 거 한

相看兩不厭하니 只有敬亭山이라.
상 간 양 불 염　　지 유 경 정 산

〖풀이〗 경정산을 바라보며

무리 지은 새들도 다 날아가고
외롭게 구름만 한가로이 흘러가네.
서로 보아도 둘 다 싫지 않아
다만 경정산에만 있을 뿐이네.

경정산(敬亭山)

〖감상〗

새들은 높이 떠서 멀리 날아가는 까마득한 전경이 눈앞에 선하다. 하늘에 떠있는 외로운 구름은 누구에 비유되었을까? 외로운 시인 자신의 모습일 것이다. 산을 쳐다보아도 싫지가 않으니 여기가 경정산! 그렇다. 시인은 여기서 자신을 돌아보고 인생을 느끼게 된다.

도움말

경정산은 선성宣城에 있다. 무리 지은 새떼는 세상 명리를 찾는 사람들을 비유했으나 지금은 다 가버리고 없다. 여기에 '독獨' 자字는 '진盡' 자와 상응하는 글자이다. '고운孤雲' 은 세간의 고매한 사람을 비유하나 비록 세상과 더불어 서로 잊었거나 오히려 가고 오고 하는 발걸음 정도이다. 새가 날고 구름이 흘러가는 눈앞에 별다른 사물이 없고 미루어 나타난 것은 경정산敬亭山, 경정산이 역시 나의 눈에 나타나서 둘 다 모두 싫지 않아 유유하게 맑고 깨끗해서 심목心目이 밝아오는 것은 오직 경정산이 있을 뿐이라고 말하고 있다.

055

自遣 | 李白이백
자 견

對酒不覺暝하니 落花盈我衣라.
대 주 불 각 명 낙 화 영 아 의

醉起步溪月하니 鳥還人亦稀라.
취 기 보 계 월 조 환 인 역 희

〖풀이〗 스스로 위로하며

술잔을 대하여 어둠을 깨닫지 못해
내 옷자락에 꽃잎이 가득하네.
취하여 일어서서 달 여울에 산보를 하니
새는 돌아오는데 사람 흔적 드물구나.

〖감상〗

술잔을 대하고 있으니 마음속 근심 걱정을 잊고 또 날이 어두워짐을 깨닫지 못하고, 그것이 좋아 스스로 위로하고 있는 것이다. 꽃그늘 아래서 술을 마시면서 오래 앉아 있음으로 떨어지는 꽃이 옷에 가득하나 회포를 풀고 술을 마시기 때문에 금삼錦衫의 자락임을 알지 못한다. 해가 지고 달이 뜨고 사람들이 모두 취해 있었다. 이에 일어나 달 아래 걸음을 걷고 여울가에서 달을 본다. 새들은 이미 날아서 돌아가고 같이 놀던 사람들도 한 사람씩 돌아가고 나면 이 달과 꽃이 술과 함께 짝하여 내 자신의 마음을 위로하고 있음을 안다.

도움말

이 시의 제목으로 쓰인 자견自遣은 '스스로를 위로하여' 잡다한 마음을 잊어버린다는 뜻이다. 대작對酌은 마주 앉아 술을 나눈다는 뜻이다. 지금도 이 말을 쓰고 있다. 불각명不覺暝은 어두워짐을 모른다는 뜻이다. 끝 구절 '조환인역희鳥還人亦稀'는 술 마신 곳이 한적하고 그윽한 곳임을 말하고 있다.

어려운 낱말

• 盈我衣(영아의) : 나의 옷에 가득함. • 步溪月(보계월) : 취해서 달 아래 개울가를 왔다 갔다 거닐다.

056

夏日山中 | 李白이백
하 일 산 중

懶搖白羽扇하며 裸體青林中이라.
나 요 백 우 선　　라 체 청 림 중

脫巾掛石壁하고 露頂灑松風이라.
탈 건 괘 석 벽　　노 정 쇄 송 풍

〖풀이〗 여름날 산중에서

하얀 깃 부채를 게으르게 흔들며
벗은 몸으로 숲 속에 앉았네.
두건을 벗어 석벽石壁에다 걸어두고
이마를 드러내어 솔바람을 쏘이네.

〖감상〗

무더운 여름을 맞이하여 산중에서 한가한 사람들이 뜨거운 여름을 견디지 못하여 혹은 우선羽扇을 흔들고, 혹은 나신裸身으로 푸른 숲 속에 앉아 갓을 벗어 석벽石壁 위에 걸어놓고, 이마를 드러내며 얼굴을 들고 바람을 쏘이니, 이로 인해 큰 더위를 잊고 맑고 한가한 취미를 느끼니 이 또한 여름날의 즐거움이 아닐 수 없다.

어려운 낱말

• 夏日(하일) : 다른 이름으로 주하朱夏라고 함. • 白羽扇(백우선) : 흰 깃으로 된 부채의 일종. • 脫巾(탈건) : 두건을 벗다. 여기서 두건은 우리의 갓으로 생각할 수 있다. 혹은 모자. • 露頂(노정) : 이마를 앞으로 드러내다. • 灑(쇄) : 쏘이다. • 松風(송풍) : 소나무에서 부는 바람.

057
九日龍山飮 | 李白이백
구 일 용 산 음

九日龍山飮하니 黃花笑逐臣이라.
구 일 용 산 음 황 화 소 축 신

醉看風落帽하니 舞愛月留人이라.
취 간 풍 락 모 무 애 월 류 인

〖풀이〗 **구일에 용산에서 마심**

중양절重陽節에 용산서 술을 마시니
국화꽃이 쫓겨 가는 신하를 비웃는구나.

취하여 바람에 떨어지는 모자를 보니
춤출 때 달구경하는 사람을 좋아함이리라.

〖감상〗

9월 9일에 용산龍山에서 모여 술을 마셨다. 온 산에 가득한 황화가 쫓겨 가는 신하를 비웃는 것 같고, 취중으로 바람에 떨어지는 모자를 보고, 춤출 때 달을 보러 머물러 있는 사람을 좋아함이라. 9월 9일, 아름다운 계절에 술을 마시는 것이 즐거움이라 이르니, 바람이 부는 곳에서 달을 바라다보면 이것 또한 볼 만하고 가히 즐거운 일이다. 이백과 술과 시는 떨어질 수 없는 함수관계가 있다. 거기에 중양절과 국화꽃과 술친구가 모이니 삼박자가 맞아 취하지 않고는 못 견딜 지경이었다.

도움말

중구일重九日에 벗과 함께 용산에서 술을 마셨다. 국화가 쫓겨 난 신하를 비웃는 것 같다고 하는 말은 여기 모인 사람들의 자격지심인 것 같다. 축신逐臣은 쫓겨난 신하를 말한다. 모두 취하여 서로 바라보니 바람에 모자가 떨어지고 춤을 출 때 달 아래 머물러 있는 사람이 너무 좋았다고 했다. 이것은 소위 '가절파주佳節把酒'의 즐거움을 말하고 있다.

058
別, 東林寺僧 | 李白이백
별 동림사승

東林送客處하니 月出白猿啼라.
동림송객처 월출백원제

笑別廬山遠하니 何煩過虎溪하랴.
소 별 여 산 원 　　하 번 과 호 계

〖풀이〗 동림사 스님과 이별하다

동림사에서 그대와 헤어질 때에
달이 솟고 흰 원숭이도 울었네.
웃으면서 보내면 여산廬山도 먼데
어찌 번거롭게 호계虎溪를 지나가랴.

여산(廬山)

〖감상〗

이태백李太白이 동림사東林寺에서 놀다가 돌아오는 날에 그 스님과 이별을 했는데, 그때 이 시를 주면서 말하기를 '동림사에 나그네를 보낼 때 산달〔山月〕이 곧 나옴에 흰 원숭이가 우니 어찌 슬픔을 느끼지 않으랴' 했다. 여산廬山이 멀리 있음에 웃으면서 이별하니 어찌 번거롭게 세 번 웃고 호계虎溪를 지나가랴.

도움말

이는 달밤에 이별하는 정을 나타낸 시이다. 동림사東林寺는 절 이름이다. 백원제白猿啼는 흰 원숭이가 울다이며, 호계虎溪는 지명이다.

059
對雪, 獻, 宗兄, 虞城宰 | 李白이백
대설 헌 종형 우성재

昨夜梁圓雪이 弟寒兄不知이라.
작야양원설 제한형부지

庭前看玉樹하라 腸斷憶連枝로다.
정전간옥수 장단억연지

〖풀이〗 **우성虞城에 있는 종형에게**

어젯밤 양원梁園에 내린 눈으로
이 아우 추운 줄을 형은 알지 못하리.
뜰 앞에 늘어선 옥수玉樹를 보아라

가지를 생각하니 이 마음 아프구나.

〖감상〗

이 시는 종제從弟가 종형에게 주는 시이다. 형은 우성虞城에서 벼슬하고 종제從弟는 양원에 있어 어젯밤 눈이 내려 기후가 매우 추운데 아우의 이 한고苦寒를 형은 아마도 알지 못하리라. 뜰아래 나무의 머리에 눈이 옥같이 쌓였으니 같은 뿌리에서 생겨난 가지로다. 사람이 어찌 저 나무만 같지 못하랴. 심장이 끊어질 것 같아서 깊이 탄식하니 생각이 또한 통절하구나.

도움말

종형제끼리 우성과 양원에 살고 있었다. 어젯밤 눈이 내려 날씨가 매우 추웠다. 오늘 이 추위를 형은 알지 못하리라. 하고 이백은 종형을 은근히 나무라고 있다. 같은 나무에 내린 눈으로도 다른 나무의 가지에 대해서 다른 사람들은 이 추위를 알 수 있으랴.

양원(梁園)

이백(李白)

李白〔이백; 701-762, 盛唐(성당)〕: 蜀(촉) 綿州(면주) 彰明縣(창명현) 靑蓮鄕(청연향)에서 태어남. 젊어서 蜀(촉)을 떠나 양자강 따라 약 10년 동안 호북, 호남, 강소성 등지를 편력하면서 맹호연 등 많은 시인과 교유했음. 36세 무렵 산동성 任城縣(임성현)에서 몇 년간 살았는데 그중에 孔巢父(공소보) 등 5인의 은사와 徂徠山(조래산)에 은거, '竹溪六逸(죽계육일)'로 불렸다. 42세 때 도사 吳筠(오균)과 賀知章(하지장)의 추천으로 현종을 뵙고 翰林供奉(한림공봉)에 임명되었다. 수도를 떠나 다시 10년간을 산동, 산서, 하북, 강소 각지를 방랑. 이때 두보, 고적 등의 시인과 알게 되었다. 방랑이 끝날 즈음에 안록산의 난이 일어나 그것을 토벌하러 나선 永王(빙왕) 군대의 참모가 되었다가, 永王(빙왕)이 형 肅宗(숙종)과 항쟁해 조정의 토벌을 받게 되자 그도 잡혀 사형될 뻔했으나 감면되어 귀주성 夜郞(야랑)으로 유배가게 되었고 유배지로 향하던 중 사면되었다. 이후에는 주로 강남 지방을 전전했으며 62세에 안휘성 當塗縣(당도현)에서 병사했다. '李太白集(이태백집)'과 1,000여 수의 시가 남아있다.

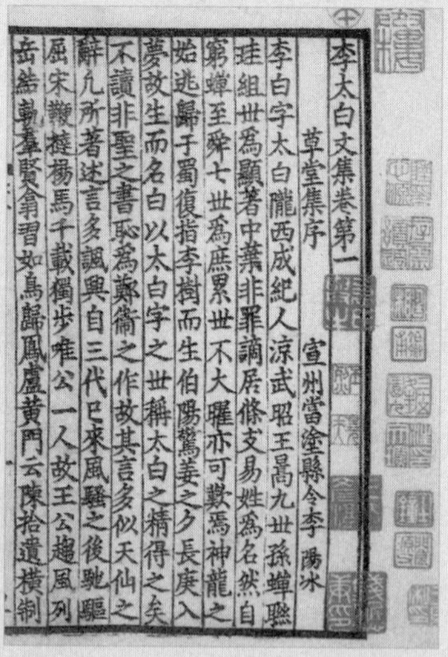

李太白文集卷第一

草堂集序　宣州當塗縣令李陽冰

李白字太白隴西成紀人涼武昭王暠九世孫蟬聯珪組世爲顯著中葉非罪謫居條支易姓爲名然自窮蟬至舜七世爲庶累世不大曜亦可歎焉神龍之始逃歸于蜀復指李樹而生伯陽驚姜之夕長庚入夢故生而名白以太白字之世稱太白之精得之矣不讀非聖之書恥爲鄭衛之作故其言多似天仙之辭凡所著述言多諷興自三代已來風騷之後馳驅屈宋鞭撻揚馬千載獨步唯公一人故王公趨風列岳結軌羣賢翕習如烏歸鳳盧黃門云陳拾遺橫制

이태백문집(李太白文集) 송간본(宋刊本)

060

臨高臺 | 王維왕유
임 고 대

相送臨高臺하니 川原杳何極이라.
상 송 임 고 대　　천 원 묘 하 극

日暮飛鳥還이요 行人尙不息이라.
일 모 비 조 환　　행 인 상 불 식

〔풀이〕 높은 대에 오르다

송별하려고 높은 대에 오르니
실개천이 아득하여 끝이 없구나.
날이 저물어 새 날아 돌아오고
행인은 오히려 끊이지 아니하네.

〔감상〕

이 시는 송별을 주제로 한 작품이다. 중국 사람들은 이별을 하려고 할 때는 높은 대에 올라가서 손을 잡고 이별을 하는 모양이다. 그래서 '고대高臺'가 시 제목으로 등장하고 있다. 높은 대에서 내려다보는 원경은 떠나가는 사람의 갈 길이 멀리 내려다보이고 그 길 따라 실개천이 흘러가고 있다. 날이 저물어 가니 멀리서 새들은 날아서 돌아오려고 하는데 오히려 지나다니는 사람마저 끊어지려는 황혼녘에 이별을 하게 되었다.

어려운 낱말

• 臨高臺(임고대) : 높은 대에 오르다. • 川原(천원) : 멀리 보이는 저 물(내). • 杳何(묘하) : 아득한 그 어디로. • 日暮飛鳥還(일모조비환) : 해는 지고 새는 날아서

돌아오는데, 사람은 이별을 하고 있다는 뜻. • 尙(상) : 오히려 (상).

061
息夫人 | 王維왕유
식 부 인

莫以今時寵으로 能忘舊日恩하라.
막 이 금 시 총 능 망 구 일 은

看花滿眼淚하니 不共楚王言이라.
간 화 만 안 루 불 공 초 왕 언

〖풀이〗 식부인

지금 이때의 사랑으로
그 옛날의 은총을 잊지 마세요.
꽃을 보고도 눈물이 눈에 가득하니
초나라 왕과는 말도 함께 하지 않는다네.

〖감상〗

지금은 비록 초왕과 함께 살고 있어 아들까지 낳고 있어도 여자의 첫 정은 잊지 못하는 법이다. 그래서 지금의 사랑에 눈이 멀어서 전 남자의 정은 결코 잊지 말아달라는 시인의 은근한 당부의 말이 바로 남녀 간의 사랑을 결정짓고 있다. 이 여인의 이름이 '화花' 이니, 꽃을 보니 눈물이 눈에 가득하여 초나라 왕과는 말을 나누지 못할 지경이라고 했다. 여기에 시적인 비유가 들어있다.

도움말

초나라 문왕文王이 식규(息嬀 ; 진나라의 성 이름)라고 하는 진나라 성의 제후의 여자로 있는 '花' 라는 미인이 있음을 듣고 그 여자를 얻기 위하여 순방한다는 명목으로 식규에 이르러 그 고을 후를 내치고는 그의 여자를 빼앗아 데리고 왔는데, 그 고을에서 데리고 온 여자가 식부인이다. 그녀가 아들 둘을 낳았다. 마침내 초왕과 더불어 말을 주고받다가 왕이 이상히 여겨 물으니, 그녀가 대답하기를 '한 여자가 두 남자를 섬겼으니 죽지 않고 수절은 했으나 무슨 면목으로 남에게 말을 하겠습니까?' 하고 눈물을 흘렸다. 왕유王維가 이 여자를 소재로 하여 시를 쓰고 말하기를 '오늘날 초왕의 은총 때문에 옛날 식후息候의 은혜를 잊지 말아라' 하였으니, 이는 경계하라는 뜻의 말이요, '화花' 는 식부인息夫人의 이름이었으니 '간화누만안看花淚滿眼' 이라 해서 초왕과 함께 하지 않는다는 말은 이 역시 정렬貞烈의 마음을 이르는 것이었다.

식부인(息夫人)

062
班婕妤 | 王維왕유
반 첩 여

宮殿生秋草하니 君王恩幸疏라.
궁 전 생 추 초　　군 왕 은 행 소

那堪聞鳳吹요 門外度金輿라.
나 감 문 봉 취　　문 외 도 금 여

〖풀이〗 반첩여 ❶

궁궐에 가을 풀이 돋으니
임금의 은총이 잃어가고 있네.
어찌 견디랴, 옛날 풍악소리를
문 밖에는 금빛 수레가 지나가는구나.

〖감상〗

궁녀에게 관심이 멀어져 임금의 발자취가 끊어져 있어 혼자 있는 궁전에는 먼지가 쌓여있고 궁궐의 계단에는 가을 풀이 우거져 있으니 사람으로 하여금 쓸쓸한 기분을 들게 한다. 그 옛날 아름다운 시절 임금께서 자주 찾아오시더니 지금에 와서는 소원하니 임금에 대한 그리움과 가슴 가득한 원한을 그 누가 알리요. 피리와 저를 불던 그 소리 청량한 구름 밖에 흘러갔고 군왕의 금빛 수레가 문 밖으로 지나가도 나아가서 절하고 맞이할 수 없으니 슬픔을 어찌 견딜 수 있으리오.

도움말

이는 첩여(婕妤 ; 관명이며, 궁녀의 별칭)의 원사怨飼이다. 궁전宮殿은 대궐에서 궁녀가 거처하는 집이다. '문외도금여門外度金輿'는 임금님이 자기에게 오지 않고 다른 궁녀에게로 지나쳐 버리는 안타까움이다.

어려운 낱말

• 恩幸(은행) : 임금이 궁녀를 찾아오는 은총. • 鳳吹(봉취) : 봉관용생鳳管龍笙(악기)을 불다. • 金輿(금여) : 금수레. 곧 임금님이 타는 수레.

班婕妤 其二 | 王維왕유
반 첩 여 기 이

怪來粧閣閉하고 朝下不相迎이라.
괴 래 장 각 폐 조 하 불 상 영

總向春園裏에 花間語笑聲이라.
총 향 춘 원 리 하 간 어 소 성

〖풀이〗 반첩여 ❷

괴이히 여겨 와서 장각粧閣을 닫아걸고
임으로부터 떠나서 그에게 환영받지 못하네.
모두 봄 동산 속을 향해
꽃 속에서 웃으며 말하는 소리 들릴 뿐.

〖감상〗

자주 보면 일상이 되어 임금의 은총을 얻고 자주 못 보면 정이 떠나서 임금과의 사이가 소원하게 된다. 다른 궁녀들은 모두 임금을 가까이하여 임금께 아첨하고 추파를 던지나 첩여婕妤는 홀로 장각粧閣을 닫고 왕에게도 자주 나아가지 않아 환심이 끊어지고 멀리서 그윽한 침묵을 어찌 다 누를 수 있었으랴. 또 첩여의 뜻을 미루어 말하기를 서로 환영함이 더한 곳이 없고 모두 봄 동산 꽃을 향해 한 사람의 웃음소리 있을 뿐이라 하니 그 스스로 겸손하여 물러남이 이 같다 하니라.

반첩여(班婕妤)

도움말

班婕妤(반첩여)는 官名(관명)이요, 성은 班(반)이라 했다. 그는 임금의 사랑을 얻었다가 임금으로부터 그 사랑을 잃어서 홀로 깊은 궁궐에 처하여 수심과 고통을 받았으니 그 원한을 어찌 다 서술하리요.

어려운 낱말

• 怪來(괴래) : 괴이하게 여겨. 來는 허사. • 朝下(조하) : 조정에 내려오니. • 語笑聲(어소성) : 웃고 말하는 소리.

063
雜詩 | 王維왕유
잡 시

家住孟津河하고 門對孟津口라.
가 주 맹 진 하　　문 대 맹 진 구

常有江南船이 寄書家中否아.
상 유 강 남 선　　기 서 가 중 부

〔풀이〕 잡시 ❶

집이 맹진孟津 하구河口에 있고
대문도 맹진 나루를 대하고 있네.
항상 강남의 배가 오가고 있으니
집에 편지 보내기도 좋지 않겠냐?

〔감상〕

시인의 집은 나룻가에 있었다. 그 때문에 배들이 오가는 길목에서 고향 사람들을 기다리게 된다. 강남 배가 오가는 곳, 혹시 고향 사람이 오면 그의 집에 서신도 보낼 수 있으니 이 아니 좋겠는가.

도움말

'잡시' 라고 하는 것은 제목 없이 그때 기분에 따라 읊는 시를 말한다. 집이 맹진 나루 위에 있는 까닭에 사립문도 맹진 하구에 임해서 여러 나라의 배들이 모여드는 나루였다. 또 강남에서 오는 배도 있으니 그대의 집 편지를 받고 보낼 수도 있지 않겠나. 이 사람이 본래 맹진 하구 사람으로 타향의 나그네가 된 사람이다. 항상 강남의 배가 왕래하기에 편지 보내기가 편리하다 했으니 혹시 그대의 집에 편지 보내지 않겠나.

雜詩 其二 | 王維왕유
잡 시 기 이

君自故鄕來하니 應知故鄕事리라.
군 자 고 향 래 응 지 고 향 사

來日綺窓前에 寒梅着花未아.
내 일 기 창 전 한 매 착 화 미

〖풀이〗 잡시 ❷

그대 고향에서 왔으니
응당 고향에 관한 일을 알리라.
그대 오는 날 비단 창문 앞에
차가운 매화꽃이 얼마나 피었더냐.

〖감상〗

이는 고향의 친구를 만나 집 소식을 묻는 것이다. 말하기를 '그대가 우리 고향에서 왔으니 아마 고향 일을 잘 알겠구나. 그대가 올 때에 우리 집 창 앞에 있는 매화가 지금 피었더냐 말았더냐.' 이 사람이 그 집안의 소식을 듣고 싶지 않고 하필 창밖의 매화에 대한 꽃 소식을 묻는 것은 시적 주인공이 반드시 아끼는 것이 매화이기 때문에 그렇게 묻는 것이다. 또 그가 나그네로서 타향에 오래 머물러 있었기 때문이요, 절개를 굽히지 않고 피는 매화이기 때문에 그렇게 물어보는 것이다.

어려운 낱말

• 雜詩(잡시) : 제재는 특정하나 내용은 한정되지 않은 시를 뜻한다. 이 시는 세 수의 연작시 중에 두 번째 시이다. • 應(응) : 추측을 나타내는 말로서 '아마' 라고 해석하는 것이 적당함. • 來日(내일) : 고향에서 오던 날. • 綺窓(기창) : 아름답게 장식된 비단 창을 뜻하는데 대부분 여자들이 거처하는 창문을 말함. • 着花未(착화미) : 착화는 꽃이 피다. 즉 개화인데 '未' 자가 붙어서 '꽃이 피었는지 어쨌는지?' 와 같은 의문의 뜻을 나타낸다.

064
送別 | 王維왕유
송 별

山中相送罷하니 日暮掩柴扉라.
산 중 상 송 파 　 일 모 엄 시 비

春草年年綠이되 王孫歸不歸라.
춘 초 연 년 록 　 왕 손 귀 불 귀

〖풀이〗 송별

산중에서 서로 보내고 나니
날이 저물어 사립문을 닫는다.
봄풀은 해마다 다시 푸른데
사람은 한 번 가면 돌아오지 않는구나.

〖감상〗

이는 산중에서 서로 송별하는 시이다. 두 사람이 한 사람은 가고 또 한 사람은 남아서 이별이 끝나면 산중에는 이미 날이 저물어 사립문을 가린다. 그렇게 되면 날 저무는 저녁 답답하고 어둡고 적적하여 슬픔의 정을 느끼게 된다. 또 말을 하되 '저 길가의 풀을 보니 눈 내리는 겨울에는 말랐다가 이듬해 봄에 다시 푸르게 되어 연년세세年年歲歲 다시 살지만 우리 인간은 한 번 가면 다시 돌아오지 못하니 이런 슬픔으로 눈물을 흘리게 된다.

도움말

암연소혼黯然銷魂은 이별하는 글이요, 양관陽關 28자는 이별의 시다. 이 시의 20자도 역시 처량하다. 이는 이별의 시편이다. '춘초년년록春草年年綠' '왕손귀불귀王孫歸不歸' 는 우리 국문학 고전에도 많이 인용하여 쓰이고 있다.

065

別, 網川 | 王維왕유

별 망천

依遲動車馬하니 惆悵出松蘿라.
의지동거마 추창출송라

忍別靑山去하나 其如綠水何오.
인별청산거 기여녹수하

〖풀이〗 **망천을 떠나면서**

머뭇거리다가 마차가 움직이니

슬프게도 송라松蘿를 떠나가는구나.

청산은 참아 이별하여 떠나가지만

여기 이 녹수는 어찌할거나.

〘감상〙

머뭇거린다는 것을 보아 왕유가 이곳을 떠나기 싫어하는 뜻이 내포되어 있다. 어쩔 수 없어 떠나가는 그의 심정이 다음 구절에 잘 나타나 있다. '청산은 두고 떠나지만, 녹수는 어찌 이별할 것인가' 하는 강력한 이별의 정서가 잘 나타나 있다.

망천도〔輞川圖, 왕유(王維) 은거지(今 西安市 藍田縣)〕

도움말

이는 왕유가 망천網川을 떠나갈 때 시로 나타낸 것이다. '의지依遲'는 머뭇거린다는 뜻이요, '추창惆悵'은 비탄 처량한 정의 표현이다. 마차가 움직인다는 것은 처음 출발할 때요, 송라松蘿를 출발한다는 것은 이미 떠나간 후이다. 망천網川의 산수를 능히 잊지 못해서 오직 '저 청산은 이별할 것이지만 또 오직 저 녹수를 장차 어찌 하리오' 하면서 잊지 못하는 정을 표현하고 있다.

066
哭, 孟浩然 | 王維왕유
곡 맹호연

故人不可見이나 漢水日東流라.
고인불가견 한수일동류

借問襄陽老하니 江山空蔡州라.
차문양양로 강산공채주

〔풀이〕 맹호연을 곡함

고인을 앞으로 보지 못하여도
한수漢水는 날로 동으로 흘러가리라.
잠시 양양襄陽의 늙은이에게 내 물으니
채주蔡州의 강산은 비어있다고 있더라.

〔감상〕

그의 시우詩友 맹호연이 죽었다. 왕유가 고인을 다시는 보지 못함으로 매우 강한 우정과 슬픔이 남 달랐음을 알 수 있다. 동으로 흐르는 한강수,

양양 땅 늙은이의 말을 빌려 맹호연이 채주蔡州에서 어떤 시인이며, 어떤 인물인지를 잘 말해주고 있다. 그 늙은이는 지금부터 채주는 비어있는 고을이라고 말한다.

도움말

이 작품은 왕유王維가 맹호연孟浩然이 죽고 지은 시이다. 고인을 이로써 다시 보지 못하고 세상사의 빠름과 뜬세상의 존망이 동으로 흘러가는 물과 같아서 다시 돌아오지 못하는 까닭에 한수漢水를 보고 감상에 젖었다. 또 양양襄陽의 노인이 답하기를, 맹호연의 사후에 채주蔡州의 강산이 공허하여 도무지 사람이 없는 것 같다고 말했다.

067

送, 崔九弟, 往, 南山 | 王維왕유
송 최구제 왕 남산

城隅一分手하면 幾日還相見고.
성우일분수 기일환상견

山中有桂花하니 莫待花如霰하라.
산중유계화 막대화여산

〖풀이〗 최구제를 보내어 남산으로 가다

성 모퉁이서 두 손을 잡고 헤어지면
며칠 만에 돌아와 다시 만날 것인가.
산에는 계수나무 꽃 피어 있으니
꽃잎이 질 때까지 기다리지 말게 하라.

[감상]

이별의 정의가 잘 나타나 있다. 성 모퉁이가 이별의 장소이고 손을 나누고 헤어진다니 매우 간편한 이별의 장면이다. 산속의 계수나무 꽃이 피었으니 그 꽃이 질 때까지 기다리지 말고 빨리 돌아오기를 간청하는 마음이 잘 나타나 있다.

도움말

이는 송별의 시이다. 최구제가 남산에 갈 때 성 모퉁이에서 악수로 헤어지면서 '얼마 후에 다시 만날 것인가' 다시 묻기를 '산중에 계수나무가 있으니 꽃이 떨어지기 전에 곧 돌아와서 만나기를 바란다.' 하였다.

어려운 낱말

• 還相見(환상견) : 돌아와서 서로 만나다. • 霰(산) : 싸락눈(산). 여기서는 꽃이 싸락눈 같이 떨어진다는 표현을 쓰고 있다.

068
贈弟, 穆十八 | 王維왕유
증 제 목 십 팔

與君青眼客하고 共有白雲心이라.
여 군 청 안 객 공 유 백 운 심

不向東山去터니 日令春草心이라.
불 향 동 산 거 일 령 춘 초 심

[풀이] 아우 목십팔穆十八에게 주다

푸른 눈을 가진 그대와 더불어

함께 흰 구름 같은 마음 있었네.
동산을 향해 가지 않았더니
날로 봄풀만 무성하게 자랐구나!

〖감상〗

이별하면서 아우에게 주는 시이다. '청안青眼'과 '백운白雲'을 인용하여 두 사람이 매우 가까움을 말했고, 내가 동산으로 돌아가지 못했으니 아마도 동산의 자연 속에는 봄 풀이 깊었을 것이다. 그곳으로 가는 아우에게 글을 주면서 이별하는 장면을 매우 뜻깊게 하고 있다.

도움말

이는 목십팔穆十八에게 주는 시이다. 남과 더불어 사귈 때 흰 눈을 가진 자는 소원疎遠하고, 푸른 눈을 가진 자는 친교親交가 있다 했으니, 그대로 더불어 푸른 눈을 가졌으니 친밀한 정이 있었다. 두 사람의 마음이 균등하고 다르지 않으니 홍진 세상에 가서 흰 구름 떠있는 산을 찾아 향하는 것도 오래되었고, 동산의 자연에 오히려 돌아가지 아니하고 세월만이 흘러 봄 풀이 자라나매 돌아갈 날이 점차 늦어지고 있음을 말하고 있는 것이다.

069
上平田 | 王維왕유
상 평 전

朝耕上平田하고 暮耕下平田이라.
조 경 상 평 전 　 모 경 하 평 전

借問問津者는 寧知沮溺賢이라.
차 문 문 진 자 　 녕 지 저 익 현

〖풀이〗 **상평전**

아침에 상평전上平田을 갈고
저물어 하평전下平田을 갈았네.
그대에게 묻나니, 문진자問津者는
어찌 알리요, 저익沮溺의 어진 자임을.

〖감상〗

아침에는 상평전을 갈고 저물어서는 하평전을 간다는 사람, 농사를 지으며 분수를 지키며 살고 있는 군자의 도리를 시 속에 담고 있다. 옛 농경시대의 어진 사람은 대다수 전원으로 돌아가서 밭 갈고 논 갈면서 자기 인생을 말하고 있음을 알게 된다.

도움말

밭둑이 위로 평평한 것을 상평전上平田이라 하며 아래로 평평한 것을 이르되 하평전下平田이라 하니, 별로 다른 의미는 없다. 아침에 상평전上平田을 갈고 저물어 하평전下平田을 가니, 갈고 심는 어려움을 역시 알만도 하다. 문진자問津者는 공자孔子이었다. 저익沮溺은 '장저걸익長沮傑溺' 이니, 옛날 물음을 베풀어 문진자問津者가 어찌 저익沮溺한 현인을 알리요. 갈고 심는 가운데 반드시 현인과 군자와 같은 분이 있음을 누가 그것을 알았으리. 이것은 고금의 현인들을 비유한 것이다.

070
鳥鳴磵 | 王維왕유
조 명 간

人閒桂花落이요 夜靜春山空이라.
인 한 계 화 락　　야 정 춘 산 공

月出驚山鳥하여 時鳴春磵中이라.
월 출 경 산 조　　시 명 춘 간 중

〖풀이〗 간수澗水에 와서 우는 새

사람이 한가하니 계수나무 꽃 떨어지고
밤이 고요하니 봄 산이 비었네.
달이 뜨니 산새가 놀라서
때마침 봄 간수 가에 와서 울고 있네.

〖감상〗

주위가 매우 조용하다. 조용한 분위기에서 떨어지는 꽃잎. 봄의 산속 역시 조용하구나. 흐르는 시냇물 위에 달이 솟아오르니 산 시냇가의 새가 아침인줄 알고 울었다는 시적인 표현이다. 계절로 보아서 봄, 시간적으로는 고요한 밤, 시적인 보조 사물로 달이 뜨고 산새가 운다. 그리고 아마 시냇물 소리도 졸졸 들렸을 것이다.

도움말

인심이 인후해서 청허淸虛한 가운데 즐기고 자연을 좋아하니 꽃이 저절로 열리고 떨어진다고 했다. 사람 또한 한가하고 고요하여 밤이면 비록 시끄러운 곳에서도 조용하게 들리고 비어있는 것 같이 느껴지는 것이다. 봄 산이 너무도 고요하여 계수나무 꽃이 떨어진다고 하였으나 계수나무 꽃은 사계절의 꽃이다. 꽃이 수시로 피고 지는 것인데 이렇게 고요하기 때문에 꽃이 떨어진다고 표현한 것이다. 사람 또한 고요할 때에 만뢰萬籟가 한적하니 갑자기 달이 나뭇가지 사이에 솟아올라 문득 산속에 깃들여 자던 새가 놀라게 된다. 달도 무심하고 새 역시 무심하여 달이 솟으니 천지가 갑자기 밝아서 새가 놀라 나무 사이에서 울어 그 소리가 간수에서 우는 것 같이 들린다. 어찌 숲 속에 있는 새가 밤에 시냇가로 내려와서 울 것인가.

이 시의 제목을 '조명간鳥鳴磵'이라고 한 것에 유념하기 바란다.

* 간磵은 간澗과 동일자임.

071

孟城坳 | 王維왕유

맹 성 요

新家孟城口터니 古木餘衰柳라.
신 가 맹 성 구 고 목 여 쇠 류

來者復爲誰요 空悲昔人有라.
내 자 부 위 수 공 비 석 인 유

『풀이』 맹성요

새로 집을 맹성 어구에다 지으니
늙은 고목 쇠잔한 버드나무 그대로 남아있었네.
오는 사람은 다시 누구인가
헛되이 옛사람 남아있음을 슬퍼하니라.

[감상]

우승상右丞相 별읍을 이곳에 옮겨오니 어찌 여기에 연못과 정자가 없으리오. 지금은 옛날의 고목들이 오래되어 겨우 버드나무 몇 그루가 서 있으니 이것이 바로 옛사람에 대한 슬픔으로 여겨졌다. 새로 집을 지어 여기에 오니 갑자기 노쇠한 버드나무를 보고 옛날의 회포를 지금에 와서 쓸쓸한 비감을 이 시에 담은 것이다.

도움말

우승상右丞相의 별장이 망천 산중에 있었다. 여기에 맹성요孟城垚와 녹채鹿柴 등이 있는 곳이다.

072

鹿柴 | 王維왕유
녹 채

空山不見人이요 但聞人語響이라.
공 산 불 견 인 단 문 인 어 향

返景入深林하여 復照青苔上이라.
반 경 입 심 림 부 조 청 태 상

[풀이] **녹채鹿柴에서**

비어있는 산에 사람은 보이지 않는데
다만 사람 말소리만 들리네.
석양빛은 깊은 숲 속까지 들어와

다시 파란 이끼 위를 비추고 있다.

〚감상〛

이 시는 왕유가 만년에 지은 대표적인 산수 시로서 배적과 함께 오언절구의 형식으로 창화昌和하며 자신의 선적禪的 내면을 자연환경 속에 융화시켜 객관화한 '망천시' 20수 중 네 번째 수에 해당한다. 녹채鹿柴는 사슴을 사육하는 곳인데, 여기서는 망천의 지명이다. 반경返景은 반영과 마찬가지로 반사되는 빛으로 석양을 의미한다.

도움말

'시柴' 는 거성去聲이니 '채砦' 자字와 같은 것이다. 그래서 柴는 '채' 로 읽는다. '공산空山' 2자는 이 시의 눈과 같다. '불견인不見人' 은 보이지 않는 사람이니 형질이 없으면서도 가히 볼 수 있다. '인어향人語響' 은 사람이 없어도 사람 지껄이는 소리는 있으니, 이는 허공의 아름다움을 나타냈다. 숲 속의 낙조, 이것은 숲이 깊을수록 아름다운 것이다. 청태가 땅에 끼어 있는데 청태 역시 낙조를 받고 있으니 누가 이 비치는 햇빛이 깊은 숲 속까지 있음을 믿겠는가. 망천은 섬서성 남전현에 있는 곳으로 경치가 좋기로 유명하다.

073
白石灘 | 王維왕유
백석탄

清淺白石灘에 綠蒲尙堪把라.
청천백석탄 녹포상감파

家住水東西하여 浣紗明月下라.
가주수동서 환사명월하

〖풀이〗 백석 여울에는

맑고 옅은 백석 여울에
파란 부평초 물에 흔들리며 흐르네.
물가에 사는 마을 아가씨들 모여
비단 씻으러 달빛 여울에 내려오네.

〖감상〗

깨끗하고 옅은 흰 돌이 깔린 여울에 맑은 물이 흘러가고 부평초가 한들한들 물결 따라 움직인다. 이런 냇가에 아가씨들이 모여 빨래를 하고 있다. 옛날 우리나라 어느 시골 마을에 있을 법한 풍경이다. 더구나 달빛 밝은 가을날 저녁이면 더욱 운치 있는 밤일 것 같다. 흰 돌이 깔려 있으니 백석 여울이요 부평초, 마을, 아가씨들, 비단 씻는 아낙, 달빛 여울, 이런 것들이 잘 어울리는 풍경이다.

도움말

탄灘은 여울이다. 여울에 흰 돌이 많기 때문에 '백석탄白石灘'이라 했다. 여울의 물은 매우 맑고 옅으며 또 푸른 이끼가 항상 끼어 있고 여울의 동쪽과 서쪽에는 마을이 있어 마을 처녀들이 달밤에 여울 가에 나와 비단을 씻으니 빨래하는 소리가 산 계곡을 울리며 메아리 치니 시인으로 하여금 아름다운 시구를 구성하는 소재가 되기도 했다.

074

竹裏館 | 王維왕유
죽 리 관

獨坐幽篁裏하여 彈琴復長嘯라.
독 좌 유 황 리 　　탄 금 부 장 소

深林人不知나 明月來相照라.
심 림 인 부 지 　　명 월 래 상 조

〖풀이〗 대숲 속에 앉아

홀로 고요한 대숲 속에 앉아
거문고를 타면서 길게 휘파람 분다.
깊은 숲 속에는 나를 아는 이 없는데
밝은 달만 내려와 비추어 주네.

〖감상〗

이 시는 지은이가 쉬운 단어를 써서 속세를 떠나 또 다른 세계에서 홀로 유유자적하게 생활하는 모습을 떠올릴 수 있다. 왕유는 세속적 쾌락과 명예와 영달에 의한 행복보다는 내면적 행복이 더 중요하게 존재한다는 것을 깨달았다. 거기서 얻어지는 은둔생활에 대한 동경을 이렇게 시로써 잘 표현하고 있다. 그는 관리에서 귀양을 당하자 거기에서 얻은 실망감을 이 오언절구 시에서 찾은 듯하다.

도움말

이 시에서는 '독좌獨坐' 2자가 중심 글자이다. '유황幽篁'은 '깊은 대숲'이다. '탄금彈琴'은 혼자 앉아서 하는 일이니 대나무 숲 속에 홀로 즐기는 운치 있는 행위이다. '부장소復長嘯'는 거문고를 타면서 입을 오므려 소리를 내는 모양이니, 맑게 휘파람 소리를 내는 것을 말하는 것으로 홀로 앉아서 하는 취미이다. '심림深林은 대나무 숲이니 한 사람이 앉을 정도의 넓이이다. 누가 그곳을 알 수 있으리오. 달빛만이 그를 알아보고 혼자 앉은 사람에게 비추어 주고 있는 것이다. 달과 시적 주인공 이 둘이 서로 보고 비추니 '상조相照'란 말을 쓴 것이다. '죽리관竹裏館'이란 말은 집이 죽림 속에 있기 때문이며 그 안에서 거문고 켜고 휘파람 부는 즐거움을 다른 사람들은 알지 못하고 밝은 달빛만이 찾아와서 서로 영롱한 빛을 비추어주고 있는 것이다.

075

辛夷塢 | 王維왕유
신 이 오

木末芙蓉花하니 山中發紅萼이라.
목 말 부 용 화 산 중 발 홍 악

澗戶寂無人하고 紛紛開且落이라.
간 호 적 무 인 분 분 개 차 락

〖풀이〗 신이오 계곡에서

나무 끝에 부용꽃이 피어나니
산중에 꽃 피어 붉은 꽃받침이 달렸네.
간수澗水 가에 인가에는 사람 없어 적막하고
분분한 꽃들은 피고 또 지고 있었네.

〖감상〗

우리가 알고 있는 상식으로서 부용은 연꽃을 말하고, 부용화는 목부용의 꽃이다. 나무 끝의 부용이라 한 것을 보아도 그런 것이 아닌가? 산중에 붉은 부용화가 피고 붉은 꽃받침이 달려 있는 것을 시인은 잘 관찰하고 있다. 더구나 산 여울 가에 인가는 있어도 사람이 없다니 매우 적적한 환경을 말하고 있다. 왕유는 이런 적적하고 외로운 분위기를 좋아하는 시인인 것이다.

도움말

'신이오辛夷塢'는 망천網川 산 계곡이다. 배적裴迪으로 더불어 거기서 놀고 있을 때 시詩와 부賦를 즐겼다. 이 신이오는, 혹 신이화辛夷花가 많이 피는 것이기 때문에 이 이름이 붙은 것이 아닐까? 그 연원 설에 대해서는 잘 알지 못한다. 그때 목부용木芙蓉 꽃이 만발하여 찬란히 산중에 피었을 때 붉은 꽃받침이 빛나고 있었음에 그것이 사랑스럽고 이 꽃은 저절로 피었다가 저절로 진다. 자라서 꽃 피는 일까지 자연에 맡기니 이 역시 희고 고결하고 깨끗한 이미지를 지녔기에 시인들이 즐겨 보기를 좋아했다.

| 덧붙임 |

왕유(王維)

王維〔왕유; 699-761, 盛唐(성당)〕: 산서성 太原府(태원부) 祁縣人(기현인). 자는 摩詰(마힐). 그는 박학해서 일찍부터 귀족 사회에 그 명성이 알려져 현종의 동생 岐王(기왕)의 사랑을 받았다. 진사 급제 후 太樂丞(태락승)이 되었으나 기왕의 죄에 연좌되어 산동성 濟州(제주)의 司倉參軍(사창참군)으로 좌천, 그 후 右拾遺(우습유). 觀察御使(관찰어사) 등을 거쳐 給事中(급사중)에 이름. 불교신자인 어머니의 감화를 받아 불교에 귀의했으며, 중년에 장안 남쪽 藍田縣(남전현)에 있는 망천 별장을 입수, 자연 속에 노닐며 유명한 자연 시들을 지었다. '王丞相集(왕승상집)' 10권, 380여 수의 시가 전한다.

076
怨辭 원사 | 崔國輔최국보

妾有羅衣裳하니 秦王在時作이라.
첩 유 나 의 상 진 왕 재 시 작

爲舞春風多하니 秋來不堪着이라.
위 무 춘 풍 다 추 래 불 감 착

〖풀이〗 슬픈 사랑의 노래

제가 비단 의상이 있었으니
임께서 날 사랑하던 때 만든 것이에요.
봄바람에 춤추던 좋은 시절 다 지나가고
지금은 가을, 차마 이 옷 입지를 못하네요.

〖감상〗

한 여자의 멋은 옷이다. 더구나 궁녀는 멋진 옷이 있기에 더욱 아름다운 것이다. 여자의 옷은 어쩌면 남자를 위해 만들어진 것인지도 모른다. 이 궁녀의 멋진 옷은 임금님의 사랑이 있을 때 만든 것이지만 지금은 별 소용이 없게 되었다. 그것은 임금님의 사랑을 잃어버린 때문이다. 봄바람 불 때 입었던 옷이 가을이 오니 입지 못한다는 것은 임금의 사랑을 잃었기 때문이다. '춘풍春風' 은 임금의 사랑이 있을 때요, '추래秋來' 는 임금의 사랑이 식어버린 때임을 짐작할 수 있다. 여인은 사랑을 잃을 때 마음 깊이 원한이 쌓이는 것이다.

도움말

이 시는 은총을 잃은 궁녀의 원통한 사연을 토로한 작품이다. 진왕秦王의 사랑을 받고 있을 때 봄에 비단 의상을 맞추어 입고 춤을 추었더니 지금은 가을 바람이 서늘하게 불어오니 입을 수가 없었다. 임금의 은총을 잃어버렸다는 뜻이다.

어려운 낱말

• 羅衣裳(나의상) : 비단치마. • 不堪着(불감착) : 차마 입지 못하다.

077
古意(고의) | 崔國輔최국보

淨掃黃金階(정소황금계)하니 飛霜厚如雪(비상후여설)이라.

下簾彈箜篌(하렴탄공후)하니 不忍見秋月(불인견추월)이라.

〖풀이〗 옛 뜻

궁궐 계단을 깨끗이 쓸고 있으니
두꺼운 서리 눈처럼 내렸었네.
주렴을 내리고 공후箜篌를 뜯으니
차마 저 가을 달을 보지 못 하겠네.

〖감상〗

이 시는 회고의 마음을 읊은 작품이니 옛 궁인의 원통한 노래이다. 밤에 잠이 오지 않으므로 궁궐 계단을 쓸고 앉았으니 임금님 오시기를 기다릴 뿐이다. 그러나 임금님은 오시지 않고 이슬이 내려 밤이 삼경이나 되니 두꺼운 서리로 변하여 엉겨 붙었다. 달은 뜰을 비추고 내린 서리 두꺼워 눈같이 되어버린 쓸쓸한 밤, 방에 들어가서 주렴을 내리고 공후箜篌를 타고 있으니 궁녀의 가슴은 원한의 서러움을 느낀다. 그래서 주렴을 비추는 가을 달이 감상에 젖게 한다. 이 광경을 차마 보지 못할 따름이다.

어려운 낱말

• 淨掃(정소) : 깨끗이 쓸다. • 黃金階(황금계) : 황금 계단, 즉 궁궐의 계단. • 厚如雪(후여설) : 서리는 두껍기가 눈과 같다. • 下簾(하렴) : 주렴을 내리다. • 不忍見秋月(불인견추월) : 가을 달을 보면 옛 추억이 떠올라 차마 쳐다볼 수가 없다는 뜻.

078
魏宮詞
위 궁 사

崔國輔최국보

朝日照紅粧하니 擬上銅雀臺라.
조 일 조 홍 장　　의 상 동 작 대

畵眉猶未了커늘 魏帝使人催라.
화 미 유 미 료　　위 제 사 인 최

〖풀이〗 위궁魏宮의 노래

아침 해의 노을이 붉게 물들 때

모두 동작대를 향하여 올라가고 있었네.

눈썹 그리기를 아직 끝내지 못하였는데
임금님은 사람을 시켜 재촉하고 있었네.

〖감상〗

위나라 궁궐에서 잔치에 초대되어 춤을 추는 궁녀의 추억으로 떠올리는 시이다. 그날 아침 궁녀들이 모여 임금 앞에서 춤을 추기 위해 동작대로 올라가고 있었다. 어느 한 궁녀가 화장을 하기 위해서 거울 앞에 앉아 열심히 눈썹을 그리는데, 위왕 조조는 사람을 시켜 '뭐 하느냐' 고 재촉하는 바람에 궁녀는 당황하여 총총걸음으로 연회장에 갔을 것이다. 누군지는 몰라도 이 궁녀는 오랫동안 임금이 불러주는 그 감격을 잊지 못했을 것이다.

조조(曺操)

도움말

위왕魏王은 조조曺操이다. 동작대銅雀臺를 쌓고 매번 그 위에서 잔치를 베풀고 즐길 때, 궁녀가 짙은 화장에 성장을 입고 아름다움을 서로 뽐내고 있었다. 동작대銅雀臺로 향해 올라가던 때에 바야흐로 아침 해가 솟아오르고 아침노을이 비치고 있었다. 이때 궁녀는 눈썹을 그리고 아직 마치지 못하여 위왕魏王이 사람을 시켜 재촉하고 있을 때, 위나라 조조의 위풍이 너무나 당당하여 비할 바가 없었다.

079
長信草 | 崔國輔최국보
장 신 초

長信宮中草는 年年愁處生이라.
장신궁중초 연년수처생

時侵珠履跡이면 不使玉階行이라.
시침주리적 불사옥계행

〖풀이〗 **장신궁의 풀**

장신궁長信宮 위에 돋아난 풀은
해마다 수심 속에 자라나고 있었네.
그때 고우신 발자국을 적시게 되면
옥계玉階 위에 내리실 때 잘못되지 않을까.

〖감상〗

여자가 남자를 기다리는 마음과 같은 것이다. 그 임이 오실 때는 여기 이 길을 밟고 오시기에 풀이 너무 자라면 임이 오실 때 불편하지 않을까? 그래서 여기 장신궁 돌계단에 풀이 못 자라게 밟고 또 밟는 것은 이런 뜻이 있었다. 그래서 풀은 걱정 속에 자라나고 임의 고우신 발자국이 이슬에 젖게 되면 안 되겠기에 노심초사 걱정뿐이었다.

도움말

이 시는 '원사怨詞' 이다. 이 궁녀는 홀로 장신궁長信宮에 기거해서 날로 돋아나는 풀을 보고 있었다. 이 풀은 어째서 수심 속에 돋아나는가. 돋아나는 풀을 밟고 또 밟아서 풀이 자라나지 못하게 하는 일이었다. 혹시라도 임금님께서 오실 때 옥계玉階 위에 풀이 길어져 불편할까 그렇게 할 따름이었다.

080
少年行 | 崔國輔최국보
소 년 행

遺却珊瑚鞭하니 白馬驕不行이라.
유 각 산 호 편　　백 마 교 불 행

章臺折楊柳하니 春日路傍情이라.
장 대 절 양 류　　춘 일 노 방 정

〖풀이〗 소년의 노래

문득 산호 채찍을 잃으니
백마가 교만하여 달리지 아니하네.
장대의 버드나무를 꺾으니
봄날 길가의 정이 왈칵 솟아나는구려.

〖감상〗

이 시는 세가자제勢家子弟의 의기양양한 모습을 표현한 것이다. 백마에 금 채찍을 휘두르며 찾아가는 곳이 기생집이다. 호화롭고 득의에 찬 교만한 몸짓이 소년들의 대표적 행동이다. 소년이라기보다 그들은 협객들이다. 장대에 있는 버드나무를 꺾는다는 것은 화류춘풍花柳春風의 정에 겨워하는 행동으로 은유되고 있다. 오늘날 서울 강남의 돈 있는 집의 폭주족 아들들과 무엇이 다르랴.

도움말

산호를 가지고 말채찍을 한다 했으니 이것은 사물의 귀중함을 말했고, 채찍을 잃는다는 것은 귀한 집 소년이 교만하고 오만한 행동임을 짐작할 수 있다. 백마가 채찍이 없음으로써 교만한 행동으로 잘 가지 않는다는 것을 버드나무 채찍을 꺾음으로써 해결이 된다. 버드나무 채찍은 금편金鞭 대신으로 사용하는 것으로 장대章臺에서 꺾었다고 했으니, 당대의 버드나무는 기생들이 거처하는 곳으로 소년들이 이곳을 지나갔을 것이며, 그러니 '노방路傍의 정情' 이 어느 곳이든 없었으랴. 장대章臺의 봄날을 맞이해서 소년이 마땅히 춘정春情을 이기지 못하는 것은 당연한 일이다. 이 '정情' 자가 이 시에 묘하게 뉘앙스를 더한다.

081

流水曲 유수곡 | 崔國輔최국보

歸來日尙早하여 更欲向芳洲라.
귀래일상조 갱욕향방주

渡口水流急하니 回船不自由라.
도구수류급 회선부자유

〔풀이〕 흐르는 물을 노래함

돌아오려니 날이 아직 남아있어
다시 물가로 향하고 있었네.
건너는 어구에는 흐르는 물이 급해서
배를 돌려서 오려니 자유롭지 못하네.

〖감상〗

이 시는 흐르는 물에 배를 띄워 놓고 유람하는데 그 즐거움을 다하고 있는 것이다. 돌아오려니 날이 아직 남아 있기에 다시 배를 띄워 풀이 아름다운 물가에 이르러 즐거움을 다하지 못하더니 건너는 길목에 물이 급하게 흐르므로 배를 돌리기에 불가하니 이는 물의 흐름이 거센 까닭이리라. 시인이 배를 타고 그냥 물 위에서 놀았는지, 아니면 채련採蓮하는 그 아가씨를 만나기 위함인지는 확실하지 않았다.

도움말

이 시에는 다음과 같은 글자와 낱말을 생각해 볼 수 있다. 〔日尙早(일상조)〕; ~하기에 날이 오히려 일찍하다. 〔向芳洲(향방주)〕; 꽃다운 풀이 우거진 물가. 〔回船(회선)〕; 배를 돌이키다. 〔不自由(부자유)〕; 자유롭지 못하다. 이 〔流水曲(유수곡)〕; 물 위에서 노는 까닭에 이런 제목을 붙였고, 또 사실을 시로 읊은 것이다.

082
採蓮曲 채련곡 | 崔國輔최국보

玉嶼花爭發하고 金塘水亂流라.
옥서화쟁발 금당수란류

相逢畏相失하여 並着採蓮舟라.
상봉외상실 병착채련주

〖풀이〗 **연밥 따는 노래**

아름다운 섬에는 꽃이 다투어 피고

지당池塘에는 물이 어지럽게 흐르네.
만나려니 물에 빠질까 두려워
서로서로 바짝 배를 갖다 붙이네.

〖감상〗

이 시는 연밥 따는 아가씨에 대한 내용을 소재로 한 노래이다. '서嶼' 는 '숙淑' 과 같으니 옥석玉石으로 쌓았기 때문에 옥서玉嶼라 하고 '금당金塘' 이라 하는 것은 금석金石으로 쌓았기 때문에 '금당' 이라 했다. 꽃은 옥서玉嶼에서만 다투어 피지 않고 물은 금당金塘에서만 어지럽게 물이 흐르는 것은 아니었다. 꽃이 다투어 피는 곳에 물 역시 급히 흐르고, 물 어지럽게 흐르는 곳에 꽃이 또한 피어 있었다. 이것은 시를 만들 때 시적인 표현에 불과했다. 연밥 따는 아가씨와 급류에서 서로 만나면 파도에 놀라 다급한 바람에 물에 떨어질까 두려워 서로 배를 가까이 닿게 하고 남녀가 속삭이게 된다.

도움말

채련곡은 예부터 내려오는 악부의 명칭이다. '연을 채취하는 노래' 라는 뜻이다. 중국 남쪽 지방에는 연을 채취하는 여자들이 많다. 우리나라의 '뽕따는 처녀' 의 개념과 비슷하다. 남녀 간의 정을 통하는 내용의 노래 가사가 많듯이 이 연못에서 남녀가 서로 만나 정을 통하는 장소이기도 하다. 옥서 ; '서' 는 연못의 가장자리. 금당 ; '당' 은 연못이다. 금당金堂, 옥당玉堂이라 하여 금과 옥을 수식어로 쓴다.

어려운 낱말

• 水亂流(수란류) : 난류는 물이 물결을 치며 흐르는 것. • 並着(병착) : 배를 서

로 바짝 갖다 붙임.

083
宿, 建德江 | 孟浩然맹호연
숙 건덕 강

移舟泊烟渚하니 日暮客愁新이라.
이 주 박 연 저 일 모 객 수 신

野曠天低樹요 江淸月近人이라.
야 광 천 저 수 강 청 월 근 인

〚풀이〛 건덕 강가에서 잠자다

배를 저어 아늑한 물가에 대니
날이 저물어 나그네 수심 새롭구나.
밤 들판 하늘 밑에 한 그루 나무
맑은 강에 달이 뜨니 그 또한 나의 친구네.

〚감상〛

배를 옮겨 물안개 자욱한 물가에 배를 대니 날이 저물어 나그네 향수 또한 새롭다. 이런 날에 고향 생각하는 마음이 간절하니 멀리 자연이 거기 기다리고 있구나. 이런 환상적인 생각이 이 시에 잘 나타나 있다. 넓은 들판 아래 하늘이 낮아지는 저쪽 맑은 강가, 달이 뜨니 그 또한 가까운 사람과 같구나! 하고 노래하고 있다.

도움말

건덕강建德江은 절강성浙江省 엄주부嚴州府에 있다. 배를 대일 때에 물과 안개가 둘러있기 때문에 '연저烟渚' 라고 했다. 날이 저문 날 경치가 아름다워 향수에 젖기에 '수신愁新' 이라 했다. 이 구절은 경치를 나타냄으로써 객정客情이 스스로 나타나게 했다. 사방 들판이 넓고 넓어서 강의 머리에 한 번 바라보면 멀리 하늘 밑에까지 나무들이 쭉 이어져 있었다. 강가에서 일박하면 푸른 파도와 밝은 달이 나타나 있어 나와 친구가 되니 이것이 '월근인月近人' 이란 말로 표현했다.

084
送, 朱大入秦 | 孟浩然맹호연
송 주 대 입 진

遊人五陵去하니 寶劍直千金이라.
유 인 오 릉 거 보 검 치 천 금

分手脫相贈하니 平生一片心이라.
분 수 탈 상 증 평 생 일 편 심

〖풀이〗 주대朱大를 진나라에 보냄

나그네 오릉五陵으로 떠나니
보배로운 칼이 값이 천금일세.
헤어질 때 풀어서 그대에게 주노니,
평생토록 가지는 한 조각 내 마음일세.

〖감상〗

보검을 풀어 벗에게 주는 시이다. 친구가 말하기를, 장안을 향해 가니 장안에는 오릉五陵이 있으며, 또 협객들이 많이 있으니 칼 없이는 불가하다. 그래서 천금이나 나가는 보검을 풀어 평생의 우정으로 주니 오히려 벗이 비장한 마음을 갖게 되었다.

도움말

주대朱大 ; '朱' 는 성 '大' 는 배항排行(일족의 같은 항렬에 속한 사람들의 순서 매김)이니, 첫 번째인 사람. 따라서 주대朱大는 주가네 형제兄弟 중 맏이라는 뜻. 입진入秦 ; 진은 장안지방, 곧 상경한다는 뜻.

어려운 낱말

• 五陵(오릉) : 장안 북부에 있는 땅 이름. 한나라 시대의 다섯 왕의 능이 있다. 부자의 별장과 협객들이 많이 모여 놀던 곳. • 直(치) : 값. • 分手(분수) : 헤어짐, 이별.

085
送友之京 | 孟浩然맹호연
송 우 지 경

君登青雲去하고 余望青山歸라.
군 등 청 운 거　　여 망 청 산 귀

雲山從此別이면 淚濕薜蘿衣라.
운 산 종 차 별　　누 습 설 나 의

〖풀이〗 벗을 서울로 보내다

그대는 청운을 따라 올라가고

나는 청산으로 돌아오네.

구름과 산이 이로 좇아 이별하면

눈물이 흘러 비단옷을 적시네.

〖감상〗

이 글은 서울로 가는 벗을 보내는 작별의 시이다. 그대는 청운의 뜻을 안고 서울로 가면 낙수청운의 뜻을 이룰 것이며, 나는 청산에 마음이 있어 고향 산으로 돌아가는 것이 나의 소망이다. 구름과 청산이 이로부터 작별을 하여 눈에서 눈물이 흘러 옷을 적시니, 평범한 사람과 청운의 뜻을 품은 사람이 서로 멀리 떨어져 만날 기약이 없으니 이로 하여 슬픔의 눈물이 앞을 막는다.

도움말

청운의 뜻을 품고 서울로 올라가고 나는 청산으로 돌아가니 이것이 두 친구의 이별이다. 여기서 君(군)과 余(여)가 이별하는 장면이다. 청운과 청산이 상대 구절을 이루고 있다. 설라의薜羅衣는 비단옷을 말한다.

086
同儲十二, 洛陽道中作 | 孟浩然맹호연
동저십이 낙양도중작

珠彈繁華子는 金羈遊俠人이라.
주탄번화자 금기유협인

酒酣白日暮하니 走馬入紅塵이라.
주감백일모 주마입홍진

〖풀이〗 **낙양洛陽 도중에서 이 시를 짓다**

번화한 구슬을 굴리는 사람은
금패를 찬 협객 놈팡이들.
술을 마시고 즐기면 하루도 저물어
말을 달려 성 내 가운데로 들어오네.

〖감상〗

구슬을 굴리는 번화한 거리의 젊은이들, 그들은 금패를 찬 놈팡이들이다. 그들은 모여 앉아 술을 마시니 어느덧 해는 저물어 말을 달려 장안으로 다시 들어오고 있었다. 그 시대의 젊은 유랑패들의 생활상을 잘 드러내고 있다.

도움말

이 글은 길거리에서 보는 바를 시로 표현한 것이다. '주탄珠彈' 은 번화한 집안의 아들이 아니면 유협자遊俠者들이다. 금기자金羈者는 유협하는 사람이니, 종일 놀고 술을 마시고 날이 저물어 말을 타고 달려서 성 내의 시끄러운 도시로 들어오니 그 흥취의 질탕함과 의기의 헌앙軒昻함을 가히 가늠하지 못할 것이다.

087

春曉 | 孟浩然맹호연
춘 효

春眠不覺曉터니 處處聞啼鳥라.
춘 면 불 각 효 　 처 처 문 제 조

夜來風雨聲에 花落知多少오?
야 래 풍 우 성　화 락 지 다 소

〖풀이〗 **봄날 새벽**

봄잠에 날 새는 줄도 몰랐는데
여기, 저기서 새소리 들려오네.
지난 밤 비바람 소리에
꽃은 얼마나 떨어졌느냐?

〖감상〗

한가롭게 은거하는 이의 아침을 그린 작품이다. 처음 읽으면 너무나 평범하여 아무 뛰어난 점이 없는 것 같지만 두고 읽으면 평범한 속에 비범한 점이 있어 읽을수록 정이 가는 시이다. 2, 3구의 청각에 와 닿는 '소리' 로 바깥의 풍경을 형상화시킨 수법은 마치 장님이 집안에 있으면서 집 밖의 모든 변화를 알아채는 것과 같이 극적 행동인 상황을 매우 정적인 분위기 속에 표현해내고 있다. 이 시에 주로 사용한 공감각은 청각 현상이다.

도움말

이 시의 중심 단어는 '효曉' 자이다. 봄날은 춘곤증이 사람에게 먼저 나타나는 까닭에 새벽이 되어도 깨닫지 못할 때가 많다. 보통 새벽하늘의 기운을 새들이 빨리 감지하기에 그 양기를 받은 새들이 일제히 울기 시작한다. 이 새소리를 듣고 새들은 모두 꽃 위에 앉아서 지저귀기에 사람들은 깊은 늦잠 속에서 어렴풋이나마 날이 샌 줄을 안다. '야래夜來' 는 새벽이 오기 전이요, '풍우風雨' 는 꽃이 가장 두려워하는 것이니, 비바람 소리가 났으니 꽃이 많이 떨어졌을 것이라는 것을 짐작한다. 시적 주인공은 침상에 누워서도 낙화의 다소를 짐작할 수 있었다. 여기서 '지다소知多少' 는 '지기하知幾何' 와 같은 뜻이다.

088
訪, 袁拾遺不遇 | 孟浩然맹호연
방 원십유불우

洛陽訪才子하니 江嶺作流人이라.
낙양방재자 강령작유인

聞說梅花早하니 何如此地春고?
문설매화조 하여차지춘

〖풀이〗 원십유袁拾遺를 찾아서 만나지 못함

낙양洛陽의 재자才子를 찾아가니
강령의 유인流人이 되었다네.
매화가 피었다는 소식 들리니
이 땅의 봄이 어떠한고?

〖감상〗

원십유袁拾遺는 맹호연孟浩然의 친구이다. 낙양의 재인才人인 그 친구를 찾아갔지만 그는 죄를 지어 영외로 유배를 떠나고 없었다. 매화가 피었다는 소식과 그의 친구와는 어떤 관계가 있는가. 그리고 이 땅의 봄은 또 무엇을 표현하고 있는가. 매화는 친구인 원십유袁拾遺의 강직한 인간성을 말할 수도 있고, 이 땅의 봄은 당시 정치적인 화해 같은 것을 생각할 수도 있을 것이다.

도움말

강령江嶺은 강서江西의 유령庾嶺이다. 유인流人은 죄를 지어 영외嶺外로 추방된 것을 말한다. 맹호연이 친구를 방문했다가 귀양을 갔다는 말에 마음만이 상하고 만나지 못하고 돌아왔다. 습유拾遺는 낙양洛陽 사람이니 맹공의 벗이었다. 특별히 낙양에 이르러서 방문하니 뜻하지 않게 습유는 죄인이 되어 벼슬이 면직되고, 영외로 추방되었기에 시만 한 수 지어놓고 떠나왔다. 고개가 완만한 땅이어서 매화가 일찍 피기는 하나 그가 직접 매화를 보지 못했기에 '문설聞說' 이라 했다. 그가 말하기를 '매화가 비록 일찍 피기는 하나 어찌 고원의 봄 색깔보다 즐거움이 같으랴. 아, 재주 있는 사람인데 아깝고 불행하구나!' 하였다.

089

尋, 菊花潭主人 | 孟浩然맹호연
심 국화담주인

行至菊花潭하니 村西日已斜라.
행지국화담 촌서일이사

主人登高去하고 鷄犬空在家라.
주인등고거 계견공재가

〖풀이〗 **국화담 주인을 찾아서**

국화담 찾아가서 거기에 이르니
마을 서쪽에 해가 이미 기울었다.
주인도 등고登高하러 가버리고
닭과 개가 빈집을 지키고 있었네.

〖감상〗

이는 중양일重陽日 시이다. 호연浩然이 국화담菊花潭을 찾아 그의 집에 이르니 서산에 해가 이미 기울어져 가고 있었다. 옛사람이 재난을 피한다는 말을 듣고 이날〔重九日〕은 높은 산에 올라가서 늦게 돌아오면 집안에 복록福祿이 들어온다고 해서 닭과 개가 다 타 죽은 일도 있었다. 이후로 풍속에 등고登高를 했으므로 국화담 주인도 역시 이 풍속을 좇아서 등고登高하러 가고 집에는 닭과 개가 집을 지키고 있을 따름이었다.

| 덧붙임 |

맹호연(孟浩然)

孟浩然(맹호연; 689-740): 호북성 襄陽人(양양인). 본명은 浩(호), 자는 浩然(호연). 젊은 시절 몇 번이나 과거에 응시했으나 낙방하고 여러 곳을 방랑하다가 양양 교외 鹿門山(녹문산)에 은거. 40여 세 때 장안의 명사들 집을 드나들다가 張九齡(장구령), 王維(왕유) 등의 詩會(시회)에 참가하여 文才(문재)를 인정받음. 잠시 벼슬을 하다가 좌천되자 사임하고 여러 곳을 방랑, 다시 향리에 은거했다가 등창 병으로 죽음. '孟浩然集(맹호연집)' 4권과 260여 수의 시가 남아 있음.

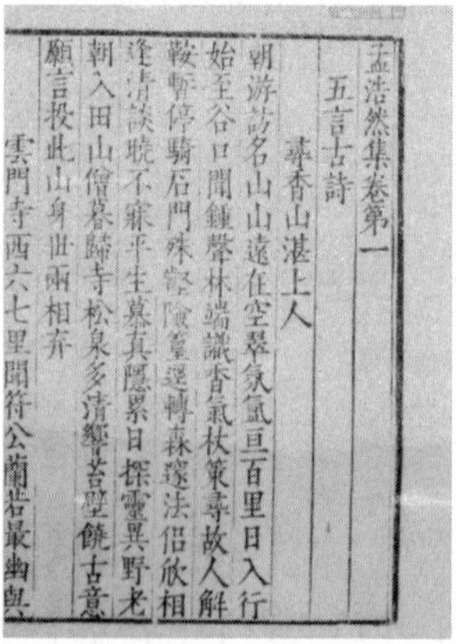

孟浩然集卷第一
五言古詩
尋香山湛上人
朝游訪名山山遠在空翠氛氳亘百里日入行
始至谷口聞鍾聲林端識香氣杖策尋故人解
鞍暫停騎石門殊豋險篁逕轉森邃法侶欣相
逢清談曉不寐平生慕真隱累日探靈異野老
朝入田山僧暮歸寺松泉多清響苔壁饒古意
願言投此山身世兩相弃
雲門寺西六七里聞符公蘭若最幽與

맹호연집(孟浩然集)

090

洛陽道❶ | 儲光羲저광희
낙 양 도

洛水春氷開하고 洛城春樹綠이라.
낙 수 춘 빙 개 　 낙 성 춘 수 록

朝看大道上에 落花亂馬足이라.
조 간 대 도 상 　 낙 화 난 마 족

〖풀이〗 낙양 길 ❶

낙수에는 봄 얼음이 녹고
낙성에는 봄 나무가 푸르러 가다.
아침에 보이는 큰길 위에
떨어진 꽃들이 말발굽에 흩어지네.

〖감상〗

서울로 가는 길이라고 생각하면 좋겠다. 어느 때나 할 것 없이 서울로 가는 길은 희망의 길이었다. 그래서 낙수와 낙성, 봄이 와서 얼음이 풀리고 성터에는 봄빛이 나무마다 잎으로 달려 푸르기만 하다. 이런 것 역시 희망적인 것이다. 또 아침에 길을 바라보니 길이 훤히 트였고 떨어진 꽃잎이 바람에 날리고 길에 깔려 말 발 아래 널려 있다는 것도 역시 싫지 않는 희망적인 것이다.

도움말

광희光羲의 '낙양도중洛陽道中'에는 낙수에 얼음이 풀리고 낙성에는 나뭇잎이 푸르고, 아침이 오면 큰길 위에 분분한 낙화가 어지럽게 말발굽 아래 흩어지고 있으니, 이는 춘삼월이었다. 물에는 얼음이 녹고 성터에는 나무가 푸르러 봄빛을 볼 수가 있는데, 하물며 말 발굽 아래 흩어지는 아침 큰 길 위에 낙화야 두말하여 무엇 하랴!

091
洛陽道❷ | 儲光羲저광희
낙 양 도

大道直如髮하고 春日佳氣多라.
대 도 직 여 발 춘 일 가 기 다

五陵貴公子는 雙雙鳴玉珂라.
오 릉 귀 공 자 쌍 쌍 명 옥 가

〖풀이〗 낙양 길 ❷

큰길은 털처럼 곧고
봄날 따뜻한 기온, 꽃답고 아름다워라.
오릉의 귀공자들은
쌍쌍이 옥구슬을 울리고 지나가네.

〖감상〗

시인 제광희의 작품은 활달하고 뚜렷한 선의 이미지 전개가 확실한 데에 그 특징이 있었다. 넓고 큰길은 도시 모양을 그대로 표현했고 봄날의 아름다운 자연 또한 도시의 특징을 잘 나타내고 있다. 거기에다가 오릉의 귀공자들의 화려한 생활과 쌍쌍이 옥을 희롱하는 그 시대적 상황이 나타나 있다.

도움말

오릉五陵은 제왕의 능침陵寢 부근이니 귀인과 명신名臣들의 처소가 된다. '옥가玉珂' 는 말 장식기구이다. 또 말하기를, 동도東都는 귀족들이 노는 곳이요 동도의 관아官衙가 있는 직통 도로이기에 그 길을 털과 같다고 했으며, 봄에는 화려하고 아름답기 때문에 오릉의 소년과 귀공자들이 쌍쌍이 봄놀이를 하고 있으니 아름다운 방울과 패물의 소리가 흔들리며 끊어지지 않았다. 광희光羲는 윤주潤州 사람이며 천보天寶 연중에 어사御使가 되었다. 시대는 성당盛唐 때이다.

092
長安道 | 儲光羲저광희
장 안 도

西行一千里하니 暝色生寒樹라.
서 행 일 천 리 명 색 생 한 수

暗聞歌吹聲하니 知是長安路라.
암 문 가 취 성 지 시 장 안 로

〖풀이〗 장안 길

서쪽으로 천리 길을 가니
어두운 빛이 차가운 나무에서 나오네.
어둠 속에서도 노랫소리 들리니
여기가 장안 첫길인 줄 알겠구나.

〖감상〗

이는 장안 길을 향하여 걸어갈 때 느껴지는 상황을 시로 표현한 작품이다. 서쪽으로 향하여 가니 도로의 길이가 천리나 된다는 것은 장안 길답게 길고 먼 것을 말하고 있다. 날이 이미 저물어 황혼이 되면 어두운 빛이 나무 사이에서 나오고 점점 걸어서 들어가니 갑자기 화려한 노랫소리가 바람 따라 맑게 들려온다. 그래서 여기가 장안으로 가는 첫길인 것을 짐작으로도 알 수 있었다.

도움말

이런 주위의 환경으로부터 장안대도의 웅장함을 말하고 끝에 가서는 노랫소리를 끌어들여 대도시임을 분위기로 느낄 수 있게 구성한 작품이다.

어려운 낱말

• 西行(서행) : 장안으로 가는 길임. • 一千里(일천리) : 도로의 길이가 천리나 된다고 했으니 당시 도로가 큰길임을 알겠다. • 暝色(명색) : 어두운 색깔. • 生寒樹(생한수) : 차가움이 나무에서 나온다고 했으니, 하루 종일 가서 이미 저녁이 됨을 알겠다. • 暗聞(암문) : 어둠 속에 들려옴. • 歌吹聲(가취성) : 노래와 풍악소리.

093
江南曲 ❶ | 儲光羲저광희
강 남 곡

綠江深見底하니 高浪直翻空이라.
녹 강 심 견 저 고 랑 직 번 공

慣是湖邊住하니 舟輕不畏風이라.
관 시 호 변 주 주 경 불 외 풍

〖풀이〗 강남의 노래 ❶

푸른 강의 밑바닥을 보니
높은 파도 곧게 공중에 치솟네.
호숫가에 살아 이것이 익숙하여
가벼운 배도 바람을 겁내지 않아요.

〖감상〗

이는 강남에서 뱃놀이하는 일들을 시로 표현해서 '곡'이라 한 것이다. 푸른 강물을 보니 맑고 깨끗하여 물밑을 볼 수 있고 높은 물결이 용솟음 쳐서 곧게 공중으로 솟으니 이는 강물의 파랑(파도)을 읊은 것이다. 호수湖水가에 배를 대는 것이 관습화되어 파도가 험악해도 배가 가벼워도 두려워하지 않는다.

도움말

고랑高浪은 높은 파도를 말한다. 관慣은 습관이 되어 호변湖邊에도 쉽게 머무를 수도 있고 배가 가벼워도 조금도 두려워하지 않았다.

江南曲❷ | 儲光羲저광희
강 남 곡

日暮長江裏에 相邀歸渡豆라.
일 모 장 강 리 상 요 귀 도 두

落花如有意하여 來去逐船流라.
낙 화 여 유 의 내 거 축 선 류

〖풀이〗 강남의 노래 ❷

날 저문 강가에서
서로 만나 나루터로 돌아가네.
떨어진 꽃잎도 뜻이 있는 듯
배를 따라 왔다 갔다 흐르고 있다.

〖감상〗

강가에 해가 저무니 경치가 아름답다. 배를 탄 사람이 서로 맞이해서 함께 건너가는 뱃머리에 흘러가는 꽃잎이 떠서 배를 따라 가고 오니 이 경치가 얼마나 아름답고 흥미 있는 자연의 아름다움인가. 이는 남녀가 뱃놀이하면서 서로 사랑을 나누는 장면을 묘사한 시이다.

| 덧붙임 |

儲光羲〔저광희; 707-759, 盛唐(성당)〕: 강소성 潤州人(윤주인). 진사 급제 후 監察御使(감찰어사)가 되었으나 안녹산 난 때 僞政府(위정부)의 벼슬을 받아 난이 평정된 후 광동지방으로 유배되어 죽었다. 王維(왕유), 孟浩然(맹호연), 常建(상건)과 함께 山水田園派(산수전원파)에 속하며 230여 수의 시가 전한다.

094
孟城坳 | 裴迪배적
맹 성 요

結廬古城下하고 時登古城上이라.
결 려 고 성 하　　시 등 고 성 상

古城非疇昔이요 今人自來往이라.
고 성 비 주 석　　금 인 자 래 왕

〖풀이〗 **맹성요**

집을 옛 성 아래 짓고서는
때때로 옛 성 위에 오르네.
고성古城은 옛날 것이 아니요
요즈음 사람들도 스스로 오가는 곳.

〖감상〗

맹성요는 망천輞川에 있다. 배적裴迪이 왕유王維와 함께 거주하면서 같이 술도 마시고 시도 읊었다. 집을 엮어 거기서 살기도 하고 때때로 옛 성 위에 오르니 그 성은 옛날만의 경치가 아니었다. 요즈음 사람들도 이곳에 왔다 갔다 하니 그 옛날의 회포를 지금에 되살리고 있으니 과연 어떠한 곳일까?

도움말

오언절구 녹채鹿柴를 비롯하여 왕유王維의 시와 함께 작자가 망천별업輞川別業 20경을 읊은 시 20수 가운데 하나이다. '요'는 웅덩이처럼 움푹 파인 곳. 맹성이라는 옛 성의 유적에 있는 움푹 파인 곳이 맹성요이다.

어려운 낱말

• 結廬(결려) : 띠 풀로 조그마한 집을 짓는 것. 도연명의 시에 '結廬在人境(결려재인경)' 이란 구가 있다. • 古城(고성) : 맹성을 말함. • 疇昔(주석) : 옛날. • 今人自(금인자) : 지금 사람은, 지금 사람으로, 옛날과 관계없이 '자연스레' 의 뜻.

095
木蘭柴 | 裴迪배적
목 란 시

蒼蒼落日時에 鳥聲亂溪水라.
창 창 락 일 시　조 성 란 계 수

緣溪路轉深하니 幽興何時已요?
연 계 로 전 심　유 흥 하 시 이

〖풀이〗 목란

해 지는 푸르른 날에
냇가에 새소리 어지럽게 들리네.
내를 따라 길이 더욱 깊은데
그윽한 홍취 어느 때 그치리오.

〖감상〗

이 작품은 순수하게 자연을 노래한 시다. 해가 지고 있다. 냇가에 새소리가 요란하고 물은 흘러가는데 새들도 멀리 하늘 위로 날아가고 있다. 시냇물은 꼬불꼬불하게 흘러가는 것이 마치 한국의 자연 모습과 닮은 점이 많다. 이 시적 정서가 한결같이 그윽하고 흘러감이 거침없어 이 흐르는 냇물이 어느 때에 그칠 것인가 하고 시인은 하염없이 상상의 날개를 편다.

도움말

이 목란시木蘭柴는 녹채鹿柴로 더불어 같은 계열의 작품이다. 석양이 붉게 물들고 하늘색이 황혼이 되면 산 계곡 시냇물과 나무들이 푸른 색깔인데, 그 색깔이 두 배로 빛날 때이다. 이때 귀소歸巢하는 새소리 시냇가 나무떨기에서 지저귀고, 시냇가로 가는 길이 꼬불꼬불 길어서 그윽한 흥이 어느 때에 끊어질 것인가.

| 덧붙임 |

裴迪〔배적; 716-?, 盛唐(성당)〕: 섬서성 출신. 왕유와 절친했던 사람으로, 종남산 부근에 있었던 왕유의 망천 별장 근처에 산장을 짓고 서로 왕래하며 시와 술을 나누었다. 안녹산 난 후에 蜀州刺史(촉주자사)가 되어 두보, 이기 등과 친하게 지내기도 했다. 29수의 시가 남아 있다.

096

武候廟 | 杜甫두보
무 후 묘

遺廟丹靑落이요 空山草木長이라.
유 묘 단 청 락 공 산 초 목 장

猶聞辭後主터니 不復臥南陽이라.
유 문 사 후 주 불 복 와 남 양

〖풀이〗 제갈량 사당에서

그의 사당은 단청이 헐리고

빈산에는 풀만이 무성하네.

들으니, 출사표를 내고 진중에 나갔다가

성공하지 못하고 남양 땅에 누웠네.

성도(成都)의 제갈량(諸葛亮) 사당

〖감상〗

삼국지를 읽은 사람은 제갈량을 기억할 것이다. 두보가 제갈량의 사당을 찾아가서 지은 시이다. 세월이 흘러 사당의 단청은 벗어지고 빈산에는 풀과 나무가 우거져 있을 뿐이었다. 그는 후주 유선에게 출사표를 던지고 전쟁에 나가 진중에서 전사했다. 그래서 그는 그의 고향인 남양 땅으로 돌아가 묻혀 무덤으로 남아 있을 뿐이었다.

도움말

제갈무후諸葛武侯가 군영에서 죽으니 후주(後主 : 유선)가 그의 사당을 면양沔陽에 세우도록 조서를 내려 사당이 지어졌는데, 지금은 단청이 벗어져 퇴락하고 산에 나무가 크고 세월이 오래되었다. 제갈량이 일찍 임금께 출사표를 올리고 후주께 사례한 후에 위나라를 정벌했는데, 그 싸움에 이기지 못하고 죽었으니 지금 그것을 생각하면 오직 왕가를 욕보일 일이로되 하늘이 한나라에게 복을 내리지 않아서 부득이 성공하지 못하고 돌아가 다시 남양 땅에 누웠으니 이것이 그의 마음의 충직忠直이 그의 사당과 더불어 오래하리라.

097 八陣圖 | 杜甫두보
팔 진 도

功蓋三分國하고 名成八陣圖라.
공 개 삼 분 국　　명 성 팔 진 도

江流石不轉하니 遺恨失呑吳라.
강 류 석 부 전　　유 한 실 탄 오

〖풀이〗 팔진도

공적은 세 나라를 덮었고

명성은 팔진도八陣圖에서 이루어졌네.

강은 흘러도 돌을 구르지 않으니

오나라를 평정하지 못한 것이 한스럽구려.

〖감상〗

작자 두보는 제갈공명의 공적이 위, 오, 촉, 세 나라 중에서 가장 뛰어났음을 강조하고 있다. 제1구에서 천하가 셋으로 나뉘었다는 역사적 사실을 객관적으로 그리면서 제갈량이 유비를 도와 촉나라를 세운 것은 무에서 유를 창조했다 할 만큼 뛰어난 공적임을 표현하고 있다. 두 번째 구절에서 제갈량의 탁월한 면모를 좀

제갈량(諸葛亮)

더 구체적으로 묘사하고 있는데 '팔진도'의 제작은 그의 명성을 후세에까지 길이 빛나게 하였음을 함축적으로 그려내고 있다. 끝의 두 구절에서 '석부전石不轉'은 묵시적인 이미지로 많은 사람으로부터 호감을 얻고 있으며, 두보는 제갈량이 오나라를 쳐부수지 못한 것을 '유한遺恨'으로 생각하여 안타깝게 여기면서 이 시의 끝을 맺고 있다.

도움말

팔진도八陣圖 ; 제갈공명이 하늘〔天〕, 땅〔地〕, 바람〔風〕, 구름〔雲〕, 용龍, 호랑이〔虎〕, 새〔鳥〕, 뱀〔蛇〕의 여덟 가지 전형을 돌로 쌓아 만든 것으로서 사천성 봉절현奉節縣 남쪽에 있음.
삼분三分 ; 천하가 위魏, 오吳, 촉蜀으로 나뉨. 실탄오失呑吳는 오나라를 평정 못함을 한스럽다는 말이다.

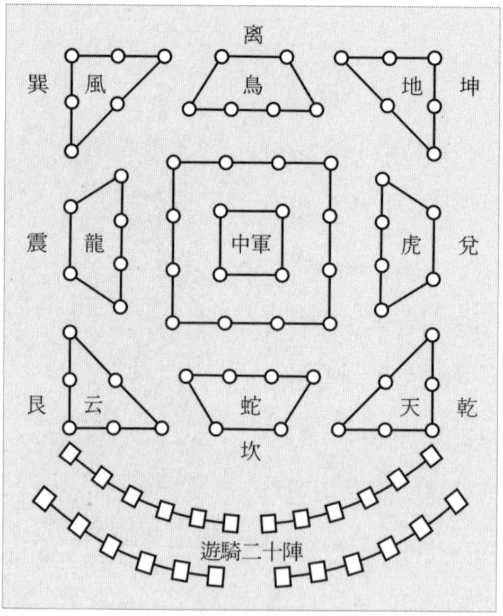

八陣圖(팔진도)

098
絶句 ❶ | 杜甫두보
절 구

江碧鳥逾白이요 山青花欲然이라.
강 벽 조 유 백　　산 청 화 욕 연

今春看又過하니 何日是歸年고?
금 춘 간 우 과　　하 일 시 귀 년

〖풀이〗 절구 ❶

강이 푸르니 새는 더욱 희고
산이 푸르니 꽃이 불타는 듯하구나.
금년 봄도 또 지나가려는데
어느 날이 이 고향에 돌아갈 해인가?

〖감상〗

푸른 산에 어리는 푸른 꽃, 푸른 빛 강에 비친 하얀 새. 두보는 화가도 아닌데 어떻게 이렇게 색채를 그려냈을까? 아름다운 봄 풍경과 고향으로 돌아가지 못하고 있는 나그네의 마음이 애달프게 그려져 있다. 여기에서 제목이 '절구' 인데 그것은 특별히 시의 제목을 정하지 않고 시 형식의 명칭을 그대로 시 제목으로 삼은 것이다.

도움말

강물 색은 푸르고 날아가는 새의 색깔은 희어서 푸른 물 위에 흰 새의 모양이 더 뚜렷이 보인다. '연然' 은 '연燃' 과 같으며 불이 타는 색깔이니 붉은색이다. 푸른 산에 붉은 꽃 색깔은 더욱 뚜렷이 보인다. 이것은 색깔의 대조법을 이용한 감각적 표현인 것이다. 두보杜甫가 기주夔州에 있을 때 강, 산, 꽃, 새를 보고 사물의 감흥에서 고향으로 돌아가고 싶은 충동을 느끼게 되었다. 오늘이 며칠이며 금년이 어느 해인가 하고 생각하니 흐르는 세월이 달리는 말과 같으니 어찌 이와 같이 생각하지 않겠는가.

絶句 ❷ | 杜甫두보
절 구

江動月移石하고 谿虛雲傍花라.
강 동 월 이 석　　계 허 운 방 화

鳥棲知故道하니 帆過宿誰家오?
조 서 지 고 도　　범 과 숙 수 가

〖풀이〗 절구 ❷

달이 움직이니 강변의 돌도 움직이고
계곡이 비니 구름 꽃 피어나네.
새는 옛집 길 찾아 날아드는데
범선은 지나서 누구 집에서 자고 가나.

〖감상〗

강의 파도가 움직이고 강에 달이 비치니 완연한 달은 강변의 돌을 옮겨오고 계곡이 공허하고 구름이 끼어서 멀리서 바라보니 강가의 꽃이었다. 숲으로 깃들이는 새는 길을 알아 날아감을 아니, 강 위에 뜬 배는 지금은 누구의 집에서 멈추어 자고 있는지? 이는 강가에서 보는 바의 사물을 읊으면서 노래한 작품이다.

| 덧붙임 |

두보(杜甫)

杜甫(두보; 712-770): 詩仙(시선) 이백과 더불어 중국 최대의 시인. 당의 詩聖(시성). 자는 子美(자미). 河南(하남) 鞏縣(공현)에서 출생. 20대 초반에는 오월 지방을 유랑, 26세 때 처음으로 진사 시험에 응시했으나 낙방, 이후 몇 년간 齊趙(제조) 지방에서 노닐며 李白(이백)과 교유했음. 나이 사십에 겨우 미관말직을 얻었고, 나중에 工部員外郞(공부원외랑)이라는 고위 관직에 임명되었으나 방랑벽 때문에 그 직책을 수행하지 못했다. '杜工部集(두공부집)' '草堂詩箋(초당시전)' 등의 시집이 있으며 3천 수에 가까운 시중에 1,400여 수가 전하고 있다.

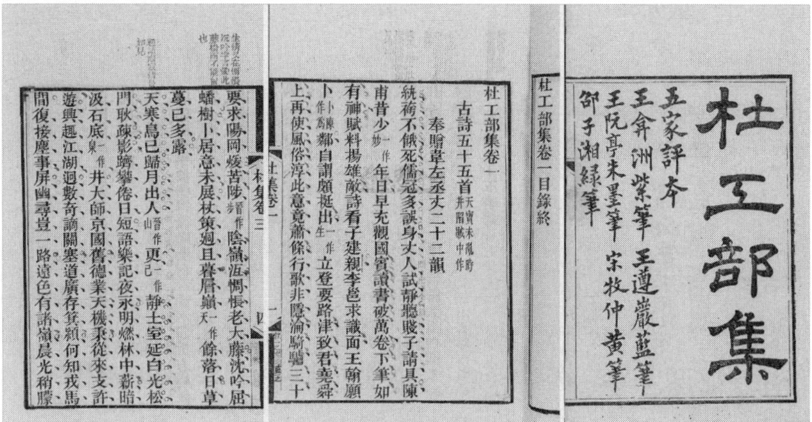

두공부집(杜工部集)

099
長干行 ❶ | 崔顥최호
장 간 행

君家住何處요 妾住在橫塘이라.
군 가 주 하 처　　첩 주 재 횡 당

停舟暫相問하니 或恐是同鄕고?
정 주 잠 상 문　　　혹 공 시 동 향

〖풀이〗 장간의 노래 ❶

그대의 집은 어디인가요
저의 집은 횡당에 있지요.
배를 멈추고 잠시 묻나니
혹시 같은 고향이 아닌지?

〖감상〗

이 시는 여자와 더불어 서로 묻고 대답하는 형식의 시이다. '그대의 집이 혹시 종산鐘山의 횡당橫塘이 아니에요?' 했다. 사나이의 말소리가 그 여인과 함께 서로 비슷하기 때문에 배를 머물러 묻기를 '혹시 우리 고향 사람 아닌가요?' 하고 여자가 또다시 다그쳐 묻는 것이다.

도움말

장간長干은 금릉金陵에 있고 횡당橫塘은 금릉 기린문麒麟門 밖에 있다. 오나라의 강구에 제방을 쌓고 물을 가두어 이름을 횡당이라 했으니 지금의 응천부에 있다.

長干行❷ | 崔顥최호
장 간 행

家臨九江水하니 來去九江側이라.
가 림 구 강 수 　 내 거 구 강 측

同是長干人이니 生少不相識이라.
동 시 장 간 인 　 생 소 불 상 식

〖풀이〗 장간의 노래 ❷

우리 집은 구강九江에 있어요
오나가나 구강九江 곁이지요.
똑같은 장간 사람, 그런데
어릴 때부터 서로 모르고 지냈구려.

〖감상〗

또 역시 남녀 간의 대화하는 장면이다. '우리 집은 구강의 강가에 있어서 오며 가며 구강 곁에 있기에 함께 장간인長干人으로 어릴 때부터 서로 알지 못하니 지금은 이미 늦었소.' 일찍 몰랐던 것이 그들은 한스럽기만 했다.

도움말

이 장간곡長干曲은 대화체로 되어있는 오언절구의 한시이다. '군' 과 '첩' 의 대화로 이루어진 시이다. '구강수' 와 '구강측' 상대 구로 되어 있음. 같은 장간 사람으로 어릴 때부터 모르고 살아왔다는 한스러운 애조로 끝을 맺는다.

100
江南曲 | 崔顥최호
강 남 곡

下渚多風浪하니 蓮船漸覺稀라.
하 저 다 풍 랑　　연 선 점 각 희

那能不相待하고 獨自逆潮歸오?
나 능 불 상 대　　독 자 역 조 귀

〖풀이〗 강남의 노래

물 따라 내려오니 풍랑이 높아져
연선蓮船이 점점 드묾을 깨닫겠구나.
어째서 서로 기다리지 않고서
홀로 파도를 거슬러 돌아가는가?

〖감상〗

아름다운 처녀들이 연밥 따는 이야기를 시 속에 담고 있다. 중류에 가득한 배들이 물 따라 내려가면 갑자기 바람이 일어 물의 파도가 높아져 노와 돛대가 제대로 안정되지 못하여 연밥 따는 배들은 점점 돌아가고 물 위에는 배들이 적어지기 시작한다. 이에 나와 더불어 서로 친한 사람도 서로 상대하지 않고 파도를 거슬러 홀로 올라가니 나로 하여금 슬프게만 한다. 연밥 따는 처녀들은 그들끼리 무리 지어 먼저 돌아가고 기다리지 않으니 이 마음 슬플 따름이다.

| 덧붙임 |

최호(崔顥)

崔顥(최호; ?-754, 성당): 하남성 汴州人(변주인). 진사에 급제 후 감찰어사가 되어 河東節度使(하동절도사)의 막하, 산서성 등지에 부임. 太僕司(태복사)의 丞(승)을 거쳐 尙書省(상서성) 吏部(이부)의 司勳員外郞(사훈원외랑)에 이르렀다. 비상한 준재였으나 젊었을 때는 술과 도박과 여자를 좋아해 사람은 경박하나 시는 浮艶(부염)하다는 평을 받았다. 만년에는 시풍이 일변해 氣骨(기골)있는 시를 지었다. 시집 1권과 42수의 시가 전한다.

101
田家春望 | 高適고적
전 가 춘 망

出門無所見하니 春色滿平蕪라.
출 문 무 소 견　　춘 색 만 평 무

可憐無知己하니 高陽一酒徒라.
가 련 무 지 기　　고 양 일 주 도

〖풀이〗 농가에 봄을 기다리다

문을 나와도 보이는 바가 없는데
봄빛이 거친 들판에 가득하구나.
가히 어여쁘다 나를 알지 못하니

나는 고양高陽의 한 술친구로다.

〖감상〗

전원에 봄이 왔다는 사실을 제목으로 잘 말해주고 있다. 계절은 봄, 농촌에서 봄을 맞이하는 기쁨을 표현하고 있다. 전원에서의 봄은 농사일을 시작하는 출발을 알리는 계절인 것이다. 문 밖에는 봄이 와서 기다리고 있는데, 봄은 집안뿐만 아니라 거친 들판에 가득하게 와서 나부끼고 있었다. 그런데 시인 고적은 농사일보다는 친구가 없음을 한탄하고 있다. 그것은 전원의 외로움을 말하고 있으리라. 이런 봄날에 친구가 생각나고 친구 생각나니 술 생각이 나겠지요. 어찌하여 이곳에 친구도 없고, 더구나 이런 때에 여기 고양高陽 땅에는 술친구 한 사람도 없단 말이냐.

도움말

문을 열고 나서니 보이는 바가 없다고 함은 그 다음의 구절인 '춘색春色' 이다. 즉 봄빛이 보이지 않는다는 것이다. '평무平蕪' 는 평지에 나 있는 풀을 말한다. '무지기無知己' 를 탄식하는 것은 눈에 들어오는 한 사람이 없다는 뜻으로, 나와 뜻을 같이하는 사람이 없다는 것이다. '고양일주도高陽一酒徒' 는 한나라 고제高帝가 유생을 가볍게 여겼다는 고사에서 고양의 역생酈生이 사자使者를 꾸짖어 말하기를 '나는 고양의 한 술친구' 라는 말에서 인용한 것이다. 시인 고적高適은 세상에 지기知己가 없음으로써 '주도酒徒' 를 생각했을 따름이다. 시인 고적이 전가田家에서 사립문 앞에 나가도 보이는 것은 풀빛이 평무平蕪에 가득한 봄 경치가 볼만할 뿐이다.

102
同群公, 題, 張處士菜園 | 高適고적
동군공 제 장처사채원

耕地桑柘間하니 地肥菜常熟이라.
경지상자간 지비채상숙

爲問葵藿資하노니 何如廟堂肉고?
위문규곽자 하여묘당육

〖풀이〗 친구들과 함께 '장처사張處士 채원菜園'을 제목으로 시를 짓다

뽕밭 사이를 넓게 갈아 심어 놓으니
땅이 기름져 늘 채소가 잘 자라네.
물어보노니, 해바라기와 콩의 맛이
묘당廟堂의 육 고기보다 어떠한가.

〖감상〗

전원에서 여러 시우詩友들과 함께 글을 짓는 멋을 보여주고 있다. 거기에 글 제목을 내고, 고적高適이 여러 친구들과 함께 시를 짓는데, 그 글제를 '장처사채원張處士菜園'이라 했다. 넓은 뽕나무가 있는 상자桑柘(뽕나무와 산뽕나무)의 사이 땅을 갈아 젖히니 땅이 비옥하여 채소들이 항상 잘 자라서 해바라기씨와 콩 맛이 '묘당廟堂과 고량膏粱 사람으로 더불어 어떠한가?' 함은 시인 고적이 장처사張處士의 뜻을 찬양함이다.

| 덧붙임 |

고적(高適)

高適〔고적; 702?-765, 盛唐(성당)〕: 산동성 滄州人(창주인). 字(자)는 達夫(달부), 또는 仲武(중무). 50세 무렵 처음으로 시를 쓰기 시작해서 수년 만에 문단에 이름을 떨침. 有道科(유도과)에 급제 하남성 封丘尉(봉구위)로 발령 받았으나 벼슬살이를 싫어하여 떠돌아다니다가 河西節度使(하서절도사) 哥舒翰(가서한)에게 인정받아 그의 막료가 됨. 안녹산의 난 때에 가서한을 도와 潼關(동관)을 지키며 敗報(패보)를 전한 공으로 侍御史(시어사)가 되고 이윽고 諫議大夫(간의대부)에 승진하였으나 직언으로 권신 李輔國(이보국)의 미움을 받아 彭州(팽주), 蜀州(촉주) 등의 刺史(자사)를 지냄. 이때 두보와 교류함. 그 후 銀青光祿大夫(은청광록대부), 渤海侯(발해후)에 봉해짐. 당나라 시인 중에 보기 드물게 고관을 지냈음. 高常侍集(고상시집)이 있으며 240수의 시가 전함.

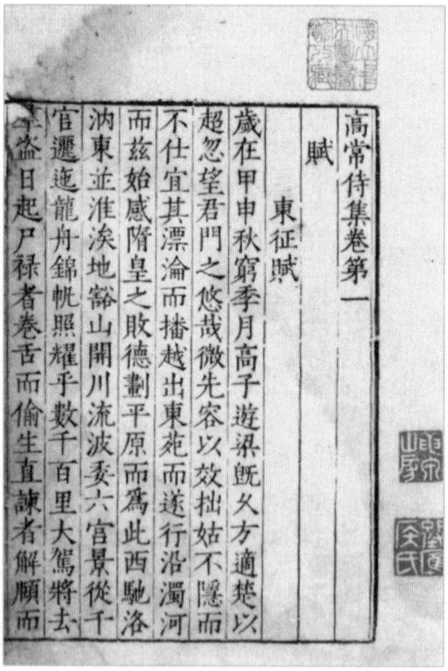

高常侍集卷第一
賦
東征賦
歲在甲申秋窮季月高子遊梁既久方適楚以
超忽望君門之悠哉微先容以效拙姑不隱而
不仕宜其漂淪而播越出東苑而遂行沿濁河
而兹始感隋皇之敗德劃平原而爲此西馳洛
汭東並淮涘地豁山開川流波委六宫景從千
官遷延龍舟錦帆照耀乎數千百里大駕將去
[illegible]益日起尸禄者卷舌而偷生直諫者解顏而

高常侍集(고상시집)

103
行軍九日, 思, 長安故園 | 岑參잠삼
행군구일 사 장안고원

强欲登高去하니 無人送酒來라.
강욕등고거 무인송주래

遙憐故園菊이 應傍戰場開라.
요련고원국 응방전장개

〖풀이〗 **중양절에 군대에서 고향을 생각함**

억지로라도 등고登高를 하려 해도
술을 보내오는 사람 없구나.
멀리서 고원의 국화가 가엽기도 하여라,
분명 전장戰場 곁에도 국화꽃 피어 있으리니.

〖감상〗

군영에 있으면서 중양절을 맞이하여 고향 생각을 하면서 지은 시이다. 9월 9일은 중국에서 큰 명절이다. 이날은 높은 곳에 올라 국화를 꺾어 머리에 꽂고 술을 마시면서 즐기는 풍속이 있었다. 군에 있으면서 명절을 맞으니 더욱 고향이 간절하고 고원에 있는 국화가 생각날 것이다. 억지로라도 높은 곳에 올라 가려 하나 술을 가져올 사람이 없다는 그의 안타까운 심성을 토로하고 있다. 더구나 이 전쟁터에서 고향의 국화도 싸움터 곁에 피어 있을 것이라는 것은 슬픔을 자아내게 한다.

도움말

이 시는 단지 고향을 그리워하는 것만이 아니라 전란에 휩싸여 있는 나라에 대한 시인의 염려도 가득 담겨 있다. 고사를 두 가지나 인용하면서도 '국화' 라는 공통분모로 아무런 무리 없이 표현해 내는 솜씨가 절묘하다. 또 전쟁에 휩싸여 있는 장안의 모습을 마치 전쟁 속에 홀로 피어있는 가녀린 국화를 이미지화하여 나라를 걱정하는 작자의 안타까운 심정을 절실하게 전해주고 있다. 등고登高(9월 9일, 중구일)에는 높은 곳에 올라가서 산수유 꽃을 꺾어 머리에 꽂고 국화주를 마시는 풍속이 있었음.

104
見, 渭水, 思, 秦川 | 岑參잠삼
견 위수 사 진천

渭水東流去하니 何時到雍州오?
위수동류거 하시도옹주

憑添兩行淚하여 寄向故園流라.
빙첨양항루 기향고원류

〖풀이〗 위수를 보고 진천秦川을 생각함

위수 동쪽으로 흘러가서
언제 옹주에 이르려나.
부탁하나니, 두 줄기 눈물을 흘러 보태면
그 물을 따라 고향으로 흘러가리라.

〖감상〗

위수渭水와 진천秦川이 다만 진령秦嶺이 막혀있고 또 전쟁으로 인하여 그곳으로 왕래하지 못하는 까닭에 위수가 동으로 흐름을 보고 묻기를 '어느 때에 옹주에 이를까' 하고 말했다. 시인 잠삼岑參이 군인이 되어서 군대에 있었기에 집 생각이 간절했고, 그 고향으로 통하는 것이 오직 이 강물밖에 없었기에 두 줄기 눈물을 위수에 뿌려 고향으로 부쳐 보내고픈 심정이리라. 이것이 시인이 고향을 생각하는 심정이었다. 이런 시상은 우리나라 고려 때 시인 정지상鄭知常의 '대동강 물은 언제 다 마를까, 이별의 눈물 해마다 푸른 파도에 보태어지는데(〈대동강수하시진大洞江水何時盡〉, 별루연년첨록파別淚年年添綠波〉)라는 구절에서 볼 수도 있다.

도움말

위수渭水는 감숙성에서 발원하여 장안 북쪽을 지나 황하로 들어가는 황하 최대의 지류이다. 진천秦川은 장안을 둘러 싼 평야지방을 범칭한다. 제목 위에 '서과위수西過渭水' 4자가 더 있는 곳도 있다. 옹주雍州는 장안을 둘러싸고 있는 행정구역의 이름. 옹주는 바로 시인 잠삼岑參의 고향이니, 곧 장안이다.

어려운 낱말

• 憑(빙) : 의지하다. • 添(첨) : 보태다. • 兩行淚(양항루) : 두 줄기 눈물. • 寄(기) : 부치다.

105
題, 蒼詰造字臺 | 岑參잠삼
제 창 힐 조 자 대

野寺荒臺晩하니 寒天古木悲라.
야 사 황 대 만 　 한 천 고 목 비

空階有鳥跡하니 猶似造書時라.
공 계 유 조 적 　 유 사 조 서 시

〖풀이〗 창힐이 글자 만들 때

야사野寺 한가운데 황폐한 돈대 있었으니
차가운 하늘 아래 고목 하나 처량하네.
비어 있는 계단에 새 발자국 찍혔으니,
마치 창힐蒼詰이 글자 만들 때와 같구려.

〖감상〗

이 시는 잠삼岑參이 '창힐조자대蒼詰造字臺'를 제목으로 한 작품이다. 창힐蒼詰은 중국 상고시대의 글자를 만든 사람으로 전해내려 온다. 들판에 있는 절에 옛날부터 내려오는 허물어진 대臺가 하나 있는데, 거친 곳에 우뚝 솟아 옛날을 상고하게 한다. 공허하고 사람이 없는 계체階砌에 새들의 발자국이 있어 마치 창힐이 그때 글자 만들던 때로 생각되어 이 시를 지은 것이다.

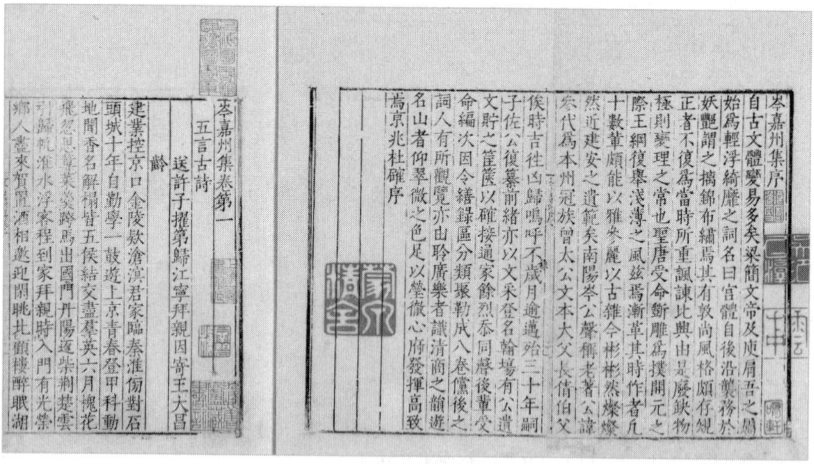
岑嘉州集序
自古文體變易多矣梁簡文帝及庾肩吾之屬
始爲輕浮綺靡之詞名曰宮體自後沿襲務於
妖艷謂之摛錦布繡焉其有敦尚風格頗存規
正者不復爲當時所重諷諫比興由是廢缺物
極則變理之常也聖唐受命斲雕爲樸開元之
際王綱復舉淺薄之風茲焉漸革其時作者凡
十數輩頗能以雅參麗以古雜今彬彬然燦燦
然近建安之遺範矣南陽岑公聲稱老著公諱
參代爲本州冠族曾大父文本大父長倩伯父
羲時吉往凶歸嗚呼不歲月逾邁殆三十年嗣
子佐公復纂前緒亦以文采登名翰場有公遺
文貯之篋笥以確接通家餘烈忝同聲後輩受
命編次因令繕錄區分類聚勒成八卷儻後之
詞人有所觀覽亦由聆廣樂者識清商之韻遊
名山者仰翠微之色足以瑩徹心府發揮高致
爲京兆杜確序

岑嘉州集卷第一
五言古詩
送許子擢第歸江寧拜親因寄王大昌
齡
建業控京口金陵欵滄溟君家臨秦淮傷對石
頭城十年自勤學一鼓遊上京青春登甲科動
地聞香名解褐皆五侯結交盡羣英六月槐花
飛忽思蓴菜羹跨馬出國門丹陽返柴荊楚雲
引歸帆淮水浮客程到家拜親時入門有光榮
鄉人盡來賀置酒相邀迎閑眺北顧樓醉眠湖

잠가주집(岑嘉州集)

| 덧붙임 |

잠삼(岑參)

岑參〔잠삼; 715-770, 盛唐(성당)〕: 하남성 仙州(선주) 출생. 邊塞詩(변새시)의 제1인자이다. 증조와 조부, 백부가 차례로 재상을 지낸 명성 있는 집안 출신. 20세 무렵 상경하여 30세에 진사 급제. 右內率府(우내솔군)의 兵曹參軍(병조참군)이 되었으나 평범한 관료로서 생활에 불만, 전공을 세워 입신출세하려는 의욕을 불태우던 중, 35세에 安四鎭節度使(안서진절도사) 高仙芝(고선지)의 추천으로 그의 掌書記(장서기)가 되어 安西都護府(안서도호부)로 부임했다. 왕유, 두보 등과 교유했으며 그 후 起居舍人(기거사인), 考功員外郎(고공원외랑)에 임명되어 51세 때 사천성 嘉州刺史(가주자사)로 임명되었다. 반란군에 막혀 성도에서 체류하다가 객사했다. '岑嘉州集(잠가주집)' 7권과 4백여 수의 시가 전한다.

106
登, 鸛雀樓 | 王之渙왕지환
등 관 작 루

白日依山盡이요 黃河入海流라.
백 일 의 산 진　　황 하 입 해 류

欲窮千里目하여 更上一層樓라.
욕 궁 천 리 목　　갱 상 일 층 루

〖풀이〗 관작루에 올라

해는 서산에 의하여 넘어가고

황하는 바다로 흘러 들어간다.
천리 먼 풍경을 끝까지 보고 싶어
남은 누의 한 계단을 다시 올라가네.

『감상』

태양은 멀리 보이는 산에 붙어서 넘어가고 황하가 바다로 들어가는 것이 보이지는 않으나 끝없이 넓은 들을 유유히 흘러 동쪽 바다로 들어가는 것이 보이는 듯하다. 높은 이 건물에서 바라보는 중국의 넓은 산과 물. 그

관작루(鸛雀樓)

러나 더 높은데서 바라보면 더 먼 곳까지 보일듯하여 다시 누각의 한 층을 더 올라간다. 넓은 중국의 평원을 읊은 시 가운데 대표작으로 평가받고 있다.

도움말

관작루는 산서성 하중부河中府 영제현에 있던 3층 건물이다. '백일의산진白日依山盡' 이라는 것은 누 앞에서 바라보는 것인데 중조산中條山이 그것이니, 높고 커서 햇볕을 가리게 되어있어 그것을 빼고는 시야가 트여서 어느 곳에든지 잘 보였다. 그래서 이 산의 높이를 가히 짐작할 수 있었다. '황하입해류黃河入海流' 라는 것은 황하가 창망해서 그 모양이 유유히 흘러 바다까지 닿으려면 무려 천리를 가야 하나 여기서 동쪽으로 꺾인 기세 그대로 흘러가면 바다에 이르기 때문에 작가가 미리 예상해 본 것이다. '욕궁천리목欲窮千里目' 이라는 것은 천리의 사방 바라볼 수 있는 곳까지 다 바라본다는 뜻이다. '갱상일층루更上一層樓' 는 눈이 가 볼 수 있는 곳까지 올라가서 좀 더 먼 전망을 할 수 있도록 하기 위해 한 층을 더 올라가는 것을 의미한다.

| 덧붙임 |

왕지환(王之渙)

王之渙〔왕지환; 688-742, 盛唐(성당)〕: 산서성 幷州人(변주인). 字(자)는 季陵(계릉). 젊었을 때는 술과 검술을 좋아해 협객들과 어울렸으나 중년 이후 그 생활을 청산하고 문학에 매진하여 날이 갈수록 명성이 높아졌다. 과거는 계속 낙방해서 재야시인으로 일생을 마쳤다. 王昌齡(왕창령), 崔國輔(최국보), 高適(고적) 등과 친하게 지냈다.

107
終南, 望, 餘雪 | 祖詠조영
종남 망 여설

終南陰嶺秀하여 積雪浮雲端이라.
종남음영수 적설부운단

林表明霽色하니 城中增暮寒이라.
임표명제색 성중증모한

〖풀이〗 종남산에 쌓인 눈을 바라보며

종남산은 북쪽 봉우리가 높이 솟아
쌓인 눈이 구름 끝에 떠 있다.
숲의 바깥 안개 빛이 밝으니
성 안에서 저녁 추위 더욱 더하네.

종남산(終南山)

【감상】

숲의 밖을 '임표林表'라 하니 맨 꼭대기의 눈이 녹고 그늘진 곳의 눈이 안개로 인해 그 빛이 밖으로 반사되어 밝게 비치니 장안 성중에서 바라보는 눈은 날이 저물어 차갑게 느껴진다. 이 시에 대하여 전해지는 일화가 있다. 작가 조영祖詠이 위의 제목으로 과거시험을 보았는데, 원래 12구를 지어야 하는데 이 작가는 4구 만을 써서 제출하였다. 시험관이 꾸짖자 '할 말을 다 했을 뿐이다.'라고 대답했다. 그래서 파격적인 대우를 받아 시험에 합격했다고 한다.

도움말

종남산은 장안의 남쪽에 솟은 산 이름. 음령陰嶺은 북쪽 봉우리, 산은 남쪽, 물은 북쪽이 양이다. 산꼭대기에 눈이 쌓여 북쪽 봉우리에는 햇볕이 비추지 않기 때문에 쌓여 있고, '수秀'는 이 산꼭대기의 움푹 들어간 곳이기에 '적설積雪'이란 말이 쓰였고, '부설단浮雪端'은 그 산의 높이를 말하는 것이니 그 높이를 미루어 가히 '바라볼 수 있다' 할 것이다.

108
罷相作 | 李適之이적지
파 상 작

避賢初罷相하고 樂聖且銜盃라.
피 현 초 파 상 　 낙 성 차 함 배

爲問門前客이 今朝幾箇來오?
위 문 문 전 객 　 금 조 기 개 래

〖풀이〗 재상에서 물러나 이 시를 짓다

어진 이를 피해 막 재상을 그만두고
성인을 즐겨하여 또한 술을 마신다.
물어보자, 내 문 앞의 손님들
오늘 아침에는 몇이나 왔다 갔는가?

〖감상〗

지은이 이적지李適之가 관직에서 물러날 때, 그가 느끼는 점이 있어 이 시를 지었다고 한다. 그는 자기가 무능하여 재상에 머물러 있음이 부끄럽고 미안하여 더 이상 견디지 못해 자리를 피하여 현자에게 양보하고 편안하게 술잔이나 기울이며 유유자적하게 살아가는 즐거움을 시로 표현했다. 옛날 재상에 있을 때는 집안에 손님이 가득했는데 지금 벼슬을 버리고 집에 박혀 있으니 대문이 냉랭했으니, 그 후 나를 찾아오는 자 일찍 몇 사람이나 되었는가.

도움말

고인들이 청주를 성인, 탁주濁酒를 현인이라 했으니 이것은 선우보鮮于輔라는 사람이 한 말이다. 사기史記에 다음과 같은 고사가 있다. 적공翟公이 정위廷尉(법무대신)가 되었을 때는 항상 손님들이 집안에 가득하더니 파직된 후에는 집에 드나드는 사람이 하나도 없다가 다시 복직이 되자 손님이 또다시 모여들기 시작했다고 한다. 적공은 대문에다 '한 번 천해보니 인심을 알겠다.' 고 써 붙이고 그들을 거절하였다고 한다.

어려운 낱말

• 避賢(피현) : 현인을 피하다. • 樂聖(낙성) : 성인, 곧 청주를 즐김. • 銜盃(함배) : 술을 마심. • 今朝幾箇來(금조기개래) : 오늘 아침 몇 개나 왔느냐. • 幾箇(기개) : 몇 개, 곧 몇 명.

덧붙임

李適之〔이적지; ?-747, 盛唐(성당)〕: 그는 당태종의 장자인 常山王(상산왕) 李承乾(이승건)의 손자로 당나라 종실이니 天寶(천보) 중에 左相(좌상)이 되었다. 李林甫(이림보)의 간계에 빠져 玄宗(현종)의 신임을 잃자 위험을 감지하고 사직, 결국 정쟁에 말려 강서성 宜春太守(의춘태수)로 좌천되어 자살하였다. 술을 좋아하여 李白(이백) 등과 함께 술을 마셨으니 '飮中八仙(음중팔선)' 이라 했다. 오직 2수의 시만 전한다.

109
奉送五叔, 入京寄, 綦毋三 | 李頎이기
봉 송 오 숙　입 경 기　기 모 삼

陰雲帶殘日하고 悵別此何時오?
음 운 대 잔 일　창 별 차 하 시

欲望黃山道하니 無由見所思라.
욕 망 황 산 도　무 유 견 소 사

〖풀이〗 오숙을 보내어 기모삼에게 부친다

음산한 구름은 넘어가는 해를 띠고

슬픈 이별은 이 어느 때인가?

황산도를 바라보고자 하니
생각하는 바를 말미암아 보지 못했네.

〖감상〗

이는 오숙五叔을 송별하고는 기모삼綦毋三을 생각하다. 음산한 구름이 하늘에 가득하고 남은 해가 서산에 걸려 음침한 구름이 서쪽 해를 가리니 참담하고, 소슬한 기운이 눈에 닿아 수심이 일어나니 송별하는 슬픈 회포가 이때를 맞아 과연 어떠했겠나. 또 기모삼을 생각해서 황산도黃山道를 바라보려 하니 생각하는 사람을 보지 못했다. 슬픈 이별 가운데 또 이 생각마저 더해지고 있을 따름이다.

| 덧붙임 |

李頎〔이기; 690-751, 盛唐(성당)〕: 하북성 趙州(조주) 사람. 진사에 급제하여 잠시 하남성 新鄕縣尉(신향현위)를 지냄. 하남성 潁陽縣(영양현)에 별장을 짓고 은거 생활을 했음. 신선세계를 동경하였으며, 왕유, 고적, 왕창령 등과 친했으며 시 120여 수가 전해지고 있다.

110
閨怨 | 沈如筠심여균
규 원

雁盡書難寄하고 愁多夢不成이라.
안 진 서 난 기 　 수 다 몽 불 성

願隨孤月影하니 流照伏波營이라.
원 수 고 월 영　　　유 조 복 파 영

〖풀이〗 여인의 한

기러기 다하니 서신 보내기 어렵고
수심이 많으니 꿈도 못 이루겠네.
외로운 달그림자 따라가기 원하니
달빛 흘러가는 그곳 우리 님 거기 있으리.

〖감상〗

이 시는 남편을 군에 보낸 여인내의 한을 그린 작품이다. 남편이 군에 가서 멀리 있는 어느 곳을 향해 기러기가 이미 다 날아가버렸으니 편지를 다시 보낼 수 없게 되었다. 매일 밤을 맞아 슬픈 정서가 가슴속에 깊이 맺혀 잠을 자고자 하나 잠을 이루지 못하니 어찌 꿈속에서나마 만나보리요. 편지도 못 보내고 꿈도 꿀 수 없으면 또 한 가지 원이 있으니 이내 몸이 하늘의 달그림자를 함께 따라 가서 우리 낭군의 군대 진영 가운데 비추면 남편의 면목을 좀 볼 수 있지나 않을까. 이렇게 생각하면 그렇게 하고 싶었다. 만약 그렇게만 된다면 저 달빛을 타고 그까지 갈 수 있으련만……

어려운 낱말

• 雁書(안서) : 기러기발에다 서신을 묶어 날려 보내서 전할 수 있는 글. • 夢不成(몽불성) : 꿈을 이룰 수가 없다. • 月影(월영) : 달 빛. • 伏波營(복파영) : 남편이 병영 살이 하는 곳.

111
對雨送人 | 崔曙최서
대 우 송 인

別愁復兼雨하니 別淚還如霰이라.
별 수 부 겸 우　　별 루 환 여 산

寄心海上雲하니 千里長相見이라.
기 심 해 상 운　　천 리 장 상 견

〖풀이〗 **빗속에 그대를 보냄**

이별하는 수심은 다시 비를 겸하니
이별의 눈물 싸락눈 같이 흩어지네.
보내는 마음은 바다 위 구름과 같으니
천리에 서로 오래오래 바라보노라.

〖감상〗

이는 빗속에 이별한 장면을 그린 시이다. 이별의 수심은 하늘에 비 내리는 때를 맞아 가일층 더해지고, 이별의 눈물은 온 얼굴에 내려 싸락눈이 내리는 것 같으니 이때의 이별이 더욱 다른 때보다 다르다. 내 마음이 바다 위의 구름에 기탁하면서 그대를 더불어 서로 천리 밖을 볼 따름이다. 이는 이별의 깊이요 생각이 절실한 까닭이리라.

어려운 낱말

• 別愁(별수) : 이별할 때 일어나는 그리운 마음. • 別淚(별루) : 이별할 때 흘리는 눈물. • 海上雲(해상운) : 나의 이 그리운 미음을 저 바다 위의 뜬구름에 부쳐 보냄. • 長相見(장상견) : 오래오래 바라 봄.

| 덧붙임 |

崔署〔최서〕: 盛唐(성당) 때의 시인. 崔曙(최서)라고도 함. 하남성 宋州人(송주인). 진사 급제하여 河內尉(하내위)를 지낸 것 외에는 경력 미상. 현재 15수의 시가 남아 있다.

112
別, 網川別業 | 王維왕유
별 망천별업

山月曉仍在요 林風涼不絶이라.
산월효잉재 임풍양부절

殷勤如有情하여 惆悵令人別이라.
은근여유정 추창영인별

〖풀이〗 망천 별장에서 이별

산 달은 새벽을 인해 있고
숲 속 바람은 서늘해 끊이지 않구나.
은근히 정이 있는 것 같아서
슬프게 사람으로 하여금 이별하게 하네.

〖감상〗

'잉仍' 자가 묘하게 사용되었다. 달이 새벽에 이르러 떠 있다는 것은 단순한 사람과 사람 사이의 이별과는 사뭇 뜻이 다르다. 숲 속에 서늘한 바람이 불어서 서늘함이 끊이지 않는다고 했으니 이 별장에서의 이별의 장면을 숲 속의 저 달도 은근하게 우리를 내려다보고 있는 듯 저 달이 꼭 정이 있는 것 같았다. 저와 같은 은근한 정으로 나의 슬픔을 더해주니 사람으로 하여금 이별의 사념을 금할 수가 없구나.

어려운 낱말

• 輞川(망천) : 왕유의 별장이 있던 곳. • 山月(산월) : 산 위에 떠 있는 달. 여기서는 새벽달이다. 새벽달과 숲 속에서 불어오는 바람이 은근한 정이 있는 것 같다. • 殷勤(은근) : 원문에는 이렇게 되어있는데, 慇懃(은근)과 같음. 드러나지 않게 조용함. 속으로 간절함을 나타냄. • 惆愴(추창) : 슬픔. 슬퍼서.

113
左掖梨花
좌 액 이 화

丘爲구위

冷艶全欺雪이요 餘香乍入衣라.
냉 염 전 기 설　　여 향 사 입 의

春風且莫定하여 吹向玉階飛라.
춘 풍 차 막 정　　취 향 옥 계 비

〖풀이〗 문하성의 배꽃

싸늘한 아름다움 온전히 눈인가 속겠고
남은 향기는 잠시 옷깃에 스미네.
봄바람아! 이 또 그치지 말고
이 향기 불어다 임에게 날려다오.

〖감상〗

배꽃의 이미지를 최대한으로 살려 눈에 비유되었다. 꽃이 너무 쌀쌀하여 눈과 같아서 눈이 아닌가 하고 속을 만큼 희고 차갑다는 표현이다. 거기에 향기가 더해지니 더욱더 아름답고 호감이 간다. 그 위에 봄바람이 살짝 불어오니 하얗게 날리는 저 배꽃 이파리. 옥계 위에 날려 떨어지고 있네. 이 아름다움을 임께서 보신다면…… 아, 얼마나 좋아하실까?

도움말

좌액左掖은 문하성門下省의 별칭이다. 대명궁 선정전의 왼쪽에는 문하성, 오른쪽에는 중서성中書省이 있었다. 옥계는 궁궐의 계단으로 임금이 있는 곳. 눈과 같은 배꽃은 그 요염한 아름다움과 향기가 옷에 묻어난다. 배꽃의 품격을 잘 묘사하고 있다. 그래서 더욱 호감이 간다. 춘풍에게 말하기를, 꽃은 모름지기 너의 힘을 빌리고 너 또한 쉬지 말라 하였다.

| 덧붙임 |

丘爲(구위; 694-789, 성당): 절강성 嘉興縣人(가흥현인). 상세한 생애는 미상. 天寶(천보) 13년에 과거에 합격 太子右庶子(태자우서자)에 올랐다. 王維(왕유), 劉長卿(유장경) 등과 친했으며 전원의 풍물을 읊은 오언시에 능했다. 13수의 시가 남아있다.

114
古歌 | 沈千運심천운
고 가

北邙不種田하고 但種松與栢이라.
북 망 부 종 전　　단 종 송 여 백

松栢未生處에 留待市朝客이라.
송 백 미 생 처　유 대 시 조 객

〚풀이〛 **옛 노래**

북망 땅에는 곡식을 심지 않고
다만 소나무와 잣나무만 심었네.
송백이 자라지 않는 곳에
시정의 나그네 머물러 순서를 기다리네.

〚감상〛

시인 심천운沈千運의 '고가古歌'라는 시다. 예부터 전해 내려오는 노래에 당시의 시적인 소재로 사용된 것 같다. 북망산은 무덤만이 있는 곳이다. 사람이 죽으면 북망산으로 간다고 한다. 여기 북망산에는 곡식을 심지 않는다. 다만 무덤과 풀과 소나무, 잣나무만 무성히 있을 뿐이다. 또 큰 나무가 없는 땅에는 쑥과 잡풀이 돋아 있고 그 옆에 무덤이 있으며, 무덤 옆에나 무덤 위에다 또다시 무덤을 만드니 온통 북망산은 무덤뿐이었다. 아, 어디 그것뿐이랴. 인간 세상 부귀영화를 누리는 모든 사람들이 여기에 올 순서를 기다리고 있다네.

북망산(北邙山)

도움말

시인 심천운이 북망산에 올라가서 느낌이 있어 이 시를 지었다. 저 북망산은 오곡을 심지 않고 다만 송백만 심어서 송백이 울울창창하여 나무 우거진 것을 바라보고 혹은 송백이 살지 못하는 곳이 있으니, 이는 시조市朝의 나그네가 머물러 기다리게 하는 까닭이었다. 여기에 또 소위 쑥 같은 것이 송백보다 많아 고인의 무덤 위에 지금 사람이 그 위에 또 장사지낸다고 말을 하고 있다.

115
陪, 侍郎叔, 遊, 洞庭, 醉後作 | 李白이백
배 시랑숙 유 동정 취후작

剗却君山好하니 平鋪湘水流라.
잔각군산호 평포상수류

巴陵無限酒하니 醉殺洞庭秋라.
파 릉 무 한 주　　취 쇄 동 정 추

〖풀이〗 **시랑 숙과 함께 동정호에 놀면서 술에 취해 이 시를 짓다**

군산 좋음을 깎아 물리치니
상수의 흐름을 평평히 펴놓았네.
파릉에는 무한한 술이 있으니
취하여 동정의 가을을 녹이는구나.

〖감상〗

과연 이태백다운 작품이다. 그의 시적인 스케일이 잘 나타난 시이다. 동정호 안에 있는 아름다운 '군산君山' 마저 깎아 없애고 더 넓게 만든 상수

동정호(洞庭湖)

湘水의 흐름, 탁 트인 동정수, 파릉의 무한한 술을 마음껏 마시며 동정호에 배를 띄워놓고 이 가을을 마음껏 누리며 놀고 싶다는 그의 시적 분위기가 한없이 나타나 있다.

도움말

동정호 가운데 군산君山이 있으니 상군湘君이 놀던 곳이었다. '잔剗'은 '산鏟'과 같은 것이니 깎아낸다는 뜻이다. 말하기를, 군산이 호수 안에 있어 호수에 비하면 그것은 가운데 있는 사소한 것에 지나지 않아 깎아버리어 넓게 하는 것만 같지 못했다. 군산을 깎아버리면 상수가 평평히 흘러 우리 눈의 시계가 공활함을 깨닫게 되리라. 파릉巴陵은 곧 악주岳州이다. 술을 한량없이 마시면 취하여 동정호의 가을빛을 즐기리니, 만경萬頃이 망연茫然하여 한 개의 갈대배를 띄우는 것과 같으리라.

116
將牛何處去 | 元結원결
장우하처거

將牛何處去요 耕破故城東이라.
장우하처거 경파고성동

相伴有田父하여 相歡惟牧童이라.
상반유전부 상환유목동

〖풀이〗 저 소는 어디로 가나

장차 저 소는 어디로 가나
시골에 성의 동쪽에서 땅을 갈리라.
저기 있는 농부와 짝하여

목동과 더불어 함께 기뻐하리라.

〖감상〗

농부와 소는 모두 농촌에서 함께 운명을 같이하는 대상이다. 농부는 소를 이용하여 밭을 갈고 농부는 밭 가는 소를 위해 최선의 호의를 다 베풀고 있다. 그러면 소는 농부를 위해 있는 힘을 다해 밭을 갈고 농사를 지어 농부를 배불리 먹인다. 그래서 농부는 소를 짝하여 동쪽에 있는 땅을 갈고 목동과 함께 기뻐한다고 했다. 그래서 시의 원문에 '전부田父'와 '목동牧童'과 '농우農牛'가 서로 즐거워한다고 하였고, 목동은 '혹서혹겸或鋤或鎌' '구가조찰嘔歌嘈哳'이라고 하여 즐겁고, '승평기상昇平氣象'이라 하여 나라가 태평함을 노래한다고 했다.

도움말

이는 농가의 일이다. 소야, 내 너에게 묻나니, 저 소는 어디서 무엇을 어떻게 하려고 있는가. 시골 성城의 동쪽에서 저 땅과 밭을 갈 것이며 농부와 짝하여 농사를 지을 때 혹은 파종을 하고, 혹은 땅을 갈며 그때마다 술병을 기울여 술을 마시며 노래하고 웃고 즐길 때, 목동은 호미로 김을 매며 시끄럽게 노래하고 나뭇잎으로 피리를 만들어 불며 그 낙을 즐기니 태평한 기상을 또한 볼 수 있으리라.

117
平蕃曲 평번곡 | 劉長卿유장경

絶漠大軍還하니 平沙獨戍閑이라.
절막대군환　　평사독수한

空留一片石하니 萬古在燕山이라.
공 류 일 편 석　　　만 고 재 연 산

〖풀이〗 **번족蕃族을 평정하는 노래**

전쟁터에서 대군이 돌아오니
평사平沙, 홀로 수루戍樓가 한가하구나.
비어 있는 한 개의 돌 위에 새기니
만고 지나도록 연산에 있겠구나.

〖감상〗

이는 출전하였다가 개선하여 돌아오는 시이다. 대군이 번을 평정한 후에 사막의 땅으로부터 개선가를 연주하며 평사平沙 사이를 개선해 돌아오니 군사들이 있는 수루에는 한가하고 무사하여 전쟁에 승리한 전말을 기록하여 한 면의 바위에 새겨 연산燕山에 세워두니, 이는 오래도록 여기에 세워져 있으리라. 시인 유장경이 그 일에 대해 노래하며 읊으니 이를 평번곡平蕃曲이라 이름 지었다.

어려운 낱말

• 絶漠(절막) : 蕃族(번족)이 있는 적지. • 平沙(평사) : 蕃族(번족)과 대치하고 있는 곳. • 空留(공류) : 전쟁에 이긴 전말을 돌에 새겨. • 萬古(만고) : 오랜 세월. • 在燕山(재연산) : 燕山(연산)에 있다.

118
春宮古懷 | 劉長卿유장경
춘 궁 고 회

君王不可見하니 芳草舊宮春이라.
군 왕 불 가 견 방 초 구 궁 춘

猶帶羅裙色이 靑靑向楚人이라.
유 대 라 군 색 청 청 향 초 인

〖풀이〗 춘궁春宮에서 회고함

군왕을 다시 보지 못했으니
꽃다운 풀은 옛 궁궐 봄을 맞았네.
요대腰帶와 같은 비단 치마 색이
청청한 옛 궁희宮姬시절의 옷과 같구려.

〖감상〗

이는 봄 궁궐에서 옛날을 회고해서 지은 노래이다. 옛날에는 회고할 만한 그 추억 많은 날이 있었으나 지금은 이 궁궐에 살던 군왕은 다시는 볼 수 없고 꽃다운 봄빛이 궁궐 안에 가득해서 사람으로 하여금 마음을 아프게 한다. 풀빛은 비단 치마처럼 펄럭여 청초한 초인으로 향하니, 옛날 임금의 총애를 받던 궁녀의 전성시대는 가고 비단 치마폭이 이처럼 바람에 날리고 있어 지금에 와서는 다만 옥계玉階에 풀이 푸르러 봄빛으로 비쳐올 뿐이다.

어려운 낱말

• 春宮(춘궁) : 봄이 돌아온 궁궐. • 古懷(고회) : 옛날을 회고함. • 芳草(방초) :

아름다운 봄 풀. • 猶(유) : 마치 ~와 같다. • 羅裙(라군) : 비단 치마. • 靑靑(청청) : 옛날의 추억이 초롱초롱한.

119
逢雪宿, 芙蓉山 | 劉長卿유장경
봉설숙 부용산

日暮蒼山遠이요 天寒白屋貧이라.
일모창산원 천한백옥빈

柴門聞犬吠하니 風雪夜歸人이라.
시문문견폐 풍설야귀인

〖풀이〗 눈을 만나 부용산에서 자다

날 저물어 어둑어둑 산은 멀리 보이고
날씨 추워 초가집은 초라하구나.
사립문에 개 짖는 소리 들려오니
풍설 몰아치는 날 밤, 늦게 돌아오는 사람 있구려.

〖감상〗

여행 도중에 눈이 오고 날이 저물어 부용산에서 하룻밤을 자면서 쓸쓸하고 차가운 광경을 노래한 시이다. 하얗게 눈 덮인 가난한 집, 쓸쓸하고 외롭고 추운 하늘 아래서 하룻밤을 자야 하니 몇 배나 더 처량했다. 사립문 앞에 개 짖는 소리에 나그네는 놀라서 이 마을에 이르고 보니 여기는 확실히 야경이 볼만했다. 사람을 따라 풍설 속으로 들어와 밤에 하얀 집에 돌아오니 이 처량한 가운데서도 곧 안락한 경지를 얻을 수 있었다.

어려운 낱말

• 芙蓉山(부용산) : 산 이름. • 蒼山(창산) : '창蒼' 은 흐릿하게 보이는 빛이다. 곧 저물었기 때문에 어둑어둑하게 보이는 것. • 天寒(천한) : 겨울철의 차갑게 보이는 하늘. • 白屋貧(백옥빈) : 빈한한 초가집. • 柴門(시문) : 가시로 가리어 놓은 사립문. • 吠(폐) : 개가 짖다. • 風雪夜(풍설야) : 바람 불고 눈이 내리는 밤.

부용산(芙蓉山)

120
送, 張十八, 歸桐廬 | 劉長卿유장경
송 장십팔 귀동려

歸人乘野艇하니 帶月過江村이라.
귀인승야정 대월과강촌

正落寒潮水는 相隨夜到門이라.
정락한조수 상수야도문

〖풀이〗 장십팔張十八을 보내어 동려桐廬로 가다

돌아가는 사람이 나룻배를 타니
달을 띄고 강촌을 지나가네.
정녕 떨어지는 차가운 파도는
따라와서 밤의 문밖에 이르네.

〖감상〗

이는 송별을 나타낸 시이다. 떠나가는 사람이 배를 타고 밝은 달빛 아래 강마을을 지나가니 차가운 파도는 이때에 조용하게 물러가고 있었다. 따라서 밤도 기울어져 가는 이 달밤에 밤을 따라 가는 배가 어느덧 그 집 문 앞에 이르니 달이 뜬 물 위의 아름다운 풍경을 손으로써 한 번 움켜잡을 만하다.

도움말

장씨를 이별하는 장면이다. 그는 나룻배를 타고 떠난다. 달이 비치는 강마을을 지나 달은 하늘 높이 떠오른다. 차가운 파도가 넘치는 밤을 지나 달과 함께 밤의 문에 이른다는 밤의 정경을 노래하고 있다.

어려운 낱말

• 野艇(야정) : 나룻배. • 帶月(대월) : 달빛을 띠고. • 過江村(과강촌) : 강촌을 지나감. • 潮水(조수) : 물너울. • 夜到門(야도문) : 밤에 문밖에 이름.

121
送, 方外上人 | 劉長卿유장경
송 방외상인

孤雪將野鶴하여 豈向人間住오.
고설장야학 기향인간주

莫買沃州山하라 時人已知處라.
막매옥주산 시인이지처

〖풀이〗 상인을 방외方外로 보내면서

눈은 외롭게 들판에 학을 날려 보내어
어찌 인간에 머물게 하랴.
옥주산으로 보내지 말라
그때의 사람이 이미 알고 있는 곳이네.

〖감상〗

눈과 학鶴, 이 둘은 모두 흰색이어서 고고孤高하고 깨끗한 이미지다. 거기에 외롭게 날고 있는 학 한 마리가 어찌 인간에 머물 수 있겠는가. 마치 속세를 떠난 상인上人이 멀리멀리 방외方外로 떠나가듯 인간 세상을 떠나간다. 옥주산은 세상이 알지 못하는 복지라고 예언한 바 있는데, 어느새 세상 사람들은 그곳을 다 알고 있는 곳이 되고 말았다. 그러니 어찌 '피세은신지지避世隱身之地' 라고 할 수 있겠는가?

도움말

'운급칠첨雲級七籤에 72복지福地 중에 옥주沃州가 들어 있다. 옥주는 월주越州 섬현剡縣 남쪽에 있다. 상인上人이 옥주의 산에 살고자 하기에 장경長卿이 '송방외상인시送方外上人詩' 를 주어 말하기를, 외로운 구름에 들 학이 인간을 향하여 어찌 거기 머물러 살 수 있으랴. 들으니, 옥주산沃州山은 이때 사람이 이미 알고 있는 곳이기에 어찌 세상을 피하여 은신하는 땅이 되겠느냐. 옥주산沃州山을 이미 알고 있는 곳이기에 더 이상 복지가 아니라는 것을 제의하고 있다.

* 옥주산沃州山 : 살기 좋은 복지의 하나임.

122
江中對月 | 劉長卿유장경
강중대월

空洲夕烟斂하면 對月秋江裡라.
공주석연렴 대월추강리

歷歷沙上人이 月中孤渡水라.
역력사상인 월중고도수

〖풀이〗 강에 비치는 달을 바라보며

비어 있는 물가에 저녁연기 걷어 가면
가을 강 속에 비친 달을 바라보네.
모래 위를 걸어가는 역력한 사람이
달빛 아래 외롭게도 물을 건너가네.

〖감상〗

가을 강, 가을 달을 사람마다 좋아하지만 시인 유장경이 공허한 정주汀洲를 바라보니, 물 위에 둘려 있는 산란한 저녁연기 다 걷어가고 가을 맑은 강이 너무나 깨끗하다. 하늘에 있는 밝은 달이 아름답게 비치어 강물에 가득한 좋은 경치에 흥미를 자아내게 하고 있었다. 또 달빛을 바라보니 평사平沙 아득한 위로 걷고 있는 사람이 멀리 역력하고, 외롭게 달빛 아래서 물을 건너고 있으니 이르되 가을 달이 싸늘한 연못을 비추는 것을 여기저기서 바라볼 수 있었다.

도움말

공주空洲는 비어있는 물가 삼각주이다. 저녁연기 올라가서 숲을 덮고 있는데 이런 연기 같은 희뿌연 빛깔을 연하煙霞라고 표현했다. 달을 대하는 가을 강물 위로 반짝이는 저녁이 오고, 물은 맑고 밤도 오고 있었다. 역력歷歷이란 말은 뚜렷하다는 말로 저 강을 건너가는 사람이 역력히 보이고 있다. 달빛 속에 강을 건너는 사람을 '월중고도수月中孤渡水'란 구절로 나타내고 있다.

| 덧붙임 |

유장경(劉長卿)

劉長卿〔유장경; 709-785, 中唐(중당)〕: 하북성 河間(하간), 또는 안휘성 宣城縣人(선성현인). 字(자)는 文房(문방), 진사에 급제한 뒤 監察御使(감찰어사), 檢校使部員外郎(검교사부원외랑), 轉運使判官(전운사판관) 등을 역임. 淮西岳鄂轉運留後(회서악악전운유후)가 되었으나 관찰사 吳仲儒(오중유)의 무고로 광동성 藩州(번주) 南巴縣(남파현)의 尉(위)로 좌천되었다. 뒤에 절강성 睦州司馬(육주사마)가 되었다가 호북성 수주자사로 죽었다. 특히 五言(오언)律詩(율시)에 능했으며 '劉隨州詩集(유수주시집)'과 540여 수의 시가 전한다.

123
逢, 俠者 | 錢起전기
봉 협 자

燕趙悲歌士가 相逢劇孟家라.
연 조 비 가 사 　 상 봉 극 맹 가

寸心言不盡한데 前路日將斜라.
촌 심 언 부 진 　 전 로 일 장 사

〖풀이〗 협객을 만남

연조燕趙 지방의 비통하게 노래하는 협사가
극맹劇孟의 집에서 서로 만났네.
마음에 있는 말을 다하지도 못했는데
앞길에는 해가 이미 기울려 하는구나.

〖감상〗

연燕나라와 조趙나라에는 예부터 비분悲憤하고 강개慷慨하는 지사志士가 많았다. 당나라 때에도 협객이 많았으니 시인 전기錢起가 길을 가다가 협사俠士를 만나 이 시를 지어 주니 그가 말하기를 연조燕趙의 협사라고 일러주었다. 그와 더불어 다행히 낙양 길거리에서 만났는데 거기가 한나라 때 대협객 극맹劇孟의 고향이었다. 이에 두 마음이 한데 어울려 불평한 현세를 이야기했으나 하고 싶은 이야기 다하지 못하고 악수만 나누고 헤어지고 만다.

도움말

협자俠者는 검객劍客이다. 바로 극음길劇音吉이니, 극맹劇孟은 한漢나라의 대 협객이었다.

| 덧붙임 |

錢起〔전기, 中唐(중당)〕: 시인의 자는 仲玄(중현), 吳興(오흥) 사람이었다. 天寶(천보) 중년에 급제하여 벼슬은 考郞(고랑)이었다.

124
宿, 洞口舘 | 錢起전기
숙 동구관

野竹通溪冷하고 秋泉入戶鳴이라.
야죽통계냉 추천입호명

亂來人不到하니 寒草上階生이라.
난래인부도 한초상계생

〖풀이〗 동구관에서 자다

들판 대숲 속에 개울물 흘러 차가운데
가을 샘물 흐르는 소리 창문을 울리네.
난리 이후에 찾아오는 사람 없으니
차가운 잡초만이 섬돌 가에 돋아나네.

〖감상〗

이는 시인 전기錢起가 동구관洞口舘에 자면서 지은 시이다. 바라보니 대나무가 온 들판에 가득 뻗어있고 그 한가운데 개울이 잔잔히 흘러가니, 대나무의 맑고 차가운 기운이 사람에 와 닿았다. 침상 위의 고요한 밤에 가을의 맑은 샘물이 졸졸 소리를 내면서 창문 안으로 들어오는 듯, 나그네로 하여금 잠을 이루지 못하게 한다. 또 생각하니, 이 집이 옛날에 시인 묵객들의 왕래가 끊어지지 않고 있었으나 난리 이후 지금에는 인적이 끊어져 차가운 가을 풀만 섬돌 밑에 가득하니 이 또한 감탄할 일이 아닌가.

어려운 낱말

• 野竹(야죽) : 들판의 대숲. • 通溪冷(통계냉) : 시냇물이 흘러서 차갑다. • 秋泉(추천) : 가을 샘물. • 入戶鳴(입호명) : (가을 샘물 소리가) 창문에 들려오다. • 亂來(난래) : 난리지후亂離之後, 인적부도人跡不到란 말에서 온 것이다.

125 石井 석정 | 錢起전기

片霞照仙井하니 泉底桃花紅이라.
편하조선정 천저도화홍

那知幽石下에 不與武陵通이라.
나지유석하 불여무릉통

〖풀이〗 샘물

복사꽃 빛깔이 신선의 우물에 비치니
샘물 밑에 복사꽃 붉은 빛깔이 들다.
어찌 알랴, 그윽한 바위 아래

무릉武陵으로 통하는 길이 있지나 않는지?

〚감상〛

'편하片霞' 는 곧 복숭아 꽃 빛깔을 말한다. 붉은 꽃의 붉은 색깔이 샘물 밑에 깔려 있으니 그윽하고 환상적인 도화원桃花源을 묘사하여 그 옛날의 진나라 사람들이 난을 피하여 여기에 사는 듯한 인간의 속세가 아니었다. 지금 어찌 그윽한 바위 아래 있음을 알지 못하고 동구洞口와 더불어 상통하는 것이 있지 아니 하랴. 표현이 환상적요 사실에 입각한 것이 아니었다.

도움말

도화 찬란한 가운데 우물이 하나 있어서 도화의 붉은 그림자가 물밑에 드리워져 찬란하고 아름다웠다. 〔那知(나지)〕; 어찌 알랴.

126
江行 第五 | 錢起전기
강행 제오

翳日多喬木은 維舟取束薪이라.
예일다교목 유주취속신

靜聽江叟語하니 俱是厭兵人이라.
정청강수어 구시염병인

〚풀이〛 **강가를 지나며 ❺**

해를 덮는 저 많은 교목들

베어서 배 만들어 땔나무도 해오네.

몰래 이곳 주민들의 말을 들으니
모두 모두 병란을 싫어하는 사람들이라네.

〖감상〗

이 시는 강가로 행하다가 지은 작품이다. 즉 '江行'의 5번째의 작품이다. 강 언덕에 교목이 많으니 뜨거운 날에 강가로 가는 사람에게 그늘을 주고 또 그것을 베어서 묶어 배를 만들어 땔나무도 해오고 있었다. 강가에 사는 늙은 사람들의 말을 가만히 들으니 모두 전쟁과 싸움을 싫어하여 이것을 피해온 사람들이었다.

도움말

이때 고통을 받고 있던 전쟁 중이어서 늘 군인과 전쟁을 싫어한다고 사람들이 모여 서로 이야기하고 있었다.

127
江行 第九 | 錢起전기
강행 제구

斗轉月未落이요 舟行夜已深이라.
두전월미락 주행야이심

有村知不遠하고 風便數聲砧이라.
유촌지불원 풍편수성침

〖풀이〗 **강가를 지나며 ⑨**

북두가 기울어도 달은 지지 않았고

배가 지나가니 밤도 이미 깊었구나.
멀지 않는 곳에 마을이 있음을 알겠고,
바람결에 들려오는 먼 다듬질 소리.

〚감상〛

이 역시 배를 타고 유선하면서 지은 작품이다. 배가 지나갈 때, 밤은 이미 깊어 북두칠성은 기울어져도 서쪽 하늘의 달은 둥글게 떠있었다. 만뢰萬籟가 함께 적막하고 사방을 둘러봐도 인적이 끊어진 강가였다. 이 배는 바야흐로 적막하여 객수客愁가 야기하는 즈음, 어디서 다듬이질하는 소리가 바람결에 들려오니 강 마을이 멀지 않음을 알 수가 있었다. 조각배를 타고 만경창파 넓은 파도 위에 밤은 깊어 북두는 기울고 달은 아직 떨어지지 않았는데 배를 타고 가는 사람들이 일어 앉아 새벽빛 창망함을 바라보고 있었다. 너무나 고요하여 사람 소리가 없더니 갑자기 바람결에 다듬이 소리가 서너 번 들려오매 인가가 가까워 옴을 알게 되었다. 고적한 가운데 향수를 다시 느낄 만 했다.

| 덧붙임 |

錢起〔전기; 710-780, 中唐(중당)〕: 절강성 吳興人(오흥인). 字(자)는 仲文(중문). 진사급제 후 校書郎(교서랑). 섬서성 藍田尉(남전위)를 거쳐 考功郎中(고공낭중), 太淸宮使(태청궁사), 翰林學士(한림학사)에 이르다. 장안 동남쪽에 초당을 짓고 王維(왕유), 裴迪(배적) 등과 교제, 시를 酬唱(수창)했으며 大曆十才子(대력십재자)의 하나. '錢考功集(전고공집)' 10권과 530여 수의 시가 전한다.

128
秋夜, 寄, 丘二十二員外
추야 기 구이십이원외

韋應物위응물

懷君屬秋夜에 散步詠涼天이라.
회군속추야 산보영량천

山空松子落에도 幽人應未眠이라.
산공송자락 유인응미면

〖풀이〗 **가을밤에 구원외랑에게**

그대를 그리워하는 이때는 마침 가을밤
조용히 거닐며 서늘한 공기 속에 읊조린다.
산은 공허하여 솔방울 떨어지는 소리에도
그윽한 사람은 분명 잠을 못 이루리라.

〖감상〗

벗을 생각하다가 가을밤을 맞아 처량하게 객심을 불러 일으켰다. 자기 몸에서 회포가 떠나지 않으므로 산보를 하면서 가을 하늘의 서늘한 밤에 시를 읊었다. 나뭇잎이 다 떨어지면 산은 공허했다. 솔방울이 떨어지는 산중은 밤이 고요할 때다. 그윽한 사람은 원외랑員外郎을 일컫으니 이는 거닐며 생각하는 시이다. 걸으면서 생각하고 잠을 자지 못할 때에 역시 그윽한 가을밤의 회포가 쌓이는 밤이다.

도움말

구이십이원외丘二十二員外 ; '구丘' 는 성, '二十二' 는 배항排行. '원외員外' 는 상서성에 속하는 벼슬인 원외랑員外郎. '구위丘爲' 의 아우인 '구단丘丹' 이다. 〔속

屬) ; 마침 ~이다. 작자가 구단에게 주어진 시는 이 시 이외에도 4수가 더 있다. 1, 2구에서는 작자의 현상을 시간과 동작으로 표현하면서 그리움을 간결하게 나타내고 3, 4구에서 그리움을 더욱 심화시키고 있다.

129
西郊, 期滌武, 不至書示 | 韋應物위응물
서교 기척무 부지서시

山高鳴過雨에 澗樹落殘花라.
산고명과우 간수락잔화

非關春不待하라 當田期自賒라.
비관춘부대 당전기자사

〖풀이〗 서교西郊에서의 약속 이루지 못해 이 글을 보내다

산이 높아 비가 지나가는 소리에
개울가 나무에 남은 꽃이 지고 있다.
봄을 기다리지 못함을 관계하지 말라,
이 밭 때문에 나의 약속을 지키지 못했구나.

〖감상〗

이 작품은 약속을 지키지 못했기에 지어 보낸 글이다. 시인 위응물韋應物이 서교西郊에 있을 때, 비가 소리를 내며 고산 위로 지나가니 산 계곡 가의 나무에 채 지지 못한 꽃봉오리가 어지럽게 떨어지고 있었다. 봄이 기다리지 않고 지나감을 관계하지 말라. 이 밭을 갈지 못한 나의 약속이 스스로 멀어져 가니 이것을 한탄함이었다.

어려운 낱말

• 鳴(명) : 소리를 내다. 울리다. • 殘花(잔화) : 지지 않고 남은 꽃. • 非關(비관) : 관계하지 않다. • 自賒(자사) : 스스로 지키지 못함. • 賒(사) : 외상으로 살 사.

130
送春詞 | 王維 왕유
송 춘 사

日日人空老하고 年年春更歸라.
일 일 인 공 로 　 연 년 춘 갱 귀

相歡有樽酒하니 不用惜花飛하라.
상 환 유 준 주 　 불 용 석 화 비

〖풀이〗 봄을 보내면서

나날이 사람은 헛되이 늙어가고
해마다 봄은 다시 돌아오는구나.
너와 나 더불어 술이나 즐기세,
꽃 지는 슬픔을 서러워 말게나.

〖감상〗

'인공로人空老' 즉 인간이 헛되이 늙는다는 것은 떠나가는 봄이 다시 돌아오지 못하듯이 인간도 스스로 늙어 감을 말한다. 즉 춘불위인이류春不爲人而留하니 어찌 할꼬. 나날은 헛되이 지나가니 어찌 애석하지 않으며 해마다 봄이 찾아오니 어찌 즐기지 않으리오. 술 단지 속에 아직 술이 있어서 서로 더불어 즐기니 이 '환歡' 자에 뜻이 있다. 즉, 서로 즐거워하니 어찌 애석함을 견딜꼬. 봄은 마땅히 다시 돌아오고 떨어지는 꽃은 다시 피리니 계절을 몰라 때를 즐기지 못하는 자, 이에 애석한지고.

도움말

이는 봄을 보내면서 인생이 헛되이 늙어 가고, 지는 꽃에 대해 술로써 애석함을 달래고 즐거움으로 인생을 풀어가고 있다.

131

寄, 盧陟 | 韋應物위응물
기 노척

柳葉遍寒塘하고 曉霜凝高閣이라.
유엽편한당 효상응고각

屢日此留連하니 別來成寂寞이라.
누일차류연 별래성적막

〖풀이〗 노척盧陟에게 보낸다

버드나무 잎이 연못 위로 날리고
새벽 서리 높은 누각 위에도 내렸네.
옛날 여기에서 며칠을 그대와 머물렀지,
헤어지고 나니 적막함이 이 같으이.

〖감상〗

버드나무 잎이 싸늘하고 새벽 서리 지붕 위에 엉겨 붙었다고 했으니 계절로 보아 늦가을이다. 그 어느 땐가 노척盧陟 그대와 내가 여기서 머물러 있었는데 그대 떠나고 없는 이곳에 적막하기 그지없다고 시인 위응물韋應物은 말하고 있다.

도움말

이 시는 시인 응물應物이 시를 지어 노척盧陟에게 보낸 것이다. 이때에 서릿바람이 날로 더해가고 천기가 나날이 차가워 버드나무 잎이 바람에 날려 차가운 호반의 지당池塘에 떨어지고 새벽하늘 차가운 서리는 높은 누각 위에까지 하얗게 내렸다. 그대와 더불어 수일을 머물면서 즐기더니 하루아침에 이별하여 서로 소식이 끊어져 적막하니 그 회포를 누를 길이 없으니 어찌하랴. 이 가을 낙엽을 보니 더욱 간절한 이때, 그 정을 억제하지 못하여 이 시를 보낸다.

132

寄, 瓚律師 | 韋應物위응물

기 찬 율 사

遙知郡齋夜에 凍雪封松竹이라.
요 지 군 재 야 　 동 설 봉 송 죽

時有山僧來하여 懸燈獨自宿이라.
시 유 산 승 래 　 현 등 독 자 숙

[풀이] 찬율사瓚律師에게 주다

알겠구나, 그때 군재郡齋의 날 밤
하얀 서리 송죽 가지마다 가득 내렸지.
그때 산속 스님이 한 분 찾아와서

등불을 달고 홀로 자고 있었지.

〖감상〗

이것 역시 시를 지어 보내는 것이다. 생각나는구나! 군재郡齋의 날 밤에 흰 눈이 내렸지. 소나무와 대나무 가지에 눈이 내려 얼어붙었으니 이것은 설경과 송백의 지조가 빙설을 참아내는 것이고 그 푸름을 고치지 아니하는 것을 비유한 것이다. 또 말하기를, 백설이 하늘과 땅에 가득 내려 천산千山에는 날아가는 새들이 끊어지고, 길에는 사람의 자취 감추었을 때 산승山僧이 찾아와서 등불을 달고 홀로 자고 있으니 그 청결하고 고상한 뜻을 또한 알 만하다.

도움말

'찬율사' 는 어느 스님을 이르는 말이다. '찬율' 은 법명인 것 같고 '사師' 는 스님을 말한다. 찬율 스님에게 이 시를 지어 보낸다는 내용의 제목으로 되어있다. 송죽 위에 서리가 눈처럼 내려 있었다. '천산조비절天山鳥飛絕, 만경인적멸萬頃人跡滅.' 이라고 본문의 주서注書에서 말하고 있으니 눈이 많이 내린 날인 것은 틀림없었다.

133
同袌子, 秋齋獨宿 | 韋應物위응물
동포자 추재독숙

山月皎如燭이요 霜風時動竹이라.
산월교여촉 상풍시동죽

夜半鳥驚棲하고 牕間人獨宿이라.
야 반 조 경 서　　창 간 인 독 숙

〖풀이〗 가을 서재에서 홀로 잠자다

산 달은 밝기가 촛불과 같고
서릿바람은 마침 대나무를 울리는구나.
한밤중 잠자던 새가 깜짝 놀라는데,
창 안에서는 사람 홀로 잠자고 있네.

〖감상〗

시인 위응물이 가을 서재에서 잠을 자며 그 밤경치를 읊은 것이다. 산 위에 걸린 달빛은 희고 깨끗하여 밝기가 마치 촛불과 같았다. 휘황찬란하고 늠름한 서릿바람은 대숲에 닿아 바람소리 울리고, 우수수 서늘한 기운이 나그네로 하여금 수심을 자아내게 한다. 창 안에는 행인이 홀로 잠자고 있으니 어찌 안심하고 잠을 잘 수 있으랴. 이 때문에 시인 위응물도 잠을 이루지 못하고 이 시를 적었을 것이 아닌가?

도움말

산월山月은 산 위에 뜬 달이다. 그 달이 밝기가 촛불과 같다고 했으니 촛불보다 더 밝은 등불은 아마 없었나보다. 구시월 바람이 대숲에 소리를 낸다고 한 표현은 아주 감각적이다. 한밤중 잠자던 새가 놀란다고 했으니 그것은 달빛 때문이리라. 새는 달 밝은 밤에 놀라서 깨어나는데 사람은 홀로 방안에서 자고 있다니 사람이 새보다 감각이 둔한가보다.

134
聞雁 (문 안) | 韋應物위응물

故園渺何處요 歸思方悠哉로다.
고 원 묘 하 처　귀 사 방 유 재

淮南秋雨夜에 高齋聞雁來라.
회 남 추 우 야　고 재 문 안 래

〖풀이〗 기러기 소리를 듣고서

고향은 아득하여 어디쯤 되는지
돌아가고픈 생각 바야흐로 끝이 없네.
회남淮南에서 가을날 밤비 내리는데
높다란 누각에서 기러기 오는 소리 듣는다.

〖감상〗

집 떠나 오래 타향에 있다가 가을을 맞아 기러기 소리를 듣고 느낌이 있어 이 시를 지었다. 나의 고향이 어디에 있는가. 바라보니 아득히 먼 곳, 아, 돌아가고 싶은 생각뿐이다. 거기에다가 북쪽 회남淮南에 가을비 소소히 내리고 가을밤이 적적한데 남쪽으로 돌아가는 기러기 소리가 홀연히 높은 누각 위에서 들리니 나로 하여금 고향 생각이 한층 금할 수가 없구나.

어려운 낱말

• 故園(고원) : 고향의 동산. • 渺何處(묘하처) : 아득한 어느 곳. • 悠哉(유재) : 아득하다. 哉(재)는 감탄 조사. • 淮南(회남) : 회수의 남쪽 지방. • 聞雁來(문안래) : 기러기 날아 오는 소리.

135
詠聲 | 韋應物위응물
영 성

萬物自生聲하니 太空恒寂廖라.
만 물 자 생 성 태 공 항 적 료

還從靜中起하고 却向靜中消라.
환 종 정 중 기 각 향 정 중 소

〖풀이〗 소리를 읊다

만물이 스스로 살아가는 소리에
허공은 항상 적막하기만 하네.
소리는 고요했다가 다시 일어나고
문득 고요했다가 사라질 뿐이구나.

〖감상〗

천도天道가 말하지 않기 때문에 시경에 말하기를 '상천지재霜天之載, 무성무취無聲無臭' 라 했다. 주역에 말하기를 '천하언재天何言哉라 했고 태공太空은 항적료恒寂廖' 라 하였으니, 만물에 이르러 소리 없는 것이 없다. 나무는 바람이 그 소리가 되고, 물은 파도가 그 소리가 되고, 4계절에 소리가 있으니, 봄에 새가 울고, 여름에는 우레가 울고, 가을에는 벌레가 울고, 겨울에는 바람이 우는 것이 그것이다. 그러나 만물의 소리가 '정중기靜中起' 를 따르고 '정중소靜中消' 를 향하니 소리의 정체는 적고 아득하여 보기가 어렵고 다만 소리가 나는 물체가 있고 소리의 형체는 보지 못하는 까닭에 '정중기靜中起', '정중소靜中消' 라 할 따름이다.

| 덧붙임 |

위응물(韋應物)

韋應物〔위응물; 736-?, 中唐(중당)〕: 長安人(장안인). 字(자)는 미상. 명문가 출신으로 20세 무렵 현종의 近衛隊(근위대)에 참가했다가 안사의 난 후 실직하고 독서에 전념했다. 30세에 櫟陽令(역양령)이 된 후 승진을 거듭, 洛陽丞(낙양승)이 되었으나 병으로 사직. 46세에 다시 比部員外郎(비부원외랑)이 되었다가 척주, 강주, 蘇州刺史(소주자사)를 역임했는데 시정이 적실해서 人望(인망)을 얻었다. 그 후에도 진퇴를 거듭하며 90세를 넘게 살았다. 王維(왕유), 孟浩然(맹호연)의 시풍을 이은 田園山林派(전원산림파) 시인으로 '韋蘇州集(위소주집)' 10권, 560여 수의 시가 전한다.

136

婕好怨 | 皇甫冉황보염
첩 여 원

花枝出建章하니 鳳管發昭陽이라.
화 지 출 건 장　　봉 관 발 소 양

借問承恩者는 雙蛾幾許長고?
차 문 승 은 자　　쌍 아 기 허 장

〖풀이〗 첩여婕好의 원한

꽃가지 건장궁建章宮에 나오니

봉관 소리 소양전昭陽殿에 들려오네.

잠시 묻나니, 임금의 은총 입은 궁녀는

그 두 눈썹 얼마쯤 길었는가.

〚감상〛

이것은 악부를 회고하여 제목에 쓰였으되 '첩여의 원' 이라고 되어 있다. 옛날에 첩여는 고요한 궁궐 깊은 곳에서 은총을 바라지 않고 별궁에서 꽃 같은 여인으로서 건장궁에, 또는 소양전 안에 봉관 난소를 울리는 잔치에 자주 음악소리를 듣기도 했다. 잠시 묻나니, 승은을 입은 미녀의 두 눈썹이 얼마쯤 자랐나? 역시 나와 같은 모양의 눈썹과 어찌 다를 바 있으랴.

도움말

한漢나라 성제成帝의 반첩여班婕妤를 말한다. 어질지만 은총을 얻지 못하여 후세 사람들이 많이 시로 노래를 지어 불렀으니 악부樂府로서 악보樂譜로 남아있다.

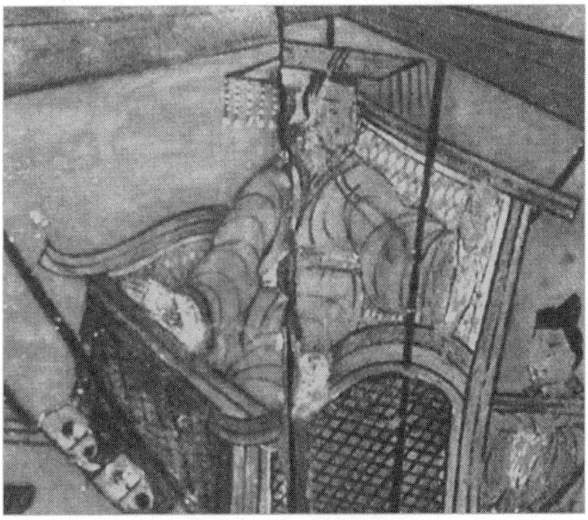

한(漢)나라 성제(成帝)

137
秋怨 | 皇甫冉황보염
추 원

長信多秋色하고 昭陽借月華라.
장 신 다 추 색　　소 양 차 월 화

那堪聞鳳吹요 聞道選良家라.
나 감 문 봉 취　문 도 선 량 가

〖풀이〗 가을에, 그 원한

장신궁長信宮에 가을색이 완연한데
소양전昭陽殿 비치는 달빛을 빌려왔구나.
들려오는 풍악소리 어찌 견딘단 말인가,
들으니 그 미녀는 양가집의 딸이라고.

〖감상〗

이 시는 궁원宮怨으로 가을철이 되니 더욱 간절한 까닭에 '추원秋怨' 이라 하였다. '장신궁長信宮' 은 가을철이 아닐 때에도 처량하고 참담하거늘 이때가 가을이거늘 더욱 처량하게 보일 것이다. 소양전昭陽殿 안에는 달빛이 찾아든 밤 궁궐 내의 풍악이 끊어지지 않아서 한 번 은총을 입은 미인은 이를 듣고는 견디지 못할 정도였다. 첩여婕妤는 장신의 가을색을 슬퍼하고 소양전의 밝은 달을 부러워했다. 양가집의 미녀가 어찌 경국지색으로 만족할까.

도움말

장신궁에 가을빛이 물들었다. 더구나 소양전에 가을 달빛이 밝게 떠오른다. 조용히 들려오는 봉취용관鳳吹龍管의 아름다운 악기소리 끊이지 않으니, 그 슬픈 추억에 첩여는 견딜 수가 없겠구나.

어려운 낱말

• 長信(장신) : 궁궐의 명칭. • 昭陽(소양) : 궁전의 명칭. • 鳳吹(봉취) : 악기를 불다. • 那堪(나감) : 어찌 견딜 수 있으랴. • 聞道(문도) : 들은 바에 의하면.

138
同, 諸公子, 有懷 | 皇甫冉황보염
동 제공자 유회

舊國迷江樹는 他鄕近海門이라.
구국미강수 타향근해문

移家南渡久하니 童稚解方言이라.
이가남도구 동치해방언

〖풀이〗 함께 회포를 풀다
- 여러 어린이들과 함께

고국의 강가 아득한 저 나무는
타향에서 보니 바다의 문이 가까이 있었네.
집을 떠나 남쪽으로 건너온 지 오래인데
어린아이가 방언을 알고 있었네.

〖감상〗

이것은 고향을 떠나 타향에서 적어 보내는 시이다. 고국산천을 창망히 바라보니 강가의 나무들은 혼미한 상태에 서있고 타향의 풍토를 바라보니 바다의 관문이 가까이 둘러져 있었다. 집을 떠나 남으로 건너가서 여기에서 살고 있으니 세월이 쌓여 오래되어 어린이가 하는 말의 방언을 풀어 해석하니 옛 고국의 생각을 가히 잊을 수가 없었다.

어려운 낱말

• 舊國(구국) : 고국. • 迷(미) : 아득하다(미). • 海門(해문) : 배가 드나드는 곳.
• 移家(이가) : 집을 떠나서 삶. 타향살이. • 童稚(동치) : 어린아이.

139
送, 王翁信, 還, 郯中舊居 | 皇甫冉황보염
송 왕 옹 신 환 담 중 구 거

海岸耕殘雪하며 溪沙釣夕陽이라.
해 안 경 잔 설 계 사 조 석 양

家中何所有요? 春草漸看長이라.
가 중 하 소 유 춘 초 점 간 장

〖풀이〗 **왕신옹王翁信을 보내며**

- 담중郯中 구거舊居로 돌아가는

바다 언덕 잔설에도 밭을 갈며
개울가 모래언덕 석양에 낚시하네.

그대 집에 있는 바가 무엇이요?

봄 풀 점점 자라남을 보겠구나.

〖감상〗

이것은 송별의 시이다. 왕옹신王翁信이 본디 담중郯中 사람으로 청운에 뜻이 있어 경사에 살고 있었더니 거문고와 책을 갖고 구거舊居에 돌아와서 '경운조월耕雲釣月' 로 즐거움을 삼더니 바닷가에 잔설이 남아 있으되 밭갈이를 하고 개울가 모래밭에 석양 가까이 나가 낚시질을 하니 고향에서 취미를 붙여 진경眞境을 얻었다. 묻나니, 그대의 집안에 있는 것이 무엇이뇨? 뜰에 가득한 봄풀이 나날이 자라서 풀이 거의 뜰에 가득하여도 없애지 않는 뜻을 어찌 알리요.

도움말

해안에 남아 있는 눈과 모래밭에 지는 저녁놀 등은 은사隱士가 살고 있는 환경을 나타내고 있다. 이런 자연 속에 낚시질과 밭갈이는 전원에서의 취미와 생활을 표현하고 있다. 〔郯(담)〕; 지명, 나라 이름(담).

140
和, 王給事, 梨花詠 | 皇甫冉황보염
화 왕급사 이화영

巧解迎人笑하고 偏能亂蝶飛라.
교해영인소 편능난접비

春風時入戶하니 幾片落朝衣라.
춘풍시입호 기편낙조의

〖풀이〗 **왕급사王給事의 이화영梨花詠에 화답함**

사람을 맞이할 때 교묘한 웃음으로 맞이하고
펄펄 어지럽게 나비 날아오른다.
봄바람 불어 그때 창문으로 들어오니
몇 조각 꽃잎이 옷 위로 떨어지고 있네.

〖감상〗

이는 왕급사王給事가 '이화영梨花詠' 이란 시를 지었고, 여기에 황보염이 화답한 시이다. '배꽃' 을 표현하고 있는 이 시는 배꽃의 아름다움을 여자의 담박한 웃음에 비유하여 사람으로 하여금 애상愛賞하게 할 따름이다. 배꽃이 분분하게 날아올 때는 마치 나비가 어지럽게 날아 춤추는 모양과 같아서 역시 볼만하다. 봄바람 불어 문 앞 창호에 날아들면 몇 조각 꽃잎이 옷에 떨어진다. 첫째 구절은 이화의 상태를 나타내고, 다음 구절은 이화가 봄바람 따라 창문에 날려 들어와서 봄날 아침에 꽃 조각이 한 점 두 점 왕급사王給事의 옷에 떨어지는 것이 얼마나 멋있고 아름다운 일이냐? 하는 것을 표현하고 있다.

141
送, 王司直 | 皇甫冉황보염
송 왕 사 직

西塞雲山遠이요 東風道路長이라.
서 새 운 산 원　　동 풍 도 로 장

人心勝潮水하여 相送過潯陽이라.
인 심 승 조 수　　상 송 과 심 양

〖풀이〗 **왕사직을 보냄**

서새西塞에는 험난한 산과 구름 멀고
봄바람에 길이 길게도 뻗어 있구나.
사람 마음이 조수를 타는 것 같아서
심양潯陽을 지나 서로 이별을 했네.

〖감상〗

형주기荊州記에 이르기를, 형문荊門의 호아虎牙는 楚나라의 서쪽 요새지要塞地이니 사직司直이 오吳 나라로부터 楚나라에 들어올 때는 반드시

서새산(西塞山)

서새西塞를 지나가야 했다. 이때는 봄날이어서 동풍을 따라서 행하니 도로의 길이가 긴 것을 깨닫지 못했다. 조수는 심양潯陽에 와서 돌아가고 소고산小孤山 아래로 다시 지나지 못했다. 지금 그대를 보내는 마음이 그대와 더불어 멀리 있으니 이는 인심이 조수를 타는 것과 같다.

| 덧붙임 |

皇甫冉〔황보염; 716-770, 中唐(중당)〕: 강소성 輪州人(윤주인). 字(자)는 茂政(무정). 일찍이 張九齡(장구령)에게 인정을 받았고, 진사 급제 후 강소성 無錫縣尉(무석현위)와 王縉(왕진) 막하에서 掌書記(장서기), 左拾遺(좌습유), 右補闕(우보궐) 등을 지냈다. 동생 皇甫曾(황보증)과 함께 肅宗(숙종), 代宗(대종) 시기에 이름을 날렸으며, 劉長卿(유장경), 戴叔倫(대숙륜), 顔眞卿(안진경) 등과 교제했다. '皇甫冉詩集(황보염시집)' 7권, 230여 수의 시가 전한다.

142
採蓮曲 | 劉方平유방평
채 련 곡

落日淸江裏에 荊歌艶楚腰라.
낙 일 청 강 리 형 가 염 초 요

採蓮從少慣하니 十五即乘潮라.
채 련 종 소 관 십 오 즉 승 조

〖풀이〗 연 캐는 노래

해가 지는 맑은 강 속에

어여쁜 아가씨들 노랫소리 들리네.
어릴 때부터 연밥 따는 것 몸에 익어
나이 십오 세에 벌써 파도를 타네.

〖감상〗

이는 연밥 따는 일을 시로 표현했으니, 이것이 바로 이 채련곡이다. 청강에 바람이 없음을 보고 잔잔한 파도는 일지 아니하여 해가 서산에 기울어 노을이 지니 호수의 저녁 풍경이 아름다웠다고 했다. 이때 형녀荊女의 맑은 노래는 멀리서 날아오니 그 노랫소리 너무나 사랑스러웠다. 초희楚姬의 가는 허리는 맑은 파도 위에서도 아름답게 보여 얼굴에는 항상 애교 있는 미소를 머금고 있었다.

도움말

저 아가씨는 어릴 때부터 채련에 습관이 되어 나이 15세만 되면 배를 타고 파도를 따라가니 파도를 두려워하지 않았다. 이것은 형초荊楚의 한 풍경이었다. 여기에 조수는 파도를 말한다.

143
長信宮 | 劉方平유방평
장신궁

夢裏君王近터니 宮中河漢高라.
몽리군왕근 궁중하한고

秋風能再熱하니 團扇不辭勞라.
추풍능재열 단선불사노

〖풀이〗 장신궁

꿈속에 임금님을 가까이했는데
궁중에는 은하수 높이 떴구나.
가을바람이 그다지 무덥지 않으니
둥근 부채는 흔들지 않아도 되겠네.

〖감상〗

장신궁에 있는 궁녀가 임금을 그리워하고 있다. 꿈속에서도 임금과 가까이하고 있었다 하니 얼마나 그리워하고 있는지를 알만도 하다. 그러나 임금님은 오지 않는다. 은하수만 하늘 높이 기울어져 가도록 밤은 길고 또 깊었다. 계절은 가을이라 시원한 바람이 불기에 여름동안 가졌던 부채는 이제 소용이 없게 되었다.

도움말

'군왕근君王近' 은 꿈속에서 임금을 가까이했다는 말이다. 그때의 시간을 '하한고河漢高' 라 했으니 은하수가 높이 하늘에 흐를 때에 꿈속에서 깨어났다고 했다. '하한고河漢高' 는, 즉 가을이 깊었다는 것을 의미하며 단선團扇이 움직이지 아니하였다고 했으니 덥지는 않는 밤이라는 뜻이다. '불사로不辭勞' 3자의 쓰임이 이 시에서 절묘한 느낌을 준다. 즉, 계절적인 감각을 표현하고 있음을 알겠다.

144
銅雀妓 | 朱放주방
동 작 기

恨唱歌聲咽하고 愁翻舞袖遲라.
한 창 가 성 인 　 수 번 무 수 지

西陵日欲暮하니 是妾斷腸時라.
서 릉 일 욕 모 　 시 첩 단 장 시

〖풀이〗 동작대의 기생

한스러워 노래하니 목이 매이고
수심 떨치려 춤추어도 소매가 더디네.
서산에 해가 저물고자 하니
이 여인 가슴속 끊어지려 할 때다.

〖감상〗

이 시는 동작 기생을 읊은 시이다. 이 기생이 옛날 은총을 얻었을 때는 노랫소리가 화창하고 춤을 추는 옷소매를 허공으로 날려서 마음과 기운이 화평하더니 지금은 노래를 하려고 하니 목소리가 오열하니 이는 한스러움이 가슴에 맺혀 있기 때문이었다. 춤을 추고자 하나 소매 끝이 무디고 느리니 이 역시 수심이 눈썹 밑에 있기 때문이었다. 서쪽 왕릉에 해가 지려는데 이 노기老妓의 마음 어찌 끊어지지 않으랴. 생각이 미치기에 슬픔이 앞서가고 있었으리라.

도움말

여기에 나오는 기생은 옛날 군왕의 은총을 받은 궁녀로서 노래와 춤에 능통한 여인이었다. 그러나 지금은 수심이 가득 찬 여인이 되어 살고 있다. 옛날 아름답던 기억을 지금 되살려보면 가슴이 끊어지려 하고 있다. 자꾸 옛날의 추억이 되살아나고 있는 것이다.

145
題, 竹林寺 | 朱放주방
제 죽 림 사

歲月人間促이요 烟霞此地多라.
세 월 인 간 촉 연 하 차 지 다

殷勤竹林寺에 更得幾回過오?
은 근 죽 림 사 갱 득 기 회 과

〖풀이〗 죽림사에서

세월이 인간을 재촉하니
연하는 이 땅에도 많구려.
은근한 죽림사竹林寺에
몇 번이나 여기에 다녀갈 것인가?

〖감상〗

세월을 흘러, 흘러서 인간을 재촉하고 있다. 여기서 재촉이란 죽음을 말한다. 세월이 가면 늙고 병들고, 병들면 죽게 마련이다. 이것이 인간을 재촉한다는 말이다. 인간 세상에 그리움은 있기 마련, 세상사는 모두 인간에게 돌아와서 남게 마련이다. 이런 세월 속에서 은근한 이 죽림사를 몇 번이나 다시 올 것인가? 내일을 모르고 사는 것이 우리 인간인 것을.

도움말

죽림사竹林寺는 여산廬山에 있다. 세월은 빨리 지나가기 쉽고 조용히 계절을 감상하기란 지극히 어렵다. 이곳의 자연이 아름다워 인적이 자주 드나드니 내가 여기에 은근한 생각이 있어 참지 못하니 이 이후로 언제 여기를 다시 찾아올 것인가.

| 덧붙임 |

朱放〔주방; 中唐(중당)〕: 호북성 襄陽人(양양인). 字(자)는 長通(장통). 고향에 살다가 기근 때문에 절강성 郯溪(담계)로 이주했다. 당 왕실의 자손인 嗣曹王(사조왕) 李皐(이고)가 江西節度使(서강절도사)가 되었을 때 잠깐 참모 노릇을 했으나 벼슬살이가 몸에 맞지 않아 사직, 뒤에 韜晦奇才科(도회기재과)에 급제, 左拾遺(좌습유)에 임명되었으나 취임하지 않고 은둔 생활을 했다. 25수의 시가 남아 있다.

146
春日歸家 | 李嘉祐이가우
춘 일 귀 가

自覺勞鄕夢하고 無人見客心이라.
자 각 로 향 몽 무 인 견 객 심

空餘庭草色이 日日伴愁襟이라.
공 여 정 초 색 일 일 반 수 금

〔풀이〕 봄날 집에 돌아와서

스스로 깨달아 고향 꿈꾸기에 힘쓰고

아무도 없이 나그네 마음 보았네.
공허한 뜰에 돋아나는 봄 풀빛이
나날이 가슴속 수심을 짝하였네.

〖감상〗

봄날에 집에 돌아와서 느낌을 시로 표현하고 있다. 여기에 '귀가'란 고향에 돌아왔음을 말하는 것이니, 고향에 돌아 와보니 허무하기만 하다. 꼭 나그네 마음을 고향서도 느낄 수 있으니 어느 것이 고향인지 알 수가 없었다. 가슴속에 수심이 가득할 뿐이었다. 마치 꿈을 꾸고 있는 기분일 것이다.

도움말

이는 봄날 집으로 돌아와서 지은 작품이다. 나그네가 되어 타향을 떠돌다가 집 생각이 간절하여 꿈마저 꾸었고 나그네 된 마음으로 봄 화단 뜰에 아름다운 풀빛을 혼자 바라보기도 했다. 나날이 나를 짝하여 푸른 수심을 혼자 삼킬 뿐이었다.

147
白鷺 | 李嘉祐이가우
백 로

江南綠水多하니 顧影逗輕波라.
강 남 록 수 다 고 영 두 경 파

終日秦雲裡에 山高奈若何오?
종 일 진 운 리 산 고 내 약 하

〖풀이〗 **백로를 노래함**

강남에는 여기 저기 푸른 물이 많으니
물 위의 그림자 가벼운 파도에 머물렀네.
진종일 구름 속에 날고 있어도
산이 높아 마음대로 어찌할 수 있으랴.

〖감상〗

백로를 노래하고 있다. 강남땅에는 푸른 물이 많다고 했다. 푸른 물에는 고기가 살고, 고기가 살면 백로가 있기 마련이다. 푸른 물과 하얀 백로는 빛깔의 대조를 이루고 하늘에는 흰 구름이 떠 있어 자연의 조화를 잘 이루고 있다. 종일토록 하늘의 구름이 떠다니고 산이 높고 하늘 높아서 내 마음도 어쩔 수가 없다고 조용한 탄성을 자아내고 있다.

도움말

이는 백로를 보고 지은 시이다. 강남에는 지형이 낮아서 강과 호수의 푸른 물이 많으니 백로의 무리들이 물속에서 헤엄치고 놀다가 거울 같은 수면에서 그의 그림자를 돌아보고 또 가벼운 파도 위에 머물러 있다. 종일을 구름이 머무는 짬에 높은 산들이 우뚝 솟아 있어 그 위로 마음대로 날아다닐 수도 있다. 〔逗(두)〕; 머무르다(두).

148
春情 | 張起장기
춘 정

畵閣餘寒在하고 新年舊燕歸라.
화 각 여 한 재 　 신 년 구 연 귀

梅花猶帶雪하고 未得試春衣라.
매 화 유 대 설 　 미 득 시 춘 의

〖풀이〗 봄에 느끼는 정

화각에는 남은 추위가 아직 있고
새해에는 돌아올 저 낡은 제비집.
매화는 오히려 눈을 띠고 있어
봄옷을 찾아도 얻지 못하네.

〖감상〗

봄의 감정을 노래하고 있다. 감정은 정서이니 인간의 정서가 봄에 가장 순수하다고 한다. 아직 이른 봄이라 추위가 남아돌고 새해에 찾아올 낡은 제비집이 그대로 있고 매화에도 아직 눈이 묻어있어 계절적 분위기를 말해주고 있다. 그러나 멀지 않아 봄은 다가와서 이 산 저 산에는 푸른 옷으로 갈아입을 채비를 하고 있는 때가 바로 이즈음이다.

도움말

이는 춘정春情을 묘사한 시이다. 이때에 봄은 일러서 봄추위가 신년을 알게 하고 또 화각畵閣에는 남은 추위가 남아있고 저 매화는 봄빛을 띠고 피려 하는 까닭에 오히려 춘한春寒을 두려워해서 봄옷을 찾아도 없으니 입지 못했다는 것이다.

149
山中卽事 | 卽上元즉상원
산중즉사

入谷多春興하고 乘舟掉碧潯이라.
입곡다춘흥 승주도벽심

山雲昨夜雨하니 谿水曉來深이라.
산운작야우 계수효래심

〖풀이〗 산중에서 있는 일

골짜기에 들어가면 봄의 흥취 많아
배를 타고 푸른 물결에 흔들리며 가네.
산에 구름은 어젯밤 비가 되어 내리니
계곡의 물은 새벽이 되어 깊어졌네.

〖감상〗

'산중즉사'가 이 시의 제목이다. 즉사는 오늘날의 즉흥시에 해당한다. 그러니 봄에 대한 즉흥시의 한 구절이다. 산골짜기마다 춘흥을 이기지 못하고 배를 타고는 푸른 물결을 가르며 나아간다. 어젯밤에는 산 비가 내리더니 계곡에는 한층 물이 많아져서 새벽이 되어서는 제법 물이 깊어지고 소리 내어 흘러가고 있다.

도움말

이것은 산중에서 있는 일이다. 계곡으로 들어가면 봄빛이 사랑스럽고, 배를 타고 가면 푸른 물이 흔들린다. 계곡 물은 새벽이라도 물이 더하여 더욱 깊어진다. 그것은 산 위에 있는 구름이 어젯밤에 비가 되어 내렸기 때문이리라. 비가 오면 개울이 깊어져서 배를 타고 골짜기로 들어가서 춘흥春興을 즐기면 그 즐거움을 말로 다 하지 못할 것이다.

150
漢宮曲 | 韓翃한굉
한 궁 곡

繡幕珊瑚鉤하고 春關翡翠樓라.
수 막 산 호 구　　춘 관 비 취 루

深情不肯道커늘 嬌倚鈿箜篌라.
심 정 불 긍 도　　교 의 전 공 후

〖풀이〗 한궁의 노래

수놓은 막에는 산호 구슬을 달았고
춘관春關에는 비취 누각이 솟아있었네.
깊은 정 즐기지 않는다고 일렀거늘
교태를 부리며 전공후를 놓고 앉았네.

〖감상〗

'한궁곡' 이라 하여 한나라 시대의 궁궐을 노래하고 있다. 화려한 장식으로 꾸민 궁궐에는 산호 구슬을 달아놓아 화려하게 빛나며, 춘관에는 비취 누각이 솟아있다. 화려한 것은 모두 여기에 장식되어 있으니 한나라의 궁궐이 얼마나 화려했는지를 알겠구나. 거기에다가 깊은 정이 있고 궁녀들은 교태를 부리며 공후를 놓고 앉았으니 화려한 것 중에 가장 화려한 궁전이다.

도움말

이는 한굉韓翃이 한나라 궁궐을 추구해서 지은 노래이다. 궁궐 내에 누각이 크고 아름다워서 여러 가지 찬란하게 장식을 해서 수를 놓았으며 걸려있는 여러 가구에는 산호로써 누각을 장식하고 춘관春關에 있는 비취 누각이 높이 솟아 있어서 화려하고 번화한 모양을 구경할 만했다. 살고 있는 이 궁궐의 궁인들이 깊은 정은 즐기지 말라 일렀는데도 교태를 먹음은 모양으로 여기에 의지하고 금전金鈿으로 머리를 수식하고 공후箜篌를 치면서 이 곡조를 노래하고 있었다.

| 덧붙임 |

한굉(韓翃)

韓翃〔한굉; 中唐(중당)〕: 하남성 南陽人(남양인). 字(자)는 君平(군평). 진사급제 후 淄青節度使(치청절도사)의 부름을 받아 막료가 되었다가 사임. 10년 간 유랑 생활을 하다가 다시 宣武節度使(선무절도사)의 막하에 들어갔다. 그 후 德宗(덕종) 때 駕部郎中知制誥(가부랑중지제고)에 특채되어 中書舍人(중서사인)에 이르렀다. 大曆十才子(대력십재자)의 한 사람이며 '韓君平詩集(한군평시집)' 1권과 165수의 시가 전한다.

151
秋夜 | 耿湋경위
추 야

高秋夜分後에 遠客雁來時라.
고추야분후 원객안래시

寂寂重門掩하고 無人問所思라.
적적중문엄 무인문소사

〖풀이〗 가을밤

하늘 높은 가을밤 주야가 나누어진 뒤에
먼 데서 오는 손님, 기러기 날아올 때.
적적하게 문을 굳게 닫아걸고
사람은 없어도 생각하는 바를 묻고 싶다.

〖감상〗

가을밤이 소재로 되어있다. 하늘 높은 가을밤에 은하수는 멀리 흐르고, 멀리서 찾아오는 나그네격인 기러기 또한 날아들고 있다. 이런 밤에는 마음이 더욱 깊어지고 밤새도록 문을 닫아걸고 마음속 깊은 곳에서 적적하지만 인생의 참된 의미를 찾고 싶은 밤이다. 이런 밤에는 인생의 진의를 찾아 한편의 시라도 쓰고 싶은 마음의 진실을 찾을 수도 있을 것이다.

도움말

계절의 순서가 이미 정해있고 가을밤은 나누어져 있으니 먼데서 오는 기러기 손님 날아올 때다. 이미 중문을 닫았으니 사람 없어 적적하고 나의 생각하는 바를 사람이 없어서도 물을 수 있으니 고적한 회포를 이 어찌할 것인가.

| 덧붙임 |

耿湋〔경위; 734-?, 中唐(중당)〕: 산서성 河東人(하동인). 진사급제 후 左拾遺(좌습유), 大理司直(대리사직) 등의 관직을 역임. 左拾遺(좌습유)로 있을 때 括圖書使(괄도서사)가 되어 강남으로 가서 劉長卿(유장경) 등과 시를 주고받음. 大曆十才子(대력십재자)의 한 사람. 耿拾遺集(경습유집) 1권만 전하며, 시는 70여 수가 남아있다.

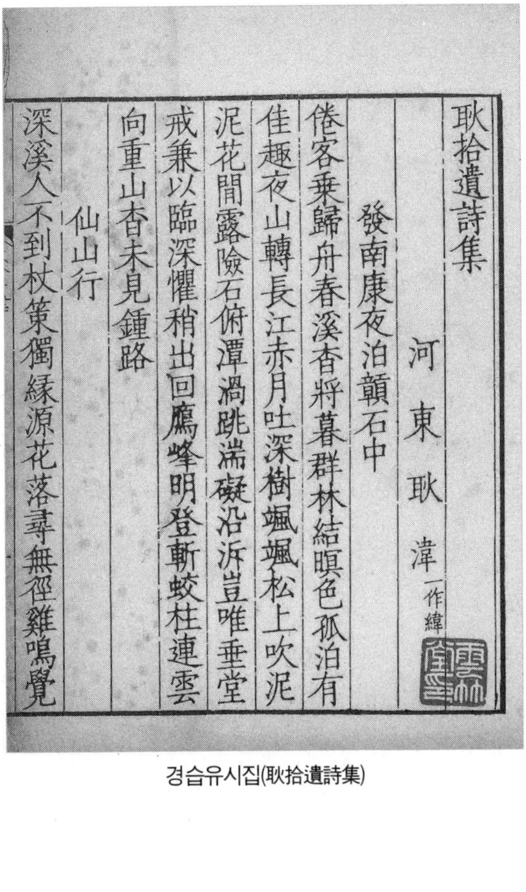

耿拾遺詩集

河東耿　湋 一作緯

發南康夜泊贛石中

倦客乘歸舟春溪杳將暮群林結暝色孤泊有
佳趣夜山轉長江赤月吐深樹颯颯松上吹泥
泥花間露險石俯潭渦跳湍礙沿泝豈唯垂堂
戒兼以臨深懼稍出回鴈峰明登斬蛟柱連雲
向重山杳未見鍾路

仙山行

深溪人不到杖策獨緣源花落尋無徑雞鳴覺

경습유시집(耿拾遺詩集)

152
塞下曲 | 盧綸노륜
새 하 곡

月黑鴈飛高하니 單于夜遁逃라.
월 흑 안 비 고 선 우 야 둔 도

欲將輕騎逐하니 大雪滿弓刀라.
욕 장 경 기 축 대 설 만 궁 도

〖풀이〗 **변방의 노래**

달빛 검은 하늘 기러기 높이 나니
선우單于가 밤에 포위를 풀고 도망갈 것 같구나.
가벼운 무장으로 추격하고자 하나
큰 눈이 내려 궁도弓刀에 가득하네.

〖감상〗

변방의 노래다. 변방은 접경지대이기에 더욱 긴장되고 어떤 때는 슬픈 생각마저 드는 때가 있을 것이다. 검은 달빛 아래 기러기는 날아가고 대적하고 있는 선우가 밤에 포위를 풀고 도망갈 수도 있다. 도망가는 적진을 향해 무장을 가지고 추격하고자 해도 내리는 눈 때문에 어쩔 수가 없고 칼과 활에 눈이 가득하다고 했으니 짐작이 가는 일이다.

도움말

이것은 북쪽 변방을 정벌하는 기상을 노래한 시이다. 달빛이 어둡고 기러기 높이 하늘에 날아가고 있으니 선우가 밤을 틈타서 주둔하다가 도망을 하고 있을 것이다. 가벼운 무장으로 추격하고자 하나 큰 눈이 내려 궁도에 가득하니 사세

가 부득하여 추격하지 못하고 탄식만 할 따름이었다.

| 덧붙임 |

盧綸〔노륜; 748-800, 中唐(중당)〕: 산서성 河東人(하동인). 字(자)는 允言(윤언). 大曆初(대력초) 여러 번 과거에 응했으나 실패, 재상 元載(원재)에게 인정받아 監察御使(감찰어사)에 이르다. 병으로 귀향하여 그동안의 王維(왕유)의 아우 王縉(왕진)과 친했다가 왕진이 실각하자 黨人(당인)으로 지목, 잠시 벼슬에 물러났다가 檢校(검교) 戶部郎中(호부랑중) 등을 지냄. 大曆十才子(대력십재자)의 한 사람. '盧戶部詩集(노호부시집)' 10권이 전함.

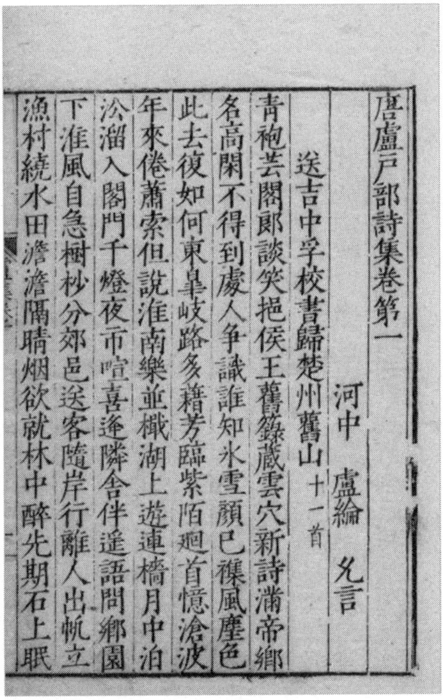
唐盧戶部詩集卷第一
河中 盧綸 允言
送吉中孚校書歸楚州舊山 十一首
青袍芸閣郎談笑挹侯王舊籙藏雲穴新詩滿帝鄉
名高閑不得到處人爭識誰知氷雪顔已襍風塵色
此去復如何東臯岐路多藉芳臨紫陌廻首憶滄波
年來倦蕭索但說淮南樂並檝湖上遊連橋月中泊
沿溜入閶門千燈夜市喧喜逢隣舍伴遥語問鄉園
下淮風自急樹杪分郊邑送客隨岸行離人出帆立
漁村繞水田澹澹隔晴烟欲就林中醉先期石上眠

노호부시집(盧戶部詩集)

153
拜, 新月 | 李端이단
배 신 월

開簾見新月하고 便卽下階拜라.
개 렴 견 신 월 변 즉 하 계 배

細語人不聞이나 北風吹裙帶라.
세 어 인 불 문 북 풍 취 군 대

〖풀이〗 초승달에 절하다

발簾을 들고 새 달을 보고
곧 뜰에 내려 절을 한다네.
말소리 가늘어 사람은 듣지 못하여도
북풍은 치마와 허리끈을 불어 흔드네.

〖감상〗

마음에 품은 바가 있어 주렴을 걷기 전에는 일찍이 맥맥히 말을 하지 않더니 갑자기 주렴을 열고 새 달을 보니 정회의 움직임을 면하지 못하여 곧 뜰 아래로 내려 절을 한다. 생각하고자 하는 정을 달에게 호소하는 것이었다. 말이 가늘어 남들은 듣지 못하는 것은 이렇게 달을 보고 호소하여 입을 쳐들고 가늘게 말을 하니 사람이 어찌 들을 수 있으리오.

도움말

개렴은 발을 걷어 올린다는 뜻이니 발을 올리니 초승달이 하늘에 걸려 있었다. 초승달을 보고 절하는 풍속은 우리나라에도 있는 현상이지만 여기에 북풍이 불어 치마끈이 날린다는 것은 북풍이 분다는 뜻이다. 문의 발, 초승달, 북풍, 치마

끈 이런 낱말이 이 시의 분위기를 자아내고 있다.

154
蕪城懷古 | 李端이단
무 성 회 고

風吹地上樹하고 草沒城邊路라.
풍 취 지 상 수 초 몰 성 변 로

城裡月明時에 精靈自來去라.
성 리 월 명 시 정 령 자 래 거

〖풀이〗 낡은 성터에서 회고

바람은 땅 위의 나무에 불고
풀은 성터의 길에서 말라죽다.
성城 안의 밝은 달이 뜰 때마다
정령精靈은 왔다가 또 가버리네.

〖감상〗

이 낡은 성터는 고국의 성첩이 헐고 무너져 있으니 이는 응당 망국의 고도古都이리라. 고궁의 화초는 길가에 묻혀 있고, 전 시대의 의관은 고구古丘를 이루었으니 성 안의 밝은 달밤에 정령이 왔다 갔다 하면서 날아다니고 있다. 이 모든 것이 회고의 슬픈 현상인 것이다.

도움말

무성蕪城은 풀이 무성하게 돋아난 낡은 성터를 말한다. 바람은 땅 위의 나무에서 불고 성터에는 풀이 말라붙어 길도 묻혀 있었다. 성 안에 달이 밝을 때 정령精靈들이 왔다 갔다 하고 있었다. 이단李端이 헐리어 있는 성터에서 소소한 바람은 성 위의 나무에 불어 무엇을 호소하는 듯하고, 푹 늘어진 풀은 성터에서 수심에 차 있는 듯하다.

155
送人, 下第 | 李端이단
송인 하제

獻策不得意하니 驅車東出秦이라.
헌책부득의 구거동출진

暮年千里客하여 落日萬家春이라.
모년천리객 낙일만가춘

〖풀이〗 과거에 낙방한 사람을 보내며

방책을 다해도 뜻을 얻지 못해
수레 몰고 동으로 진秦으로 나가네.
한 해 저무는데 천리 길 나그네 되어
날 저물어도 집집마다 봄은 오리라.

〖감상〗

이는 과거에 떨어진 사람을 보내는 글이다. 말하자면 이 사람이 모든 계획을 시험에 두고 악착스럽게 도모하다가 뜻을 이루지 못하여 말을 몰고

서 동쪽으로 진나라에 가면 천리 길 먼 나그네가 되어 나이 많은 백수로 모든 일이 실의에 빠져 처량하게 탄식만 할 것이다. 길을 가는 도중에 해가 이미 떨어짐에 만 가지 봄빛이 나그네의 회포를 더하겠으니 언제 뜻을 얻어 춘풍 속에 머리 위에 꽃 꽂고 장안 길을 가게 될 것인가?

도움말

송인送人은 사람을 이별한다는 뜻이요, 하제下第는 과거에 낙방한 사람을 말한다. 헌책獻策은 여러 가지 방책을 생각한다는 뜻이요, 구거驅車는 말이 끄는 수레를 타고 간다는 뜻이다. 날이 저물어 천리를 가는 나그네가 바로 과거에 떨어지고 돌아가는 사람이 아닐까? 그러나 끝 구절에는 희망적인 '만가춘萬家春'이 나온다. 집집마다 봄이 오고 있다는 말로 끝을 맺는다.

156

鳴箏 명쟁 | 李端이단

鳴箏金粟柱하니 素手玉房前이라.
명쟁금속주 소수옥방전

欲得周郎顧하니 時時誤拂絃이라.
욕득주랑고 시시오불현

〖풀이〗 쟁箏을 울리다

쟁과 금속주를 울리니
흰 손이 옥방 앞에 있었네.
주랑고를 얻고자 했느니

때때로 줄을 잘못 튕겼구나.

〖감상〗

쟁箏은 진나라의 악기이니 진나라 여자들이 이것을 많이 익혔다. 이것은 오현五絃의 하나인 '축筑'의 전신이니 지금의 '슬瑟'과 같은 모양이었다. 누가 고쳐서 만든 것인지는 알지 못해도 혹 말하기를 진秦나라의 몽괄蒙恬이 만든 것이라 하니 '금속주金粟柱'와 '옥방玉房'은 모두 '쟁箏'에 갖춘 악기인 것이다. 옥방玉房을 놓고 앉는 자는 쟁箏을 켜는 자이니 흰 손이 옥방玉房 앞에 있을 때를 이름이다.

도움말

주랑고周郞顧는 주유周瑜이니, 나이 24세에 오중吳中이 주랑周郞을 부르고 음악에 정통해서 곡에 잘못이 있으면 그에게 맡기어 고치니 그때 사람들이 노래에 곡조가 잘못되면 주랑고에게 물으라고까지 했다. '오불현誤拂絃'은 얼른 생각해서 '오곡을 연주해서 주랑의 관심을 바라니 대개 장수가 '원홍수록怨紅愁綠' 하는 마음으로 소리를 아는 자에게 마음을 주었다. 쟁과 금속주, 옥방은 모두 고대 중국의 악기이며, 주랑은 삼국지에 나오는 주유를 말한다.

주유(周瑜)

157
金陵懷古 | 司空曙사공서
금 릉 회 고

輦路江楓暗하고 宮庭野草春이라.
연 로 강 풍 암　　궁 정 야 초 춘

傷心庾開府는 老作北朝臣이라.
상 심 유 개 부　　노 작 북 조 신

〖풀이〗 금릉을 회고함

금 수레 지나던 길가에 단풍나무 가물거리고
궁궐의 뜰에는 들풀이 봄을 맞았네.
마음 아픈 유개부庾開府는
늘그막하게 북조北朝의 신하가 되었네.

〖감상〗

이 시는 회고의 정을 나타내고 있다. 옛날 전성했던 나라가 세월이 흐르고 보니 지금에 와서는 다시 보지 못한다. 옛날 임금이 타던 금 수레가 지나가던 그 길에는 강가의 단풍나무 빨갛게 가물거리고 궁궐의 뜰에는 들풀이 봄을 맞아 무성하니, 여기 단풍나무와 궁정의 풀을 대비하여 읊으니 어찌 감동하는 마음이 없겠는가.

도움말

유개부庾開府는 나라가 망함을 애상哀傷하여 강남부江南賦를 지으니, 주나라와 관계가 있었다. 그래서 벼슬이 '표기驃騎' 이므로 상심傷心하였다. 유개부庾開府는 늙어 북조에 신하가 되었다고 한다. 먼저 고국의 유적을 말했고 뒤에 유개부에 대한 믿음과 상심함을 말했다.

158
玩花, 與, 衛衆同醉 | 司空曙사공서
완 화 여 위 중 동 취

衰鬢千莖雪이요 他鄕一樹花라.
쇠 빈 천 경 설 타 향 일 수 화

今朝與君醉하니 忘却在長沙라.
금 조 여 군 취 망 각 재 장 사

〚풀이〛 꽃구경을 하다가 위중衛衆과 더불어 같이 취하다

허연 머리는 일천 가지 눈이요
타향에서 보는 한 나무에 꽃이로다.
오늘 아침 그대와 더불어 취하니
나를 잊고 장사長沙에 있는 줄도 모르겠네.

〚감상〛

위중은 사람 이름이다. 그와 함께 꽃구경을 하다가 술을 마셨는데 그냥 취하고 말았다. 허연 머리털은 마치 눈과 같으니 타향에서 보는 나무 위의 꽃과 같다는 말이다. 오늘 아침 그대와 더불어 한 잔 술로 취하니 이곳이 타향인지 고향인지까지를 모르겠다는 말이 무엇인가 생각을 주기도 한다.

도움말

빈발이 노쇠하면 눈과 같으니 나이 많은 나그네 보기가 흉함을 알겠구나. 한 나무에 꽃이 진실로 아름다우나 타향에 있어서 노년의 적막함을 역시 보내기 어렵다. 다행히 오늘 아침에 좋은 친구와 더불어 꽃나무 아래에서 취하니 한 송이 꽃보다 즐겁지 않으리오. '망각재장사忘却在長沙' 는 이때에 어느 곳이 타향인지 알지를 못한다는 뜻이다. 장사는 타향이니 지금 그대와 더불어 술에 취해 잊어버렸다는 것이다.

159
別, 盧秦卿 | 司空曙사공서
별 노진경

知有前期在하나 難分此夜中이라.
지유전기재 난분차야중

無將故人酒가 不及石尤風이라.
무장고인주 불급석우풍

〖풀이〗 노진경과 이별하다

앞으로도 만날 기회가 있음을 알지만
이 밤에 헤어지기는 참으로 안타깝네.
내가 친구에게 권하는 술의 힘이
돌개바람만 같지 못하게 하지 말라.

〖감상〗

노진경과 이별하는 장면이다. 노진경은 아마 그는 친구인지는 몰라도,

앞으로도 그와 만날 수 있는 기회가 많음을 미리 말하고 있다. 그러나 이 밤에 헤어진다는 사실 하나로도 우리는 충분히 안타깝다는 사실로 보아 내가 권하는 술 한 잔이 '석우풍'에 미치지 못하게까지 하지 말라는 부탁을 잊지 않는다.

도움말

석우풍石尤風은 해상에서 일어나는 역풍逆風인데 배가 출발하려다가도 이 바람이 불면 배가 멈춘다고 함. 이 시는 친구와 이별하는데 그 벗을 머무르게 하려 해도 머무르지 못하게 한다는 내용의 글이다. 말하되, 너와의 이 이별이 다음날 너와 만남이 앞으로 있을 것을 약속은 하되 그러나 이 밤의 정을 어찌 하리오. 술로써 머무르게 할 수 없으니 도리어 석우풍이나 불어 그대가 떠나가는 배를 멈추게 하여 떠남이 늦어지도록 했으면 좋겠다고 하는 내용의 시이다.

| 덧붙임 |

司空曙(사공서, 중당): 하북성 廣平人(광평인). 字(자)는 文明(문명), 또는 文初(문초). 벼슬은 水部郎中(수부낭중)을 거쳐 虞部郎中(우부낭중)에 이르렀다. 大曆十才子(대력십재자)의 한 사람. 서경시와 旅愁詩(여수시)가 특색. '司空文明詩集(사공문명시집)' 3권이 전한다.

160
憶, 番陽舊遊 | 顧況고황
억 번 양 구 유

悠悠南國思하며 夜向江南泊이라.
유 유 남 국 사 야 향 강 남 박

楚客斷腸時에 月明楓子落이라.
초 객 단 장 시 　 월 명 풍 자 락

〖풀이〗 **번양番陽에서 친구와 옛날 놀던 것을 추억함**

유유하게 남국을 생각하며
밤에 강남을 향하여 배를 닿았었네.
나그네가 애끊는 슬픔을 느낄 때
밝은 달빛 속에 낙엽은 지고 있었네.

〖감상〗

옛 친구를 만나 그 옛날 같이 놀던 추억을 생각한다는 것이 이 시의 내용이다. 그 옛날 남국을 생각하며 유유하게 배를 닿았던 그때는 나그네처럼 애타게도 했었지. 그때는 달이 밝았고 그 달빛 속으로 낙엽이 지고 있었지. 벌써 추억이 되어버린 그때의 기억을 이 번양에서 다시 생각하게 되었다는 것이다.

도움말

시인 고황顧況이 번양番陽에서 옛날 놀던 것을 생각하여 지은 시이다. '유유아남국지사悠悠我南國之思' 는 밤에 강남을 향하여 배를 움직여 물가에 닿으니 명월 속에 단풍이 떨어진다는 것이며 '초객단장楚客斷腸' 의 때를 말하는 것이다. 이는 옛 놀던 것을 추억으로 느껴 그때의 심적인 정서를 적은 시이다.

고황(顧況)

161

答, 韋蘇州 | 丘丹구단
답 위소주

露滴梧葉鳴하니 秋風桂花發이라.
노적오엽명 추풍계화발

中有學仙人하니 吹簫弄山月이라.
중유학선인 취소농산월

〖풀이〗 **위소주韋蘇州에게 답함**

이슬이 똑, 똑, 오동잎에 떨어져 울리니
가을바람에 계수나무 꽃이 피네.
그 가운데 신선을 배우는 사람 있으니
퉁소를 불어 산달을 희롱하는구나.

〖감상〗

위소주라는 사람에게 이시로 답한다고 했다. 이슬이 떨어져 오동나무 잎을 울리게 한다는 것은 가을이라는 계절 때문이요, 이 가을바람에 계수나무도 꽃을 피운다는 사실을 알게 되었다. 신선을 배우는 사람이 있어 퉁소를 불어 '산의 달'을 희롱한다는 내용은 신비하기까지 하다.

구단(丘丹)

도움말

흰 이슬이 오동잎에 떨어지니 잎에 똑, 똑 소리가 나고, 가을바람이 계수나무 꽃에 부니 꽃이 스스로 피어난다고 했으니, 이는 오동나무 위의 이슬과 개화의 바람이 모두 다 추경秋景을 묘사하고 있다. 그 가운데 신선을 배우는 사람이 있어 옥소玉簫를 불어 산간山間에 뜬 밝은 달을 희롱하니 이것을 보아 시인 위소주韋蘇州의 초세이속超世離俗의 맑은 정취를 눈으로 보는 것과 같다.

162
別離作 | 戎昱융욱
별 리 작

手把杏花枝하고 未曾經別離라.
수 파 행 화 지 　 미 증 경 별 리

黃昏掩門後에 寂寞心自知라.
황 혼 엄 문 후 　 적 막 심 자 지

〖풀이〗 이별을 하면서

손으로 살구꽃 가지를 부여잡고
일찍 이별을 경험하지 못했구나.
황혼이 문을 닫은 후에는
적막한 마음 내 스스로 알겠구나.

〖감상〗

이는 이별을 하는 장면을 그린 시이다. 말하기를, 송별할 때에 손으로 살구꽃 가지를 부여잡고 작별하는 일은 일찍 없었던 일이다. 이별한 뒤에 날이 이미 황혼인 까닭에 그 문을 닫으면 적막한 정경을 내가 스스로 알게 될 것이다.

도움말

첫째 구절은 손으로 나뭇가지를 잡고 이별을 아쉬워하는 장면이요, 또 다른 한 구절은 보내는 사람이 멀리 사라져 가고 있을 때 황혼이 문을 가리니 적막하고 처량하여 내 마음 위에 슬픔이 누르고 있음을 알겠구나. 이 어찌 잠을 잘 잘 수 있으랴. 글자마다 처량하여 사람으로 하여금 눈물을 깨닫지 못하게 한다고 했다.

163
登, 鸛雀樓 | 暢當창당
등 관작루

迥臨飛鳥上하고 高出世人間이라.
형림비조상 고출세인간

天勢圍平野하고 河流入斷山이라.
천세위평야 하류입단산

〖풀이〗 관작루鸛雀樓에 올라

멀리 새들은 날아오르고
높이 앉으니 인간 세상 저 아래에 있네.
하늘은 넓은 들판을 에워싸고
강물은 산을 잘라서 흘러들고 있네.

관작루(鸛雀樓)

〖감상〗

이것은 누각에 올라 먼 곳을 조망하면서 지은 작품이다. 누각 위에 올라가서 바라보니 새들은 멀리 날아오르고 세상살이하는 인가를 바라볼 수 있으니 이는 누각이 높은 것을 말하고 있다. 또 멀리 바라보니 하늘은 사방으로 둘려있고 그 가운데 평야가 있으며 강은 흘러 산과 산 사이로 흘러들어오고 있으니 누각에서 멀리 바라보이는 광경이었다.

도움말

관작루를 두고 읊은 사람이 많으니 그것은 시인 각자가 그 미묘한 경치를 노래한 것이다. 하늘의 해는 저 산을 의지해 끝이 없고 저기 보이는 하류河流는 흘러 황하로 들어간다고 하니 그 경치가 아름답기로 유명하다. 관작루鸛雀樓는 산서성 영제현에 있었던 3층 건물로 '관작루鸛鵲樓' 라고도 한다. 왕지환王之渙의 등관작루登鸛鵲樓도 있다.

164
長安道 | 儲光羲저광희
장 안 도

鳴鞭過酒肆하여 袪服遊倡門이라.
명 편 과 주 사 거 복 유 창 문

百萬一時盡이나 含情無片言이라.
백 만 일 시 진 함 정 무 편 언

〖풀이〗 장안 길의 협객들

채찍을 울려 말을 타고 주막에 들러
좋은 옷을 입고 기생방에서 논다.
백만금을 일시에 탕진해도
입을 다물고 한마디 말도 없네.

〖감상〗

장안의 협객들, 호화롭고 존귀하게 살면서 술과 여자를 좋아하고 세차게 몸을 휘둘러 행하기를 다하면 주막을 나와서 채찍을 울리며 말을 몰고 집으로 돌아간다. 옛날에는 기생들과 함께 놀 때 반드시 멋지게 옷에는 장식을 꾸몄으며 화려하게 나란히 말을 타고 가더니, 지금은 신상에 좋지 못함을 알고 한결같이 소매와 다리만을 장식하여 장바닥에 내려오는 것이다. 그때를 맞아 백만 재물이 술과 도박으로 일시에 탕진하니, 오늘 비록 입을 다물고 한마디 말을 하지는 않으나 채찍을 울리고 화려한 옷을 입고 모양을 내나 필경은 난감한 자들이니 한탄할 따름이다.

도움말

명편鳴鞭은 채찍을 울린다는 말이요, 주사酒肆는 술집이다. 장안 협객들의 하는 행동을 그대로 표현한 것이다. 거복袪服은 좋은 옷을 말함이니 협객들이 입은 복장을 말하고 있다. 백만금을 한꺼번에 뿌리고 다니는 협객들의 행동을 묘사하고 있다. 백만금을 한꺼번에 다 쓰고 있지만 입을 다물고 한 마디 말도 없다는 것이다. 이것이 장안 협객들의 노는 모습이다.

165
江南曲 | 儲光羲저광희
강 남 곡

楓林已愁暮하니 楚水復堪悲라.
풍 림 이 수 모　　초 수 부 감 비

別後冷山月에 淸猿無斷時라.
별 후 냉 산 월　　청 원 무 단 시

〖풀이〗 강남의 노래

단풍나무 숲이 이미 수심이 깊었는데
강물 또한 슬픔을 참기 어렵구나.
이별 후 냉산의 달빛 아래에서

원숭이 울음 끊임없이 들리네.

〖감상〗

단풍나무 숲이 수심 속에 저물었다는 것은 이미 가을이라는 말이다. 흘러가는 저 물마저도 슬픔을 참기 어렵다니 이별의 슬픔과 가을이 온다는 쓸쓸함이 겹쳐있음을 말하고 있다. 이별을 하고 난 다음의 쌀쌀한 달빛마저 슬픈데, 거기에 원숭이의 구슬픈 울음이 또한 우리를 슬프게 한다고 했다. 원래 강남곡은 곡조의 이름이니까 슬픈 이별의 곡을 이 강남곡江南曲에다 지어 붙인 것이다.

도움말

'풍림楓林' 은 버드나무와 유사하니 서리 내린 후에는 잎이 붉어서 보기가 아름답다. '수모愁暮' 는 송별할 때이다. 이별할 때에 '초수楚水' 를 쫓아가기 때문에 '감비堪悲' 라고 했고, '부復' 자와 더불어 '이已' 자는 서로 대응하는 것이다. 이별 후에는 냉산冷山의 달은 이별 후에 정을 말함이니 사람이 이미 가버린 까닭에 산 달이 역시 맑고 차갑다고 했다. 거기에 원숭이 울음소리 슬피 울어 달빛 아래 이별의 정을 한층 자아내게 한다.

166
宮槐陌 | 裴迪배적
궁 괴 맥

門前宮槐陌에 是向欹湖道라.
문 전 궁 괴 맥 　 시 향 의 호 도

秋來風雨多하니 落葉無人掃라.
추 래 풍 우 다 　 낙 엽 무 인 소

〖풀이〗 궁괴宮槐가 있는 언덕

문 앞에 궁괴宮槐 나무의 언덕에
여기는 호수의 길을 향하고 있었네.
가을이 와서 비바람이 많아
낙엽이 떨어져도 쓸어내지 않네.

〖감상〗

괴화 나무가 있는 언덕이란 뜻으로 쓰였다. 더구나 궁궐의 언덕에 있는 나무니까 여러 가지 사연이 있는 나무이다. 문 앞에 있는 '궁괴목' 은 호수의 길목을 향하고 있다고 했다. 가을이 와서 바람과 비가 많아지니 낙엽이 져서 지저분한 모습으로 변해있었다. 옛 궁궐이 있을 때는 이 나무가 화려한 자태를 뽐냈을지 모르나 지금은 추하게만 보인다. 세상의 모든 것은 변하여 추하게 된다는 철학이 내포되어있다.

도움말

궁중에 괴화槐花 나무를 많이 심었는데, 이를 '궁괴宮槐' 라 하였으니 옛날에는 푸른 괴목槐木이 있어서 길을 표시하기도 했다. 동서에 언덕이 있었으니 맥陌이라 했다. 말하기를, 이 맥은 호수의 길로 통하고 있었다. 길에는 사람이 다니지 아니했고 낙엽이 땅에 깔려 있었으니 지금도 그 글에 하였으되 호숫가로 사람이 행하지 않아 사람의 행적이 드물었다고 기록하고 있다. 특히 바람과 비가 많고 낙엽이 떨어져 있어도 사람이 그것을 쓸어내지 않았다. 말하였으되 바람과 비 때문에 황량할 따름이었다고.

167

臨湖亭 | 裴迪배적
임 호 정

當軒彌滉漾이 孤月正徘徊라.
당 헌 미 황 양 고 월 정 배 회

谷口猿聲發하니 風傳入戶來라.
곡 구 원 성 발 풍 전 입 호 래

〚풀이〛 **임호정에서**

난간에 와 닿는 가득 찬 호수 물빛
외로운 달이 하늘 위에서 배회하네.
산골짜기에서 원숭이 울음 우니
그 소리 바람에 실려 문틈으로 들어오네.

〚감상〛

임호정은 정자의 이름이다. 이 정자의 난간에 와 닿는 가득한 호수의 물빛, 그 위에 달이 떠서 호수 위에 비친다. 하늘에도 달이요 호수에도 달이다. 그 달이 하늘에서 배회하면 물 위에서 배회하게 되리다. 거기에다가 산골짜기에서 들리는 원숭이의 울음소리는 바람에 실려 오니 더욱 쓸쓸한 밤이 될 것이다.

도움말 |

'황양滉漾' 은 호수에 물이 가득 차 있는 모양이다. 정자가 호수에 임하여 있기에 '수세水勢' 가 난간에 와 닿았다고 했다. 물빛이 달에 비치어 '임호臨湖' 를 구경하니 배회하는 사이에 가보지를 못하는 절호의 맑은 경치이다. 달이 밝은 그 아래 원숭이가 산 계곡에서 울고 있으니 그때 바람 앞에 소리 전하여 지게문에 들어와서 들을 수 있었으니 처량하기만 했다.

168
江行無題 | 錢起전기
강 행 무 제

咫尺愁風雨하여 匡廬不可登이라.
지 척 수 풍 우 　 광 려 불 가 등

秖疑雲霧窟에 猶有六朝僧이라.
지 의 운 무 굴 　 유 유 육 조 승

〖풀이〗 강가를 거닐며

지척 사이 비바람 걱정되어
여산廬山은 오르지 못하리라.
마침 운무 가득한 골짜기에는
이름 높은 스님이 살고 있었네.

〖감상〗

제목이 단순하여 그냥 '강가를 거닐다' 로 되어있다. 거기에다가 '무제' 란 말이 있는데 제목 없이 그냥 '강가를 거닐다' 로 되어있다. 지척에서는 비바람이 불고 있기에 여산에는 오르지 못했다는 말이다. 그런 산속에 운무가 골짜기에 가득한데 이름 높은 고승이 살고 있었다니 어떤 곳인지 알 만도 하다.

여산(廬山)

도움말

지척은 여산廬山이 매우 가깝다는 뜻이다. 그러나 비바람 몰아쳐서 사람들이 오르지 못할 것이다. '수愁' 자가 바로 '불가등不可登'과 연결되었으니 비바람으로 인하여 풍우가 일어나므로 이것이 걱정〔愁〕된다는 뜻이다. 사방을 바라보아도 이 산이 너무나 아득하여 비안개 속에 있으니 거기에 어떤 굴이 있어 유현幽玄하고 이상해서 인적이 드물어 반드시 세속을 끊고 사는 사람이 있어 전쟁의 화를 보지 못한 자일 것이다. '육조승六朝僧'은 멀고 아득하게 혼자 깃들어 사는 사람이니 스님을 말하는 것이며, 그런 분이 여기에서 살고 있지 않았을까 하는 의심마저 들게 한다.

169
春閨 춘규 | 張仲素장중소

嫋嫋城邊柳는 青青陌上桑이라.
뇨뇨성변류 청청맥상상

提籠忘採葉하니 昨夜夢漁陽이라.
제 농 망 채 엽　　　작 야 몽 어 양

〖풀이〗 봄을 맞은 여인

가늘게 흔들리는 성터의 버드나무

푸른 뽕나무 잎을 언덕에서 보았네.

바구니에 따 넣는 것을 잊었으니

어젯밤 어양漁陽에 간 남편 꿈을 꾸었다네.

〖감상〗

봄은 여인의 계절이라고 한다. 낡은 성터에 봄이 오니 여인들은 바구니를 들고 뽕을 따러 뽕밭으로 나간다. 어찌 뽕만을 따기 위함일까? 뽕을 따서는 바구니 안에 넣어야 하는데 이 여인은 뽕을 따서 바구니에 넣는 것 마저 잊어버리고 멀리 어양에 수자리 사는 남편을 생각하는 것이다. 그래서 바구니에 넣어야 할 뽕잎을 넣지 못하고 딴 생각만 하고 있는 것이다.

도움말

'뇨뇨裊裊' 는 약하게 흔들리는 모양이다. 실버들을 보았을 때 한들한들 흔들리는 모양이 봄을 상징하고 있다. 뽕잎 따는 여자, 성터에 올라 뽕나무 푸른 잎을 보고 또 가늘게 흔들리는 버드나무를 보아도 모두 봄을 상징하고 있다. 이것은 어젯밤에 군대에 가있는 남편을 꿈에서 만나는 꿈을 꾸었기에 바구니에 뽕잎 담는 것마저 잊어버렸으니 이것이 무슨 일인가. '어양漁陽' 은 유주幽州에 속하는 지명이다. 주로 남편들이 여기에 와서 변방을 지키고 있었다. 이 구절은 여기에 와서 뽕잎 따는 일을 잊었으니, 어젯밤에 어양漁陽에 나가 있는 남편을 꿈에서 본 것을 회상하다가 그렇게 되었다.

| 덧붙임 |

張仲素〔장중소; 769-819, 中唐(중당)〕: 하북성 河間人(하간인). 字(자)는 繪之(회지). 이고, 呂溫(여온) 등과 같은 때에 진사가 되었으나 조정에 추천자가 없어 오래 동안 채용되길 기다리다가 博學宏詞科(박학굉사과)에 합격한 뒤 절강성 武康軍(무강군)의 종사로 임명되었다. 이후 司勳員外郎(사훈원외랑), 翰林學士(한림학사)를 거쳐 中書舍人(중서사인)에 이르렀다. 樂府體(악부체)를 득의로 했는데, 그중에서 閨情(규정)의 묘사에 뛰어났다. 39수의 시가 전한다.

170
飮酒看, 牧丹 | 劉禹錫유우석
음 주 간 목 단

今日花前飮하니 甘心醉數杯라.
금 일 화 전 음 감 심 취 수 배

但愁花有語는 不爲老人開라.
단 수 화 유 어 불 위 노 인 개

〖풀이〗 술에 취하여 모란꽃을 보다

오늘 꽃 앞에서 술 마시니
마음이 좋아 몇 잔에 취했네.
다만 꽃이 말을 할까 두려운 것은
늙은 사람 앞에는 피지 않겠다는 걸세.

〖감상〗

시인 유우석은 지금 꽃 앞에서 술을 마신다. 아름다운 꽃을 앞에 두고 술을 마시니 더욱 기분이 좋다. 그러니 기분이 좋아 한 잔 두 잔 자꾸 술을 마시는데 그러니 취하고 말았다. 모란꽃 앞에서 술 마시는 것은 한없는 기쁨이다. 그러나 한 가지 걱정이 있다. 저 모란꽃이 말을 한다면 늙은 사람 앞에서는 피지 않겠다는 꽃의 말을 들었기 때문이다. 참 기막힌 표현이다.

도움말

'금일今日' 두 글자가 느낌이 무한하니 대개 꿈속에서 일찍 복사꽃 시를 얻어 읊고, 두 번 귀양 갔다가 적소 수년 만에 오늘 늙었으니, 늙으면 이미 인간 세상을 버려서 무료한 시간에 이름 있는 꽃 앞에서 술을 마신다. 이 꽃은 진실로 꽃 중에 왕이니 마주 앉아 취하도록 마심이 오히려 즐거움을 얻기가 쉽다. 내가 마음이 좋아 한 번 취함이니 모란꽃을 보고 두려워하거나 웃는 사람이 없을 것이다. 다만 걱정되는 것은 꽃들이 모여 이야기한다면 내 늙은 사람을 꽃이 혐오하리니 네가 피지 아니하면 나는 다른 것과 마주 앉아 술을 마심에 어찌 스스로 부끄러워하지 않으리오.

171
秋風引 | 劉禹錫유우석
추 풍 인

何處秋風至오? 蕭蕭送鴈羣이라.
하 처 추 풍 지 소 소 송 안 군

朝來入庭樹하니 孤客最先聞이라.
조 래 입 정 수 고 객 최 선 문

〔풀이〕 가을바람의 노래

어디서 불어오는 가을바람이기에

소소히 기러기 떼 보내오는가?
아침에는 마당에 있는 나무에 불어오니
외로운 나그네 제일 먼저 들었네.

〖감상〗

가을바람의 노래다. 도대체 이 가을바람은 어디서 불어오는 것일까? 이 가을바람은 이상하게도 기러기를 날려 보낸다. 이 구절은 그야말로 시인의 익살스런 표현이다. 가을바람과 함께 찾아오는 기러기 떼. 이 가을바람이 아침 마당에 불어오니 제일 먼저 듣는 사람은 외로운 나그네라는 그 표현도 시인의 전적인 기교에 의한 것이다. 많이 알려진 작품이지만 지금 읽어봐도 새로운 느낌이 든다.

도움말

인引은 문장에서 서술한다는 뜻으로 쓰였다가 시에서는 금곡명琴曲名으로 쓰였고, 뒤에는 단순히 '~노래' 라는 의미로 쓰였다. '추풍秋風' 이 멀리에서 불어오기에 잠깐 들으니 어느 곳에서 오는지 의심스럽다. 기러기 떼가 남에서부터 소소하게 북으로 날아오니 그것이 북풍임을 알겠으니 이 북풍이 어느 곳으로부터 오는가. 가을의 서늘한 기운이 발하니 뜰에 나무가 우수수 소리를 낸다. 아침에는 모든 것이 움직이지 않고 있는데 가을바람소리를 듣고는 모두 놀란다. 외로운 나그네 마음이 제일 먼저 흔들리기 쉽기에 '최선문最先聞' 이라 하여 가장 먼저 느낌이 온다는 것이다.

172

閨怨詞 ❶ | 劉禹錫유우석
규 원 사

珠箔籠寒月이 紗窓背曉燈이라.
주 박 농 한 월 　 사 창 배 효 등

夜來巾上淚하여 一半是春氷이라.
야 래 건 상 루 　 일 반 시 춘 빙

〖풀이〗 **규방의 노래 ❶**

주렴 밖에 비치는 차가운 달빛과
비단 창 벽에 깜박이는 새벽 등불.
밤새 울던 눈물이 수건에 젖어
절반은 싸늘하게 식어 얼음이 되었다네.

〖감상〗

이 규원은 여자들에게 한이 맺힌 노래다. 규원이란 남편을 군에 보내고 혼자 쓸쓸하고 외로운 밤을 보내는 규방의 노래가 많은 시인들에 의해 지어지고 있었다. 당시의 영향을 받아 한국의 여류 시인들 가운데도 이 '규원' 이란 시가 있게 되었다. 허난설헌의 '규방' 이란 작품도 여기에 해당된다. 〈今日贈君行금일증군행, 千里長相憶천리장상억〉이 바로 이것이다.

도움말

밤에 잠을 자려고 생각하다가 차가운 창문 밖 달이 주렴 안으로 비쳐 들어오니 이미 서늘함을 깨닫게 되었다. 새벽이 오고 있을 때 생각하다가 창 앞에 쇠잔한 등잔이 깜박거리며 꺼지지 않으니 도무지 이것이 수심에 겨운 정황이라 하겠네. 잠을 자려고 하다가 첫 새벽에 마침 수심과 번뇌에 고뇌하는 한밤, 수건 위에 모두 눈물 흔적이었다. 한밤의 절반을 울었던 흔적이니 그 눈물이 이미 사늘하게 식어서 봄의 얼음〔春冰〕이 되었고, 밤의 절반 이후의 울음은 아직 눈물이 따뜻하여 얼음이 되지 않았으니 이것이 진짜 '원사怨詞' 이다.

閨怨詞❷ | 劉禹錫유우석
규 원 사

關山征戍遠이요 閨閤別離難이라.
관 산 정 수 원 규 합 별 리 난

苦戰應憔悴하니 寒衣不要寬이라.
고 전 응 초 췌 한 의 불 요 관

〖풀이〗 규방의 노래 ❷

관산 밖 전쟁터는 멀고
규방은 이별하기도 어려웠네.
괴롭게 싸우느라 얼굴 또한 초췌하리니
겨울옷이 또한 필요하지 않을까.

〖감상〗

전쟁터에 나가있는 남편이 한없이 그립다. 그래서 남편과 이별하고 밤마다 눈물로 밤을 지새운다. 남편은 전쟁터에서 싸우고 있는데 얼굴도 말랐을 것이고 차가운 바람에 견디기도 어려울 것이다. 가까이 있으면 겨울옷이라도 한 벌 보내고 싶지만 보내지 못하는 수정여심水晶女心을 '규원'

이란 작품에서 발견할 수 있다. 여기에 여인의 한이 쌓여서 노래가 되어 흘러나오게 된다.

도움말

지금 남편이 멀리 관산關山에 가서 변방을 지키고 있다. 여자들은 괴로운 밤을 홀로 안방에서 지킨다. 남편들은 대개 쉽게 떠나갔지만 규중의 사정은 두어 마디 말이면 족하다. 이에 여인들은 남편이 변방에서 괴롭게 싸우고 있어 형용이 초췌하리니 규방의 처량함과 비교하면 두 배나 고생한다고 응답한다. 남편의 얼굴이 초췌하여 얼굴마저 형편이 없으리니 두꺼운 옷이라도 보내고자 하나 보내는 인편을 얻지 못하리라.

| 덧붙임 |

유우석(劉禹錫)

劉禹錫〔유우석; 772-842, 中唐(중당)〕: 태어나 자란 곳은 강소성 蘇州(소주). 字(자)는 夢得(몽득). 21세에 진사시와 博學宏詞科(박학광사과)에 급제, 淮南節度使(회남절도사) 杜佑(두우)의 막료가 되었다가 중앙에 들어와 監察御使(감찰어사)로 있을 때 王叔文(왕숙문)과 알게 되어 그의 추천으로 屯田員外郎(둔전원외랑)이 되었다. 왕숙문이 실각하자 일파로 지목되어 광동성 連州刺史(연주자사), 호남성 朗州司馬(낭주사마)로 좌천되었는데, 이때 지방 민요의 향상을 위해 '竹枝詞(죽지사)' 등은 당시 사람들에게 널리 애창되었다. 夔州(기주), 和州刺史(화주자사)를 역임. 중앙으로 돌아와 잠시 主客郎中(주객낭중), 禮部郎中(예부낭중) 등을 맡았다가 또 다시 소주, 여주, 동주 등의 자사로 떠돌다가 8년 뒤에 소환되어 太子賓客(태자빈객)이 되었다. 만년에는 검교예부상서 등을 지내며 평온한 생활을 하는 한편 시문에 전념, 白居易(백거이)와 친하게 지냈으며 많은 시를 남겼다. 사후에 兵部尙書(병부상서)가 추증되었으며 '劉夢得文集(유몽득문집)' 40권, 800여 수의 시가 전한다.

173
寄, 西峯僧 | 張籍장적
기 서 봉 승

松暗水涓涓하니 夜涼人未眠이라.
송 암 수 연 연　　야 량 인 미 면

西峯月猶在하니 遙憶草堂前이라.
서 봉 월 유 재　　요 억 초 당 전

〖풀이〗 서봉에 있는 스님께

어두운 소나무 아래 졸졸 물은 흐르고
밤 되어 서늘하여 잠도 오지 않네.
서봉에는 달이 오히려 남아있는데
초당 앞에는 생각나는 한 분 거기 있었네.

〖감상〗

서봉은 지명, 아니면 산 이름. 거기에 있는 스님께 이 시를 지어 보낸다. 이것이 이 시의 소재인 것이다. 소나무 아래에는 맑은 물이 졸졸 흐르고 밤이 되어도 서늘하여 잠도 오지 않았다. 서봉에는 오히려 달이 밝게 높이 떠있고 그런 곳에 암자가 있고 그 암자에는 스님 한 분이 계신다. 그래서 그 스님을 잊지 못하고 지금도 생각나서 이 시를 지어 보낸다. 멀리 초당 앞에 있는 한 분이 거기 있다고 표현하고 있다.

도움말 |

소나무 사이의 달이 희미해지면서 달이 막 떨어지려고 할 때 소나무 그늘이 어두워지고 있다. 단지 물소리만 어두운 곳에 들릴 뿐이다. 이때에 바로 가을의 사늘함을 느끼며 들어와서 자려고 해도 잠이 오지 않고, 잠이 오지 않기에 서봉의 높은 곳을 바라본다. 그곳에는 달빛이 오히려 남아 있으니 대개 달은 위에서부터 아래로 비추는 것이다.

| 덧붙임 |

張籍〔장적; 755-830, 中唐(중당)〕: 안휘성 和州人(화주인). 자는 文昌(문창). 汴州(변주) 觀察推官(관찰추관)이었던 韓愈(한유)의 후원으로 鄕貢進士(향공진사). 知貢擧中書舍人(지공거중서사인) 고영의 후원 아래 진사에 급제. 太常太祝(태상태축), 秘書郎(비서랑)을 거쳐 한유의 추천으로 國子監博士(국자감박사). 水部員外郎(수부원외랑). 國子司業(국자사업) 등을 지냈다. 樂府體詩(악부체시)에 능해 王建(왕건)과 함께 '張王樂府(장왕악부)'로 병칭되었으며, '張司業集(장사업집)' 8권, 450여 수의 시가 남아 있다.

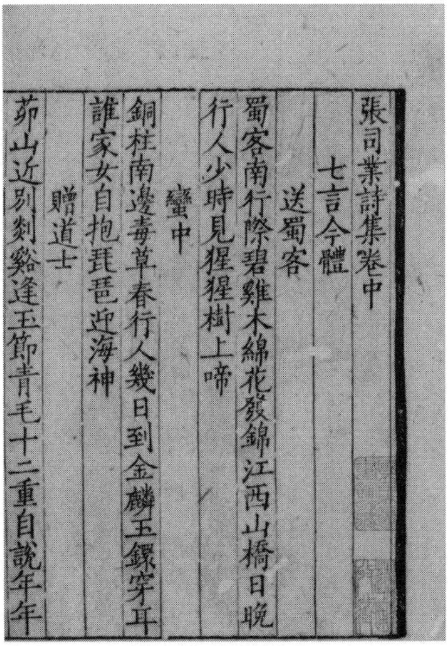
張司業詩集卷中
七言今體
送蜀客
蜀客南行際碧雞木綿花發錦江西山橋日晚
行人少時見猩猩樹上啼
蠻中
銅柱南邊毒草春行人幾日到金麟玉鏁穿耳
誰家女自抱琵琶迎海神
贈道士
茆山近別剡谿逢玉節青毛十二重自說年年

張司業詩集(장사업시집)

174
故行宮 | 元稹원직
고 행 궁

寥落故行宮에 宮花寂寞紅이라.
요 락 고 행 궁　　궁 화 적 막 홍

白頭宮女在하여 閑坐說玄宗이라.
백 두 궁 녀 재　　한 좌 설 현 종

〖풀이〗 옛 행궁行宮에서

적막하고 퇴락頹落한 옛 궁궐 앞에
궁화宮花도 고요하게 지고 있구나.
흰머리 궁녀들이 아직도 남아
한가하게 앉아서 현종을 이야기하네.

〖감상〗

행궁은 임금이 행차할 때 머무는 궁궐로서 세월이 가면 퇴락하기 마련이다. 그러나 그때에 심어둔 꽃은 지금도 붉게 피었다. 거기에는 머리가 허연 늙은 궁녀가 기거하고 있으며, 그 늙은 궁녀는 현종과 양귀비에 대한 그의 사랑과 이별을 이야기하고 있었다. 어쩐지 세월이 흘러 아득하고 안타까운 생각마저 들어서 인생의 무상함을 말해주는 듯하다.

도움말

이 '고행궁故行宮' 시의 첫머리에 '요락寥落' 2자는 너무나 처량함을 나타내고 있다. 궁궐에는 사람이 드물어 꽃 빛이 적막할 뿐 아니라 남아있던 꽃들도 저절로 떨어지고 있었다. 이 행궁行宮 중에 꽃을 보는 사람은 다만 백발의 궁녀가 있을 따름이었다. 이 시 속에는 '궁宮' 자가 3번 나오는데, 이는 너무나 처절하고 절망적인 표현인 것이다. 현종의 옛날 일이 참말일 것이며 흰머리 궁인이 가련하다 할 것이다. 한 세상을 눈으로 보니 마음 아픔을 깨닫지 못한다. 궁전宮殿이 퇴폐해서 황량하고 적막한 꽃들이 눈에 가득하나 허공에서 피고 지니 그 처참함을 차마 보지 못하겠다. 오직 백발의 궁녀가 거기에 남아 한가하게 현종의 이야기를 하고 있었다.

175
伊州歌❶ | 蓋嘉運개가운
이 주 가

聞道黃花戍는 頻年不解兵이라.
문 도 황 화 수 　 빈 년 불 해 병

可憐閨裏月이 偏照漢家營이라.
가 련 규 리 월 　 편 조 한 가 영

〖풀이〗 이주의 노래 ❶

들으니 황화수黃花戍에서는
여러 해 동안 군사를 풀지 못했다네.
애처로워라, 규방을 비추는 저 달아
유난히 우리 병사 진영 위에도 비추어주렴.

〖감상〗

'이주가'는 악부의 제목으로 중국 서쪽 위구르 자치주에 있었다. 그러나 옛날에는 군인이 주둔하여 변방을 지키는 군인들이 주둔하고 있었다.

오랜 세월을 두고 당나라 때는 황화수를 지키던 군 주둔 지역이었기에 거기에서 들리는 여러 가지 소식들이 군인들 아내들의 속을 태우기도 했었다. 그래서 제일 끝 연에서 안방에 비치는 달을 저 이주까지 비추어 아내의 얼굴이 보이도록 해 달라는 애처로운 소망까지 나오고 있다.

도움말

이주伊州는 지금의 신강성 위구르 자치주에 있다. 이주가伊州歌는 악부의 제목으로 당나라 때 서량 절도사였던 개가운蓋嘉運이 바친 서량의 노래이다. 이주에 파견되어 주둔하고 있는 병사의 아내가 남편이 있는 이주를 생각하는 내용으로 되어 있다.

어려운 낱말

• 黃花戍(황화수) : 당나라 때 伊州(이주)에 설치되었던 병영의 이름. • 閨裏月(규리월) : '閨(규)' 는 여자가 있는 방. 규리월은 빈 규방을 비추는 달. • 偏(편) : 정도가 극히 센 것을 강조하는 부사로 '한결같이', '편벽되게' 의 뜻.

伊州歌 ❷ | 蓋嘉運개가운
이 주 가

打起黃鶯兒하여 莫敎枝上啼하라.
타 기 황 앵 아　　막 교 지 상 제

啼時驚妾夢이면 不得到遼西라.
제 시 경 첩 몽　　부 득 도 요 서

〖풀이〗 이주의 노래 ❷

꾀꼬리를 두드려 쫓아내어
나뭇가지 위에서 울지 말게 하라.
울 때에 내 꿈이 깨버리면
요서遼西 땅에 이르지 못하게 되나니.

〖감상〗

역시 이주의 노래다. 이 시가 가장 많이 읽혀졌던 작품이다. 낮에 우는 꾀꼬리를 건드려 나무에서 쫓아 버리라. 그래서 나무 위에 울지 말게 하라. 꾀꼬리가 울 때면 내 시끄러워 잠을 깨워버리면 지금 한창 꿈속에서 남편을 만나 만단정회萬端情懷하는 장면을 깨트려 버리니 남편이 있는 요서지방을 꿈속에서도 가지 못하게 된다는 안타까운 소망이다. 이것이 이때 여인들의 작은 소망이었다.

도움말

임을 만날 길이 아득하니 꿈에서나마 만나고 싶어 하는 여자의 소망을 잘 그린 작품이다. 그러나 방해가 많은 남녀의 애정은 이 소박한 꿈마저 꾀꼬리가 깨뜨려 놓을까봐 걱정하는 것이다. 누구에게 명령하듯 '꾀꼬리를 때려 내쫓아라.' 하는 명령 속에는 나른함과 애절함과 꿈을 깨기 싫어하는 남편과의 만남을 영원히 간직하고 싶어 하는 마음이다.

어려운 낱말

• 打起(타기) : '打(타)' 는 강세 발어사. 날아오르게 하다. 내쫓다. • 黃鶯兒(황앵아) : 꾀꼬리. '兒(아)' 는 어조사로서 귀엽고 깜찍한 느낌을 준다. • 敎(교) : '使

(사)' 와 같은 뜻으로 ~하게 하다. • 遼西(요서) : 遼河(요하)의 서쪽 지방. 곧 지금의 요녕성 서부 및 하북성 동부 지역.

* 蓋嘉運(개가운)에 대해서는 상세한 기록이 없음.

176
從軍行 종군행 | 令狐楚 영호초

朔風千里驚하고 漢月五更明이라.
삭풍천리경 한월오경명

縱有還家夢이나 猶有出塞聲이라.
종유환가몽 유유출새성

〖풀이〗 종군의 노래

삭풍은 아득히 천리를 놀라게 하고
변방의 달빛은 오경을 밝히는구나.
고향 가고픈 꿈은 밤마다 꾸었으나
북쪽 변방으로 종군하는 소리뿐이네.

〖감상〗

군인들이 종군하는 노래로 당시에 많이 유행했던 제목이다. 여기는 추운 지역이라 삭풍은 불어오고 달빛은 오경 녘에도 밝아 있다. 고향에 대한 꿈은 밤마다 꾸고 있는데 날마다 들리는 소리는 종군하는 소리뿐이다. 우리나라 김종서 장군의〈삭풍은 나무 끝에 불고 명월은 눈 속에 찬데, 만리

변성에 일장검 짚고 서서, 긴파람 큰 한 소리에 그칠 것이 없어라.〉 변방지역의 분위기는 매 마찬가지다.

도움말

수루戍樓를 지키고 있을 때 서북풍의 세찬 바람소리가 천리를 뒤흔들고 있으며 그때마다 군사들은 크게 한번 놀라니 이때에는 천지가 움직이는 듯 가슴속에는 고향에 대한 수심이 가득 차게 되리라. 동쪽에서 달빛이 추운 변방의 땅을 비추는 까닭에 '한월漢月' 이라고 말했다. 밤 5경에 달이 지고 쓸쓸하여 천지가 어둡고 만물이 보이지 않으며 인적이 끊어질 때쯤에는 머리 숙여 고향을 생각할 때다.

177

三月晦日, 送客 | 崔魯최로

삼 월 회 일 송 객

野酌亂無巡하니 送君兼送春이라.
야 작 난 무 순 송 군 겸 송 춘

明年春色至커든 莫作未歸人하라.
명 년 춘 색 지 막 작 미 귀 인

〖풀이〗 삼월 그믐날에 그대를 보내며

들판에서 마시는 술잔은 순서가 없으니
그대를 보내고 또 봄도 보내는구나.
내년에 봄빛이 찾아오거든
그대도 봄과 함께 돌아와 다오.

〖감상〗

삼월 그믐날에 그대를 보내며 쓴 시다. 그대를 보낼 때는 꼭 술을 마시고 작별을 해야 한다. '야작野酌'은 들판에서 마시는 술이다. 술을 권하여 마시고는 그대를 보내고 봄도 한꺼번에 보낸다는 표현이 참 재미있다. 그리고 내년 봄이 찾아오거든 그대는 봄과 함께 찾아오라는 부탁도 잊지 않았다.

도움말

들판에서 술잔을 돌리니 순서가 없으므로 '란亂'이라 했다. 그래서 그믐날 그대를 보내는 것이 이 시에서 위주가 되었다. 이어 봄도 보내니 내년 봄이 다시 다가올 것을 미리 예견하고, 그리고 그대를 보내면서 내년 봄에 다시 돌아올 것을 미리 생각하고 있다.

崔魯〔최로, 晩唐(만당)〕: 崔櫓(최노)라고도 한다. 진사 급제 후 樣州(양주: 지금의 산동성) 惠民縣(혜민현)의 司馬(사마)가 되었다고 하나 확실하지가 않다. '無機集(무기집)' 4권이 있었다. 지금은 37수의 시와 약간의 短句(단구)가 전한다.

178
秋日湖上 | 薛瑩설영
추 일 호 상

落日五湖遊하니 烟波處處愁라.
낙 일 오 호 유 　 연 파 처 처 수

浮沉千古事를 誰與問東流요?
부 침 천 고 사 　 수 여 문 동 류

〖풀이〗 가을날 호수 위에서

해질 무렵 호수 위에서 놀면
연기와 잔잔한 파도 곳곳에 그리움일세.
잠겼다 떠오르는 천고의 옛일을
누구와 더불어 그 흐름을 이야기 하랴.

〖감상〗

가을날 호수 위에서 지은 시다. 가을은 하늘 맑고 호수의 물도 역시 맑다. 해가 지는 호수 위에서 넘어가는 해를 바라보며 놀고 있으니, 멀리 오르고 있는 연기와 안개가 곳곳에 그리움을 자아내게 한다. 파도에 잠겼다 떠오르는 여러 가지 일들이 머릿속에 가물거리는데, 누구와 더불어 동으로 흐르는 강물의 흐름을 이야기하랴? 한시에서는 '동류東流' 라는 말이 많이 쓰인다. 실제로 흐르는 강이 동으로 흐르는 것이 사실인 모양이다.

도움말

해가 질 무렵에는 당연히 하루의 그리움과 아쉬움이 일어난다. 저녁 늦게 연기가 물 위에 깔리고 넓고 아득한 경치가 끝이 없으니 곳곳에서 수심과 하루의 그리움이 일어나니 옛길 따라 찾아오는 것도 이와 같구려. 떠오르고 잠긴다는 말은 변하고 환상적이어서 예측하기 어렵고, 떠오르고 잠기는 물에는 동으로 흘러 예와 같으니 누구에게 물어서 알 것인가.

| 덧붙임 |

薛瑩(설영; ?-9세기): 그의 시집이라는 '洞庭集(동정집)' 의 일부가 전한다.

179
歸家 | 杜牧之두목지
귀 가

稚子牽衣問하되 歸家何太遲요?
치 자 견 의 문 　 귀 가 하 태 지

共誰爭歲月하여 贏得鬢如絲라.
공 수 쟁 세 월 　 영 득 빈 여 사

〚풀이〛 집으로 돌아오며

어린아이 옷을 끌면서 묻는 말이
귀가가 어째서 그렇게 늦어요?
누구와 함께 세월을 다투어
흰 귀밑머리 이처럼 가득 얻었으리.

〚감상〛

제목이 '귀가' 다. 집으로 돌아간다는 뜻이다. 귀가할 때에 나갔다가 다시 돌아오지 않는다는 말이 있었기에 어린아이가 밀면서 물어보았다. 어린아이와 '빈여사鬢如絲' 는 이 시에서 잘 반영되고 있다. 어린아이는 문으로 나가지 않아서 어른이 문을 나간 괴로움을 알지 못하는 사람이니 말을 물어본 것이다.

도움말

'하태지何太遲 : 어떻게 그렇게 늦느냐?' 는 이 어린아이가 묻는 것이니, 어린아이의 눈 속에는 이미 백발을 보았고, 늦게 돌아가는 이유를 물었다. 어린아이가 귀가할 때 다른 것은 없고 다만 귀밑머리에 백발이 있으니 이것이 세월을 쫓아 얻어온 것이리라.

| 덧붙임 |

두목(杜牧)

杜牧(두목, 803-852): 字(자)는 牧之(목지), 호는 樊川(번천). 824년 진사 급제. 監察御使(감찰어사), 宜州團練判官(의주단련판관)을 거쳐 黃州(황주), 池州(지주), 睦州(목주), 湖州(호주)의 刺史(자사)를 역임. 中書舍人(중서사인)에 이르다. 강직 호방한 성격이었고 그의 작품도 豪放(호방), 艶麗(염려)한 두 경향으로 나누어 볼 수 있다. 少杜(소두)라 하여 杜甫(두보)와 구별하기도 한다. 시문집에 '樊川文集(번천문집)'이 전한다.

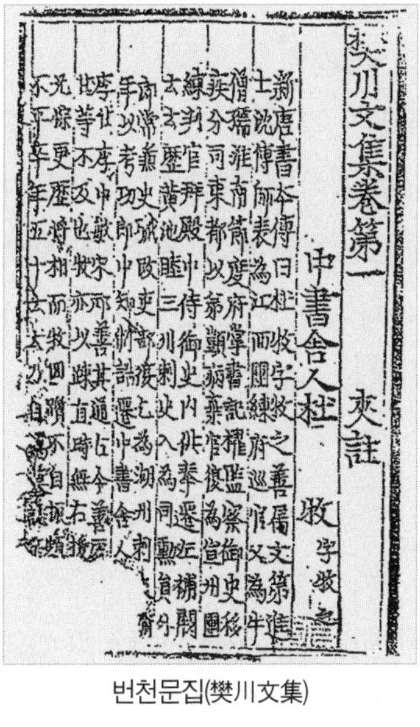

樊川文集卷第一

中書舍人杜牧

夾註

번천문집(樊川文集)

180
答人 | 太上隱者태상은자
답 인

偶來松樹下하여 高枕石頭眠이라.
우 래 송 수 하　　고 침 석 두 면

山中無曆日하니 寒盡不知年이라.
산 중 무 역 일　　한 진 부 지 년

〖풀이〗 그대에게 답함

우연히 소나무 아래에 와서
편안히 돌베개를 베고 자노라.
산중에 달력이 없으니
추위가 다 가도록 해 간 줄 모른다.

〖감상〗

그대가 나에게 물어왔다. 그대는 요즈음 어떻게 살고 있느냐에 대한 물음에 답을 이 시로 대답한 것이다. 그래서 답하기를, 우연히 소나무 아래에 와서 돌베개를 높이 베고 낮잠을 잔다. 산중에는 달력이 없기 때문에 시간 가는 줄을 모른다. 그래서 추위가 다 가도록 해가 바뀐 줄을 모르고 산다고 대답했다. 그래서 제목이 '답인' 이다. 그대에게 하는 답변의 시가 바로 이 시이다.

도움말

그는 남쪽 끝에 살면서 자칭 태상은자太上隱者라고 했으니 성씨와 이름, 나이를 모른다. 사람들이 보고 물으니 그는 답을 시로 했으니, 우연히 여기에 와서 돌을 베고 잠을 자고, 잠을 깨어서는 산으로 돌아가니, 산중에 달력이 없어 연월年月과 시절을 알지 못하고 다만 더위가 지나가면 추위가 온다는 것 밖에 모르니 그에게는 어느 해 어느 달인지를 기억하지 못한다. 그 높은 이치가 이와 같았다. 유유자적하는 산사람의 그윽한 정취를 노래한 시다. '우래偶來', '고침高枕', '송수松樹', '석두石頭', '무일력無曆日', '년부지年不知' 등 어느 하나 산인山人의 자유로움과 한가로움을 나타내지 않는 것이 없다.

181
效, 崔國輔體, 三首 ❶ | 韓偓한악
효 최국보체 삼수

澹月照中庭하니 海棠花自落이라.
담월조중정 해당화자락

獨立俯閒階하니 風動鞦韆索이라.
독립부한계 풍동추천삭

〖풀이〗 최국보를 본받아 시 3수를 쓰다 ❶

담박한 달이 뜰 가운데를 비추니
해당화는 스스로 지고 있네.
한가한 계단에서 홀로 구부려 서니
그넷줄이 가지에 걸려 바람에 일렁이네.

〖감상〗

'최국보를 본받아 이 시를 쓴다.' 이것이 이 시의 제목이다. 그래서 '체體'를 넣어서 시를 짓게 되었다. 연거푸 3수를 지었다니 어지간히 최국보를 아끼는 모양이다. 이 최국보의 시는 자연을 노래하는 시이기에 최국보체의 시를 쓰겠다고 했다.

도움말

달빛이 담연澹然한 것은 사람이 없기 때문이요, 뜰의 가운데를 비춘다는 것은 적막한 정원이기 때문이다. 꽃은 감상할 사람이 없어서 다른 것에 의하여 떨어질 따름이다. 달이 밝고 꽃이 지는 때에 홀로 초연하게 뜰 앞에 서서 머리를 숙여 한가하게 뜰 위를 보니 '그네' 그림자가 달빛 속, 나뭇가지에 걸려 바람에 흔들리고 있었다. 그래서 그림자를 올려 보려고 제3구에 '부俯' 자를 사용한 것이다.

效, 崔國輔體, 三首 ❷ | 韓偓한악
효 최국보체 삼수

雨後碧苔院하고 霜來紅葉樓라.
우후벽태원 상래홍엽루

閒階上斜日하고 鸚鵡伴人愁라.
한계상사일 앵무반인수

〖풀이〗 최국보를 본받아 시 3수를 쓰다 ❷

비 온 뒤에 담 안에는 이끼가 푸르고
서리 내린 단풍은 누각 위에 붉었네.
한가한 뜰 위에 햇빛이 비껴있고
앵무새가 사람의 수심을 짝하고 있네.

〖감상〗

최국보체를 본받아 3수나 되는 시를 연작시로 쓰겠다는 의지를 보면 어지간히 최국보를 아끼고 그를 사사하겠다는 의지가 엿보인다. 비온 뒤의 담 안과 푸른 이끼와 서리 내린 단풍은 누각 위에도 붉어 있다고 했다. 한가한 뜰 위에 햇빛이 비껴있고 앵무새가 사람의 수심을 짝하고 있다는 사실도 최국보체의 시의 내용일 것이다.

도움말

담 안에는 지나다니는 사람이 없기에 그 푸른 이끼가 끼고 비가 온 뒤는 푸른 색깔이 더욱 나타나니 이 역시 초연한 수심을 일게 하는 곳이었다. 서리 내리는 까닭에 낙엽이 물들어 떨어지니 이는 한 조각의 가을 광경이었다. 이어서 '사일斜日' 2자로 인하여 누각의 위에 비친 햇빛에 붉은 단풍을 보았고 또 초연한 심경을 갖게 된다. 이때에 하늘색이 푸르고 햇볕이 만추의 계단 위에 비추어 푸른 것은 이끼요 붉은 것은 단풍이었다.

效, 崔國輔體, 三首 ❸ | 韓偓한악
효 최국보체 삼수

羅幕生春寒하고 繡窓愁未眠이라.
나막생춘한 수창수미면

南湖夜來雨하니 應濕采蓮船이라.
남호야래우 응습채련선

〖풀이〗 최국보를 본받아 시 3수를 쓰다 ❸

나막羅幕에는 봄추위가 들고

비단 창에는 수심으로 잠자지 못하네.
남호에 밤비 내리니
웅당 연밥 따는 배가 젖어 있으리.

〖감상〗

연작시 3수 중에 마지막 수가 이 시이다. 나막羅幕에 드는 봄추위, 비단 창에 어리는 수심, 호수의 남쪽에 비가 내리니 웅당 연밥 따는 배가 비에 젖고 있을 거라는 추측으로 이 시의 끝을 맺고 있다. 이렇게 하여 최국보체의 시를 완성하고 있다.

도움말

이 역시 홀로 무료한 정을 묘사한 것이다. 나막羅幕 속에는 갑자기 차가운 기운이 일어 봄추위가 두려웠다. 비단 창안에 일어 앉아 문득 잠을 자지 못하니 이는 근심 때문이다. 남호南湖의 밤에 비가 내려 채련선採蓮船이 비를 맞아 젖어 있으니 말려서 배를 띄우지 못해 봄의 적막한 심정을 느껴보지 못했다.

| 덧붙임 |

韓偓(한악, 844-923): 字(자)는 致光(치광), 号(호)는 玉山樵人(옥산초인). 889년 진사 급제, 兵符侍郎(병부시랑), 翰林學士(한림학사)를 역임하다. 朱全充(주전충)과의 대립으로 좌천, 905년 복직이 허용되었으나 응하지 않고 남방으로 가다. 규중의 媚態(미태), 戀情(연정)을 읊은 시가 많다. 시집에 '香匳集(향렴집)'이 있다. 艷體詩(염체시)와 香匳體(향렴체)라 일컬음은 이 시집에서 유래한 것이다.

182
池畔
지 반

劉禹錫유우석

結構池西廊하니 疏理池東樹라.
결 구 지 서 랑　　소 리 지 동 수

此意人不知라 欲爲待月處라.
차 의 인 부 지　　욕 위 대 월 처

〖풀이〗 연못가의 별장

서쪽 연못가에 별장을 얽으면서
동쪽 연못가의 나무들 말끔히 정리했네.
이런 뜻을 남들은 아마 모를 거다
떠오르는 달을 기다리는 곳인 줄을.

〖감상〗

유우석의 시 '지반池畔'은 연못가의 호반이란 뜻이다. 연못가의 별장은 가장 고급스럽고 멋진 삶을 향락하는 내용일 것이다. 별장은 연못의 서쪽에 짓고 동쪽 연못가의 나무를 말끔히 정리했다는 것은 떠오르는 달을 맞이하기 위함이다. 만약 동쪽 연못가에 나무가 자라 무성하면 떠오르는 달을 보지 못할 것이 아닌가? 연못과 별장과 나무라는 소재가 이 시를 살리고 있다.

도움말

이 시는 비록 연못으로 주제를 하고 있지만 그 뜻은 '대월처待月處' 3자에 있다. 못 위에 행랑을 얽어 서쪽에 두었으니 달을 맞이하는 곳이다. 연못의 동쪽에 나무가 없으면 달이 떠와도 아름답지 못하고, 만약 나무가 크고 무성하게 되면 달빛이 나무에 가리기 때문에 꼭 서쪽에다 별장을 세웠다. 곧 연못의 동쪽 나무를 말끔히 정리하니 사방이 소통하여 깨끗하게 되었다. 행랑채가 서쪽 연못가에 있고 나무가 동쪽 연못에 있어 행랑채를 위해 나무가 성그니 그 뜻이 어디에 있느냐. 만약 옆에 사람이 시를 이야기하면 제일 먼저 달빛이 비추는 것을 말하리라.

제2부

七言唐音

칠언당음

001
采蓮曲 | 賀知章하지장
채 련 곡

稽山罷霧鬱嵯峨하니 鏡水無風也自波라.
계 산 파 무 울 차 아 경 수 무 풍 야 자 파

莫言春度芳菲盡하라 別有中流采芰荷를.
막 언 춘 도 방 비 진 별 유 중 류 채 기 하

〚풀이〛 연 캐는 노래

계산이 안개 걷히고 차아산이 빽빽이 솟았는데
거울 같이 맑은 물, 바람 없어도 물결이 파르르 인다.
봄 지나 아름다운 꽃, 진다고 너무 안타깝다 말하지 말라
더구나 중류에서 연 캐는 광경 또 볼만한 것을…

〚감상〛

차아산과 회계산이 반공에 높이 솟아 있으니 그 높고 웅장함을 짐작할 수 있을 것이다. 그 산 아래 거울 같이 맑은 물이 흘러 바람이 없어도 파르르 물결이 인다. 아름답고 평온하여 자연스런 모습을 한 번쯤 볼만한 것이니, 거기에다가 봄날 아름다운 꽃들이 만발하고 특히 이 물 위에서 연을 캐는 아가씨들의 노랫소리 들리니, 자연스런 경치를 이루 말할 수 없다. 여기서 시인 하지장賀知章의 고향 산천과 물의 아름다운 진수를 한껏 느낄 수 있다.

도움말

차아산嵯峨山과 회계산會稽山, 그 아래 맑은 물이 가득 흐르고 있으니 바람이 불지 않아도 거울 같은 수면에 고요하게 물주름이 잡힌다. 그 평온한 자연의 모양이 또한 볼만하다. 봄날 울긋불긋한 꽃 피는 경치도 참 아름답고, 여름 더울 때는 물이 굽이쳐 흐르는 회계산 아래는 오희월녀吳姬越女라, 미인도 많은 지방이다. 더구나 마름과 연꽃이 물 위에 가득하게 피면 연밥 따는 아가씨들의 노랫소리는 정말 들을만하여 좋은 경관을 이룬다.

어려운 낱말

• 稽山(계산) : 중국 절강성 소흥 남동에 있는 산. 회계산. 차아산(嵯峨山)도 여기에 있음. • 鏡水(경수) : 거울 같은 수면. • 也自波(야자파) : 저절로 파도가 일다. 也는 허사임. • 芳菲(방비) : 향기로운 꽃과 풀. 꽃이 피어 향기로움. • 芰荷(기하) : 마름과 연.

회계산(會稽山)

002
回鄕偶書 | 賀知章하지장
회 향 우 서

少小離鄕老大回하니 鄕音無改鬢毛衰라.
소 소 이 향 노 대 회　　향 음 무 개 빈 모 쇠

兒童相見不相識하여 笑問客終何處來오?
아 동 상 견 불 상 식　　소 문 객 종 하 처 래

〖풀이〗 고향 와서 쓴 시

어리고 젊어서 고향 떠나 늙어서 돌아오니
고향 사투리는 그냥인데 귀밑머리만 허옇구나.
아이들이 서로 나를 알아보지 못하고서
웃으면서 묻는 말 '손님 어디에서 오셨어요.' 한다.

〖감상〗

시인 하지장賀知章이 오랜 관료 생활에서 벼슬을 그만두고 고향인 월주越州 영흥현永興縣으로 돌아와 그때의 감회를 읊은 시다. 그 마을의 아이들이 고향으로 돌아오는 그 사람이 누군지를 몰라서 '객종하처래客從何處來오' 라고 물었다는 대목은 착잡하기까지 하다. 작자는 감개무량한 그의 심정을 아이들의 묻는 말로 끝을 맺는다. 거기에는 깊은 여운이 감돈다.

도움말

이 시는 나그네가 되어 오랫동안 타향에 있다가 노경에 고향을 찾아 돌아온 데에 대한 느낌과 상황을 노래한 작품이다. 고향 말소리는 변함이 없고 머리털만 노쇠했다는 것은 말소리는 비록 옛날의 고향 말이지만 나그네의 얼굴 모양은 이미 옛날의 얼굴이 아니었다. 아이들이 이 사람을 보고 알아보지를 못하니 그것은 다만 귀밑머리가 늙어 낯선 사람으로 변했다는 것이다. 그것은 그 옛날 그 사람이 아니었기 때문이다.

어려운 낱말

• 回鄕(회향) : 고향에 돌아옴. 지금 우리는 귀향(歸鄕)이라 한다. • 偶書(우서) : 우연히 쓴 시. • 離鄕(이향) : 고향을 떠나서. • 鬢毛衰(빈모쇠) : 귀밑머리가 희어짐. • 鬢(빈) : 구레나룻(빈). • 笑問(소문) : 웃으면서 묻다.

덧붙임

하지장(賀知章)

賀知章〔하지장; 659-744, 初唐(초당)〕: 字는 季眞(계진). 스스로 四明狂客(사명광객)이라 했다. 飮中八仙(음중팔선)의 한 사람으로 詩酒(시주)에 묻혀 風流(풍류)를 즐겼음. 李白(이백)을 처음 보자 謫仙(적선)이라 부르고 玄宗(현종)에게 천거한 것은 유명한 이야기이다. 만년에는 道士(도사)가 되었다. 벼슬은 禮部侍郎(예부시랑), 秘書監(비서감)에 이르렀는데, '賀秘書集(하비서집)' 1권과 19수의 시가 전한다.

003
簇拍陸州 | 蓋嘉運개가운
족 박 육 주

西去輪臺萬里餘하니 故鄕音耗日應踈라.
서 거 윤 대 만 리 여 　 고 향 음 모 일 응 소

隴山鸚䳇能言語하니 爲報閨人數寄書오?
농 산 앵 무 능 언 어　　위 보 규 인 수 기 서

〖풀이〗 수루에서

서쪽 윤대에 가면 만 리가 넘으니
고향의 소식은 날로 막히고 줄어드네.
농산隴山의 앵무새가 말을 할 수 있으니
아내를 위해 두어 번 소식이나 전해볼까?

〖감상〗

이 시는 멀리 서역 국경지역에서 군대생활을 하던 군인들의 심정을 잘 표현한 시이다. 고향에서 윤대輪臺까지는 만여 리가 넘는데, 고향의 소식을 들을 수도 없었다. 그때에는 사람의 말을 잘하는 앵무새에게 말을 전하여 고향에 있는 아내에게 소식이나 전하고 싶은 애달픈 심정이 이 시에 잘 나타나 있다. 향수를 느끼게 하는 시이다. 끝 구절에 아내를 위해 두어 번이라도 소식을 전하고 싶다는 말은 간절한 시적 표현이다.

도움말

이 시는 멀리 새변塞邊에 가서 변방을 지키는 병사들의 노래이다. 서쪽으로 윤대에 가게 되면 만 리 길이 멀고, 만 리 길이나 되는 까닭에 고향의 서신이 날로 드물게 되는 것이다. 집을 생각하는 회포의 정서는 동쪽 하늘을 향해 두 배로 간절하고 객지의 고통은 이역異域에 막히어 한스러워한다. 그러나 국가에 매인 몸, 빨리 돌아가지 못하고 오직 집에 보내는 편지 대신에 농산隴山에 있는 앵무새에게 말을 의탁하여 집으로 날려 보내 아내에게 소식 전하여 이 답답한 회포를 위로하기도 했다.

어려운 낱말

• 簇拍陸州(족박육주) : 변새에 있는 지명. • 輪臺(윤대) : 중국 서녘 지방에 있는 변경으로 군인들이 국경을 지키던 곳. • 音耗(음모) : 고향 소식. • 隴山鸚鵡(농산앵무) : 농산에는 앵무새가 있어 사람 말을 잘했다고 함. 그래서 앵무새에게 편지대신 말을 전했다고 함. • 閨人(규인) : 집사람.

004

送, 元二, 使, 安西 | 王維왕유
송 원 이 사 안 서

渭城朝雨浥輕塵하고 客舍青青柳色新이라.
위 성 조 우 읍 경 진 객 사 청 청 유 색 신

勸君更進一盃酒하니 西出陽關無故人이라.
권 군 갱 진 일 배 주 서 출 양 관 무 고 인

〖풀이〗 안서安西로 가는 원이元二를 송별하며

위성渭城의 아침 비 가벼운 먼지를 잠재우고
객사의 푸른 버들 빛은 더욱 새롭게 보이누나.
그대를 위해 내가 한 잔의 술 권하고자 하노니
서쪽 양관陽關에 나가면 친구도 없을 테니까.

〖감상〗

전반의 서경과 후반의 서정이 멋지게 짜 맞추어진 한 편의 송별의 시다. 비가 먼지를 씻어낸 활기 넘치는 위성의 거리 풍경은 인상적이다. 칠언 절구로서 멋진 기교를 한껏 부린 시이다. 끝의 2구절에는 보내는 사람과 떠

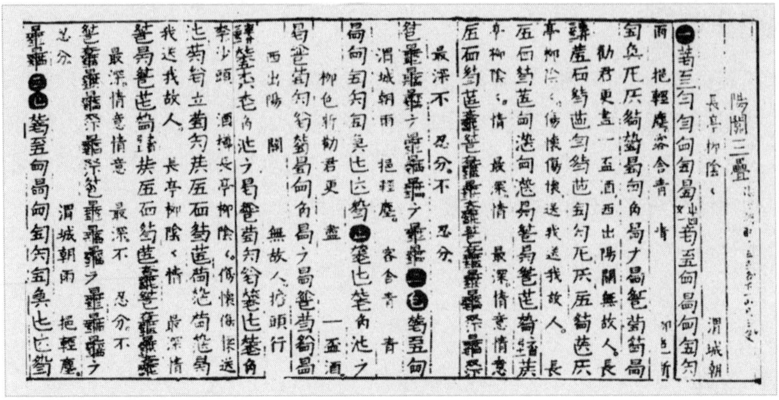

양관삼첩(陽關三疊)

나는 사람의 우정이 잘 어울려 독자로 하여금 신선한 감동을 불러일으킨다. 이 시는 악부체로 '위성곡渭城曲' 으로 되어 있고, 달리 '양관곡陽關曲' 이라고도 했다. 당나라 때는 송별의 노래로 널리 애창되었다. 세 번 되풀이하여 부르기 때문에 '양관삼첩陽關三疊' 이라고도 했다.

도움말

위성渭城은 함양 동북에 있다. 위성에서 송별할 때 먼저 그 지역을 묘사하고 아침 비가 개고, 비 온 뒤에는 티끌을 잠재워 땅이 다시 촉촉이 젖어서 길 떠나기가 편했다. 나그네가 하룻밤 자는 집을 일러 '객사客舍' 라고 했다. 버들 색이 청신하여 봄날을 맞이하니 길 가는데 매우 흥겹고 즐거웠으리라. 아, 떠나가는 그대여! 내가 한 잔의 술을 권하노니 서쪽 양관에 가면 나 같은 친구도 없을 테니 이 술 한잔 받아 마시라고 한다.

어려운 낱말

• 元二(원이) : '元' 은 姓이고 '二' 는 항렬. • 安西(안서) : 지금의 감숙성에 있으

며 당나라 때는 安西都護府(안서도호부)가 설치되어 국경을 지켰다. • 渭城(위성) : 장안 북서쪽에 있던 지명. • 浥(읍) : 적시다. • 客舍(객사) : 여관 • 柳色新(유색신) : 버들잎이 비에 젖어 더욱 싱싱해 보이다. 중국에서는 이별할 때 버드나무를 꺾어 전송하는 풍습이 있었다. • 陽關(양관) : 관소의 이름. 감숙성 돈황현 서남에 있었으며 玉門關(옥문관)과 함께 서역 지방의 교통 요지였다. • 故人(고인) : 여기서는 친구를 말한다.

양관(陽關)

005

送別 | 王維왕유
송 별

送君南浦淚如絲하고 君向東周使我悲라.
송 군 남 포 누 여 사　　군 향 동 주 사 아 비

爲報故人憔悴盡하여 如今不似洛陽時라.
위 보 고 인 초 췌 진 여 금 불 사 낙 양 시

〚풀이〛 **송별**

그대를 남포에서 보내니 눈물이 줄줄 흐르고
그대 동주東周로 향하니 나로 하여금 슬프게 하네.
친구에게 소식 전하려니 너무나 초췌해서
낙양에 있을 때와 지금은 너무도 같지 않구나.

〚감상〛

우리나라 고려 때의 시인 정지상의 '송인'이란 시가 생각난다. 그대를 남포에서 이별한다는 그 이별의 장소가 역시 '남포'이다. '누여사淚如絲'에서 이별의 슬픈 정서가 극에 달하고 있다. 떠나는 친구에게 고향의 여러 사람에게 소식을 전하려니 그들이 이미 죽고 없으니 또한 슬프다고 했다. 제4구에서는 자기의 신세를 생각하여 초췌한 이 얼굴이 낙양에 있을 때 자기의 모습이 없을 정도로 늙었으니 또 슬픈 이별이 되었으며, 그것이 슬퍼서 흐르는 눈물을 진정하지 못하고 그냥 줄줄 흘러내리고 있을 뿐이라고 했다.

도움말

'송군남포'는 초사楚辭와 강엄별부江淹別賦에 사용되었다. '예장기豫章記'에 남포정南浦亭이 광활하게 문밖에 있어 배가 왕래하는 장소였으니 당나라 때 이미 그것이 있었다. 첫 구에 누여사淚如絲란, 친구가 떠나가는바 눈물이 실처럼 줄줄 흘러 내렸기에 이런 표현을 쓴 것이다. 4구에서는 이별로 마음이 아파서 얼굴이 초췌하여 낙양에 있을 때와는 같지 않다는 것, 노쇠해있다고 생각을 하니 슬퍼지고, 또 송별하니 진짜 흐르는 눈물을 금할 수가 없다는 것이다.

어려운 낱말

• 南浦(남포) : 南浦亭이란 정자로 광윤문(廣潤門) 밖에 있었다고 함. • 淚如絲(누여사) : 눈물이 실 같이 흐름. • 東周(동주) : 지명. • 憔悴(초췌) : 얼굴이 까칠하고 못쓰게 됨. • 洛陽(낙양) : 당나라 때의 번화한 도시.

006

九日, 憶, 山東兄弟 | 王維왕유
구 일 억 산 동 형 제

獨在異鄕爲異客하니 每逢佳節倍思親이라.
독 재 이 향 위 이 객 매 봉 가 절 배 사 친

遼知兄弟登高處에 徧揷茱萸少一人이라.
요 지 형 제 등 고 처 편 삽 수 유 소 일 인

〖풀이〗 중양절에 산동에 있는 형제를 생각함

홀로 고향 떠나 타향 나그네 되니
매 번 명절을 맞으면 가족들 생각 몇 배로 나네.
멀리서 고향 형제들 등고登高할 때에
산수유를 꽂을 때 한사람 모자람을 알게 되리라.

〖감상〗

이 시는 왕유가 17세에 지은 작품이라 한다. 역시 사향시思鄕詩라고 할까? 홀로 고향을 떠나 객지에 살면서 부모형제를 그리워하는 시다. 나그네가 되어 명절을 맞이하니 당연히 고향의 부모형제가 그리워지기 마련이다. 명절날 산에 올라 산수유 꽃을 머리에 꽂을 때, 우리 형제들이 나 한 사람이 모자라는 것을 깨닫게 될 것이라는 상상력을 발휘한 시이다. 그래서 더욱 향수를 자아내게 한다.

도움말

9월 9일은 중양절. 산동山東은 곧 작자의 고향이다. 중국에서는 중양절에 악귀를 쫓는다 하여 산수유를 머리에 꽂고 산에 올라가는 풍습이 있었다. 이 시는 나그네가 되어 '독獨' 자로부터 시작하여 지은 시이다. 그러므로 고향에 대한 그리움, 외로움이 이 시를 구성하고 있다. 부모형제를 이별하고 타향에서 매양 가절佳節인 중양절을 맞이하니 더욱 부모형제가 그리워지리라. 먼저 부모에 대한 그리움을 말하고 다음에 형제에까지 이른다. 몸은 타향에 있기 때문에 '요지遙知' 라는 말을 썼다. 그래서 중양절에는 '등고登高' 하는 것을 생각하게 되고, 형제들을 생각하게 되는 것이다.

어려운 낱말

• 九日(구일) : 重陽節(중양절). 이날에는 높은 곳에 올라 가족 모두가 산수유 꽃을 머리에 꽂는 풍속이 있었다. • 異客(이객) : 나그네. • 佳節(가절) : 즐거운 명절. • 親(친) : 친형제를 포함한 일가. • 登高(등고) : 높은 곳에 오르는 중양절 행사.

007
寒食, 汜上作 | 王維왕유
한식 범상작

廣武城邊逢暮春하니 汶陽歸客淚霑巾이라.
광무성변봉모춘 문양귀객누점건

落花寂寂啼山鳥하고 楊柳青青渡水人이라.
낙화적적제산조 양류청청도수인

【풀이】 한식날 이 시를 짓다

광무성 언덕바지에 늦봄을 맞이하니
문양으로 돌아가는 나그네 눈물이 수건을 적신다.
꽃이 지면 너무나도 적적하여 산새가 울고
버드나무 푸른 그곳에는 물 건너는 사람도 있구나.

【감상】

시인 왕유가 길을 가다가 한식 명절을 맞아 느끼는 생각이 있어 이 시를 지었다고 한다. 계절로 보아 늦은 봄, 낙화의 계절을 맞아 버드나무 색깔이 이제 막 푸르러지고 그 숲길을 걸을 때 나그네가 된 시인 왕유가 어찌 감회가 없어 눈물을 흘리지 않을 수 있겠느냐? 이 시를 읽어보면 독자로 하여금 처절한 마음을 금할 수가 없게 된다. 화락조제花落鳥啼하고 유청인도柳青人渡라 하였으니, 이 시적 주인공이 어찌 눈물을 흘려 손수건을 적시지 않겠는가?

도움말

이 시는 한식날 길을 가면서 얻은 작품이다. 모춘은 음력 3월이니 한식이 이때쯤이다. 이맘때쯤 시인은 광무에서부터 문양으로 돌아가는 때, 명절을 맞이하여 집을 생각하여 향수에 젖게 된다. 그래서 두 줄기 눈물이 흘러 수건을 적신다고 했다. 봄빛이 이미 저물어가고 성터에 늘어선 나무에서는 꽃이 피어 적적하게 동풍에 날리고 나무 위의 새소리는 나그네의 심회를 울리는데, 실실이 늘어진 버드나무는 이슬비에 한층 푸르고, 물을 건너는 사람이 자기의 고향인 문

양汶陽으로 가는 나그네가 아닌지?

어려운 낱말

• 廣武(광무), 汶陽(문양) : 지명. • 淚霑巾(누점건) : 수건에 눈물이 젖는다. • 渡水人(도수인) : 물을 건너가는 사람.

008
戱題磐石 | 王維왕유
희 제 반 석

可憐磐石臨泉水하여 復有垂楊拂酒杯라.
가 련 반 석 임 천 수 부 유 수 양 불 주 배

若道春風不解意하면 何因吹送落花來요.
약 도 춘 풍 불 해 의 하 인 취 송 낙 화 래

〚풀이〛 반석 위에서 시를 짓다

아, 사랑스러워라. 임천 물가 반석에 앉아서
거기 다시 수양버들 아래 술잔을 기울이다.
만약 봄바람의 뜻을 이해하지 못한다면
어찌 꽃이 지는 것을 그냥 불어 보내리오.

〚감상〛

이 시의 제목으로 보아 '반석에 앉아 놀면서 이 시를 짓는다.' 로 되었다. 논다는 것은 그냥 노는 것이 아니라 술을 마시면서 즐긴다는 말일 것이다. 계절은 모춘, 이 꽃 지는 계절을 그냥 보낼 수 있으랴. '꽃이 지기로서니 바람을 탓하랴' 하고 조용히 읊조린 시인 조지훈의 '낙화' 가 생각나는 계절이기도 하다.

도움말

반석은 크고 넓은 바위이다. 바위에 앉아 물을 가까이하고 수양버들 아래서 술잔을 기울이니 멋진 일이 아닐 수 없다. 만약 봄바람의 아름다움을 모르는 사람이라면 어찌 꽃 지는 안타까움을 알 것인가. 여기에 나오는 반석, 임천, 수양 이런 시어는 낙화취송洛花吹送, 절승기묘絕勝奇妙와 함께 여기서 사용되기에 적절한 낱말들이다.

어려운 낱말

• 磐石(반석) : 흐르는 물가의 넓은 돌. • 泉水(천수) : 샘물. • 垂楊(수양) : 늘어진 버드나무. 來는 감탄조사로 쓰임. • 若道(약도) : 만약 ~한다면.

| 덧붙임 |

왕유(王維)

王維(왕유; 699-761, 성당): 태원부 기현 사람. 자는 摩詰(마힐). 현종의 동생 岐王(기왕)의 사랑을 받았으며, 진사 급제 후 太樂丞(태악승)이 되었다. 기왕의 죄에 연좌되어 산동성 제주의 司倉參軍(사창참군)으로 좌천, 그 후 右拾遺(우습유), 監察御使(감찰어사) 등을 거쳐 給事中(급사중)에 이르렀다. 그 후 장안 남쪽에 있는 輞川(망천) 별장을 입수, 자연 속에 노닐며 유명한 자연시인이 되어 자연시의 일인자가 되었다. '王丞相集(왕승상집)' 10권과 시 380수가 전한다.

009
送, 李侍郞, 赴, 常州 | 賈至가지
송 이시랑 부 상주

雪晴雲散北風寒하니 楚水吳山道路難이라.
설청운산북풍한 초수오산도로난

今日送君須盡醉하라 明朝相憶路漫漫이라.
금일송군수진취 명조상억로만만

〖풀이〗 상주常州로 부임하는 이시랑李侍郞을 보내면서

눈이 개고 구름 흩어지니 겨울바람 더욱 찬데
초나라 오나라의 산과 물, 갈 길이 험하구나.
오늘 그대 보내니 모름지기 한껏 취할 것이라
내일 아침이면 아무리 그리워도 길만 아득하리라.

〖감상〗

시작에서 끝맺음까지 정을 흠뻑 쏟은 작품이다. 산과 물, 험한 길을 보내는 사람의 애끊는 정, 헤어지는 마당에서 술 한 잔을 애틋하게 권하는 정, 그리고 오늘 한껏 취하라고 권하는 술이 우정으로는 따뜻한 것이다. 그리고 추억이라도 남겨 두자고 애쓰는 마음, 더구나 내일 아침이면 모두 떠나가고 길만 아득히 보이겠다는 시인의 상상력이 한층 돋보인다.

도움말

먼저 하늘의 풍설風雪이 차가움을 말하고 다음으로 산천과 길이 멀다는 것을 말하고 있다. 오늘은 환송하는 사람이 있으니 술을 가지고 정을 나타내어 취하도록 마실 일이다. 내일 아침 돌아가서 생각하게 되면 길이 막히고 또 길이 멀 것이 아닌가? 오늘 친구와 더불어 잔을 잡고 즐거워함은 어쩔 수 없는 일이다. 그래서 오늘은 술을 권하여 취해보자는 것이다. 제일 끝 연에서 '내일은 아무리 그리워도 그대 떠나간 길만 아득하리라' 하고 말했다.

어려운 낱말

• 李侍郎(이시랑) : 누구인지 잘 모른다. 侍郎(시랑)은 6부의 상서 밑에 있던 벼슬. • 常州(상주) : 지금의 강소성에 있다. 赴(부)는 赴任(부인)함을 말함. • 晴(청) : 눈비가 개다. • 楚水吳山(초수오산) : 초와 오의 지방, 산과 물. 곧 자연환경. 李侍郎(이시랑)이 지나갈 길. • 漫漫(만만) : 끝없이 긴 모양. 아득한 모양.

| 덧붙임 |

賈至〔가지; 718-772, 盛唐(성당)〕: 洛陽人(낙양인). 幼隣(유린)은 그의 字다. 개원 23년 진사에 급제. 산동성 單父尉(단보위)가 된 후 여러 관직을 역임. 안녹산의 난 때 현종을 따라 蜀(촉)에 들어가 起居舍人(기거사인)으로 발탁되어 난이 평정된 후에 숙종이 還京(환경)할 때 장안으로 돌아와 王維(왕유)와 함께 中書舍人(중서사인)이 되었으며, 杜甫(두보), 岑參(잠삼)과 친구가 되었다. 벼슬이 右散騎常侍(우산기상시)에 이르렀다. 시집 1권이 남아 있으며 46수의 시가 전한다.

010
明妃詞 | 儲光羲저광희
명 비 사

日暮驚沙亂雪飛하니 傍人相勸易羅衣라.
일 모 경 사 난 설 비 방 인 상 권 역 라 의

强來前殿看歌舞하며 共待單于夜獵歸라.
강 래 전 전 간 가 무 공 대 선 우 야 렵 귀

〖풀이〗 왕소군王昭君을 노래함 ❶

날이 저물고 모래바람에 눈발마저 날리니
곁에 사람이 비단옷을 바꾸어 입으라고 권하네.
억지로 궁전 앞에서 노래와 춤을 바라보며
함께 기다리니 선우單于, 밤 사냥 마치고 돌아오네.

〖감상〗

호지胡地에 끌려가서 보니 불어오는 모래바람과 휘날리는 눈보라, 희뿌연한 날씨에 떨고 있으려니 곁의 궁녀들이 옷을 바꾸어 입으라고 한다. 아마 더운 옷으로 바꾸어 입으라는 말일 것이다. 모래바람, 몰아치는 눈발, 이런 모든 것이 호지의 환경을 잘 말해주고 있다. 억지로 끌려나와 궁전 앞에 춤추는 광경을 보면서 추위에 떨고 있는 왕소군의 모습이 가련하기만 하다. 왕소군의 남편인 선우單于가 밤 사냥을 마치고 돌아오는 모양을 보고 왕소군은 다시 한 번 놀라지 않을 수 없었을 것이다.

도움말

명비明妃는 왕소군을 말한다. 당나라 때의 시인이 한나라 때 있었던 역사적 사실을 가지고 그때의 상황을 상상하여 시를 쓴 것이다. 왕소군이 고국에 대한 회포가 가슴 가득 차서 눈으로 보는 바와 귀로 듣는 바가 모두 상심하지 않는 것이 없었다. 바람에 날리는 모래 위에 날은 이미 기울어 황혼이 오고, 백설이 휘날려 하늘이 꽁꽁 얼어서 곁에 있는 사람들이 옷을 바꾸어 입어 몸을 따스하게 하라고 권하고 있다. 뜻을 굳혀 궁전 앞에 내려와서 노래와 춤을 무심하게 바라보고 있으니 선우單于가 밤 사냥을 마치고 돌아오고 있었다.

어려운 낱말

• 驚沙(경사) : 바람에 날리는 모래. • 易羅衣(역라의) : 비단옷을 다른 옷으로 갈아입다. • 强來(강래) : 억지로. 來는 강세조사. • 單于(선우) : 호지의 왕. • 夜獵(야렵) : 밤 사냥.

明妃詞 其二 | 儲光羲저광희
명 비 사 기 이

胡王知妾不勝悲하여 樂府皆傳漢國辭라.
호 왕 지 첩 불 승 비 악 부 개 전 한 국 사

朝來馬上箜篌引하니 稍似宮中閑夜時라.
조 래 마 상 공 후 인 초 사 궁 중 한 야 시

〖풀이〗 왕소군王昭君을 노래함 ❷

소군이 슬픔을 이기지 못함을 호왕胡王이 알고
악부의 모든 노래를 한나라 말로 바꾸었네.
아침에 말 위에서 공후인을 켜니
궁중의 한가한 밤처럼 한나라와 흡사하구나.

〖감상〗

명비明妃는 한나라 궁녀 왕소군을 말한다. 그는 한나라 궁궐의 미인으로 화공에게 뇌물을 주지 않아 호지胡地의 첩으로 안타까움과 서러움을 안고 거기에 끌려가야 했다. 거기에 끌려간 왕소군이 선우單于의 궁궐에서

명비출새도(明妃出塞圖)

생활하는 모습을 시인의 상상력을 동원해서 표현하고 있다. 왕소군이 슬픔에 잠겨 있음을 알고 노래의 악부를 모두 한나라 것으로 바꾸고 왕소군은 말 위에서 공후인을 켜고 있으니 호지胡地의 밤이 한나라 궁궐의 밤과 비슷하다고 했다. 이것 역시 시인의 상상력의 표현이리라.

도움말

이는 왕소군이 스스로 말하는 것처럼 쓰여진 시다. 말하기를, 몸은 비록 호지에 있으나 한나라를 잊지 못하여 형용이 초췌하여 슬픔을 이기지 못하는 까닭에 호왕胡王이 그 심경을 짐작하고 여인의 마음을 위로하고자 음률과 악기를 모두 한나라 것으로 해놓고 공후인箜篌引도 역시 한나라의 악기로 소리를 내니 아침에 말 위에 앉아 공후인을 켜고, 밤에도 분위기가 한나라처럼 꾸미어 노래하고 황홀하게 하여 한나라 궁중의 한가한 밤의 음악소리 같았다.

어려운 낱말

• 明妃(명비) : 왕소군을 말함. • 胡王(호왕) : 선우를 말함. • 朝來(조래) : 아침

에, 來는 허사임. • 箜篌引(공후인) : 악기 이름. • 稍似(초사) : 마치 ~와 같다.

011 同, 金壇令, 武平一, 遊湖 | 儲光羲저광희

동 금단령 무평일 유호

朝來仙閣聽絃歌하고 暝入花亭見綺羅라.
조래선각청현가 명입화정견기라

池邊命酒憐風月하여 浦口還船惜芰荷라.
지변명주련풍월 포구환선석기하

〖풀이〗 무평일武平一과 함께 호수에서 놀다 ❶

아침에 선각仙閣에서 노랫소리 듣고

저녁에 화정花亭에 들러 비단옷 입은 여자를 보노라.

연못가에서 술을 불러 풍월을 즐기다가

포구에 배 돌릴 때 연잎 뭉그러지니 애석하구나.

〖감상〗

시인 저광희儲光羲와 시인 무평일武平一이 함께 호숫가에서 뱃놀이를 즐기는 장면이다. 선각과 화정이 호숫가에 있어 낮에는 선각에서 노래와 풍류를 즐기고, 저녁에는 화정花亭에 올라 아름다운 여자들과 노래하고 춤추며 놀게 되었다는 것. 연못가의 정자에 앉아 술을 불러 즐기는 장면이 눈으로 보는 듯 선하다. 이런 좋은 광경 속에서 시인은 이런 시가 저절로 나오기 마련이다.

도움말

이는 시인 제광희儲光羲가 금단현령 무평일武平一과 더불어 함께 호숫가에서 유람하는 내용이다. 말하면, 선각仙閣과 화정花亭이 호수 위에 있고, 아침이면 선각에 올라가서 관현管絃과 사죽絲竹의 노랫소리를 듣고, 날이 저물면 화정에 들러 비단 의상을 입은 여자와 함께 놀게 된다. 연못가에 앉아 술을 불러 잔을 돌리면서 청풍과 명월의 노래를 부르며, 갯가에 놀면서 배로서 물 위에 배회하다가 마름과 연꽃이 걸려 상할까 보아 애석히 여기고 있다.

어려운 낱말

• 金壇令(금단령) : 금단은 중국 강소성 금단현을 말하고, 금단령은 금단의 현령임. • 武平一(무평일) : 사람 이름. 시적 주인공의 친구인 시인. • 仙閣(선각) : 정각의 명칭. • 花亭(화정) : 정자의 이름. • 芰(기) : 마름 (기).

同, 金壇令, 武平一, 遊湖 其二 | 儲光羲저광희
동 금단령 무평일 유호 기이

花潭竹嶼傍幽蹊요 畵楫浮空入夜溪라.
화담죽서방유혜 화즙부공입야계

菱荷覆水船難進하여 歌舞留人月易低라.
능하복수선난진 가무류인월이저

〖풀이〗 무평일武平一과 함께 호수에서 놀다 ❷

꽃 핀 연못 대나무 있는 섬, 그 곁엔 그윽한 좁은 길
그림 같은 배 물 위에 뜨니 밤도 여울에 들어오다.
연잎이 수면을 덮어 배가 지나기 어려워서

노래하며 춤추고 노니 달 또한 쉽게 지네요.

〖감상〗

이들이 호수에서 놀 때 꽃, 대나무, 어린 버섯들이 있으니 이는 그윽하고 좁은 길임에 틀림없다. 여기에 있는 섬에는 산에 있는 돌도 함께 그 속에도 있었다. 유계幽蹊는 산길이다. '입야계入夜溪' 라는 것은 달이 산에 걸려서 쉽게 진다는 근거에서 나온 말이다. 마름과 연잎이 물을 덮고 있기에 이 노래는 호수 가운데 경치를 읊은 것이다. '복수선난진覆水船難進' 은 마름과 연잎이 많다는 뜻이다. '가무유인歌舞留人' 은 이 노래의 중요한 정서를 말하는 것이니 춤과 노래가 아름다워 사람이 거기에 머물러 있게 되었다. 주객이 함께 즐기니 달이 서쪽으로 떨어져도 깨닫지 못할 정도라고 한다.

도움말

제1구는 꽃이 핀 연못과 대나무가 있는 섬, 그 곁에 그윽한 좁은 길이 있으니 이는 배를 타기 위해 처음으로 물에 들어가는 것이요, 제2구는 그림 같은 돛대가 호수 위에 뜨고 공중과 밤이 계곡으로 들어와 있으니 이는 이미 호수 속으로 배가 들어온 것이요, 제3구는 배가 나아가는 수로에 연잎이 있어 뱃길을 덮으니 배가 나아가기 어려움이요, 제4구는 사방이 노래와 춤으로 더불어 즐거움을 다하고 새벽달이 서쪽으로 지고 있음을 알지 못하고 있다는 내용이다.

어려운 낱말

• 花潭(화담) : 꽃이 아름답게 핀 연못. • 幽蹊(유혜) : 그윽하고 좁은 길. • 畵楫(화즙) : 그림 같이 아름다운 노. • 覆水(복수) : 수면 위를 덮어 가림. • 月易低(월이저) : 달이 지다.

012

寄, 孫山人 | 儲光羲저광희
기 손 산 인

新林二月孤舟還하니 水滿淸江花滿山이라.
신 림 이 월 고 주 환 수 만 청 강 화 만 산

借問故園隱君子는 時時來去住人間이라.
차 문 고 원 은 군 자 시 시 래 거 주 인 간

〖풀이〗 손 산인에게 주다

이월 신림포新林浦에 외로운 배 돌아오니
맑은 강에는 물이 가득, 봄 산에는 꽃이 만발했네.
묻노라, 시골에 숨어사는 그대 군자여,
때때로 속세에도 오가며 살아가보게나.

〖감상〗

시인 저광희와 손등孫登은 서로가 친한 사이인 것으로 느껴진다. 손산인은 오랫동안 세상과 인연을 끊었다가 모처럼 세상에 내려와서 지은이를 만난 것 같다. 여기서 신림포의 아름다운 봄 경치에 반하여 내려 왔느냐고 농담으로 묻기도 한다. 여기 아름다운 자연과 포구에서 우정 어린 마음들이 잘 어울려 표현되고 있다.

도움말

손산인孫山人은 손등孫登을 말한다. 손등은 때때로 인간 속세에 내려와서 노닐곤 했는데, 손등이 지나갈 때 어떤 사람들이 옷이나 먹을 것을 마련해 주면 손등은 하나도 받지 않았다고 한다. 산인은 산속에 은거해 있는 사람이다. 한 일

엽편주로 중류로 흘러내려올 때 2월이라 봄의 강물은 푸르게 출렁거리고 봄꽃은 청산에 피어 있어 봄 경치가 아름다웠다. 숨어사는 군자는 때에 따라 왔다 갔다 하는데, 가끔 인간 세상에 머무르기도 했다. 1, 2구는 배를 타고 가는 가운데 봄 경치를 말했고, 3, 4구는 군자의 거취를 말하고 있다.

어려운 낱말

• 山人(산인) : 산속에 은거해 사는 사람. 여기서는 孫登(손등)을 가리킨다. • 新林(신림) : 신림포. 남경 부근의 양자강 나루. • 水滿淸江(수만청강) : 봄이 되면 얼음이 녹아 강물이 불어나게 되어 밝고 깨끗해진다. • 借問(차문) : 물어보자. • 故園(고원) : 보통 고향의 뜻으로 쓰이나, 여기서는 '오랫동안 살아온 정원' 이란 뜻으로 손산인의 은거지(隱居地)를 가리킨다.

덧붙임

儲光羲〔저광희; 707-759, 盛唐(성당)〕: 산동성 윤주인. 진사 급제 후 觀察御使(관찰어사)가 되었다. 王維(왕유), 孟浩然(맹호연), 常建(상건)과 함께 山水田園派(산수전원파)의 시인이며 200여 수의 시가 전한다.

013 涼州詞 (양주사) | 王之奐왕지환

黃河遠上白雲間이면 一片孤城萬仞山이라.
황하원상백운간 일편고성만인산

羌笛何須怨楊柳요 春光不到玉門關이라.
강적하수원양류 춘광부도옥문관

〖풀이〗 **양주의 노래**

황하는 멀리 구름 사이로 올라가면
하나의 외로운 산은 만 길이나 솟아있네.
강적羌笛 소리는 어째서 꼭 절양류絶楊柳만 들리나
봄빛은 아직 옥문관을 넘지도 못했는데…

〖감상〗

양주사는 악부의 제목으로 국경을 지키는 병사들의 심정을 노래한 내용이다. 이곳 양주에서 서쪽으로 황하를 바라보면 마치 멀리 구름 사이로 올라가는 듯이 보이고 우리가 주둔한 이 성은 만 길이나 되는 높은 산에 외롭게 서 있다. 피리를 부는 사람아, 여기서는 굳이 그 애절한 곡조인 '절양류絶楊柳' 곡을 불지 말아다오. 옥문관보다 더 떨어진 이곳에는 봄빛이 비치지 않아 봄볕 속에 자라는 버드나무는 싹조차 트지 않았으니 이 황량한 곳에서 그 애절한 '절양류' 곡은 차마 듣지 못하겠다고 하소연을 한다.

곤륜산(崑崙山)

도움말

양주사는 악부의 제목이다. 국경에 나와 있는 병사의 심정을 노래하는 내용이다. 중국 사람들은 서로 이별할 때 버드나무 가지를 꺾어서 주는 습관이 있다. 따라서 '절양류'는 우리나라의 '이별곡', '배따라기'와 같은 곡조이다. 황하는 곤륜산을 근원으로 동쪽 외변의 땅으로 흐르기 때문에 서쪽을 바라보면 아득함이 끝이 없어 마치 흰 구름 사이에 걸려 있는 것 같다. 역시 변방은 땅이 넓어서 보는 바가 마치 황하를 보는 것 같았다. 위의 '황하'는 '白'과 더불어 상응하고 아래 구절은 '一'자는 '만萬'자와 더불어 상응하니, 이것은 각각 대구對句가 되고 있다. 넓고 적절한 지역에서 들리는 호적소리는 슬픔을 자아낸다. 이것은 이별의 감정을 피리의 곡조로, 버들을 꺾어 이별할 때에 불었다. 이것을 '절양류'라 했다.

어려운 낱말

• 羌笛(강적) : 오랑캐들이 부는 피리 소리. • 萬仞山(만인산) : '仞(인)'은 높이와 길이를 측정하는 단위. 1仞(일인)은 8척. 그러니 산이 매우 높음을 말한다. 春光(춘광)이 春風(춘풍)으로 된 곳도 있다. • 怨楊柳(원양류) : 折楊柳(절양류)를 원망한다는 뜻. • 玉門關(옥문관) : 감숙성 돈황의 서쪽에 있는 관문.

덧붙임

왕지환(王之渙)

王之渙〔왕지환; 688-742, 盛唐(성당)〕: 산서성 幷州人(병주인). 字(자)는 季陵(계능). 과거에 자주 낙방하여 실망 속에 살다가 시를 쓰는 在野(재야) 시인으로 평생을 남게 되었다. 王昌齡(왕창령), 崔國輔(최국보), 高適(고적) 등과 친했으며, 詩적 정서가 우아하고 律調(율조)가 고상했다고 한다.

014
閨怨 | 王昌齡왕창령
규 원

閨中少婦不曾愁터니 春日凝粧上翠樓라.
규중소부부증수　　춘일응장상취루

忽見陌頭楊柳色하고 悔教夫婿覓封侯라.
홀견맥두양류색　　회교부서멱봉후

〚풀이〛 규방의 설움

안방의 새아씨 근심이란 것을 몰랐었더니
봄날 화장한 차림으로 푸른 누에 올랐네.
무심히 언덕 위의 버들 빛을 바라보고는
남편에게 봉후封侯가 되라는 걸 후회하네.

〚감상〛

안방에만 앉아 있던 나이 어린 새댁이 지금까지는 근심이란 걸 모르고 살아왔었다. 그때 마침 봄날이 되었으므로 다른 여자들과 같이 얼굴에 화장을 하고 봄 경치를 즐기기 위하여 높은 누각에 올라 거리를 바라보았다. 거리에 늘어진 푸른 버드나무를 보더니 별안간 자기 남편 생각을 하며, 그에게 '군대에 나가 공을 세워 명예로운 봉후封侯에 봉함을 받아라.' 고 권했던 것을 후회하게 된다. 이것이 이 시의 주제다.

도움말

규원閨怨은 여자의 원한을 말하는 것으로, 출정한 군인의 아내가 외롭게 지내는 설움을 의미한다. '증曾' 은 과거를 나타내는 부사로 일찍 내가 봉후에 봉하라고 부탁한 말을 후회한다는 내용이다. '봉후封侯'는 군대에 나가 공을 세워 제후에 봉해지는 것을 말함이니, 곧 출세하라는 뜻이다. 이것이 정부征婦의 노래에 나타난 주된 내용이며 아내의 소망이었다. '규중소부閨中少婦'가 이 시의 제재에 해당한다.

어려운 낱말

• 閨中(규중) : 안방. 즉 여자. • 凝粧(응장) : 화장. • 翠樓(취루) : 푸른 누각이니, 단청이 아름다운 누각. • 陌頭(맥두) : 언덕의 머리에. • 夫婿(부서) : 남편. • 覓(멱) : 찾는다. • 封侯(봉후) : 후작에 봉해짐.

015
西宮春怨 서궁춘원 | 王昌齡왕창령

西宮夜靜百花香하여 欲捲珠簾春恨長이라.
서궁야정백화향 욕권주렴춘한장

斜抱雲和深見月하니 朦朧樹色隱昭陽이라.
사포운화심견월 몽롱수색은소양

〖풀이〗 서궁에서 봄을 원망함

서궁의 밤은 조용하고 온갖 꽃 향기로워
주렴을 걷으려니 봄의 설움이 왈칵 올라라.
비파를 비껴 안고 한숨 속 저 달을 바라보니
몽롱한 숲 속에 숨은 소양궁이 저기 있었네.

〖감상〗

서궁西宮은 장신궁이라고 했다. 왕의 사랑을 잃은 그의 서글픈 밤을 꽃과 더불어 보내는 외로운 심정을 노래하고 있다. 그래서 첫 구절에는 어두운 밤이기 때문에 꽃은 보이지 않고 향기만 있다고 했다. 임금이 걷고 들어오던 그 주렴을 원망스럽게 걷으니 설움이 가득한데 비파를 껴안고 비스듬히 달을 바라보니 흐릿한 숲 속에 조비연趙飛燕이 있는 소양궁이 보인다고 애달프게 말하고 있다.

도움말

서궁원西宮怨은 본래 악부의 이름이었으니 반첩여班婕妤 노래의 가사였다. 서궁西宮은 태후가 거처하는 궁실이었고, 그때 반첩여가 군왕의 은총을 잃고 태후를 받들기 위해 태후와 함께 서궁에서 기거를 했다. 군왕이 오지 않으므로 밤이 고요할 때면 주렴 밖의 여러 가지 꽃향기를 맡으면 마음의 안정을 가져온다. 주렴을 걷어 올리고자 하는 것은 꽃향기와 달빛을 보기 위함이다. 거문고를 안고 있어도 그 거문고를 켜지 않고 비스듬히 그냥 앉아서 주렴 밖의 달을 바라보니 이것은 수심의 경지가 아닐 수 없다. 달은 주렴 밖에 있기에 '심견深見' 이라 했다. 소양궁은 조소의趙昭儀의 사랑을 얻는 자에게만 거처하게 하는 곳이었다.

어려운 낱말

• 西宮(서궁) : 한나라 成帝(성제)의 사랑을 잃은 班婕妤(반첩여)가 행여 있을지 모를 趙飛燕(조비연)의 해를 피해 옮긴 長信宮(장신궁)을 가리킴. • 斜抱(사포) : 비파만 안고서 켜지 않고 시름없이 앉아 있는 모습. • 雲和(운화) : 본래는 산 이름인데, 여기서는 이 산에서 나는 나무로 만든 비파를 뜻한다. • 朦朧(몽롱) : 정신이 꿈꾸듯 아련함. • 昭陽(소양) : 조비연이 사는 궁전.

016
長信秋詞 장신추사 | 王昌齡왕창령

奉箒平明金殿開하고 且將團扇暫徘徊라.
봉추평명금전개 차장단선잠배회

玉顔不及寒鴉色하니 猶帶昭陽日影來라.
옥안불급한아색 유대소양일영래

〖풀이〗 장신궁의 가을 노래

새벽에 빗자루 들면 금전문金殿門이 열리고
또다시 둥근 부채 잠시 배회하는구나.
아름다운 얼굴이 가을 까마귀 빛깔만도 못하니
그래도 까마귀는 소양궁의 날빛을 쬘 수 있건만.

〖감상〗

장신궁은 서궁을 말함이요, '봉추奉箒' 는 장신궁을 깨끗이 청소하는 것을 말한다. '금전개金殿開' 는 새벽에 일어나 청소를 하고, 금전문을 처음으로 연다는 뜻이다. 그래서 생각하기에, 자기가 장신궁을 봉양하는 데 어찌 그렇게 내버릴 수 있으랴. 까마귀도 소양궁의 햇볕을 쬘 수 있건만 버림받은 궁녀의 한이 가을 서리처럼 차갑다. 추상秋霜이란 말이 이때에 어울리는 것 같다.

도움말

이 작품은 반첩여의 고사 및 그녀가 지었다고 전하는 원가행怨歌行의 시구詩句를 이용하고 있다. 제1구에서는 이른 아침 장신궁에서 비질하는 반첩여의 모습을 그려서 그녀가 총애를 잃은 처지를 나타내고 있다. 제2구는 '둥근 부채', '원가행'에 등장하는 '합환선'이다. 가을이 되면 부채는 효용가치가 없어져서 아무도 거들떠보는 사람이 없게 된다. 그 처지가 바로 반첩여와 같지 아니한가. 그녀는 이리 저리 배회하며 마음을 달래보려 하지만 마지막 2구에 이르러 원망은 더욱 깊어간다. '옥 같은 얼굴' 버림받은 반첩여를, '소양궁'은 총애를 받고 있는 조비연이 거처하고 있는 궁전을, 햇볕은 임금의 은총에 비유한다. 시인은 소양궁의 따스한 햇볕을 쬘 수 있는 가을 까마귀와 대비시켜 총애를 잃은 아픔을 극대화시켰다.

어려운 낱말

• 長信宮(장신궁) : 서궁을 말함. • 奉箒(봉추) : 빗자루를 들다. • 團扇(단선) : 둥근 부채. • 玉顔(옥안) : 아름다운 얼굴. • 寒鴉色(한아색) : 가을 까마귀 빛깔.

017

春宮曲 | 王昌齡왕창령
춘 궁 곡

昨夜風開露井桃하니 未央前殿月輪高라.
작 야 풍 개 로 정 도 미 앙 전 전 월 륜 고

平陽歌舞新承寵하니 簾外春寒賜錦袍라.
평 양 가 무 신 승 총 염 외 춘 한 사 금 포

【풀이】 봄 궁전의 노래

어젯밤 봄바람에 우물가의 복사꽃 피니
미앙궁 앞 전각에 달이 높이 떠올랐네.
평양平陽 공주 댁 가무歌舞로 새 은총 얻으니

주렴 밖 봄추위에 비단 도포 하사하시네.

〖감상〗

왕창령이 한나라 때의 궁중의 궁녀들을 시화詩化한 것이다. 이 노래는 총애를 잃은 여인의 서글픈 처지를 기탁해서 쓴 작품이다. 봄바람 우물가의 복사꽃이 피고 미앙궁未央宮에 달무리가 높다는 1, 2구는 총애를 받은 비빈妃嬪의 화사하면서도 높은 기세를 암시한다. 제3구는 노래 부르는 기녀의 신분에서 황후가 된 무제의 위황후衛皇后의 고사를 인용한 것이다. 황제의 새 사람에 대한 지극한 은총 이면에는 관심에서 멀어져버린 여인의 애절한 원망이 숨어있다.

도움말 |

'작야昨夜' 란 두 글자가 첫머리에 나오고 있다. 앞의 이야기를 소급하여 부른 노래이기 때문이다. 복숭아나무가 우물가에 있었는데 봄바람을 얻어 처음으로 꽃이 피니 흥겨움이 궁녀들의 은총을 이어주고 있는 것 같다. 복숭아꽃이 피면 밤이 따뜻하고, 달이 높이 뜨면 밤도 또한 깊으니 봄의 뜰에서 밤 연회를 베풀고 그 은총을 입는 궁인들이 어떤 사람이겠는가? 한무제漢武帝가 양주가陽主家에 납시어 즐겁게 노래를 잘 부르는 이연년李延年의 여동생을 불러 보니 실로 너무나 아름답고 춤을 잘 추었다. 곧 밤의 연회가 춥지 아니하지만 갑자기 주렴 밖의 봄추위라고 해서 비단 도포를 벗어 그에게 주었다.

어려운 낱말 |

• 昨夜(작야) : 어젯밤. • 未央宮(미앙궁) : 중국 한나라의 궁전의 이름. 고조 초년에 소하가 용수산에 조성한 궁전. • 新承寵(신승총) : 새로 임금의 은총을 받은 여인. • 平陽(평양) : 평양 공주. 명창인 李延年(이연년)의 여동생.

018
靑樓怨 | 王昌齡왕창령
청 루 원

香幃風動花入樓하니 高調鳴箏緩夜愁라.
향 위 풍 동 화 입 루　　고 조 명 쟁 완 야 수

腸斷關山不解說하니 依依殘月下簾鉤라.
장 단 관 산 불 해 설　　의 의 잔 월 하 렴 구

〖풀이〗 청루에서

향긋한 휘장이 바람에 날려 꽃이 누각에 들어오니
높이 쟁箏을 울려 밤의 수심을 누그러뜨리네.
창자를 끊는 관산關山에 풀리지 않는 소식이니
희미한 주렴 아래 비추는 달은 갈고리 같구나.

〖감상〗

남편이 군에 나가고 그 아내가 부르는 노래이다. 독수공방, 혼자 밤을 지새우며 악기를 다루면서 밤을 새운 것이다. 군에 나가있는 남편의 관산에서 들리는 소식은 안 좋은 것만 들려오니 희미한 등불 아래 비치는 달빛은 이미 새벽 갈고리 같은 달이 걸려있다. 하룻밤을 남편을 생각하다가 밤을 지새운 것이다.

도움말

이 시는 정부征婦의 원사怨詞이다. 향기로운 커튼이 바람에 날리니 마치 꽃잎이 날려서 누각에 들어오는 느낌이다. 갑자기 남편을 생각하는 마음이 겹쳐서 일어나 앉아 쟁箏을 소리 높이 울려 이 밤의 수심을 날려 보내고 싶다. 군인이 관

산關山에서 창자를 끊이는 곡조가 몇 번이나 울려도 오히려 말을 하지 못하고, 멀리서 희미한 달빛이 문득 주렴 아래 갈고리처럼 비치니 밤이 깊은 줄을 알겠다. 저 희미한 달을 대하여도 가득한 수심은 누그러지지 아니하고 잠을 이루지 못해서 꿈마저 이루지 못하니 그 원한과 슬픈 회포를 어찌 다 말 하리오.

어려운 낱말

• 靑樓怨(청루원) : 변방으로 나간 남편을 사모하는 여인의 원통한 한. • 香幃(향위) : 향기로운 휘장. • 鳴箏(명쟁) : 쟁을 울리다. • 夜愁(야수) : 밤의 그리움. • 腸斷(장단) : 창자를 에는 듯한. • 依依(의의) : 희미한. • 簾鉤(염구) : 주렴에 비치는 갈고리 같은 새벽달.

019

采蓮曲 | 王昌齡왕창령
채 련 곡

荷葉羅裙一色裁하고 芙蓉向臉兩邊開라.
하 엽 라 군 일 색 재　　부 용 향 검 양 변 개

亂入池中看不見터니 聞歌始覺有人來라.
난 입 지 중 간 불 견　　문 가 시 각 유 인 래

〖풀이〗 연밥 따는 노래

연잎이 여인의 옷과 한 빛으로 푸르고
부용꽃 양쪽 뺨으로 활짝 피어있네.
연못 속에 흩어져 들어가도 보이지 않더니
노랫소리 듣고서야 사람임을 깨달았네.

〖감상〗

이 '연밥 따는 노래'는 악부의 제목이다. 이 시는 王 시인이 태호를 유람하면서 지은 시이다. 이 시는 연잎과 치마는 다 같이 푸른색이며 연밥 따는 여인들의 뺨 양쪽에 연꽃이 피어 있어 연잎과 치마, 꽃과 얼굴을 전혀 분간하지 못했는데, 노랫소리를 듣고서야 그곳에 사람이 있다는 것을 알아차리게 된다. 시에서 여인들의 아름다운 자태는 직접 묘사되지 않았지만 '연꽃〔蓮〕' 그리고 '보다〔見〕', '듣다〔聞〕', '깨닫다〔覺〕' 등의 낱말을 통하여 효과적으로 표현하고 있다. 이 시는 한 폭의 그림 자체이다.

도움말

연잎과 비단옷이 같은 푸른색으로 어울리니 사람과 연잎이 하나같이 푸르렀다. 부용은 또한 연꽃의 딴 이름이니, 꽃의 빛깔이 서로 비치면 함께 붉어 채련하는 여인들이 꽃 가운데서 다니는 까닭에 양쪽 사이에 피었다고 했다. 보아도 보이지 않는 것은 채련하는 아가씨들의 모습이었다. 그냥 보아서는 사람이 있는 줄을 몰랐는데, 노래를 듣고 사람이 있음을 깨달음을 '간불견看不見' 3자의 뜻을 잘 생각해 보아야 한다.

어려운 낱말

• 采蓮曲(채련곡) : 연밥 따는 노래. • 羅裙(라군) : 비단옷. • 芙蓉(부용) : 연꽃.
• 看不見(간불견) : 보아도 보이지 않더니.

020

出塞行 | 王昌齡왕창령
출 새 행

白草原頭望京師하니 黃河水流無盡期라.
백 초 원 두 망 경 사 황 하 수 류 무 진 기

秋天曠野行人絶인데 馬首東來知是誰오.
추 천 광 야 행 인 절 마 수 동 래 지 시 수

〖풀이〗 변방의 노래

마른 풀 벌판 가에서 장안을 바라보니
황하 물은 흘러서 끝날 때가 없구나.
가을 하늘 드넓은 벌판에는 지나는 사람 끊어졌는데
동쪽을 향해 오는 말 탄 이, 그는 과연 누구인가.

〖감상〗

간절한 고향 생각에 잠겨 있는데, 풀조차 허옇게 말라버린 언덕에 올라 장안 쪽을 바라보니 장안은 보이지 않고 황하 물만 끝없이 흘러가는 게 보인다. 가을날 텅 빈 광야에는 사람 그림자 하나 보이지 않는데 문득 말머리를 동쪽으로 하고 오는 사람이 보이니 저 사람은 누굴까? 혹 장안으로 돌아가는 사람은 아닐까? 1구에는 고향 떠난 사람의 향수가 잘 나타나 있으며, 2구에는 흘러가는 황하도 역시 작중 시인이 가는 고향으로 흘러가는 길이다. 넓은 벌판은 끝이 없는데 장안으로 향하고 있는 말머리, 시인은 이것을 보고도 향수와 비애에 젖곤 한다.

도움말

출새행出塞行은 악부의 제목이다. 국경지대로 전쟁하러 간 병사들의 노래이다. 백초원두白草原頭의 '초草' 는 '화花' 로 된 곳도 있다. 백초白草는 국경에 허옇게 바랜 마름 풀, '원原' 은 벌판, 경사京師는 서울, 곧 장안. '백초白草' 대신 백화白花로 된 곳도 있다.

어려운 낱말

• 秋天(추천) : 晩秋(만추), 혹은 窮秋(궁추)로 된 곳도 있다. • 馬首東來(마수동래) : 말머리를 동쪽으로, 곧 長安(장안)쪽으로 오고 있다. • 知是誰(지시수) : 의문사 앞의 '知' 는 보통 ' 不知' 의 뜻이 된다. 누군지 모른다.

021 別, 李浦之京 | 王昌齡왕창령

별 이포지경

故園今在灞陵西하니 江畔逢君醉不迷라.
고원금재파릉서 강반봉군취불미

小弟隣莊尙漁獵이니 一封書寄數行啼라.
소제인장상어렵 일봉서기수항제

〖풀이〗 이포李浦가 이별하여 서울로 가다

고향의 동산은 지금 파릉灞陵 서쪽에 있으니
강반에서 그대 만나 취하여도 미혹하지 않았었네.
이 아우 별장을 이웃하여 고기잡이가 일이었는데
한 통의 편지 보내려 하니 두어 줄기 눈물이 솟는구나.

〔감상〕

왕창령 시인이 친구를 이별하여 떠나가면서 지은 작품인데, 두 사람의 우정이 예사 아님으로 한 잔 술로서 우정을 나눈다. 이 두 친구는 아무리 취하여도 술에 유혹이 되지 않을뿐더러 일찍 나의 별장에 머물면서 냇가에 천렵川獵을 하던 그 추억을 말하니 가슴 아프다. 내가 한 통의 편지를 쓰려고 하니 눈에는 두 줄기 눈물이 주르륵 흘러내린다고 시인은 그의 감정을 토로하고 있다.

도움말

이는 송별의 시다. 고원이 파릉의 서쪽 강가에 있으니 그대와 더불어 서로 만나 한 잔 술 서로 권하며 취하도록 마셔도 미혹하지는 않았다. 이 아우 별장을 이웃해서 일찍 고기잡이나 하다가 지금 한 통의 편지를 보내려니 한줄기 눈물을 금할 수가 없구려. 제1구는 고원이 있는 곳을 말했고, 제2구는 그대를 만나 술에 취하여도 망언하지 않았고, 제3구는 별장을 이웃해서 천렵川獵하는 일이요, 제4구는 글을 보내려고 하니 눈물이 앞을 가린다는 말로 표현하고 있다.

어려운 낱말

• 李浦(이포) : 사람의 이름. • 灞陵(파릉) : 지명. • 小弟(소제) : 자기를 낮추어 부르는 명칭. • 隣莊(인장) : 이웃의 별장. • 數行啼(수항제) : 두어 줄기의 눈물.

022

寄, 穆侍御, 出幽州 | 王昌齡왕창령
기 목시어 출유주

一從恩譴渡瀟湘하니 塞北江南萬里長이라.
일종은견도소상 새북강남만리장

莫道薊門書信少하라 雁飛猶得到衡陽이라.
막 도 계 문 서 신 소　　안 비 유 득 도 형 양

〖풀이〗 목시어穆侍御에게 보내는 시

한 번 임금의 견책을 받아 소상을 건너게 되니
북쪽 변방과 강남의 거리, 만 리가 멀고나.
계문薊門에 서신이 적다고 그대는 이르지 말게
기러기도 겨우 날아 형양衡陽에 이른다고 하네.

〖감상〗

임금께 견책을 받아 적소로 가는 왕창령 시인의 심정이 착잡하다. 적소에 가면서 소상瀟湘을 건너가니 북쪽 변방과 강남은 만 리가 넘는 길이었다. 이 먼 길을 귀양 가면서 이시어李侍御에게 글을 보내어 서신이 적다고 원망하지 말라고 타이른다. 그것은 길이 너무 멀고 기러기도 겨우 날아 형양衡陽에 이르니 어찌 소식을 전할 것인가 하는 안타까운 말을 남기고 있다.

도움말

이는 목시어穆侍御에게 보내는 시이다. 임금에게 견책을 입어 남으로 소상강瀟湘江을 건너 적소에 가니 변방의 북쪽과 강의 남쪽의 중간 길이라 만 리 길이 된다니 고향에 대한 회포가 많으리라. 계문薊門에 서신이 적다고 이르지 말라. 이것은 기러기마저 날아서 형양衡陽에 겨우 이르는 길이라고 했다. 1구는 적소에 거처함을 이르는 말이요, 2구는 길이 너무나 멀다는 것을 이르는 말이요, 3구는 서신이 적다고 말하지 말라는 부탁이요, 4구는 기러기도 날아서 겨우 형양衡陽에 이를 정도라고 편지도 붙일 생각은 아예 말아야지.

어려운 낱말

• 穆侍御(목시어) : 목은 성씨요, 시어(侍御)는 벼슬 이름. • 恩譴(은견) : 왕의 견책. • 塞北(새북) : 북쪽 변방. • 薊門(계문) : 지명. 중국 북경 덕승문 서쪽에 있는 토성관의 옛 지명. • 衡陽(형양) : 지명. 중국 호남성 남부의 도시. 수, 당, 송 때는 형주(衡州)라고 했음.

023
重別, 李評事 | 王昌齡왕창령
중별 이평사

莫道秋江離別難하라 舟船明日是長安이라.
막도추강이별난 주선명일시장안

吳姬緩舞留君醉하니 隨意秋楓白露寒이라.
오희완무유군취 수의추풍백로한

〔풀이〕 이평사를 거듭 이별하면서

가을 강에 이별함을 어렵다 이르지 말게
배가 내일이면 장안에 이를 것이라 하네.
오희吳姬의 느린 춤이 그대 머물러 취하게 하리니
뜻에 따라 단풍나무에 내린 흰 이슬이 차갑다네.

〔감상〕

가을 강가에서 이별하는 것이 차마 하기 어렵다고 하지 말게나. 배가 도착하면 내일 아침이라도 쉽게 떠나 이별할 수 있으니 말일세. 이별의 마당에서 미인들의 춤과 맛있는 술이 그대를 취하게 했으나 그대와 나의 정이 얼마나 깊은가를 우리는 알 것이다. 마음에 있다면 비록 찬이슬이 내려 몸이 젖고 낙엽이 지더라도 오늘의 이 즐거움을 잊지 못하리라.

도움말

이별할 때에 정에 끌려서 떠나지 못하고 두세 번을 떠난다고만 하는 것을 '중별重別' 이라 한다. 말로만 이별하는 것이 쉽지만은 않을 것 같다. 지금에 그 노래에 이르기를 '막도난莫道難' 이라 했으나, 떠나지 않음은 몰라도 오늘의 이별이 내일이면 장안에 이른다고 했다. 그래서 그대와 이별에 장안을 그날로 갈 수 있다 했으니 그대 어찌 꼭 이별이 어렵고 급하기만 한가. 나는 그대와 함께 여기에 머물러 한 잔 술로 취해서 오늘이 다하도록 즐기는 것, 오희吳姬의 느린 춤의 힘을 빙자하여 여기에 머무르게 되니 그대는 급하다는 말을 하지 말게나. 그대와 함께 오직 취할 따름이다.

어려운 낱말

• 重別(중별) : 거듭 이별함. 떠나기 싫어서 말로만 떠난다고 함. • 李評事(이평사) : 이는 성이요, 평사는 병마 평사를 말함. • 莫道(막도) : ~라고 하지 말라. • 吳姬(오희) : 미인을 말함. 오희월녀(吳姬越女)의 오희. • 留君醉(유군취) : 그대를 취하게 하여 머물게 하리라.

024

李倉曹宅, 夜飲 | 王昌齡왕창령
이창조택 야음

霜天留飮故情歡하니 銀燭金爐夜不寒이라.
상천류음고정환 은촉금로야불한

欲問吳江別來意하니 青山明月夢中看이라.
욕문오강별래의 청산명월몽중간

〖풀이〗 **이창조 댁에서 밤에 술을 마시며**

서리 내린 날 즐겁게 머물러 술을 마시니
은 촛불과 금 화로 때문에 밤도 춥지 않았네.
오강吳江에서 이별해온 뜻을 묻고자 하니
청산에 밝은 달이 꿈속에 본 것 같구려.

〖감상〗

하늘에 서리 가득 내릴 때 옛정을 마시듯 술을 마시니 즐겁고, 은 촛불과 금 난로가 밤을 따뜻하게 하니 더욱 즐겁게 마실 수가 있구나. 시인이 그와 헤어진 후에 이창조李倉曹와의 옛정을 생각하니 꿈속에서도 강과 산, 밝은 달밤을 보는 것과 같았다고 말하고 있다.

오강(吳江)

도움말

이창조는 왕창령의 절친한 친구다. 그래서 창조와의 옛정이 두터움을 말하고 있다. 때문에 차가운 밤에 머물러 술을 마시는 것이며, 이 밤에 춥지 않는 것은 창조의 집 금로金爐가 있기 때문이다. 그래서 즐겁고 비록 하늘에 서리가 내려도 차가움을 깨닫지 못한다. 여기 '상천霜天'의 '천天'은 하늘이 아니고 우리의 '일日'과 같다. 그러니 서리가 내리는 날을 말한다. 오강吳江을 떠나온 뜻을 묻고자 하나 '꿈속의 산천과 명월'은 다변多變하는 정을 말하기에 꿈속에 보는 것 같다고만 그냥 추억으로 돌리고 있는 것이다.

어려운 낱말

• 李倉曹(이창조) : 이창조는 인명. 왕창령의 옛 친구. • 霜天(상천) : 서리가 내린 날. 天은 日. • 故情歡(고정환) : 옛 친구와 정을 즐김. • 金爐(금로) : 좋은 화로. • 別來意(별래의) : 특별히 찾아온 두 사람의 옛정. • 夢中看(몽중간) : 꿈속에 보는 것 같음. 청산과 명월을 보니 옛 친구를 만난 꿈같은 정 때문.

025
觀獵 | 王昌齡왕창령
관 렵

角鷹初下秋草稀로 鐵驄抛鞚去如飛라.
각 응 초 하 추 초 희 철 총 포 공 거 여 비

少年獵得平原兎하여 馬後橫鞘意氣歸라.
소 년 렵 득 평 원 토 마 후 횡 초 의 기 귀

〖풀이〗 사냥을 바라보다

매가 날아 내리는 가을 풀 성근 벌판 위로

굴레 벗은 철총마鐵驄馬 타고 날아가듯 달려가네.
소년은 평원의 토끼를 잡아서는
말안장에 가로 꽂고 의기양양 돌아오네.

〖감상〗

시인은 사냥하는 모습을 그리고 있다. 넓은 평원 위에 말을 타고 쏜살같이 달려가며 뛰어 도망가는 토끼를 향해 재빠르게 사냥하는 생기발랄한 동적인 모습을 그려내고 있다. 매가 날아가는 가을 하늘과 마른 풀이 날리는 평원, 재갈이 벗겨진 말을 타는 야생적인 활동이 잘 표현되고 있다. 소년은 사냥에서 잡은 토끼를 말안장에 꽂아 의기양양하게 돌아오는 모습이 보는 듯 잘 그려져 있다.

도움말

이는 매가 사냥하는 것을 바라보고 지은 작품이다. 매가 처음 가을 풀이 드넓은 벌판 가운데 내려오는 것을 멀리서 바라보고, 재갈을 벗은 철총마鐵驄馬를 타고 달리는 모양이 마치 날아가는 것 같았다. 소년은 평원의 토끼를 사냥하여 들고 기쁨을 이기지 못해, 사냥에서 돌아올 때 말안장에 채찍을 꽂고 의기양양해서 말을 가로타고 돌아오니 소년의 호기를 이에 볼만했다.

어려운 낱말

- 觀獵(관렵) : 사냥을 바라보다. • 角鷹(각응) : 매를 말한다. • 稀(희) : 성글다.
- 鐵驄(철총) : 매우 잘 달리는 말. • 抛鞚(포공) : 말이 자갈을 벗는 것.

| 덧붙임 |

왕창령(王昌齡)

王昌齡〔왕창령; 698-757, 盛唐(성당)〕: 長安人(장안인). 字(자)는 少伯(소백). 진사 급제 후 하남성 氾水縣(범수현)의 尉(위)가 되었다가 博學宏詞科(박학굉사과)에 합격, 秘書省(비서성) 校書郞(교서랑)이 되었다. 만년에는 호남성 龍標縣(용표현)의 尉(위)로 좌천되었고, 안녹산의 난이 일어나자 향리로 돌아왔다가 刺史(자사) 閭丘曉(염구효)에게 미움을 받아 살해되었다. 邊塞詩(변새시) 및 閨怨詩(규원시)를 得意(득의)로 했으며, 詩格(시격), 詩中密旨(시중밀지), 古樂府解題(고악부해제) 등의 저서가 있다. 180여 수의 시가 전한다.

026

除夜 | 高適고적

제 야

旅舘寒燈獨不眠하니 客心何事轉悽然고?
여관한등독불면　　객심하사전처연

故鄕今夜思千里라 霜鬢明朝又一年이라.
고향금야사천리　　상빈명조우일년

〖풀이〗 제야에

여관의 싸늘한 등불 아래 홀로 잠 못 이루나니

나그네 마음 무슨 일로 점점 서글퍼지나?

오늘 밤 고향을 생각하니 천리 길 아득한데
서리 같은 귀밑머리 내일 아침이면 또 한 살 먹는구나.

〖감상〗

나그네 되어 그것도 여관에서 한해를 보내는 심사가 매우 착잡해진다. 1구에서 나그네의 쓸쓸하고 적막한 상황을 나타내는 글자는 '여旅', '한寒', '독獨' 의 이 세 글자이다. 2구에서 '나그네 마음은 무슨 일로 점점 서글퍼지는가?' 하고 자기에게 질문하여 '금야사천리今夜思千里' 고향이 멀리 있어서 향수에 젖게 한다. 더구나 허옇게 센 귀밑머리가 오늘 밤을 지나면 또 한 살을 먹게 된다는 서글픈 현실을 노래하고 있다.

도움말

이는 제야에 나그네가 되어 지은 시이다. 홀로 타향에 있어서 제야를 맞이하니 나그네의 심회가 다른 때보다 몇 배나 더하다. 깜박거리는 쓸쓸한 등불을 짝하여 홀로 앉아 잠을 이루지 못하니 내 마음이 무엇 때문에 이같이 처량한가? 가만히 슬픈 이유를 생각하니 고향이 천리 밖이요, 내일 아침이면 한 살이 더해지니 글자마다 처량하여 모두가 비정悲情, 그대로구나.

어려운 낱말

• 除夜(제야) : 섣달 그믐날 밤. • 寒燈(한등) : 싸늘한 등불. • 轉悽然(전처연) : 매우 서글퍼져서. • 霜鬢(상빈) : 서리 맞은 귀밑머리. 흰 머리털을 말함.

027

塞上聽笛 | 高適고적
새 상 청 적

雪淨胡天牧馬還하니 月明羌笛戍樓間이라.
설 정 호 천 목 마 환　　월 명 강 적 수 루 간

借問梅花何處落고 風吹一夜滿關山이라.
차 문 매 화 하 처 락　　풍 취 일 야 만 관 산

〖풀이〗 변새邊塞에서 피리 부는 소리를 듣고

눈 개인 호지의 하늘에서 말을 먹여 돌아오니
달 밝아 호적胡笛 소리 망루 사이 울린다.
묻노라, 매화가 어느 곳에 졌기에
하룻밤 사이 바람 불어 관산 가득히 퍼졌단 말인가.

〖감상〗

변방의 강추위도 물러나고 어느 곳에서 매화가 피었다는 춘신春信과 함께 눈 개인 호지胡地에서 말 먹여 돌아오는데, 달은 밝게 비추고 군인들이 주둔한 높은 망루에서 구슬픈 호적소리 들려오고 있다. 이맘때면 우리 고향에서는 '매화락梅花落' 한 곡조가 들릴 것 같은 계절인데, 이 눈 덮인 삭막한 변방에 매화는 어느 곳에 피어서 떨어졌단 말인가? 매화가 벌써 졌다는데 하룻밤 사이 병사들의 마음은 고향 생각에 밤새도록 잠을 못 이루었을 것이다.

도움말

이는 피리 소리를 듣고 느낌을 시로 표현한 것이다. 호지胡地의 하늘에 눈은 개고 먹이던 말을 몰고 황혼 즈음에 돌아오고 있다. 눈 내린 뒤의 하늘은 맑고 높은데 둥근 달이 온 천지에 밝게 비치고 있다. 홀연히 들리는 피리 소리가 수루戍樓에서 들려와 멀고 가까운 곳까지 퍼진다. 잠시 묻노라, 매화가 어느 곳에 피었단 말인가? '하룻밤 바람에 관산 가득히 퍼졌는가?' 이는 노래 곡조 중의 하나인 '매화락'이기 때문에 이렇게 반문하여 시적으로 표현한 것이다. 앞의 2구는 눈이 갠 하늘에 밝은 달이 비치고 피리 소리 수루에 들린다는 것을 말하고 있으며, 뒤의 두 구절은 곡조 중에 매화가 바람을 따라 관산關山에 가득함을 이르는 말이다.

어려운 낱말

• 塞上(새상) : 변방. • 聽笛(청적) : 피리 소리를 들음. • 雪淨(설정) : 눈이 개임. • 羌笛(강적) : 피리. • 何處落(하처락) : 피리의 곡조 중에 '梅花落(매화락)'이라는 곡이 있어 작가가 '매화도 안 피었는데 이 塞邊(새변)에 어디 매화가 떨어졌단 말이냐'고 반문하는 것. • 關山(관산) : 변방 관소의 산.

028
營州歌 | 高適고적
영 주 가

營州少年厭原野하니 狐裘蒙茸獵城下라.
영 주 소 년 염 원 야　　호 구 몽 즙 엽 성 하

虜酒千鍾不醉人하니 胡兒十歲能騎馬라.
노 주 천 종 불 취 인　　호 아 십 세 능 기 마

〖풀이〗 영주의 노래

영주 소년이 평원 들판을 싫어해

여우 갖옷을 입고 성 아래서 사냥을 한다.

이 지방 술은 많이 마셔도 취하지 아니하고

호지의 아이는 나이 10세에 말 타기에 능숙하군.

〖감상〗

영주는 변방 지역이다. 여기에 사는 소년들은 이곳 평원을 싫어하고 사냥을 좋아했다. 또 술 마시기를 좋아해서 아무리 술을 마셔도 취하지 않는다고 한다. 이것은 기후 탓인가? 아니면 술 탓인가? 그래도 이곳 소년들은 열 살만 되어도 말을 잘 타서 넓은 평원을 쏜살같이 달려갈 수 있었다.

도움말

이는 영주營州의 소년이 평원에서 살기가 괴롭고 싫어하여 갖옷을 입고 성 아래서 사냥을 하고 있었다. 이 지방 술은 비록 많이 마셔도 취하지 않는다니 술이 담백하고 독하지 않음을 알겠다. 호지胡地의 아이들은 비록 10세의 어린 나이지만 말타기에 능숙하니 어릴 때부터 길들여 있음을 알겠다. 앞의 2구는 소년의 기상이 사냥을 좋아한다는 것을 말했고, 뒤의 2구는 술이 사람을 취하지 않게 한다는 것과 아이가 기마騎馬에 능하니, 이는 영주의 풍속을 말하고 있는 것이다.

어려운 낱말

• 營州(영주) : 중국의 변새 지역의 이름. • 狐裘(호구) : 여우의 갖옷. • 蒙茸(몽즙) : 풀이 어지럽게 달린 모양. • 虜酒(노주) : 변방 오랑캐 지역의 술. • 胡兒(호아) : 오랑캐 지역의 아이들.

| 덧붙임 |

고적(高適)

高適〔고적; 702?-765, 盛唐(성당)〕: 산동성 滄州人(창주인). 字(자)는 達夫(달부) 또는 仲武(중무). 50세 무렵 처음으로 詩作(시작)을 시작, 수년 만에 문단에 이름을 떨침. 하남성 封丘尉(봉구위)로 발령 받았으나 벼슬살이를 싫어하여 이리 저리 떠돌아다니다가 河西節度使(하서절도사) 哥舒翰(가서한)에게 인정받아 그의 막료가 됨. 侍御使(시어사)가 되고 이윽고 諫議大夫(간의대부)에 승진했으나, 직언으로 권신 李輔國(이보국)에게 미움받아 彭州(창주), 蜀州(촉주) 등의 刺史(자사)를 지냄. 이때 杜甫(두보)와 교류. 그 후에 銀青光祿大夫(은청광록대부), 渤海侯(발해후)에 봉해짐. 당나라 시인 중 보기 드물게 고관을 지냈음. 고상시집이 있으며 240여 수의 시가 전한다.

029

獻, 封大夫, 破蕃仙凱歌 | 岑參잠삼
헌 봉대부 파번선개가

漢將承恩西破戎하고 捷書先奏未央宮이라.
한장승은서파융 첩서선주미앙궁

天子預開麟閣待라가 秖今誰數貳師功고?
천자예개인각대 지금수수이사공

〖풀이〗 봉대부 번족을 격파하고 개선가를 드리다 ❶

한漢나라 장수 은혜를 입어 서융西戎을 격파하고
첩서捷書를 먼저 미앙궁未央宮에 아뢰었네.

천자는 미리 기린각麒麟閣을 열어두고 기다리다가

때마침 이 두 장수의 공로 어느 누가 더 큰가.

〖감상〗

서융을 격파한 장수의 승리 소식이 이어지자 궁중의 천자는 미리 기린각 문을 열어두고 그의 공을 새겨 기리겠다는 천자의 들뜬 기분이 나타나 있어 당시의 장군들이 나라에 공을 세워 돌아오는 의기양양한 개선을 지금 와서 보는 것 같다.

도움말

이는 한나라 때의 일을 끌어다가 당나라 때의 일에 비유해서 쓴 글이다. 한나라의 장수가 황제의 은총을 힘입어 군사를 이끌고 출전하여 서융을 격파하고 전쟁에 이겨 미리 첩서를 사람을 시켜 천자가 있는 미앙궁에 아뢰었다. 천자는 이 첩보를 듣고 미리 기린각麒麟閣을 열어두고 공을 세운 사람을 기다리니 이에 한나라의 두 장수로 더불어 누가 더 공을 세웠는가 하는 물음을 물었으니, 이는 봉대부에 비유한 노래이다.

어려운 낱말

• 封大夫(봉대부) : 한나라 때에 봉한 벼슬 이름. • 破蕃(파번) : 번족 오랑캐를 격파함. • 漢將(한장) : 봉대부를 말함. • 捷書(첩서) : 전쟁의 결과를 전하는 편지. • 麟閣(인각) : 기린각을 말함. 한나라 때 전쟁의 공로가 있는 장수를 봉안하는 누각. • 秖今(지금) : 때마침. • 貳師功(이사공) : 두 장수의 공로.

獻, 封大夫, 破蕃仙凱歌 其二 | 岑參잠삼
헌 봉대부 파번선개가 기이

官軍西出過樓蘭하니 營幙傍臨月窟寒이라.
관군서출과누란 영막방림월굴한

蒲海曉霜凝馬尾하고 葱山夜雪樸旌竿이라.
포해효상응마미 총산야설박정간

〖풀이〗 봉대부 번족을 격파하고 개선가를 드리다 ❷

관군이 서쪽으로 누란樓蘭을 지나 나아가니
군막 곁에 다다르니 월씨국月氏國이 차갑구나.
포해의 새벽 서리 말꼬리에 엉겨 붙고
총산葱山의 밤눈이 깃발의 장대를 치고 있네.

〖감상〗

한나라 군관이 서쪽으로 진격하여 월씨국 가까이 들어가니 바람과 눈보라가 몰아쳐 날씨가 얼어붙는 상황을 그려내고 있다. 더구나 파격적인 것은 밤눈이 내리고 추워서 말꼬리가 엉겨 붙는다는 사실에서 그 지역의 날씨를 짐작할 수 있다.

도움말

이는 관군이 서쪽으로 변방에 나가 누란의 나라를 지나 군막을 사막에다 설치하되 월씨국 가까이에 있어 한기가 스며들고 포해蒲海의 새벽하늘에 서리가 내려서 말꼬리에 엉겨 매달리고, 총산葱山의 밤바람에 눈꽃은 깃발의 장대를 흔들고 있다. 차가움과 눈서리에 의한 괴로움을 군졸들이 어찌 감히 견딜 수 있으랴.

어려운 낱말

• 樓蘭(누란) : 중국 한나라 때 서역에 있던 나라 이름. • 營幙(영막) : 군인들이 있는 군막. • 月窟(월굴) : 월씨국. • 蒲海(포해) : 서역의 지명. • 葱山(총산) : 서역에 있는 산 이름.

獻, 封大夫, 破蕃仙凱歌 其參 | 岑參잠삼
헌 봉대부 파번선개가 기삼

鳴茄疊鼓擁回軍하여 破國平蕃昔未聞이라.
명가첩고옹회군 파국평번석미문

丈夫鵲印搖邊月하고 大將龍旗掣海雲이라.
장부작인요변월 대장용기체해운

〖풀이〗 봉대부 번족을 격파하고 개선가를 드리다 ❸

피리를 울리고 북을 빠르게 쳐 회군을 막아
번국蕃國을 쳐 평정했음을 옛날엔 듣지 못했노라.
장부의 작인鵲印을 변방의 달 아래서 흔들고
대장의 용기龍旗는 바다의 구름을 끌고 오는구나.

〖감상〗

피리를 불고 북을 치고 빠르게 회군을 막아 번국蕃國을 평정했다는 사실을 오늘 처음으로 실감하고 있다. 진중의 깃발을 흔들고 대장의 용기龍旗를 하늘 높이 흔들고 있으니 승리의 기쁨을 이에 더할 수 없는 것 같았다.

도움말

이는 개선할 때에 부는 피리 소리와 북 치는 소리가 군대의 오열 중에 상응하여 번국蕃國을 쳐부수어 평정했음은 옛날에 없었던 일이었다. 장부의 작인鵲印은 변방의 달 아래서 흔들고, 대장의 용기龍旗는 바다의 구름을 끌어오는 듯 전쟁에 이긴 기세를 볼만하다. 1구는 북과 피리 소리가 첩첩이 대오의 행간에 드린다는 것을 말했고, 2구는 번국을 토벌함이 예부터 듣지 못했음을 말하고, 3, 4구는 작인과 용기를 흔들었으니 옛 시에 '벌고연연백기앙앙伐鼓淵淵白旗央央' 을 여기서 보는 것 같았다. 그 군대의 의기와 노래의 청화淸和함이 기상으로 넘쳐 흐른다.

어려운 낱말

• 鳴茄疊鼓(명가첩고) : 피리를 불고 북을 빠르게 치다. • 平蕃(평번) : 번국을 평정함. • 鵲印(작인) : 까치가 그려진 신표의 하나. • 龍旗(용기) : 용이 그려진 깃발. • 掣(체) : 끌다.

獻, 封大夫, 破蕃仙凱歌 其四 | 岑參잠삼
헌 봉대부 파번선개가 기사

日落轅門鼓角鳴하고 千羣面縛出蕃城이라.
일락원문고각명 천군면박출번성

洗兵魚海雲迎陣하고 秣馬龍堆月照營이라.
세병어해운영진 말마용퇴월조영

〖풀이〗 봉대부 번족을 격파하고 개선가를 드리다 ❹

해가 지는 군문에 북 나팔 소리 울리고

많은 적군 결박하고 번성蕃城을 나오는구나.

병기를 바다에 씻으니 구름이 진영陣營을 맞이하고

군마를 용퇴龍堆에서 먹이니 달빛이 영문營門에 비치네.

〖감상〗

해가 떨어지는 군문軍門에서는 나팔소리 크게 울리고 많은 적군을 쳐부수고 번성蕃城으로 나오는 승승장구하는 모습을 보는 것 같다. 전쟁에 이긴 군대들이 병기를 바다에 씻고 진영을 맞이하고 군마軍馬를 끌어다 배불리 먹이니 달빛 또한 우리 진영에 비친다는 승리의 기쁨을 표현하고 있다.

도움말

이는 진지에 머물러 있을 때이다. 날이 이미 서천 군문 밖에 지고 있는데 고각鼓角이 어지럽게 울리더니 번국蕃國의 항복하는 자들이 천 명이나 되었는데, 그들을 결박하여 성 밖으로 끌고 나오고 있었다. 이에 병기를 바다에 가서 씻으니 구름이 와서 진영을 환영하고 군마軍馬들이 용퇴龍堆에서 풀을 뜯으니 달빛 또한 군영을 비춰주는구나. 승전한 위용이 위의 4구 중에서 발견할 수 있다.

어려운 낱말

• 轅門(원문) : 군문. • 鼓角鳴(고각명) : 북과 나팔소리가 울리다. • 千群(천군) : 많은 적군. • 縛出(박출) : 묶어 나오다. • 蕃城(번성) : 번국의 성. • 秣馬(말마) : 말을 끌고 가다. • 龍堆(용퇴) : 호지의 돌 무대기.

030
玉關, 寄, 長安李主簿 | 岑參잠삼
옥관 기 장안이주부

東去長安萬里餘하니 故人那惜一行書라.
동거장안만리여 고인나석일항서

玉關西望腸堪斷하니 況復明朝是歲除를-.
옥관서망장감단 황부명조시세제

〖풀이〗 옥문관에서 장안 이주부에게

동으로 장안과의 거리는 만 리가 넘는데
친구는 어찌하여 편지 한 장 보내기를 아끼는가.
옥문에서 서쪽을 바라보면 창자가 끊어질 듯한데
더구나 내일이 섣달그믐이 아닌가, 그려.

〖감상〗

작자인 시적詩的 주인공은 서역西域으로 전쟁터에 나가기 위하여 옥문관에 머물러 있을 그때였다. 때는 마침 섣달그믐, 친구가 불현듯 생각나서 지은 한 편의 시이다. 외롭게 한 해의 마지막 날을 보내면서 작자의 애끊는 듯한 애수가 잘 나타나 있다. 2행에 친구를 원망하는 듯한 '나석일항서那惜一行書' 라는 농담 섞인 진담 같은 구절이 그 속에 잘 표현되어 있다.

도움말 |

시적 주인공은 장안을 떠나 옥문관에 와 있다. 옥문관은 중국 서쪽의 관문이다. 장안과는 거리가 멀다. 만 리가 넘는다고 했다. 어째서 친구는 편지 한 장도 없는가? 물론 장안에 있는 이주부에게 하는 말이다. 여기 옥문관에서 서쪽을 바라보면 내 창자가 끊어질 듯 아프다. 더구나 내일이 섣달그믐이라 어찌 내 가슴이 아프지 않겠는가? 멀리 장안에 있는 친구인 이주부가 괘씸하기도 하리라.

어려운 낱말

• 玉關(옥관) : 옥문관. 감숙성 돈황의 서쪽에 있는 관문으로 이 관문을 나서면 서역으로 가게 된다. • 李主簿(이주부) : '李'는 姓이요, '主簿'는 縣의 문서나 장부 등을 담당하는 관리. • 那(나) : 어찌. • 玉關西望(옥관서망) : 옥문관에서 서쪽은 작가가 앞으로 출정할 곳. • 腸堪斷(장감단) : 창자가 끊어질 듯함. • 歲除(세제) : 한 해의 마지막 날. 이는 이미 장안을 좇아 옥문관에 이르고 있었다. '那惜(나석)'은 '那可惜也(나가석야)'의 줄여진 꼴로 '어찌 아끼겠는가.' 이다.

옥문관(玉門關)

031
苜蓿烽, 寄, 家人 | 岑參잠삼
목 숙 봉 기 가 인

苜蓿烽邊逢立春하니 葫蘆河上淚霑巾이라.
목 숙 봉 변 봉 입 춘 호 로 하 상 누 점 건

閨中只是空相憶하니 不見沙場愁殺人이라.
규 중 지 시 공 상 억 불 견 사 장 수 쇄 인

〖풀이〗 목숙봉에서 집사람에게 글을 보냄

목숙봉 주변에서 입춘을 맞이하니
호로葫蘆 물가에서 눈물이 수건을 적시네.
아내 생각은 다만 공허한 마음일 뿐
모래 벌에는 나의 향수 달래줄 사람 보지 못했네.

〖감상〗

시인 잠삼이 옥문관에 출정을 하게 되어 목숙봉에 이르러 아내에게 편지를 쓴다. 그때 마침 입춘 날을 맞아 감개가 무량했다. 호로胡蘆라는 물가에 오니 더욱 아내가 생각나서 눈물이 주르륵 흘러내렸다. 아무리 아내를 생각해도 그것은 한갓 공허한 마음일 뿐, 넓은 모래 백사장 근처에는 그의 마음 녹여줄 사람 하나 없었다.

도움말

주인공은 일찍 봉상청封常淸을 따라 옥문관에서 출정을 하니 새외塞外에는 역과 정자가 없으며 산고개가 없기에 다만 봉화 터가 옥문관 밖 오봉산에 있었으니 목숙봉苜蓿烽이 거기였다. 여기서 입춘을 맞이했기에 고향을 생각하게 되었다.

호노胡盧의 강물은 좁고 내려갈수록 넓어져 흐르는 물결이 매우 빠르기에 건너 가지 못한다. 그 위쪽에 옥문관이 있으니, 곧 서역의 금후襟喉이다. 그 강이 충주성衡州城 북쪽에 있으니 이는 풍경이 매우 좋지 못하다. 아내에 대한 생각은 공허한 생각에 불과했고 현실적인 경지는 아니었다.

어려운 낱말

• 苜蓿(목숙) : 서역에 있는 산봉우리 이름. • 葫蘆河(호로하) : 하수의 이름. • 淚霑巾(누점건) : 눈물이 수건을 적시다. • 閨中(규중) : 아내를 말함. • 空相憶(공상억) : 공허한 생각 뿐.

032
逢入京使 | 岑參잠삼
봉 입 경 사

故園東望路漫漫하니 雙袖龍鍾淚不乾이라.
고 원 동 망 로 만 만 　 쌍 수 용 종 루 불 건

馬上相逢無紙筆하여 憑君傳語報平安이라.
마 상 상 봉 무 지 필 　 빙 군 전 어 보 평 안

〖풀이〗 서울로 가는 사신을 만나다

동쪽 고향을 바라보니 길은 멀고 아득하니
두 소매에 눈물 자욱 마르지 않는구려.
말 위에서 서로 만나 종이와 붓이 없으니
편안하다고만 그대가 말이나 전해주오.

『감상』

이 시 역시 잠삼岑參 시인이 서역으로 향하는 도중에 지은 작품이다. 마침 장안으로 가는 특사를 만나 고향과 집에 있는 가족을 생각하면서 그의 심정을 토로하는 작품이다. 가슴속에서 뭉클하게 솟아나는 감정을 그대로 표현하고 있다. 꾸밈도 없이, 그렇다고 보탬도 없이 가슴속에 일어나는 정서를 그대로 표현하여 독자로 하여금 향수에 젖게 한다.

도움말

이 시는 먼저 나그네의 아픈 마음을 말하고 서로 만난 곳이 말 타고 가는 길이어서 종이와 붓이 없어 그냥 말로만 서로 안부를 전하고 새외塞外로 바쁘게 가버리기 때문에 이게 곧 집에 보내는 편지로 대신한다고 했다. 위의 2구절은 서로 만났을 때 동쪽에 있는 고향을 생각하니 두 소매에 눈물을 적신다고 말하고, 다음 2구절은 인편에 글을 보내고자 하나 종이와 붓이 없어 입으로 안부만을 전하기를 부탁했다.

어려운 낱말

• 入京使(입경사) : 장안으로 들어가는 임금의 특사. • 故園(고원) : 고향 동산. • 東望(동망) : 동쪽으로 바라보니. • 漫漫(만만) : 끝없이 먼 모양. • 雙袖(쌍수) : 양 소매. • 龍鍾(용종) : 이 단어에는 3가지 뜻이 있다. ① 늙어서 피로해짐. ② 실의에 빠짐. ③ 눈물이 흘러내리는 모양. 여기에서는 ③의 뜻이다. • 憑君(빙군) : 그대에게.

033
送人 | 岑參잠삼
송 인

西原驛路掛城頭하고 客散江亭雨未休라.
서 원 역 로 괘 성 두　　객 산 강 정 우 미 휴

君去試看汾水上에 白雲猶似漢時秋라.
군 거 시 간 분 수 상　　백 운 유 사 한 시 추

〖풀이〗 그대를 보내며

서쪽 고원의 큰길은 성 머리에 걸려 있고
나그네 흩어진 강정엔 비가 아직 그치지 않았네.
그대 가거든 한 번 보시라, 저 분수 위에
흰 구름은 여전히 한나라 시절의 가을 같구려.

〖감상〗

이 시 역시 시적 주인공이 괵주虢州에서 생활하고 있을 때 지은 송별의 시이다. 우선 먼 곳에서 가까운 곳으로 송별의 상황을 묘사하고 있다. 정자에서 멀리 바라보니 수많은 산들 사이로 난 큰길은 마치 성 머리에 걸려 있는 듯했다. 송별연을 베풀고 있던 정자에 사람들은 흩어졌지만 비는 아직 그치지 않고 있으며, 저 분수 위에 흰 구름이 둥둥 떠 있으니 그것은 마치 한나라 시절 가을과 같다고 하여 앞으로 가는 길이 평탄함을 넌지시 말하고 있다.

도움말

이는 송별의 시이다. '별로別路'는 곧 서쪽의 역로驛路이고, 역은 성 머리에 있었다. 강정江亭에는 비가 내려서 그치지 않고 나그네 흩어져 쓸쓸한 마음 더욱 간절한 때가 이때인 것이다. 위의 2구절은 강에 비가 내려 아직 개지 않아 이별하는 정이 슬픔 속에 있고, 아래 2구절은 분수汾水 위에 흰 구름을 보니 마치 한나라 시절의 가을바람과 흡사했다.

어려운 낱말

• 西原(서원) : 서쪽 언덕. • 雨未休(우미휴) : 비가 아직 그치지 않았다. • 汾水(분수) : 두 州(주)를 지나 흐름. 晉州(진주)는 지금의 臨汾縣(임분현), 絳州(강주)는 지금의 新絳縣(신강현)에 있다.

034

春夢 | 岑參잠삼
춘 몽

洞房昨夜春風起하니 遙憶美人湘江水라.
동방작야춘풍기 요억미인상강수

枕上片時春夢中에 行盡江南數千里라.
침상편시춘몽중 행진강남수천리

〔풀이〕 봄꿈

골방에서 어젯밤에 봄바람 일어나니

미인은 멀리 상강湘江의 물을 생각하네.

침상에서의 한 조각 봄꿈속에는

강남의 수천 리를 끝까지 가 보아야겠네.

상강(湘江)

〖감상〗

이 시는 멀리 강남땅에 가 있는 그대에 대한 그리움을 춘몽으로 노래한 작품이다. 이처럼 동방洞房에서 임을 그리는 애달픈 심정을 노래한 것은 작자가 향수와 그리운 사람에 대한 그리운 마음을 표현한 것이다. 보고프고 그리운 심정을 하룻밤 꿈속에서 강남의 먼 길 수천 리를 두루 돌아볼 수 있음을 말하고 있다.

도움말

'동洞' 은 깊은 골짜기를 말한다. 봄바람이 일어난다는 것은 애정을 느끼는 것이요 인하여 꿈이 있었음을 말하고, 어젯밤이라는 것은 대개 조급한 생각을 글로 나타낸 것이다. 여기서 미인은 반드시 지정한 바가 있으니 소상강이 멀리 가려 있음으로 아득히 생각한다고 했다. 생각함의 간절함으로 꿈도 역시 멀다. '편시片時' 는 아래 '행진行盡' 과 일시적으로 상응하고 있다.

어려운 낱말

• 洞房(동방) : 골방. • 遙憶(요억) : 멀리~생각하다. • 湘江水(상강수) : 소상강의 물. • 片時(편시) : 한때의.

035

酒泉太守席上, 醉後作 | 岑參잠삼
주 천 태 수 석 상 취 후 작

酒泉太守能劍舞하니 高堂置酒夜擊鼓라.
주 천 태 수 능 검 무 고 당 치 주 야 격 고

胡歌一曲斷人腸하니 坐客相看淚如雨라.
호 가 일 곡 단 인 장 좌 객 상 간 누 여 우

〖풀이〗 주천 태수와 함께

- 취하여 이 시를 짓다

주천태수酒泉太守가 검무에도 능하구나
고당高堂에 술을 베풀고 새도록 장고를 두드렸네.
호가胡歌 한 곡조에 사람의 창자를 에는 듯하니
앉아있는 나그네 서로 보니 눈물이 비 오듯 흐르네.

〖감상〗

주천태수酒泉太守와 하룻밤을 흥겹게 노는 장면이다. 그 상대가 주천酒泉이라 했으니 아마 술이 많고 또 술을 좋아하는 모양이다. 그와 술을 마시고 하룻밤을 즐기는 모습이 역시 여기에 잘 나타나 있다. 밤새도록 장구를 치면서 흥겹게 노는 장면을 묘사하고 있는데, 호가胡歌 한 곡조가 사람의 창자를 에는 듯 슬퍼서 앉아있는 나그네의 눈에서 눈물이 흘렀다니 그 노랫소리가 얼마나 애절했는지를 짐작할 수 있겠다.

도움말

이는 잠삼岑參이 주천태수酒泉太守와 함께 취하여 즐기는 내용의 시이다. 태수는 그 자리에서 검무를 추며 술을 놓고 즐기며 장고를 두드리며 노는데, 그때 또 호가를 잘하는 자가 있어 슬피 노래를 부르니 사람으로 하여금 장중場中에 앉아있는 사람에게 창자를 끊는 듯 눈물을 흘렸다. 이른바 즐거움이 극도에 달하여 오히려 슬픔을 자아내게 했다.

어려운 낱말

• 酒泉太守(주천태수) : 주천은 지명인 것 같고 태수는 그 고을의 원. • 高堂(고당) : 훌륭한 방, 또는 집. 고당에서 술을 마시고 북을 치며 놀았다. • 胡歌(호가) : 호족들이 즐겨 부르는 노래. • 斷人腸(단인장) : 사람의 간장을 에는구나. • 淚如雨(누여우) : 눈물이 비 오듯하다.

| 덧붙임 |

잠삼(岑參)

岑參〔잠삼; 751-770, 성당〕: 태어난 곳은 하남성 仙州(선주). 邊塞詩(변세시)의 제1인자. 20세 무렵 상경, 30세에 진사 급제해 右內率府(우내솔부)의 兵曹參軍(병조참군)이 되었다. 35세에 西安四鎭節度使(서안사진절도사) 高仙芝(고선지)의 추천으로 그의 掌書記(장서기)가 되어 安西都護府(안서도호부)로 부임했다. 3년 뒤에 節度使(절도사) 封常淸(봉상청)의 추천으로 그의 判官(판관)이 되어 다시 伊西北庭支度副使(이서북정지도부사)가 되었고, 다시 右補闕(우보궐)에 임명되어 王維(왕유), 杜甫(두보), 賈至(가지) 등과 깊이 교유했다. 그 후 起居舍人(기거사인), 高功員外郞(고공원외랑) 등을 역임. 51세 때 사천성 嘉州刺史(가주자사)가 되었다. 岑嘉州集(잠가주집) 7권과 4백여 수의 시가 전한다.

036

題, 長安主人壁 | 張謂장위
제 장안주인벽

世人結交須黃金하여 黃金不多交不深이라.
세인결교수황금 황금부다교불심

縱令然諾暫相許하나 終是悠悠行路心이라.
종령연락잠상허 종시유유행로심

〖풀이〗 장안에 머물던 집의 벽에 쓰다

세상 사람은 친구를 사귀는데 돈이 필요하여
돈이 많지 않으면 사귐이 깊지 못하네.
잠시는 서로 좋아하고 마음을 허락하여도
마침내는 냉담하게 길 가는 사람 보듯 하는구나.

〖감상〗

세상인심을 갈파하는 좋은 작품이다. 사람을 사귀는데도 오직 돈이라는 것을 조건으로 하고 있다. 옛날이나 지금이나 인간 세상에는 돈이 작용하는데 우정에서도 역시 돈이라는 것이다. 처음에는 잠시 좋은 듯이 마음을 주고받지만 마침내는 길을 가는 행인처럼 냉담하게 돌아선다는 인간 세태를 그리고 있다.

도움말

시적 주인공인 장위張謂가 잠시 장안 부잣집에 식객으로 있다가 그 집 주인의 방에다 시 한 수를 지어 붙이게 되었다. 이 세상 사람들은 서로 사귀는데도 돈이 필요했다. 돈이 없다면 일시적으로 친한 척하지만 결국은 그 사귐이 길지 못하다. 일시적으로 잠시 허락을 했다가도 돈이 없으면 끝내 냉담하게 친구도 길 가는 사람처럼 보는 것이 이 세상 사람들의 인심이란 것을 강조하고 있다.

어려운 낱말

• 題長安主人壁(제장안주인벽) : '題-壁'은 壁(벽)에 시를 써서 붙임. '長安主人(장안주인)'은 작가가 장안에 식객으로 있는 동안 주인으로 삼았던 사람. • 結交(결교) : 교제를 맺음. • 縱令(종령) : 비록 ~라 하더라도. • 然諾(연락) : 좋다고 승낙함. • 暫相許(잠상허) : 잠깐 동안 마음을 터놓고 서로 친하게 지냄. • 悠悠(유유) : 아득하게 먼 모양. 여기서는 무관심한 태도를 말함. • 行路心(행로심) : 길 가는 사람을 보듯 하는 박정한 마음.

| 덧붙임 |

張謂(장위; 717-?, 盛唐(성당)): 하남성 河內縣人(하내현인). 字(자)는 正言(정언). 幽州節度使(유주절도사)의 막하에 있다가 30세 무렵 진사 급제. 10년 뒤에 伊西節度使(이서절도사) 封常淸(봉상청)의 막료가 되어 西域(서역)에 부임. 그 후 15년이 지나 중앙의 尙書郞(상서랑)이 되었다가 안휘성 일대에서 安史亂(안사란) 토벌군에 참가하고, 호남성 潭州刺史(담주자사)로 나갔다가 소환되어 太子左庶子(태자좌서자). 禮部侍郎(예부시랑) 등을 거쳤으며, 40수의 시가 남아있다.

037
送, 魏十六, 還, 蘇州 | 皇甫冉황보염
송 위십육 환 소주

秋夜沉沉此送君하니 陰蟲切切不堪聞이라.
추야침침차송군 음충절절불감문

孤舟明日毗陵道에 回首姑蘇是白雲이라.
고주명일비릉도 회수고소시백운

〖풀이〗 소주로 돌아가는 위형을 보내며

가을밤 깊어 가는데 여기서 그대를 보내려니
풀벌레 소리 애절하여 차마 들을 수가 없네.
돌아가는 배 내일 비릉毗陵을 지나는 길에
고소산으로 고개 돌리면 흰 구름 덮였으리.

〖감상〗

깊어 가는 가을 밤, 풀벌레 소리, 이런 것들이 이별의 분위기를 북돋우고 있다. 이런 가을밤의 이별은 애절할 수밖에 없다. 그리고 천하의 명소 소주蘇州, 고소산姑蘇山, 이런 자연적이고 정적인 분위기 또한 이 시를 살리고 있다. 이런 쓸쓸한 가을밤에 보내야 하고 가야 하는 이별의 현장이 견딜 수 없도록 그리움에 가득 차 있다.

도움말 |

이는 가을밤 송별의 시이다. 깊어 가는 가을밤에 가을벌레 우는 소리가 애절하게 들리니 슬픔을 견디기 어려워 이별의 정을 더욱 금할 수가 없었다. 예상하기에 내일이면 그대는 외로운 배를 타고 떠나서 비릉도毗陵道에서 고개를 돌려 고소산姑蘇山을 바라보면 다만 흰 구름이 아득할 뿐이리라. 위의 2구절은 가을밤 벌레 울음소리 가운데서 서로 이별을 하는 장면이요, 아래 2구절은 외로운 배를 타고 머리를 돌려 고소산姑蘇山을 바라보면 흰 구름이 안계眼界에 들어오리라고 말하고 있다.

어려운 낱말

• 魏十六(위십육) : '魏(위)' 는 성씨, '십육' 은 배항. • 沈沈(침침) : 밤이 깊어 가는 모양. • 此(차) : 장소를 나타내는 말. 작가의 고향 윤주 단양(지금의 강소성 진강시)을 가리킴. • 陰蟲(음충) : 가을에 우는 벌레. 가을이 음의 계절이기 때문에 이렇게 부른다. • 切切(절절) : 가늘고 애절한 벌레소리의 형용. • 毗陵(비릉) : 당대에 단양과 소주 사이를 잇는 南運河(남운하)가 있었는데 毘陵(비릉)은 그 중간쯤에 있는 곳. 지금의 강소성 상주시. • 姑蘇(고소) : 소주에 있는 산 이름. • 白雲(백운) : 보통 은거, 자유의 이미지와 연상되어 쓰인다.

덧붙임

皇甫冉(황보염; 716-770, 중당): 강소성 潤州人(윤주인). 字(자)는 茂政(무정). 10살 때 이미 시를 지어 張九齡(장구령)에게 인정을 받았다고 하며, 진사 급제 후 강소성 無錫縣尉(무석현위)와 王縉(왕진) 막하에서 掌西記(장서기), 左拾遺(좌습유), 右拾遺(우습유), 右補闕(우보궐) 등을 지냈다. 皇甫曾(황보증)과 함께 肅宗(숙종), 代宗(대종) 시기에 이름을 날렸으며, 劉長卿(유장경), 戴叔倫(대숙륜), 顏眞卿(안진경) 등과 교재하였다. 皇甫冉詩集(황보염시집) 7권, 補遺(보유) 1권과 230여 수의 시가 전한다.

038

楓橋夜泊 | 張繼장계
풍 교 야 박

月落烏啼霜滿天하니 江楓漁火對愁眠이라.
월 락 오 제 상 만 천　　강 풍 어 화 대 수 면

姑蘇城外寒山寺에 夜半鐘聲到客船이라.
고 소 성 외 한 산 사　　야 반 종 성 도 객 선

〖풀이〗 **풍교의 밤에 배를 대고**

달 지고 까마귀 울고 서리는 하늘에 가득한데
강풍江楓에 고기잡이 불이 근심 어린 잠을 대하였네.
고소성 밖의 한산사寒山寺에서 들려오는
한밤중 범종소리가 나그네 배에 이른다.

〖감상〗

깊어 가는 가을밤, 풀벌레 소리, 이런 것들이 이 시의 분위기를 북돋우고 있다. 이런 가을밤은 애절할 수밖에 없다. 그리고 천하의 명소 소주蘇州, 고소산姑蘇山, 이런 자연적이고 정적인 분위기 또한 이 시를 살리고 있다. 이런 쓸쓸한 가을밤에 보내야 하고 가야 하는 이 현장이 견딜 수 없도록 그리움에 가득 차 있다.

도움말

이 시야말로 널리 알려진 작품이다. 많은 사람들의 입에 회자되는 이 시구에는 그만한 이유가 있을 것이다. 달이 지고 까마귀 우는 이런 분위기에서 시가 시작된다. 거기에 강가의 단풍나무, 고기잡이 불, 이런 것들이 시적 분위기를 자아내는 동시에 고소성 밖 한산사寒山寺에서 들리는 범종소리에 한 나그네가 배를 타고 와 닿는다는 그 평범 속에 비범한 시적 이미지가 작용하고 있는 것이다. 지금 소주에 가면 한산사가 있는데 이 장계의 시 덕분에 많은 관광객들이 몰려오고 있다. 그래서 한산사는 더욱 유명한 절이 되었다.

어려운 낱말

• 楓橋(풍교) : 강소성 소주의 서쪽 교외에 있는 楓江(풍강)의 다리. • 夜泊(야박) : 밤에 배를 대는 것. • 月落(월락) : 달이 떨어지다. • 霜滿天(상만천) : 서리가

풍교(楓橋)

땅에 가득 차서 하늘에까지 이른 듯이 보이는 것. • 江楓(강풍) : 강가의 단풍나무. • 漁火(어화) : 고기잡이배에 켜져 있는 불. • 愁眠(수면) : 근심 때문에 깊은 잠을 이루지 못하고 자는 둥 마는 둥 하는 것. • 姑蘇城(고소성) : 소주를 가리킴. • 寒山寺(한산사) : 풍교 근처에 있는 절. 당대 초기의 詩僧(시승)인 寒山子(한산자)가 이 절에 있었다. • 夜半(야반) : 한밤중.

이 시에 대한 다른 견해

송나라의 구양수歐陽修가 '육일시화六一詩話'에서 한밤중에 절에서 종을 칠 리 없다고 해서 작품을 평한 이래 한밤중에 우는 까마귀가 있느냐, 달이 새벽에 지지 한밤중에 지는 달도 있느냐 등의 반론을 제기해왔고, 이 시의 시간적 배경이 한밤중이냐 새벽이냐 하는 것이 논란거리가 되어왔다. 그런데 보통 달은 새벽에 지지만 음력 7월경의 달은 한밤중에 지며, 당대에는 한밤중에 절에서 종을 쳤고, 까마귀도 보통은 날이 밝을 때 울지만 달이 져서 갑자기 어두우면 까마귀가 자다가도 놀라서 우는 것이다. 그러므로 이 시에 대한 시간적 상황인 밤중은 아무 문제될 것이 없다고 주장하는 사람도 있다.

또 다른 해석

달은 오제산烏啼山에 지고 서리는 하늘에 가득한데
강가 단풍나무는 수면산愁眠山을 대하였네.
고소성姑蘇城 밖 한산사寒山寺에서 들려오는
한밤중 종소리가 객선客船에 이른다.

덧붙임

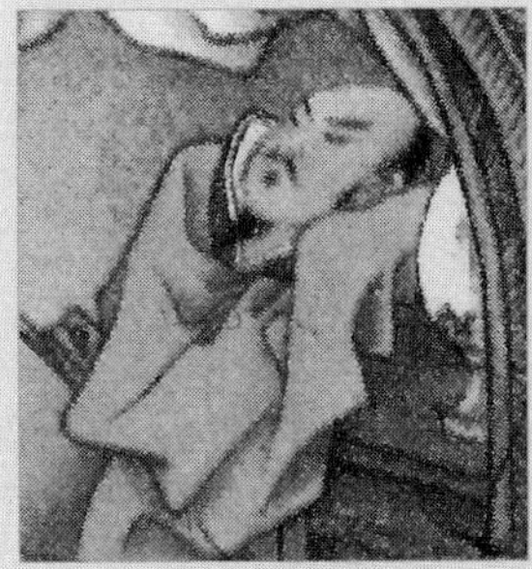
장계(張繼)

張繼(장계; 중당): 호북성 양양인. 字(자)는 懿孫(의손). 유명한 '楓橋夜泊(풍교야박)' 시에 비해 전기는 상세하지 못하다. 관직은 진사 급제 후 감숙성에 있는 鎭戎軍(진계군)의 막료, 鹽鐵判官(염철판관) 등을 지냈다. 중앙에 소환되어 檢校祠部郎中(검교사부랑중)에 이르렀다. 張祠部詩集(장사부시집) 1권과 40여 수의 시가 전한다.

039
昭陽曲 | 劉長卿유장경
소 양 곡

昨夜承恩宿未央하니 羅衣猶帶御爐香이라.
작 야 승 은 숙 미 앙　　나 의 유 대 어 로 향

芙蓉帳小雲屛暗하고 楊柳風多水殿涼이라.
부 용 장 소 운 병 암　　양 류 풍 다 수 전 량

〖풀이〗 **소양의 노래**

어젯밤 임금의 승은 입어 미앙궁에서 잤는데
비단옷 허리띠에 임금의 향이 묻어 있었네.
부용 장막 속엔 구름 병풍 가리어 어두웠고
버드나무 바람 앞엔 수전水殿이 청량淸凉했었다.

〖감상〗

어젯밤에 임금께서 불러간 궁녀가 미앙궁에서 은혜를 입은 기쁨을 노래하고 있다. 궁녀의 비단옷과 허리띠에 은은한 임금의 향이 풍겨 나오니 오래오래 그 감격을 잊지 못하고 있다. 부용 장막 속에 구름 병풍 둘러 처져 어두워있었고 버드나무 바람 앞에 청량한 기분마저 들게 한다. 한 번의 즐거움은 하루 종일 즐겁고 세상이 달라져 있음을 느끼게 될 것이다.

도움말

이는 새롭게 왕의 은총을 받은 궁녀에 대한 시적 표현이다. 어젯밤에 미앙궁에서 자고 돌아왔는데, 입은 비단옷에 아름다운 향취가 몸에 배어 부용 장막에 병풍을 들러 쳐 어두침침했고, 밖에는 버드나무 바람 앞에 수전水殿이 맑고 깨끗했다. 위의 2구절은 은혜 입은 여인의 의대에 향기가 풍겨오는 것을 말했고, 아래 2구절은 아름다운 부용 장막과 화려한 침전이 모두 임금님이 베푼 번화한 것들이라고 말하고 있다.

어려운 낱말

• 承恩(승은) : 임금의 은혜를 입은 궁녀. • 未央宮(미앙궁) : 한나라 때의 왕이 거처하는 궁전. • 羅衣(나의) : 비단옷. • 御爐香(어로향) : 임금의 향기가 묻어있음. • 芙蓉帳(부용장) : 연꽃 장막. • 水殿(수전) : 전각의 명칭.

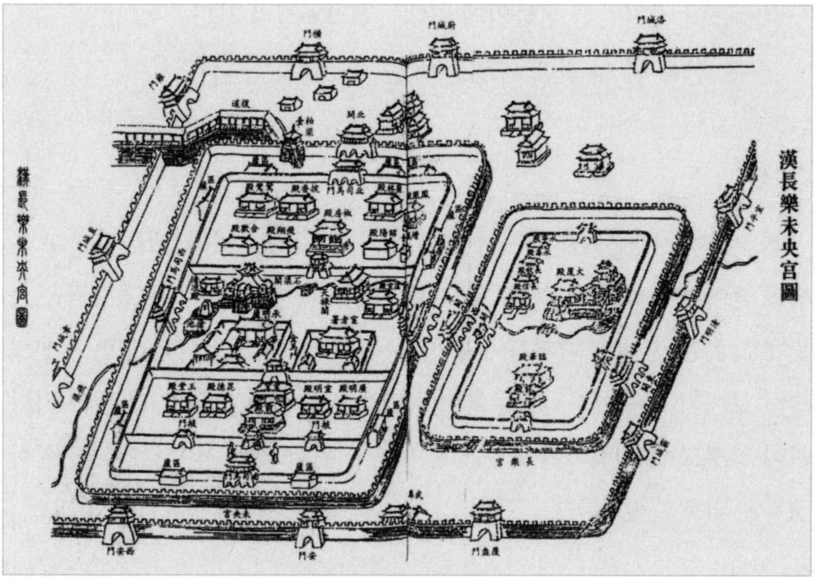

미앙궁도(未央宮圖)

040
送, 裵郎中貶, 吉州 | 劉長卿유장경
송 배낭중폄 길주

猿啼客散暮江頭에 人自傷心水自流라.
원제객산모강두 인자상심수자류

同作逐臣君更遠하니 青山萬里一孤舟라.
동작축신군갱원 청산만리일고주

〖풀이〗 배낭중이 길주로 좌천되어 가는 것을 보내며

원숭이 울고 손들도 헤어지는 날 저문 강가에서

사람은 사람대로 슬퍼하는데 물은 물대로 흘러만 간다.

다 같이 버림받은 신하인데 그대는 또 더 멀리 가니
푸른 산을 만 리 길에 외로운 배 한 척 떠가는구나.

〖감상〗

좌천되어 가는 사람의 쓸쓸한 분위기가 잘 나타나 있다. 원숭이 울고 손님들 흩어지고 날이 저문 강가는 더욱 쓸쓸하게 한다. 거기에다 사람은 사람대로 물은 물대로 슬퍼하며 흘러간다고 했으니 인간이 슬프면 자연도 슬퍼 보이기 마련이다. 다 같이 버림받은 신하끼리 그대가 더 멀리 가야 하니 그것도 슬픈 일이며 외롭게 혼자서 물 위의 배를 저어 간다는 쓸쓸한 생각은 더욱 그렇다.

도움말

이 작품은 다 같이 강등되어 임지로 떠나면서 송별하는 시이다. 문방(유장경)이 배낭중을 송별할 때 강가의 하늘은 저물고 원숭이들이 어지럽게 울고 이별연離別宴에 참석했던 손님들도 가버리니 마음이 아프고 강물은 저렇게 흘러가고 있었다. 내가 자네와 더불어 적거謫居로 떠나기에 서로 위로하다가 지금에 와서 헤어져 나를 버리고 한 조각배를 타고 그대가 만 리 길을 떠나가니 나로 하여금 이 슬픔이 극도에 달하도록 하는구나.

어려운 낱말

• 裴郎中(배낭중) : '배'는 성, '낭중'은 상서성의 각 부처에 속하는 관명. • 貶(폄) : 지방장관으로 벼슬이 강등되는 것. • 吉州(길주) : 지금의 강서성 길안. • 客散(객산) : 이별 연회에 참석했던 사람들이 모두 흩어짐. • 人(인) : 떠나는 사람과 보내는 사람 둘 다 말함. • 逐臣(축신) : 중앙에 있지 못하고 지방으로 쫓겨난 관료.

041
新息, 道中作 | 劉長卿유장경
신식 도중작

蕭條獨向汝南行하니 客路多逢漢騎營이라.
소조독향여남행 객로다봉한기영

古木蒼蒼離亂後에 幾家同住一孤城이라.
고목창창이란후 기가동주일고성

〔풀이〕 난 후에 길을 가며

쓸쓸히 나 홀로 너 있는 남쪽으로 가니
나그네 길에 자주 전쟁터 기병을 만나는구나.
고목이 창창하니 난리를 떠난 뒤이고
몇 채의 집은 고성孤城 중에 머물러 있었네.

〔감상〕

쓸쓸하게 남쪽 길을 가면서 느끼는 정회를 적고 있다. 전쟁이 지나간 다음의 전쟁터를 지나가니 자주 기병들을 만날 수 있었고, 푸른 고목이 그대로 난리를 만나도 무사했다는 정회를 서술하고 있다. 그래도 몇 채의 집들은 외로운 성 안에 남아 있다는 쓸쓸한 감회가 오히려 슬프게까지 느껴진다. 이런 시를 전후시라고 한다면 한국에도 전후문학이 있었다.

도움말

이는 난리 후에 혼자 걸어가면서 느낀 것이다. 전쟁이 난 뒤에 촌마을을 지나가는바 쓸쓸하고 적막하여 황량한 곳으로 나 홀로 남쪽을 향해 가는데, 길에 많은 기병과 군인들의 진지를 만나니 전쟁이 아직 다 끝나지 않음을 알겠다. 전란이 오래되어 고목이 창창한 것을 보니 몇 번째의 봄이 이 성중城中에 오는지를 알지 못했다. 몇 채의 집들이 아직 남아 있으나 난리를 피해 떠나가는 광경이니 누가 마음이 아프지 않겠느냐. 위의 2구절은 혼자 길을 가면서 탄식하는 말이요, 아래 2구절은 성중의 인가가 머물러 있음을 말하고 있다.

어려운 낱말

• 新息(신식) : 여기서는 난리가 끝난 후를 말함. • 蕭條(소조) : 매우 쓸쓸함. • 獨向(독향) : 홀로 떠나감. • 騎營(기영) : 전쟁터의 기병. • 古木蒼蒼(고목창창) : 고목이 푸르다. • 孤城(고성) : 외로운 성.

042
贈, 崔九 | 劉長卿유장경
증 최 구

憐君一見一悲歌하여 歲歲無如老去何오?
연 군 일 견 일 비 가 세 세 무 여 노 거 하

白屋漸看秋草沒하니 青雲莫道故人多하라.
백 옥 점 간 추 초 몰 청 운 막 도 고 인 다

〖풀이〗 최구에게 주는 시

어여쁘다 그대 바라보면 노래 또한 슬퍼
해마다 하는 일 없이 늙어 가면 어쩔꼬.
가난한 초가집 점차 가을 풀 속에 묻혀가니
성공한 친구 많다고 말하지를 말게나.

〖감상〗

최구崔九에게 주는 시이다. 쓸쓸하고 어렵게 살아가는 친구에게는 노래도 슬프게 느껴진다. 젊을 때는 청운의 뜻을 품고 살아갔지만, 해마다 나이만 들어 하는 일 없이 백발로 늙어가니 슬프기만 하다. 가난한 초가집이 가을 풀로 가득 덮였으니 그대 출세한 친구들이 많다고 말하지 말라. 친구의 출세와 나의 출세는 엄연히 다른 것이니까.

도움말

이는 서로 탄식하는 글이다. 내 그대를 보고 자탄의 슬픈 노래 부르고 있음을 말해도 나는 만사를 이루지 못하고 또 한 해가 지나간다. 또 한 해가 다가옴에 다만 나이가 늙어서 백발이 치렁치렁하니 어찌할거나. 이 가난하고 미천한 집에 살아서 다만 가을 풀의 몰락을 보고, 많은 친구가 비록 청운의 길에 나가는 이는 많으나 친구의 도리에 부족함이 많다. 나이가 들고 집이 가난하여 스스로 형편없는 집에서 탄식할 따름이니 부유한 친구가 어찌 이 경지를 생각해 주겠는가. 이 불우한 신세 친구만 많음을 말하지 말라.

어려운 낱말

• 崔九(최구) : 인명. 성은 최 씨요, 구는 배항임. • 憐君(연군) : 어여쁘다 그대여. • 老去何(노거하) : 늙어 감을 어쩔꼬. • 白屋(백옥) : 가난한 초가집. • 秋草沒(추초몰) : 가을 풀 속에 묻히다. • 靑雲(청운) : 출세하는 것을 말함.

043
過, 鄭山人所居 | 劉長卿유장경
과 정 산 인 소 거

寂寂孤鶯啼杏園하고 寥寥一犬吠桃源이라.
적 적 고 앵 제 행 원 요 료 일 견 폐 도 원

落花芳草無尋處에 萬壑千峯獨閉門이라.
낙 화 방 초 무 심 처　　만 학 천 봉 독 폐 문

〖풀이〗 **정산인 사는 곳을 지나며**

적적하고 외로운 꾀꼬리는 살구나무 위에서 울고
고요한 도원에서는 개 한 마리 짖고 있네.
떨어지는 꽃 아름다운 풀 찾아오지 않는 곳에
만학천봉에 홀로 한가하게 문을 닫아걸었네.

〖감상〗

정산인鄭山人의 처소를 지나면서 쓴 시이다. 산인은 산속에서 세상일 잊고 사는 사람이니 쓸쓸한 사람임에 틀림없다. 적적하게 꾀꼬리 우는 살구나무 동산에는 너무나 고요한데 개 짖는 소리만 들리고 있다. 마치 도원경처럼 꽃이 지고 녹음방초綠陰芳草가 우거져 있고, 이 산과 저 산을 뒤에 가득히 놓아두고 홀로 사립문만 닫아두었다.

도움말

산은 깊고 길은 궁벽한데 사람은 드물었다. 또 새소리도 조금씩 들렸다. 외로운 꾀꼬리는 적적한 경지에서 그윽하게 울고 있었고, 한 마리 개는 구름을 보고 짖고 있으니 마치 신선이 사는 동네의 풍경 같았다. 이 역시 그윽하고 한가한 것을 말하고 있다. 점차적으로 들어가면 꽃과 숲이 깊어지는 곳에 풀이 우거져있고, 작은 지름길이 있으나 산인을 찾는 문이 어느 곳인지 알 수가 없었다. 그의 집 문을 보니 수많은 골짜기에 물은 흐르고 절벽 솟아있는 곳에 문은 닫혀 있었다. 여기가 정산인鄭山人이 사는 집과 그의 삶과 사상이 담긴 곳이기도 하다.

어려운 낱말

• 山人(산인) : 학식은 있으나 세상에 나오지 않고 산속에 사는 사람. • 孤鶯(고앵) : 외로운 꾀꼬리. • 寥寥(요료) : 적적하고 쓸쓸한 모양. • 無尋處(무심처) : 찾아오지 않는 곳에. • 萬壑(만학) : 수많은 산골짜기. • 獨閉門(독폐문) : 홀로 문을 닫았다.

044
寄別, 朱拾遺 | 劉長卿유장경
기 별 주 습 유

天書遠召滄浪客하니 幾到臨岐病未能고?
천 서 원 소 창 랑 객 기 도 임 기 병 미 능

江海茫茫春欲遍인데 行人一騎發金陵이라.
강 해 망 망 춘 욕 편 행 인 일 기 발 금 릉

〖풀이〗 이별하는 주습유朱拾遺에게

천자의 소명으로 멀리 창랑객滄浪客을 부르니
몇 번이나 병을 일컫고 이르지 않았던고?
강과 바다에는 아득히 봄이 오려 하는데
행인이 한 필의 말로 금릉金陵으로 출발하네.

〖감상〗

금릉으로 출발하는 주습유에게 아쉬움을 달래기 위해 쓴 작품이다. 시인 유장경은 천자의 소명도 듣지 않고 초야에 묻혀 살아가기 위해서 그와 이별하는 마당에 그윽한 이별의 정을 느끼지 않을 수가 없다. 먼 길을 멀다 아니하고 한 필의 말을 타고 금릉으로 떠나는 주습유, 이것도 운명이라면 그에게는 운명이라고 할 수 있겠다.

도움말

천서天書는 천자의 조서詔書를 말한다. 멀리 창랑滄浪의 객을 불렀으나 몇 번이나 병을 일컫고 천자의 부름에 응하지 않았다. 천자가 어진 이를 널리 구하기 위하여 이같이 양춘陽春의 덕을 베풀어 사람을 구했다. 왕의 소명을 받고 오는 사람이 있었으니 이가 행인 중의 한 사람이 말을 타고 금릉으로 갔다. 이는 주습유朱拾遺가 명을 받아 갔기에 유장경은 이를 또 이별해야 하기에 이것을 말하여 '이별의 시' 라고 말했다.

어려운 낱말

• 朱拾遺(주습유) : 朱(주)는 성씨이고, 拾遺(습유)는 벼슬이다. • 天書(천서) : 천자가 내린 글〔召命〕. • 滄浪客(창랑객) :숨어서 세상에 나오지 않는 사람. 어부사에 나오는 굴원(屈原)과 같은 사람. • 臨岐(임기) : 가야 할 자리에 임하여. 갈림길에 임하여. 즉, 천자의 부름을 받고. 岐(기) : 갈림 길. • 茫茫(망망) : 아득하다.

굴원(屈原)

045
尋, 盛禪師, 蘭若 | 劉長卿유장경
심 성선사 난야

秋草黃花覆古阡하고 隔林遙見起人烟이라.
추초황화복고천 격림요견기인연

山僧獨在山中老인데 惟有寒松見少年이라.
산승독재산중로 유유한송견소년

〖풀이〗 성선사盛禪師를 찾아서

가을 풀 노란 꽃 첩첩이 옛길에 피어있고
숲 속 길을 멀리 보니 인가에 연기가 오르네.
산 스님은 산에서 오래되어 그대로 늙었는데
오직 한송寒松은 남아 있어 소년같이 푸르네.

〖감상〗

유장경劉長卿이 선사禪師를 찾아가는 길에서 주위에 보이는 자연을 그대로 묘사하고 있다. 가을 풀과 가을꽃이 만발한 언덕길을 지나 무성한 숲 속에서 연기가 오르는 것을 보니 그쯤에 절이 있음을 알았다. 절을 찾아가니 노승은 홀로 승방에 앉아 있었는데 소나무는 오히려 소년처럼 푸르게만 보였다. 거기에 성선사盛禪師 난야蘭若는 수도생활을 하고 있었다.

도움말

이는 절을 찾아 지은 시다. 겹겹으로 언덕이 놓여있는 절을 찾아가는 길에 가을의 경치를 한눈으로 보는 것 같다. 숲이 막히고 연기가 오르는 것을 볼 수 있는데, 점차 들어가면 보이는 것은 연기가 오르고 인가가 거기에 있었다. 인가의 연기가 숲 속에 퍼져 오르는 것은 산속에 절이 거기 있다는 것도 알게 된다. 절에 들어가서 스님을 보니 스님들이 홀로 산중에 있어서 나이가 이미 많아 보였다.

위의 2구절은 길을 찾아들어 가서 연기가 오름을 보고서야 인가가 있음을 알았다고 말했고, 아래 2구절은 청송과 노승을 만나 사람은 이미 늙었어도 소나무는 청춘이라고 했으니, 고시에 이르기를 '수식청송금십위手植青松今十圍' 라고 했다. 성선사盛禪師 난야蘭若는 사문沙門에서 세류世流를 수도修道하면서 생각하는 것이 아닐까? 제목에 성선사盛禪師는 성은 성盛이요, 선사는 스님이란 뜻. 법명은 난야蘭若이다.

어려운 낱말

• 黃花(황화) : 노란 꽃. 혹은 황국. • 覆古阡(복고천) : 옛 언덕길을 덮다. • 隔林(격림) : 숲을 사이하고. • 遙見(요견) : 멀리 바라보다. • 寒松(한송) : 차갑게 보이는 소나무.

| 덧붙임 |

유장경(劉長卿)

劉長卿(유장경; 709-785, 중당): 하북성 河間(하간), 또는 안휘성 宣城縣(선성현) 사람. 字(자)는 文房(문방). 監察御使(감찰어사), 檢校祠部員外郎(검교사부원외랑), 運轉使判官(운전사판관) 등을 역임. 나중에 淮西岳鄂運留侯(회서악악운류후)가 되었으나 관찰사 吳仲儒(오중유)의 무고로 광동성 潘州(번주) 南巴縣(남파현)의 尉(위)로 좌천되었다. 그 뒤에 호북성 隨州刺史(수주자사)로 있다가 죽었다. 五言律詩(오언율시)에 능해 '五言(오언)의 長城(장성)' 으로 불렀으며, 劉隨州詩集(유수주시집)과 5백여 수의 시가 전한다.

046
滁州西澗 | 韋應物위응물
저 주 서 간

獨憐幽草澗邊生하니 上有黃鸝深樹鳴이라.
독 련 유 초 간 변 생 상 유 황 리 심 수 명

春潮帶雨晩來急한데 野渡無人舟自橫이라.
춘 조 대 우 만 래 급 야 도 무 인 주 자 횡

〖풀이〗 저주의 서쪽 간수

간수 가에 자란 그윽한 풀이 유달리 어여쁜데
그 위에 꾀꼬리가 있어 무성한 나무에서 울고 있네.
비를 머금은 봄날의 조수 저녁이 되면서 물살 급한데
들판 나루터엔 사람 없이 배만 가로 놓여있었네.

〖감상〗

산골짜기의 작은 나루터의 풍경을 그리고 있다. 산골짜기에 흐르는 시냇물, 샘가에 돋은 작은 풀, 머리 위에는 꾀꼬리가 울고, 숲 속 나무에는 봄으로 잎이 피기 시작한 초여름의 산속 풍경이 참 아름답다. 봄에 자주 내린 빗물로 냇물이 불어 철철 흘러넘치며 빨리 흘러가고 있다. 나루터에는 사람은 없고 빈 배만 가로 놓여 있었다. 스케치 하듯 서경을 그려 나가고 있다.

도움말 |

시인은 이 시를 통해 저주滁州의 서간西澗을 노닐면서 감상하는 봄날의 자연 경물景物을 그려내고 있다. 저녁이 되면서 조수의 물살이 급해진 들판 나루터 주변의 정경들을 마치 한 폭의 산수묵화라도 그리듯이 매우 담담하게 잘 묘사해

낸다. 그래서 이 시는 화공에게 제화題畵의 시로 쓰이기도 하였다. 화공畵工은 특히 마지막 시구 '야도무인주자횡野渡無人舟自橫' 에서 묘사된 '무인無人' 의 경지를 위해 몇 마리 참새들이 나룻배의 갈대 풀 안팎을 자유롭게 드나드는 모습으로 화공은 시적 이미지를 그렸을지도 모른다.

어려운 낱말

• 滁州(저주) : 안휘성에 있는 지명. • 西澗(서간) : 서쪽 간수. 산골짜기에 흐르는 시내를 간수라고 한다. • 憐(련) : 마음이 끌리다. • 幽草(유초) : 그윽한 곳에 돋은 풀. • 黃鸝(황리) : 꾀꼬리. • 春潮(춘조) : 봄이 되어 물이 불어난 시냇물. • 晚來(만래) : 저녁 무렵. '來' 는 허사. • 野渡(야도) : 냇물을 건너는 작은 나루터.

047

寒食, 寄, 京師諸弟 | 韋應物위응물

한 식 기 경 사 제 제

雨中禁火空齋冷하니 江上流鶯獨坐聽이라.
우 중 금 화 공 재 냉 강 상 유 앵 독 좌 청

把酒看花憶諸弟하니 杜陵寒食草青青이라.
파 주 간 화 억 제 제 두 릉 한 식 초 청 청

〖풀이〗 한식날에 쓰는 시

- 서울의 여러 동생들에게

빗속에 불을 피울 수 없는 텅 빈 관사가 추운데
강을 오가는 앵무새 소리만 홀로 앉아 듣노라.
술잔 들어 꽃 바라보며 여러 동생들 생각하니

두릉杜陵에도 한식이 되어 봄풀이 푸르겠지.

〖감상〗

시인이 객지에서 맞이하는 한식날의 외로움과 고향 땅 두릉杜陵(장안성 남쪽)을 생각하며 여러 동생들을 그리워하는 마음을 적어 보낸 시이다. 이 시어에서 정서를 대표하는 글자는 '독獨〔외로움〕' 자와 '상想〔그리움〕' 이다. 즉 외로움과 그리움을 대변하는 글자인 것이다. 현재 자기가 앉아있는 관사가 춥다는 것(한식날에는 불을 피우지 않기 때문), 앵무새 소리만 혼자 듣고 있다는 것, 한 잔 술을 들고 동생들을 생각하고 있다는 것, 두릉杜陵에도 한식이 되어 봄풀이 푸르겠다는 고향 생각, 이런 것으로 상상의 전편을 이루고 있다.

한선제(漢宣帝) 두릉(杜陵)

도움말

한식은 청명 전일에 있다. 바람과 비가 많아 개자추介子推를 위해 불을 금해서 사람들이 모두 찬밥을 먹기에 한식이라 이른다. 관사는 본래 고요하고 불을 금하는 까닭에 차가움을 느낀다. 홀로 앉아서 꾀꼬리 소리를 들었을 때, 곧 서울의 여러 형제들을 생각한다. 사람은 홀로 생각할 때 가장 많은 것을 생각한다. 홀로 관사에 앉아 술을 마시고 꽃을 바라보면 어떤 생각을 하는가. 그래서 고향의 동생들과 고향의 동산을 생각하게 된다. 두릉杜陵은 한선제漢宣帝의 능이니 서안부西安府의 성 동남쪽 15 리에 있었다. 시인 위응물은 본래 두릉 사람이었기에 고향의 방초芳草를 생각했을 것이다. 한식에는 더욱 풀이 푸를 것이요 마음은 있어도 거기 가서 놀지는 못했을 것이다.

어려운 낱말

• 寒食(한식) : 양력으로는 4월 5, 6일에 드는 명절의 하나. 찬밥을 먹는다 하여 '한식' 이라고 함. • 流鶯(유앵) : 날아다니는 꾀꼬리. • 把酒(파주) : 술을 따르다. • 杜陵(두릉) : 서안에 있는 지명. 시인의 고향이기도 하다.

048

九月九日 | 韋應物위응물
구 월 구 일

今朝把酒復惆悵하니 憶在杜陵田舍時라.
금 조 파 주 부 추 창 억 재 두 릉 전 사 시

明年此日知何處오? 世亂還家未有期라.
명 년 차 일 지 하 처 세 란 환 가 미 유 기

【풀이】 9월 9일

오늘 아침 술잔을 드니 다시 슬퍼지는군!

두릉에 있는 고향집과 전원이 생각날 때.
내년 이맘때쯤 어디에 있을 줄 어찌 아느냐?
세상이 어지러우니 집에 갈 길이 막연하네.

〖감상〗

오늘은 명절이다. 9월 9일을 '중구重九' 라고 했으니 중국서는 큰 명절이었다. 이런 명절을 맞아 시인은 고향을 생각하게 된다. 고향에는 못 가고 아침에 술잔을 드니 갑자기 서글픈 생각이 든다고 했다. 고향집 전원이 한꺼번에 떠올라 향수에 젖는데, 떠도는 몸이라 내년에는 내가 어느 곳에 있을지도 모르는 신세이고 보니 더욱 서글퍼진다. 더구나 세상이 어지러우니 갈 길도 막연하다고 했다.

도움말

이는 9월 9일에 고향을 생각하는 것이다. 이날이 중구일重九日이다. 중구일은 중국서는 큰 명절이었다. 객지에서 오늘 아침에 술병을 기울이니 쓸쓸함을 이기지 못해서 갑자기 두릉杜陵에 있는 고향집의 식구들을 생각하게 되었다. 내년 9일에는 어느 곳에 있을까? 지금은 세상이 어지러워 집으로 돌아갈 기약마저 정할 수가 없게 되었다. 위의 2구절은 나그네로서 9일에 술을 마시며 고향 두릉의 여러 사람을 생각하는 것이요, 아래 2구절은 내년의 이날에는 어느 곳에 있을지 알지 못하니 그것은 지금이 난리 중이라 집으로 돌아갈 기약마저 정할 수가 없게 되었다.

어려운 낱말

• 九月九日(구월구일) : 중구일. 중양절. • 惆悵(추창) : 매우 슬픔. • 知何處(지하처) : 어느 곳에 있을까? • 未有期(미유기) : 기약할 수 없음.

| 덧붙임 |

위응물(韋應物)

韋應物〔위응물; 736-?, 中唐(중당)〕: 長安人(장안인). 명문 출신으로 20세 무렵 玄宗(현종)의 近衛隊(근위대)에 참가. 30세에 낙양승이 된 후 승진을 거듭, 櫟陽令(역양령)이 되었으나 병으로 사직. 46세에 比部員外郎(비부원외랑)이 되었다가 滁州(저주), 江州(강주), 蘇州刺史(소주자사)를 역임했는데 詩情(시정)이 적절해 인망을 얻었다. 성당의 王維(왕유), 孟浩然(맹호연)의 시풍을 이은 田園山林派(전원산림파) 시인으로 韋蘇州集(위소주집) 10권, 560여 수의 시가 전한다.

049
少年行 | 王維왕유
소 년 행

新豐美酒斗十千하니 咸陽游俠多少年이라.
신 풍 미 주 두 십 천 　 함 양 유 협 다 소 년

相逢意氣爲君飮하니 繫馬高樓垂柳邊이라.
상 봉 의 기 위 군 음 　 계 마 고 루 수 류 변

〖풀이〗 소년의 노래

신풍 아름다운 술, 말로도 수만 말〔斗〕
장안의 많은 유협遊俠, 젊은이도 많구나.
서로 만나 의기양양 그대들 술을 마시니

고루高樓에 말을 매니 거기는 수양버들 늘어선 곳.

〖감상〗

장안 유협자를 노래한 시이다. 나이 어린 유자遊子를 노래해서 '소년행少年行'이라고 했으니 자주 시의 소재로 등장한다. 장안의 돈 많은 집 자제, 부유한 집안의 아들, 고관대작의 자제, 기개 있고 힘깨나 쓰고 술을 잘 마시는 '내노라' 하는 젊은이들이 말을 타고 술집〔酒樓〕을 두루 지나다니며 놀게 된다. 버드나무에 말을 매고 호기 있게 술을 마시는 것이 특징으로 되어 있다. 이런 젊은이를 이름하여 유협자遊俠者라고 했다.

도움말

함양은 곧 장안이다. 기세를 세워 위엄을 높이며 서로 사귀어 노는 것을 유협遊俠이라 말한다. 소년과 소년이, 유협과 유협이 의기를 서로 얻으니 만날 때에 여러 가지 묻지를 않고 다만 의기를 논하면서 어울려 술을 마신다. 그러니 술이 나를 마시고 내가 술을 마신다. 내가 그대를 마시고 그대가 나를 마신다. 서로 믿는 것은 의기투합이었다. 고루高樓는, 곧 주루酒樓(술집)이다. 말을 버드나무아래 매어두고 술을 마시니, 갈 때는 채찍을 울리며 술집을 나와 말을 몰고 가는 자는 멀리 있는 자들이었다. 그때의 이들 유협자는 지금의 오토바이 폭주자를 떠올리게 한다.

어려운 낱말

• 少年行(소년행) : 소년들이 노는 것을 '行'이라 했다. '行'은 노래의 일종으로 사용되기도 했다. • 新豊(신풍) : 섬서성 임동현에 있는 지명. 이곳에는 명주(名酒)가 많다. • 咸陽(함양) : 진나라의 고도이며, 당나라의 장안을 가리킨다. • 遊俠(유협) : 의협을 가지고 노는 사람. • 繫馬(계마) : 말을 매다.

050 訪, 王侍御不遇 | 劉長卿유장경
방 왕시어불우

九日驅馳一日閑하니 尋君不遇又空還이라.
구일구치일일한 심군불우우공환

怪來時思淸人骨하니 門對寒流雪滿山이라.
괴래시사청인골 문대한류설만산

【풀이】 왕시어를 방문해서 만나지 못하다

9일 동안 말을 달려 하루가 한가할 때
그대 찾아갔지만 공치고 돌아왔네.
이 시대를 생각하는 청인淸人의 기골이니
문 앞에는 차가운 시내, 흰 눈만 산에 가득하네.

【감상】

세상에서 가장 깨끗하게 사는 왕시어王侍御를 찾아갔으나 만나지 못하고 돌아왔다는 내용의 시다. 바쁜 가운데서 하루를 여가 내어 찾아갔는데 공치고 말았다. 이 세상에 '시사청인골時思淸人骨' 한 사람의 집 앞에는 차가운 시냇물이 흘러간다는 말로 보아 이 왕시어가 어떤 사람인지 짐작할 수 있겠다.

도움말

이는 왕시어를 심방하러 가서 만나지 못했다는 내용의 글이다. 9일 동안 말을 몰아 달려갔으나 그대를 못 만났다고 했으니 쓸쓸한 마음 금할 수가 없었다. 이때 느끼는 것은 깨끗한 사람의 강직함이니 문 앞에는 차가운 시냇물이 흐르고 산중에는 백설이 가득했다. 위의 2구절은 9일을 말 달려 하루가 한가하여 방문을 해도 만나지 못함을 말했고, 아래 2구절은 왕시어가 거처하는 문 앞에 차가운 시내가 흐르고 산에는 백설이 있어 사람으로 하여금 뼈가 차고 정신이 맑아서 도무지 먼지 같은 티끌이 한 점도 묻지 않았다.

어려운 낱말

• 王侍御(왕시어) : 왕은 성씨요, 시어는 존칭, 혹은 벼슬. • 驅馳(구치) : 말을 몰고 달려감. • 清人骨(청인골) : 맑고 깨끗한 기질. • 雪滿山(설만산) : 눈이 온 산에 가득함. • 怪來(괴래) : 이상하리만큼. 來(래)는 허사.

051
陌上贈, 美人 | 李白이백
맥상증 미인

駿馬驕行踏落花하여 垂鞭直拂五雲車라.
준마교행답낙화 수편직불오운거

美人一笑捲珠箔하면 遙指紅樓是妾家라.
미인일소권주박 요지홍루시첩가

〖풀이〗 언덕 위의 미인에게

준마를 가만가만 떨어진 꽃을 밟고 가서
채찍을 드리우고 곧바로 오운거五雲車에 올라타는구나.
미인이 한 번 웃으면서 주렴을 걷으면
멀리 홍루紅樓를 가리키며 '저기가 바로 저의 집이에요.'

〖감상〗

오릉五陵의 유협자들이 홍루紅樓를 찾아 미인과 수작하는 내용이다. 말을 타고 찾아간 술집에는 꽃이 지고 버드나무 늘어선 곳에 오운거五雲車를 탄 미인들을 희롱하는 장면은 이태백의 면모가 있는 시이다. 미인이 한번 웃으며 주렴을 걷는다는 것은 은근한 정을 나타내는 것이며, 손으로 홍루를 가리키며 '저기가 우리 집' 이라고 하는 장면은 유협자들을 유혹하는 장면이기도 하다.

도움말

그때에 오릉의 유협자들이 언덕 위에서 봄놀이를 했다. 소년이 말 위에 앉아서 채찍을 들고 있고 미인은 오운거五雲車 위에 바로 오르지 아니하고는 대개 웃음을 띤 미인이 소년들을 멀리서 바라보고 있었다. 이에 미인이 과연 생긋 한 번 웃고 손으로 수레 위의 아름다운 발을 걷어 소년들을 맞이하니 장차 무슨 말을 걸 것인지 알 만하다. 멀리 홍루紅樓를 가리키며 그곳으로 유인하고자 하는 것은 미인들의 수단이다. 이백이 우연히 언덕 위를 바라보고 이 일에 대한 시를 지어 주었으나 반드시 이백이 한 일이라고는 할 수 없을 것이다.

어려운 낱말

• 駿馬(준마) : 말 중에 제일 좋은 말. 하루에 천리를 간다는 말. • 驕行(교행) : 느리게 가다. • 垂鞭(수편) : 채찍을 드리우고. • 五雲車(오운거) : 신선이 타고 다닌다는 수레. • 捲珠箔(권주박) : 주렴을 걷어 올리다. • 遙指(요지) : 멀리 손가락으로 가리키다.

052
登, 賀意寺, 上方舊遊 | 劉長卿유장경
등 하의사 상방구유

翠嶺香臺出半天이요 萬家烟樹滿晴川이라.
취령향대출반천 만가연수만청천

諸僧近住不相識하나 坐聽微鐘記往年이라.
제승근주불상식 좌청미종기왕년

〖풀이〗 하의사賀意寺에 올라
- 옛날처럼 상방에 앉아

푸른 산 고개 위 향대香臺는 하늘에 우뚝 솟고
숲 속의 연기는 집들과 비 갠 강에 가득하다.
여러 스님들은 근래에 왔으니 내가 알지를 못하나
앉아듣는 저 종소리는 그 옛날과 꼭 같구려.

〖감상〗

하의사賀意寺를 찾아와서 쓴 시다. 푸른 산마루에 하늘이 아득하고 집들이 여기저기 있어 숲 속에 연기가 오르는 곳, 거기에 절이 있었다. 옛날에 찾아오니 모두 아는 스님이었으나 세월이 흘러 새로운 스님들이 와있으니 모두가 낯설다. 그러나 앉아서 듣는 저 종소리만은 옛날과 같다고 했으니 시인은 벌써 옛날을 회고하고 있는 것이 아닐까?

도움말

시적 주인공이 두 번째로 이 절에 와서 시를 지은 것이다. 푸른 산꼭대기 위에 향대가 높아서 멀리 희미하게 보여 푸른 하늘에 우뚝 솟아있다. 그 위에서 구부려 내려 보면 땅에 가득한 집들이 연기와 수목들로 가득하니 풍물은 참으로 아름답다. 절에 들어가 보니 절의 스님들이 가까이에 와서 머물러 있으되 모두 낯설어 알지를 못하고, 다만 종소리만 황홀하게 왕년의 그때 그 소리로 울리고 있었다. 1구는 절의 누대樓臺가 높고 큰 것을 말했고, 2구는 눈에 들어오는 광경이요, 3구는 왕년에 서로 보던 스님은 없고 지금은 모두 낯설어 알지를 못함을 말했고, 4구는 종소리는 옛날과 다름없음을 말하고 있다.

어려운 낱말

• 翠嶺(취령) : 푸른 고개. • 香臺(향대) : 이 절의 산에 있는 대의 이름. • 滿晴川(만청천) : 비 갠 냇가에 물이 가득하다. • 諸僧(제승) : 여러 스님들. • 微鐘(미종) : 은은히 들리는 종소리.

053

山行(산행) | 杜牧두목

遠上寒山石逕斜하니 白雲深處有人家라.
원상한산석경사 백운심처유인가

停車坐愛楓林晩하니 霜葉紅於二月花라.
정거좌애풍림만 상엽홍어이월화

〖풀이〗 산행

멀리 가을 산에 돌길이 비스듬히
흰 구름 감도는 곳에 인가가 있었네.
수레를 세워놓고 황혼의 단풍을 즐기니
서리 맞은 잎은 2월의 꽃보다 더 붉고나.

〖감상〗

많이 알려진 시다. 가을 풍경이 마치 채색된 그림을 보듯 선명하게 묘사되어 있다. '백운白雲' 과 '상엽霜葉' 이 중심 낱말이 되어 있는데, '만晩' 자로 해서 단풍이 붉게 물들고 있음을 상기하고 있다. 이 아름다운 단풍을 보고 있는 시인은 갑자기 떠오르는 시상 '저 붉은 단풍이 2월의 아름다운 꽃' 보다 곱다는 생각을 하게 되었다.

도움말

이 시는 황혼 무렵 단풍든 숲의 아름다운 경치를 묘사한 것으로 세련되고 색채가 선명하여 시인 두목으로 하여금 '사경寫景의 고수高手' 라 불리게 한 대표적 작품이다. 위의 2구절은 깊어 가는 가을, 산 고개로 통하는 꼬불꼬불한 작은 길, 먼 산의 흰 구름을 깨끗하게 묘사했고, 아래 2구절은 이런 아름다운 경치에 도취되어 타고 가던 수레를 멈추고 붉게 물든 단풍을 감상하고 있다.

어려운 낱말

• 寒山(한산) : 조용하고 쓸쓸한 산. • 石逕(석경) : 돌 자갈 길. 〔逕〕은 〔徑〕과 같은 자. • 楓林晩(풍림만) : 황혼의 단풍. • 霜葉紅於(상엽홍어) : 서리 맞은 단풍이 ~보다 붉다. 於는 비교격.

054

山店 | 盧允노윤
산 점

登登山路何時盡고 決決谿流到處聞이라.
등 등 산 로 하 시 진 　 결 결 계 류 도 처 문

風動葉聲山犬吠하고 幾家松火隔秋雲이라.
풍 동 엽 성 산 견 폐　　기 가 송 화 격 추 운

〖풀이〗 **산촌**

오르고 또 올라 어느 때 끝이 날까?

졸졸 시냇물 이곳저곳에서 들리네.

흔들리는 나뭇잎 소리에 산촌의 개가 짖고

몇 집에 관솔불 연기, 가을 하늘 구름으로 떠오른다.

〖감상〗

아늑하고 다정스런 산촌의 모습을 아주 시적으로 그려낸다. 산에 올라가듯 산촌으로 올라가는 가파른 길을 지나니 시냇물이 졸졸 이곳저곳에서 흘러내리고 솔바람 소리에 놀란 동네 개들이 왁자지껄 짖어대는 아주 소박한 마을이다. 집집마다 마당에 관솔불을 피워 밤을 밝히고 그 연기가 가을 하늘 구름처럼 뭉게뭉게 피어올랐다.

도움말

오르고 또 올라서 언제 그곳에 닿을 수가 있을까? 졸졸거리며 흐르는 산 계곡물은 이곳저곳에서 들리는데, 산바람 불어 흔들리는 나뭇잎 소리에 마을의 개들이 왁자지껄 짖어대고, 저기가 어딘지 산마을 집들이 그림처럼 놓여 있었다. 집집마다 관솔불 놓아놓고 대낮 같은데, 관솔불 연기가 올라가는 파르스름한 그 연기가 온 산을 덮고 있었다. 이런 곳을 묘사하고 있는 것이 이 '산촌' 이란 시 이다.

어려운 낱말

• 登登(등등) : 오르고 또 오르다. • 泱泱(결결) : 물이 흐르는 소리나 모양. 콸콸.

• 到處聞(도처문) : 도처에서 들린다. • 幾家(기가) : 몇몇 집. • 隔秋雲(격추운) : 가을 구름처럼 떠오른다.

055
村南逢, 病叟 | 盧允노윤
촌 남 봉 병 수

雙膝過頤頂在肩하니 四隣知姓不知年이라.
쌍 슬 과 이 정 재 견 사 린 지 성 부 지 연

臥驅鳥雀惜禾黍하니 猶恐諸孫無社錢이라.
와 구 조 작 석 화 서 유 공 제 손 무 사 전

〖풀이〗 촌남에서 병든 늙은이를 만나다

두 무릎은 이마를 지나고 이마는 어깨에 걸렸네.
이웃사람들이 성은 알아도 나이는 몰라
누워서도 곡식이 아까워 날아오는 참새들을 쫓으니
후손들이 돈 없어 가난할까 두려워함이었네.

〖감상〗

병든 늙은이를 아주 그럴듯하게 그려내고 있다. 병들어 마른 늙은이의 두 무릎과 무릎 사이에 걸린 이마와 턱, 그래서라도 논밭의 참새를 쫓겠다는 욕심이 아주 소박한 꿈으로 그려지고 있다. 이웃사람들이 그의 성은 알아도 나이는 모른다고 한 것은 병이 들어 너무 늙어 보인다는 뜻이다. 그래도 그 늙은이는 후손들의 가난을 두려워하고 있다는 것, 그래서 이 시에는 인생, 그 자체가 그려져 있다고 말할 수 있다.

도움말

이는 병든 늙은이를 만나 지은 작품이다. 이 늙은이의 형용이 앉으면 두 무릎이 오뚝하게 턱까지 올라오고 벗어진 이마는 굽어서 어깨에 실려 있으니, 이웃사람들이 다만 그 성만 알고 그의 나이가 얼마인지 알지 못했다. 밭둑의 원두막에 누워서 곡식의 낱알을 까먹는 새떼들을 쫓고 있으니 이는 그의 후손들이 잘 살기를 바라는 마음에서였다.

어려운 낱말

• 病叟(병수) : 병든 늙은이. • 雙膝(쌍슬) : 두 무릎. • 頤頂(이정) : 턱과 이마. • 四隣(사린) : 이웃들. • 臥驅(와구) : 누워서 ~를 몰아내다. 즉 누워서 새를 쫓아내다. • 禾黍(화서) : 곡식. • 社錢(사전) : 재산과 돈.

056

寒食 | 韓翃한굉
한 식

春城無處不飛花하니 寒食東風御柳斜라.
춘 성 무 처 불 비 화 　 한 식 동 풍 어 류 사

日暮漢宮傳蠟燭하니 青烟散入五侯家라.
일 모 한 궁 전 랍 촉 　 청 연 산 입 오 후 가

〖풀이〗 한식

장안성에 봄이 오니 꽃 안 날리는데 없으니
한식날 봄바람에 궁전 버들이 휘날린다.
날 저물어 한나라 궁전 촛불을 전하는데
푸른 연기 흩어져 오후五侯의 집에 들어가네.

〖감상〗

봄이 되어 꽃잎이 온 장안에 날리고 한식날 궁전 버드나무가 봄바람에 나부끼고 있다. 날이 저물어 궁전에 촛불을 전하는 의식에서 푸른 연기가 흩어져 들어간다는 표현으로 당시 권력을 잡고 있던 환관들을 풍자한 것으로 해석하기도 한다.

도움말

한식은 동지에서 105일 지난 사흘간. 이때는 미리 해놓은 찬밥을 먹으며 화기를 피하다가 청명절에 궁중에서 백관들에게 불을 나누어주는 것을 시작으로 불을 때기 시작한다. 그 이유는 이때에는 유난히 바람이 세고 건조한 기후조건 때문일 것이나, 불에 타죽은 개자추介子推를 기념해서 그렇게 한다는 풍속이 있었다.

어려운 낱말

• 春城(춘성) : 봄의 장안성. • 御柳(어류) : 궁중의 버드나무. • 漢宮(한궁) : 한나라 궁실. • 傳蠟燭(전랍촉) : 한식이 끝나 신하들에게 새 불을 나누어주는 의식. • 青烟(청연) : 촛불에서 오르는 푸른 연기. • 五侯(오후) : 전한 때 성제가 외삼촌 다섯을 같은 날에 제후로 봉하자 사람들이 그를 오후라고 부른데서 근거함. 여기서는 唐(당)나라 公卿(공경)대부를 말함.

057
江南曲 | 韓翃한굉
강 남 곡

長樂花枝雨點銷하고 江城日暮好相邀라.
장 락 화 지 우 점 소　　강 성 일 모 호 상 요

春樓不閉葳蕤鎖하니 綠水回通宛轉橋라.
춘 누 불 폐 세 유 쇄　　녹 수 회 통 완 전 교

〖풀이〗 강남의 노래

오래 즐기던 꽃가지는 꽃 비 온 뒤에 떨어지고
강성에 해가 저무니 서로 만나 즐겁구나.
봄 누각은 닫지 않아도 늘 잠겨 있고
푸른 물은 다리 밑을 돌아 천천히 흘러가네.

〖감상〗

강남곡江南曲은 악부의 명칭이다. 강남은 양자강 남쪽을 말한다. 이 시는 강남을 노래한 작품으로 늘 아름답게 피어서 즐기던 꽃도 비가 내리면 하나 둘 져버리고 강가에는 날이 저물어도 더욱 풍경은 좋았다. 봄의 누각은 일부러 닫지 않아도 늘 잠겨 있는데 푸른 물은 다리 아래로 어디론가 흘러가고 있었다.

도움말

이는 강남의 노래를 읊은 것이다. 오래 즐거워하는 꽃가지에 지난밤 비가 내려 점점이 떨어져서 강성江城에는 이미 날이 저물어 좋은 경관이 어둠에 묻혀 멀어져 갔다. 봄날 누각은 항상 열려 있고 초목의 여러 가지 빛깔들이 누각에 환하게 비치어 그 아래는 푸른 물이 흐르는데 물은 다리를 휘돌아 흘러가고 있었다. 위의 2구절은 꽃가지에 비 온 뒤 꽃은 다 떨어지고 강가는 이미 날이 저물어도 만나는 사람들은 서로 즐긴다는 것을 말하고, 아래 2구절은 닫아둔 누각 앞에 수목이 무성하고 다리 아래는 푸른 물이 흘러서 경치가 매우 아름답다는 것을 말하고 있다.

어려운 낱말

• 長樂(장락) : 오래 즐기다. • 好相邀(호상요) : 서로 만나 즐기다. • 歲蕤鎖(세유쇄) : 일 년 내내 늘 잠겨있음. • 蕤(유) : 드리워질. • 宛轉(완전) : 천천히 돌다.

| 덧붙임 |

한굉(韓翃)

韓翃〔한굉; 中唐(중당)〕: 하남성 南陽人(남양인). 字(자)는 君平(군평). 진사 급제 후 淄淸節度使(치청절도사)의 부름을 받아 막료가 되었다가 사임. 10년 간 유랑생활을 하다가 다시 宣武節度使(선무절도사)의 막하에 들어갔다. 그 후 덕종 때 駕部郎中(가부낭중) 知制誥(지제고)로 특채되어 中書舍人(중서사인)에 이르렀다. 大曆10才子(대력십재자)의 한 사람. 韓君平詩集(한군평시집) 1권과 165수의 시가 전한다.

058

歸雁 | 錢起전기
귀 안

瀟湘何事等閑廻요 水碧沙明兩岸苔를－
소 상 하 사 등 한 회 　 수 벽 사 명 양 안 태

二十五絃彈夜月에 不勝淸怨却飛來라.
이 십 오 현 탄 야 월 　 불 승 청 원 각 비 래

〖풀이〗 돌아가는 기러기

소상瀟湘의 아름다운 경치를 버리고 왜 돌아가는가,

물 푸르고 모래 희며 양 언덕엔 이끼도 절경인데…
밝은 달밤에 상비湘妃가 켜는 25현 비파 소리에
애절한 슬픔을 듣다 못하여 물러나 떠나간다네.

〖감상〗

기러기가 북쪽으로 날아가는 것을 보고 괴상스러울 만큼 환상적인 상상의 날개를 편 작품이다. 위의 시는 시인과 기러기와의 문답 형식으로 되어 있다. 위의 2구절은 기러기에게 묻는 형식의 글이요, 아래의 2구절은 기러기가 대답하는 형식의 글이다.

도움말

예로부터 '소상팔경瀟湘八景'의 명승지로 병립竝稱되어 왔다. 소강과 상강은 호남성 남부에서 만나 한참을 흘러 동정호로 들어간다. 상강湘江에 투신해 죽은 두 여신 아황蛾黃과 여영女英이 비파를 연주한다는 전설이 있다. 그 곡에는 '귀안조歸雁操'가 있다. 이런 전설이 얽인 좋은 경관을 두고 기러기는 왜 돌아가는가? 물 푸르고 모래는 흰데 이런 두 언덕의 절경을 버리고 왜 기러기는 돌아가는가? 25현 비파 소리가 너무 애절해서 돌아가려 하는가?

어려운 낱말

• 歸雁(귀안) : 북으로 돌아가는 기러기. • 瀟湘(소상) : 소강과 상강 유역. • 何事(하사) : 무슨 일로. • 等閒(등한) : 대수롭지 않게 여김. 별 생각 없이. • 廻(회) : 상강 근처에 있는 衡山(형산)에는 '회안봉'이란 봉우리가 있는데 북에서 날아오던 기러기가 여기에 이르러 돌아서 날아간다고 한다. • 二十五絃(현) : 25줄의 악기. • 淸怨(청원) : 소리가 맑고 애조를 띤 것. • 却飛來(각비래) : 날아서 돌아감. 來는 허사.

| 덧붙임 |

錢起〔전기; 722~780, 中唐(중당)〕: 절강성 吳興人(오흥인). 字(자)는 仲文(중문). 진사 급제 후 校書郎(교서랑), 섬서성 藍田尉(남전위)를 거쳐 考功郎中(고공낭중), 太淸宮使(태청궁사), 翰林學士(한림학사)에 이르렀다. 장안 동남 쪽 籃田(남전)에 초당을 짓고 王維(왕유), 裵迪(배적) 등과 교재, 시를 주고받았으며 大曆10才子(대력십재자)의 한 사람. 錢考功集(전고공집) 10권과 530여 수의 시가 전한다.

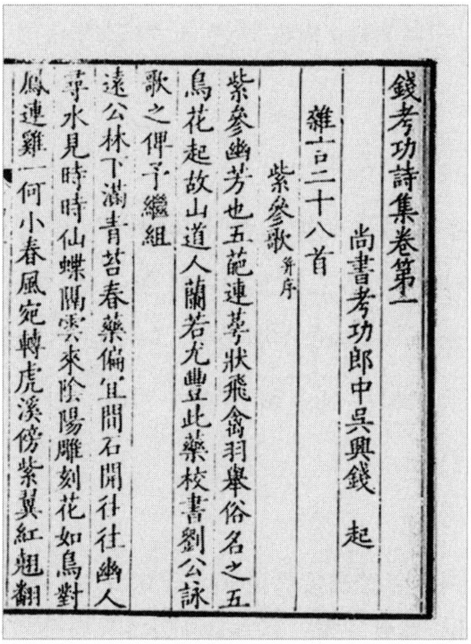
錢考功詩集卷第一
尚書考功郎中吳興錢　起
雜言二十八首
紫參歌 并序
紫參幽芳也五葩連萼狀飛禽羽舉俗名之五
鳥花起故山道人蘭若尤豐此藥校書劉公詠
歌之俾予繼組
遠公林下滿青苔春藥偏宜間石開往往幽人
尋水見時時仙蝶隔雲來陰陽雕刻花如鳥對
鳳連雞一何小春風宛轉虎溪傍紫翼紅翹翻

전고공시집(錢考功詩集)

059
聽, 隣家吹笙 | 郎君冑낭군주
청 인가취생

鳳吹聲如隔綵霞하니 不知墻外是誰家를-.
봉취성여격채하　부지장외시수가

重門深鎖無尋處에 疑有碧桃千樹花오?
중 문 심 쇄 무 심 처　　의 유 벽 도 천 수 화

〖풀이〗 **이웃집의 생황笙簧 부는 소리를 듣고**

생황 부는 소리 채색 노을에 가린 듯 들려오는데
담 밖에서는 누구 집인지를 알 수가 없구려.
거듭 문을 닫아 찾지 않는 깊은 곳에
거기에 벽도천수화碧桃千樹花 있는 곳 아닌가요?

〖감상〗

이웃집에서 피리 소리가 들려오는데 도대체 누구의 집에서 들리는지? 그 깊은 곳은 어디일까? 아마도 벽도천수화 꽃이 핀 곳이 아닐까? 벽도화碧桃花는 신선이 먹는다는 복숭아가 열리는 나무에 핀 꽃이니 신비스런 꽃이며 열매임에는 틀림없다. 그래서 이 작품도 신비성을 띠고 있는 작품이다.

도움말

이는 시인 낭군주가 생笙 소리를 듣고 지은 글이다. 홀연히 생황 부는 소리가 들려오고 있었다. 마치 채색 구름으로 가리어 막아둔 듯한 그 속에서 소리가 들리는데 누구의 집에서 나는지를 알 수가 없었다. 겹겹이 문호門戶를 닫아건 깊은 곳에서 장소도 모르고 찾을 곳도 없는 그 집에서 들리는 소리, 그 곡조 중에서 '복사꽃 일천 가지 나무' 가 찬란히 꽃 피고 있다는 내용 때문에 거기에 '벽도천수화碧桃千樹花' 가 있는 게 아닌가 의심하고 있었다. 위의 2구절은 생황 소리가 들리는데 누구의 집인지 몰라도 감탄하고, 아래 2구절은 문을 닫고 찾지 않아도 이것이 '벽도천수화' 가 있는 곳이 아닐까 의심스럽다는 말을 하고 있다.

어려운 낱말

• 鳳吹(봉취) : 생황을 부는 것. • 綵霞(채하) : 채색 노을. • 吹笙(취생) : 생황을 불다. 笙篁(생황)은 관악기의 한 가지. 열아홉 개, 또는 열세 개의 대나무 대롱으로 만들며, 세워놓고 가로 분다. • 深鎖(심쇄) : 굳게 닫아 잠금. • 碧桃千樹花(벽도천수화) : 선경에 있다는 과일 꽃나무의 하나.

060

栢林寺, 南望 | 郎君胄낭군주

백림사 남망

谿上遙聞精舍鐘은 泊舟微徑度深松이라.
계상요문정사종 박주미경도심송

靑山霽後雲猶在하고 畵出西南三四峯이라.
청산제후운유재 화출서남삼사봉

〖풀이〗 백림사에서 남쪽으로 바라봄

계곡 위에 멀리 들리는 절간의 종소리
배를 대고 작은 길로 소나무 깊은 곳을 찾아가네.
청산은 안개 뒤에 구름이 오히려 남아 있고
서남쪽에 3, 4 봉우리 그림 같이 솟아났네.

〖감상〗

백림사에서 남쪽으로 바라보고 쓴 시다. 산 계곡 절간에서 들려오는 범종소리를 듣고 배를 대어놓고 소나무 숲 작은 길 따라 찾아 올라간다. 푸른 산 구름도 덮여있는데 그림 같은 산봉우리 서너 너덧 개가 안개 속에 솟아 있구나. 위의 2구절은 절에 들어가는 처음 시작을 말했고, 아래 2구절은 절에 들어가서 바라다 본 경관을 표현했다.

도움말

이는 절에서 남쪽으로 바라보고 있다. 절간의 종소리가 은은하게 구름 밖으로 들리고 바람 따라 와서는 사람으로 하여금 듣게 한다. 시냇가에서 배를 대놓고는 작은 길 따라 내려가서 육지에 올라 송백의 깊은 곳을 헤아려 올라갔다. 산에는 이미 비가 지나갔고 아직 흩어지지 않는 구름이 산봉우리 꼭대기에 걸려 있는데 절의 서남쪽 봉우리는 마치 그림 같아서 봉우리 절반이 우뚝 솟아올라 있었다.

어려운 낱말

• 精舍鐘(정사종) : 절간의 종. • 泊舟(박주) : 배를 갖다 대다. • 微徑(미경) : 작은 길. • 霽後(제후) : 안개가 갠 뒤에.

061

峽口, 送, 友人 | 司空曙사공서
협 구 송 우 인

峽口花飛欲晝春하고 天涯居住各沾巾이라.
협 구 화 비 욕 화 춘 천 애 거 주 각 점 건

來時萬里同爲客터니 今日翻成送故人이라.
내 시 만 리 동 위 객 금 일 번 성 송 고 인

〖풀이〗 협구에서 벗을 보냄

협구에 꽃잎이 날리니 봄을 그리고 싶고

하늘 아래 살면서도 각자 수건을 적시네.
그때 만 리 밖에 함께 나그네 되었더니
오늘 다시 뒤집혀 친구를 보내게 되었구나.

〖감상〗

송별의 시이다. 봄날의 화사한 풍경을 그리고 싶은 계절에 벗과 이별을 고하게 되니 애절한 마음이 든다. 같은 하늘 아래 살면서도 앞으로 그리워할 일을 생각하니 눈물이 나서 수건을 적시는구나. 앞으로 내가 나그네 되어 만 리 밖에 떠돌게 되었더니 오늘 도리어 벗을 보내게 되었다는 씁쓸한 뜻을 표현하고 있다.

도움말

이는 벗을 보내면서 지은 시다. 이때에 협곡의 꽃이 동풍에 날아가서 봄빛을 놓고 그림도 그리고 싶을 정도인데, 그대는 가고 나는 머물러 하늘 한 곳에 나누어 있게 되면 두 눈에 눈물이 각각 손수건을 적시리라. 때가 와서 그대와 함께 만 리 밖에 나그네가 되었더니, 오늘에 이르러 함께 머물러 친구가 되었나 했는데, 오늘 다시 그대를 보내니 처절하고 비정함이 다른 날보다 두 배나 더한 것 같구려.

어려운 낱말

• 峽口(협구) : 산 좁은 입구. 여기서는 지명인 듯. • 天涯(천애) : 하늘 한 모퉁이. • 各沾巾(각점건) : 각각 손수건에 눈물을 적심. • 來時(내시) : 그 어느 때에는. 來는 허사.

062

江村卽事 | 司空曙사공서

강 촌 즉 사

罷釣歸來不繫船터니 江村月落正堪眠이라.
파 조 귀 래 불 계 선　　강 촌 월 락 정 감 면

縱然一夜風吹去라도 只在蘆花淺水邊을-.
종 연 일 야 풍 취 거　　지 재 노 화 천 수 변

〖풀이〗 **강 마을에서**

낚시 끝내고 돌아오면서 배를 묶지 않았네
강 마을 달이 지니 바로 잠들기 어렵다.
놓아둔 것 하룻밤에 바람에 불리어 갔어도
갈대꽃 옅은 물가에 배는 놓여있었던 것을-.

강촌(江村)

〖감상〗

강 마을에서 있을 수 있는 이야기를 시로 쓰고 있다. 낚시하고 돌아오는 길에 배를 묶지 않았다가 밤바람에 불리어 배가 갈대밭 옅은 물가에 놓여 있다는 어쭙잖은 이야기 같은데 자연을 즐기는 멋과 맛이 한층 베어나는 작품이다. 강촌에서 있을법한 이야기이나 어쩐지 쓸쓸하고 처량한 생각이 드는 그런 맛을 준다.

도움말

강 마을에 낚시를 드리우고 있다가 낚시를 끝내고 올 때 배를 묶고 와야 하는데 그대로 놓아두었다. '불계선不繫船' 3자로 한 구절의 가작이 되었다. 이미 묶지 않는 배이니 어찌 편안하게 잠을 자리요. 갈대꽃 옅은 물 위로 바람 불어 모두 강촌으로 불리어가니 다만 이 강가에서 여기저기 떠돌고 있으리니, 바람에 불리어 가도 무슨 해가 있으랴. 이 시의 글자 사용이 지극히 명료해서 일종의 흥미 위주로 썼으나 정말 아름다운 구절들이다.

어려운 낱말

• 卽事(즉사) : 오늘날의 즉흥시. • 不繫船(불계선) : 배를 매지 않다. • 堪眠(감면) : 잠자기 어려움. • 堪(감) : 견딜. • 縱然(종연) : 놓아두다. • 淺水邊(천수변) : 옅은 물가에.

| 덧붙임 |

司空曙〔사공서; 740-790, 中唐(중당)〕: 하북성 광평인. 字(자)는 文明(문명), 또는 文初(문초). 상세한 생애는 알려지지 않으며 벼슬은 水部郞中(수부낭중)을 거쳐 虞部郞中(우부낭중)에 이르렀다. 大曆10才子(대력십재자)의 한 사람으로 서경시와 旅愁詩(여수시)가 특색. 司空文明詩集(사공문명시집) 3권이 전한다.

063
漫興 | 杜甫두보
만 흥

腸斷春江欲盡頭에 杖藜徐步立芳洲라.
장 단 춘 강 욕 진 두　장 려 서 보 입 방 주

顚狂柳絮隨風舞하고 輕薄桃花逐水流라.
전 광 유 서 수 풍 무　경 박 도 화 축 수 류

〖풀이〗 봄의 흥취

창자를 에는 듯, 봄날 강가 끝머리에
지팡이 짚고 천천히 봄 물가에 나섰네.
미친 듯이 실버들 바람에 춤을 추고
가볍게 날리는 복사꽃 물 따라 흘러간다.

〖감상〗

두보杜甫가 만년에 쓴 작품으로 보인다. 제목 그 자체처럼 봄의 흥취가 흠뻑 담긴 글로서 낭만적 분위기를 자아내고 있다. '창자를 에는 듯한 봄날', '지팡이를 짚고' 이런 구절들이 퍽 어울린다고 생각한다. 봄날이라 미친 듯이 바람이 불어 실버들을 춤추게 한다든가 가볍게 물에 떠내려가는 복사꽃은 한층 선명해 보이면서 선경 같은 느낌을 주기도 한다.

도움말

이는 두보杜甫가 봄의 흥취를 청려장靑藜杖을 짚고 봄의 강가로 향해서 천천히 느린 걸음으로 가다가 강 언덕 방주芳洲가 있는 삼각주에 실버들을 보고 있다. 실버들은 바람 따라 춤을 추고 강 언덕의 복사꽃은 바람에 날려 물을 따라 흘러

가니 버드나무는 미친 듯, 복사꽃은 경박한 자태이지만 또한 볼만했다. 위의 2구절은 아름다운 물가에 서서 바라보는 광경을 보고 있고, 아래 2구절은 복사꽃의 모양을 보고 있음을 표현하고 있다.

어려운 낱말

• 謾興(만흥) : 漫興(만흥)과 같음. 낭만적 흥에 겨워서. • 腸斷(장단) : 창자를 에는 듯한. • 杖藜(장려) : 지팡이. • 芳洲(방주) : 아름다운 물가. • 顚狂(전광) : 미친 듯이. • 柳絮(유서) : 버들개지.

| 덧붙임 |

두보(杜甫)

杜甫〔두보; 712-770, 盛唐(성당)〕: 이백과 더불어 중국 최대의 시인. 당의 詩聖(시성). 자는 子美(자미). 河南(하남) 鞏縣(공현)에서 출생. 20대 초반에는 오월 지방을 유랑, 26세 때 처음으로 진사 시험에 응시했으나 불합격, 이후 몇 년간 齊(제), 趙(조) 지방에서 노닐며 李白(이백)과 교유했음. 나이 사십에 겨우 미관말직을 얻었고, 나중에 工部員外郞(공부원외랑)이라는 고위 관직에 임명되었으나 방랑벽 때문에 그 직책을 수행하지 못했다. '杜工部集(두공부집)', '草堂詩箋(초당시전)' 등의 시집이 있으며, 3천 수에 가까운 시작 중 1,400여 수가 전하고 있다.

064
長信宮 | 李端이단
장 신 궁

金壺漏盡禁門開하고 飛燕昭陽侍寢回라.
금 호 누 진 금 문 개 비 연 소 양 시 침 회

隨分獨眠秋殿裏에 遙聞笑語自天來라.
수 분 독 면 추 전 리 요 문 소 어 자 천 래

〖풀이〗 장신궁

어느덧 새벽이 되어 금문禁門이 열리고
비연飛燕은 소양궁 시침에서 돌아오네.
분수를 지켜 나 홀로 추전秋殿에서 잠을 자면
하늘에서 들려오듯 웃음소리 멀리서 들리네.

〖감상〗

장신궁長信宮은 한나라 성제의 후궁인 반첩여가 거처하는 궁궐을 말하고 있다. 어느덧 새벽에 금문禁門이 열리고 조비연趙飛燕이 시침하고 돌아오고 있었다. 분수를 지키며 혼자 추전秋殿에 잠을 자면 마치 천국에서 들려오는 웃음소리인 듯 소곤거리는 그녀의 소리가 들려오는 것이 아닌가. 사랑을 잃은 여인네의 서글픈 현실이 눈에 보이는 듯하다.

도움말

이는 궁원宮怨에 해당하는 작품이다. 이 글은 이미 날이 밝아 새벽이 되어 궁중의 순라군이 돌고 구중궁궐이 훤하게 열리면 비연飛燕이 소양전昭陽殿 시침에서 돌아 나오고 있었다. 저 미인이여! 군왕의 은총을 얻었거니와 오직 나만이 임금의 사랑을 잃어버린 것을 나의 분수로 여기고 경경耿耿한 외로운 몸이 되어 홀로 적적한 추전秋殿의 구석에 쪼그리고 자면서 멀리서 들려오는 소곤거리는 웃음소리를 귓전으로 듣고만 있을 뿐이었다.

어려운 낱말

• 長信宮(장신궁) : 중국 한나라 때의 궁전 이름. 長樂宮(장락궁)이라고도 했음. 주로 황태후가 살았음. • 禁門(금문) : 궁궐. • 飛燕(비연) : 조비연을 말함. 소양전에서 왕을 시침하는 궁녀. • 秋殿(추전) : 황후가 거처하는 장신궁.

065
古詞 | 李端이단
고 사

鵲血調弓濕未乾하여 鷿鵜新淬劍光寒이라.
작 혈 조 궁 습 미 건 　 벽 제 신 쉬 검 광 한

遙東老將鬢成雪하여 猶向旄頭夜夜看이라.
요 동 노 장 빈 성 설 　 유 향 모 두 야 야 간

〔풀이〕 옛 노래

까치 피를 활에 발라 습기를 마르지 않게 하여
칼을 접동새 피에 담금질하여 칼 빛을 차갑게 했다.
요동의 늙은 장수 귀밑머리 허옇도록
모두旄頭를 향해 밤마다 쳐다보고 있었다네.

〖감상〗

이 시는 옛날이야기를 시적 소재로 사용한 작품이다. 까치의 피나 접동새의 피를 사용하여 칼을 만들었다는 요동의 늙은 장수 이야기이다. 그 장수는 머리가 허옇도록 변방에서 임금을 향해 모두성旄頭星을 쳐다보며 충성을 다 바치는 심정이 갸륵하기만 하다. 끝 구절에 '야야간夜夜看'이란 말이 인상적이다.

도움말

고사古詞는 고의古意와 뜻이 같다. 활을 매만지는데 까치의 피를 발라 그것이 덜 마를 때, 또 농병아리 피나 접동새의 피로 보검을 담금질하면 칼 빛이 눈같이 차가워서 활과 칼을 단단하게 만든다고 했다. 요동의 늙은 장구가 두 빰이 눈과 같이 희도록 젊을 때의 용기가 있어 밤마다 모두旄頭에 맹세하는 마음으로 칼을 만들었다. 모두를 향하는 것은 서쪽에 있는 별자리이니 군주를 나타내는 별인 까닭이기 때문이다.

어려운 낱말

• 鵲血(작혈) : 까치의 피. • 鷿鵜(벽제) : 물새와 접동새. • 淬劍(쉬검) : 칼을 담금질하다. • 旄頭(모두) : 서쪽하늘에 있는 별 이름. 군주를 나타내는 별자리.

066
湘南卽事 | 戴叔倫대숙륜
상 남 즉 사

盧橘花開楓葉衰하니 出門何處望京師오?
노 귤 화 개 풍 엽 쇠 　 출 문 하 처 망 경 사

沅湘日夜東流去하니 不爲愁人住少時오.
원 상 일 야 동 류 거　　불 위 수 인 주 소 시

〘풀이〙 **상남湘南에서 즉흥시를**

귤꽃 피고 단풍잎 물들어 가니
문 열고 바라보니 어느 곳이 서울인가?
원상沅湘은 밤낮 동쪽으로 흘러가는데
사람은 젊은 시절로 머무르게 하지 못하는가.

〘감상〙

유자꽃이 피는 초겨울의 쌀쌀한 계절에 건너편에 장안을 멀리 바라보며 향수를 느끼게 하는 시이다. 끊임없이 흘러가는 상남의 물줄기를 하염없이 바라보며 원강沅江과 상강湘江도 동쪽으로 흘러가건만, 나는 왜 귀양에서 장안으로 가지 못하는가 하고 한탄하고 있다. 강물의 흐름에서 시간의 경과를 느끼면서 덧없는 인생을 탄식하는 수법으로 쓰여진 시이다.

도움말

이는 호남湖南의 아름다움을 노래한 시다. 귤꽃이 바야흐로 피고 단풍잎은 물들어 가니 이때가 9월의 기후와 비슷했다. 이에 나그네 되어 여기에 왔기에 문을 열어 바라보니 서울이 여기서 얼마쯤일까? 저 원상沅湘을 바라보니 주야로 쉬지 않고 동으로 흘러가듯이 사람으로 하여금 소년시절로 돌아가지 못하게 함은 마음이 이렇게 아프다. 세월의 빠름을 스스로 탄식하고 있다.

어려운 낱말

• 湘南(상남) : 호남성을 흘러 동정호로 들어가는 상강 유역의 일대. • 盧橘(노

귤) : 귤을 말함. • 京師(경사) : 서울. • 沅湘(원상) : 호남성에 있는 큰 강. 동정호로 흘러 들어간다.

067
答, 元明府 | 戴叔倫대숙륜
답 원 명 부

山下孤城月上遲한데 相留一醉本無期라.
산 하 고 성 월 상 지 상 류 일 취 본 무 기

明年此夕遊何處요 縱有淸光知對誰요?
명 년 차 석 유 하 처 종 유 청 광 지 대 수

〔풀이〕 원명부에게 답함

산 밑 외딴 성에 달은 늦게 뜨는데
마주앉아 마시는 술이 처음부터 약속은 없었네.
내년의 오늘 저녁은 어디에서 우리 놀까?
밝은 달빛 청명한 저녁 누구와 함께 할꼬?

〔감상〕

원명부를 만나 술을 마시며 즐겁게 노는 장면을 읊은 것이다. 위의 시 2구절은 우연히 원명부를 약속 없이 만나서 달밤에 앉아서 술을 권하여 마시며 취하는 즐거움을 말했고, 아래 2구절은 내년 이날 저녁에도 오늘처럼 달은 밝게 빛날 것이나 누구와 더불어 어느 곳에서 놀 것인가를 탄식하는 글이다.

도움말

이는 시인 대숙륜이 원명부에게 답하여 지은 시이다. 원명부와 함께 서로 만나서 놀 때에 밝은 달이 늦게 떠올라 오늘 저녁 마시며 취하는 것이 원래 약속 없이 즐기자는 것이다. 우리 다시 헤어진 다음 내년 오늘 저녁에 밝은 달빛이 오늘 저녁과 같을 것이다. 그러나 그대와 더불어 만날 것을 미리 정하지 못할 것이니, 누구와 어디서 만나 오늘처럼 술을 마시며 즐길 수 있을 것인가?

어려운 낱말

• 元明府(원명부) : 대숙륜의 詩友(시우). • 月上遲(월상지) : 달이 늦게 돋다. • 相留(상류) : 서로 머물러 앉아서.

068

送, 呂少府 | 戴叔倫대숙륜

송 여 소 부

共醉流芳獨歸去하니 故園高士日相親이라.
공 취 유 방 독 귀 거 고 원 고 사 일 상 친

深山古路無楊柳하여 折取桐花寄遠人이라.
심 산 고 로 무 양 류 절 취 동 화 기 원 인

〖풀이〗 여소부呂少府를 보내면서

흐르는 시냇가에 함께 취하여 홀로 돌아가니
고향의 높은 선비 이날 서로 친하였다.
깊은 산속 옛길에는 버드나무가 없어서
오동꽃 꺾어 그대에게 주며 멀리 보내드렸네.

〖감상〗

여소부呂少府를 만나 즐겁게 술을 마시며 놀았다는 내용이다. 그대와 같은 높은 선비와 곧 헤어지기 섭섭하여 오동꽃을 꺾어주었다. 옛날 중국에서 송별할 때 버드나무를 꺾어주는데, 여기는 버드나무가 없어 오동꽃을 꺾어주었던 것이다.

도움말

이는 여소부를 보내면서 지은 것이다. 그대와 함께 취하여서 그대는 홀로 고원으로 돌아간다고 했다. 높은 선비와 더불어 이날은 같이 취하면서 함께 친하게 되었는데, 일반적으로 이별을 할 때는 버드나무를 꺾어 주어야 하지만 이제 그대와의 이별을 맞이하여 버드나무 대신 오동꽃을 꺾어 주었으니, 이는 심산 옛길에 버드나무가 없었기 때문이다.

어려운 낱말

• 少府(소부) : 벼슬 이름. • 流芳(유방) : 흐르는 시냇물. • 獨歸去(독귀거) : 홀로 돌아가다. • 無楊柳(무양류) : 버드나무가 없어서. • 折取(절취) : 꺾다.

| 덧붙임 |

대숙륜(戴叔倫)

戴叔倫(대숙륜; 732-789): 字(자)는 幼公(유공), 潤州(윤주) 金壇人(금단인). 進士科(진사과)에 급제하여 撫州刺史(순무자사), 容管經略使(용관경략사)에 이름. 가는 곳마다 치적이 있었다.

069
旅次寄, 湖南, 張郎中 | 戎昱융욱
여 차 기 호 남 장 낭 중

寒江近戶慢流聲이요 竹影當窓亂月明이라.
한 강 근 호 만 류 성 죽 영 당 창 난 월 명

歸夢不知湖水濶하니 夜來還到洛陽城이라.
귀 몽 부 지 호 수 활 야 래 환 도 낙 양 성

〖풀이〗 여행 중 호남湖南, 장낭중張郎中에게 답함

문 앞 가까이 차가운 강물 소리 내어 흐르고
창문 앞에 달이 밝아 대나무 그림자 흔들린다.
돌아가는 꿈속에도 호수의 넓음을 알지 못하니
밤이 오면 낙양성洛陽城에 돌아갈 수밖에 없네.

〖감상〗

제목을 보면 '호남의 여행 중에 장낭중의 시에 차운하여 보낸다.' 로 되어있다. 그래서 이 시는 여행하면서 장낭중에게 주는 시이다. 그는 이 호남에 살고 있는데 그를 만나지 못한 것 같고 문 앞에 차가운 물소리만 들려오고 있었다. 창 앞에는 달이 너무 밝아 대나무 그림자가 흔들린다. 낙양洛陽으로 돌아가는 꿈속에도 호수의 넓음을 알지 못하리라.

도움말 |

이는 여행하는 도중에 호남에 있는 장낭중을 만나 그의 시에 화답하는 내용으로 되어있다. 여기서 차次는 상대방의 시에 차운次韻한다는 뜻이다. 문 앞에는 강물이 소리 내어 흐르고, 창문에는 달이 밝아 대나무 그림자가 흔들린다고 했

낙양성(洛陽城)

다. 돌아가는 꿈속에는 호수의 넓음을 알지 못한다고 했으니, 아마 상대방의 학식이나 선비의 도에 만족하지 못했던 것 같다. 장낭중張郎中은 여기 호남에 있었으나 나는 내일이면 장안으로 떠나는 몸이다. 돌아가는 꿈속에도 호수의 넓음을 알 수 없다고 했으니 밤이 오면 낙양성에 돌아갈 수밖에 없다고 했다.

어려운 낱말

• 慢流聲(만류성) : 물 흐르는 소리. • 亂月明(난월명) : 흔들리는 밝은 달빛.

070
移家別, 湖上亭 | 戎昱융욱
이가별 호상정

好是春風湖上亭엔 柳條藤蔓繫離情이라.
호시춘풍호상정 유조등만계리정

黃鸝久住渾相識하여 欲別頻啼四五聲이라.
황 리 구 주 혼 상 식　　욕 별 빈 제 사 오 성

〖풀이〗 집을 떠나 호상정에서 이별함

좋을시고, 봄바람 호상정湖上亭에는

버드나무 가지에 등나무가 떠나는 정을 묶었네.

꾀꼬리 오래 머물러 이미 모두 알아버려서

이별을 하고자 자주 네다섯 번으로 울고 있었다.

〖감상〗

이 정자에서 이별하는 것이 내용으로 되어있다. 호상정은 호수 위의 지은 정자란 뜻이다. 버드나무 가지에 떠나는 정을 등나무가 묶었다는 것이다. 그래서 떠나기 어려운 정을 가지고 있다. 삼자설三字說은 좋을 호〔好〕자가 3자라는 것이다. 호상정이 좋고〔好〕, 봄바람이 좋고〔好〕, 사람이 좋다〔好〕하여 이런 이름이 붙은 것이니, 곧 삼자호三字好를 말하고 있다.

도움말

'好(호)' 자 1자로 이 시를 시작한 작법을 사용했으니 호상정湖上亭이 좋다고 했고, 또 봄바람이 좋다고 했고, 마음속에 있는 사람이 좋다고 했다. 여기 이 봄바람을 호상정에서 맞이할 수 있으니 봄바람과 호상정은 이곳의 경치를 말할 때 따로 떼어놓을 수 없는 관계다. 아래에는 버드나무〔柳〕 가지와 등나무〔藤〕 줄기와 꾀꼬리〔鶯〕가 함께 봄바람을 읊고 있으니 호상정은 앞으로 '삼자설三字說' 로써 똑똑하게 설명할 수 있을 것이다. 떠나가는 정을 묶는다 함은 이 정자에서 나의 정을 묶어둔다는 것이 아니라 이 정자 밖의 봄바람 속에 버드나무와 등나무 줄기가 나의 떠나는 정을 묶는다고 했다.

어려운 낱말

• 好是(호시) : 좋을시고! • 繫離情(계리정) : 떠나가는 정을 묶다. • 黃鸝(황리) : 노란 꾀꼬리. • 頻啼(빈제) : 자주 울다.

071
題, 葉道士, 山房 | 顧況고황
제 엽도사 산방

水邊楊柳赤欄橋하고 洞裏神仙碧玉簫라.
수변양류적난교 동리신선벽옥소

近得麻姑書信否하니 潯陽江上不通潮라.
근득마고서신부 심양강상불통조

〖풀이〗 **도사의 산방山房을 제목으로 함**

물가에는 버드나무 숲, 붉은 다리에 난간이 있고
골짜기 속에 신선이 살아 벽옥碧玉 퉁소를 부네.
마고할미의 서신 없으면 가까이 갈 수 없으니
심양 강가에 조수 없으면 통할 수가 없다네.

〖감상〗

도사의 산방山房을 제목으로 쓴 시이다. 물가의 버드나무가 늘어 서 있는가 하면 붉은 난간의 다리가 놓여 있었다. 골짜기 안에는 신선이 분다는 옥퉁소를 만드는가 하면 마고할미 서신을 얻으려면 심양강의 조수潮水를 통하지 않으면 안 된다고 하니 신비스런 전설 같은 작품이다. 읽을수록 신

비감에 빠져들기 마련이다.

도움말

마고(麻姑)

이는 엽도사 산방山房을 제목으로 한 시다. 도사가 살고 있는 곳에는 물이 흘러가고 버드나무가 있고 버드나무 아래 다리가 놓였으며, 붉은 난간을 양쪽의 끝을 이었고 골짜기 안에서는 신선이 살고 있었는데 신선이 부는 퉁소는 옥을 새겨서 만들었다. 아, 그래서 마고麻姑의 서신을 얻어서 여기 오지 않았던가. 심양강潯陽江 위에 조수潮水가 통하지 않으면 통신을 할 수가 없으리라. 위의 2구절은 건너는 다리에 붉은 난간으로 수식이 되어있음을 말했고, 아래 2구절은 마고麻姑의 서신은 심양강潯陽江의 조수를 통하지 않으면 얻어 올 수 없다는 사실을 말하고 있다.

어려운 낱말

• 葉道士(엽도사) : 산에 사는 도사를 말함. • 赤欄橋(적난교) : 울긋불긋한 다리. • 碧玉簫(벽옥소) : 푸른 옥으로 만든 피리. • 麻姑(마고) : 중국의 옛적 선녀의 이름. 마고할미. • 潯陽江(심양강) : 강의 이름.

072
宿, 昭應 | 顧況고황
숙 소 응

武帝祈靈太乙壇에 新豊樹色繞千官이라.
무 제 기 령 태 을 단 신 풍 수 색 요 천 관

那知今夜長生殿이 獨閉空山月影寒이라.
나 지 금 야 장 생 전 독 폐 공 산 월 영 한

〖풀이〗 소응昭應에 머물면서

무제가 태을단太乙壇에 영혼을 빌었는데
신풍新豊의 나무 색깔 천관千官이 둘러있네.
어찌 알랴, 오늘 밤 장생전長生殿이
빈 산 달그림자 차가움 속에 홀로 닫혔음을.

〖감상〗

이 시제목이 '숙소응宿昭應' 인데, 이것은 제목에서 말하듯이 그는 신의 응감을 기다리며 거기에 머물렀다는 뜻이다. 한무제가 신선을 좋아하여 태을단太乙壇에 영혼을 빌었다고 한다. 그는 항상 신을 가까이 하고 신선을 찾아 그 응감應感을 받으려고 했다고 하니 신비스러운 일이다. 그러나 시인 고황은 당시의 현실을 신랄하게 비판하여 쓴 시가 아닐까?

도움말 |

이는 한무제漢武帝가 태을단太乙壇(하늘에 있는 신선에게 비는 단)에서 영혼을 빌 때에 신풍新豊의 나무 색깔이 천관千官과 위의威儀의 융성함과 칼을 차고 보이는 엄숙한 위엄이 당당한 천자의 기세이더니 이제 장생전長生殿이 닫혀있고 빈 산에 밝은 달빛이 이렇게 차가우니 어찌 창연愴然한 것이 아니겠는가. 한무제武帝漢를 당나라 황제에 비유했고 장생전長生殿은 당나라 시대에 건립되었다.

어려운 낱말

• 昭應(소응) : 밝은 應感(응감). • 太乙壇(태을단) : 한무제가 하늘의 신에 빌었던 단의 이름. • 新豊(신풍) : 지명. 한나라 시대의 한 고을. 술의 명산지임. • 千官(천관) : 많은 관리, 혹은 백관. • 長生殿(장생전) : 당나라 때의 궁전의 하나. 현종이 양귀비와 함께 지냈던 궁전.

덧붙임

고황(顧況)

顧況(고황; ?-8세기) : 字(자)는 逋翁(포옹). 757년에 진사, 秘書郎(비서랑)이 되었다. 權官(권관)이던 李泌(이필)에 사사하던 중 泌(필)이 재상이 되자 자신도 승진을 바랐으나 뜻을 이루지 못했다. 泌(필)이 사망하자 그를 비웃는 시를 지어 饒州司戶參軍(요주사호참군)으로 좌천되었다. 후에 가족을 이끌고 茅山(모산)에 은거하였다. '顧華陽集(고화양집)' 이 전한다.

073
夜上, 受降城, 聞笛 | 李益이익
야상 수항성 문적

回樂峰前沙似雪하고 受降城外月如霜이라.
회락봉전사사설 수항성외월여상

不知何處吹蘆管하니 一夜征人盡望鄕이라.
부 지 하 처 취 로 관　　일 야 정 인 진 망 향

〖풀이〗 밤, 수항성受降城에 올라 피리 소리를 듣는다

회락봉 앞에 흰모래 눈과 같이 희고
수항성 밖에 달빛이 서리 내린 것 같네.
어디서 갈대 피리 부는지를 알지 못하는데
출정한 사람의 하룻밤, 망향의 정 끝이 없네.

〖감상〗

수항성에 올라 피리 소리를 듣고 지었다는 시다. 모래, 눈, 달빛, 서리, 이런 것들의 대조가 멋지다. 여기에서 달빛과 모래가 원 관념이고, 눈과 서리는 보조 관념이다. 수항성은 적과 마주하고 있는 성으로 군인들은 고향 생각으로 가득하기 때문에 달빛과 피리 소리에 약하다. 조그만 감정에도 고향을 생각하고 고향집에 있는 처자와 부모를 생각하여 향수에 젖게 마련이다. 이 시에서는 그런 것을 멋지게 표현하고 있다.

도움말

수항성은 당나라 장인원張仁愿이 비어있는 사막 북쪽 땅을 취하여 하북河北에 수항성受降城을 3곳에 쌓았는데, 당시 회락봉回樂峯 앞에 흰모래는 눈과 같고, 수항성 밖에 밝은 달이 서리 내린 것 같았는데, 갈대 피리 소리는 어느 곳에서 들려오는지를 알지 못했다. 군에 종사하는 사람들이 오늘 밤에 모두 고향을 바라보고 슬퍼하고 있을 것이다. 위의 2구절은 수항성에 올라 달빛이 땅 위에 내린 서리 같았고, 또 돌아와서 회락봉을 보니 모래사장에 육출화六出花가 핀 것 같았다고 말하고 있다. 아래 2구절은 출정한 사람이 이 피리 소리의 처량함을

수항성(受降城)

듣고 누가 고향을 생각하지 않으랴 하고 말했다.

어려운 낱말

• 受降城(수항성) : 한무제 때 綏遠城(수원성)에 쌓은 성. • 回樂峰(회락봉) : 수항성 근방에 있는 산봉우리. • 蘆管(노관) : 갈대 줄기로 만든 피리.

074
聽, 曉角 | 李益이익
청 효 각

邊城昨夜墮關楡하고 吹角江城片月孤라.
변 성 작 야 타 관 유 　 취 각 강 성 편 월 고

無限塞鴻飛不渡하고 西風吹入小單于라.
무 한 새 홍 비 불 도　　　서 풍 취 입 소 선 우

〖풀이〗 **새벽에 나팔소리 듣다**

성터에는 어젯밤 느릅나무 잎이 떨어지고
나팔을 부는 강성江城에는 조각달이 외롭게 떴네.
변방의 기러기 무수히 날아도 건너가지 못하고
서풍에 불리어 조금씩 선우單于쪽으로 들어가네.

〖감상〗

새벽에 듣는 나팔소리, 별로 기분 좋은 소리는 아닐 듯하다. 가을이 되어 나뭇잎이 지고 나팔소리 나는 강성에는 조각달이 외롭게 떠서 향수를 자아내게 한다. 변방의 기러기는 무수히 날아도 변방을 건너가지 못하고 서풍에 불리어서 선우單于 지역으로 나팔소리가 흘러 들어가고 있음을 말하고 있다. 군인들이 주둔하고 있는 변방의 긴장사태를 말하고 있는 듯하다.

도움말

이는 변방의 성터에서 들려오는 나팔소리가 이 시의 소재다. 하나의 둥근 달이 강가의 하늘을 비추고 나팔 부는 소리가 처량히 들려서 사람으로 하여금 향수를 이기지 못할 정도였다. 저쪽에서 무수히 날고 있는 변방의 기러기가 나팔소리를 듣고 날아서도 능히 강을 건너지는 못하고 서풍을 따라 선우單于 지역에 조금씩 그 소리가 흘러 들어가고 있을 따름이었다.

어려운 낱말

• 曉角(효각) : 새벽 나팔 소리. • 墮關楡(타관유) : 관소의 느릅나무 잎이 떨어지

다. • 塞鴻(새홍) : 변방의 기러기. * 鴻은 雁之大者. • 單于(선우) : 胡王(호왕)의 이름.

075
早發, 破訥沙 | 李益이익
조발 파눌사

破訥沙頭雁正飛하니 鷿鵜泉上戰初歸라.
파눌사두안정비 벽제천상전초귀

平明日出東西地하고 滿磧寒光生鐵衣라.
평명일출동서지 만적한광생철의

〖풀이〗 일찍 파눌사로 가다

파눌사破訥沙 앞머리에 기러기 날아가더니
벽제천鷿鵜泉 위에는 지난번 전쟁에서 돌아오다.
지평의 밝은 해는 동서의 땅에서 뜨고
여울에 가득한 찬 기운은 철의鐵衣에도 스며드네.

〖감상〗

파눌사破訥沙와 벽제천鷿鵜泉이 나오는데 이 두 군데가 모두 전쟁터이다. 앞머리에 기러기가 날아간다는 것은 지난번 전쟁에서 돌아오는 것이라 말했다. 이것을 보아도 여기가 전쟁터임을 알 수 있다. 지평선에서 태양이 떠오르고 여울에 가득한 찬 기운은 철갑을 두른 군인들에게도 사정없이 스며드니 엔간히 추운 지방이 아님을 말해주고 있다. 시적 주인공이 이곳 전쟁터에 처음으로 가는 듯한 느낌이 든다. 그래서 아침 일찍 파눌사로 떠난다는 뜻이 이해가 간다.

도움말

제목을 보면 '일찍 파눌사로 출발한다.' 로 되어 있다. 파눌사는 전쟁터인 것 같다. 기러기가 파눌사破訥沙에 날고 전쟁 초에 벽제천鷿鵜泉에 돌아가니 밝은 때에 아침 해를 볼 수 있고, 동남의 여울에는 한랭寒冷한 기운을 입은 철갑에서도 생겨나고 있다고 한다. 위의 2구절은 기러기 날아가 전쟁에서 돌아오는 것을 말하고, 아래 2구절은 해가 돋는 여울 가운데 한기가 철의鐵衣에도 생겨 나옴을 말하고 있다.

어려운 낱말

• 破訥沙(파눌사) : 중국 변새의 전쟁터. • 鷿鵜泉(벽제천) : 여기도 역시 전쟁터이다. • 鷿(벽) : 농병아리(벽). 물새(벽). • 鵜(제) : 접동새(제). • 磧(적) : 서덜(적). 냇가나 강가에 돌이 많은 곳이 서덜임. • 鐵衣(철의) : 철갑옷.

076
送客, 還, 幽州 | 李益이익
송 객 환 유 주

惆悵秦城送獨歸하니 薊門煙樹遠依依라.
추 창 진 성 송 독 귀 계 문 연 수 원 의 의

秋來莫射南來雁하라 縱遣乘春更北飛라.
추 래 막 사 남 래 안 종 견 승 춘 갱 북 비

〖풀이〗 그대 보내고 유주幽州로 돌아오다

쓸쓸한 진나라 성에서 그대 홀로 보내니

계문薊門의 연기 낀 나무는 멀리 아련하게 보이누나.
가을이 오면 남에서 날아오는 기러기를 쏘지 말라
봄 되어 서신 갖고 북쪽으로 다시 날아올 것이니.

〖감상〗

이별의 노래이다. 그대를 홀로 보내고 다시 돌아오는 길에 비안개 자욱한 그 속에 아련히 보이는 듯하구나. 가을이 되어 남으로 날아오는 기러기를 쏘아 잡지를 말라. 봄이 되어 서신을 가지고 다시 북쪽으로 돌아올 것이니-. 기러기는 철새로서 계절에 따라 날아가고 날아온다. 날아갔다가 돌아올 때는 사연을 가지고 돌아온다는 새로 널리 알려져 있다. 소식을 전하는 기러기, 그래서 지금 떠나가는 그대 언젠가는 돌아올 것으로 암시하고 있다.

도움말

이 시는 송별의 시다. 진나라 성에 그대를 보내고 홀로 돌아오니 슬픔을 억제하지 못하고, 계문薊門에 둘려있는 나무에 연기가 정을 머금은 것 같다. 가을이 오면 남쪽으로 날아가는 기러기를 조심하여 활을 쏘아 잡지 말라. 봄이 오면 다시 북쪽으로 날아와서 서신을 전할 수 있으니 말이다.

어려운 낱말

• 惆悵(추창) : 매우 쓸쓸함. • 薊門(계문) : 중국 북경의 德勝門(덕승문) 밖, 서쪽에 있던 土城關(토성관)의 옛 이름. • 薊(계) : 삽주(계).

077 宮怨 궁원 | 李益 이익

露濕晴花春殿香하고 月明歌吹在昭陽이라.
노습청화춘전향 월명가취재소양

似將海水添官漏하니 共滴長門一夜長이라.
사장해수첨관루 공적장문일야장

〖풀이〗 궁인의 서러움

이슬 젖은 맑은 꽃, 춘전春殿이 향기롭고
밝은 달 노래 부르는 소리 소양궁 안에 들리네.
마치 바닷물 같이 첨관 위에 물방울 더하니
떨어지는 물방울 함께 듣는 장문의 긴 하룻밤.

〖감상〗

궁원宮怨은 임금의 은총을 잃은 궁녀가 적막하게 시간을 보내면서 아름다운 옛날을 회상하고 원한 속에 살아간다는 것을 주제로 하고 있다. 달은 밝아 하늘 높이 떠올라서 소양궁 안에는 노래 부르는 소리 들리는데, 떨어지는 물시계의 물방울 소리만 외롭게 들으면서 긴 하룻밤을 고독하게 뜬 눈으로 지새우는 버림받은 궁녀의 서러움을 눈물로 삼키고 있다. 이것이 궁녀의 원한 어린 마음이다.

도움말

뜰에 핀 꽃이 이슬에 젖고 있을 뿐 승은의 은택을 입지 못하고, 춘전春殿에 향기가 퍼지고 문을 통해 길게 수심과 적막을 맛보게 되어 그 원한은 끝이 없다. 밤이 깊으면 이슬이 내리고 달이 밝다. 이에 밝은 달을 따라 내려와서 난간에 의지해서 들으니 밤은 고요하고 바람은 맑게 불어서 노랫소리 소양궁昭陽宮 안에서 들려오니 어찌 원한이 없겠는가. 이 적막한 밤에 노랫소리를 들으니 경경한 뜻이 감정의 아픔을 일으키고 있다, 장문궁長門宮은 이궁離宮의 이름이다. 진황후陳皇后가 지위가 낮아 여기에 거처한 까닭으로 '장문長門의 누漏' 라고 하였다. 비유한다면, 이같이 밤이 길어져 마치 바닷물로서 누수가 되어 함께 떨어져도 다하지 아니 한다는 지루한 밤이라 했다.

어려운 낱말

• 宮怨(궁원) : 궁녀들의 원한. • 春殿(춘전) : 봄의 궁전. • 昭陽宮(소양궁) : 한나라 성제가 건축한 궁전. • 添官漏(첨관루) : 물이 떨어지게 하여 시간을 재는 기구. 즉 李蘭漏刻法이란누각법(그릇에다 물을 가두고 구리로 만든 깔때기에 물을 떨어뜨리는 새 모양의 갈고리를 만들고 그 그릇에 담가 놓고 그릇 가운데 물이 다른 그릇에 흘러 나가게 해서 누수漏水한, 한 되의 무게가 '일각' 에 해당된다.)

078
題, 明惠, 上人房 | 李益이익
제 명혜 상인 방

簷前朝雨暮添花하고 八十吳僧飯熟麻라.
첨전조우모첨화 팔십오승반숙마

入定幾時還出定하여 不知巢燕汚袈裟라.
입정기시환출정 부지소연오가사

〔풀이〕 명혜상인 방

처마 앞 아침 비에 저물어서 꽃잎에 젖어있고

80세 오노승吳老僧이 익은 마로 끼니를 때우네.
입정과 출정하는 때가 시간이 따로 없어
제비집에서 떨어지는 오물이 가사 자락 더럽히네.

〖감상〗

수도에 열중하고 있는 노승의 생활을 그려내고 있다. 처마 앞에 떨어지는 아침 비가 꽃잎을 적시고 있다. 익은 산마山麻로 끼니를 때우는 스님은 자주 참선에 든다. 스님이 참선에 들고 참선에서 나오는 시간이 일정하지 않아 날고 듦에 제비집에서 떨어지는 오물에 가사 자락을 더럽힐 때가 한두 번이 아니었다.

도움말

처마 앞에는 꽃이 있어 아침 비 온 뒤에 빗방울이 날 저물어 꽃잎에 맺혀있었다. 나이 팔십의 늙은 스님이 먹는 거라고는 익은 산마山麻로 끼니를 때우고, 입정入定, 출정出定하는 시간이 따로 없었다. 출정하여 몇 시에 또다시 입정을 하는 까닭에 이 스님은 마음이 고요하여 수도할 때 처마 위에 제비가 똥을 누어서 가사袈裟를 더럽혀도 알지를 못했다. 위의 2구절은 처마 앞 아침비가 저물어서까지 꽃잎을 적신다는 것과 노승이 끼니에 마를 먹는다는 것을 말했고, 아래 2구절은 입정과 출정함에 있어 제비가 옷을 더럽혀도 알지를 못했다는 것을 말하고 있다.

어려운 낱말

• 上人(상인) : 불교에서 지덕을 갖춘 불제자. 또는 중을 높여 부르는 말. • 入定(입정) : 禪定(선정)에 들어가서 삼매경에 빠짐. • 出定(출정) : 중이 선정을 마치고 나옴.

| 덧붙임 |

李益〔이익; 748-827, 中唐(중당)〕: 감숙성 隴西(농서) 姑藏人(고장인). 字(자)는 君虞(군우). 진사 급제 후 섬서성 鄭縣尉(정현위), 그리고 主簿(주부)로 임명됨. 후에 하북지방을 遊歷(유력)하며 朔方(삭방), 幽州(유주), 邠寧節度使(빈녕절도사)의 막료생활을 했다. 그 후 소환되어 都官郎中(도관랑중), 中書舍人(중서사인)을 역임. 秘書少監(비서소감), 集賢殿學士(집현전학사)가 되었으나 오만한 태도가 반발을 불러 잠시 降職(강직)되었다가 다시 복직되었다. 이후 太子賓客(태자빈객), 右散騎常侍(우산기상시)를 거쳐 禮部尙書(예부상서)로 致仕(치사)한 후 죽었다. 李君虞詩集(이군우시집) 2권이 현존하며 160여 수의 시가 남아 있다.

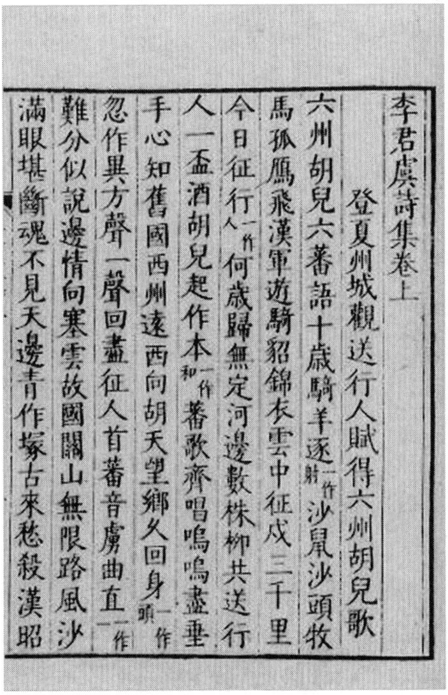
李君虞詩集卷上

登夏州城觀送行人賦得六州胡兒歌

六州胡兒六蕃語十歲騎羊逐一作射沙鼠沙頭牧馬孤鴈飛漢軍遊騎貂錦衣雲中征戍三千里今日征行一作人何歲歸無定河邊數株柳共送行人一盃酒胡兒起作本一作和蕃歌齊唱嗚嗚盡垂手心知舊國西州遠西向胡天望鄉久回身一作頭忽作異方聲一聲回盡征人首蕃音虜曲直一作難分似說邊情向塞雲故國關山無限路風沙滿眼堪斷魂不見天邊青作塚古來愁殺漢昭

이군우시집(李君虞詩集)

079

汴州聞角 | 武元衡무원형

변 주 문 각

何處金笳月裏悲하니 悠悠邊客夢先知라.
하 처 금 가 월 리 비 　 유 유 변 객 몽 선 지

單于城上關山月에 今日中原忽解吹라.
선 우 성 상 관 산 월 　 금 일 중 원 홀 해 취

〖풀이〗 변주의 나팔소리 여기서 듣다

어디선가 들려오는 금가金笳, 달빛 속에 슬프니
들려오는 저 소리 변객邊客의 꿈속에서 먼저 알았네.
선우單于의 성 위 관산 달빛 아래서
오늘은 중원에서 홀연히 들려오는 변주의 나팔소리.

〖감상〗

변주는 변방이다. 그곳에서 들려오는 금가 소리는 슬프고도 처량하다. 더구나 변방을 지키는 집 떠난 병사들은 더욱 슬픔을 느낄 것이다. 선우의 지붕 위로 차가운 달빛이 비칠 때, 중원에서 들려오는 저 나팔소리를 변주에서도 듣고 있다.

도움말

달 밝은 밤에 금가金笳 부는 소리가 처량하게 들리는데 변새邊塞의 나그네가 수심 속에 몽롱하여 잠을 이루지 못하고 있다. 이러한 가운데 고향집의 연연한 정이 마음속에 배회하고 있다. 옛날 관산關山의 달빛이 두루 선우單于의 성에 비치고 오늘 중원 땅에 홀연히 그 금가 소리가 들려오고 있었다. 위의 2구절은 달 아래 슬픈 피리 소리가 어디서 오는지를 알지 못하고 변방의 나그네 먼저 꿈속에서 알았다는 것이요, 아래 2구절은 이 금가의 소리가 일찍 선우單于의 성, 관산월關山月에서 불었다는 것을 알았는데, 오늘 뜻밖에 중원의 변주卞州에서도 들린다는 사실을 알았다고 말하고 있다.

어려운 낱말

• 金笳(금가) : 쇠붙이로 만든 피리의 일종. • 邊客(변객) : 변방의 나그네. • 笳 : 갈잎피리(가). 호인의 악기. 노자가 서융에 가서 만들었다고도 하고, 장건이 서역에서 얻었다고 전하다. • 單于(선우) : 호족의 왕.

080
和, 練師, 索秀才楊柳 | 武元衡무원형
화 연사 색수재양류

水邊楊柳綠烟絲하여 立馬煩君折一枝라.
수변양류녹연사 입마번군절일지

惟有東風最相惜이니 慇懃更向手中吹라.
유유동풍최상석 은근갱향수중취

〖풀이〗 색수재의 '버드나무'에 화답함

물가의 버드나무 푸르기 실과 같아
말을 세우고 한 가지 꺾어 그대에게 주노라.
봄바람 불어오면 가장 아껴주는 것
은근한 봄바람이 내 손안에 불어오네.

【감상】

물가의 실버들이 느려진 모습이 참으로 아름답다. 그 아름다운 모양을 나타낸 이 시는 그윽하기까지 하다. 이렇게 아름다운 봄의 실버들은 시 속에 자주 등장하지만 중국 사람들은 이별할 때 버들가지를 꺾어주어 이별의 정을 나누기도 한다. 그래서 은근한 정이 있음을 이 실버들 나무로 대신하는 것은 아닌가?

도움말

옛사람들이 버드나무를 꺾어 이별할 때 건넜더니 지금은 실버들을 아끼고 좋아하므로 꺾어서 들고 보기를 좋아한다. 버드나무를 꺾는다는 것은 버드나무를 아낀다는 뜻이지만, 실로 그 가석함을 알아주는지는 모르는 것이다. 그것을 가장 아끼는 것은 오직 봄바람인 것을-. 은근慇懃은 그것을 가장 아끼는 정을 말함이다. 버드나무를 꺾지 않았을 때는 봄바람이 불어올 때요, 버드나무를 꺾어 손에 들고 있을 때는 봄바람이 다시 불어올 때다. 그래서 은근함을 보게 된다. 연사鍊師는 수련하는 사람이요, 색수재索秀才에서 '索'은 성씨이고 '수재'는 인명을 미화한 것이다.

어려운 낱말

• 綠烟絲(녹연사) : 파르스름한 버드나무. • 煩君(번군) : 그대에게. • 慇懃(은근) : 마음을 끄는 상태.

덧붙임

武元衡〔무원형; 中唐(중당)〕: 字는 伯蒼(백창) 建中(건중) 4년(783), 진사에 급제. 그는 시에 뛰어나 때때로 조탁의 흔적을 보이기는 하나, 그의 시적 구조에는 영향을 주지 못했다. 당대의 사람들은 '시가 뛰어나서 벼슬로 성공한 사람은 오직 高適(고적)이요, 벼슬이 높아져서 성공한 자는 오직 武元衡(무원형)이라고 했다. 생몰 년대는 미상.

081
柳州二月, 榕葉盡落 | 柳宗元유종원
유 주 이 월 용 엽 진 락

宦情羈思共悽悽한데 春半如秋意轉迷라.
환 정 기 사 공 처 처 춘 반 여 추 의 전 미

山城過雨百花盡하니 榕葉滿庭鶯亂啼라.
산 성 과 우 백 화 진 용 엽 만 정 앵 난 제

〖풀이〗 유주 이월, 보리수 잎 지다

벼슬아치 기려羈旅의 생각 함께 처량한데
봄인지 가을인지 생각이 혼미하구나.
산성山城 지나가는 비에 온갖 꽃 떨어지니
보리수 잎 뜰에 무성하여 꾀꼬리 어지럽게 우네.

〖감상〗

유종원이 유주자사柳州刺史로 있을 때 그곳은 벽지여서 땅에 보리수가 잎을 지우고 있었다. 산성에 비가 오니 백화가 지고 벵골보리수 잎이 뜰에 가득했을 때 꾀꼬리가 울었다고 한다. 시인 유종원이 인생의 무상을 이 보리수나무에서 노래하고 있다. 유종원柳宗元은 그의 최후를 이 유주柳州에서 맞았다.

도움말

이 시인이 유주柳州 땅에 유주자사柳州刺史로 있은 적이 있었다. 그래서 귀양살이하는 곳이란 말이 나온다. 변방에서 벼슬하는 사람은 정과 기려羈旅의 생각으로 스스로 처량하고 슬픈 마음을 머금게 되어 혼미하면서 어지러운 생각을 갖게 된다. 매어있는 사람이 가장 두려운 것은 가을이기에, 봄에 나뭇잎이 절반이 떨어지니 가을과 비슷하다. 유주는 산이 많은 까닭에 이름하여 산성山城이라 했다. 비가 지나고 꽃이 떨어지니 반은 봄이요, 반은 가을 같은 느낌이다. 민광閩廣에 '용榕'이라는 나무가 있으니 큰 것은 그늘이 많다. 처음 날 때는 꼭 칡이 덮인 나무 같았다가 후에 큰 나무가 되어 꾀꼬리가 여기서 울게 될 때 잎이 떨어지니 마치 봄 절반, 가을 절반 같은 느낌을 준다.

어려운 낱말

• 宦情(환정) : 관리가 되고 싶은 뜻. • 羈(기) : 굴레(기). 끌다, 매다. • 羈思(기사) : 羈旅(기려)하는 마음. 관리가 되어 이곳저곳으로 다니는 생각. • 榕(용) : 벵골보리수(용). • 榕葉(용엽) : 보리수 나뭇잎.

082
酬, 曹侍御 | 柳宗元유종원
수 조시어

破額山前碧玉流하니 騷人遙住木蘭舟라.
파액산전벽옥류 소인요주목란주

春風無限瀟湘意하여 欲取蘋花不自由라.
춘풍무한소상의 욕취빈화부자유

〖풀이〗 조시어曹侍御에게 화답하다

파액산 앞에 벽옥류가 흐르니
시인이 멀리 목란木蘭 배에 머물러 있네.
봄바람 무한한 소상瀟湘의 뜻으로
부평 꽃 따고자 하나 자유롭지 못하네.

〖감상〗

조시어曹侍御에 화답하는 시다. 파액산破額山 앞에 흐르는 벽옥류의 아름다움, 그래서 시인 묵객들이 목란주木蘭舟에 머물러 아름다움을 노래했을 것이다. 더구나 봄바람이 불어오면 소상강의 뜻이 무궁하여 거기에 백빈白蘋 꽃을 꺾고자 하나 이 몸이 부자유함을 느끼게 된다.

도움말

이 시의 제목으로 보아 조시어曹侍御의 시에 화답하는 형식으로 되어있다. 파액산이 앞에 있고 그 아래에 백옥루가 흐르고 있어 시인은 멀리 목란의 배를 타고 여기에 머물러있다. 시어侍御는 황주黃州로부터 왔기에 일찍 배가 벽옥이 흐르는 가운데 머물러 유주柳州로 쫓아 파액산破額山 앞을 연상하는 까닭에 '요주遙駐' 라 말했다. 시인들은 그 이름이 아름답기에 배를 사용함에 꼭 목란木蘭이라 일컫게 되었다. 지금은 봄, 봄바람이 시인의 가슴에 느낌이 가득하여 무한한 소상瀟湘의 뜻을 여기서 깨닫고 있다. 소상강瀟湘江에는 백빈白蘋이 있어 그것을 캐서 드리고자 하나 환수宦守에 구애되어 공연히 회포만을 생각할 따름이라고 말했다.

어려운 낱말

• 曹侍御(조시어) : 조는 성, 시어는 관명. • 破額山(파액산) : 黃州府(황주부) 黃梅縣(황매현) 서북에 있는 산. • 碧玉流(벽옥류) : 산 앞에 흐르는 물. • 騷人(소인) : 시인을 말함. • 蘋花(빈화) : 백빈의 꽃. • 蘋(빈) : 개구리 밥. 부평초(빈). 江洲採白蘋(강주채백빈)하니, 落日江南春(낙일강남춘) : 柳渾(유혼)의 시의 구절임.

083
銅魚使, 赴都寄, 親友 | 柳宗元유종원
동어사 부도기 친우

行盡關山萬里餘에 到時閭井是荒墟라.
행진관산만리여 도시여정시황허

附庸惟有銅魚使하니 此後無因寄遠書라.
부용유유동어사 차후무인기원서

〖풀이〗 동어사로 부임하면서 친구에게 보내다

가는 길 다하는 관산關山 만여 리에
도착하였을 때의 마을 거리는 정말 황량했네.
빌붙어서 남아 있는 동어사이기에
그 다음 이후로는 멀고멀어 글을 보낼 수 없었네.

〖감상〗

시인 유종원이 동어부사로 임명받아 가면서 친구에게 보낸 시이다. 아마 가는 길에 지어 보낸 것 같다. 그가 부임한 그곳에는 마을 거리가 황폐해 있었다. 나라의 명을 받고 가는 동어사이기에 너무 멀고멀어 다음부터는 자주 글을 보내지 못함을 전언하고 있다.

도움말

이는 유종원이 원행遠行하면서 지어 보낸 글이다. 관산만리關山萬里의 길을 행하여 끝날 때에 길거리 인가人家는 모두 황폐했기에 사람으로 하여금 처량하고 슬픔을 깨닫게 했다. 오늘날 동어사로 부임하는 까닭에 글을 붙여 벗에게 보내니, 다음부터 길이 멀고 인편이 끊어져 글을 부쳐 보낼 수가 없다는 말을 했다.

위의 2구절은 길이 멀다는 것과 마을이 폐허하게 되었다는 것이요, 아래 2구절은 멀어서 글 보낼 시간을 얻지 못할 것이라 말하고 있다.

어려운 낱말

• 銅魚使(동어사) : 동어는 지명이니, 동어의 부사로 부임함. • 閭井(여정) : 마을의 거리. • 荒墟(황허) : 황량함. • 附庸(부용) : 남에게 의지하여 따로 독립하지 못함. 빌붙어 살다.

084

與, 浩初上人, 同看山, 寄, 京華親故 | 柳宗元유종원
여 호초상인 동간산 기 경화친고

海畔尖山似劍鋩하여 秋來處處割愁腸이라.
해반첨산사검망 추래처처할수장

若爲化得身千億하면 散上峰頭望故鄕이라.
약위화득신천억 산상봉두망고향

〖풀이〗 호초상인浩初上人과 더불어 산을 보면서 서울에 있는 친구에게 보내다

바닷가 뾰족 산이 칼끝과 같아서
가을 오는 곳곳에 수심 가득하여 창자를 베네.
만약 이내 몸이 천억으로 변화한다면
흩어진 산봉우리에 올라 고향을 바라보리.

〖감상〗

서울에 있는 친구에게 보낸 시다. 산 위에 올라 함께 멀리 산을 보다가 갑자기 서울의 친구가 생각난 것은 그가 서울로 가고 싶다는 욕망일 것이다. 산이 모두 뾰족한 칼과 같아서 가을을 맞아 그 칼끝이 나의 창자를 베 내는 것 같다는 강력한 느낌과 만약 그의 몸이 천억으로 변화만 할 수만 있다면 산봉우리에 흩어져 고향산천을 바라보고 싶다는 강한 의지를 내보이고 있다.

도움말

이는 산을 바라보며 느끼는 것을 적어 보낸 시다. 산의 뾰족한 것이 마치 칼끝과 같아서 바람을 맞아 객수客愁가 가득하여 창자를 베는 것과 같았다. 이 몸이 변화하여 몸이 천억이나 된다면 산봉우리 위에 흩어져 내 고향을 바라볼 수 있으련만… 위의 2구절은 산을 보고 칼과 같아서 창자를 베어 내는 것 같다고 말했고, 아래 2구절은 고향 생각을 말하였는데 그의 몸이 변화하여 산봉우리 위에서 고향을 보았으면 하는 간절한 생각을 표현했다.

어려운 낱말

• 浩初上人(호초상인) : 호초는 이름인 것 같고, 상인은 높여 부르는 호칭. • 劍鋩(검망) : 칼끝. • 鋩(망) : 칼끝(망).

085 夏晝偶作 | 柳宗元유종원

하주우작

南州溽暑醉如酒하여 隱几熟眠開北牖라.

남주욕서취여주 은궤숙면개북유

日午獨覺無餘聲으로 山童膈竹敲茶臼라.
일 오 독 각 무 여 성　　산 동 격 죽 고 차 구

[풀이] 여름 한낮 우연히 시를 짓다

남국의 무더위는 마치 술 취한 것 같아서
안석에 묻혀 북창을 열고 깊은 잠에 빠졌네.
한낮에 홀로 깨닫나니 이 무여無餘한 소리로
산동山童은 대밭 사이에서 찻잎을 찧고 있네.

[감상]

'한가한 여름날 대낮에 우연히 시를 쓰게 되었다' 고 이 시의 제목에서 말해주고 있다. 마찬가지로 이 시의 내용도 평범한 일상을 시로 표현한 것이다. 찌는 듯한 남국의 여름 무더위 속에서 북창北窓을 열고 낮잠에 취한 것도 여름날 정경이다. 이 한가한 대낮에 산동山童들은 대밭 사이에서 찻잎을 찧고 있다는 것도 여름날의 좋은 풍경이다.

도움말

남국의 뜨거운 여름이 심한 무더위 때문에 더운 기운이 얼굴에 올라 마치 술에 취한 기분이었다. 북창의 맑은 바람을 즐기려고 안석에 의지하여 잠을 자다가 대낮에 낮잠에 빠져 머물러 있었다. 이에 갑자기 잠을 자다가 깨어나 앉으니 사면이 적요하여 하나의 소리도 들리지 않더니, 대숲이 막혀있는 밖에 산동山童들이 차를 찧는 소리가 고요한 적막을 깨뜨리고 있을 따름이라고 했다. 이는 고요한 가운데 일 없이 있는 신선과 흡사하지 않는가!

어려운 낱말

• 南州(남주) : 남쪽 지방. • 溽暑(욕서) : 한 더위. • 溽(욕) : 더울(욕). • 北牖(북유) : 북쪽 바라지 • 牖(유) : 창(유). • 日午(일오) : 한낮. • 敲(고) : 두드릴(고) • 敲茶臼(고차구) : 절구에다 차를 찧다.

086
伏翼西洞, 送人 | 柳宗元유종원
복익서동 송인

洞裏春晴花正開하고 香花出洞幾時回오?
동리춘청화정개 향화출동기시회

慇懃好去武陵客을 莫引世人相逐來하라.
은근호거무릉객 막인세인상축래

〖풀이〗 복익伏翼 서동에서 그대를 보내면서

마을 안에 봄이 화창하니 정히 꽃은 피고
향기로운 꽃, 마을에 피면 그대 그때 돌아오려나.
은근히 부탁하나니 떠나가는 무릉武陵의 손님을
세상 사람 서로 알아 좇아오게 끌어드리지 말게나.

〖감상〗

봄바람 속에 그대를 송별하는 것으로 이 시가 시작된다. 화창한 봄날에 꽃은 피고 향기로운 꽃이 피면 그대 돌아오려나. 은근히 부탁하나니 여기를 떠나는 무릉武陵의 손님께 이런 좋은 곳이 있다고 말하지 말게나. 세상 사람들이 알면 다투어 찾아올 테니 말일세.

도움말

이는 봄바람에 이별하는 장면이다. 봄날이 아름답게 맑고 백화가 복익伏翼 서동에 꽃이 떨어져 흐르는 물을 쫓아 동리 밖으로 흘러서 간다. 그대 어느 때 다시 돌아오는지를 알지 못하니 여기 나그네에게 은근히 부탁하나 하자. '티끌세상 사람으로 하여금 끌고 와서 여기 무릉도원에 쫓아오지 말도록 하라' 고-.

어려운 낱말

• 伏翼(복익) : 여기서는 동네 이름. 신선이 산다는 곳으로 알려져 있음. 박쥐라는 뜻도 있음. • 幾時回(기시회) : 어느 때에 돌아오느냐? • 武陵客(무릉객) : 무릉도원의 나그네.

087 上陽宮 (상양궁) | 柳宗元유종원

愁雲漠漠草離離한데 太乙句陳處處疑라.
수운막막초리리 태을구진처처의

日暮毁垣春雨裏에 殘花猶發萬年枝라.
일모훼원춘우리 잔화유발만년지

[풀이] 상양궁

구름 막막하고 풀잎이 이글이글
태을太乙과 구진궁句陳宮이 곳곳에 의혹이라.
날 저문 날 허물어진 담에 봄비 오는 가운데
쇠잔한 꽃들은 오랜 나뭇가지에 활짝 피었네.

〖감상〗

상양궁上陽宮을 회고하는 시다. 이는 당나라 황제의 기도드리는 곳이다. 태을단太乙壇과 구진궁句陳宮에는 곳곳에 의혹이 가득하고, 날 저문 날 허물어진 담에 봄비가 내릴 때 쇠잔한 꽃은 오랜 나뭇가지에 활짝 피고 있었다. 꽃이 핀다는 사실 하나도 어둡고 신비 속에 싸인 분위기다.

도움말

이는 회고를 주제로 한 작품이다. 상양궁上陽宮에 들어가니 옛날의 당나라 황제가 기도를 드릴 때에 백관들이 칼을 차고 따라가는 모양과 만승萬乘 군마軍馬가 융성한 즐거운 새벽을 오늘 다시는 보지를 못했다. 근심스런 구름이 막막하고 풀잎이 널려 있는 태을단太乙壇과 구진궁句陳宮은 도처에 봄비가 부슬부슬 내리고 있었다. 날은 이미 저물었는데 담장이 헐어있는 그 가운데 쇠잔한 꽃은 오히려 만발하게 피어있으니 눈에는 수심에 찬 느낌이 어찌 오늘과 다르랴.

어려운 낱말

• 上陽宮(상양궁) : 당나라의 궁궐 이름. • 離離(이이) : 의태어. 이글이글. • 太乙壇(태을단) : 하늘에 기도드리는 단. • 句陳宮(구진궁) : 궁궐의 명칭.

088

南游感興 | 柳宗元유종원
남 유 감 흥

傷心欲問前朝事하니 惟見江流去不回라.
상 심 욕 문 전 조 사 유 견 강 류 거 불 회

日暮東風春草綠하여 鷓鴣飛上越王臺라.
일 모 동 풍 춘 초 록 자 고 비 상 월 왕 대

〚풀이〛 남쪽으로 유람하는 감흥

마음 상하여 전조의 일을 물으려 하니
강물은 흘러서 다시 돌아오지 않는다네.
날 저문 동풍에 봄풀은 푸르러서
자고새는 날아서 월왕대越王臺 위에 오르네.

〚감상〛

이 시는 남쪽으로 월나라를 유랑하면서 지은 작품이다. 그러므로 어찌 상심하지 않으랴. 전조의 일을 물어보려고 해도 물을 곳이 없고 다만 강물을 보는 것은 옛날처럼 흘러가서 다시 돌아올 줄 모르니 어찌 물어볼 수 있으랴. 어찌 마음 아프지 않으리오.

도움말

저녁 해는 져가고 동풍에 봄풀은 궁정宮庭 둘레에 푸름을 더하고 있다. 자고새가 월왕대越王臺 위에 날아올라도, 그 옛날 궁녀들은 꽃이 가득한 춘전春殿에서 지금은 모두 볼 수가 없구나. 위의 2구절은 전조사前朝事에 붙여 동으로 흐르는 물을 말했고, 아래 2구절은 월왕대越王臺의 황량한 푸른 풀과 날고 있는 새가 마음에 느껴서 가슴이 아프고 상하지 않은 곳이 없다.

어려운 낱말

• 傷心(상심) : 마음이 아프다. • 去不回(거불회) : 가고는 다시 돌아오지 않음. • 春草綠(춘초록) : 봄풀이 푸른데. • 鷓鴣(자고) : 자고새. 고니를 말함. • 越王臺(월왕대) : 월나라 임금 구천이 세운 대(臺).

| 덧붙임 |

유종원(柳宗元)

柳宗元〔유종원; 773-819, 中唐(중당)〕: 산서성 河東人(하동인). 字(자)는 子厚(자후). 21세에 進士試(진사시), 26세에 博學宏詞科(박학굉사과)에 급제, 集賢殿正字(집현전정자)가 되었다. 섬서성 鹽田尉(남전위)를 거쳐 監察御使(감찰어사)가 되었다가 王叔文(왕숙문)이 정권을 잡았는데, 호남성 永州司馬(영주사마)로 좌천되었다. 그 후 소환 논의가 일어났으나 애석하게도 柳州(유주)에서 죽었다. 韓愈(한유)와 함께 古文復興運動(고문부흥운동)에 앞장서 문장가로 이름이 높았으며, 시에 있어서는 韓愈(한유), 白居易(백거이) 계열에 속하지 않고 오히려 왕유, 맹호연 등의 자연파 계열에 가깝다. 柳河東集(유하동집) 45권과 160여 수의 시가 전한다.

089

宮中詞 ❶ | 王建왕건
궁 중 사

魚藻宮中鎖翠娥는 先皇行處不曾過라.
어 조 궁 중 쇄 취 아 　 선 황 행 처 부 증 과

如今池底休鋪錦하여 菱角鷄頭積漸多라.
여 금 지 저 휴 포 금 　 능 각 계 두 적 점 다

〖풀이〗 궁중의 노래 ❶

어조궁 안의 아름다운 궁녀는

임금님 가는 곳을 일찍 몰랐네.
지금 연못 안에는 비단을 깔아둔 것 같이
능각과 계두가 점점 많이 쌓여만 가네.

〖감상〗

이 역시 회고의 시이다. 옛날 수양제의 궁궐에 나무가 마르면 가위로 꽃잎을 자르고, 연잎을 자르고 황제가 달밤에 궁녀 수천 명을 따라 맑은 밤에 노래하며 말 위에서 연주를 하더니 오늘 그 궁궐을 보니 얼굴이 예쁜 궁녀가 어느 곳으로 갔는지 알지 못하고 이제 연못 밑에 일찍 능각菱角과 계두鷄頭(맨드라미)가 많이 쌓여있으니 비단을 깔아둔 것 같았다.

도움말

위의 두 구절은 어조궁魚藻宮의 궁녀가 선황先皇이 가는 곳에 한 번도 지나간 적이 없었다고 말했으며, 아래 2구절은 연꽃잎이 마치 비단을 깔아둔 것 같이 마름과 계두가 점점 많이 쌓여간다는 것을 말하고 있다.

어려운 낱말

• 菱角(능각) : 마름의 뾰족한 모서리. • 鷄頭(계두) : 맨드라미.

宮中詞❷ | 王建왕건
궁 중 사

金吾除夜進儺名하니 畵袴朱衣四隊行이라.
금 오 제 야 진 나 명 화 고 주 의 사 대 행

院院曉燈如白日하고 沉香火裏坐吹笙이라.
원 원 효 등 여 백 일 　 침 향 화 리 좌 취 생

〖풀이〗 궁중의 노래 ❷

금오金吾의 선달그믐 역귀 쫓는 일 이름났네.
울긋불긋 옷을 입고 무리 지어 지나간다.
궁원宮院마다 새벽등불 낮과 같이 밝혀놓고
짙은 향불 피워놓고 앉아서 저〔笙〕를 부네요.

〖감상〗

이는 역귀를 몰아내는 장면을 묘사한 작품이다. 예부터 있어온 역귀를 쫓는 일은 주로 선달그믐날 밤에 이루어졌다. 금오金吾의 관원들이 역귀를 거느리고 나아오는데 옷은 바지를 뚫어서 울긋불긋 색칠을 하여 붉은 것을 입으며, 4행으로 무리를 지어 얼굴은 눈을 크게 뜨고 모양이 흉측하고 모질게 생겼으니 보는 사람으로 하여금 두렵고 혐오스런 마음을 갖게 되어 역귀를 쫓을 수 있게 생겼으니 이것은 일종의 놀이에 속하는 행사의 하나였다.

도움말

16궁원宮院에는 새벽하늘 등촉이 밝기가 대낮 같고 향불을 피워 푸른 연기가 그 가운데 둘려있었다. 이원梨園 악사들의 저〔笙〕 부는 소리 끊어지지 않았다. 위의 2구절은 역귀 쫓는 행렬이요, 아래 2구절은 궁원宮院이 밝은 촛불을 밤에 밝히고 취생吹笙하면서 불에다 향을 피우는 것을 말하고 있다.

어려운 낱말

• 金吾(금오) : ① 漢代(한대)의 天子(천자)를 호위하는 병사. ② 상서롭지 못함을 잘 피한다는 새 이름. • 進儺(진나) : 섣달그믐에 역귀를 쫓는 일. • 畵袴朱衣(화고주의) : 울긋불긋 옷을 입히는 일.

宮中詞 ❸ | 王建왕건
궁 중 사

避暑昭陽不擲爐하고 井邊含水噴鴉雛라.
피 서 소 양 불 척 노　　정 변 함 수 분 아 추

宮中盡日無呼喚하여 榻得騰王蛺蝶圖라.
궁 중 진 일 무 호 환　　탑 득 등 왕 협 접 도

〖풀이〗 궁중의 노래 ❸

소양궁의 피서에서 화로를 버리지 아니하고
우물가의 물을 머금어 갈까마귀 새끼에게 뿜네.
궁중에서 종일토록 부르는 사람 없어
등왕은 걸상에 앉아 협접도蛺蝶圖를 그리네.

〖감상〗

이는 상육商陸을 버리지 않고 피서를 하고 또 우물을 향하여 물을 머금어 갈까마귀 새끼들에게 뿜으며 다시 궁중을 향하여 종일토록 부르는 사람 없이 한가하고 무사하다. 등왕騰王은 협접도蛺蝶圖를 펼쳐놓고 종이와 먹으로 그림을 그리고 있으니, 이를 시중드는 일은 궁녀의 일이었다.

도움말

위의 2구절은 소양궁의 피서를 위해서도 화로를 던지지 아니하고 우물물로서 갈까마귀 새끼에게 뿜는 일이요, 아래 2구절은 한가하고 무사하여 나비 그림을 그리는 것을 말하고 있다.

어려운 낱말

• 鴉雛(아추) : 갈까마귀 새끼들. • 榻(탑) : 榻床(탑상)이니, 곧 임금의 의자를 말함. • 蛺蝶圖(협접도) : 나비 그림.

宮中詞 ❹ | 王建왕건
궁 중 사

樹頭樹尾覓殘紅하여 一片西飛一片東이라.
수 두 수 미 멱 잔 홍 　 일 편 서 비 일 편 동

自是桃花貪結子하니 錯教人恨五更風이라.
자 시 도 화 탐 결 자 　 착 교 인 한 오 경 풍

〖풀이〗 궁중의 노래 ❹

나무 아래 위 가지에 꽃잎은 져서
동쪽 서쪽으로 바람에 날아가버렸지.
여기 이 복사꽃 이미 지고 열매만 달렸으니
사람의 한스러움을 새벽바람이 잘못 가르쳤네.

〖감상〗

지나가는 봄의 애석함을 노래하면서 복사꽃이 다 지고 말았다. 복사꽃이 지고 나니 복숭아 열매가 파랗게 매달려 있었다. 그것이 인간의 한을 대변하고 있는 듯하다.

도움말

이는 봄을 애석하게 여기는 감정을 시로 표현한 것이다. 나무 위에나 나무의 아래가지에 혹시 남아있는 꽃이 있을까 해서 자세히 살펴보니 바람 따라서 한 조각 두 조각 사방으로 날아가고 한 점 꽃도 보이지 않는데, 푸른 잎만이 무성하여 그 속에 동그란 복숭아 열매가 달렸으니 인간의 원한을 새벽바람이 잘못 가르쳐 한스러울 뿐이라고 한다.

어려운 낱말

• 殘紅(잔홍) : 꽃잎이 지다. • 貪結子(탐결자) : 열매만 달렸네.

宮中詞⑤ | 王建왕건
궁 중 사

金殿當頭紫閣重하고 仙人掌上玉芙蓉이라.
금 전 당 두 자 각 중 선 인 장 상 옥 부 용

太平天子朝元日에 五色雲車駕六龍이라.
태 평 천 자 조 원 일 오 색 운 거 가 육 룡

〖풀이〗 궁중의 노래 ❺

금빛 궁전 솟은 머리에 자색 누각 우뚝 높고
금선인金仙人이 옥부용玉芙蓉을 받쳐 들었네.
천하태평 우리 황제 설날 아침에
오색구름 타고 육룡六龍이 하늘 높이 오르네.

〖감상〗

이는 당나라의 새해 아침 궁궐을 노래한 것이다. 당나라에는 조원각朝元閣이 있으니 설날 아침에 황제가 조회하는 곳이었다. 두 기둥이 있고, 높이가 아득하게 높고 위에는 금선인金仙人이 있어서 부용의 반을 받들고 있다. 황제의 위엄이 이에 더할 수가 없었다.

도움말

기둥 두 개가 지극히 높게 솟았으니 높이가 두어 발이 되고, 위에는 금선인金仙人이 있어서 부용반芙蓉盤을 받들어 하늘을 이었다. 육룡은 천자가 거처하는 곳이니, 주역에 '시승육룡이어천時乘六龍以御天' 이라 하였고, 오색구름 수레는 천자가 타는 것으로 찬란하게 빛난 것이니 이는 높기가 구중궁궐 같았다. 송임홍宋林洪의 자는 몽병夢屏이니 보전인莆田人이다. 궁사宮詞 백수百首가 있는데 그 가운데 2수를 선택했다.

어려운 낱말

• 金殿(금전) : 금빛 궁전. • 朝元日(조원일) : 설날.

090
宮中詞 | 王建왕건
궁 중 사

殿上袞衣明日月하고 硯中旗影動龍蛇라.
전 상 곤 의 명 일 월 연 중 기 영 동 용 사

縱橫禮樂三十字요 獨對丹墀日未斜라.
종 횡 예 악 삼 십 자 독 대 단 지 일 미 사

〖풀이〗 궁중의 노래

궁전 안에 계시는 천자의 옷 일월처럼 뚜렷하고
요동치는 깃발은 비룡飛龍처럼 움직이네.
종횡하는 예악은 그 모두 삼십 자요
독대하러 단지丹墀에 내려서니 날은 기울지 않았네.

〖감상〗

이는 천자가 궁전에서 조회에 임하여 신하들과 대책을 의논하는 내용이다. 곤의袞衣는 천자의 의복을 말한다. 신하들과 조회하려고 들어올 때 천자의 얼굴을 쳐다보니 마치 일월같이 뚜렷하였고 단지丹墀에서 대책을 말하니 둘러싼 깃발의 그림자는 흔들려 마치 벼루의 물과 같아서 용과 뱀이 꿈틀거리는 것 같았다.

도움말

종횡으로 들려오는 풍악소리 앞에서 신하가 해야 할 대책對策을 임금 앞에 말을 하고, 그 말의 내용은 모두 예악과 형정刑政의 큰 줄기들이었다. 그 글자의 수가 삼천 마디나 되었다고 하니 엄청난 일이었다. 홀로 임금을 독대獨對해서 글로

받아 적고도 날은 아직 기울지 않았다. 송나라 시대에 과거에 천거하는 일이 있었는데 그 내용과 대책으로 특별히 진사 급제로 인정하는 제도가 있었기에 이런 일을 독대獨對라고 했다.

어려운 낱말

• 丹墀(단지) : 붉은색으로 칠한 뜰, 곧 대궐의 뜰. • 獨對(독대) : 宋代(송대)에 관리등용 시험에 있어 政事(정사), 經義(경의)에서 문제를 내어 답하게 하던 일.

| 덧붙임 |

王建〔왕건; ?-830, 中唐(중당)〕: 하남성 潁川人(영천인). 字는 仲初(중초). 진사를 거쳐 국경지대를 종군했던 경력이 있다. 韓愈(한유)의 문하에서 공부를 했고 張籍(장적)과 더불어 악부체 시에 뛰어나 '張王樂府(장왕악부)' 라고 일컫기도 한다. 그의 宮詞(궁사) 100편은 일세를 풍미한다. 왕건 시집 9권, 520여 수의 시가 남아 있다.

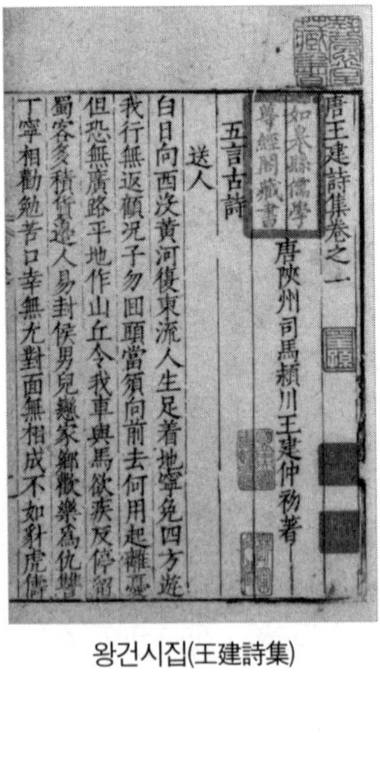
唐王建詩集卷之一
如皋縣儒學尊經閣藏書
唐陝州司馬潁川王建仲初著
五言古詩
送人
白日向西没黃河復東流人生足着地寧免四方遊
我行無返顧況子勿回頭當須向前去何用起離憂
但恐無廣路平地作山丘令我車與馬欲疾反停留
蜀客多積貨邉人易封侯男兒戀家鄉歡樂爲仇讐
丁寧相勸勉苦口幸無尤對面無相成不如豺虎儔

왕건시집(王建詩集)

091
唐昌, 觀, 玉蘂花 | 柳宗元유종원
당 창 관 옥 예 화

一樹籠葱玉刻成하니 飄廊點地色輕輕이라.
일 수 농 총 옥 각 성　　표 랑 점 지 색 경 경

女冠夜覓香來處에 惟見階前碎月明이라.
여 관 야 멱 향 래 처　　유 견 계 전 쇄 월 명

〖풀이〗 당창에 옥예화玉蘂花를 보다

한 그루 푸른 꽃잎 옥을 깎아 만들었으니
바람 불어 휘날릴 때 가볍게 꽃잎 진다.
여인이 있어 밤에 꽃향기를 맡을 때에는
다만 뜰 앞에 밝은 달이 부서져 내릴 뿐이라.

〖감상〗

옥예화를 두고 읊은 시다. 작자가 유종원으로 되어 있다. 매우 감각적이라 할 수 있다. 옥예화는 옥을 깎아 만든 꽃으로 오늘날의 '아트플라워'에 해당되지만 당시로서는 대단한 꽃으로 만인의 숭앙을 받는 예술작품이라 할 수 있었다.

도움말

이는 유종원이 이 옥예화玉蘂花를 보고 지은 작품이다. 홀로 한 그루 꽃잎이 하얗고 깨끗하여 옥으로 깎아 만든 듯, 꽃잎에 바람 불어 행랑에 휘날려 점점이 땅에 떨어질 때 흰색이 가볍게 날리니, 여인이 밤에 꽃향기에 젖어오면 오직 달빛만이 밝게 그 위에 부서지고 있었다.

어려운 낱말

• 玉蘂花(옥예화) : 옥으로 깎아 만든 꽃. 蘂(예) : 꽃술(예). 꽃 더부룩할(전). • 籠蔥(농총) : 푸른 꽃잎. • 輕輕(경경) : 매우 가벼운 모양.

092

綺繡宮 | 王建왕건
기 수 궁

玉樓傾側粉墻空하여 重疊靑山繞故宮이라.
옥 루 경 측 분 장 공 중 첩 청 산 요 고 궁

武帝不來紅袖盡하니 野花黃蝶領春風이라.
무 제 불 래 홍 수 진 야 화 황 접 영 춘 풍

〖풀이〗 기수궁綺繡宮에서

옥루 옆으로 기울어지고 하얀 담은 비어 있어
첩첩 청산은 고궁을 두르고 있네.
한무제와 그 아름다운 여인들은 돌아오지 않는데
들꽃만 만발하여 봄바람에 나비를 부르네.

〖감상〗

이 역시 회고의 작품이다. 기수궁綺繡宮에 들어오니 백옥루白玉樓는 동쪽으로 기울어져 있고 서쪽의 담은 공허하게 비어있으며 첩첩이 사방으로 청산이 고궁의 주위를 둘러 있었다. 누대樓臺는 퇴락頹落하여 다리가 떨어졌으니 그때 무제武帝의 행락行樂이 지금은 어디로 가고 없는가?

도움말

그때 노래 부르던 사람은 다시 돌아오지 않고, 그 아름다운 여인은 어디로 갔는지 알 수 없으니 안타깝기만 하구나. 들꽃이 뜰 앞에 만발하여 펄펄 날아다니는 온갖 나비들이 꽃을 따라 날고 있으니 이때가 봄바람 불 때임을 알겠네. 위의 2구절은 궁전宮殿이 기울고 청산이 둘러 있음을 말했고, 아래 2구절은 황제는 다시 오지 않고 아름다운 사람도 다 가버린 이때, 꽃에는 나비와 봄바람이 불고 있음을 말하고 있다.

어려운 낱말

• 綺繡宮(기수궁) : 한나라 때 궁궐의 이름. • 粉墻(분장) : 하얗게 칠을 한 담.
• 武帝(무제) : 한나라 무제.

093
江陵, 使至汝州 | 王建왕건
강릉 사지여주

回看巴路在雲間하고 寒食離家麥熟還이라.
회간파로재운간 한식이가맥숙환

日暮數峯青似染하니 商人說是汝州山을-.
일모수봉청사염 상인설시여주산

〖풀이〗 강릉江陵에서 여주汝州로 와서

파촉서 돌아오는 길은 아득히 구름 속에 있고
한식에 집을 떠나 보리 익을 때 돌아왔네.
날 저문 날 산봉우리들 그린 듯이 푸르니
상商나라 사람은 말하기를 이것이 여주汝州의 산이라고.

〖감상〗

이는 여주汝州의 길거리에 이르러 지은 작품이다. 파촉巴蜀으로 가는 길이 멀다는 사실을 이 시에 표현하고 있다. 보리 익을 때에 이곳으로 돌아오니 날이 저물어 가고 있었다. 오는 도중에 두어 봉우리 청산이 마치 물감을 칠해 둔 것 같다고 했다. 이는 고향을 그리워하여 회고하는 정을 말하는 작품이다. 한식에서 보리 익을 때까지는 불과 석 달간이었다.

도움말

강릉에서 여주로 와서 이 시를 쓴다고 했다. 파촉은 중국의 변방이며 그 파촉으로 가는 길이 너무 멀고 험해서 마치 구름 속을 아득히 걸어 나오는 것 같았다. 한식날에 집을 떠나 보리 익을 때에 돌아오는 것이다. 날이 저무니 여러 산봉우리들이 청색으로 칠한 것 같고 상인商人들은 이 봉우리들을 말해서 '저 봉우리들이 모두 여주의 산' 이라고 했다.

어려운 낱말

• 江陵(강릉) : 중국에 있는 지명. • 汝州(여주) : 중국에 있는 지명. • 巴路(파로) : 파촉에서 오고 가는 길. • 麥熟(맥숙) : 보리 익을 때. • 商人(상인) : 상나라 사람.

094
華淸宮 | 王建왕건
화 청 궁

酒幔高樓一百家하고 宮前楊柳寺前花라.
주 만 고 루 일 백 가 　 궁 전 양 류 사 전 화

內園分得溫陽水하니 二月中旬已進瓜라.
내 원 분 득 온 양 수　　　이 월 중 순 기 진 과

〖풀이〗 **화청궁華淸宮에서**

높이 솟은 주막이 일백 집이나 되고
궁전 앞에 버드나무요 사원 앞에는 꽃이로다.
내원內園 깊숙이 솟아나는 따뜻한 온천 때문에
이월 중순에도 맛있는 오이를 내어 오누나.

화청궁(華淸宮)

〖감상〗

이는 당나라 때 지은 화청궁華清宮을 말한다. 이 궁궐이라면 현종과 양귀비가 생각나기도 한다. 화청궁 앞에는 버드나무가 늘어져 있고 사원寺院 앞에는 꽃들이 만발하여 있으니 푸른색과 붉은 꽃빛이 물 위에 어려서 비치고 있다. 내원內院에는 온천수가 솟아올라 그 물을 끌어다 밭에 채소를 가꾸어 2월 중순에도 싱싱한 오이를 내어온다고 했다.

도움말

위의 2구절은 화청궁의 버드나무를 말하고 있으며, 아래 2구절은 화청궁 내원內院에서 솟아나는 온수로 가꿔낸 싱싱한 오이를 내어온다는 것을 말하고 있다. 이 화청궁은 여산온천궁驪山溫泉宮이니 당태종이 지은 것이다. 그 후 현종玄宗이 화청궁華清宮으로 개명하고 또 그 사이에 노군전老君殿을 세우고 왼편에는 조원각朝元閣이 있고 오른쪽에는 장생전長生殿이 있었다.

어려운 낱말

• 華清宮(화청궁) : 지금 서안에 있는 당나라 때의 궁전. • 酒幔(주만) : 술을 마시는 장막. 幔은 천막(만). • 溫陽水(온양수) : 온천수. • 己進瓜(기진과) : 오이를 내오다. 己(기)는 어세를 고르는 조사.

095
逢, 賈島 | 張籍장적
봉 가 도

僧房逢着款冬花하고 出寺行吟日已斜라.
승 방 봉 착 관 동 화 출 사 행 음 일 이 사

十二街中春色徧하니 馬蹄今去入誰家오?
십 이 가 중 춘 색 편　　　마 제 금 거 입 수 가

〖풀이〗 **가도賈島를 만나다**

승방僧房에서 그대 만나 정성껏 겨울 꽃을 보고
절간에서 나와 시를 읊으니 날이 이미 기울었네.
12가의 길거리에 봄빛이 두루 밝았으니
말을 타고 지금 가면 누구의 집에 들어갈까.

〖감상〗

절간에서 처음 장적張籍이 가도賈島를 만나게 되었다고 했다. 절간에서 나와 그가 시를 읊으니 이미 날이 저물고 있었다고 했다. 해가 짧은 12월 길거리에는 이제 겨우 봄빛이 돌 듯 말듯한데, 지금쯤 말을 타고 누구의 집으로 들어가는가 하고 시인 가도를 읊고 있다. 그들의 멋진 우정과 인간성이 잘 나타나 있다.

도움말

가도가 처음에 중이 되었는데 그 뒤에 과거를 보아 진사가 되었다. 그때 그는 시세와 부합하지 못하여 울울鬱鬱하게 그의 뜻을 얻지 못했다. 그래서 가도의 괴로움을 참는 것을 세한歲寒 추위의 겨울 꽃에 비유되었다. 가도가 산에서 내려와서 시를 읊고 다니는 것은 장차 적소였으나 날이 이미 기울었으니 어찌 더디고 늦은 느낌이 없으리오. 서울의 번화한 12거리가 있었으니 그때 거기에 살아서 마치 봄빛이 두루 비치는 것 같았으니 겨울 꽃이 어찌 삶에 투합하랴. 말을 타고 갈 수는 있으나 지금 이 겨울 꽃을 두드리는 사람은 누구이겠는가. 이른 바 가도賈島가 현실과 불합不合함을 심히 탄식함이다.

어려운 낱말

• 逢着(봉착) : 만나다. • 日已斜(일이사) : 날이 이미 저물었다. • 春色徧(춘색편) : 봄빛이 두루 비치다.

096 送, 蜀客 송 촉 객 | 張籍장적

蜀客南行聽碧鷄하고 木綿花發錦江西라.
촉 객 남 행 청 벽 계 목 면 화 발 금 강 서

山頭日晩行人少하니 時見猩猩樹上啼라.
산 두 일 만 행 인 소 시 견 성 성 수 상 제

〖풀이〗 촉객을 보내며

촉객蜀客이 남으로 가면 푸른 빛 닭 울음 들리고
금강錦江 서쪽에는 목화꽃 피어나네.
산머리에 날이 저물면 행인도 드물고
그때마다 원숭이들이 나무 위에서 울고 있었네.

〖감상〗

이는 촉객蜀客을 송별하는 장면의 시이다. 촉나라의 나그네가 남쪽으로 향하면 반드시 벽계의 소리를 듣고, 또 금강 서쪽에는 목화꽃이 무성히 열려있다고 했다. 해가 이미 산머리에 걸리고 길 가는 사람 드물어지면 원숭이들이 나무 위에서 울고 있어 그 소리들을 수가 있었다. 이런 분위기 속에서 촉객을 송별하는 장면이 퍽 인상적이다.

도움말

촉객을 보내면서 쓴 시이다. 촉객蜀客은 촉 지방으로 가는 나그네일 것이다. 무제 때 방사方士가 말하기를 '촉나라에 금마金馬와 벽계碧鷄'의 신이 있다 하더니 이제 벽계의 울음소리를 들으니 이 신이 아닐까? 혹은 진짜 닭일까? 이해할 수 없을 정도이다. 금강 서쪽에는 목화꽃도 핀다고 했다. 날이 저물면 원숭이들도 운다고 했으니 깊은 산속임을 알 것도 같다.

어려운 낱말

• 蜀客(촉객) : 서촉으로 가는 나그네, 혹은 친구. • 日晩(일만) : 날이 저물면.
• 猩猩(성성) : 類人猿(유인원)의 일종, 또는 개 짖는 소리를 표현한 의성어이기도 함.

097
與, 賈島閑游 | 張籍장적
여 가도한유

水北原南草色新하고 雪消風暖不生塵이라.
수북원남초색신 설소풍난불생진

城中車馬應無數하니 能解閑行有幾人고?
성중거마응무수 능해한행유기인

[풀이] 가도와 함께 놀면서

수북水北의 언덕과 남녘에는 풀빛이 새롭고
눈 녹는 따뜻한 바람에 티끌 날리지 않네.

성 안에서 부귀영화 누리는 자 수없이 많은데
능히 풍류를 아는 자 몇 사람이나 될까?

〖감상〗

장적이 가도와 더불어 시를 주고받으며 놀면서 지은 시이다. '수북원남水北原南'에 풀빛이 푸르고 눈 녹은 바람이 부니 먼지도 일지 않는다는 것으로 보아 이날 하루 일기도 좋거니와 두 사람의 기분도 무척 좋아 보인다. 성 안에 마차馬車가 모두 몇 대나 되느냐의 기발한 질문에 풍류를 아는 사람 또 몇이나 되냐? 하는 질문도 역시 멋이 있어 보인다.

도움말

이는 한가하게 가도와 더불어 놀면서 지은 시이다. 물의 북쪽과 언덕의 남쪽에 양지를 향한 땅에는 초목이 싹터 초록빛이요, 적설이 녹으니 봄바람이 따뜻하여 티끌이 날리지 않는다. 이는 이른 봄의 정경이다. 성 안에 높은 수레와 백마로 부귀하고 번화함을 누리는 사람이 얼마냐고 시험 삼아 물어보니 '부지기수'라고 대답하나, 한가롭게 풍류를 아는 사람 몇이나 된다고 응답하랴. 우리 같은 사람이 몇이나 될까? 이 이르는바 주문朱門이 비록 부자이나 나에게는 가난한 자만 같지 못하니라.

어려운 낱말

• 水北原南(수북원남) : 강북과 언덕의 남쪽. • 雪消風(설소풍) : 눈 녹이는 바람. • 車馬(거마) : 말과 수레인데, 결국 부귀와 영화를 누리는 사람. • 應(응) : 응당. • 幾人(기인) : 몇 사람.

098
寄, 李渤 ‖ 張籍장적
기 이 발

五度谿頭躑躅紅하고 崇陽寺裏講時鐘이라.
오 도 계 두 척 촉 홍 숭 양 사 리 강 시 종

春山處處行應好하니 一月看花到幾峰고?
춘 산 처 처 행 응 호 일 월 간 화 도 기 봉

〖풀이〗 이발에게 주다

오도계곡에 철쭉꽃이 붉게 피고
숭양사 안에서 강講을 알리는 종소리 들리네.
봄 산 곳곳에는 지나다니기 좋으니
한 달을 꽃 보려고 몇 봉峰을 다녔던고.

〖감상〗

이것은 시를 지어 이발李渤에게 주며 그를 보내는 내용의 글이다. 오도계곡 머리에 철쭉꽃이 붉게 만발하였고, 숭양사 안에 염불하는 종소리를 산을 지나는 짬에서도 들을 수가 있었다. 봄바람은 산중 어느 곳에서나 아름답지 않는 곳이 없어 산에 오르는 즐거움과 녹음을 감상하는 흥미가 가장 아름다움에 이르니 한 달 사이에 꽃을 보려고 산에 오르는 사람들이 산봉우리를 누비며 다녔다.

도움말 |

오도계곡은 계곡의 이름이었다. 척촉躑躅은 우리나라에서는 철쭉이라 부르는 것이니 온갖 꽃 다 떨어지고 난 다음 녹음이 짙어갈 때에 처음으로 붉게 피는 꽃이다. 숭양사嵩陽寺는 절 이름이다. '철쭉꽃을 보려고 봄 산에 올라서 한 달을 꽃을 보려고 몇 봉을 밟고 다녔던가?' 하고 이발에게 묻고 있다.

어려운 낱말

• 李渤(이발) : 장적의 친구인 듯. • 五度谿(오도계) : 계곡의 이름. • 躑躅(척촉) : 철쭉꽃. • 嵩陽寺(숭양사) : 절 이름이다. • 行應好(행응호) : 행하기가 응당 좋으려니.

099 秋思 | 張籍장적

추 사

洛陽城裏見秋風하니 欲作家書意萬重이라.
낙 양 성 리 견 추 풍 욕 작 가 서 의 만 중

復恐怱怱說不盡하여 行人臨發又開封이라.
부 공 총 총 설 부 진 행 인 임 발 우 개 봉

〔풀이〕 가을의 생각

낙양성 안에서 가을바람을 만나니
고향집에 보내는 편지글 사연이 무궁하구나.
아차! 하여 할 말 행여 빠뜨렸을까 보아
인편이 떠나기 직전 또 한 번 뜯어 읽어보네.

〔감상〕

고향 생각을 주제로 한 작품이다. 낙양성에는 가을바람이 슬슬 부니 고향 생각 더욱 간절하다는 시인의 감정을 잘 표현하고 있다. 고향에 보낼 글을 바삐 쓸 때 혹시 잘못 빠지지나 않았나 하는 조바심에서 봉함 편지를 다시 뜯어본다는 간절한 사연이 나타나 있다. 두루 알려진 시로 장적의 대표적인 작품으로 인구人口에 회자膾炙하는 시 구절이다. 그중에 '행인임발우개봉行人臨發又開封'은 우리 고대소설 '춘향전'에 이 구절이 인용되고 있다.

도움말

이는 오랜 나그네로서 낙양에 머물러 있다가 가을바람을 만나니 고향 생각이 다른 때보다 몇 배 더하고 고향으로 가는 인편이 있어 편지 보내는 글을 적으니 마음속 천만 가지 생각이 생겨나 그 몇 겹이나 되는지 알지 못했다. 고향집에 보낼 글을 봉하여 인편에 건네기 직전에 바빠서 할 말을 다하지 못했을까봐 인편이 떠날 짬에 집에 보낼 글을 다시 개봉하여 읽어보니 나그네 마음속이 어찌 그러하지 않으랴. 이 4구절은 나그네 정을 절실하게 그려낸 시의 구절이다.

어려운 낱말

- 洛陽(낙양) : 당나라의 서울. • 欲作家書(욕작가서) : 고향집으로 보내는 편지.
- 怱怱(총총) : 매우 바쁜 모양. • 臨發(임발) : 출발에 임해서.

100
感春 | 張籍장적
감 춘

遠客悠悠任病身하니 誰家池上又逢春이라.
원 객 유 유 임 병 신 　 수 가 지 상 우 봉 춘

明年各自東西去하면 此地看花是別人고?
명년각자동서거　　차지간화시별인

〖풀이〗 봄의 감회

먼 곳으로 가는 유유한 나그네 병든 몸을 맡기니
연못 위의 누구 집에서 또 이 봄을 맞는구나.
내년에 각자가 동서로 떠나가고 나면
이 땅에서 꽃을 보면서 누구와 이별할 것인가?

〖감상〗

이는 먼 곳의 나그네가 객지에서 몸에 병을 얻어 누구의 집 연못가에서 봄을 맞이하는 감회를 말하고 있다. 우리가 흩어져 떠나가면 내년에 여기에서 봄을 맞아 꽃을 보는 사람은 다른 사람이 될 것이니, 이것 또한 묘한 인연의 변화와 감상과 낭만이 아닌가?

도움말

위의 2구절은 이 땅의 나그네가 되어 병든 몸으로 봄을 맞는 것이니 어찌 마음에 슬픈 생각이 없겠는가. 이 땅을 이별하면 또 누구의 집에서 또다시 봄을 맞이할까 하는 것을 말하고 있으며, 아래의 2구절은 명년에 또 어느 곳에서 각기 동서로 떠나버리고 나면 오늘 꽃을 보는 사람들은 필시 타인이 될 것이라는 감상에 젖고 있다.

어려운 낱말

• 悠悠(유유) : 거침없이 가는 모양. • 又逢春(우봉춘) : 또 봄을 맞다. • 是別人(시별인) : 이 누구와 이별할꼬?

101
蠻中 | 張籍장적
만 중

瘴水蠻中入洞流하니 人家多住竹棚頭라.
장 수 만 중 입 동 류 인 가 다 주 죽 붕 두

一山海上無城郭하고 惟見松牌記象州라.
일 산 해 상 무 성 곽 유 견 송 패 기 상 주

〘풀이〙 **만중蠻中에서**

장수瘴水는 만중蠻中으로 흘러 들어가는데
인가는 모두 대나무 위에 시렁처럼 매달려 있었네.
산과 바다에는 성곽이 하나도 없었고
오직 송패松牌에만 상주象州의 기록이 있을 뿐이네.

〘감상〙

이는 오랑캐 땅의 풍속을 말하고 있다. 장수瘴水가 마을로 들어와서 흐르는 것은 만중蠻中의 지형을 말하고 있고, 인가가 모두 대 시렁 죽붕竹棚 위에서 거주하는 것 같은 상태를 말하고 있는데, 이것은 오랑캐의 풍속을 말함이다.

도움말

산이 둘러있는 바다 위에 성곽이 없다는 것은 오랑캐 땅에는 성곽이 없다는 것을 말함이요, 송패松牌에 상주象州를 기록했다는 것은 소나무로 패를 다듬어 기록하는 것을 의미한다. 만중의 지형과 풍속과 성곽과 송패를 말하고 있다.

어려운 낱말

• 瘴水(장수) : 독기가 흐르는 강. • 蠻中(만중) : 오랑캐 땅. • 竹棚(죽붕) : 대나무 시렁. • 棚(붕) : 시렁(붕). • 松牌(송패) : 소나무로 패를 다듬어 기록하는 패. 이것을 象州(상주)라 한다.

102 閑行 | 張籍장적
한 행

老身不計人間事하여 野寺秋晴每獨過라.
노 신 불 계 인 간 사 야 사 추 청 매 독 과

病眼較來猶斷酒하니 却嫌行處菊花多라.
병 안 교 래 유 단 주 각 혐 행 처 국 화 다

〖풀이〗 한가하게 길을 걸으며

늙은 몸이 인간사를 알아차리지 못하여
절간엔 갠 가을 하늘 아래 매양 홀로 지나가네.
아픈 눈에 해가 될까 보아 술을 끊으려니
가는 곳마다 국화꽃 많아 그것이 마음에 걸리네.

〖감상〗

한가하게 길을 가면서 여러 가지 느낌을 시로 표현하고 있다. 내 몸의 늙음과 맑은 가을하늘 아래 인간사의 덧없음을 조용히 토로하고 있다. 또 눈이 아파서 즐겨 마시던 술마저 끊고 있는데 국화의 노란색과 향기가 지은이의 안질에 좋지 못할까 적이 걱정을 하고 있다.

도움말

노인이 할 일 없이 한가하게 길을 가는 장면인 것이다. 돌아보면 이 노쇠한 노인의 몸이 인간의 일은 도무지 알지 못하고 가을 하늘에 비가 개고 바람이 서늘하여 절이 있는 들판으로 홀로 지나가고 있다. 그러니 황국黃菊이 피어 있고 그 때마다 술을 마시나 문득 눈병에 안 좋을까 두려워 술을 마시지 못함으로 가는 곳마다 국화가 많음을 마음속으로 문득 꺼려하고 있다.

어려운 낱말

• 閑行(한행) : 한가하게 걷고 있음. • 不計(불계) : 계획함이 없어. • 秋晴(추청) : 갠 가을 하늘. • 較來(교래) : 해로움이 될까봐. • 却嫌(각혐) : 문득 싫어져서.

103
春別曲 | 張籍장적
춘 별 곡

長江春水綠堪染하니 荷葉出水大如錢이라.
장 강 춘 수 녹 감 염 하 엽 출 수 대 여 전

江頭橋樹君子種은 那不長繫木蘭船이라.
강 두 교 수 군 자 종 나 불 장 계 목 란 선

〖풀이〗 봄을 떠나보내며

장강長江의 봄 물결 푸르기 그지없으니

연잎이 물 위에 뜨니 돈닢과 같아라.

강 머리 다리에 그대가 심은 한 그루 나무는

목란선木蘭船을 어찌 오래 매지 않을 수 있으랴.

〖감상〗

봄을 노래한 작품이다. 길게 흘러가는 장강長江의 봄 물결은 너무나 푸르러 물위 떠 있는 연잎이 마치 돈닢과 같았다. '강두교수江頭橋樹'의 이 나무는 그대 떠나기 전에 심은 것인데 그 나무에 배를 매려니 오직 그대 생각뿐이라고 했다.

도움말

이는 봄을 맞이하여 이별하는 까닭에 춘별곡春別曲이라고 했다. 장강長江의 봄물이 녹색 연잎에 뚜렷이 물들어 점점이 수면에 뜨는 것이 마치 돈닢 모양과 같았다. 그대 생각하는 마음으로 물건을 보고 감상感傷에 젖으니 오직 그대 빨리 돌아와 저 나무에 배 매기를 바라고 있노라. 강 머리 다리에 심어둔 나무는 그대 어릴 때에 손수 심은 나무인데 이미 자라서 커버리니 배를 묶을만하거늘, 그대 가버리고 난 다음 다시 돌아오지 않는다면 이 목란선木蘭船을 어찌 여기에 맬 수 있으리오.

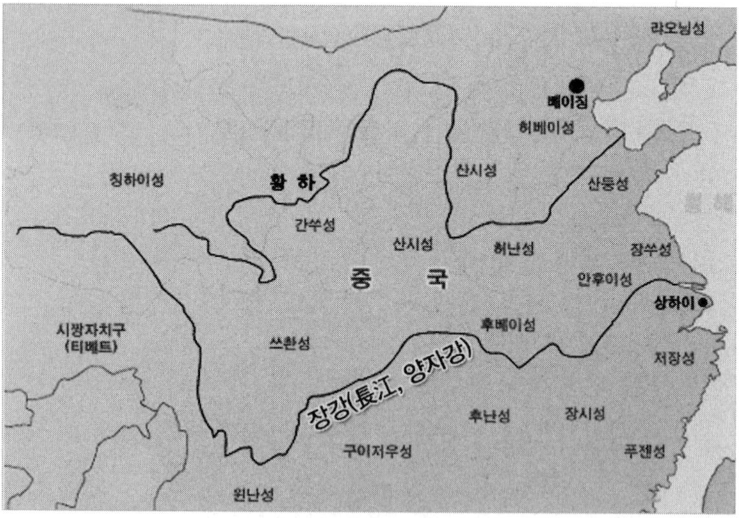

장강(長江, 양자강)

어려운 낱말

• 長江(장강) : 양자강을 말함. • 堪染(감염) : 물이 든 것 같음. • 大如錢(대여전) : 크기가 돈닢 같네. • 君子(군자) : 그대.

104
成都曲 | 張籍장적
성 도 곡

錦江近西春水綠하고 新雨山頭荔枝熟이라.
금 강 근 서 춘 수 록 　 신 우 산 두 려 지 숙

萬里橋邊多酒家하니 游人愛向誰家宿고?
만 리 교 변 다 주 가 　 유 인 애 향 수 가 숙

〖풀이〗 성도成都의 노래

금강의 서쪽 가까이 봄 물빛 푸르고
비 내린 산머리 붓꽃 가지에 열매 벌써 익었네.
만리교 다리 곁에 술집들이 많으니
거기 있는 유람객, 밤 되어 누구 집에서 자는가?

〖감상〗

시인 장적張籍이 성도成都의 봄 경치를 노래한 작품이다. 금강에 흘러내린 봄 물빛이 푸르니 봄비 내린 산머리에는 붓꽃 열매가 붉어있다. 여행자는 무엇보다 술 생각이 나는 법, 긴 다리가 있는 주변으로는 으레 술집이 있고, 술집을 지나가게 되면 또 한잔 술을 마시게 된다. 이 아름다운 봄 구경 나온 사람들, 밤이 되면 누구 집에 가서 잠을 자는가? 나그네로서는 당연 잠자리가 걱정이 되는 법이다.

도움말

이는 성도의 경치를 보고 지은 것이다. 금강錦江의 봄빛을 사람이 쫓아와서 서쪽에 가까우면 봄의 물결이 압두鴨頭 빛인 녹색으로 변한다. 물의 녹색을 오리의 목에 난 털에 비유한 말인데, 너무나 푸르러 염색을 한 것같이 새롭다. 비가 내리다가 날이 개면 산머리의 여지荔枝(타래붓꽃 가지)는 열매가 이미 익었다. 술파는 집이 만리교 다리 변에 머물러 있어 푸른 깃발〔靑帘(청렴) : 술집인 것을 알리는 깃발〕이 날리니 봄을 맞아 유람객이 오늘 밤에 누구의 집에서 자고 갈까 하고 생각한다. 성도成都에는 호방하고 의기양양한 사람들이 많다는 까닭에 이렇게 말하고 있다.

만리교(萬里橋) 성도(成都) 내에 위치

어려운 낱말

• 荔枝(여지) : 붓꽃 가지. • 游人(유인) : 유람객. • 誰家宿(수가숙) : 누구 집에 잘 것인가?

105
寒塘曲 | 張籍장적
한 당 곡

寒塘沉沉柳葉疎하고 水暗人語驚栖鳧라.
한 당 침 침 유 엽 소 수 암 인 어 경 서 부

舟中少年醉不起하니 持燭照水射游魚라.
주 중 소 년 취 불 기 지 촉 조 수 사 유 어

〖풀이〗 한당寒塘의 노래

한당이 침침하여 버들잎이 성글고
어두운 물가 사람 소리에 오리들 놀라 둥지에 숨네.
배에 탄 소년 취하여 일어나지 않는데
촛불을 밝혀 물에 노는 고기를 쏘아 잡네.

〖감상〗

이 시는 한당寒塘에서 밤에 노는 장면을 표현한 작품이다. 가을이라 연못의 버드나무 잎이 한 잎 두 잎 지고 있다. 어두운 물가에 사람 소리가 나니 숲 속에 있는 오리가 놀라 날아오른다. 배 위에 타고 있는 소년들은 술에 취해 일어나지 않는데 촛불을 밝혀 물속의 고기들을 작살로 쏘아 잡아

올린다. 아주 소박한 물가의 광경을 보는 듯이 그리고 있다.

도움말

이는 밤에 한당寒塘에 놀면서 지은 노래이다. 이같이 가을바람을 맞아 연못가의 버들잎이 떨어져 성글고, 사람들의 소리에 숲 속의 오리들이 놀라 날아가니, 배를 탄 사람들이 술에 취하여 일어나지 않고, 소년은 가지고 있는 촛불을 비추어 창을 쏘아 물고기를 잡는다. 이 또한 밤에 노는 흥미의 하나이다. 위의 2구절은 한당의 정경을 말하면서 사람의 말소리에 오리가 놀라 날아오른다. 아래 2구절은 함께 노는 사람이 술에 취해 누워있고 소년은 촛불을 가지고 고기를 쏘아 잡았다는 것을 표현하고 있다.

어려운 낱말

- 寒塘(한당) : 물이 고인 연못.
- 沉沉(침침) : 흐릿하여 잘 보이지 않는 상태.
- 栖鳧(서부) : 오리들이 깃들다.
- 射游魚(사유어) : 물에 노는 고기를 쏘아 잡다.

106

山禽 | 張籍장적
산 금

山禽毛如白練帶하니 棲我庭前栗樹枝라.
산 금 모 여 백 련 대　　서 아 정 전 율 수 지

獮猴半夜來取栗하니 一雙中林向月飛라.
미 후 반 야 내 취 율　　일 쌍 중 림 향 월 비

〖풀이〗 산새

산새 하얀 털 비단 띠 두른 것 같구려!

우리 뜰 앞 밤나무 가지에 깃들었네.

원숭이가 밤중에 와서 밤을 따려고 오니

산새 한 쌍 숲 속에 달을 향해 날고 있네.

〖감상〗

산새를 아주 소박하게 그려가고 있다. 산새의 깃털이 비단 같이 희고 그 흰 새가 우리 집 뜰 앞에 밤나무에 깃들었다. 원숭이는 한밤중 밤 따러 내려오는데 산새 한 쌍이 숲 속의 달을 향해 날고 있었다. 이와 같이 산새를 그리면서 이곳의 소박한 풍경을 표현하고 있다. 그러나 그 내용은 어두운 임금이나 탐관오리〔墨吏(묵리)〕의 백성 다스리는 것에 비유하고 있다.

도움말

이것은 산새를 제목을 해서 읊은 시이다. 털이 비단과 같은 산새가 뜰 앞 밤나무에 와서 깃들이게 된다. 다른 나무들이 있는데 하필 밤나무 가지랴? 그리고 또 어째서 여기에 몸을 의탁하는가. 만약 나에게 빙빙 돌면서 날고 있는 그 까닭을 묻는다면 무어라고 대답할까? 원숭이 밤 따는 재주로 밤나무에 올라가면 깃들이는 산새들이 달을 향해 쌍쌍이 날아가리로다. 아, 가증스런 것은 원숭이다. 사람에게 비유하면 어두운 임금이 백성을 학대하는 것과 묵리墨吏가 백성 다스리는 것과 산새가 집 잃는 것과 무엇이 다르랴.

어려운 낱말

• 白練帶(백련대) : 흰 비단을 두르듯 하다. • 墨吏(묵리) : 탐관오리. • 棲我庭(서아정) : 우리 뜰에 깃들이다. • 獼猴(미후) : 원숭이를 일컬음.

107
凉州詞 | 張籍장적
양 주 사

邊城暮雨雁飛低하고 蘆笋初生漸欲齊라.
변 성 모 우 안 비 저　　노 순 초 생 점 욕 제

無數鈴聲遙過磧하니 應馱白練到安西라.
무 수 영 성 요 과 적　　응 태 백 련 도 안 서

〖풀이〗 양주의 노래

변방의 성, 저문 비에 기러기 낮게 날고
갈대 새순 움돋아 점점 자라 솟아오르네.
무수한 방울소리 멀리 냇가를 지나가니
응당 이 흰 비단을 싣고 안서安西에 이르리니.

〖감상〗

양주에 관한 정경과 날이 저문 날의 변성邊城에서의 쓸쓸한 심사心思를 그리고 있다. 날은 저물고 기러기 날아가고 갈대가 자라 솟아오르고 무수한 방울 소리를 내며 먼 돌길을 지나가는 이들을 보면 어찌 향수에 잠기지 않으랴. 이효석의 '메밀꽃 필 무렵'의 한 장면과 흡사하다. 흰 비단과 좋은 물건을 싣고 말방울 울리며 안서安西로 가는 길임을 곧 알 수 있는 것이다.

도움말

이는 양주涼州를 노래한 시다. 양주는 변방의 성이다. 이 변성에 저문 비가 쓸쓸히 내리고 기러기는 날아 내리는데, 갈대 새순이 돋아나서 점점 자라 끝을 고를 때, 이 경치를 변방을 지키는 군인들이 이 광경을 보고 느껴서 마음 아프지 않겠나. 말방울 소리 수도 없이 멀리 강모래 바닥을 지나면 응당 이 비단을 싣고 말을 몰아 안서安西에 이를 것이다.

어려운 낱말

• 凉州詞(양주사) : 변방의 노래. • 蘆笋(노순) : 갈대 순. 笋(순)은 筍(순)과 같은 글자임. 갈대의 새순을 표현한 글자임. • 磧(적) : 서덜(적), 냇가나 강가에 돌이 많은 곳. • 應馱(응태) : 마땅히 싣고 갈 것이다. • 白練(백련) : 마전한 흰 비단(명주).

| 덧붙임 |

張籍〔장적; 755-803, 中唐(중당)〕: 안휘성 和州人(화주인). 字(자)는 文昌(문창). 汴州觀察推官(변주관찰추관)이었던 韓愈(한유)의 후원으로 鄕貢進士(향공진사), 知貢擧中書舍人(지공거중서사인) 高郢(고영)의 후원 아래 진사에 급제. 太常太祝(태상태축), 秘書郞(비서랑)을 거쳐 한유의 추천으로 國子監博士(국자감박사), 水部員外郞(수부원외랑), 國子司業(국자사업) 등을 지냈다. 樂府體(악부체) 시에 능해 왕건과 함께 '張王樂府(장왕악부)'로 竝稱(병칭)되었으며, 張司業集(장사업집) 8권, 450여 수의 시가 남아 있다.

108
凉州詞 | 劉禹錫유우석
양 주 사

鳳林關裏水東流하여 白葦黃楡六十秋라.
봉 림 궐 리 수 동 류 　 백 위 황 유 육 십 추

邊將皆承主恩澤하니 無人解道取梁州라.
변 장 개 승 주 은 택 　 무 인 해 도 취 양 주

〖풀이〗 양주의 노래

봉림궐鳳林闕 안에 물은 동으로 흐르는데,
흰 풀과 누런 느릅나무로 뒤덮은 지 육십 년.
변방 장군들 모두 천자天子의 은총을 받았거늘
양주梁州 땅 해결할 사람은 아무도 없는 것을.

〖감상〗

물은 항상 동으로 흐른다는 것은 역사적 순리를 말하는 것이요, 느릅나무로 뒤덮은 육십 년이나 됐다는 것은 양주 땅이 번족의 세력 안에 있다는 것을 말하고 있다. 장군이며 군사들이 모두 임금의 은총을 입고 있으면서 빼앗긴 양주梁州 땅을 아무도 다시 찾을 생각은 하지 않고 있음을 안타까워하고 있다.

도움말

물은 여전히 동으로 흐르는데, 양주는 서쪽 번족翻族의 세력 안에 있고, 변장邊將들은 천자의 은총을 입고 있지만 양주를 전취戰取하여 그 은혜에 보답할 생각을 않고 있다. 앞뒤에 각각 반대되는 상황을 배치, 대구對句를 이루도록 하여 이민족의 침입과 그것을 잘 방어하지 못하는 약해진 국력에 대한 작가의 안타까움을 표현하고 있다.

어려운 낱말

• 凉州詞(양주사) : 악부의 제목. 양주에 출정해있는 병사들의 마음을 노래하는 내용. 양주는 지금의 감숙성 무위현. • 鳳林闕(봉림궐) : 봉림관을 말함. 闕을 關으로, 葦를 草로 쓴 책도 있다. • 解道(해도) : 해결하다. 道는 허사.

109
自, 朗州至京, 戱贈諸君子 ｜ 劉禹錫유우석
자 낭주지경 희증제군자

紫陌紅塵拂面來하니 無人不道看花回라.
자맥홍진불면래 무인부도간화회

玄都觀裡桃千樹하니 盡是劉郞去後栽를-.
현도관리도천수 진시유랑거후재

〖풀이〗 **낭주朗州에서 서울에 이르러**

- 장난삼아(지은 시를) 여러 군자들에게 준다.

자색 길 위에 붉은 먼지가 얼굴을 스치는데
사람들 모두 꽃을 보고 돌아온다고 말하지 않네.
현도관 안의 천 그루의 복숭아나무는
다 유랑劉郞이 떠난 다음 모두 심은 것이겠구나.

〖감상〗

위의 시에서 복숭아나무는 당시 실권을 쥐고 있던 신하들을 비유한 말이다. 즉 모두가 유우석이 지방으로 좌천된 뒤에 권력을 잡았다는 의미가 담겨있다. 유우석은 한태, 유종원, 한엽, 진간 등 개혁파 4인과 더불어 좌천되어 파주자사로 내려가게 되었다. 이 모두가 유우석이 귀경歸京하던 해인 원화10년의 일이었다.

도움말

이 시詩로 하여 그가 필화筆禍의 계기가 되었다. 낭주朗州는 지금의 상덕부常德

府이다. 둔덕 위에 티끌이 일어나서 시끄럽고 조잡한 현상의 얼굴을 떨치고 와서 서로 만나 말하는 광경들이다. 꽃을 보고 돌아온다는 것은 꽃이 많고, 꽃을 보는 사람들이 많다는 것을 말한다. 현도관玄都觀은 안서부성내西安府城內 숭업방崇業坊에 있다. 유랑劉郞이 가고 난 다음부터 새롭고 귀한 것이 조정에 가득했다. 이 시가 낱말이 난삽하고 풍자를 하여 집정이 악하다는 것을 표현했기에 다시 좌천되는 계기가 되었다.

어려운 낱말

• 紫陌(자맥) : 자색의 언덕. • 紅塵(홍진) : 먼지. • 看花回(간화회) : 꽃을 보고 돌아오다. • 玄都觀(현도관) : 安西(안서)에 있는 행정구역. • 劉郞(유랑) : 유우석을 말함.

110
再遊, 玄都觀 | 劉禹錫유우석
재유 현도관

百畝庭中半是苔하고 桃花淨盡菜花開라.
백무정중반시태 도화정진채화개

種桃道士何處去오? 前度劉郞今又來라.
종도도사하처거 전도유랑금우래

〖풀이〗 다시 현도관玄都觀에서 노닐며

백마지기 넓은 뜰이 절반은 이끼 덮여
복사꽃 지고 나니 나물 꽃이 피어나네.
복숭아나무 심었던 도사는 어디로 갔느냐?
지난날의 유랑劉郞이 지금 다시 여기에 왔노라.

〖감상〗

그 넓은 정원이 이미 폐허가 됨을 알고 허무한 마음으로 바라본다. 복사꽃을 구경 오는 사람도 보이지 않는다. 복숭아꽃이 완전히 시들어 떨어지면 넓은 정원이 공허하고 이끼가 돌계단에 가득히 났으니 복숭아에 대한 기억은 이미 깨끗하게 끝나버렸다. 지난날에 유랑(유우석)이 서울에 있어서 다만 꽃을 보고 한 수의 시를 짓고 잇달아서 폄앙貶仰함을 만났더니 이제 14년 만에 다시 꽃을 보려고 여기에 이르고, 복숭아나무를 심은 사람은 여기에 있지 않았으니 옛날 집정의 경박함을 깊이 조소하는 글이다.

도움말

유우석은 이 시를 통해 14년 전에 자신을 지방으로 내몰았던 권신들이 지금은 다 사라진데 대해 일종의 득의감得意感을 표출한 시이다. 장안으로 돌아간 유우석은 14년 전 자신을 위해 헌종에게 상소를 했던 배도의 추천으로 다시 집현전 학사에 임명된다. 당시 유우석은 호부상서戶部尙書를 맡고 있던 영호초令狐楚, 형부시랑刑部侍郞을 맡고 있던 백거이와 많은 시를 주고받았다. 비록 정치적 입장은 달랐지만 문학적 우의는 두터웠다. 그의 서문을 보면 토끼풀과 귀리풀이 봄바람에 흔들린다 했으니 이것은 곧 나물 꽃의 종류들이다. '종도도사귀하처種桃道士歸何處' 는 당시의 집정을 맡았던 위정자들에게 신랄한 승부수를 말하고 있다.

어려운 낱말

• 百畝(백무) : 매우 넓은 밭. • 半是苔(반시태) : 절반이나 묵어있다. • 劉郞(유랑) : 유우석을 말함.

111
烏衣巷 | 劉禹錫유우석
오 의 항

* 오의항烏衣巷은 동진東晉의 사안謝安과 왕도王導가 이 거리에 있었고, 그 자제子弟가 여기서 살고 있었다. 오의항烏衣巷은 금릉金陵 진회하秦淮河 남쪽 주작교朱雀橋 근처에 있는 거리 이름. 삼국의 오吳의 군영 오의영烏衣營이 이곳에 주둔한 뒤부터 붙여진 이름. 군사들이 검은 옷을 입고 있었기 때문.

朱雀橋邊野草花하고 烏衣巷口夕陽斜라.
주 작 교 변 야 초 화 오 의 항 구 석 양 사

舊時王謝堂上燕은 飛入尋常百姓家라.
구 시 왕 사 당 상 연 비 입 심 상 백 성 가

〖풀이〗 오의항을 바라보며

주작교朱雀橋 언저리에는 들풀은 꽃이 피고
오의항烏衣巷 입구 앞에 석양빛이 기우네.
그 옛날 왕사王謝의 집 위의 제비는
오늘도 무심하게 백성의 집에 날아드네.

〖감상〗

작자가 화주자사로 좌천되어 있을 때 장경長慶 4년(824년)에 지은 '금릉오제今陵五題' 라는 연작시의 하나다. 당나라 시대에 전형적인 회고시이다. 기起와 승구는 대구를 이루고 있으니 백거이는 이 승구承句를 격찬하였다. 작자는 이 시에서 동진 시대부터 권문세족들이 모여 살던 '오의항烏衣巷' 이라는 지명을 제재로 하여 그 옛날의 화려했던 거리가 지금은 들풀만이 무성한 황량한 곳이 되었음을 그려내고 있다.

도움말

옛날 왕사(왕씨와 사씨)의 집이 이 다리(주작교) 왼편에 있어도 아무런 빛이 나지 않더니 지금 다리 주변에 치우쳐 들풀에 꽃이 피었다. 거리의 입구에 사람이 없고 저녁 햇빛만 참담할 따름이다. 마을 사람들이 꼭 일러 말하기를 '길거리 입구에는 주작교가 있다' 고 했다. 집 앞의 제비는 왕사의 집 앞에 세상 사람들이 아첨하는 장소로 의지하여 빌붙어 사니 어찌 제비와 다르리오. 왕사가 이미 쇠약하여 그 집도 역시 헐리고 제비 또한 몸 붙일 곳이 없어졌다. 제비가 의탁할 바가 없어 날아 들어오니 옛날 왕사의 흥망을 제비가 어찌 옛정을 알게 되리요.

어려운 낱말

• 朱雀橋(주작교) : 궁성의 주작 남쪽 秦淮河(진회하)에 만들어진 큰 다리. • 王謝(왕사) : 王導(왕도), 謝安(사안)의 권문세족.

오의항(烏衣巷)

112
石頭城 | 劉禹錫유우석
석 두 성

山圍故國周遭在하고 潮打空城寂寞回라.
산 위 고 국 주 조 재 　　조 타 공 성 적 막 회

淮水東邊舊時月에 夜深還過女墻來라.
회 수 동 변 구 시 월 　　야 심 환 과 여 장 래

〖풀이〗 석두성

산은 옛 도읍을 둘러싼 가운데 남아 있고
물결이 빈 성터를 때리니 적막으로 감도네.
회수淮水의 동쪽 가에는 옛 그때의 달이 뜨고
밤 깊어 여전히 어느 여인이 담을 넘어오네.

〖감상〗

유우석이 화주에서 지은 시 가운데 인구에 회자되는 것이 이것이다. 역사적 교훈이 되는 육조의 흥망성쇠를 제재로 읊은 금릉오제金陵五題 중의 하나이다. 과거에 번영을 누리던 시절의 고관대작의 저택들이 원래의 모습을 잃고 자취만 남기고 있는 경관을 통해 영화의 부질없음을 표현하고 있다.

도움말

석두성은 산성이기 때문에 산이 옛 도읍지를 둘러싸고 있으니 그렇게 부르고 있다. '주조周遭'는 성의 네 둘레를 말한다. 석두성이 강가에 접하여 있기 때문에 강의 파도가 넘쳐 물결치며 파도소리가 난다고 했다. 빈 성에 물결이 치기 때문에 적막하다고 했다. 석성의 동쪽에 회수가 있고 달 또한 동쪽으로부터 올라오니 다만 옛날의 달이 지금의 사람으로 더불어 같지 않을 따름이라고 했다. '구시舊時' 2자는 가장 중요하다. 그래서 옛날의 달이 지금에 뜨고 있다고 했다. 이 한 수의 시가 옛날을 느낄 수 있는 요소가 된다. 여기서 밤이 깊어 여자가 담을 넘어 온다는 것은 높이 뜨는 달을 두고 하는 말이다.

어려운 낱말

• 石頭城(석두성) : 산성의 이름이다. • 潮打(조타) : 물결이 치다. • 寂寞回(적막회) : 적막으로 감돌다. • 舊時月(구시월) : 달은 여전히 옛날의 그 달이 뜬다. • 女墻來(여장래) : 여인이 담을 넘다. 달을 말함.

석두성(石頭城)

113
聽, 舊宮人, 穆氏歌 | 劉禹錫유우석
청 구궁인 목씨가

曾隨織女度天河터니 記得雲間第一歌라.
증수직녀도천하 기득운간제일가

休唱貞元供奉曲하니 當時朝士已無多라.
휴창정원공봉곡 당시조사이무다

〖풀이〗 옛 궁인 목씨의 노래를 듣다

일찍 직녀를 따라 은하수를 건너니
구름 속에 제일의 노래로 기억하고 있었네.
정원 연간에 함께 노래를 받들어 부르니
당시에 조정의 선비들 이미 많이 없어졌네.

〖감상〗

말하되 이 궁인이 직녀를 따라 은하수를 건너 일찍 제일가는 노래를 부르더니 오늘, 옛날의 느낌으로 우연이 너에게 노래를 듣게 되었다. 정원貞元 연간에 함께 곡을 받들어 휴창休唱 하라 하니 그때의 조정의 선비 이미 다하여 남은 자가 많지 않았다.

도움말 |

이는 덕종德宗의 궁인 목穆씨를 오늘에 노래하고 있다. 위의 2구절은 목씨의 고사를 말했고, 아래 2구절은 정원貞元 연간의 노래를 아름답게 부름을 말하고 있다.

어려운 낱말

• 度(도) : 渡(도)와 뜻이 같음. • 記得(기득) : ① 기억하고 있음. ② 마음에 새겨 둠. 得(득)은 조사. • 休唱(휴창) : 아름답게 부르다. • 貞元(정원) : 당 덕종의 연호. 정원, 년은 서기 785년임. • 已無多(이무다) : 이미 많이 없어짐.

114
與, 歌者何戡 | 劉禹錫유우석
여 가자하감

二十餘年別帝京터니 重聞天樂不勝情이라.
이십여년별제경 중문천악불승정

舊人惟有何戡在하여 更與殷勤唱渭城이라.
구인유유하감재 갱여은근창위성

〖풀이〗 가인 하감何戡에게 줌

이십여 년 동안 장안을 떠났더니
다시 천악天樂을 들으니 감정을 억누를 수 없네.
알던 사람은 오직 하감何戡이 있어서
다시 나를 위해 정성껏 '위성곡渭城曲'을 부르네.

〖감상〗

이는 노래를 불러준 하감何戡에게 시를 지어 주었다. 한 번 장안을 떠난 지 지금에 이십여 년이나 되었다. 그런데 오늘 천상의 옛 노래를 들으니 감상感傷의 정을 이기지 못하고 이제 이르러 생각하니 아는 사람이 오직 하감何戡 뿐이어서 나에게 '위성곡渭城曲' 을 불러주니 은근한 정이 간절하구나.

도움말

20년을 서울(장안)에 있었다가 다시 그때의 노래를 들으니 감격 그 자체이다. 작중 시인이 아는 사람은 오직 '하감' 이 있어 나를 위해 '위성곡' 을 불러주고 있었다.
위의 2구절은 자탄하는 노래이며, 아래 2구절은 오직 옛날부터 잘 아는 하감何戡이 있을 뿐이라는 것을 말하고 있다.

어려운 낱말

• 歌者(가자) : 歌人(가인), 가수. • 何戡(하감) : 궁중의 樂人(악인)인듯. • 二十年 : 805-828年의 23년간. • 天樂(천악) : 천상의 음악. • 舊人(구인) : 예부터 잘 아는 사람. • 渭城(위성) : 왕유의 7언 절구〈送元二使安西(송원이사안서)〉를 말한다. 이 시는 陽關曲(양관곡)으로 널리 애창되었음.

115
蹋歌詞 | 劉禹錫유우석
답 가 사

春江月出大隄平하니 隄上女郎連袂行이라.
춘 강 월 출 대 제 평　　제 상 여 랑 연 메 행

唱盡新詞懽不見하고 紅霞映樹鷓鴣鳴이라.
창 진 신 사 환 불 견　　홍 하 영 수 자 고 명

〖풀이〗 **답가의 노래**

봄 강의 평평한 둑 길, 그 위로 달이 뜨니
둑 위에 아가씨들이 소매를 맞잡고 걸어간다.
새 노래를 다 불러도 임은 나타나지 않고
붉은 노을이 나무를 비추자 자고새는 운다.

〖감상〗

일반 서민들의 생활모습을 묘사하고 있다. 화전을 일구는 사람들의 일상적인 움직임, 강을 건너는 행인들의 모습, 강둑 위를 걸어가는 아가씨들이 경관을 배경으로 담담한 필치로 묘사되어 있음을 알 수 있다.

도움말

처녀들이 모여 땅을 밟으며 부르는 노래를 '답가'라고 한다. 우리나라의 강강수월처럼, 이는 답가를 부르며 노는 것이 소재로 되어 있다. 달 밝은 봄날 저녁 달 떠오르니 하늘, 달빛이 애애靄靄하게 긴 언덕의 물 위에 떠오른다. 그 광경이 볼만했다. 처녀들이 새로운 노래를 부르니 모두 청아하고 아름다운 노랫소리는 자못 마음을 기쁘게 한다. 붉은 노을이 비치는 가운데 은근히 들려오는 자고새 소리, 이러한 춘경春景이 아름다운 밤임을 처음 알았다.

어려운 낱말

• 蹋歌(답가) : 처녀들이 모여 부르는 노래인 듯. • 大隄平(대제평) : 크고 평평한 둑길. • 女郞(여랑) : 처녀들. • 袂(몌) : 소매(몌). • 懽不見(환불견) : 기쁜 사람은 보이지 않음. • 懽(환) : 기뻐할(환). • 鷓鴣(자고) : 자고새. 꿩과에 딸린 메추라기 비슷한 새.

116
竹枝詞❶ | 劉禹錫유우석
죽 지 사

山桃紅花滿上頭하고 蜀江春水拍山流라.
산 도 홍 화 만 상 두 　 촉 강 춘 수 박 산 류

花紅易衰如郎意하고 水流無限似儂愁라.
화 홍 이 쇠 여 랑 의 　 수 류 무 한 사 농 수

〖풀이〗 대나무의 노래 ❶

산 복숭아 붉은 꽃이 꼭대기에 가득하고
촉강蜀江의 봄물이 산을 치며 흐른다.
꽃 붉어 쉬 시드는 것은 여자 마음 비슷하고
물 흘러 끝이 없는 것은 내 시름과 같네.

〖감상〗

'죽지사'는 파촉 지방 민요의 하나다. 첫 구절에 '산도山桃'의 꽃이 나온다. 그래서 산도화山桃花는 봄이 왔음의 표현함이요, 봄에 가득한 물은 산굽이를 치고 흘러간다는 말이 우리의 서정에 와 닫는다. 붉은 꽃은 쉽게 피어서 쉽게 진다고 하여 임의 마음과 비슷하다고 했다. 고금을 통하여 자주 변하는 것이 사람의 마음인가 하는 생각이 나의 느낌과 마찬가지다.

도움말 |

이 죽지사는 가곡이다. 만산 도화와 춘수春水가 산에 닿아 도화의 붉은색이 쉽게 떨어지는 자연의 섭리를 임의 사랑이 쉽게 식어지는 것에 비유하여 안타깝게 생각하며 노래한 것이다. 이런 안타까운 마음이 슬픔으로 표면상 그대로 노출되어 있음을 알 수 있다. 한 여인의 서러움이 여과 없이 진솔하게 표현된 것이다.

어려운 낱말

• 竹枝詞(죽지사) : 중국 巴渝(파유)의 노래. • 山桃紅花(산도홍화) : 산에서 피는 복숭아의 꽃. • 蜀江(촉강) : 파촉의 강. • 易衰(이쇠) : 쉽게 지다. • 似儂愁(사농수) : 나의 수심과 비슷하다.

竹枝詞❷ | 劉禹錫유우석
죽 지 사

瞿塘嘈嘈十二灘에 此中道路古來難이라.
구 당 조 조 십 이 탄 　 차 중 도 로 고 래 난

長恨人心不如水하여 等閒平地起波瀾이라.
장 한 인 심 불 여 수 　 등 한 평 지 기 파 란

〖풀이〗 대나무의 노래 ❷

구당瞿塘 물 출렁출렁 열두 여울에
사람들은 예로부터 여기 가기 어렵다네.
깊이 한스러운 것은 사람 마음은 물만도 못하여
아무렇지도 않은 평지에서 풍파를 일으킨다.

〖감상〗

지은이 유우석劉禹錫은 소인배들의 중상을 받아 세력을 잡은 자들의 노여움을 받아 23년 동안 귀양살이를 해야 했다. 세상의 험난함과 인심의 사

구당협(瞿塘峽)

악함을 구당협에 비유해서 쓴 시이다. 세상 사람들은 아무것도 아닌 것을 가지고 평지풍파를 일으킨다는 말은 요즈음 세상과 일치하는 말이다.

도움말

구당의 물이 출렁거리며 흘러가고 있다. 이 열두 여울목을 예부터 사람들은 지나가기가 어렵다고 했다. 유우석 시인은 흘러가는 구당 여울목을 보고 인생을 생각한다. 사람의 마음은 저 물만도 못하여 별것 아닌 것을 가지고 평지풍파를 일삼는다는 그의 차원 높은 뜻은 시인으로서 바른 생각이 아닌가 한다.

어려운 낱말

• 瞿塘(구당) : 양자강 三峽(삼협) 중의 하나. 암초와 급한 여울이 많아서 옛날부터 뱃길은 제일 통하기 어려운 곳으로 이름 있는 곳. • 嘈嘈(조조) : 물 흐르는 소리. 소리의 시끄러운 모양. 출렁 출렁하는 물소리의 의성어. • 十二灘(십이탄) : 여러 번 거쳐야 하는 여울목. • 平地波瀾(평지파란) : 물리적인 자연현상이 아닌 인위적으로 문제를 일으키는 것을 의미함. 즉 평지풍파.

竹枝詞 ③ | 劉禹錫유우석
죽 지 사

山上層層桃李花는 雲間烟火是人家라.
산 상 층 층 도 리 화 　 운 간 연 화 시 인 가

銀釧金釵來負水하고 長刀短笠去燒畬라.
은 천 금 채 래 부 수 　 장 도 단 립 거 소 여

〚풀이〛 대나무의 노래 ❸

산 위에 겹겹이 복숭아꽃 자두 꽃,
구름 사이로 밥 짓는 연기 이곳은 인가로다.
은팔찌와 금비녀 찬 여인이 물 길러 오고,
긴 칼과 짧은 삿갓 쓴 남자들 화전 일구러 가네.

〚감상〛

이 시는 하나같이 일반 서민들의 생활 모습을 묘사하고 있다. 화전을 일구는 사람들의 일상적인 움직임, 산 위의 겹겹이 핀 복숭아꽃, 살구꽃. 연기 피어오르는 인가와 여인들의 모습이 배경으로 담담한 필치로 표현되고 있다.

도움말

아주 화려한 환경에서 이 시가 시작된다. 산에는 복숭아꽃 자두 꽃이 피고 마을에는 밥 짓는 연기가 구름처럼 올라가는 평화스러운 환경이 펼쳐진다. 거기에다가 은 팔찌 금비녀를 찬 여인들이 물 길러 나온다는 화려한 계절에 삿갓을 쓴 남자가 화전 밭을 일구러 나간다는 내용이 시적인 환경으로 잘 묘사되고 있다.

어려운 낱말

• 煙火(연화) : 불 때는 연기. • 銀釧金釵(은천금채) : 은팔찌 금비녀. • 長刀短笠(장도단립) : 긴 칼과 짧은 삿갓. • 燒畬(소여) : 화전 밭. • 畬(여) : 새밭(여).

竹枝詞 ④ | 劉禹錫유우석
죽 지 사

楊柳靑靑江水平하니 聞郞江上唱歌聲이라.
양 류 청 청 강 수 평 　 문 랑 강 상 창 가 성

東邊日出西邊雨하니 道是無情還有情이라.
동 변 일 출 서 변 우 　 도 시 무 정 환 유 정

〖풀이〗 대나무의 노래 ④

버드나무 짙푸르고 강물 잔잔한데
낭군이 강가에서 노래 부르는 소리 들린다.
동쪽에는 해가 나왔는데 서쪽은 비가 오니
이것을 일러 무정한 것인지 유정한 것인지.

〖감상〗

이 시는 죽지사의 4편 중에서는 종편終篇이다. 한쪽은 개이고 다른 한쪽은 비가 오는 자연 광경을 바탕으로 낭군의 노랫소리에 담겨있는 속뜻이 유청有晴과 무청無晴을 말하는 것인지, 유정有情과 무정無情을 말하는 것인지 모호하게 표현함으로써 여인의 안타까운 심정을 잘 나타내고 있다.

도움말

여기에 이 주지사竹枝詞는 연작시로서, 9편으로 된 시다. 이런 민요풍民謠風의 시가와 민가의 요소들을 문인시文人詩에 접목시켰다는 점에서 중국 당시의 사상과 새로운 풍격의 확립으로 높이 평가되고 있다. 유우석 시의 여러 측면 가운데서도 특히 이러한 문인시文人詩와 민가民歌의 결합은 그의 독창성을 대변해준다는 면에서 그의 가장 탁월한 성취로 지목되고 있으며 그의 위상을 결정짓는 중요한 요소로 작용하고 있는 것이다.

어려운 낱말

• 楊柳靑靑(양류청청) : 버드나무가 매우 푸르다. • 郎(랑) : 남자를 말함. • 唱歌聲(창가성) : 노래 부르는 소리. • 道是(도시) : 이것을 일러.

117
楊柳枝詞 ❶ | 劉禹錫유우석
양 류 지 사

華萼樓前初種時에 美人樓上鬪腰肢라.
화 악 루 전 초 종 시 미 인 루 상 투 요 지

如今抛擲長街裡에 露葉如啼欲恨誰오?
여 금 포 척 장 가 리 노 엽 여 제 욕 한 수

〖풀이〗 버드나무 가지 노래 ❶

화악루 앞에 버드나무 처음 심을 때
미인이 누 위에 올라 제 허리와 견주네.
지금 같이 오랜 세월 거리에 버려두었으니
이슬 젖은 이파리 누구의 한으로 우는가?

〖감상〗

버드나무를 노래한 시다. 중국 사람은 버드나무를 좋아하는 모양이다. 이별할 때도 버드나무 가지를 꺾어주니 말이다. 수나라 시대 '화악루' 앞에 버드나무를 심었는데 궁녀들이 그의 허리와 버드나무의 굵기를 견주더니, 지금은 버드나무가 너무 커서 늙고 병들어 이슬에 젖으면 마치 눈물 젖은 것 같다고 표현하고 있다. 세월의 무상함을 시인은 표현하고 있다.

도움말

이 역시 회고의 노래이다. 옛날 수나라가 전성시대에 버드나무를 처음에 화악루에 심었을 때, 누 위의 미인들이 그의 허리 가늘기가 버드나무 가지의 가늘기와 서로 다투어 비교하더니 이제 나무가 커서 거리의 버드나무가 노쇠하여 버렸으니 잎이 이슬에 젖어 완연히 우는 것 같고 누구를 원망과 한을 품은 것이 아닌가 하고 생각할 정도이다. 위의 2구절은 당년當年에 심을 때의 버드나무를 말하고 있으며, 아래 2구절은 버려진 버드나무 잎은 이슬에 젖어 물방울이 듣는 것이 마치 우는 것 같다고 말하고 있다.

어려운 낱말

• 花萼樓(화악루) : 수나라 누각의 이름. • 鬪腰肢(투요지) : 허리를 서로 견주어 비교함. • 抛擲(포척) : 던져버리다.

楊柳枝詞 ❷ | 劉禹錫유우석
양 류 지 사

煬帝行宮汴水濱에 數株殘柳不勝春이라.
양 제 행 궁 변 수 빈 　 수 주 잔 류 불 승 춘

晩來風起花如雪하니 飛入宮牆不見人이라.
만 래 풍 기 화 여 설 　 비 입 궁 장 불 견 인

〖풀이〗 버드나무 가지 노래 ❷

변수가 있는 물가의 양제의 행궁에
몇 그루 버드나무는 봄빛을 이기지 못하네.
해질 무렵 바람 이니 버들 꽃이 눈과 같아서
궁전 안으로 날아드는데 그때 사람은 보지 않네.

수양제(隋煬帝)

〖감상〗

변수의 양쪽의 언덕 위에는 수양제가 즐기던 행궁行宮이 남아 있다. 그 곳에는 당시에 둑을 따서 심었던 버드나무 중 몇 그루가 남아있어 봄바람을 견디지 못하는 듯 휘날리고 있었다. 저물녘이 되어 바람이 불어오자 이 버들개지들이 눈처럼 사방에 흩어져 궁전 담 안에까지 날아드는 것은 옛날과 다름이 없는데, 당시 궁전 안에서 즐기던 그 사람들은 보이지 않는다.

도움말

그 당시 봄을 즐기던 사람은 다 죽고 없어도 변수汴水 물가의 행궁이 있던 자리는 봄이 되자 어김없이 버들에 물이 오르고 버들개지 흩날린다. 아름다운 봄 풍경 속에 흥망성쇠의 무상함을 조화시킨 민간 가요풍歌謠風의 작품이 이 양류지사이다.

어려운 낱말

• 楊柳枝詞(양류지사) : 수양제의 고적을 방문하고 그 감회를 노래한 것. • 煬帝行宮(양제행궁) : 수양제의 離宮(이궁). • 不勝春(불승춘) : 봄빛을 견디지 못한다. 봄기운을 주체하지 못 한다는 뜻. • 晩來(만래) : 저녁이 되어. 來는 어조사. • 宮牆(궁장) : 궁전의 담.

118
阿嬌怨 | 劉禹錫유우석
아 교 원

望見葳蕤擧翠華하니 試開金屋掃庭花라.
망 견 위 유 거 취 화　　시 개 금 옥 소 정 화

須臾宮女傳來信하되 言幸平陽公主家라.
수유궁녀전래신 언행평양공주가

〖풀이〗 아교의 원망

바라보니 깃발 꽂고 임금님 행차로세
오실까 말까 방문 열고 뜰 앞까지 꽃을 쓸다.
잠시 후 궁녀가 와서 전하는 그 한 마디
평양공주 집에 행행行幸하신다고 말하고 가네.

〖감상〗

궁녀가 임금의 행차를 마음 깊이 기다리는 여인네의 심정이 잘 나타나 있다. 임금의 행차라는 말만 듣고 행여 자기에게 오지나 않나 하여 문을 열어놓고 뜰을 쓸고 하여 기다리는 궁녀의 마음은 간절하다. 그러나 잠시 후에 궁녀의 전하는 말이 양평공주에게 행차한다는 말을 전했다. 기대에서 실망은 여간한 슬픔이 아니었다.

도움말

아교阿嬌는 궁녀다. 임금의 행차를 바라는 까닭에 멀리서 깃털로 장식한 깃발을 보고 드디어 행행行幸하여 오는 줄 알고 마음속으로 기뻐하고 있었다. 취화翠華는 깃발 이름이니 푸른색 깃으로 꽂아서 더부룩하게 하여 '위유葳蕤' 라고 했다. 위유를 바라보니 가까워지고 있어 오실까 말까 문을 열고 꽃을 쓸고, 황제의 수레를 맞이하기를 조마조마 기다렸다. '전래신傳來信' 은 궁중의 말을 전하는 사람으로 서신을 전하려 왔다는 것이다. 평양공주는 아교 궁녀에 대해서 가장 질투를 많이 하고 있다. 이제 황제가 오지 않는 것은 좋지만 평양공주에게 가는 것은 불가하다는 질투와 원망으로 가득하다. 그래서 이 시의 제목에 '怨' 자가 놓여진 것이다.

어려운 낱말

• 蕤(유) : 드리워질(유), 땅 이름(생). • 葳蕤(위유) : 초목의 꽃이 아름다운 모양. 둥글래, 능소화. • 翠華(취화) : 깃털로 만든 깃발.

| 덧붙임 |

유우석(劉禹錫)

劉禹錫〔유우석; 772-842, 中唐(중당)〕: 강소성 蘇州(소주) 출생. 字(자)는 夢得(몽득). 21세에 進士(진사)와 博學宏詞科(박학굉사과)에 급제, 王叔文(왕숙문)과 알게 되어 그의 추천으로 屯田員外郞(둔전원외랑)이 되었다. 왕숙문이 실각하자 일파로 지목되어 광동성 連州刺史(연주자사), 호남성 郎州司馬(낭주사마)로 좌천되었는데, 이때 지방 민요의 향상을 위해 지은 〈竹枝詞(죽지사)〉 등은 당시 사람들에게 널리 애창되었다. 10년 뒤 중앙으로 소환되었으나 다시 권력자의 미움을 받아 連州刺史(연주자사)로 나갔다가 夔州(기주), 和州刺史(화주자사)를 역임. 13년 뒤 중앙으로 돌아와 잠시 主客郎中(주객낭중), 禮部郎中(예부낭중) 등을 맡았다가 다시 蘇州(소주), 汝州(여주), 同州(동주) 등의 刺史(자사)로 떠돌다가 8년 뒤 소환되어 太子賓客(태자빈객)이 되었다. 그가 죽은 뒤에 兵部尙書(병부상서)가 追贈(추증)되었으며 劉夢得文集(유몽득문집) 40권, 800여 수의 시가 전한다.

119
登, 樂遊原 | 杜牧두목
등 낙유원

長江澹澹孤鳥沒하니 萬古銷沉向此中이라.
장강담담고조몰 만고쇄침향차중

看取漢家何似業고? 五陵無樹起秋風이라.
간취한가하사업 오릉무수기추풍

〖풀이〗 낙유원에 올라

장강은 흐르고 새는 외롭게 날아서 멀어져 가니
만고에 사라져 침잠하는 것이 모두 이 가운데 있네.
한가漢家 왕업 사백 년이 어찌 이와 같을꼬
오릉五陵에 나무 없어 가을바람 소소히 일어나네.

〖감상〗

장강長江은 담담하게 흐르고 새는 날아 사라져 가는데 만고에 가버린 것이 모두 여기에 있는 듯하다. 한나라의 왕업이 어찌 이와 같을꼬? 하고 깊이 탄식하는데 오릉에 가을바람 일어 사람으로 하여금 짙은 회포에 잠기게 한다.

도움말

낙유원樂遊原에 올라 회고하면서 지은 작품이다. 담담하게 흘러가는 장강長江을 바라보는 그 가운데로 외롭게 날고 있는 새는 나타났다가 또 사라져 가니, 만고에 모든 일이 없어지고 사라지는 가운데 이 같은 감회를 어찌 금할 수 있으랴. 한가漢家 4백여 년의 성쇠를 지금 와서 어찌 같을 수 있으리오. 한나라의 오릉五

陵에 송백松柏이 없어 소소한 가을바람이 일고 있을 따름이다. 천년 그 이후에도 사람으로 하여금 허허한 느낌이 어찌 없겠는가.

어려운 낱말

• 樂遊原(낙유원) : 장안 서남쪽에 있는 언덕. • 澹澹(담담) : 물이 흘러가는 모양. • 鎖沉(쇄침) : 닫아 침잠함. • 漢家(한가) : 한나라 왕조. • 起秋風(기추풍) : 가을바람이 일어남.

120
漢江 | 杜牧두목
한 강

溶溶漾漾白鷗飛하고 綠淨春深好染衣라.
용 용 양 양 백 구 비 녹 정 춘 심 호 염 의

南去北來人自老하고 夕陽長送釣船歸라.
남 거 북 내 인 자 로 석 양 장 송 조 선 귀

〖풀이〗 한강

물결 넘실넘실 흐르는 곳에 흰 갈매기 날고
봄 깊어가니 물 맑고 푸르러 옷조차 물들겠네.
남북으로 오가다 보니 사람 절로 늙어버리고
석양에 멀리 돌아가는 고깃배를 떠나보내누나.

〖감상〗

한수漢水를 거슬러 올라가며 눈앞에 펼쳐지는 아름다운 봄빛과 관직에 매인 몸으로 10년간 장안과 강남을 오르내리는 지난 일을 회고하며 인생의 무상함을 노래하고 있다. 이 시의 전반은 서경 위주로 한강의 푸른 물결과 강 위를 날고 있는 백구의 모습을 대비시켜 한강의 봄을 부각했으며, 후반은 자신의 감회를 읊은 것으로 이제까지 정치적으로 뚜렷하게 이루어 놓은 것이 없음을 가슴 아파하고 있다.

도움말

이는 한강을 건너면서 지은 작품이다. 그는 장안으로 돌아갈 때 배를 타고 장강 한수長江漢水를 거슬러 올라가며 양양襄陽, 남양南陽, 무관武關, 상산商山을 지나 장안으로 향했다. 그는 상경 길에 주변에 펼쳐진 강물을 감상하며 자신의 정회를 시에 담았으니 먼저 저 한수漢水를 지나며 그곳의 아름다운 경치를 노래한 시이다.

어려운 낱말

• 溶溶漾漾(용용양양) : 물결이 넘실거리며 흐르는 모양. • 染衣(염의) : 옷에 물이 들다.

121
泊, 秦淮 | 杜牧두목
박 진 회

烟籠寒水月籠沙하고 夜泊秦淮近酒家라.
연 농 한 수 월 농 사　　야 박 진 회 근 주 가

商女不知亡國恨하여 隔江猶唱後庭花라.
상 녀 부 지 망 국 한　　격 강 유 창 후 정 화

〖풀이〗 진회秦淮에 배를 대며

안개 낀 차가운 물, 모래 위에 달이 비치고
밤에 진회에 배를 대니 술집이 가깝구려.
술집 아가씨가 망국한을 알지 못해서
강을 사이에 두고 후정화後庭花를 부르고 있네요.

〖감상〗

달빛조차 몽롱한 물가에서의 밤의 환락경을 노래하고 있다. 그 속에서 애처로운 망국의 노래를 듣고 애수를 느낀다. 우선 첫 구절의 늦가을의 하룻밤, 안개 어린 물가와 하얗게 달빛 비치는 모래사장을 배경으로 감미로운 애수를 느끼고 있다. 술집에 종사하는 여자들이 어찌 망국의 한을 알리오마는 무심하게 '후정화곡'을 부르고 있었다.

도움말

진회秦淮는 지금의 강녕부江寧府 회청하淮清河이다. 강물의 색깔이 푸른색이기에 연롱烟籠이라고 하였고, 달과 모래가 하얗기 때문에 '월롱月籠'이라고도 했다. 이 밤에 진회秦淮에 와 닿는 아름다운 경관이 볼만했다. 술집 가까이는 맑은 물이 닿아 있고, 배를 정박하니 술집에서 노랫소리가 바람을 따라 들려온다. 술 파는 주모는 누군지는 알지 못해도 그는 노래를 잘 부를 줄 아는 걸 보니 어찌 노래의 사연을 알지 못하리오. 시인 두목이 강을 사이에 두고 들어왔거늘 후정화곡後庭花曲이 후주망국의 노래임을 알고 있었으며, 다시 유한 무한한 망국의 감정이 그 속에서 느끼고 있었다.

어려운 낱말

• 烟(연) : 안개. • 籠(농) : 자욱이 끼다. • 秦淮(진회) : 진나라 때 만들어진 운하

이름. 지금의 남경에 있던 花柳街(화류가). • 商女(상녀) : 창녀. 술집 아가씨. • 後庭花(후정화) : 玉樹後庭花(옥수후정화)라는 가곡의 약칭.

*陳(진)의 後主(후주) 진숙보(583-589)가 지었으며, 후주는 밤낮 이런 가곡을 연주하면서 주색에 잠겨 지내다가 마침내 수나라에 멸망했다는 망국의 가곡.

122
赤壁 | 杜牧두목
적 벽

折戟沉沙鐵未銷하여 自將磨洗認前朝라.
절 극 침 사 철 미 소 자 장 마 세 인 전 조

春風不與周郎便이면 銅雀春深鎖二喬리라.
춘 풍 불 여 주 랑 편 동 작 춘 심 쇄 이 교

〖풀이〗 적벽

부러진 창 모래에 묻혔으나 쇠는 삭지 않아
내 이를 닦고 씻자 옛것이 분명하구나.
만약 동풍이 주랑을 돕지 않았던들
동작대의 늦은 봄에 이교二喬마저 갇혔으리.

〖감상〗

적벽전에서 6백 년 가까운 시간이 흐른 뒤에 쓴 작품. 첫 구절의 발상이 기발하다. '삼국지연의' 로 유명해진 한 장면을 작품화했는데, 바꾸어 말하면 소설적인 시의 세계라 할 것이다. 이 시는 형상화된 언어를 사용하여 간결 명쾌하게 묘사함으로써 그 형상이 생동적이고 선명하여 예술 처리상

성공을 거둔 작품이라 하겠다.

도움말

적벽은 오늘날 호북성 평기현蒲圻縣 서쪽 120리에 위치한 양자강의 남쪽 언덕인데 암석이 붉은색을 띠고 있다 하여 부르는 이름이다. 위의 2구절은 모래밭에 묻힌 부러진 창끝이 완전히 삭지 않았음을 발견하고 이곳이 당시의 전쟁터였음을 말하고 있으며, 아래의 2구절은 적벽대전에서 만일 동풍이 불지 않았다면 주유周瑜 군사는 조조 군사를 섬멸할 수 없었을 것이고, 오히려 조조 군에 패하여 아름다운 미인 이교二喬마저 조조에게 빼앗겨 동작대銅雀臺에 갇혔을 운명임을 말하고 있다.

어려운 낱말

• 赤壁(적벽) : 호북성 가어현 양자강 연안에 있는 지명. 삼국시대에 적벽전이 있었던 곳. • 折戟(절극) : 끊어진 창. • 沉沙(침사) : 모래 속에 묻히다. • 周郞(주랑) : 오나라의 주유. • 銅雀臺(동작대) : 조조가 위나라의 서울에 세운 대의 이름. • 二喬(이교) : 형주 橋公(교공)의 두 딸. 절세미인으로 언니는 孫策(손책)의 아내가 되었고, 동생은 주유의 아내가 되었다.

적벽(赤壁)

123
秋夕 | 杜牧두목
추 석

銀燭秋光冷畵屛하고 輕羅小扇撲流螢이라.
은 촉 추 광 냉 화 병 경 라 소 선 박 류 형

天階夜色凉如水하여 臥看牽牛織女星을-.
천 계 야 색 양 여 수 와 간 견 우 직 녀 성

〖풀이〗 가을 저녁에

은 촛불 서늘한 빛은 차갑게 병풍을 비추고
가벼운 비단 부채로 흐르는 반딧불을 날리네.
높은 계단 밤의 빛깔 서늘하여 물과 같은데,
누워서 쳐다보네, 저 견우성과 직녀성을.

〖감상〗

외롭게 살고 있는 궁녀가 가을밤을 맞아 은 촛불의 차가운 밤을 홀로 지새운다는 궁원宮怨의 노래이다. 가볍게 흔드는 부채 끝에 반딧불이 날아다니고 높은 계단의 서늘한 밤공기가 한층 서늘하여 외로움을 느끼게 한다. 누워서 하늘을 쳐다보니 견우성과 직녀성이 은하수를 사이에 두고 사랑을 나누는데 우리 궁녀의 외로움을 누가 알아주랴.

도움말

이 작품 역시 궁원宮怨을 노래하고 있다. 가을 저녁을 맞이하여 은 촛불이 휘황하게 가을빛을 비추고 그림 병풍은 가을이 차가운데, 궁인인 이 사람은 손에 비단 부채를 들고서 반딧불이 흐르는 것을 날리니, 이 또한 근심을 녹이는 일이다. 높은 계단, 밤의 색깔이 차갑기가 물과 같아서 가을밤의 기운을 깨닫겠구나. 이에 주렴 안에 누워서 견우성과 직녀성을 우러러보고 마음에 탄식하여 말하기를, 저 견우와 직녀성은 각자 은하수의 동서에 있으나 해마다 칠월 칠석이면 오히려 한 번씩은 만나지만 박명薄命한 나는 한을 머금고 홀로 있을 뿐이라고 했다.

어려운 낱말

• 秋夕(추석) : 단순한 가을 저녁이라는 뜻. 우리의 '추석'과는 개념이 다름. • 輕羅(경라) : 가벼운 비단. • 小扇(소선) : 작은 부채. • 牽牛織女(견우직녀) : 칠석에 만난다는 견우와 직녀.

124
宮怨 | 杜牧두목
궁 원

監宮引出暫開門하니 隨側雖朝不是恩이라.
감 궁 인 출 잠 개 문　　수 측 수 조 불 시 은

銀鑰却收金鎖合하니 月明花落又黃昏이라.
은 약 각 수 금 쇄 합　　월 명 화 락 우 황 혼

〖풀이〗 궁인 원한

회감궁에 나와 잠시 문을 여니
곁을 스쳐 조회에 나오는 건 은총은 아니로세.
은잠을 쇠 문득 거두고 금잠을 쇠로 잠그니
달 밝아 꽃이 지고 또 황혼이 다가오네.

〖감상〗

궁인의 회한을 표현한 글이다. 조회에 참석하러 가는 임금을 멀리서 바라보고 있을 뿐 가까이 가서 모시지 못하는 안타까움이 잘 나타나 있다. 조회를 파하고 옛날처럼 문에 들어오고 감궁監宮이 문득 은색 자물쇠를 잠그고 그 위에다 쇠붙이로 또 잠그니 이때는 정말 궁중의 비참함이 다시 시작되었다. 이 문에 한 번 들어오면 또 어느 날에 다시 나올 것인지 알지 못할 것이다.

도움말

궁인이 장문長門을 닫아 잠그고 있으면 조회하러 임금님이 회감궁澒監宮을 나와 지나가는 일이 가끔 있기도 하다. 문은 늘 닫혀있는 까닭에 다만 잠시 얼굴을 바라볼 따름이다. 이때에 비록 한동안 천안天顔(황제의 얼굴)을 가까이할 수 있으나 궁인의 마음속에 은총의 뜻은 드물 뿐이다. 특은特恩이 있는 것은 아니었다. 이미 은혜가 아니고 정말로 꼭 원한을 만들뿐이었다. 궁인이 적막을 지키고 문이 열리는 것을 깨닫지 못하고 오히려 마음의 수심을 움직이니 어찌하면 좋을까? 문을 닫은 이후에 잠을 자고자 하나 잠을 이루지 못하고 다만 별궁에 가득한 밝은 달과 빈 뜰에 꽃이 지고 있으니, 이 처량함을 어쩔 수 없어 그냥 의연하게 여기에 앉아 있을 뿐이다.

어려운 낱말

• 監宮(감궁) : 임금이 거처하는 궁궐의 명칭. • 銀鑰(은약) : 은으로 만든 자물쇠. • 金鎖合(금쇄합) : 금으로 만든 잠금 쇠. 잠금 쇠의 미화.

125
寄, 揚州, 韓綽判官 ‖ 杜牧두목
기 양주 한작판관

青山隱隱水迢迢하니 秋盡江南草木凋라.
청산은은수초초 추진강남초목조

二十四橋明月夜에 玉人何處教吹簫오?
이십사교명월야 옥인하처교취소

〖풀이〗 양주의 한작韓綽 판관에게 보내다

청산 은은하고 물은 아득히 먼데
가을 끝난 강남에는 초목이 말라있었네.
이십사교二十四橋 밝은 달빛 비춰오는 이 밤에
옥인玉人은 어느 곳에서 퉁소를 불게 하나?

〖감상〗

제목이 '양주에 있는 한작 판관에게 준다.' 로 되어 있다. 한작이 누구인지는 알지를 못하다. 그리고 이 시는 양주의 경치를 읊은 작품이다. 은은하게 푸른 산, 아득히 흘러가는 강물, 이런 아름다운 자연환경 속에 가을이 오니 강남에는 풀이 마르고 곧 겨울이 찾아올 것이다. 24교의 다리 위에 밝은 달이 비치는 밤, 미인은 어디에서 이 퉁소를 불고 있을까?

도움말

일통지一統志의 양주揚州 이십사교二十四橋는 부성府城에 있었다는데, 수나라 때 성문 저잣거리에 마련해 둔 것이라 말하고 있다. 뒤에 한영곤韓令坤이 고을에 성을 쌓고 특별히 교량을 세우고 24교橋라고 말했다지만 고찰하기는 어려운 일이다. 위의 2구절은 산이 은은하고 물이 아득히 멀리 흘러가는 모양과 강남에 가을이 끝나고 초목의 잎이 모두 떨어지고 있음을 말하고 있다. 아래 2구절은 24교의 밝은 달 비치는 밤에 옥인玉人이 어느 곳에서 통소를 불게 하고 있는가.

어려운 낱말

• 韓綽判官(한작판관) : 한작은 인명이요, 판관은 그의 벼슬. • 綽(작) : 너그러울(작). • 隱隱(은은) : 희미하여 분명하지 않음. 가리어져 있는 모양. • 迢迢(초초) : 아득히 먼 모양. 까마득히 높은 모양. • 玉人(옥인) : 미인. 옥과 같이 아름다운 모양.

126
送, 隱者 | 杜牧두목
송 은 자

無媒徑路草蕭蕭하니 自古雲林遠市朝라.
무 매 경 로 초 소 소 자 고 운 림 원 시 조

公道世間惟白髮하니 貴人頭上不曾饒라.
공 도 세 간 유 백 발 귀 인 두 상 부 증 요

〖풀이〗 은자隱者를 보내면서

좁은 오솔길에 풀이 쓸쓸히 흔들리니

예로부터 한적한 숲 속에는 세속과는 멀었네.

이 세상 백발은 오직 인간의 길이니

귀인의 머리 위에는 일찍 풍요롭지 않았네.

〖감상〗

시인 두목이 은자隱者를 보내면서 지은 내용의 시이다. 좁은 오솔길 풀은 바람에 흔들리고 이 좁고 한적한 숲 속은 인간과 멀리 떨어져 있었다. 인간에게 찾아오는 것은 오직 백발인데, 이것을 막을 수 없는 일이다. 더구나 은자는 세상을 등진 사람이니 부귀와 영달과는 아예 생각지도 않았을 것이다.

도움말

이 시는 두목이 은자隱者를 보내면서 지은 작품이다. 좁은 오솔길에는 풀이 쓸쓸히 흔들리고 은자가 살고 있던 구름 덮인 숲 속에는 멀리 인가는 막혀있으니 예로부터 세속과 은자는 다르다는 것을 말했다. 백발은 세상에서 누구나 겪는 길인데 귀천을 구애받지 않았으니 누구나 같은 모양이요 빈천에 치우치지 않고 부귀한 사람도 이에 다름없이 같을 것이니 공과 사가 없으므로 공도公道라고 말하고 있다.

어려운 낱말

• 隱者(은자) : 학식은 있으나 세상과 등지고 사는 사람. • 蕭蕭(소소) : 쓸쓸한 바람소리. • 無媒徑路(무매경로) : 막힘이 없는 작은 오솔길. • 雲林(운림) : 한적한 숲 속.

127
將赴, 吳興, 登, 樂遊原 | 杜牧두목
장부 오흥 등 낙유원

淸時有味是無能하고 閑愛孤雲靜愛僧이라.
청시유미시무능 한애고운정애승

欲把一麾江海去하니 樂遊原上望昭陵이라.
욕 파 일 휘 강 해 거 　　　낙 유 원 상 망 소 릉

〖풀이〗 **낙유원樂遊原에 오르다**

- 오흥과 함께

맑을 때 흥미는 있으나 이 또한 무능하고

한가하게 떠가는 구름의 정적을 스님은 좋아하네.

한 번 잡아 휘둘러 강과 바다가 떠나가니

낙유원 언덕 위에서 소릉昭陵을 바라보네.

당(唐) 태종(太宗)의 소릉(昭陵)

〖감상〗

시인 두목이 오홍과 함께 낙유원에 올라서 느낌을 표현한 작품이다. 낙유원의 맑고 깨끗함을 노래하면서 시인의 심오한 심적 변화를 표현하고 있다. 즉, 한때의 맑음은 흥은 있으나 오히려 잘 안되고, 하늘에 떠가는 한가한 구름을 산승山僧은 좋아한다는 생각을 하게 된다. 그러나 3, 4구절에 와서는 강과 바다의 변화를 통해 언덕 위의 소릉을 바라보고 자기의 감회를 적고 있다.

도움말

두목杜牧이 사훈원외랑司勳員外郎이 되었을 때 오흥吳興은 호주자사湖州刺史가 되었다. 소릉昭陵은 당태종이 구준산九峻山에 능을 만드니 예천醴泉 북쪽 50리에 있었다. 위의 2구절은 맑은 때의 낙유원을 말하고, 아래 2구절은 소릉昭陵을 바라보는 뜻을 말하고 있다.

어려운 낱말

- 樂遊原(낙유원) : 장안 서남쪽에 있는 언덕. • 麾(휘) : 대장기(휘), 휘두르다.
- 昭陵(소릉) : 당 태종이 구준산에 만든 능.

128
江南春 | 杜牧두목
강 남 춘

千里鶯啼綠映紅하고 水村山郭酒旗風이라.
천 리 앵 제 녹 영 홍 수 촌 산 곽 주 기 풍

南朝四百八十寺는 多少樓臺烟雨中이라.
남 조 사 백 팔 십 사 다 소 누 대 연 우 중

〖풀이〗 강남의 봄

천리 길에 꾀꼬리 울면 푸르고 붉은 꽃이 피어나고
물가의 마을, 산중의 촌락에 술집 깃발이 펄럭이네.
남조 시대 세워진 사백팔십 개의 절은
수많은 집들이 안개와 빗속에 흐릿하게 보인다.

〖감상〗

강남의 춘경을 읊은 시 가운데 이 시가 가장 명작으로 알려져 있다. 전반은 맑게 갠 날의 농촌 풍경이고, 후반에는 옛 서울에 비가 내리고 있다. 작자는 이 짧은 시 구절 속에 '강남의 봄' 이라는 말이 지닌 이미지를 전체에 부어 넣고 있는데, 밝은 농촌 풍경과 회고의 정이 혼연일체가 되어 강남 지역의 봄날의 정경을 잘 묘사하고 있다.

도움말

이 작품은 강남의 아름다운 봄빛을 노래하고 있다. 십 리 길에 꾀꼬리 울고 동산 숲이 인접해서 붉고 푸른 예쁜 꽃들이 피어 서로 어울려 비쳐오고, 강 마을과 산촌에는 술집을 알리는 깃발이 꽂혀 있었다. 남조南朝로부터 큰절이 사백팔십 개나 되었는데 지금에 이르러도 오히려 여러 건물들이 많고 연기와 숲의 경치가 육조의 아름다운 모습이 눈앞에 완연하다. 위의 2구절은 경치의 아름다운 광경을 말했고, 아래 2구절은 남조의 사찰이 융성했음을 말하고 있다.

어려운 낱말

• 江南(강남) : 양자강 남쪽 지역으로 浙江(절강), 江蘇(강소)의 경치 좋은 곳. • 綠映紅(녹영홍) : 나무의 초록색이 꽃의 빨강색에 비친다. • 水村山郭(수촌산곽) : 산중의 촌락과 물가의 성곽. 水郭山村(수곽산촌)으로 된 곳도 있다. • 南朝(남조)

강남(江南)

: 강남을 서울로 했던 宋(송), 齊(제), 梁(양), 陳(진)의 왕조(420-589)와 그 이전의 吳(오), 東晋(동진) 두 나라를 합쳐 육조(六朝)라고 함. 불교가 번성했던 시대. • 四百八十寺(사백팔십사) : 남조에서 세운 절이 많다는 것을 의미한다. • 多少(다소) : 많은 것을 나타내는 부사.

129

懷, 吳中, 憑秀才 | 杜牧두목
회 오중 빙수재

長洲苑外草蕭蕭하고 却算遊程歲月遲라.
장주원외초소소 각산유정세월지

惟有別時今不忘은 暮烟秋雨過楓橋라.
유유별시금불망 모연추우과풍교

[풀이] 빙수재를 그리워함

긴 물가 동산 밖에는 풀이 자라 쓸쓸한데
문득 생각하니 함께 놀던 세월 참 오래되었네.
오직 이별하던 그때를 지금도 잊지 못하는 것은
황혼 안갯속 가을비 내릴 때 풍교楓橋를 지날 때였지.

[감상]

친구인 빙수재憑秀才를 그리워하는 시이다. 그와 함께 놀던 장주長洲에는 풀이 바람에 쓸쓸히 흔들리니 그대와 함께 놀던 생각을 하니 세월이 무척 많이도 흘러갔구나. 그대와 이별할 때 잊지 못하는 것이 있으니 저물어 비안개 자욱한 풍교楓橋를 지나올 때였었지.

도움말

이는 빙수재憑秀才를 그리워하여 지은 작품이다. 긴 물가 동산 밖에 가을 풀이 쓸쓸하여 두루 놀던 과정을 계산하니 지나온 세월이 오래고 아름다웠구나. 이별하던 그때를 회상해서 지금에 와서 잊지 못하는 것은 저녁 안개 끼어 가을비 축축이 내릴 때 풍교楓橋를 지나올 때였구나. 위의 2구절은 함께 놀던 세월이 오래임을 말했고, 아래 2구절은 특별한 아름다운 경관을 말하고 있다.

어려운 낱말

• 懷(회) : 그리워하다. • 憑(빙) : 타다. 성(빙). 여기서는 사람의 姓氏(성씨)다. • 蕭蕭(소소) : 매우 쓸쓸함. • 却算(각산) : 문득 계산해보니. • 歲月遲(세월지) : 세월이 오래 되었음.

130
齊安郡, 後池 | 杜牧두목
제 안 군 후 지

菱透浮萍綠錦池하니 夏鶯千囀弄薔薇라.
능 투 부 평 녹 금 지 하 앵 천 전 농 장 미

盡日無人看微雨하니 鴛鴦相對浴紅衣라.
진 일 무 인 간 미 우 원 앙 상 대 욕 홍 의

〖풀이〗 제안군의 연못에서

마름과 부평초가 연못 위에 떠서 푸르니
여름 날 꾀꼬리 울어 장미꽃을 희롱하네.
종일토록 사람은 없고 이슬비만 내리니
원앙새 두 마리 마주보며 아름답게 목욕한다.

〖감상〗

이 시는 제안군의 연못을 보고 쓴 작품이다. 마름과 부평초가 떠있는 연못 위에 여름 철 꾀꼬리 울어서 장미꽃을 희롱한다는 표현이 시적 이미지를 더해준다. 하루 종일 오가는 사람 없는데, 부슬비만 부슬부슬 내려서 한가한 연못에는 물이 가득하고 원앙새 한 쌍이 물 위에 떠서 붉은 옷을 입은 채 정답게 목욕을 하듯 서로서로 희롱하고 있었다.

도움말

이는 연못의 경치를 읊어 지은 시이다. 이때가 여름철이어서 연잎과 부평이 좋고 꾀꼬리가 장미 위에 지저귀고 종일토록 사람 하나 오지 않는 곳, 이슬비 지루하게 내리는 가운데 원앙새 붉은 옷 입고 목욕하고 있으니 춘당의 경치가 한가하고 아름다울 뿐이었다. 위의 2구절은 꾀꼬리가 소리 내어 울고 있으니 적막하다는 분위기를 말했고, 아래 2구절은 원앙새가 물에서 놀고 있으니 무척 흥미롭다 했으니, 이것은 여름날 연못의 한가한 경치를 말하고 있다.

어려운 낱말

• 菱(능) : 마름. 연. • 囀(전) : 지저귈(전). • 弄薔薇(농장미) : 장미를 희롱함. • 微雨(미우) : 이슬비. • 浴紅衣(욕홍의) : 목욕하는 원앙새를 지칭함.

131
題, 城樓 | 杜牧두목
제 성 루

嗚軋江樓角一聲하고 微陽瀲瀲落寒汀이라.
명 알 강 루 각 일 성 미 양 염 렴 낙 한 정

不用憑欄苦回首하라 故鄉七十五長亭이라.
불 용 빙 난 고 회 수 고 향 칠 십 오 장 정

〖풀이〗 성루에 올라

삐걱거리는 강루江樓에서 피리 소리 들리고
따뜻한 햇볕이 찬 물가에 넘쳐 떨어지누나.
난간을 비겨 괴롭게 머리를 돌리지 말라
여기서 고향이 이 천리가 훨씬 넘는다네.

〖감상〗

누에 올라 고향을 생각하며 감회에 잠기고 있다. 삐걱거리며 강가 누각에 올라가 멀리 바라보니 물결이 차갑게 넘실거리며 흘러가는데 고향은 더 먼 곳에 있어서 한결 고향 생각이 난다. 이 누각 난간에 몸을 기대어 서서 머리를 돌려 고향이 있는 곳으로 바라보니 너무도 아득하여 몇 천리나 된 듯 그리운 마음 향수에 젖고 있다.

도움말

이는 성루에 올라 느낀 회포를 적은 시다. 나팔소리가 강가 누각에 들리니 고향에 대한 향수를 이기지 못하고 따뜻한 햇볕이 물이 넘치듯 차가운 물가에 내리니 나그네 회포 더욱 비감을 자아내는구나. 여기서 고향 가는 길이 75장정이면 고향 산천이 멀리 있음을 알 것 같구나. 30리마다 장정이 있으면 75장정이면 이수는 2천2백5십 리나 되니 난간에 기대어 고향을 향해 머리를 돌리지만 어찌 바라볼 수 있으랴. 시인은 이것을 탄식하며 회포를 적은 시이다.

어려운 낱말

• 嗚軋(명알) : 삐걱거리는 소리. • 瀲瀲(염렴) : 물이 넘치는 모양. • 七十五長亭(75장정) : 30리가 1長亭(장정)이니, 75장정의 이수는 2천2백5십 리나 된다.

덧붙임

두목(杜牧)

杜牧〔두목; 803-852, 晩唐(만당)〕: 字(자)는 牧之(목지). 吏部員外郎(이부원외랑)으로부터 시작하여 그는 급제 후 홍문관 교서랑, 左武衛兵曹參君(좌무위병조참군)에 임명되었고, 江西(강서)로 나아가서 江西團練巡官代理評事(강서단련순관대리평사)직을 맡는다. 대화 7년에 吏部侍郎(이부시랑)에 임명되어 장안으로 돌아가니 觀察御使裏行書記(관찰어사이행서기)가 된다. 대화 9년에 감찰어사에 임명. 50세에 고향인 安仁里(안인리)에서 세상을 떠났다. 樊川文集(번천문집)이 남아있다.

132
龍池 | 李商隱이상은
용 지

龍池賜酒敞雲屛하니 羯鼓聲高衆樂停이라.
용 지 사 주 폐 운 병　　갈 고 성 고 중 락 정

夜半燕歸宮漏永하니 薛王沉醉壽王醒이라.
야 반 연 귀 궁 루 영　　설 왕 침 취 수 왕 성

〖풀이〗 용지龍池의 잔치

용지에 주연 베풀어 구름 병풍 둘러 펼쳤는데
갈고羯鼓 소리 높아지자 여러 음악 다 그쳤네.
한 밤 연회 후 돌아갈 때 궁중 물시계 소리 긴데
설왕薛王은 몹시 취했으나 수왕壽王은 깨어나 잠 못 이루네.

〖감상〗

이상은李商隱은 역사적 사실을 시화詩化하여 대담하게 당나라 황제를 풍자한 것으로 비판 정신이 강하게 반영되어 있다. 여기 이 '용지의 잔치'도 당나라의 궁중에 대한 비판이다. 현종과 그의 아들 수왕壽王 사이의 미묘한 심적 갈등을 표현하였으나 겉으로는 조금도 그런 낌새를 내비치지 않았다. 그리고 이 용지의 잔치에서 즐거운 환상이 있었고 잔치가 파하고 돌아가는 상태를 아무렇지 않게 표현하고 있다.

도움말

이는 '용지龍池'에서 잔치를 베푸는 광경을 묘사한 작품이다. 현종이 갈고羯鼓 치기를 지나치게 좋아해서 내시에게 일러 말하기를, 속히 화노火奴를 명하여 갈고羯鼓를 가지고 오라고 해서 자기 스스로 갈고를 두드렸다. 용지龍池 앞에 잔치를 베풀고 다른 모든 풍악을 정지하고 다만 갈고 소리만을 들을 뿐이었다. 밤중에 잔치를 끝내고 궁중의 누수漏水(물시계) 앞에 돌아오고 설왕薛王은 취해서 정신이 가물거리는 상태에 있고, 수왕壽王은 취했다가 이미 깨어나고 있었다.

어려운 낱말

• 羯鼓(갈고) : 두드리는 북의 한 종류. • 羯(갈) : 불알 깐 검은 양(갈). • 壽王(수왕) : 현종의 아들. * 楊玉環(양옥환) : 양귀비. 본래 수왕의 여자였는데 미모에 반해 현종이 귀비로 입궁시켰다.

133
瑤池 | 李商隱이상은
요 지

瑤池阿母綺牕開하고 皇竹歌聲動地哀라.
요 지 아 모 기 창 개 　 황 죽 가 성 동 지 애

八駿日行三萬里하니 穆王何事不重來오.
팔 준 일 행 삼 만 리 　 목 왕 하 사 부 중 래

〖풀이〗 요지

요지의 서왕모西王母 비단 창문 열어놓고
황죽의 노랫소리 땅을 치며 슬펐다네.
팔준마八駿馬는 하루 삼만 리를 간다는데
목왕穆王은 무슨 일로 두 번 다시 안 오는가?

〖감상〗

신선이 살았다는 전설의 못을 소재를 삼고 있는 시다. 첫 구절에 비단 창문을 열어놓고 황죽의 노랫소리 울려 퍼졌다고 하니 신비스런 분위기를 자아낸다. 여기에 한 술 더 떠서 삼만 리를 달린다는 팔준마가 등장하여 더욱 신비감이 감돈다. 전설에 목왕이 요지에서 잔치를 베풀고 돌아갔다는데, 어째서 한 번 간 목왕穆王은 다시 오지 않는가 하며 노래하고 있다. 모두 전설적인 소재인 요지에 관한 표현이니 신비스러울 것 밖에 없다.

도움말

황죽黃竹은 목천자전穆天子傳에서 천자가 노는 날에 날씨가 크게 추워 얼어 죽은 사람이 있었기에 천자가 3편의 시를 지어 슬퍼했다고 한다. 이르기를 '아조황죽부비한我徂黃竹負閟寒' 이라 하고, 사요史要에 이르기를, 목왕穆王이 요지에서 잔치를 베풀 때 서왕모西王母가 백운황죽요白雲黃竹謠가 있었다고 했다.
위의 2구절은 창문을 열고 황죽가를 부른 것을 말했고, 아래 2구절은 하루 삼만 리를 달리는 준마가 있거늘 목왕穆王이 달려오지 않으니 어찌된 영문인가 했다.

어려운 낱말

• 瑤池(요지) : ① 신선이 사는 연못. 곤륜산에 있다는 연못으로 옛날 穆天子(목천자)가 西王母(서왕모)를 만났다는 곳. ② 아름다운 연못. 궁중에 있는 못. • 阿母(아모) : ① 어머니를 정답게 부르는 말. ② 유모의 美稱(미칭).

134
咸陽 | 李商隱이상은
함 양

咸陽宮闕鬱嵯峨하니 六國樓臺艶綺羅라.
함 양 궁 궐 울 차 아 육 국 누 대 염 기 라

自是當時天帝醉하니 不關秦地有山河라.
자 시 당 시 천 제 취 불 관 진 지 유 산 하

〖풀이〗 함양

함양의 궁궐이 차아산으로 빽빽하게 솟았으니
6국의 누대樓臺가 기라綺羅처럼 아름다웠네.
이때에 진시황이 취하여 분간하지 못했으니
진나라 땅에 산하 있음을 관계하지 아니했네.

〖감상〗

이 '함양' 이란 시는 이상은이 진시황의 도읍지에 대한 생각을 피력한 작품이다. 6국을 멸하고 이주二周를 멸망시킨 다음에 시황제가 되어 아름다운 궁전 아방궁을 짓고 오장기五丈旗까지 세우고 보니 이 너무도 웅장하였다. 함양의 궁궐터는 하늘을 찌를 듯이 진시황의 기세도 하늘을 찔렀다. 그러나 황제로서 덕 있는 정치를 못하여 3세에 멸망하니 아무리 아름다운 산하가 있음을 무엇 관계하랴. 결국 시인은 덕 있는 정치를 바라면서 이 시를 쓴 것이다.

도움말

함양은 진나라의 도읍지이다. 진시황이 6국을 멸하고 이주二周를 먹은 다음에 대궁정大宮庭을 만들어 먼저 아방궁을 세웠으니, 이것을 궁전으로 할 양으로 위에는 오장기五丈旗를 세우고 보니 궁전의 웅장함이 이보다 더 융성함이 있었으랴! 함양의 궁궐은 차아산嵯峨山이 하늘을 찌르고 6국의 누대樓臺에 기라성처럼 아름다웠으나 덕 있는 정치를 펴지 못해 망하게 되었으니 어찌 임금된 자가 경계하지 않으랴.

진시황제(秦始皇帝)

어려운 낱말

• 咸陽(함양) : 진시황의 도읍지. • 嵯峨(차아) : 함양에 있는 차아산. • 艶綺羅(염기라) : 비단처럼 아름다움. • 綺羅星(기라성) : 아름다움이 뛰어나다. 높고 빛나는 별.

135
漢宮詞 | 李商隱이상은
한 궁 사

靑雀西飛竟未回하니 君王長在集靈臺라.
청 작 서 비 경 미 회 군 왕 장 재 집 영 대

侍臣最有相如渴하니 不賜金莖露一盃리요?
시 신 최 유 상 여 갈 불 사 금 경 로 일 배

〖풀이〗 한궁漢宮의 노래

파랑새 서쪽으로 날아가 마침내 돌아오지 않으니

임금님은 오래도록 집영대에 머물러 있었네.

모시는 신하 상여相如가 있어 소갈消渴병으로 죽으니
임금님이시여, 어찌 금경로金莖露 한 잔을 주지 않습니까?

〖감상〗

이 '한궁의 노래'는 시인 이상은이 한무제를 비판하고 있다. 신선을 구하는 한무제는 신선 구하기에 모든 힘을 기울었으나 결국 신선을 구하러 간 파랑새는 서쪽으로 날아가고 돌아오지 않았고, 임금은 집영대에서 신선이 오기를 기다리고 있었다. 그러나 끝내 파랑새도 오지 않고 신하인 상여는 당뇨병으로 죽고 말았는데, 신선을 구하기 전에 사랑하는 신하인 상여를 구해야할 것 아닌가! 하고 시인은 말하고 있다. 그 무병장수한다는 금경로金莖露 한 잔을 그에게 주지 않았다. 구선술求仙術이 얼마나 허황한가를 단적으로 보여준 시다.

도움말

이는 신선술神仙術을 구하는 일이 얼마나 허황한가를 말하고 있다. '청작靑雀'은 곧 '청조靑鳥'이니, 서왕모西王母에게 심부름을 다니는 새라고 한다. 전하는 말에 의하면, 한나라 무제가 서왕모를 만나서 삼 년쯤 뒤에 다시 왔다고 하나 그 뒤로 무제는 한번 죽고는 끝내 돌아오지 않았으니 이는 신선은 사실이 않음을 체험하지 않았는가. 무제가 신선을 갈망하여 집영대集靈臺를 세우고 오래도록 여기에 머물러 있어 신선 오기를 기다렸다. 사마장경司馬長卿(상여相如)이 무제를 가까이 모시고 있었는데, 당뇨병이 있어도 어찌 그것을 고쳐주지 못했는가. 임금님께서 구름 속에 이슬을 받아 화옥설和玉屑이란 약을 만들어 먹어서 장생長生을 얻었다니 그것이 효험이 있다면 어찌 상여相如에게 한 잔을 주지 않아 병을 고쳐주지 못했는가. 병 또한 고치지 못했는데 어찌 신선이 되기를 바라랴. 이때 헌종憲宗이 금단폭金丹暴을 먹고 죽었고, 목종穆宗도 그와 같이 했기에 시인 이상은은 시를 지어서 풍자하고 있는 것이다.

어려운 낱말

• 青雀(청작) : 파랑새. 서왕모에게 심부름 다니는 새. • 集靈臺(집영대) : 신선을 기다렸다는 대. 한나라 무제가 지었다. • 相如渴(상여갈) : 상여는 한무제의 신하. 渴(갈)은 소갈병으로 지금의 당뇨병.

136
吳宮 | 李商隱이상은
오 궁

龍檻沉沉水殿淸하고 禁門深掩斷人聲이라.
용 함 침 침 수 전 청　　금 문 심 엄 단 인 성

吳王宴罷滿宮醉하니 日暮水漂花出城이라.
오 왕 연 파 만 궁 취　　일 모 수 표 화 출 성

〚풀이〛 오吳나라 궁전

벽에 그려진 황룡이 침침하고 수궁전이 맑아있고
금단의 문 닫히고 사람 소리 끊어졌네.
임금님은 잔치 끝내고 뜰이 온통 취했는데
날 저물어 물 위에 꽃이 떠서 궁성宮城을 나오고 있었네.

〚감상〛

이는 오나라의 궁궐을 회고하고 당시의 모습을 풍간諷諫하고자 하는 것 같지만 잘 알지는 못한다. 오왕의 화려한 궁전과 신하들과 어울려 술에 취한 모습을 그대로 묘사하고 있다. 끝구에 '날 저물어 꽃이 물 위에 떠서 성을 나오고 있다' 는 것은 궁녀들을 상기하고 쓴 것이 아닐까?

도움말

이는 '오궁吳宮' 을 소재로 지은 작품이다. 오궁吳宮이라면 삼국지에 나오는 오나라 손권의 궁궐이 아닌가? 말하기를, 오나라 수궁전水宮殿이 깨끗하고 청량淸涼하여 용이 그려진 헌람軒欖이 침침하여 어두워지면 구중궁궐九重宮闕의 문들이 모두 깊어 문이 닫혀 사람의 소리가 끊어져 있었다. 이때 오왕吳王이 잔치를 끝내고 궁宮 안에 가득한 사람들이 바야흐로 취해 있었고, 서쪽하늘에 날이 이미 저물어 꽃은 물 위에 떠있고 모두 궁궐을 나서고 있었다.

어려운 낱말

• 吳宮(오궁) : 오나라 궁전. • 龍檻(용함) : 용이 그려진 헌함. • 禁門(금문) : 대궐. • 宴罷(연파) : 잔치를 파하다.

137
賈生 가생 | 李商隱이상은

宣室求賢放逐臣하니 賈生才調更無倫이라.
선 실 구 현 방 축 신 　 가 생 재 조 갱 무 륜

可憐夜半虛前席하니 不問蒼生問鬼神이라.
가 련 야 반 허 전 석 　 불 문 창 생 문 귀 신

〖풀이〗 가생賈生에게 귀신을 묻다

방 안에서 어진 이를 찾아 신하들을 쫓아내니
가생賈生이 재주는 있어도 도리어 윤리가 없었네.

가련 하구나 한밤중에 앞자리가 비었으니
창생의 귀신 물음을 다시 묻지 않았네.

〖감상〗

제목이 '가생賈生' 이다. 가생은 귀신에 관하여 매우 잘 아는 사람이었다. 그래서 한나라 효문제가 자주 가생에게 귀신에 관하여 물었다고 한다. 가생도 어진 신하의 한 사람이었다. 그러나 가생은 재주는 있어도 윤리가 없는 사람이라고 시인은 말한다. 결국 귀신 찾는 일은 허황한 일이라는 것이다. 그래서 제일 끝 연에서 창생의 귀신 물음을 다시는 묻지 않았다고 했다.

도움말

가생은 귀신을 잘 알고, 잘 다루는 인물이었다. 사기史記에 이르기를, 가생賈生이 황제에게 불려서 임금을 뵙게 되니 효문제孝文帝는 그때 방에 앉아있었다. 임금이 귀신에 대하여 근본을 물으니 가생이 귀신에 대하여 밤새도록 말해서 한밤중까지 이르렀다. 문제文帝가 말하기를 '내가 오래 가생을 보지 못해서 그곳에 가지 못했더니 이제까지 귀신에 관한 이해가 미치지 못했다.' 하고 말했다. 가생이 사랑을 얻어 일 년 안에 뛰는 듯 태중대부太中大夫에 이르렀으니 문제文帝가 어찌 귀신에 미혹되지 않았겠는가. 위의 2구는 어짊을 구하는 신하는 쫓아내고 가생의 재주만을 말하고, 아래 2구절은 백성의 다스림은 말하지 않고 귀신에 대한 물음을 안타까워하고 있다.

어려운 낱말

• 賈生(가생) : 사람 이름. 귀신을 다룰 줄 아는 사람. • 求賢(구현) : 어진 이를 구하다. • 才調(재조) : 재주를 말함. • 虛前席(허전석) : 앞자리가 비다. • 問鬼神(문귀신) : 귀신을 묻다.

138
四皓廟 | 李商隱이상은
사 호 묘

本爲留侯慕赤松하여 漢庭方識紫芝翁이라.
본 위 유 후 모 적 송 　 한 정 방 식 자 지 옹

蕭何徒解追韓信하니 豈得虛當第一功이라.
소 하 도 해 추 한 신 　 기 득 허 당 제 일 공

〖풀이〗 **사호묘四皓廟에서**

본디 유후留侯(장량)는 적송자(신선)를 사모하여
한나라 조정엔 그때 자지옹을 알고 있었지.
소하蕭何는 무리를 풀어 한신韓信을 좇았으니
어찌 허함을 얻어 첫째의 공로자가 되었으랴.

〖감상〗

한나라 고조가 4사람의 도움으로 천하를 통일하고 한나라를 건설했다. 바로 사호이다. 장량, 소하, 한신, 자지 이 사람들이다. 이 4사람의 사당을 만들어 놓았는데, 이상은이 이 '사호묘'를 찾아가서 당시의 한나라를 세우는데 공로가 있는 그들을 찬양하고 있다.

한신(韓信)

도움말

이 시는 상산商山에 있는 사호묘四皓廟에 대한 느낌이 있어 지은 작품이다. 장량張良이 폐태자廢太子에 대한 논란이 있을 때 이 4사람을 불렀기에 고조가 날개를 이미 갖추었으니 움직이기 어렵다고 해서 마침내 태자를 폐하지 못하니 장량의 공로를 소하蕭何에 비견하면 소하는 한신韓信을 따라갈 따름이었으니 어찌 첫째의 공로가 아니겠는가. 위의 2구절은 유후留候가 적송자赤松子(신선)를 따라갔기에 한나라 조정에서는 사호四皓를 알았다는 것을 말했고, 아래 2구절은 장량과 소하 2사람의 공이 한나라를 세워 두 사람의 공이 하나로써 간성의 재주를 구하니 그 공이 현격하게 다름을 말하고 있다.

어려운 낱말

• 四皓廟(사호묘) : ① 留侯(유후) ② 紫芝(자지) ③ 蕭何(소하) ④ 韓信(한신)을 모셔둔 사당. 상산에 있음. • 留侯(유후) : 장량. • 赤松子(적송자) : 신선. • 紫芝翁(자지옹) : 자지.

장량(張良)

139
元和甲午歲除, 書盡徵, 江上逐客 | 李商隱이상은
원화갑오세제 서진징 강상축객

雷雨湘江起臥龍하고 武陵樵客躡仙蹤이라.
뇌우상강기와룡 무릉초객섭선종

十年楚水楓林下에 今夜初聞長樂鐘이라.
십년초수풍림하 금야초문장락종

〖풀이〗 자연 속에 묻혀 사는 객신客臣을 부르다

소상강蕭湘江 우레 소리에 누웠던 용이 일어나
무릉도원의 초객樵客이 신선의 발자국을 밟는구나.
십 년 동안 아름다운 풍림의 자연 속에
오늘 밤 처음으로 길게 울리는 종소리를 듣고 있네.

〖감상〗

소상강 우레 소리에 잠자던 용이 일어난다는 것은 야무진 용기를 말하는 것 같고, 무릉도원은 초객이 신선의 발자국을 밟는다는 것은 무릉도원의 이상향을 찾아간다는 내용이다. 10년 세월 속에서 오늘 밤 저 즐거운 종소리를 처음 듣는다고 했는데 자연 속에 묻혀 사는 객신을 여기서 강상축객을 불러보자는 생각이다.

도움말

시의 제목이 '원화 갑오년 제야 일에 글을 써서 강상축객을 부른다' 로 되어 있다. 이때는 헌종 원화 갑오년甲午年이었다. 그 해 그믐날에 조서를 내리되 '진징강상지축객盡徵江上之逐客' 이라 했다. 위의 2구절은 소상강에 누운 용이 무릉도원의 초객樵客을 일으켜 깨워 구천의 궁궐에 나아감을 말했고, 아래 2구절은 초나라의 자연 풍광 속에 십 년 세월을 보내고 오늘 밤에 즐거운 종소리를 처음 들음을 말했다.

어려운 낱말

• 元和甲午(원화갑오) : 서기 814년 • 逐客(축객) : 쫓겨난 客臣(객신). • 躡(섭) : 밟을(섭). • 蹤(종) : 자취(종).

140
有感 | 李商隱이상은
유 감

非關宋玉有微詞하니 自是襄王夢覺遲라.
비 관 송 옥 유 미 사 자 시 양 왕 몽 각 지

一自高唐賦成後에 楚川雲雨盡堪疑라.
일 자 고 당 부 성 후 초 천 운 우 진 감 의

〖풀이〗 느낌이 있어

송옥의 미묘한 글 있음을 관계하지 않았으니
이는 양왕襄王의 꿈에서 깨어남이 늦어졌구나.
한 번 '고당부'를 완성한 다음에서부터
초나라 산천에 비와 구름이 의심스러움이 다할 따름이네.

〖감상〗

제목이 그냥 '느낌'이다. 이는 느낌을 여러 가지로 생각할 수 있다. 송옥의 글 '고당부' 를 보잘 것 없는 글이라 했다. 이것은 양왕이 늦게 깨달음이다. 한번 그의 고당부를 완성한 다음부터 초나라 산천의 운우雲雨가 의심스러울 따름이라고 했다.

도움말

이는 송옥의 사부詞賦에 느낌이 있어 지은 것이다. 이는 송옥의 '징사徵詞' 있음을 관계하지 않음을 말하고 있는 것이다. 양왕襄王이 꿈에서 깨어나는 것이 지완遲緩하여 송옥이 고당부高唐賦를 완성한 뒤에 초나라 산천에 구름과 비가 다했다 하니 이것은 마음속에 의심스러움이 있을 따름이다. 위의 2구절은 송옥宋玉이 양왕襄王과 관계없음을 말했고, 아래 2구절은 송옥의 시부詩賦에 운우雲雨가 의심스러움을 말했다.

참고사항

宋玉(송옥)은 전국시대 楚(초)나라의 시인. 자는 子淵(자연), 屈原(굴원)의 제자. 굴원이 쫓겨남을 九辨(구변)을 지어 슬퍼하고, 招魂(초혼), 風賦(풍부), 高唐賦(고당부), 神女賦(신여부) 등이 있다. 六朝(육조)의 詩風(시풍)을 세웠다.

141
嫦娥 | 李商隱이상은
항 아

雲母屛風燭影深하고 長河漸落曉星沉이라.
운 모 병 풍 촉 영 심 　 장 하 점 락 효 성 침

姮娥應悔偸靈藥하고 碧海靑天夜夜心이라.
항 아 응 회 투 영 약 　 벽 해 청 천 야 야 심

〖풀이〗 항아

운모병풍에는 촛불 그림자 그윽하고
은하수는 점점 기울어 새벽 별은 지고 있다.
항아는 아마도 영약 훔친 것을 후회하고
푸른 바다 푸른 하늘을 밤마다 서러워하리.

〖감상〗

항아는 전설적인 인물이다. 지금 달나라에서 살고 있을 것이다. 남편이 서왕모에게 얻은 불로장생약을 훔쳐 달로 달아났으니 아직도 달나라에 살고 있을 것이다. 시인 이상은은 전설적인 내용으로 이 시를 썼다. 지금 달에 가 있는 항아가 후회하고 지금쯤 이 땅을 내려다보고 있을 것이다. 근래 중국의 인공위성의 명칭을 '항아 嫦娥' 라고 붙인 것은 이 전설적인 이야기가 과학으로 승화된 일의가 있는 명칭일 것이다.

항아(姮娥)

도움말

이는 항아의 거처에 운모병풍을 둘렀고 촛불의 그림자가 깜박거리며 깊어가니 밤이 오래되었음을 알 수 있다. 하늘을 가로질러 흐르는 긴 은하수는 점점 아래로 떨어지고 반짝거리는 새벽 별은 점점 침몰해 가니 이는 한밤중의 광경이었다. 이때 항아는 묘약을 훔친 것을 참회해서 푸른 바다와 청천에 있는 이 마음을 어찌 밤마다 견딜 수 있으랴.

어려운 낱말

• 嫦娥(항아) : 姮娥(항아), 羲娥(희아)라고도 하며, 남편이 서왕모에게 얻은 불로장생약을 훔쳐 달로 달아났다는 夏(하)나라 羿(예)의 아내로서 전설적인 여인임. • 長河(장하) : 은하수 • 偸(투) : 훔칠(투). • 夜夜心(야야심) : 밤마다 서러워하는 마음.

142
宮詞 (궁 사) | 李商隱이상은

君恩如水向東流하여 得寵憂移失寵愁라.
군 은 여 수 향 동 류 득 총 우 이 실 총 수

莫向尊前奏花落하라 涼風只在殿西頭라.
막 향 존 전 주 화 락 양 풍 지 재 전 서 두

〖풀이〗 궁녀들의 노래

임금의 은혜는 동으로 흐르는 물과 같아서
은총을 얻으면 잃을까봐 걱정되네.
임금님 앞에 화락花落의 노래를 부르지 말라
서늘한 바람은 다만 궁전의 서쪽 머리에 있음이로다.

〖감상〗

이는 궁녀들의 서러움을 노래하고 있다. 군주의 은총이 마치 물이 흐르는 것 같아서 이리 흐르면 은총을 잃고, 저리 흘러도 역시 은총을 잃게 된다. 그래서 궁녀들은 항상 근심과 걱정 속에 살게 된다. 언제 군주의 은총을 잃을까 걱정이니 항상 서늘한 바람만이 궁전 서쪽 머리에 불고 있다고 했다.

도움말

이 역시 궁중 궁녀들의 원한 맺힌 시의 하나이다. 임금의 사랑은 동으로 흐르는 물과 같아서 은혜를 잃으면 물이 흘러 가버린 뒤의 구름처럼 공허한 일이 되는 것이다. 무릇 사람의 정이란 사랑을 얻으면 다른 사람에게 빼앗길까봐 걱정이 되고, 또 사랑이 옮겨갈까 봐 두렵다. 임금의 사랑을 잃으면 근심으로 속을 끓여서 원망을 하여 말지 않는다. 임금 앞에 '화락花落'의 장을 연주하지 말라. 서늘한 바람은 다만 궁전의 서쪽 머리에 불고 있을 뿐이다. 이 모두 원망하고 탄식하는 것이 간절함을 이르는 것이다.

어려운 낱말

• 君恩(군은) : 임금의 은총. • 失寵愁(실총수) : 은총을 잃을까 걱정함. • 花落(화락) : 노래의 한 章(장), 즉 '화락장' 을 말함.

143
過, 楚宮 (과 초 궁) | 李商隱이상은

巫峽迢迢舊楚宮하니 至今雲雨暗丹楓이라.
무 협 초 초 구 초 궁　　지 금 운 우 암 단 풍

浮雲盡戀人間樂하니 只有襄王憶夢中이라.
부 운 진 련 인 간 락 지 유 양 왕 억 몽 중

〖풀이〗 **초궁楚宮을 지나며**

무협巫峽 아래 아득히 솟은 옛 초나라 궁궐
지금은 비구름 속 어두운 단풍 빛이로다.
뜬구름 사랑 다한 곳에 인간의 즐거움 있으니
지금은 다만 양왕襄王의 꿈속에서나 기억하리로다.

〖감상〗

이 시는 회고시다. 무협 아래에 있었던 궁전은 아직도 높이 솟은 듯이 있다. 그러나 지금은 비구름 속에 어두운 단풍 빛으로 남아 있다. 뜬구름 속에 인간이 살아 있듯이 그래서 양왕이 비구름 속의 오늘은 어디에 있다고 말하겠느냐? 강물은 동쪽으로 느리게 흐르니 밤에 물소리가 그런 뜻을 지금에 일러주는 것과 같다고나 할까?

도움말

무협은 옛날과 같고 그 아래는 초나라 궁궐은 남아 있었다. 비구름 속에 단풍이 드니 공중에 뜬구름 같아서 인간의 즐거움을 더해준다. 그러나 너무나 연연하여 잊지 못하는 까닭에 꿈속에서만 양왕襄王을 기억할 따름이었다. 이 역시 회고시로서 아침저녁 비구름을 내려 옛날과 다름없이 방불하고 양왕은 고당高唐에서 놀았으니 그것이 어제와 오늘이 같다고 할 것이다.

어려운 낱말

- 巫峽(무협) : 협곡의 이름. 四川省(사천성) 巫山縣(무산현)의 동쪽, 湖北省(호북

삼협(三峽)

성)과 巴東縣(파동현)의 경계에 있다. 양쪽의 절벽이 매우 험준하며 西陵峽(서능협), 瞿塘峽(구당협)과 더불어 三峽(삼협)이라 일컬어진다. • 迢迢(초초) : 아득히 먼 모양. 까마득히 높은 모양. 원한 따위가 끈질긴 모양.

144

夜雨寄北 | 李商隱이상은
야 우 기 북

問君歸期未有期하니 巴山夜雨漲秋池라.
문 군 귀 기 미 유 기　　파 산 야 우 창 추 지

何當共剪西窓燭하며 却話巴山夜雨時라.
하 당 공 전 서 창 촉　　각 화 파 산 야 우 시

〖풀이〗 **밤비 내릴 때**

- 아내에게 보내는 시

그대는 돌아올 때를 물어도 나는 기약 못하네,
파산의 밤비에 가을 연못이 넘치리라.
언젠가 함께 서창 가에서 촛불 심지를 자르면서
문득 파산 밤비 내릴 때를 생각하며 이야기하려나.

〖감상〗

시인 이상은이 북쪽 고향에 살고 있는 아내에게 보낸 편지 형식의 시다. 아내가 언제 돌아오느냐의 물음에 이직 기약을 하지 못한다는 말로 답한다. 지금쯤 가을비로 연못의 물이 넘치리라 하는 상상을 하고 있다. 언젠가는 그대와 함께 밤을 새워 촛불의 심지를 자르면서 문득 이 파산의 쓸쓸한 밤비 내릴 때를 말하리라고 아내를 위로하고 있다. 참으로 수긍이 가는 시상이다.

도움말

시적 주인공은 지금 파산에 있고 아내는 북쪽 한중부漢中府에 있다. 여기서

'君' 은 이 글 받을 사람인 아내이다. 돌아올 기약이 있지 아니한즉, 그대를 더불어 어찌 능히 서로 함께 하리요. 산중의 밤비에 물은 불어 가을 연못이 넘치는 정경은 처량한 그 사람의 회포와 안부를 동시에 말함이다. 언젠가 우리가 만나서 밤이 깊어 촛불의 심지를 자르며 서창가에 앉아 오늘의 이 파산의 밤비를 말하겠다고 말한다. 서창 가에서 촛불을 자른다는 것은 시적 주인공이 그때 마음에 있는 말을 다 했던 것이다.

어려운 낱말

• 君(군) : 그대, 부인을 가리킴. • 巴山(파산) : 大巴山(대파산)인데, 巴嶺(파령)이라고도 함. 섬서성 西鄉縣(서향현) 서남쪽에서 시작하여 동으로 三峽(삼협)에 이르는 산을 총칭하여 말함. • 巴(파)땅 : 사천성 동남쪽 일대. • 何當(하당) : 何能(하능)이란 말과 같음. • 共剪(공전) : 함께 촛불의 심지를 자르자는 것.

파산(巴山)

145
訪, 隱者不遇 | 李商隱이상은
방 은자불우

城郭休過識者稀하니 哀猿啼處有柴扉라.
성곽휴과식자희 애원제처유시비

滄江白石漁樵路에 日暮歸來雨滿衣라.
창강백석어초로 일모귀래우만의

〚풀이〛 은자를 찾아가서 만나지 못하다

성터에 쉬어도 지나가는 아는 이 드물고
원숭이 슬피 우는 곳에 사립문이 닫혀있네.
푸른 강가 흰 돌멩이 흩어진 오솔길에
날 저물어 돌아오니 이슬비 옷을 적시네.

〚감상〛

은자를 찾아가서 만나지 못하고 돌아왔다는 내용의 시다. 은자는 학식이 많고 뜻이 있어 세상에 나오지 않는 사람을 일컫는다. 주로 은자들은 산속에서 어렵게 살고 있다. 시인 이상은은 성터 작은 오솔길을 지나가는데 아는 사람은 없고 원숭이 울음소리만 들린다고 했다. 산속 조그만 오솔길로 지나가느라고 날 저물어 이슬비에 옷을 적신다는 이야기는 안타깝기까지 하다.

도움말

이 시는 숨어사는 지사志士를 찾아갔다가 만나지 못하고 돌아왔다는 내용의 작품이다. 성터에 쉬면서 지나가는 사람에게 물어도 안다는 사람은 없고 그의 얼굴도 보이지 않는데 원숭이 울음소리만 처량하게 들리고, 사립문이 있어도 적적하게 닫혀 있는데 개 한 마리가 도원桃源에서 짖고 있다는 것이 이곳의 분위기이다. 맑은 강변과 흰 돌이 박혀있는 그 위에 고기 잡고 나무하러 다니는 좁은 길이 있어 그 길을 지나가니 이미 해가 어두워지고 있었다. 이때 겨우 빠져나오는 작은 길에 옷이 이슬방울에 젖고 있었다. 위의 2구절은 은자隱者를 찾아가는 길이요, 아래 2구절은 만나지 못하고 돌아오는 정황을 그리고 있다.

어려운 낱말

• 隱者(은자) : 학식은 있으나 세상에 나오지 않고 숨어사는 사람. • 哀猿啼處(애원제처) : 원숭이가 슬피 우는 곳. • 漁樵路(어초로) : 고기잡이. 나무하러 다니는 오솔길.

146
西亭 | 李商隱이상은
서 정

此夜西亭月正圓하고 疎簾相伴宿風煙이라.
차 야 서 정 월 정 원 소 렴 상 반 숙 풍 연

梧桐莫更翻淸露하라 孤鶴從來不得眠이라.
오 동 막 갱 번 청 로 고 학 종 래 부 득 면

〖풀이〗 서쪽 정자

이 밤 서쪽 정자 달빛 정말 둥그런데
성긴 발 마주하니 바람 연해 잠을 잔다.
오동나무에 맑은 이슬 젖지 말게 하라
외로운 학 한 마리 잠을 설치겠구나.

〖감상〗

서쪽에 있는 정자를 읊고 있다. 주로 이 정자의 풍경을 표현하면서 밤, 달, 정자, 오동나무 잎, 맑은 이슬, 외로운 학, 이런 소재로 한편의 시를 이루고 있다. 이런 소재만 보아도 이 시의 주제를 짐작할 수 있을 것이다. 아주 조용하고 한적한 풍경의 낮과 밤의 정경을 노래하고 있다.

도움말

이는 서쪽 정자에 관한 풍경이다. 둥그런 달은 정말 둥글고 달빛은 정자에 가득 내리는데 성긴 발에 비치는 저녁 풍경을 짝하고 뜰에는 오동나무의 맑은 이슬이 다시는 젖지 말게 하라. 한 마리의 외로운 학이 잠을 자지 못하리라. 시인 이상은이 이 밤에 서쪽 정자에 올라 밤의 빛깔과 맑은 경치를 읊고 있었다.

어려운 낱말

• 西亭(서정) : 서쪽에 있는 정자. • 月正圓(월정원) : 달이 정말로 둥글구나. • 翻淸露(번청로) : 맑은 이슬에 젖다. • 不得眠(부득면) : 잠을 자지 못한다.

147
月夕 (월석)

李商隱이상은

草下陰蟲葉上霜하고 朱欄迢遞壓湖光이라.
초하음충엽상상 주난초체압호광

兎寒蟾冷桂花白하니 此夜嫦娥應斷腸이라.
토한섬냉계화백 차야항아응단장

〖풀이〗 **달이 뜬 저녁에**

풀숲 아래 벌레 울고 나뭇잎 위에는 서릿발 내려
붉은 난간은 아득히 먼 호수의 빛깔을 눌렀네.
달에는 토끼와 두꺼비, 계수나무 꽃 피었으리니
이런 밤 항아嫦娥는 응당 슬픔에 잠겨있으리.

〖감상〗

가을 달이 떴다. 풀숲에서는 풀벌레 울음 울고 나뭇잎에는 서릿발이 서는 밤이다. 붉은 난간의 기둥은 먼 호수의 빛깔로 눌렀는데 달에는 계수나무와 토끼와 두꺼비가 있겠다. 이런 슬픈 밤에는 반드시 항아가 지난날을 후회하며 울고 있을 꺼다 하고 시인은 상상의 날개를 편다. 이런 상상의 날개를 펴는 밤은 시인의 시상은 끝이 없는 법이다.

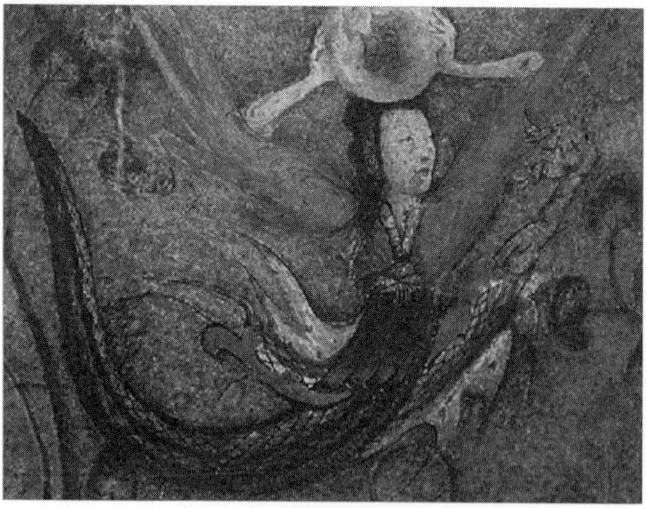

항아(姮娥)

도움말

이는 가을이 깊어 달이 뜨는 저녁에 호숫가의 정자에 올라 밤의 경치를 시로 읊은 것이다. 붉은 난간에서 호수 위의 밝은 달빛이 벽에 어리는 고요한 그림자와 떠오르는 달빛이 몇 배로 밝아 있고, 풀숲의 벌레들이 간절하게도 울고, 나무잎에 서리가 하얗게 내리니 이 또한 야경의 청량함이 아닌가? 이같이 밝은 달밤, 서리 내리는 밤을 맞아 전설 속의 항아는 반드시 슬픔에 젖어 있으리라. 위의 2구절은 풀벌레와 나뭇잎에 내리는 서리 빛깔, 난간머리의 호수 빛깔을 정자에 올라 바라보는 경치를 표현했고, 아래 2구절은 달에 살고 있다는 토끼와 두꺼비와 계수나무와 하얀 꽃이 있는 이 밤에 항아嫦娥는 응당 슬픔 속에 잠겨 있으리라.

어려운 낱말

• 陰蟲(음충) : 가을벌레. • 迢遞(초체) : 아득히 먼 모양. • 蟾(섬) : 두꺼비(섬). • 嫦娥(항아) : 전설 속의 여인으로 남편의 불로장생약을 훔쳐 달로 달아났다는 설화가 있음.

148
偶題 | 李商隱이상은
우 제

水亭閑眠微醉消하고 小榴海栢枝相交라.
수 정 한 면 미 취 소 　 소 류 해 백 지 상 교

水紋簟上琥珀枕하여 傍有墮釵雙翠翹라.
수 문 점 상 호 박 침 　 방 유 타 채 쌍 취 교

【풀이】 우연히 얻은 제목

물가 정자에 한가한 잠, 취한 술 깨니

석류나무 동백 가지 서로 어우러져 있네.
물무늬 비쳐오는 자리 위에 호박을 베고 누워
곁에 비녀가 떨어지니 머리카락 헝클어져 있어라.

〖감상〗

우연히 얻어진 시라고 제목은 붙였지만, 결국 남녀상열지사라고 할만하다. 분위기 좋은 물가의 정자에서 두 남녀가 있었다고 하자. 물무늬 비쳐오는 자리에서 석류나무와 동백 가지가 서로 어울려 엉클어지듯이 호박베개를 베고 누웠다고 하자. 그러니 비녀 하나쯤 떨어지는 것이 무슨 큰 문제가 되랴. 그래서 이 시는 남녀상열지사男女相悅之詞라는 생각이 든다.

도움말

이는 미인의 아름다움을 묘사한 시라고 한다. 물가에 있는 정자에 한가롭게 낮잠을 자면 얼굴 위에 약간 취한 듯 발그레한 모양은 이미 다 사라지고, 우연히 바라보는 석류나무 가지와 바다 동백 가지가 서로 닿게 되면 그 중심에 응당 그 사람의 소회가 탄성으로 가득 흘러나오리라. 정자에서 보이는 화려하고 찬란한 물무늬를 자리하여 앉으면 호박같이 아름다운 보석으로 베개를 삼고 눕게 된다. 사람으로 하여금 기운이 맑고 정신이 상쾌하리라. 곁에는 푸른 깃털의 비녀가 자리 위에 떨어지면 한가롭게 잠잘 때 머리털이 꼭 이같이 헝클어져 있었을 것이다.

어려운 낱말

• 微醉消(미취소) : 술이 조금 취했다가 깨다. • 枝相交(지상교) : 가지가 서로 교합을 하다. 이는 차원 높은 남녀애정을 표현했음. • 簟上(점상) : 자리위에. • 簟(점) : 삿자리(점). • 琥珀枕(호박침) : 호박으로 만든 베개. 고급스런 잠자리. • 墮釵(타채) : 비녀가 떨어져 있다. • 釵(채) : 비녀(차. 채). • 雙翠翹(쌍취교) : 머리털이 엉클어진 모양. • 翹(교) : 꽁지. 꼬리 긴 깃털(교).

149
靑樓曲❶ | 李商隱이상은
청 루 곡

白馬金鞭從武皇하여 旌旗十萬宿長楊이라.
백 마 금 편 종 무 황 　 정 기 십 만 숙 장 양

樓頭少婦鳴箏坐하니 遙見飛塵入建章이라.
누 두 소 부 명 쟁 좌 　 요 견 비 진 입 건 장

〖풀이〗 **청루靑樓의 노래 ❶**

백마를 타고 채찍을 휘두르며 무황을 따라
깃발 뒤덮은 십만 대군 장양長楊에서 주둔하네.
누각 안의 젊은 여자 쟁箏을 켜며 앉으니
멀리 흙먼지 날리며 건장궁建章宮으로 들어오네.

〖감상〗

백마금편을 들고 무황을 따라 오는 건강한 젊은 군인들을 찬양하고 있다. 장양이란 곳에 주둔을 하니 청루에 있는 젊은 아가씨들이 부러운 듯 쟁을 켜고 앉아서 바라보고 있다. 그 긴 대열이 모두 건장궁으로 들어오고 있었다. 이 역시 남편을 생각하고 그리워하는 노래이다. 이 시가 남편을 그리워함을 포함하고 있으니, 이를 청루곡이라 했다.

도움말

이 시는 청루靑樓에서 젊은 여자가 남편이 흰말과 채찍을 들고 무황을 쫓아 행진할 때, 해와 달과 봉황이 그려진 깃발이 느려선 행렬의 십만 대군이 장양長楊에서 건장궁으로 돌아오고 있는 기상을 노래한 작품이다. 청루의 어여쁜 여자는 쟁箏을 켜며 앉아서 바라보니, 날리는 흙먼지는 하늘을 가리면서 돌아오니 이는 무황의 군대가 장양長楊으로부터 궁궐로 들어오는 것을 말하는 것이다.

어려운 낱말

• 靑樓曲(청루곡) : 청루의 노래. 청루는 젊은 소년들이 말을 타고 달려가서 술을 마시는 누각, 곧 술집. • 從武皇(종무황) : 武皇(무황)을 따라가다. • 旌旗(정기) : 군인들이 들고 다니는 깃발. • 少婦(소부) : 아가씨들. • 鳴箏(명쟁) : 쟁을 울리다. • 入建章(입건장) : 건장궁으로 들어옴을 말함.

靑樓曲❷ | 李商隱이상은
청 루 곡

馳道楊花滿御溝하니 紅粧縵綰上靑樓라.
치 도 양 화 만 어 구 홍 장 만 관 상 청 루

金章紫綬千餘騎하고 夫婿朝回初拜侯라.
금 장 자 수 천 여 기 부 서 조 회 초 배 후

〔풀이〕 청루靑樓의 노래 ❷

길가의 버드나무 꽃 어구御溝에 날아 쌓이니
짙은 화장을 한 젊은 여자 청루靑樓에 올라본다.
멀리 바라보면 울긋불긋 장식한 많은 기마 이끌고
남편은 아침 임금님께 첫 절 올리고 돌아오네.

〖감상〗

버드나무가 줄지어 늘어서 있는 곳, 궁궐로 통하는 길에 화장을 한 여인들이 청루에 올라가고 있다. 군에서 돌아오는 남편을 보고자 하여 다투어 청루에 오르는데, 멀리 바라보니 울긋불긋한 기마를 이끌고 남편은 임금께 절을 올리고 돌아오고 있었다. 너무 늠름한 모습에 여인들은 감격을 한다. 이 어찌 기쁨과 감격을 함께한 것이 아니겠는가?

도움말

이 시는 도로 가에 버드나무를 심어 버들 꽃이 바람에 날아서 가득 쌓이니 이는 늦은 봄의 풍경이었다. 젊은 여자는 짙게 화장을 하고 푸른 누각에 올라가서 바라보니 남편은 금장 자수의 천여 기병들을 몰고 전쟁에 이겨 공을 세워 임금께 절을 올리니 어찌 느껴 즐겁지 않으리오. 봄날 여자의 짙은 화장을 보니 갑자기 버드나무 푸른색을 보는 것 같구나. 저 여인은 이런 감동에 상심할 것이요, 그의 아내는 득의에 찬 광경을 보고 기뻐하니 어찌 기쁨과 걱정이 교차하지 않으리오.

어려운 낱말

• 御溝(어구) : 대궐로부터 흘러나오는 개천. • 謾綰(만관) : 오만하고 게으르게.
• 青樓(청루) : 푸른 누각. • 紫綬(자수) : 울긋불긋한 끈. • 夫婿(부서) : 남편.

150
西宮秋怨 | 李商隱이상은
서 궁 추 원

芙蓉不及美人粧하여 水殿風來珠翠香이라.
부 용 불 급 미 인 장　　수 전 풍 래 주 취 향

却恨含啼掩秋扇하니 空懸明月待君王이라.
각 한 함 제 엄 추 선　　　공 현 명 월 대 군 왕

〖풀이〗 서궁의 가을 한탄

부용꽃은 미인의 화장에는 미치지 못 하는구려
수전水殿에서 바람 부니 푸른 구슬처럼 향기롭네.
문득 울음 머금고 부채로 얼굴 가리니
빈 공중에 달려있는 밝은 달, 군왕을 기다리네.

〖감상〗

궁녀가 임금의 은총을 기다리는 시다. 서궁에 있는 궁녀가 어떡하면 군왕의 은총을 받아 다시 임금의 사랑을 차지할까 하는 것이 이 시의 내용이다. 그러나 임금의 은총을 받기는 어렵고 원망만 가득 쌓여가는 이 가을의 원한을 시인 이상은은 '기다림' 으로 이 시를 끝내고 있다.

도움말

궁녀들은 천연의 꽃처럼 아름다운데다가 요염하게 화장을 했으니 부용과는 같구나. 마땅히 군왕이 찾아올 것 같다. 인간은 말을 할 수 있고 그리고 향기로운데 반해, 부용은 아름다우나 미인처럼 말을 할 수 없으니 어찌 미인을 꽃에 비유하랴. 그래서 사랑스런 궁녀만을 임금은 찾게 된다. 임금의 행행行幸을 기다릴 때 비록 원망이 깊고 한스러우나 속으로 정을 머금었기에 밖으로 나타내기 어려워 멍하니 하늘 향해 부채로 얼굴을 가리니 그 원망함이 얼마나 깊으랴. 밝은 달 비록 아름다우나 기다리는 임이 오지 않으면 이 역시 공허한 달일 수밖에…

어려운 낱말

• 西宮(서궁) : 서쪽에 있는 궁궐로 궁녀들이 있는 곳. • 美人粧(미인장) : 화장한 미인. • 水殿宮(수전궁) : 서궁. • 掩秋扇(엄추선) : 가을 부채로 가리다. • 待君王(대군왕) : 군왕을 기다리다.

덧붙임

이상은(李商隱)

李商隱〔이상은; 812-858, 晚唐(만당)〕: 하남성 懷州人(회주인). 字(자)는 義山(의산). 18세 무렵 牛僧孺派(우승유파)에 속하는 令狐楚(영호초)에게 文才(문재)를 인정받아 그의 막하에 들어가 비호를 받았다. 그 후 그는 李德裕派(이덕유파)에 속하는 王茂元(왕무원)의 딸과 결혼, 그의 비호를 받아 이후 이 두 파벌 사이에서 비호를 구하며 왕래했다. 관직은 校書郎(교서랑)에서 秘書正字(비서정자), 京兆尹留後參軍(경조윤류후참군) 등을 역임한 후 영호초의 아들 令狐綯(영호도)에게 부탁, 太學博士(태학박사)가 되었다. 晚唐(만당)에서 宋初(송초)에 걸쳐 많은 모방자를 낳았다. '李義山詩集(이의산시집)' 3권이 남아 있으며, 600여 수의 시가 전한다.

151
淸平詞 ❶ | 李白 이백
청 평 사

雲想衣裳花想容하고 春風拂檻露華濃이라.
운 상 의 상 화 상 용 춘 풍 불 함 노 화 농

若非群玉山頭見하면 會向瑤臺月下逢이라.
약 비 군 옥 산 두 견 회 향 요 대 월 하 봉

〖풀이〗 **청평조의 노래 ❶**

구름 보니 옷 생각나고 꽃 보니 얼굴 떠오르고
봄바람 난간을 스쳐 가는데 꽃에 맺힌 이슬은 짙어간다.
만약 군옥산群玉山 머리에서 보지 못했다면
정녕 달 밝은 요대瑤臺에서 만났으리라.

〖감상〗

이백이 양귀비를 위해 지은 시라고 하니 더욱 아름답게 보인다. 천보 연중에 현종이 홍경지興慶池에 침향정沉香亭을 짓고 양귀비에게 목작약 꽃을 주고 이구년李龜年에게 금화전金花牋을 내리고 난 다음 이백에게 이 시를 짓도록 했다. 한바탕 즐거운 노랫소리에 맞추어 이백은 이 시를 짓게 되었으니 양귀비를 최대한으로 찬양한 노래로 이 세상에 전해지고 있다.

도움말

이백이 청평조사 3수를 짓게 되었다. 천보 2년에 그가 하지장의 추천을 받아 한림학사가 된지 10년이 되어 가는 시기로 왕지환王之渙이 죽고 왕유는 망천 별장으로 들어갔으며, 왕창령은 관직에서 쫓겨날 때라는 공간적 배경을 확보하고 있다. 이 시에서 양귀비의 아름다움을 노래하고 있는데 '구름 보니 옷 생각나고 꽃 보니 얼굴이 떠오른다.' 운상의상화상용雲想衣裳花想容이라는 것은 양귀비의 옷은 구름 같이 화려하고 얼굴은 모란같이 탐스러움을 묘사한 것이다.

어려운 낱말

• 拂檻(불함) : 봄바람 꽃밭의 난간. • 露華濃(노화농) : 이슬 맺힌 꽃이 아름다움을 나타냄. • 群玉山(군옥산) : 전설적인 산 이름으로 서왕모와 선녀들이 산꼭대기에 살고 있다고 함. • 瑤臺(요대) : 초사에 나오는 선경.

清平詞❷ | 李白이백
청 평 사

一枝濃艶露凝香하고 雲雨巫山枉斷腸이라.
일 지 농 염 노 응 향 　 운 우 무 산 왕 단 장

借問漢宮誰得似리요 可憐飛燕倚新粧이라.
차 문 한 궁 수 득 사 　 가 련 비 연 의 신 장

〖풀이〗 청평조의 노래 ❷

한 가지에는 농염한 이슬이 향기를 맺고
무산의 구름비에 속절없이 애끓는구나.
잠깐 묻노니 한나라 궁중의 누구와 같을까?
아리따운 비연飛燕이 새로 단장하고 뽐내고 있네.

〖감상〗

이 청평조사도 양귀비를 찬양하는 노래로 되어있다. 가지 위에 맺힌 이슬방울처럼 농염한 이미지를 표출하여 무산에 내리는 비까지 애끓는다는 표현은 매우 간결하다. 마치 한나라 때의 군왕의 사랑을 독차지한 조비연을 떠올려서 한껏 아름다움을 극찬했으나 이것이 나중에 화근이 되어 이백이 방랑의 길을 떠나게 되는 빌미를 주게 되었다. 이백의 글 솜씨에 그의 과장법이 양귀비로 하여금 천하일색으로 만들어버렸다.

도움말

이 시는 무산의 여신과 조비연을 양귀비의 아름다움을 한껏 칭찬한 것이다. 전하는 바에 의하면, 이백이 조비연을 인용한 것은 후에 그가 장안에서 추방되는 화근이 되었으니 결국 이런 비유는 양귀비를 저주한 것이라는 빌미를 제공하게 되었다. 천재 시인 이백을 죽도록 미워하는 현종의 측근 고역사에게 더할 수 없는 구실을 주어서 천보 3년에 방랑의 길을 떠나게 되었다.

어려운 낱말

• 淸平詞(청평사) : 청평조의 노래란 뜻이다. • 濃艶(농염) : 짙게 매우 아름다움. • 巫山(무산) : 사천성 동쪽에 있는 산 이름. 한시에 자주 등장. • 飛燕(비연) : 한나라 성제의 황후 조비연.

조비연(趙飛燕)

清平詞❸ | 李白이백
청 평 사

名花傾國兩相歡하니 長得君王帶笑看이라.
명화경국양상환 장득군왕대소간

解釋春風無限恨하고 沉香亭北倚欄干이라.
해석춘풍무한한 침향정북의난간

〖풀이〗 청평조의 노래 ❸

모란꽃과 경국傾國 미인 서로 반기니
끝내 임금은 웃음만 띠고 바라보누나.
이 봄바람에 끝없는 한을 다 풀고는
침향정沉香亭 북쪽 난간에 기대고 있네.

〖감상〗

이백이 이 청평조의 노래 3수의 연작시를 썼다. 원래 양귀비는 현종의 아들 수왕이 사랑하는 여인이었다. 이 여인을 현종의 왕비를 삼았으니 얼마나 아름다운지를 알 수 있다. 그래서 이백은 양귀비를 '경국지환傾國之歡' 이라 했다. 이 양귀비는 현종께 즐거움을 주는 동시에 당나라를 어지럽게 한 장본인이다. 이백은 '경국지환' 이란 말을 거침없이 써서는 이 시를 완성한다. 침향정과 목작약의 향기와 양귀비는 현종의 영원한 애정으로 남게 되었다.

도움말 |

양귀비는 현종의 아들 수왕壽王의 사랑을 받던 여인이었는데, 현종이 빼앗아 맞아들였으니 며느리 될 사람과 살게 된 것이다. 현종은 모란꽃과 양귀비를 번갈아 보며 행복에 젖어 만면의 미소를 가득 지운다. '명화'는 모란꽃으로 아침에 파란 꽃이, 저녁에는 노란 꽃을 피우는 꽃이다. '경국傾國'이란 당나라를 뒤엎을 만한 미인 양귀비를 말하며, 귀비는 현종에게 즐거움을 주는 원천이며 모란꽃을 보고 즐거워하는 양귀비의 모습에 현종은 더욱더 탐닉해 있었다.

어려운 낱말

• 名花(명화) : 모란꽃. • 傾國(경국) : 나라를 기울게 할 만한 절세미인. • 沉香亭(침향정) : 목작약의 향기가 아름답기에 '침향정'이라 했다. • 倚欄干(의난간) : 난간에 의지하다.

152 聽笛(청적) | 李白이백

一爲遷客去長沙하니 西望長安不見家라.
일위천객거장사 서망장안불견가

黃鶴樓中吹玉笛하니 江城五月落梅花라.
황학루중취옥적 강성오월낙매화

〖풀이〗 피리 소리를 듣다

귀양 가는 한 사람, 나그네 되어 장사에 가니
서쪽으로 장안을 바라보아도 집은 보이지 않네.
황학루黃鶴樓 가운데서 옥피리 한 곡 불어 예니
강성江城의 오월에 매화꽃이 떨어지고 있네.

〖감상〗

제목이 '피리 소리를 듣는다' 이다. 이백이 먼 길로 귀양을 떠나면서 황학루를 지나다가 이 '청적' 을 지었다고 한다. 귀양길을 떠나가는 나그네가 서쪽으로 장안을 바라보며 '아무리 보아도 자기 집도 보이지 않는구나.' 에서 함께 서글픔을 느낀다. 그의 추억과 한이 머리에 떠돌았을 것이다. 이때 '황학루' 에 올라 옥피리 한 곡조를 부니 '강성江城 5월에 매화가 진다' 에서 그의 시적인 기교를 엿볼 수 있다.

도움말

이 시는 이백이 장사長沙로 갈 적에 악주鄂州에 이르러 황학루黃鶴樓에서 지은 작품으로 알려져 있다. 황학루는 왕자안王子安이 신선이 되어 황학을 타고 날아갔기에 누각의 이름이 이렇게 붙여졌다. 이백이 귀양 가는 신세가 되어 여기 이 누각에 올라 장안을 바라보고 피리로 매화 한 곡조를 불어 사람의 회포를 날려 보내니 그때가 5월이었다. 여기에 '낙매화' 는 피리 곡조 중의 하나이다. 위의 2구절은 귀양 가는 길에 서쪽으로 장안을 바라보고 자기 집을 생각하는 쓸쓸한 마음이요, 아래 2구절은 황학루에서 옥적玉笛을 부니 매화꽃이 어지럽게 5월의 하늘 아래 떨어지고 있음을 말하고 있다. 분명한 것은 그의 심사가 이 피리 소리 속에 담겨 있음을 알 것 같다.

어려운 낱말

• 聽笛(청적) : 피리 소리를 듣다. • 遷客(천객) : 죄를 지어 먼 곳으로 유배된 사람. 遷人(천인). • 黃鶴樓(황학루) : 누각의 이름. 중국 호북성 무창에 있는 누각. • 落梅花(낙매화) : 피리 곡조의 이름.

153
長門怨 | 李白이백
장 문 원

天廻北斗掛西樓하니 金屋無人螢火流라.
천 회 북 두 괘 서 루 금 옥 무 인 형 화 류

月光欲到長門殿에는 別作深宮一段愁라.
월 광 욕 도 장 문 전 별 작 심 궁 일 단 수

【풀이】 장문전長門殿의 원한

하늘이 돌아서 북두가 서루에 걸리니
금옥에 사람이 없어 반딧불이 흐르네.
달빛 이르고자 하는 장문전長門殿에는
작별하려는 깊은 궁궐에 한 가닥 수심이로다.

【감상】

장문전에 대한 시다. 이 장문전은 한나라 때의 궁전이다. 이백이 이 장문전을 소재로 이 시를 썼다. 북두성은 하늘과 함께 돌아서 서쪽 누각에 걸리고, 금옥에는 사람이 없어서 반딧불이만 날아다닌다는 쓸쓸한 표현을 하고 있다. 달빛이 장문전에 다가가니 작별하려는 깊은 궁궐에 한 가닥 수심이 가득하기만 하다. 이러한 표현은 이백다운 시적인 기교가 돋보인다.

도움말 |

이는 북두성이 북쪽 하늘에 돌려서 서쪽 정자에 걸려있으니 밤이 깊었음을 알겠다. 인적이 끊어진 금옥金玉 앞에는 반딧불이 날아다니는 밤의 광경을 보는 듯하다. 하늘에는 밝은 달이 장문전長門殿에 기울어져 가고 있으니 한 가닥의 수심을 어찌 쓸어버릴 수 있을까? 위의 2구절은 북두성이 돌아가고 반딧불이 흘러감을 말하고 있으며, 아래 2구절은 이 같은 깊은 궁궐에 슬픔과 한을 더함을 말하고 있다.

어려운 낱말

• 天廻(천회) : 하늘이 돌아서. • 金屋(금옥) : 황금으로 꾸민 집이라는 뜻으로 '아름다운 전각' 을 말함. • 長門殿(장문전) : 한나라 때의 궁전의 이름. • 一段愁(일단수) : 한 가닥 수심.

154
天門山 | 李白이백
천 문 산

天門中斷楚江開하고 碧水東流至北廻라.
천 문 중 단 초 강 개 벽 수 동 류 지 북 회

兩岸青山相對起하고 孤帆一片日邊來라.
양 안 청 산 상 대 기 고 범 일 편 일 변 래

〖풀이〗 천문산을 바라보며

천문산 중턱이 갈라져 초강楚江이 열려있고
푸른 물은 동으로 흐르다가 북으로 돌아가네.
강 양쪽의 푸른 산은 서로 마주보고 솟았고
외로운 돛배 한 척 해의 언저리에서 나오고 있네.

〖감상〗

이는 이백이 천문산을 보고 지은 시이다. 산 사이가 중간에 벌어져 거기에 강이 흐르고 이 강이 곧 초강이다. 강의 푸른 물은 밤낮 동으로 흘러가다가 끊어져 북쪽으로 돌아나간다. 반딧불이 날아와서 강의 양 언덕에 마주보는 청산에 반짝이고 있으니 차아산이 바로 그것이다. 멀리 한 조각 돛단배가 떠서는 햇볕을 띄고 밀려오니 이 역시 신선을 짝하여 함께 배를 타고 오는 것이 아닌가?

도움말

천문산, 벽수, 청산, 고범일편 등의 자연적 소재가 어울려 한 편의 시를 이루고 있다. 이 시의 흐름이 이백다운 시적 재능을 한눈으로 보는 듯하다. 위의 2구절은 산이 갈라져 물이 흐르고 있음을 말하고, 아래 2구절은 멀리 강 언덕에는 돛배가 밀려오고 있음을 말하고 있다.

어려운 낱말

• 天門山(천문산) : 지금의 안휘성 蕪湖(무호) 부근의 東梁山(동양산)과 西梁山(서양산)을 합쳐서 부르는 이름. • 楚江(초강) : 양자강. • 孤帆(고범) : 외로운 돛단배. • 日邊(일변) : 해의 언저리.

천문산(天門山)

| 덧붙임 |

이백(李白)

李白〔이백; 701-762, 盛唐(성당)〕: 蜀(촉) 綿州(면주) 彰明縣(창명현) 青蓮鄕(청연향)에서 태어남. 25, 6세 때 처음으로 蜀(촉)을 떠나 양자강 따라 약 10년 동안 호북, 호남, 강소성 등지를 편력하면서 맹호연 등 많은 시인과 교유했다. 36세 무렵 산동성 任城縣(임성현)에서 몇 년간 살았는데 그 중에 孔巢父(공소보) 등 5인의 은사와 徂徠山(조래산)에 은거, '竹溪六逸(죽계육일)'로 불렸다. 42세 때 도사 吳筠(오균)과 賀知章(하지장)의 추천으로 현종을 뵙고 翰林供奉(한림공봉)에 임명되었다. 그러나 분방한 기질과 행동으로 참언과 비방을 받아 3년을 채우지 못하고 장안을 떠났다. 두루 방랑하면서 이때 두보, 고적 등의 시인과 알게 되었다. 이후에는 주로 강남 지방을 전전했으며 62세에 안휘성 當塗縣(당도현)에서 병사했다. '李太白集(이태백집)'과 1,000여 수의 시가 남아있다.

155

夜宴, 公主宅 | 武平一 무평일
야연 공주댁

王孫帝女下仙臺는 金榜珠簾入夜開라.
왕손제녀하선대 금방주렴입야개

遽惜瓊筵歡正洽하나 惟愁銀箭曉相催라.
거석경연환정흡 유수은전효상최

〖풀이〗 공주 댁 밤 연회

공주님 댁의 하선대下仙臺는
금방金榜의 주렴들이 밤들어 열려있다.
지극히 아끼는 좋은 자리에 마음 흡족하나
오직 근심 속에 시계는 새벽만을 재촉하네.

〖감상〗

공주님 댁에 초청 받아 찾아간 밤 연회에 들어가니 화려한 집안의 정원과 여러 가지 금방金榜의 주렴을 보아도 한눈에 공주의 화려한 생활과 궁실宮室의 아름다움을 엿볼 수 있었고, 거기에 좋은 술과 음식이 있었으니 환상적이며 즐겁기만 하다. 이런 즐거운 시간이 오래오래 머물러 있어야 하는데, 자꾸 시간은 가고만 있다. 그래서 안타까운 마음으로 시계를 자주 바라보게 된다.

도움말

이는 공주 댁에서 연회를 베풀었기에 왕손임에 틀림없다. '하선대下仙臺'와 '금방주렴金枋珠簾'은 궁실의 화려함과 아름다움을 말함이요 '입야개入夜開'는 밤에 연회를 베풀었기에 하는 말이다. '거석遽惜'은 깊이 애석함을 말함이요, '경연환정흡瓊筵歡正洽'은 여러 사람들의 마음이 흡족하고 화합하여 그 즐거움이 무궁함을 이름이요, '유수惟愁'는 다만 '수심, 걱정'을 의미한다. 물시계는 흘러서 시간이 바뀜을 말하고, 이 밤이 아쉽게 지나감을 안타깝게 생각한다. 처음 2구절은 밤 연회의 시작을 말하고, 아래 2구절은 새벽을 재촉하기에 시간을 아쉬워하는 것을 걱정함을 말하고 있다.

어려운 낱말

• 王孫帝女(왕손제녀) : 왕의 손녀요, 황제의 딸. • 金榜珠簾(금방주렴) : 궁실의 화려함과 사치를 말함. • 瓊筵(경연) : 매우 좋은 자리. • 銀箭(은전) : 시계의 바늘.

| 덧붙임 |

武平一(무평일): 본명은 甄(견), 당나라 文水(문수) 사람. 이름대신 字인 平一로 행세했다. 潁川郡王(영천군왕) 무재덕의 아들. '春秋(춘추)'에 정통했고 文詞(문사)에 능했다. 武后(무후) 때 재앙이 두려워 崇山(숭산)에 은거하여 여러 차례 불러도 나오지 않았다. 中宗(중종) 때 起居舍人(기거사인)이 되어 修文館直提學(수능관직제학)을 겸했다. 開元(개원) 말에 죽음.

당(唐) 중종(中宗)

156
贈, 花卿 | 杜甫두보
증 화 경

錦城絲管日紛紛하니 半入江風半入雲이라.
금 성 사 관 일 분 분 반 입 강 풍 반 입 운

此曲秖應天上有하여 人間能得幾回聞고?
차 곡 지 응 천 상 유 인 간 능 득 기 회 문

〖풀이〗 화경花卿에게 주다

금성에서의 풍악이 날로 어지러우니
절반은 강바람, 또 절반은 구름으로 흘러가네.
이 곡조 지신地神과 천신天上에 응함이 있어
인간이 능히 몇이나 얻어들을 수 있으랴.

〖감상〗

'천조天朝의 악樂' 은 천자에 응하여 그치고, 그 아래 것은 어찌 감히 교활할 수 있으랴. 인간이 감히 그 소리 얻어들을 자 누가 몇 번이나 될까? 하는 것을 말하고 있다. 금성에서 천상의 곡이 나날이 난잡해짐에 시인 두보가 화경의 교활하고 망령된 행동을 깊이 풍자한 것이다. 그것이 이 '화경' 이란 시다.

도움말

화경花卿이 촉蜀에 있을 때 천자에 예악禮樂을 교활하게 했기에 두보가 이를 풍자해서 지은 시이다. '사관분분絲管紛紛' 은 음악의 융성함을 말함이니, 화경花卿이 금성에 앉아 음악을 연주함이 날로 더해가고, 날로 어지러워지고 방자해가

고 있음에 그것을 말하고자 했다. 제2구는 소리가 아득히 멀어져 절반은 강바람으로 들어가고 절반은 구름 속으로 불리고 있으니, 바람과 구름은 본래 하늘의 조화이니 이제 화경花卿이 교만하여 풍운이 발아래서 일어나고 있음을 말하고, 제3구는 이 음악 곡조가 바람과 구름에 들어와서 다만 하늘의 뜻에 응답하는 것에 있다고 표현했다.

어려운 낱말

• 絲管(사관) : 음악 곡조의 이름. • 紛紛(분분) : 어지럽다. • 秖應(지응) : 귀신만이 응답한다고 함. '花卿(화경)' 은 劍南節度(검남절도) 花敬定(화경정)을 말한다. '錦城(금성)' 은 촉(蜀) 땅의 고을 이름이다. • 幾回聞(기회문) : 인간이 몇 번이나 들었던가?

157
山中對酌 | 李白이백
산 중 대 작

兩人對酌山花開하니 一盃一盃復一盃라.
양 인 대 작 산 화 개 　 일 배 일 배 부 일 배

我欲醉眠君且去라가 明朝有意抱琴來하라.
아 욕 취 면 군 차 거 　 명 조 유 의 포 금 래

〖풀이〗 산중에서 함께 술을 마심

두 사람이 대작하는데 산꽃이 피어나니
한 잔 한 잔 또 한 잔 마시게 되었네.
나는 취하여 잠 좀 잘테니 그대는 돌아갔다가
내일 아침 생각 있거든 거문고나 안고 오게.

〔감상〕

정말 이백다운 시다. 산속에서 은사를 만나 술을 마시는데, 한 잔 술이 두 잔 되고, 두 잔 술이 세 잔 되어 '일배일배부일배一杯一杯復一杯' 라고 했으니 얼마나 마셨는지 알 수가 없다. 술에 취하여 정신이 없으니 그대는 일단 집으로 돌아가라. 돌아가서 생각나거든 내일 거문고나 안고 오라는 부탁까지 하고는 술에 취해 그 자리에서 누워버렸다. 이것이 이백에게는 하나의 낭만성이다.

도움말

이 시의 본 제목은 '산중여유인대작山中與幽人對酌' 이다. 이 시처럼 산속에 숨어 살면서 은사들과 술 마시며 살아가는 정취를 노래한 것이다. 여기에서는 세상의 예의나 체면에 구애받지 않고 자유스런 산속의 즐거움이 낭만적으로 잘 표현되고 있다. 오늘은 술이 취했으니 나는 여기서 잠을 좀 자야겠는데, 자네는 내일 아침에 생각이 있으면 거문고나 들고 오라는 부탁마저 잊지 않는다. 이들은 술의 즐거움이 극치를 이루고 있다.

어려운 낱말

- 君且去(군차거) : 그대는 잠시 갔다가. 군君자 대신 경卿자로 된 곳도 있다.
- 抱琴來(포금래) : 거문고나 안고 오너라.

158
長信宮 (장 신 궁) | 李商隱이상은

君恩已盡欲何歸요 猶有殘香在舞衣라.
군 은 이 진 욕 하 귀　유 유 잔 향 재 무 의

自恨身輕不如燕하여 春來還繞御簾飛라.
자 한 신 경 불 여 연　　춘 래 환 요 어 렴 비

〖풀이〗 **장신궁**

임금의 은혜 이미 다하고자 했으니 어디로 갈까?
그래도 남은 향기 내 춤추던 옷에 남아 있네.
스스로 한이 되는 건, 저 제비만 같지 못함을
봄이 오면 다시 임의 주렴 내려진 곳으로 날아가련만.

〖감상〗

장신궁에는 임금이 드나드는 궁궐이다. 누가 임금의 은총을 잡느냐 하는 것이 궁녀들의 최대의 행운이었다. 한 번 은총을 잃은 궁녀는 한 평생 쓸쓸하게 지내며 그때의 임금과 함께 있었던 옷에 묻은 체취를 간직하면서 살아가는 것이 궁녀들의 회한이었다. 차라리 제비나 되어서 봄이 오면 임금님의 처마에 다시 들 수가 있으련만…

도움말

궁녀가 임금의 은혜를 가지는 것이 결과적으로 행운을 잡는 것이다. 만약 임금의 은혜가 이미 끝이 난다면 그녀는 장차 어디로 돌아갈 것인가? 말로써 그 가련함을 이루 형용하지를 못한다. 옛날 임금 앞에서 춤을 출 때 입었던 그 무의, 어느 곳에 임금님의 체취와 향이 남아 있으리니 그 향기마저 없다면 그 마음 한으로 남을 것이리라. 그 한은 누구의 한인가? 그것은 궁녀 자신의 것이리라. 차라리 한 마리의 제비나 되었더라면 가을에 갔다가 봄이 오면 다시 돌아와 임금님 계시는 주렴 안으로 가볍게 날아갈 것인데 그렇지 못함을 장신궁의 궁녀는 더욱 슬퍼하고 있다.

어려운 낱말

• 長信宮(장신궁) : 중국 한나라 때의 궁전 이름. 주로 태후가 여기 살았다. • 還繞(환요) : 돌아오다. • 御簾(어렴) : 임금님이 계시는 방문의 주렴.

159
巴陵夜別, 王八員外 | 賈至가지
파릉야별 왕팔원외

柳絮飛時別洛陽하여 梅花發後在三湘이라.
유서비시별낙양 매화발후재삼상

世情已逐浮雲散하고 離恨空隨江水長이라.
세정이축부운산 이한공수강수장

〖풀이〗 파릉巴陵의 밤에 원외員外 왕팔王八을 이별하며

버들꽃 날릴 때 낙양을 이별했는데
매화꽃 핀 뒤에 삼상三湘에 있었다네.
세상 물정은 뜬구름 좇아 흩어지고
이별의 서러움은 헛되이 강물 따라 길고나!

〖감상〗

원외 왕팔을 이별하는 장면이 잘 나타나 있다. 버들꽃 날릴 때 낙양에서 이별했는데 매화꽃 필 때 상강湘江에 있었다. 세월이 이렇게 빠른가? 하는 심정에서 또 왕팔을 이별하게 되었다. 이 세상 물정은 뜬구름 흩어지듯 하는데 그대와의 이별의 서러움은 헛되이 강물 따라 길고도 또 길고나! 하고 시인은 탄식을 한다.

도움말

이 시는 시인 가지賈至가 파릉의 밤에 원외 벼슬을 하는 왕팔王八과 이별하는 장면이다. 버들꽃이 날린다는 것은 계절적으로 보아 늦은 봄인데, 다음 구절에 매화가 피었다는 것은 계절이 이른 봄인 만큼 시적 주인공과의 만남과 헤어짐이 2년이나 되어 종잡을 수 없어 뜬구름과 같음을 표현하고 있다. 왕원외王員外는 그때 동정호 남쪽에서 유랑했으니 이는 강을 따라 길게 흐름을 말함이다. 이별의 한恨도 강물처럼 길고 세상 인정도 흩어짐을 말하고 있으니 이별의 설움을 이렇게 짙게 표현하고 있다.

어려운 낱말

• 巴陵(파릉) : 사천성의 중경지방을 말함. • 柳絮(유서) : 버들꽃. • 三湘(삼상) : 보통은 瀟湘(소상), 資湘(자상), 沅湘(원상)을 말하는데 이 시에서는 상강 유역, 즉 동정호 남북 일대를 가리킴.

160
宴, 城東莊 | 崔敏童최민동
연 성 동 장

一年又過一年春이나 百歲曾無百歲人이라.
일 년 우 과 일 년 춘 백 세 증 무 백 세 인

能向花中幾回醉오? 十千沽酒莫辭貧하라.
능 향 화 중 기 회 취 십 천 고 주 막 사 빈

〖풀이〗 장안성 동쪽 별장에서 잔치하며

한 해 가면 다시 한 해의 봄이 오지만

인생 백 년이라지만 백 년 산 사람은 일찍 없었네.

꽃잎 앞에서 취할 수 있음이 그 얼마인가
있는 대로 술을 살 것이지 가난하다 핑계하지 말게.

〖감상〗

한 해가 지나가면 또 한 해가 오는데, 인생은 1백 년이라지만 백 년을 사는 사람 일찍 없었다. 이렇게 인생은 짧고 덧없으니 우리 술이나 실컷 마셔보세. 꽃잎 앞에서 취하는 것이 그 얼마만인가? 이 아름다운 꽃을 앞에 두고 마시는 술맛 그 얼마나 좋은가? 그러니 자내는 술이나 싫도록 가져오쇼. 그리고 돈이 없다 핑계 말고 있는 대로 술을 사서 가져오라.

도움말 |

한 해의 봄은 지나가고 다시 봄이 와서 1년은 빨리 지나간다. 사람의 목숨이 백 년이라고는 하지만 백 년을 사는 사람은 얼마나 되랴? 그러니 이 아름다운 꽃 속에서 취할 수 있음이 몇 번인가. 취할 수 있을 때 실컷 취해보자! 하며 주인에게 술을 내도록 재촉하는 내용으로 된 시이다. 간결하면서도 호방한 시체로 이백의 뒤를 이을 만하다고 말한다. '일년一年과 일년一年', '백세百歲와 백세百歲'의 수적數的인 개념을 반복하는 것이 묘한 어감을 살리고 있다.

어려운 낱말 |

• 城東莊(성동장) : 장안성 동쪽 근교에 있는 어느 고관의 별장. • 十千沽酒(십천고주) : 돈 있는 대로 술을 사라는 뜻. • 莫辭貧(막사빈) : 가난을 핑계 삼지 말라.

| 덧붙임 |

崔敏童〔최민동, 盛唐(성당)〕: 최혜동의 동생이라는 것 밖에 상세한 기록이 없다. 시 1수만 전한다.

161
和, 前題 | 崔惠童최혜동
화 전 제

一月主人笑幾回오? 相逢相値且銜盃라.
일 월 주 인 소 기 회 상 봉 상 치 차 함 배

眼看春色如流水하여 今日殘花昨日開라.
안 간 춘 색 여 류 수 금 일 잔 화 작 일 개

〖풀이〗 앞 제목에 답함

주인은 한 달에 몇 번이나 웃는가?
서로 만났으니 또 한잔하자 그려.
눈에 보이는 봄 경치는 흐르는 물 같아
오늘 시든 꽃은 어제 피었던 것이네.

〖감상〗

인생을 살면서 몇 번이나 즐거움이 있었는가. 즐거운 일이 있을 때 몇 번이나 웃어 보았던가. 인생은 고행의 길이라 했으니 괴로운 일 잊기 위해 술이나 마셔보자. 눈에 보이는 경치도 아름답다 하거늘 좋은 경치도 세월이 가면 다 변해버리는 것이다. 오늘 시들은 꽃은 어제 피었던 꽃이니 우리 인생도 오늘의 청춘이 곧 시들고 말겠다. 그러니 술이나 한잔하자는 내용의 시다.

도움말

장자가 말하기를, 많이 살면 백 세요 보통 살면 팔십이요 그 아래 육십이니, 생로병사의 우환을 만나면 정말로 입을 열어 활짝 웃는 시간은 일 년에 4, 5일 정도이다. 제2구는 웃고 즐김이 많지 않음을 말했고, 제3구는 봄날은 물같이 흘러가서 눈앞에 봄이 지나가니 세월이 빠름을 말했다. 제4구는 어제에 핀 꽃은 오늘 시들었으니 어찌 다시 필 것인가 하고 탄식을 하듯이 오늘의 저 흰머리는 언제 다시 검어질 것인가? 그러니 술 마시지 않고 어찌하랴! 하고 술 마시기를 권한다.

어려운 낱말

• 和(화) : 화답. • 前題(전제) : 앞사람의 시 제목. • 值(치) : 만나다. • 銜盃(함배) : 술잔을 머금음, 술을 마심. • 殘花(잔화) : 시든 꽃.

| 덧붙임 |

崔惠童〔최혜동, 盛唐(성당)〕: 산동성 博州人(박주인). 右驍衛將軍(우효위장군) 崔庭玉(최정옥)의 아들, 崔敏童(최민동)의 형이며, 玄宗(현종)의 딸 晋國公主(진국공주)의 남편으로서 駙馬都尉(부마도위)가 됨. 남전에 있는 왕유의 별장 맞은편에 玉山(옥산) 草堂(초당)을 짓고 형 효동과 아우 민동과 함께 자주 모여 놀았다. 시 1수만 전한다.

162
送, 梁六 | 張說장열
송 양 육

巴陵一望洞庭秋에 日見孤峯水上浮라.
파 릉 일 망 동 정 추 일 견 고 봉 수 상 부

聞道神仙不可接하니 心隨湖水共悠悠라.
문 도 신 선 불 가 접 심 수 호 수 공 유 유

〚풀이〛 양지미(梁六)를 보내며

파릉에서 바라보는 동정호의 가을
날마다 바라보아도 봉우리가 물 위에 떠 있네.
들으니 신선은 만날 수 없다 이르니
마음 따라 저 호수만 나와 함께 아득히 흐르는구나.

〚감상〛

파릉에서 바라보는 신비스런 동정호의 아름다움 말하고 있다. 이 가을 동정호를 날마다 바라보아도 저 봉우리는 언제나 물 위에 떠 있는 것이 신비스럽기만 하다. 내가 듣기에 신선은 만날 수 있는 존재가 아니라는데, 아무리 바라보아도 저 호수는 나와 함께 어디론가 아득히 흘러가는 것만 같구나. 내 마음 따라 호수의 물도 나와 함께 어디론가 흘러가고 있다.

도움말

송양육자동정작送梁六自洞庭作으로 된 곳도 있다. 양梁은 성, 육六은 배항排行, 당시 담주자사潭州刺史로 있다가 악주를 거쳐 장안으로 돌아가려던 양지미梁知微를 가리킴. 제1구는 멀리서 바라보고 감격하는 동정호의 가을 풍경이요, 제2구는 고봉孤峰이 물 위에 떠 있는 것을 군산君山이라고 말했으며, 제3구는 이 아름다운 경치가 신선이 살고 있는지가 의심스러움을 말했고, 제4구는 여기 함께 갈 수가 없으니 호수가 멀리 유유하게 흘러감을 표현하고 있다.

어려운 낱말

• 巴陵(파릉) : 호남성 악양 서남쪽에 있으며 아래로는 동정호에 와 닿는다. • 洞庭湖(동정호) : 중국 호남성에 있는 중국에서 두 번째로 큰 호수. 경치가 아름답기로 유명함. • 孤峰(고봉) : 동정호 가운데 있는 동정산. 순임금의 부인인 娥皇

(아황)과 女英(여영)의 두 湘君(상군)의 사당이 있어 상산, 군상이라고도 불린다. • 神仙(신선) : 군산에 있는 두 상군을 말하면서 동시에 入朝(입조)하는 梁知微(양지미)를 비유한 것. • 悠悠(유유) : 길고 먼 모양. 넓은 호수와 함께 아득히 끝이 없음을 말함.

| 덧붙임 |

張說〔장열; 667-730, 初唐(초당)〕: 하남성 낙양인. 字(자)는 道濟(도제), 또는 說之(열지). 23세에 賢良方正科(현량방정과)에 합격. 태자교서랑, 봉각사인이 되었다. 장역지가 失脚(실각)한 뒤 소환되어 兵符員外郎(병부원외랑), 兵符侍郎(병부시랑)을 거쳐 수상이 되고 燕國公(연국공)에 봉해졌다. 여러 우여곡절을 겪은 뒤에 開府儀同三司(개부의동삼사)라는 최고 관직을 받고 죽었다. 文才(문재)가 뛰어나 소정과 함께 '燕許大手筆(연허대수필)'로 竝稱(병칭)되었으며, 張說之文集(장열지문집) 25권과 350여 수의 시가 전한다.

163
少年行 | 李白이백
소 년 행

五陵年少金市東에 銀鞍白馬度春風이라.
오 릉 년 소 금 시 동 　 은 안 백 마 도 춘 풍

落花踏盡遊何處요 笑入胡姬酒肆中이라.
낙 화 답 진 유 하 처 　 소 입 호 희 주 사 중

〖풀이〗 소년행

오릉의 소년들 금시金市 동쪽에서 나오니

은빛 안장 흰말 타고 봄바람 건너간다.
낙화가 되어버리면 어느 곳에서 놀꼬?
희희낙락 예쁜 아가씨 있는 그 술집으로 들어가네.

〖감상〗

'소년행' 은 소년 협객들을 노래한 시다. 이 역시 악부의 제목이다. 소년 협객들은 부유하고 권력이 있는 집안의 자제로 좋은 말, 좋은 술을 마시며 술집에서 술집 아가씨를 희롱하고 다니는 젊은 협잡꾼을 말한다. 오늘날의 우리나라 폭주족들처럼 종횡무진으로 누비며 다니는 청소년들을 말하며, 그때는 모든 사람들이 부러운 시선으로 바라보기도 했다. 이 소년들을 노래한 것이 '소년행' 이다.

도움말

오릉五陵은 한나라 임금의 능이니 장릉長陵, 안릉安陵, 양릉陽陵, 무릉茂陵, 평릉平陵이 그것이다. 소년 협객들의 집들이 여기에 가장 많기 때문에 낙양 3시에 '금시金市' 가 가장 큰 저잣거리다. 첫 구절에서 소년들이 출발한 곳으로부터 시작하여 다음에는 부유한 집안의 자제로서 은빛 안장 위에 앉아 호사스럽고 봄바람을 가르며 지나간다는 것을 묘사하고 있다. '소년행少年行' 은 악부의 제목으로서 31곡의 하나이다.

어려운 낱말

• 金市(금시) : 가장 큰 저잣거리. 가장 큰 시장. • 銀鞍白馬(은안백마) : 호사스런 말안장의 흰말. • 遊何處(유하처) : 어디에 가서 놀 것인가? • 胡姬(호희) : 희희낙락하는 아름다운 아가씨들.

164
橫江詞 | 李白이백
횡 강 사

橫江舘前津吏迎하니 向余東指海雲生이라.
횡 강 관 전 진 리 영 향 여 동 지 해 운 생

卽今欲渡緣何事오? 如此風波不可行이라.
즉 금 욕 도 녹 하 사 여 차 풍 파 불 가 행

〖풀이〗 횡강의 노래

횡강포 관저 앞에서 '진리津吏'가 맞이하니
내 동쪽 바다 향해 가리키니 바다 구름 생겨나네.
지금 이 포구 건너는데 푸른 파도는 무슨 일인고
이같이 풍파 높으니 더 갈 수가 없다네.

〖감상〗

강을 건너는 노래이다. 이 강을 건너게 하는 '횡강포'가 있고 거기에는 관리까지 배치되어 있었다. 내가 동쪽 바다를 향해 손으로 가리키면 구름도 생겨나니 이 무슨 조화인가? 지금 내가 이 강을 건너가려는데 구름은 또 무슨 일고? 이렇게 풍파가 짙은 날에는 더 갈 수가 없다고 시인은 노래하고 있다. 강을 건너는 것도 시인은 하나의 낭만이었다.

도움말 |

횡강포는 화주和州에 있으니 채석한 돌을 싣고 자주 왕래하는 곳이었다. '진리津吏'는 이곳 나루에서 주로 배를 맞이하고 보내는 사람이다. '진리'가 한 번 말을 하고 손을 들어 동쪽을 가리키면 먼 바다 구름이 일어나고 하늘이 변하며 바람이 불어온다.

어려운 낱말

• 橫江(횡강) : 강을 가로질러 건너가는 일. • 向余(향여) : 내 ~을 향하다. • 海雲生(해운생) : 바다 구름이 일어나다. • 卽今(즉금) : 지금. • 如此(여차) : 이와 같이.

165
黃鶴樓, 送, 孟浩然之, 廣陵 | 李白이백
황학루 송 맹호연지 광릉

故人西辭黃鶴樓하고 煙花三月下揚州라.
고인서사황학루 연화삼월하양주

孤帆遠影碧空盡하고 惟見長江天際流라.
고범원영벽공진 유견장강천제류

〖풀이〗 황학루에서 광릉으로 가는 맹호연을 보내며

친구여! 벗은 서쪽의 황학루를 거기 두고
꽃그늘 흐릿한 삼월에 양주로 내려가네.
외로운 돛 먼 그림자는 벽공 속으로 사라지고
보이는 것은 오직 하늘 끝 흐르는 장강長江일 뿐.

〖감상〗

황학루에서 장강으로 배를 타고 떠나는 친구를 이별하고 있다. 첫 구절에서 '친구여! 자네는 서쪽의 황학루를 거기 두고' 의 구절을 보아 알듯이 두 사람은 항상 이 황학루에서 서로 연락을 하던 장소가 아닌가? 맹호연은 이곳을 버리고 꽃그늘 아름다운 3월에 양주로 내려간다고 하니 더욱 친구가 그리워진다. 그 다음 3, 4구절에서 이별의 정취가 잘 나타나 있다. 친구가 타고 가는 외로운 돛배가 차츰 수면 위에서 사라져 갈 때 더욱 그리움을 느끼게 된다.

도움말

고인은 오래 사귄 친구를 말한다. 서사西辭는 양주로 내려가는 것을 말하며, 황학루黃鶴樓는 호북성 무창현의 황학산에 있는 높은 누대樓臺이다. 연화煙花는 안개 같은 것이 끼어 흐릿하게 보이는 꽃을 말하며, 양주楊州는 중국 구주九州의 하나로 북쪽은 회수淮水를 경계로 하고 남쪽은 바다에 이르는 지역인데 지금의 절강성, 강서성, 복건성 등이 포함된다.

어려운 낱말

• 黃鶴樓(황학루) : 호북성 무창에 있는 누각. • 孟浩然(맹호연) : 시인이며 이백의 친구. • 煙花三月(연화삼월) : 꽃그늘 내리는 삼월. • 孤帆(고범) : 외로운 돛단배.

166 早發白帝 | 李白이백
조 발 백 제

朝辭白帝彩雲間하여 千里江陵一日還이라.
조 사 백 제 채 운 간 천 리 강 릉 일 일 환

兩岸猿聲啼不住어니 輕舟已過萬重山이라.
양 안 원 성 제 부 주 경 주 이 과 만 중 산

〘풀이〙 **아침 일찍 백제성白帝城을 떠나다**

아침에 채색 구름 사이 백제성을 떠나서
천 리 길 강릉을 하루 만에 와 닿았네.
양쪽 강 언덕 원숭이 울음소리 멎기도 전에
가벼운 배는 이미 만 겹산을 지나왔네.

〘감상〙

백제성을 떠난다는 내용의 시다. 교통수단은 장강에서 배를 타고 출발하는 것이다. 아침 일찍 백제성을 하직하여 천 리나 되는 머나먼 길을 하루 만에 강릉에 가 닿았다는 것이다. 가는 도중 장강 강가에는 원숭이 소

백제성(白帝城)

리가 늘 들려오고 그 원숭이 소리를 들으면서 머나먼 길을 배를 타고 떠나가는 광경을 생각하니 생각만 해도 멋있어 보인다. 이런 환경 속에 이백이 아니면 이런 시가 나올 수 없지.

도움말

백제성은 '촉중어복蜀中魚腹'이라 했는데, 이는 공손술公孫述이 촉蜀나라에 있을 때 우물에 흰 용을 보고 이름을 백제성지라고 했으며, 우물이 심히 높은 곳

유비(劉備)

에 있었기에 채운 사이에 있다고 했다. 백제성은 지금의 사천성 봉절현에 있는 옛 성이다. 촉나라의 유비가 이곳에서 오吳를 막았다고 하는 곳이다.

어려운 낱말

• 朝辭(조사) : 아침에 하직함. • 彩雲(채운) : 아침 햇빛에 붉게 물든 구름. • 江陵(강릉) : 현재 호북성 강릉현. 그 당시 백제성에서 강릉까지의 뱃길은 하루면 당도할 수 있다. • 萬重山(만중산) : 겹겹이 중첩해서 둘러싸인 산.

167
山中問答 | 李白이백
산 중 문 답

問余何事棲碧山고? 笑而不答心自閒이라.
문 여 하 사 서 벽 산　소 이 부 답 심 자 한

桃花流水杳然去하니 別有天地非人間이라.
도 화 유 수 묘 연 거　별 유 천 지 비 인 간

〖풀이〗 산중에서 문답하다

묻노니, 그대는 어찌하여 이 산중에서 사느냐?
웃기만 하고 대답 않으니 마음만은 편안하네.
복사꽃이 흐르는 물에 아득히 떠서 흘러가니
여기가 별천지인가? 인간 세상 아니로세.

〖감상〗

우리 현대시에서 김상용의 '남으로 창을 내겠소.' 에서도 이런 이미지를 느낄 수 있다. 〔…… 강냉이가 익걸랑 / 함께 와 자셔도 좋소 / 왜 사냐건 / 웃지요〕 이 시는 전원을 노래한 시이지만, 이달李達의 시에서 〔寺在白雲中(사재백운중), 白雲僧不掃(백운승불소). 客來門始開(객래문시개), 萬壑松花老(만학송화로).〕가 있으니, 이 역시 이런 시적 분위기를 표현한 시가 아닌가 한다.

도움말

위의 2구절은 묻고 대답하는 형식으로 되어있다. 무엇 때문에 이런 산중에 사느냐? 하고 물었는데, 대답은 웃음으로 답했다. 그러나 언어 대신 웃는 것이 마음이 편했다. 아래 2구절은 추가 설명으로 여기가 바로 무릉도원 같은 별천지가 아닌가? 도무지 인간 세상이 아니라는 것 같다고 말하고 있다.

어려운 낱말

• 問余(문여) : 너에게 묻노니. • 棲碧山(서벽산) : 푸른 산에서 사느냐? • 杳然去(묘연거) : 아득히 흘러가니.

168

東魯門, 泛舟 | 李白이백
동 로 문 범 주

日落沙明天倒開하니 波搖石動水縈廻라.
일 락 사 명 천 도 개 파 요 석 동 수 영 회

輕舟泛月尋溪轉하니 疑是山陰雪後來라.
경 주 범 월 심 계 전 의 시 산 음 설 후 래

〖풀이〗 **동로문에서 배를 띄우다**

지는 해 모래를 비추니 하늘이 다시 내려온 듯
파도에 흔들려 돌이 움직이니 물이 얽히어 돌아 흐르네.
가벼운 배 달빛 아래 떠서 여울을 찾아 굴러가니
의심하기에, 마치 산음山陰에 눈 내린 다음날 같군.

〖감상〗

'동로문' 에서 배를 띄우고 떠나가는 모습이다. 해 지는 모래 위에 하늘이 내린다는 것은 밝은 모래 위에 햇빛이 비치어 더욱 밝음을 표현한 것이다. 가벼운 배 위에 내리는 달빛 아래 여울을 찾아 굴러가니 마치 겨울날 눈 내린 다음날에 굴러가는 것 같다는 것은 배가 가볍게 떠내려간다는 표현이다. 이백의 시에서는 어려움 없이 술술 풀려나가는 실꾸리처럼 막힘 없이 읽혀 나가는 시가 신기하기까지 하다.

도움말

동로문東魯門은 곤주부袞州府(산동성 곤주현) 성동城東에 있다. 제1구에는 햇빛이 땅에 내려 모래 위에 밝게 비치니 마치 하늘이 땅에 떨어져 내린 것 같으므로 '도개倒開' 라는 말을 쓰고 있다. 제2구에서는 물이 끓어올라서 파도가 되고 돌을 흔들어 움직임을 말했으며, 제3구는 해가 지고 달이 떠올라서 물에 얽히어 돌아 흐르니 시냇물이 스스로 굴러 끊어짐을 말했다. 제4구는 진晉나라 임금 휘徽가 산음山陰에 살고 있을 때, 밤에 내린 눈과 달빛이 밝게 비쳐서 온 사방이 하얀빛이었다. 그날 밤에도 조그마한 배를 타고 가니 지금 배 띄우니 흥이 마치 진왕晉王 휘徽와 같은 흥취를 느끼게 됨을 말하고 있다.

어려운 낱말

• 東魯門(동로문) : 산동성 곤주에 있다. • 天倒開(천도개) : 하늘이 내려오다.
• 波搖(파요) : 파도에 흔들리다. • 縈廻(영회) : 얽히어 돌아감.

169
秋下荊門 | 李白이백
추 하 형 문

霜落荊門千樹空하고 布帆無恙掛秋風이라.
상 락 형 문 천 수 공 포 범 무 양 괘 추 풍

此行不爲鱸魚膾라 自愛名山入剡中이라.
차 행 불 위 노 어 회 자 애 명 산 입 섬 중

〖풀이〗 가을 형문산

서리 내린 형문산에 온갖 나무 앙상한데,
돛은 탈 없이 가을바람에 걸려 있네.
이번 길은 농어회 때문이 아니라
명산을 좋아하여 섬중剡中으로 들어가는 것이네.

〖감상〗

이때에 나의 배는 아무 이상 없이 돛대에 순풍을 안고 가을바람에 밀려 오나라 땅으로 들어간다. 이 얼마나 유쾌한 일인가? 그런데 지금 나의 이번 길은 옛날 장한張翰이 고향의 순챗국과 농어회가 생각나서 벼슬도 버리고 돌아가버린 일과 같은 것이 아닌가 하고 생각한다. 섬계剡溪 지방의 아름다운 산수가 좋아서 지금 찾아가는 것이다.

도움말

형문荊門은 호북성 의도현 서북쪽에 있는 산 이름이다. 양자강의 남쪽 기슭에 있는 형문산과 북쪽에 있는 호아산虎牙山이 마주보고 있는 그 사이를 급류가 흘러 들어가는 문과 같다 하여 형문산이라 붙여진 이름이다. 섬중剡中은 절강성에 있는 지명(옛날 오나라 땅에 있던 경치가 아름다움)이며 형문산에 서리가 내려 잎이 다 떨어지면 나무가 앙상해지니 그 가을 정경을 묘사하고 있다.

어려운 낱말

• 霜落(상락) : 서리가 내리다. • 布帆(포범) : 돛. • 鱅魚膾(노어회) : 농어회. • 剡中(섬중) : 형문에 땅 이름. 지명.

형문산(荊門山)

170
蘇臺覽古 | 李白이백
소 대 람 고

舊苑荒臺楊柳新하니 菱歌淸唱不勝春이라.
구 원 황 대 양 류 신 능 가 청 창 불 승 춘

只今惟有西江月이여! 曾照吳王宮裡人하리.
지 금 유 유 서 강 월 증 조 오 왕 궁 리 인

〖풀이〗 소대에서 회고함

옛 동산 거친 누대 버들 빛만 새로운데
마름 따는 고운 노래에 지난봄이 그립네.
지금 떠 있는 서강의 달이여!
일찍 오나라 왕궁의 미인을 비췄으리.

〖감상〗

이 시는 옛일을 회고한 시로서 '월중람고越中覽古' 와 주제가 같고 유사한 제재를 취하여 옛날의 영화로움을 읊고 있다. 또한 이 시는 서시西施(미인)라는 요부를 등장시키고 있지만 실은 당 현종의 양귀비에 대한 비유이며 이백 자신의 처지에 대한 한탄이요 탄식이다.

도움말

'구원舊苑' 은 오왕 부차夫差가 고소姑蘇에 도읍해서 계원桂苑이 있는 곳이요, '황대荒臺' 는 바로 고소대姑蘇臺이다. 동산이 낡았고 대가 황폐했으나 버드나무 색깔은 오히려 새롭다고 말하고 있다. 제2구절은 마름 따는 노래를 회상하며 봄을 그리워하고 있고, 제3구에서는 보이는 것은 새로 핀 버드나무요 들리는 것은 마름 노래인데 거기에 서강의 달빛은 더욱 그리움을 자아낸다. 제4구에서는 지금의 저 달은 일찍 오나라 궁인인 그 미인(서시)을 비추라고 했으니 그때의 간절함을 회고하고 있는 것이다.

어려운 낱말

• 舊苑荒臺(구원황대) : 옛 동산의 거친 누대. • 菱歌(능가) : 마름 따는 노래. • 不勝春(불승춘) : 봄을 이기지 못함.

171
越中覽古 | 李白이백
월 중 람 고

越王句踐破吳歸하니 義士還家盡錦衣라.
월 왕 구 천 파 오 귀 의 사 환 가 진 금 의

宮女如花滿春殿이나 只今惟有鷓鴣飛라.
궁 녀 여 화 만 춘 전 지 금 유 유 자 고 비

〔풀이〕 회계에서 회고하다

월왕 구천이 오를 쳐부수고 돌아오니
가신들은 집으로 돌아가 비단옷 입었네.
꽃 같은 궁녀들이 봄 궁전에 넘쳐났었지
그러나 지금은 허무하게 자고새만 날고 있네.

〔감상〕

이 시는 시인이 회계로 유람 갔다가 감흥을 느껴서 지은 회고시이다. 이 시는 우리가 잘 아는 '오월동주吳越同舟', '와신상담臥薪嘗膽' 이라는 고사성어와 관계되는 시이며, 또한 이것과 유사한 풍격의 이백의 시 '소대람고蘇臺覽古' 란 시와 같이 놓고 음미해야만 그 면모가 드러나는 시이기도 하다. 이 시는 옛 역사 속의 복수의 연속이었다.

도움말

월왕(越王)

춘추시대의 오왕吳王 부차夫差는 그의 부친 함려闔閭가 월왕越王 구천句踐과의 싸움에 져 패주하자 도중에서 횡사하는 치욕을 당하게 된다. 부차는 아버지의 원수를 갚기로 결심해서 매일 밤 섶에서 잠을 자며 복수를 잊지 않았다. 결국 회계會稽의 싸움에서 구천을 이겼다. 그러나 부차는 옛일을 용서하고 승자의 아량으로 구천을 용서했다. 그런데 구천 역시 보통내기가 아니었다. 그는 부차에게 복수하려고 항상 쓰디쓴 쓸개를 씹으며 복수의 칼날을 세웠다. 미인 서시까지 부차에게 바쳤다. 오왕 부차는 서시西施의 아름다움에 탐닉하여 고소대姑蘇臺 위에 화려한 궁전을 짓고 환락의 나날을 보내다가 20년 후에 월왕 구천의 일격을 받고 고소대에서 자살했다. 이런 사실도 잊은 채 지금은 구슬픈 자고새만 날아다닐 뿐이었다.

어려운 낱말

• 越中(월중) : 현재 절강성 紹興市(소흥시)로서 춘추시대 越(월)나라의 도읍지였던 會稽(회계)를 가리킨다. • 覽(람) : 옛 유적을 바라보며 지난 일을 생각해 보는 것. • 句踐(구천) : 춘추시대 越(월)나라 왕. • 鷓鴣(자고) : 꿩과에 속하는 새.

그 울음소리가 구슬프다.

| 덧붙임 |

이백(李白)

李白〔이백; 701-762, 盛唐(성당)〕: 이태백. 蜀(촉) 綿州(면주) 彰明縣(창명현)에서 출생. 20대에 약 10년 동안 호북, 호남, 강소성 등지를 다니면서 맹호연 등 많은 시인과 교유했음. 36세 무렵 산동성 任城縣(임성현)에서 몇 년간 살았는데 그 중에 孔巢父(공소보) 등 5인의 은사와 徂徠山(조래산)에 은거, '竹溪六逸(죽계육일)' 로 불렸다. 42세 때 도사 吳筠(오균)과 賀知章(하지장)의 추천으로 현종을 뵙고 翰林供奉(한림공봉)에 임명되었다. 그 후 벼슬을 그만두고 방랑하면서 두보, 고적 등의 시인과 알게 되었다. 방랑이 끝날 즈음에 안록산의 난이 일어나 그것을 토벌하러 나선 氷王(빙왕) 군대의 참모가 되었다가 氷王(빙왕)이 형 肅宗(숙종)과 항쟁해 조정의 토벌을 받게 되자 그도 잡혀 사형될 뻔했으나 감면되어 귀주성 夜郎(야랑)으로 유배 도중에 사면되었다. 이후에는 주로 강남 지방을 전전했으며 62세에 안휘성 當塗縣(당도현)에서 병사했다. '李太白集(이태백집)' 과 1,000여 수의 시가 남아있다.

172

芙蓉樓, 送, 辛漸 | 王昌齡왕창령
부 용 루 　송 　신 점

寒雨連江夜入吳하니 平明送客楚山孤라.
한 우 연 강 야 입 오 　　평 명 송 객 초 산 고

洛陽親友如相問커든 一片氷心在玉壺하라.
낙양친우여상문　　일편빙심재옥호

〖풀이〗 **부용루에서 신점을 보내며**

차가운 비, 강을 이어 밤에 오나라로 드는데
날 샐 무렵 나그네 보내니 초산楚山이 외롭구나.
낙양洛陽 사는 친구들 내 소식 묻거든
한 조각 얼음 같은 마음이 옥병 속에 있다 하게.

〖감상〗

제목이 '부용루에서 신점을 보낸다.' 로 되어 있다. 신점은 왕창령의 친구다. 특히 부용루에서 친구를 보내면 남다른 애정이 있었을 것 같다. 예나 지금이나 이별은 슬픈 것. 그래서 가을 산이 외롭다고 했으며, 고향의 친구들이 만약 묻는다면 한 조각 마음이 옥호玉壺 속에 있다고 말해달라는 부탁마저 잊지 않고 두 사람은 이별하고 있다.

도움말

부용루芙蓉樓는 지금의 강소성 진강시의 서북쪽에 있었던 건물 이름이다. 그때 비가 그치지 않고 내려서 오나라 땅 전역이 빗속에 잠겼다. 그래서 '연강야입連江夜入' 이란 말로 표현하고 있다. '평명平明' 은 밤에서 날이 밝아 옴을 이름이요, '송객送客' 은 신점辛漸을 보내어 낙양으로 들어가는 것을 말한다. 신점을 보내고 작자 혼자 남아 있으니 초산은 외롭기만 하다. 그대 낙양으로 들어가면 낙양의 친구들이 나를 물을 터이니 나의 마음은 옥병 속의 얼음같이 맑고 깨끗하다고 '청여백옥호淸如白玉壺' 란 말을 전하여 달라고 부탁하듯 중얼거린다.

부용루(芙蓉樓)

어려운 낱말

• 寒雨(한우) : 찬비. • 平明(평명) : 해가 뜰 무렵. • 楚山孤(초산고) : 부용루의 머리에서 바라보는 북쪽이기에 楚山(초산)이라 했다. 강의 북쪽은 모두 초나라 땅이기 때문. • 氷心(빙심) : 얼음같이 맑고 깨끗함.

173
送別, 魏二 | 王昌齡왕창령
송별 위이

醉別江樓橘柚香하고 江風引雨入船涼이라.
취별강루귤유향 강풍인우입선량

憶君遙在湘山月하고 愁聽淸猿夢裏長이라.
억군요재상산월 수청청원몽리장

〖풀이〗 **위이魏二를 이별하며**

이별주 한잔하는 강루江樓에 귤 향기 풍겨오고
강바람 비를 몰아 불어오니 배 안도 서늘하네.
그대 생각하니 아득하여 상산湘山에 달이 비치고
항수에 젖은 원숭이 소리 꿈결에도 오래 들리리.

〖감상〗

상산湘山의 달빛은 이별하는 장면의 배경이 되고, 산 위를 비추는 달빛은 멀리 무엇을 생각하듯 물결 일렁이는 밤이었음을 말하고 있다. '몽리장夢裏長' 은 산 위의 달이 비치고 원숭이 울음소리 맑으니 듣는 이로 하여금 꿈속처럼 들려오는 듯 객심客心을 불러일으키게 하고 있다. 이때 잠결 같은 꿈결에도 원숭이 울음소리 곱게 들리니, 내가 그대를 생각하는 이때에 어찌 그대 떠나보내는 아쉬운 마음이 없겠는가?

도움말

'취별강루醉別江樓' 는 위이魏二를 더불어 강가 누각에서 한잔 술을 마시며 그를 보내는 장면이다. 귤과 유자 향기가 난다는 것은 계절적으로 가을이 깊음을 암시한다. 귤과 유자는 종류가 다르지만 모두 향기가 좋은 과일로 작은 것은 귤이요 큰 것은 유자이다. '입선량入船涼' 이란 말은 위이魏二와 이별한 후에 배를 타고 강을 떠나가니 비가 내리고 강바람 배에 스치어 가을 기분이 난다고 했다. 소상강瀟湘江 뱃길 따라 들리는 원숭이 소리도 시적인 분위기를 잘 표현하고 있다.

어려운 낱말

• 橘柚香(귤유향) : 귤과 유자의 향기. • 江風引雨(강풍인우) : 강바람이 비를 끌어온다. • 湘山月(상산월) : 상산에 뜬 달. • 淸猿(청원) : 맑은 원숭이 소리.

174
春思 | 賈至가지
춘 사

草色青青柳色黃하고 桃花歷亂李花香이라.
초 색 청 청 유 색 황　　도 화 역 란 이 화 향

東風不爲吹愁去요? 春日偏能惹恨長이라.
동 풍 불 위 취 수 거　　춘 일 편 능 야 한 장

〚풀이〛 봄의 사념

풀빛은 파릇파릇 버들 빛 노랗게 움터오고
복사꽃 흐드러지고 이화梨花는 향기롭다.
봄바람도 내 시름 씻어가지 못하는가?
봄날은 도리어 내 한탄만 길게 키우고 있네.

〚감상〛

이 시는 작자가 벼슬에서 강등되었을 때 지은 것이기에 이 시에서 표현하려고 한 것은 단순한 슬픔이나 분함이 아니라 불우한 상황에 처하게 된 작자 내면의 깊숙한 곳에서 나온 설움 같은 한이다. 그것은 '봄바람도 나의 수심을 씻어가지 못한다.' 에서도 느낄 수가 있다.

도움말

역란歷亂은 꽃이 무성한 모양이요 동풍東風은 봄바람이다. 봄이 한창이다. 이 시는 제목에서 엿볼 수 있듯이 각 구절마다 만물이 소생하는 봄이라는 계절을 나타내는 이미지들로 가득하여 작자의 '시름〔愁〕과 설움〔恨〕' 을 더욱 강렬하게 노출시키는데 중심적인 역할을 한다. 3, 4구에서는 시인의 처절한 슬픔을 외부의 화사하고 아름다운 경치로도 없앨 수 없는 것이다. 그래서 봄바람은 내 한탄만 키운다고 했다.

어려운 낱말

• 桃花歷亂(도화역란) : 복사꽃이 매우 어지럽다. • 吹愁(취수) : 수심을 걷어감.
• 偏能(편능) : 도리어. • 惹(야) : 불러일으키다.

175
濟江, 問舟子 | 孟浩然맹호연
제 강 문 주 자

潮落江平未有風하고 舠輕共濟與君同이라.
조 락 강 평 미 유 풍 도 경 공 제 여 군 동

時時引領望天末하니 何處青山是越中고?
시 시 인 령 망 천 말 하 처 청 산 시 월 중

〚풀이〛 강을 건너가며 사공께 묻다

파도 잔잔하니 강은 평평하고 바람 불지 않아
거룻배도 가볍게 그대와 함께 건너가네.
때때로 멀리 하늘의 한 끝을 바라보니
어느 곳이 우리가 이 넘어가는 청산인가?

〚감상〛

시인 맹호연이 강을 건너며 사공에게 묻는 내용으로 되어 있다. 이 주제는 우리가 넘어야 할 청산은 어디 있는가?이다. 파도가 잠잠하고 강도 평평하여 바람도 불지 않는다는 인생의 순탄한 길을 암시하며, 그대 사공과 함께 이 강을 건너는데 때때로 하늘의 한 끝을 바라보는 이유는 무엇인가. 그곳에는 우리가 넘어야 할 청산이 있다는 것이다. 청산은 여러 가지를 의미하지만 인생의 어려움, 죽음까지도 시인은 생각하고 있다.

도움말

파도가 잔잔하게 밀려들기에 강물은 평평하게 보이고 바람 일찍 불지 않기에 물결이 잔잔하다. '도舠'는 거룻배를 말한다. 공제共濟는 사공과 함께 강을 건너감을 말한다. 여기에서 '여군與君'은 배사공과 함께라는 뜻이다. '망천말望天末'은 마음속의 생각을 뛰어 넘은 까닭에 어떤 한계선 밖을 바라본다는 뜻이다. 여기서 '시월중是越中'은 의문을 나타내는 말로서 강 위에 떠 있는 산이 무수하게 많으니 어느 곳의 산을 어떻게 지나가는지 알 수가 없다는 내용이다.

어려운 낱말

• 舟子(주자) : 뱃사공. • 潮落(조락) : 파도가 고요함. • 舠輕(도경) : 가벼운 거룻배. • 天末(천말) : 멀리 하늘과 강의 끝을 바라봄. • 是越中(시월중) : 의문을 나타내는 말.

176

集靈臺 | 孟浩然맹호연
집 영 대

虢國夫人承主恩하니 平明騎馬入宮門이라.
괵 국 부 인 승 주 은 평 명 기 마 입 궁 문

却嫌脂粉汚顔色하면 淡掃蛾眉朝至尊이라.
각 혐 지 분 오 안 색 담 소 아 미 조 지 존

〖풀이〗 **집영대**

곽국虢國 부인이 임금의 은혜를 이었으니
아침에 기마騎馬를 타고 궁문으로 들어온다.
문득 연지분을 싫어하여 안색이 더러워지면
맑게 눈썹을 매만지며 임금님을 만나게 되네.

〖감상〗

임금님이 나오는 시간은 아침 해 뜰 무렵이었다. 맑게 눈썹을 쓸어내리니 그것은 다만 아름답고 깨끗하게 하기 위함만이 아니었다. 그것은 급하게 임금을 만나기 위함이었다. 이 '집영대' 에서 귀비는 임금을 만나서 하루의 일을 시작하는 것이다. 승은을 입은 궁녀가 임금의 은혜를 입어서 하루를 시작하는 것을 시인 맹호연은 잊지 않고 '집영대' 라는 작품으로 썼다.

도움말

집영대集靈臺는 화청궁 안에 있다. 현종 때 만든 것이다. 귀비삼이貴妃三姨(韓國, 秦國, 虢國)의 3부인이 있었는데 곽국虢國이 제일 아름다웠으므로 홀로 임금의 은혜를 받게 되었다. 대개 평명平明은 동틀 무렵, 혹은 새벽녘을 말한다. 금문金門으로 기마騎馬를 타고 들어오게 되면 임금의 은총을 받게 되는 것이다. '오안색汚顔色' 은 외전外傳에, 곽국虢國은 연지분을 사용하지 않아도 항상 아름다웠다고 했다.

어려운 낱말

• 集靈臺(집영대) : 화청궁 안에 있는 대. • 虢國(곽국) : 나라 이름. • 虢(곽) : 범 발톱자국(곽). • 却嫌(각혐) : 싫어하다. • 汚顔色(오안색) : 얼굴이 더러워짐. • 淡掃蛾眉(담소아미) : 눈썹을 쓸고 매만지다.

| 덧붙임 |

맹호연(孟浩然)

孟浩然(맹호연; 689-740): 호북성 襄陽人(양양인). 본명은 浩(호), 자는 浩然(호연). 젊은 시절 몇 번이나 과거에 응시하여 낙방하고 여러 곳을 방랑하다가 양양 교외 녹문산鹿門山에 은거. 40여세 때 장안의 명사들 집을 드나들며 張九齡(장구령), 王維(왕유) 등의 詩會(시회)에 참가하여 文才(문재)를 인정받음. 잠시 벼슬을 하다가 좌천되자 사임하고 여러 곳을 방랑, 다시 향리에 은거했다가 등창 병으로 죽음. '孟浩然集(맹호연집)' 4권과 260여 수의 시가 남아 있음.

177
渡, 桑乾 | 賈島가도
도 상 건

客舍幷州已十霜하니 歸心日夜憶咸陽이라.
객 사 병 주 이 십 상　　귀 심 일 야 억 함 양

無端更渡桑乾水에 却望幷州是故鄕이라.
무 단 갱 도 상 건 수　　각 망 병 주 시 고 향

〚풀이〛 상건수桑乾水를 건너며

나그네 되어 병주幷州에 산 지 이미 십 년
돌아가고픈 마음에 밤낮으로 함양을 생각했네.
무단히 상건수桑乾水를 다시 건너게 됨에

고개 돌려 병주幷州를 보니 그곳이 바로 내 고향이네.

〖감상〗

나그네 되어 10년 동안 타향에만 머물다 보니 항상 함양만 생각하게 되었다. 그러다가 어느 날 상건강을 건너게 되고 보니 오히려 병주幷州가 타향인데 고향 같은 느낌이 들었다. 타향에 살면서 정이 든 제2의 고향에 정이 붙어 그 정을 노래한 작품이다.

도움말

10년이 넘도록 오랫동안 병주에서 객지 생활을 하다가 그동안 밤낮 고향인 함양을 생각하며 지냈다. 그런데 이번에 우연한 기회에 북쪽 지방으로 가게 되어 상건수를 건너며 고개 돌려 병주를 바라보니 오히려 이곳 병주가 고향이듯 느껴진다고 시인 가도는 말하고 있다.

어려운 낱말

• 桑乾(상건) : 桑乾江(상건강)을 말하니, 지금의 산서성 북부에서 하북성, 북경을 지나 발해만으로 흐르는 강이다. • 客舍(객사) : 나그네로 생활함. '舍(사)'는 머물러 있다는 뜻도 된다. • 幷州(병주) : 지금의 산서성 태원시. • 十霜(십상) : 십 년. • 咸陽(함양) : 지금의 섬서성 함양시이다. • 無端(무단) : 뜻밖에.

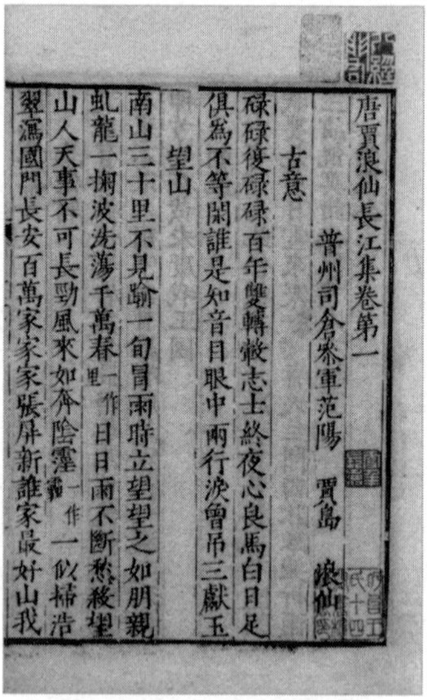
唐賈浪仙長江集卷第一
普州司倉參軍范陽　賈島　浪仙
古意
碌碌復碌碌百年雙轉轂志士終夜心良馬白日足
俱爲不等閑誰是知音目眼中兩行淚曾吊三獻玉
望山
南山三十里不見逾一旬冒雨時立望望之如朋親
虬龍一掬波洗蕩千萬春一作里 日日雨不斷愁殺望
山人天事不可長勁風來如奔陰霾一作霧 一作 一似掃浩
翠濕國門長安百萬家家家張屏新誰家最好山我

가낭선장강집(賈浪仙長江集)

| 덧붙임 |

가도(賈島)

賈島〔가도; 779-843, 中唐(중당)〕: 하북성 범양 출신. 字(자)는 浪仙(낭선). 가난과 거듭되는 과거 낙방 끝에 출가, '無本(무본)'이라 하고 불교에 귀의. 한유의 영향을 받아 사천성 長江(장강)의 注簿(주부)가 되었다가 사천성 普州(보주) 司倉參軍(사창참군)으로 전임되었으나 부임치 못하고 죽음. 당시 유행했던 元稹(원진), 白居易(백거이)의 平俗(평속)한 시풍에 대하여 불만, 시구의 단련을 주장했다. 孟郊(맹교), 張籍(장적) 등과 시를 唱和(창화)하여 이름을 날림. 소동파는 이들의 시풍을 '郊寒島瘦(교한도수)'라고 평함. '賈浪仙長江集(가낭선장강집)' 10권, 400여 수의 시가 전한다.

178

宮中詞 | 朱慶餘주경여
궁 중 사

寂寂花時閉院門하니 美人相幷立瓊軒이라.
적 적 화 시 폐 원 문 　 미 인 상 병 입 경 헌

含情欲說宮中事하나 鸚鵡前頭不敢言이라.
함 정 욕 설 궁 중 사 　 앵 무 전 두 불 감 언

〖풀이〗 궁중의 노래

적적하게 꽃피는 봄, 문을 닫아걸었으니

궁중의 미인들이 경헌瓊軒에 함께 서 있네.

정을 머금고 궁중의 일을 말하고자 하나
앵무새 앞이라서 감히 말하지 못하겠네.

〖감상〗

궁중에서는 말을 마음대로 하지 못한다는 것이다. 그래서 감히 말하지 못하기 때문에 꼭 말을 할 때에 머리를 들어 앵무새까지 주의하지 않으면 안 된다. 이 새는 사람의 말을 하는 새이기 때문이다. 그래서 앵무새 앞에서 궁인들의 욕이나 험담을 하지 못하게 된다. 제4구절에서 '앵무새 앞이라 감히 말하지 못 하겠네' 하고 끝을 맺는다.

도움말

이 시는 궁중에서 궁녀들의 한을 다룬 작품이다. '화시花時' 는 꽃 피는 봄이다. 이때는 항상 적적하게 문을 닫아 두었으니 미인은 봄에 아픔이 크다는 것을 말하고 있다. '경헌瓊軒' 은 궁중의 헌함軒檻을 미화해서 한 말이다. 궁중의 미인들이 함께 생활하고 있어도 여인들이 자기의 정서를 마음에 있는 모든 것을 서로 말하지 못하게 된다. 정을 머금고 말을 하게 되면 궁중에서 여러 가지 일들을 알게 되고 임금의 사랑을 빼앗기는 일, 교태와 질투와 은혜와 원망들이 남에게 누설하기 쉽다.

어려운 낱말

• 閉院門(폐원문) : 집의 문을 닫다. • 瓊軒(경헌) : 궁중의 헌함을 미화한 말. • 含情(함정) : 정을 머금었으나 말을 못함. • 鸚鵡(앵무) : 사람의 말을 그대로 한다는 앵무새.

| 덧붙임 |

朱慶餘(주경여; 797~?): 본명은 可允(가윤). 越州(월주) 절강성 소흥 사람. 進士科(진사과) 及第(급제). 벼슬은 하지 않았으며 張籍(장적)의 아낌을 받았다.

179
題, 昔所見處 | 崔護최호
제 석소견처

去年今日此門中에 人面桃花相映紅이라.
거년금일차문중 인면도화상영홍

人面不知何處去오? 桃花依舊笑春風이라.
인면부지하처거 도화의구소춘풍

〖풀이〗 옛 그 장소에 와서 보니

지난 해 오늘 이 대문 안에
사람의 얼굴처럼 복숭아꽃이 붉게 비치고 있었네.
그 사람 얼굴 어디로 갔을꼬? 알지 못하는데
복숭아꽃만 의구하게 봄바람에 웃고 있네.

〖감상〗

최호가 벼슬하기 전 성도成都에서 놀고 있을 때 시골에 있으면서 목화 떨기를 얻어 목말라 씹었더니, 한 여인이 있어 문을 열고 사발에 물을 들고 복숭아나무 밑에 이르러 서 있었다. 최호가 환심을 보이고 일어나서 사례했다. 환상인가? 아니면 복숭아 붉은 꽃나무였던가? 그 다음에 그를 찾으니 문은 옛 그대로인데 빗장이 잠겨 있었다. 그래서 어떤 느낌이 있어 그것을 시의 제목으로 하였다.

도움말

'차문중此門中'은 작년에 여기서 여인을 보았던 곳이 바로 이 대문이 있던 그 안이었던 것이다. '상영홍相映紅'은 작년 이 대문 안에 사람의 얼굴을 보았는데 이제 와서 보니 붉은 것은 붉은 것끼리(복숭아꽃), 흰 것은 흰 것끼리(여인의 얼굴) 환상으로 비치고 있다는 것이다. '하처거何處去'는 작년에 보았던 그 여인의 얼굴이 어느 곳으로 갔는지 알 수가 없고, 다만 복숭아꽃만 피어있다는 것. 이렇게 꽃만 피어 있고 봄바람만 불고 그 여인은 어디 가고 없었다. 봄바람만 쓸쓸히 불어 마음만 아프게 했다.

어려운 낱말

• 相映紅(상영홍) : 붉게 비치고 있었다. • 何處去(하처거) : 어디로 갔느냐? • 依舊(의구) : 예처럼.

| 덧붙임 |

崔護(최호) : 작자 미상.

180
江樓書懷 | 趙嘏조하
강루서회

獨上江樓思悄然한데 月光如水水如天이라.
독상강루사초연 월광여수수여천

同來玩月人何在오? 風景依俙似去年이라.
동 래 완 월 인 하 재　　풍 경 의 희 사 거 년

〖풀이〗 강변 누대에서 회포를 적다

홀로 강루에 오르니 생각이 초연한데
달빛은 물과 같고 물은 하늘에 닿았네.
함께 와서 달 보던 사람은 어디에 있나?
풍경은 희미하여 작년과 같구나.

〖감상〗

홀로 강가의 누대에 올라오니 여러 가지 추억들이 떠오르는데, 강가의 달빛은 맑고 차서 강물이 멀리 하늘까지 맞닿아 흐르는 것 같이 보인다. 이 아름다운 경치를 함께 보며 즐기던 그 사람은 지금 어디에 있는지? 이곳의 경치는 옛날이나 지금이 다름이 없는데 나만 홀로 이곳에 올라와 보니 참으로 비감하기 짝이 없구나.

도움말

제목이 '강루서회' 이다. 강 누각에 올라 시인의 회포를 적는다는 것으로 되어있다. 특히 홀로 강루에 올랐으니 더욱 쓸쓸하고 달빛과 물빛과 하늘이 맞닿아서 슬프게만 느껴진다. 3구에는 함께 여기에 올라 달구경하던 사람은 지금 어디에 있는가 하고 한탄을 한다. 이 시의 전면에 흘러넘치는 시적인 회포와 향수에 가득한 시의 미감은 만당시晩唐詩의 특징을 잘 나타내고 있다.

어려운 낱말

• 江樓(강루) : 강변에 세워진 누각. • 書懷(서회) : 회포를 적음. • 悄然(초연) :

근심하는 모양. • 依稀(의희) : 거의 똑같음. • 俙(희) : 희미할(희), 방불할(희).

| 덧붙임 |

趙嘏〔조하; 815-?, 晩唐(만당)〕: 강소성 山陽人(산양인). 字(자)는 承佑(승우). 진사 급제 후 섬서성 謂南(위남)의 尉(위)가 되었으나 전혀 승진이 안 되어서 장안으로 올라가 '長安秋望(장안추망)' 이란 시를 지었다. 이 시가 杜牧(두목)의 격찬을 받는 등 명성이 높아져, 이것을 듣고 宣宗(선종)이 발탁하려고 그의 시집을 읽던 중 마음에 맞지 않는 시구가 있어 무산되고 말았다는 일화가 있다. 260여 수의 시가 전한다.

181
客有卜居, 不逐薄遊, 秦隴因題 | 許渾허혼
객유복거 불축박유 진롱인제

海燕西飛白日斜한면 天門遙望五侯家라.
해연서비백일사 천문요망오후가

樓臺深鎖無人到하고 落盡東風第一花라.
누대심쇄무인도 낙진동풍제일화

〖풀이〗 **복거인卜居人을 대신해서 시를 짓다**

바다제비 서쪽으로 날아 긴 해가 기울면
천문을 바라보듯 멀리 오후가五侯家를 바라보네.
누대를 깊이 잠그면 사람이 이르지 아니하고
동쪽 봄바람에 제일화第一花가 지고 있다네.

〖감상〗

이 시는 차작이다. 차작이란 남의 이름으로 시를 짓는 것이다. 바다제비가 대낮을 날아다니다가 해가 저물어 멀리 하늘을 바라보니 오후가五侯家가 보인다고 했다. 누대를 잠그면 사람도 오지 못하는데 이 봄바람에 아름다운 꽃들만 지고 있다는 쓸쓸하고 비감에 찬 마음으로 시인은 노래하고 있다.

도움말 |

이 시는 허혼許渾이 나그네를 대신해서 지은 것이다. 해연海燕은 나그네에 비유했다. 서비西飛는 나그네가 장안에 이르는 것을 비유했고, 하늘의 해가 기울면 하루해가 지는 것이니 마땅히 잠잘 곳을 찾을 것이다. '천문' 은 '천자도문' 이니 지위가 높아 멀리 바라보는 존재인 것이다.

어려운 낱말 |

• 海燕(해연) : 바다제비. • 白日斜(백일사) : 긴 하루해가 저물다. • 遙望(요망) : 멀리서 ~을 바라보다. • 深鎖(심쇄) : 굳게 잠기다.

| 덧붙임 |

허혼(許渾)

許渾〔허혼; 791-854, 晩唐(만당)〕: 강소성 潤州人(윤주인). 字(자)는 用晦(용회). 진사 급제 후 안휘성 當塗(당도)와 太平(태평)의 縣令(현령)을 거쳐 潤州司馬(윤주사마)와 郢州刺史(영주사마) 등을 지내고 병으로 사직. 고향 潤州(윤주) 丁卯(정묘) 시냇가에 별장을 짓고 자작시를 정리하며 지냈다. 律詩(율시)를 매우 잘 지어 杜牧(두목), 韋莊(위장)에게 존경을 받았으며, 시에 '水' 자를 특히 많이 써서 뒷사람들에게 '許渾(허혼)의 시를 읽노라면 물에 젖는 듯하다' 는 평을 들었다. '丁卯集(정묘집)' 2권과 530여 수의 시가 전한다.

182
折楊柳枝詞 | 段成式단성식
절 양 류 지 사

枝枝交影鎖長門하니 嫩色曾沾雨露恩이라.
지 지 교 영 쇄 장 문 　 눈 색 증 첨 우 로 은

鳳輦不來春欲盡하니 空留鶯語到黃昏이라.
봉 연 불 래 춘 욕 진 　 공 류 앵 어 도 황 혼

〖풀이〗 버드나무 가지를 꺾으며

가지마다 얼비치어 장문을 닫았으니
파란 나뭇잎이 비와 이슬에 흠뻑 젖었네.
임금님 오시지 않고 봄은 또 가려고 하니
헛되이 꾀꼬리 소리만 황혼에 들리네.

〖감상〗

이 노래는 궁녀들의 노래다. 봄이 와서 가지마다 노란 움이 돋고 우로의 정이 한껏 내리는 이때, 임금님은 오시지 않고 봄만 가려하는구나. 이 안타까운 심정을 시인 단성식은 궁녀들의 안타까움을 이 시를 통해 노래하고 있다.

도움말

이 시는 궁인에 의탁해서 버드나무의 시를 읊은 까닭에 '쇄장문鎖長門'이라 했다. '교영交影'은 버드나무 가지가 늘어져 서로 엇갈려 비치는 모양이다. 버드나무는 젊음에 비유되었고 '우로'는 임금의 은혜에 비유되었다. '봉연불래춘욕진鳳輦不來春欲盡'은 임금께서 오지 않고 봄날만이 지나가서 세월만 흘러가니 어찌 슬프지 않으랴. '공유앵어도황혼空留鶯語到黃昏'은 꾀꼬리 노랫소리로 말하는 것이니, 이는 녹음이 피어나는 계절적 애수를 나타내는 것이다. 그러니 그것은 곧 궁원을 노래한 것이다.

어려운 낱말

• 鎖長門(쇄장문) : 장문을 닫다. • 嫩色(눈색) : 파란 나뭇잎. • 雨露恩(우로은) : 우로의 은혜. 임금의 은총. • 到黃昏(도황혼) : 황혼이 이르다.

| 덧붙임 |

段成式(단성식 863-?): 자는 柯古(가고), 齊州(제주) 臨淄(임치) 사람. 대대로 荊州(형주)에서 살았고, 段文昌(단문창)의 아들. 음보로 校書郞(교서랑)이 되었다. 그 후 尙書郞(상서랑), 江州刺史(강주자사) 太常少鄕(태상소향) 등의 벼슬을 역임. 저서에 酉陽雜俎(유양잡조)가 있다.

183

暮春, 滻水送別 | 韓琮한종
모춘 산수송별

綠暗紅稀出鳳城하니 暮雲宮闕古今情이라.
녹암홍희출봉성 모운궁궐고금정

行人莫聽宮前水하라 流盡年光是此聲이라.
행인막청궁전수 유진년광시차성

〖풀이〗 저물어 가는 봄에 그대를 보내며

저물어 가는 봄에 장안성에 나오니

날 저물어 바라보는 궁궐에는 고금의 정이로세.

행인으로 하여금 대궐 앞의 물소리 듣지 말게나

흘러가는 세월 다하니 이 물소리뿐이로다.

〖감상〗

시인 한종韓琮이 누구를 여기서 송별했는지는 몰라도 이 이별의 광경을 알 듯도 하다. 구름 속의 궁궐은 이별의 정을 나타내고, 흐르는 물소리는 인생의 흘러가는 이별을 읊었으니 더욱 슬프게 느껴진다.

도움말

'녹암홍희綠暗紅稀' 는 늦은 봄의 절후를 나타낸다. '봉성鳳城' 은 장안을 말하니, 시인 한종韓琮이 여기에서 송별을 하게 되었다. 오늘 나그네가 날이 저물어 구름 속의 궁궐을 바라보니 고금의 내려오는 인정이 누가 여기에 마음 끌리지 않으리오. '행인막청궁전수行人莫聽宮前水' 에서 행인은 길거리에 넘치는 사람들을 말함이요, '궁전수宮前水' 는 궁중에서 흘러내리는 물소리가 밤낮 끊이지 않음을 말한다. '유진년광流盡年光' 은 흘러가는 물이 끊이지 않고 세월 따라 달려가니 마치 이 물 흐름이 세월 흐르는 것과 같고 물 흐르는 소리는 마치 이별하는 소리와 같았다.

어려운 낱말

• 滻水(산수) : 장안 8수 중의 하나. • 綠暗紅稀(녹암홍희) : 저물어가는 봄. • 鳳城(봉성) : 장안성. • 古今情(고금정) : 고금의 정. • 宮殿水(궁전수) : 대궐 앞의 물소리. • 流盡(유진) : 흘러서 끝남.

| 덧붙임 |

韓琮〔한종 ; 초당〕: 당의 시인, 魏州(위주) 사람.

184
宮怨
궁 원

| 司馬禮사마례

柳色參差掩畵樓하고 曉鶯啼送滿宮愁라.
유 색 참 치 엄 화 루 　 효 앵 제 송 만 궁 수

年年花落無人見하니 空逐春泉出御溝라.
연 년 화 락 무 인 견 　 공 축 춘 천 출 어 구

〖풀이〗 궁원

버들 색 흐드러지게 피어 화루를 가리었고
새벽 앵무새 울어 궁궐 가득한 수심을 보낸다.
해마다 꽃이 져도 사람은 보지 못하니
공연히 봄을 좇아가는 샘물이 도랑으로 흘러가네.

〖감상〗

'낙화무인견花落無人見' 은 해마다 꽃은 피어도 보는 사람이 없으니 저 혼자 피었다가 진다. 그래서 세월도 혼자 왔다가 가니 외로운 궁녀도 외롭게 혼자 늙어간다고 그 슬픔을 노래했다. 그래서 궁중의 샘에서 흘러나오는 샘물도 저 혼자 흘러서 어구로 흘러드니〔출어구(出御溝)〕, 인생도 이와 같이 늙고 병들어 어디론가 흘러가니 이 슬픈 정이 가엽기도 하다.

도움말

참치參差는 길고 짧음이 같지 않는 모양을 말한다. 많은 버드나무가 색깔이 어두운 까닭에 울긋불긋 누각이 가리었었으니 '적요寂寥' 라고 말했다. '만궁수滿宮愁' 는 새벽 버드나무 숲에서 꾀꼬리가 울어 봄의 정취를 불러일으키니 봄의 향수가 궁궐에 가득하다고 했다.

어려운 낱말

• 參差(참치) : 길고 짧음이 같지 않음. • 曉鸎(효앵) : 새벽 앵무새. • 御溝(어구) : 궁궐로 흐르는 도랑.

| 덧붙임 |

司馬禮(사마례; 847~869, 만당): 宣宗(선종) 때 시인, 大中年間(대중연간)의 시인.

185
題, 新鴈 | 杜荀鶴두순학
제 신 안

暮天新鴈起汀洲하고 紅蓼花疎水國秋라.
모 천 신 안 기 정 주 홍 료 화 소 수 국 추

想得故園今夜月하니 幾人相憶在江樓오?
상 득 고 원 금 야 월 기 인 상 억 재 강 루

〖풀이〗 기러기를 노래함

저무는 하늘 물가에 날아오르는 저 기러기
붉은 꽃 드문드문 피는 수국水國에 가을이 왔네.
아, 오늘 밤 고향 동산의 달이 생각나누나!
몇 사람이 서로 생각하며 강변 누에 올랐을꼬?

〖감상〗

기인幾人은 정확하지 않는 사람의 숫자요, '강루江樓'는 강가에 세워진 누각이니 달이 뜨면 이 누각에 비쳐서 많은 생각을 자아내게 한다. 위의 2구절은 가을 기러기를 보면서 고향 생각을 불러일으키게 한다는 것이요, 아래 2구절은 고향의 몇 사람이 나를 생각해 강 위로 오르는 저 달을 보고 있는지?

도움말

제목의 '신안新雁'은 가을 기러기를 말한다. '정汀'은 평평한 물을 이름이요, '주洲'는 물속에 드러난 땅을 말함이니 기러기가 거기서 머물러 서식하는 곳이다. '홍료紅蓼'는 물가에 피는 붉은 꽃이니 기러기가 날아오르는 곳에 붉은 꽃과 푸른 파도가 넘실거려 가을의 분위기를 자아낸다. 오늘 밤 달은 어두운 하늘 아래 비치는 까닭에 저 달을 보면서 고향의 동산을 생각하게 되리라.

어려운 낱말

• 暮天(모천) : 저물어가는 하늘. • 汀洲(정주) : 물이 흘러가는 냇가. • 紅蓼(홍료) : 붉은 꽃. • 相憶(상억) : 서로 생각하다.

| 덧붙임 |

두순학(杜荀鶴)

杜荀鶴(두순학; 846~904, 만당): 호는 언지(彥之), 당나라 구화산인. 전하는 말에 두목(杜牧)의 아들이라 함. 진사에 급제하고 한림학사를 역임. 술을 좋아하고 거문고를 좋아하여 구화산인(九華山人)이라 자칭했다.

186
淮上別, 故人 | 鄭谷정곡
회 상 별 고 인

楊子江頭楊柳春하고 楊花愁殺渡江人이라.
양 자 강 두 양 류 춘 양 화 수 살 도 강 인

數聲風笛離亭晩에 君向瀟湘我向秦이라.
수 성 풍 적 이 정 만 군 향 소 상 아 향 진

〖풀이〗 회수淮水에서 친구와 작별하며

양자강 언덕 버드나무 잎 피는 봄날
버들개지는 강을 건너는 사람을 슬프게 한다.
바람결에 피리 소리 들려오는 해 저무는 이정離亭에서
그대는 소상瀟湘으로, 나는 장안으로 떠나야 하네.

〖감상〗

넓은 강 언덕에는 버드나무가 늘어섰고 버들개지가 어지럽게 날리고 있다. 이런 가운데 서로 반대쪽으로 헤어지는 두 사람이 이별을 하고 있다. 버들 양楊자가 세 번이나 들어간 '양자강', '양류춘', '양화' 이런 '같은 글자'를 사용하여 음운적 효과를 살리고 있다고 하겠다. 옛사람들이 이별을 할 때 버드나무를 꺾어 피리를 불어 석별의 정을 나누었다고 한다.

도움말

양자강은 이별하는 곳이요, 양류춘楊柳春은 이별을 뜻하기에 양류의 봄이라고 했다. 버드나무는 이별할 때 꼭 꺾어주는 것이기에 양자강, 양류춘, 이런 단어가 나온다. 이것은 절양류折楊柳를 말한다. 여기서 '만晩' 자는 모춘暮春을 의미하고 서로 서로 이별함을 아쉬워하는데, 끝 연에 그대는 소상강으로, 나는 장안으로 떠나야 한다는 말은 친구와의 이별이 최상에 격했기 때문이다.

어려운 낱말

• 淮水(회수) : 양자강. • 愁殺(수살) : 殺은 동사 다음에 오는 조사. 뜻이 없음. 愁는 슬픔을 말함. • 離亭(이정) : 나루터에 있는 정자. 작별하는 곳. • 瀟湘(소상) : 瀟水(소수)와 湘水(상수) 지역. 지금의 호남성 일대. • 秦(진) : 장안을 가리킴. 위의 2구절은 한 폭의 그림 같은 양자강의 정경이다.

덧붙임

鄭谷(정곡; 연대미상, 만당): 字(자)는 守愚(수우). 890년 무렵에 활동.

187
西施石 | 樓穎누영
서 시 석

西施昔日浣紗津에 石上青苔思殺人이라.
서 시 석 일 완 사 진 석 상 청 태 사 쇄 인

一去姑蘇不復返하니 岸傍桃李爲誰春고?
일 거 고 소 불 부 반 안 방 도 리 위 수 춘

〖풀이〗 서시석을 보며

지나날 미인 서시西施가 비단을 빨던 나루터

돌 위에 푸른 이끼는 그 사람 생각나게 하네.

가인佳人은 한 번 가고 다시 돌아오지 않으니
언덕 위의 복사꽃은 누굴 위한 봄이던고?

〖감상〗

서시석은 옛날 서시西施가 여기서 빨래하던 곳이다. 그러나 세월은 흘러 그 빨래 돌에는 푸른 이끼가 묻었으니 그래도 그때의 그 절세미인 서시를 생각하게 된다. 천하일색 서시는 가버리고 세월도 흘렀는데 한 번 간 가인은 돌아올 줄 모르고 언덕 위의 복사꽃은 누굴 위한 봄이었던가. 하고 시인은 노래하고 있다.

도움말

서시석西施石은 회계會稽의 토성산변土城山邊에서 비단을 빨던 여울 가에 놓여진 일종의 빨래 돌이다. 완사진浣紗津 이란 나루가 있었는데 여기서 서시석西施石의 유래가 지금까지 전하고 있다. '사쇄인思殺人' 은 사람의 생각을 말하지 않게 하고 돌 위에 청태는 지금 사람으로 하여금 생각지 않게 한다. 고소姑蘇는 서시를 말함. '불부반不復返' 은 월왕越王 구천이 서시를 오吳왕에게 헌납해서 끝내는 가인이 돌아오지 않음을 말한다. '위수춘爲誰春' 은 서시가 한 번 가고는 돌아오자 않는 봄 언덕에 복사꽃만 아름답게 피어있음을 탄식하며 주인이 없음을 안타까워하고 있다.

어려운 낱말

• 西施石(서시석) : 서시가 빨래하던 돌. • 浣紗津(완사진) : 비단을 빨래하던 나루터. • 姑蘇(고소) : 서시를 말함.

188
華清宮 | 杜常두상
화 청 궁

行盡江南數十程에 曉風殘月入華淸이라.
행 진 강 남 수 십 정　효 풍 잔 월 입 화 청

朝元閣上西風急하니 都入長楊作雨聲이라.
조 원 각 상 서 풍 급　도 입 장 양 작 우 성

〖풀이〗 화청궁

강남으로 내려온 지 수십여 일 동안
새벽바람 새벽달만 화청궁을 비추네.
조원각朝元閣 위로 서쪽 바람 급하게 불어
도무지 장양궁長楊宮에는 빗소리만 들리누나.

〖감상〗

바람이 불어오면 그 소리가 마치 빗소리 같았다. '장양궁長楊宮'은 본래 진秦나라의 고궁이었으니 한漢나라 때 와서 고쳐서는 임금이 행행行幸할 때 사용했고, 궁내에 수양버들이 두어 그루 있기 때문에 '장양궁'이라 불렀다. '장양長楊'이 '조원각朝元閣'과 더불어 서로 멀리 떨어져 있어서 당나라가 쇠퇴해지니 천자가 화청과 장양長楊, 두 궁궐에는 행행行幸하지 않고 백성들의 발걸음마저도 멀어지니 비바람 소리만 쓸쓸하게 들려올 뿐이었다.

양귀비 상(楊貴妃 像, 화청지)

도움말

'행진강남行盡江南' 은 두상杜常이 강을 쫓아 남으로 내려와서 이르는 그곳을 말한다. '수십정數十程' 은 하루에 길을 가는 거리를 일러서 하는 말이니, 강남까지 내려오면 십여 일의 일정이 걸리니 이것이 수십정數十程이다. 거기에 곧 화청궁華淸宮이 있었다. '효풍잔월曉風殘月' 이 시인에게 가장 처참한 심사이니 지금 두상杜常이 화청에 들어올 때 새벽바람이 불어들고 새벽달이 비춰들고 있었다는 뜻이다. '조원각朝元閣' 은 현종이 제사를 지내던 곳이니 화청궁 안에 있었다.

어려운 낱말

• 華淸宮(화청궁) : 당나라 때의 궁궐. 현종과 양귀비의 궁전이었다. • 數十程(수십정) : 십여 일이 걸리는 일정. • 朝元閣(조원각) : 현종이 제사를 올리던 곳.

189
天津橋, 春望 | 雍陶옹도
천 진 교 춘 망

津橋春水浸紅霞하고 烟柳風絲拂岸斜라.
진 교 춘 수 침 홍 하 연 류 풍 사 불 안 사

翠輦不來金殿閉하니 宮鶯銜出上陽花라.
취 연 불 래 금 전 폐 궁 앵 함 출 상 양 화

〖풀이〗 천진교에서 봄을 바라보다

천진교天津橋에 봄이 오니 물 위에 붉은 안개가 뜨고
희뿌연 실버들 바람에 실실이 빗기 날리네.
임금의 수레 오지 않아 금전金殿이 닫혔으니
꾀꼬리만 조용히 상양궁上陽宮의 꽃밭에 날아드네.

〖감상〗

'상양화上陽花'는 상양궁上陽宮에 사람이 없어 꾀꼬리만 날아들었으며 궁전에 핀 꽃은 역시 구경하는 사람이 없었으니 다리에서 바라보면 홍하고 쇠퇴함을 느낄 수 있었다. 이런 봄날에 붉은 안개와 실버들이 늘어져 있어 옛날이 지금도 이와 같음을 알 수 있었다.

도움말

이 다리는 하남부河南府의 성 밖에 있어 낙수洛水를 연결하는 다리였으니 수양제隋煬帝가 건축했다고 전한다. 첫 머리에 '진교津橋'라는 말로 시작하여 봄이 오면 물속에 붉은 안개 그림자가 비치고 있다고 했다. '연류烟柳'는 연기 속의 버드나무이며 바람에 날리는 실과 같은 가지라고 표현하고 있다. '풍사風絲'는 바람에 흔들리는 실버들을 말함이다. '불안사拂岸斜'는 버드나무의 푸름이 함께 천진교의 언덕에 나부끼니 이 역시 바라보는 전경의 아름다움의 하나이다. '금전폐金殿閉'는 적요寂寥한 광경을 말하고 있다. 당나라가 낙양洛陽으로 서울을 삼고 전성기全盛時에 자주 행행行幸하여 구경했는데, 이때에는 궁전을 환관이 사용했으며 임금이 다시 사용하지 않았으므로 임금의 수레가 오지 않았다고 했고, 궁전도 오래 닫혀 있었다고 했다.

어려운 낱말

• 天津橋(천진교) : 수나라 때 수양제가 건설했다고 하는 다리. • 紅霞(홍하) : 붉은 안개. • 翠輦(취연) : 임금이 타는 수레. • 金殿(금전) : 금전각. 임금이 거처하던 궁궐. • 銜出(함출) : 날아들다. 함은 재갈을 말함. 즉 묶였다가 풀려나옴.

| 덧붙임 |

擁陶(옹도; 만당): 생몰연대 미상, 字(자)는 國均(국균). 簡州刺史(간주자사)를 지냄.

● 〈五言唐音, 七言唐音〉을 현대적 해석과 감상으로 풀이한 唐詩集

오칠,五七 당음해唐音解

초판 인쇄 2016년 8월 18일
초판 발행 2016년 8월 25일

편저자 | 정민호
발행자 | 김동구
디자인 | 이명숙 · 양철민
발행처 | 명문당(1923. 10. 1 창립)
주　소 | 서울시 종로구 윤보선길 61(안국동)
　　　　우체국 010579-01-000682
전　화 | 02)733-3039, 734-4798(영), 733-4748(편)
팩　스 | 02)734-9209
Homepage | www.myungmundang.net
E-mail | mmdbook1@hanmail.net
등　록 | 1977. 11. 19. 제1~148호

ISBN 979-11-85704-77-7 (03820)
25,000원